Le Successeur de pierre

DU MÊME AUTEUR

Reproduction interdite, Olivier Orban, 1988

> # JEAN-MICHEL TRUONG

··
ROMAN

Le Successeur de pierre

DENOËL

Ouvrage publié sous la direction
de Françoise ROTH

*En application de la loi du 11 mars 1957,
il est interdit de reproduire intégralement ou partiellement
le présent ouvrage sans l'autorisation de l'éditeur
ou du Centre français d'exploitation du droit de copie.*

© 1999, by Éditions Denoël
9, rue du Cherche-Midi, 75006 Paris
ISBN 2-207-24727-9
B24727.6

Pour Elie

Il y a piété à dire et sagesse à soutenir que la Sainte Écriture ne peut jamais mentir chaque fois que son vrai sens a été saisi. Or je crois que l'on ne peut nier que, bien souvent, ce sens est caché et qu'il est très différent du pur sens des mots. Il s'ensuit que, si l'on voulait s'arrêter toujours au pur sens littéral, on risquerait de faire indûment apparaître dans les Écritures non seulement des contradictions et des propositions éloignées de la vérité, mais de graves hérésies et même des blasphèmes.

Galilée

Préambule

Palestine, vers l'an 30

« Arrivé dans la région de Césarée de Philippe, Jésus interrogeait ses disciples : " Au dire des hommes, qui est le Fils de l'Homme ? "

« Ils dirent : " Pour les uns, Jean le Baptiste ; pour d'autres, Elie ; pour d'autres encore, Jérémie ou l'un des prophètes. "

« Il leur dit : " Et vous, qui dites-vous que je suis ? "

« Prenant la parole, Simon-Pierre répondit : " Tu es le Christ, le Fils du Dieu vivant. "

« Reprenant alors la parole, Jésus lui déclara : " Heureux es-tu, Simon fils de Jonas, car ce n'est pas la chair et le sang qui t'ont révélé cela, mais mon Père qui est aux cieux. Et moi, je te le déclare : Tu es Pierre, et sur cette pierre je bâtirai mon Église, et la Puissance de la Mort n'aura pas de force contre elle. Je te donnerai les clefs du Royaume des cieux ; tout ce que tu lieras sur la terre sera lié aux cieux, et tout ce que tu délieras sur la terre sera délié aux cieux. "

« Alors il commanda sévèrement aux disciples de ne dire à personne qu'il était le Christ. »

Matthieu, 16, 13-20

Monts Tian Shan, Noël 628

Le novice ne passerait pas la nuit. Le pieu avait pénétré profondément, et il avait fallu renoncer à l'extraire. Tout en récitant la prière des agonisants, Mar Utâ s'accusait d'avoir risqué cette si prometteuse existence dans une aventure sans espoir. Plus encore, il se reprochait l'aventure même. Il fallait se rendre à l'évidence : Dieu ne bénissait pas son dessein. Ses compagnons payeraient de leur vie son orgueil impie.

– Malheur ! Malheur ! Babylone est tombée !

Le front brûlant en dépit de la bise glacée qui transperçait la masure, le garçon délirait.

– Les sept fléaux... La grande prostituée... Le fléau de Dieu a terrassé la putain !

Mar Utâ pâlit. Ces imprécations de l'Apocalypse que la fièvre dictait au mourant, combien de fois n'y avait-il pensé, depuis que, fuyant avec leur précieux fardeau les sbires d'Héraclius, ils avaient quitté Nisibe ? Partout dans l'Empire, dressés sur des monceaux de cadavres parmi les ruines fumantes des antiques cités perses, des oiseaux de sinistre augure proclamaient la fin des temps. Se pouvait-il qu'ils eussent raison ? Dieu avait donc vraiment décidé d'en finir avec sa putain ?

Aussi loin que remontait sa mémoire, Mar Utâ ne pouvait retrouver le souvenir de la paix. Jamais le message d'amour des

Évangiles n'avait été autant prêché, et jamais les hommes ne s'étaient autant entre-tués. Depuis près d'un siècle, les deux empires qui avaient arraché le monde à la barbarie œuvraient à leur mutuelle extinction. Un temps, l'on avait pu croire que le Perse vaincrait. Tour à tour, il avait soumis Antioche, Jérusalem et Alexandrie, et était même venu défier Constantinople sous ses remparts. Mais le diable avait voulu que le Romain l'emporte. Et ne disait-on pas qu'au Hedjaz, en cette Mecque où jadis Abraham pour la première fois sacrifia au Dieu unique, un nouveau prophète s'était dressé, qui bientôt lancerait ses hordes sur les ruines des anciens hégémons ? En vérité, Dieu avait retiré sa dextre. L'Alliance une nouvelle fois était rompue.

— Révérendissime, frère Sliha vient de passer.
— Loué soit le Seigneur qui n'a pas voulu prolonger ses souffrances !

Mar Utâ avait le cœur brisé. Le jeune Sliha appartenait à l'élite des étudiants de Nisibe, où il excellait dans le commentaire d'Aristote comme dans celui de Virgile. Mais surtout, il n'avait pas de second pour la *Qeryana*, la récitation publique des Écritures. Si exquis était son timbre, si sensuelle son intonation, si spirituelle sa scansion, qu'un évêque étranger en avait eu le souffle coupé au point d'en oublier son homélie. C'était une voix faite pour porter la Bonne Nouvelle aux confins du monde. Mais à présent, tandis que la tempête redoublait, il semblait que c'était la voix de Dieu lui-même qui venait de s'éteindre à jamais.

Minuit approchait. Surmontant leur chagrin, faisant taire leurs doutes, les moines se préparèrent à célébrer la naissance de Jésus. On remisa le corps du jeune martyr dans un coin de l'étable, à côté de celui du marchand sogdien. De bouses séchées on raviva l'âtre. On fit fondre l'eau de la consécration. Des quatre lourds coffres ceinturés de fer, on improvisa un autel. Tous s'appliquaient à oublier les assassins de Sliha qui, dès l'aube, réclameraient aussi leurs vies. Morts en sursis, ils ne voulaient penser qu'au Ressuscité.

Un an auparavant, jour pour jour, en l'église de Kirkouk resplendissante, Mar Utâ avait célébré Noël en présence d'Héraclius triomphant : le Shahinshah, Khosrô II « le Victorieux », venait de périr ignominieusement, abandonnant son empire aux armées de Constantinople. Dans la liesse générale, seul de tous les prélats officiant, Mar Utâ avait perçu un funeste présage. Tandis qu'il encensait le souverain selon le rite, il avait croisé son regard : c'était celui du loup guettant sa proie. Aussitôt il avait su qu'il faudrait fuir. Le règne du Perse, sectateur de Zoroastre, avait été pour Mar Utâ et les siens synonyme de relative tolérance. Avec le Romain reprendraient les persécutions. Certes, comme lui Mar Utâ était chrétien, mais de variété nestorienne, en un temps qui haïssait la variété. L'enfant dont on commémorait la naissance, il professait qu'il n'était point Dieu.

On rompit le pain et but le vin avec une ferveur inouïe. Tous chantèrent comme s'ils avaient voulu conjurer l'assourdissant silence de Sliha. Par la magie des psaumes la crasseuse étable à yacks perdue dans la plus païenne des contrées fut un instant le cœur de l'Église universelle. Puis, le mystère accompli, l'effusion retomba, on oublia les aimables bergers de l'Évangile et l'on se souvint des assassins.

— Maître révérendissime, puis-je poser une question ?

Interdits, les moines se figèrent. Celui qui, agenouillé aux pieds de Mar Utâ, osait l'apostropher ainsi, n'était autre que Shahpuhr, un exégète de grande classe, issu, comme son cousin Sliha, d'une des plus illustres familles d'Antioche. De la graine de patriarche, si Dieu lui prêtait vie.

— En vérité, mon fils, je m'étonnais que vous ne l'eussiez point déjà fait.

— Maître, que Dieu me pardonne, mais aucun de nous n'atteindra Tourfan, sans parler de Tch'ang-ngan...

Nul ne protesta : ils s'étaient déjà fait une raison. Dehors, impatients d'en finir, les gueux étaient cent peut-être, armés de masses, de haches et d'épieux, rendus fous par la vision des lourds coffres de fer, et plus furieux encore par les jours de poursuite harassante et de vaines embuscades.

— Cependant, continua Shahpuhr, ce que dix hommes réunis ne peuvent accomplir, un seul, avec l'aide du Seigneur, le pourrait peut-être.

Puis, désignant les coffres, il conclut :

— S'il n'en faut sauver qu'un, lequel ?

Alors, comme libérés par l'expression d'une pensée qu'ils réprimaient depuis longtemps, les moines unanimes s'écrièrent :

— Le *Bazar*! Il faut sauver le *Bazar*!

Mar Utâ ne put retenir un sourire en songeant à la tête que feraient les brigands en découvrant le contenu de ces coffres tant convoités. Car comment ces barbares pourraient-ils comprendre qu'on exposât sa vie pour ces modestes feuilles de papyrus ou de parchemin couvertes de signes étranges ? Comment expliquer à des bêtes le prix de ces rouleaux poussiéreux, de ces volumes reliés de cuir craquelé ? Comment dire à ces affamés que des nations entières se repaissaient de leur miel ? Comment admettraient-ils, quand ils ne s'y résolvaient qu'en dernière extrémité pour leur clan ou leur territoire, qu'on offrît sa vie sans regret pour des *livres* ?

Les coffres renfermaient soixante manuscrits rarissimes, les soixante œuvres majeures de la bibliothèque de Nisibe — l'essence de sa doctrine —, soixante ouvrages fondamentaux soustraits en grand secret aux perquisitions des chasseurs d'hérétiques d'Héraclius. Sous le règne du Sassanide, Nisibe avait rayonné au point de devenir le principal centre intellectuel du Proche-Orient, attirant les esprits les plus brillants de Mésopotamie. À présent que son protecteur païen n'était plus, l'université était en danger de mort : le très chrétien Héraclius s'était promis d'éradiquer de son empire toute doctrine dissidente. Voilà ce qu'à Kirkouk Mar Utâ avait surpris dans le regard du loup.

De retour à Nisibe, il avait convoqué la faculté. Depuis vingt ans, le siège du katholikos était vacant, et en sa qualité de recteur magnifique Mar Utâ était la plus haute autorité de l'Église nestorienne. Il n'eut aucun mal à convaincre lecteurs et docteurs du danger mortel qui les menaçait. La mémoire de la fermeture de l'école rivale d'Édesse et des persécutions qui avaient suivi était encore vive parmi les anciens. Désormais, il n'y avait plus dans l'univers connu de havre sûr pour la vraie doctrine. Pour survivre, il lui fallait abandonner ce sol où elle était née et chercher ailleurs la protection qu'il ne lui offrait plus. Mais où aller ? Depuis longtemps, l'Empire romain d'Occident avait été subjugué par les envahisseurs germains. L'Empire byzantin subissait les assauts répétés des hordes slaves et bulgares venues du Nord. L'Islam adolescent menaçait ses frontières méridionales. C'est donc vers l'Orient qu'il fallait fuir. La terre promise se situait forcément en ce royaume lointain où, disait-on, régnait depuis peu un souverain aussi puissant qu'éclairé : la Chine des Tang. C'est en ce terreau vierge que, nouveau Moïse, Mar Utâ transplanterait les soixante scions emportés de Nisibe, c'est là que refleurirait la pensée de Nestorius. Telle était la folie que son orgueil lui avait dictée, et qu'ils s'apprêtaient à racheter de leurs vies.

La faveur de Dieu avait pourtant paru accompagner leurs premiers pas. Grâce aux communautés nestoriennes établies le long de la route de la Soie, ils avaient cheminé sans encombre et trois lunes avaient suffi pour couvrir la distance de Nisibe à Samarkand. Là, un marchand sogdien converti s'était offert de les conduire à Tourfan où ils espéraient passer l'hiver. Hélas, la traversée du Pamir avait été semée d'embûches, si bien qu'ils n'avaient atteint les Tian Shan qu'avec les premières neiges. La sagesse aurait été d'attendre à Koutcha le retour du printemps, mais Dieu avait obscurci leur raison. Sourds aux avis de leur guide, ils avaient décidé de poursuivre. Dès le lendemain, la tempête s'était déchaînée. Quand deux de leurs frères avaient péri dans une avalanche, il était trop tard pour rebrousser chemin. Le sogdien connaissait à quelques jours de marche une étable à yacks où ils pourraient s'abriter en attendant une éclaircie. Mais le soir même, ils étaient tombés dans la première embuscade.

— Paix ! ordonna Mar Utâ, et tous se turent. Frère Shahpuhr a raison. Nous résigner serait pécher. Tant que nous vivrons, nous aurons le devoir de tenter quelque chose. À la faveur de la nuit, et tandis que les autres feraient diversion, l'un de nous pourrait s'échapper.

Ils approuvèrent.

— Reste, poursuivit-il d'un ton moins assuré, reste la question du livre...

Un grondement réprobateur s'éleva. Comme si le choix ne s'imposait pas ! Si une œuvre, une seule, devait être arrachée au néant, c'était le *Bazar* d'Héraclide de Damas. Cette fois, Mar Utâ sentit que son autorité ne suffirait pas à ramener l'ordre. « Héraclide de Damas » était le pseudonyme sous lequel, après sa déportation, s'était exprimé le fondateur de leur Église, Nestorius. Il avait beau être leur chef, il aurait du mal à leur faire admettre que ces coffres celaient quelque chose de plus capital que les Mémoires de l'ancien patriarche de Constantinople, en tout leur absolue référence.

— Paix, mes frères !

C'était une erreur. Qu'il les appelât ses frères et non ses fils dénonçait son incertitude. Au lieu de faire silence sur-le-champ, les religieux prolongèrent leur tohu-bohu.

— Mes frères, poursuivit Mar Utâ, vous me savez attaché comme vous à notre père commun, et mon cœur saigne autant que les vôtres à l'idée qu'à moins d'un miracle son œuvre périra avec nous dans ces montagnes.

Ces paroles destinées à apaiser ses collègues portèrent le scandale à son comble. Les uns grondaient, d'autres roulaient des yeux, certains crachaient de dégoût. Tout assiégée et menacée qu'elle fût, la petite communauté était au bord d'un schisme. Soudain, comme mus par la même inspiration, tous se tournèrent vers le seul dont le prestige pût se comparer à celui de Mar Utâ : Shahpuhr. Un silence solennel se fit pour accueillir son verdict.

Shahpuhr se dressa, s'avança vers Mar Utâ, puis s'inclinant

profondément, saisit le bas de sa robe maculée de boue et le baisa.

– Parle, Maître. Nous obéirons.

Loin de calmer les esprits, ce geste de soumission de celui dont ils avaient espéré faire leur champion acheva d'exaspérer les mutins. Mar Utâ vit venir le moment où leur nature passionnée prendrait le dessus. Pour avoir été maintes fois témoin de la violence de leurs emportements au cours de controverses académiques, il les savait capables des pires extrémités. C'étaient de rudes lutteurs, qui ne se payaient pas de mots : lors d'une dispute théologique particulièrement chaude, deux de ces gaillards avaient mis en déroute un légat du pape pourtant escorté de vingt gardes. L'infortuné avait tant craint pour sa vie que, de retour sain et sauf à Rome, il s'était empressé d'accrocher un ex-voto dans le baptistère du Latran !

Réalisant qu'il n'échapperait pas à une complète confession, Mar Utâ, sans un mot, prit sur sa poitrine une des clés qui y pendaient, s'approcha du plus fort des quatre coffres, s'agenouilla comme devant le Saint-Sacrement, y saisit un rouleau enveloppé d'une pièce de cuir, le dégagea, le baisa, puis se tournant vers l'assemblée muette, l'éleva au-dessus de sa tête comme les Juifs font de la Torah et l'offrit à l'adoration de ses frères.

Comme frappés d'effroi, tous se prosternèrent.

L'antique rouleau de papyrus portait, accrochés à des rubans aux couleurs délavées, à la manière des traités que font entre eux les rois, un grand nombre de sceaux, tous brisés, à l'exception du dernier, que chacun des érudits présents reconnut sans peine : le propre sceau de Nestorius. Mais cette signature, somme toute familière, n'était pas la cause de leur terreur. Ce qui les frappait d'effroi, c'était la présence, parmi tous les sceaux, de celui du Prince des Apôtres.

S'approchant avec crainte pour baiser la relique, ils eurent tôt fait d'identifier les autres seings. Un seul n'était point d'un pape : celui de Nestorius.

Raffermi, Mar Utâ rompit le silence.

— C'est un secret que vous ne deviez jamais connaître. Cette épître fut dictée quelques jours avant son martyre par saint Pierre en personne, comme en atteste le sceau que vous avez tous identifié. C'est pourquoi elle est connue des initiés sous le nom de Bulle de Pierre. Elle est adressée à ses seuls successeurs, à charge pour eux de la sceller à nouveau après en avoir pris connaissance, afin d'en interdire la lecture à quiconque. Comme vous pouvez le constater elle porte, appendus sous la marque du Pêcheur dans l'ordre de leur accession à son trône, les sceaux de tous les papes, de Lin et Clet sans interruption jusqu'à Innocent Ier, quarantième et dernier pontife à l'avoir tenue entre ses mains.

À cet instant tous retinrent la même question. Seul Shahpuhr osa l'articuler :

— Révérendissime Maître, de quelle façon cette bulle destinée aux seuls évêques de Rome est-elle venue entre les mains de notre père bien-aimé ?

— Je l'ignore, répondit Mar Utâ avec aplomb.

Pieux mensonge : la vérité l'eût contraint à parler de fraude et de trahison, mais il se refusait à souiller de considérations profanes cet instant d'intense communion. C'était faire peu de cas de la perspicacité de Shahpuhr.

— Le sceau de Nestorius est encore intact, poursuivit le jeune théologien. Est-ce à dire que depuis deux siècles aucun pape n'a eu connaissance du message de Pierre ?

— Sans doute notre père bien-aimé avait-il des raisons de le croire plus en sûreté entre ses mains qu'entre celles de nos adversaires. Aussi, après avoir été déposé par le concile d'Éphèse, l'emporta-t-il en son exil d'Antioche, puis à Oasis en haute Égypte où, comme vous savez, la vindicte de Théodose le relégua. C'est le katholikos Mar Aba qui, en 540, jugeant suffisamment stable la situation de notre Église en Perse, transféra ce trésor en notre bibliothèque de Nisibe. Aujourd'hui qu'il se trouve à nouveau menacé, nous revient l'honneur et la responsabilité de lui trouver un nouvel asile. Telle est l'unique raison de notre voyage.

— Au moins, Maître..., insista Shahpuhr.

— Quoi encore ? le coupa Mar Utâ, excédé par cette obstination incongrue.

— Si nous devons mourir, au moins que nous sachions pourquoi !

— La mort du corps n'est rien. Craignez plutôt celle de l'âme. Ce savoir corromprait la vôtre à jamais.

Au murmure hostile qui lui répondit, Mar Utâ comprit qu'il ne s'en tirerait pas avec une menace. Il lui fallait lâcher du lest.

— Tout ce que je puis vous en révéler est que Pierre y rapporte la réponse que Jésus fit après qu'il lui eut déclaré : *Tu es le Christ, le Fils du Dieu vivant.*

À ces mots, l'émotion des religieux, déjà intense, atteignit son paroxysme. Ce passage des Évangiles constituait leur principale pomme de discorde avec Rome, l'incontournable obstacle à toute réconciliation. Il comportait en effet deux énoncés que récusait tout disciple de Nestorius : d'abord celui où Pierre reconnaissait en Jésus le fils de Dieu, blasphème attentatoire à l'absolue transcendance du Tout-Puissant ; ensuite, l'infâme *Tu es Pierre et sur cette pierre je bâtirai mon Église...* sur lequel Rome depuis l'origine fondait sa prétention à la primauté. L'épisode leur était d'autant plus suspect que les autres évangélistes en faisaient des récits très différents. De fait, seul le témoignage de Matthieu comportait l'affirmation de la filiation divine de Jésus. Rapportant la même scène, Marc se contentait de faire dire à Pierre : *Tu es le Christ*, Luc consentant à préciser *le Christ de Dieu*, tandis que Jean se réfugiait dans un prudent silence. À part Matthieu donc, aucun ne se risquait à affirmer que Jésus était fils de Dieu. Et pareillement, des quatre évangélistes, seul Matthieu rapportait le fameux *Tu es Pierre...* lancé par le Christ à un disciple dont le nom était en fait Simon mais opportunément rebaptisé Pierre pour la circonstance...

De tous les moines, le plus excité était Shahpuhr. L'exégète avait passé de longues heures à méditer sur les contradictions existant entre les différentes conclusions de l'épisode. Matthieu le terminait en effet ainsi : *Alors il commanda sévèrement aux disciples de ne dire à personne qu'il était le Christ*, laissant entendre que Jésus avait confirmé son ascendance divine. Or, les autres évangélistes étaient beaucoup plus ambigus, Marc se contentant d'écrire *Il leur enjoignit de ne parler à personne de lui*, et Luc d'une phrase encore moins spécifique : *Il leur enjoignit de ne dire cela à personne*. Pour le théologien, il était clair que dans sa généralité le *cela* de Luc était l'énoncé le plus fidèle à la vérité et que l'interdiction se rapportait de manière globale à tout ce que Jésus avait dit en réponse au *Tu es le Christ...* de Pierre. Rien ne permettait en revanche de savoir s'il l'avait approuvé ou contredit. Tout ce qu'on était en droit d'en déduire était qu'en réponse à Pierre, Jésus avait prononcé certaines paroles puis interdit de les rapporter. En ce sens, des quatre évangélistes, seul Jean, en observant un silence total sur cet épisode, avait obéi à l'injonction de son maître. Quant à Matthieu il avait, en explicitant l'objet de l'interdit – *ne dire à personne qu'il était le Christ* – soit trahi, soit menti.

Shahpuhr se prit à rêver. De la solution de cette énigme dépendait le sort, non seulement des fils de Nestorius – qui pouvaient en espérer sinon une revanche, du moins une réhabilitation – mais de l'Église universelle. Or voici qu'il existait un témoignage écrit de Pierre sur ce que Jésus avait réellement dit sur la route de Césarée, et ce témoignage était là, à portée de sa main...

– Il n'est plus temps de palabrer, pressa Mar Utâ. Qui d'entre nous sauvera la Bulle ?

Tous s'avancèrent, mais Shahpuhr fit un pas de plus. Son supérieur n'hésita pas. C'était le plus jeune, le plus leste, le plus vigoureux : si l'un d'entre eux pouvait réussir, c'était lui. Sa foi était ferme, vaste son érudition, inébranlable sa loyauté : même isolé dans le royaume de Qin, il servirait avec honneur la vraie doctrine. Il lui confia le rouleau sacré.

Shahpuhr en le recevant surprit comme une supplique muette dans le regard de ses frères.

– Maître, dit-il en désignant le *Bazar*, j'aurai assez de force pour les deux.

Mar Utâ, ému, n'eut pas le cœur de refuser.

– Si je réussis, s'inquiéta le jeune homme, que dois-je en faire ?

– Quelqu'un viendra qui saura.

Shahpuhr voulut se prosterner une dernière fois mais Mar Utâ le retint.

– Tu connaîtras la tentation, chuchota-t-il en l'étreignant. Quoi qu'il arrive, mon fils, je t'en conjure : ne l'ouvre pas !

Hors d'haleine, il s'écroula contre un rocher. Le jour était levé à présent. Où qu'il portât son regard, il ne rencontrait que murailles de glace. Il le savait pourtant, de l'autre côté passait la piste de Tourfan. Avec l'aide de Dieu, il y rencontrerait une caravane attardée.

La neige ne tombait plus et Shahpuhr regardait avec dépit la trace dénonçant son passage. Pourquoi la tempête qui s'était acharnée sur eux cinq jours durant s'était-elle apaisée au moment précis où il avait le plus besoin d'elle ? Inquiet, il tendit l'oreille, attentif au moindre bruit qui eût signalé l'approche d'un ennemi.

Il fallait repartir. Il n'avait que deux heures d'avance sur ses poursuivants. Pour les lui offrir, ses frères s'étaient sacrifiés. Entonnant un cantique, ils s'étaient portés au-devant des assiégeants éberlués. Deux heures durant, tandis qu'il en gravissait le versant le plus abrupt, le défilé avait retenti du chant des martyrs et des hurlements des assassins. Puis un grand silence était tombé.

La corde retenant les manuscrits lui cisaillait l'épaule. Cherchant à la relâcher, il la dénoua. La Bulle en tombant jaillit de son manteau de cuir. Sur la neige les sceaux perlaient comme du sang. Dans son intégrité, celui de Nestorius lui semblait un défi.

De sa vie, Shahpuhr n'avait connu qu'une maîtresse : la vérité. C'était un service exigeant, auquel il avait consacré la totalité des ressources de son cœur et de son intelligence. Les textes sacrés ne lui inspiraient aucune terreur, seulement le désir intense de les pénétrer et d'en aspirer le sens. Le sceau intact n'était pas qu'un défi : c'était une insulte. Il le rompit.

Dès les premiers mots, il sut qu'il ne connaîtrait point le salut.

Il acheva pourtant.

Quand il leva les yeux, deux heures s'étaient écoulées.
L'homme était là.
Shahpuhr eut le réflexe d'interposer le rouleau, dérisoire tentative tandis que sifflait le sabre. La Bulle détourna le premier coup.
Le second le décapita net.

Shanghai, Concession française, août 1927

— Sale niakoué !

Furieux, Gerbet se releva sous les quolibets, tandis que le videur, indifférent à une injure qu'il ne comprenait pas, lui tournait le dos.

— Foutez-moi le camp, sales Chinetoques ! jappa le Français à l'adresse des badauds en levant la main comme pour les gifler.

Le spectacle pathétique de son moignon dressé ne fit qu'accroître leur hilarité. Il se rendit compte trop tard du burlesque de sa situation. Plus nabot que le plus minuscule d'entre eux, chauve — si l'on exceptait trois crins comiques — dans un pays où chevelure abondante était synonyme de prospérité, affligé d'une couperose qui le rendait plus clownesque encore, il avait déjà le plus grand mal à leur en imposer. Mais à présent qu'il ne lui restait que deux doigts...

Ces Jaunes ne respectaient que la force et le fric. Il n'avait plus ni l'une ni l'autre. Ses dernières cartouches, il venait de les brûler sur le tapis vert. La Source des richesses — nom abusif de la maison de jeux qui venait de l'expulser — n'avait été pour lui qu'un puits d'infortune où s'étaient engloutis les mille yuans de Trois le Larbin. Il lui restait quelques heures avant l'aube pour les regagner, plus cinq cents au titre des intérêts encourus durant la nuit. Trois le Larbin appréciait l'exactitude plus que tout, et ne répugnait pas de temps à autre à faire un exemple pour rappeler à sa clientèle cette vertu capitale à ses yeux. On retrouvait alors dans les eaux noires du port le cadavre lesté de ciment de l'indélicat désigné pour la démonstration. Les feuilles locales en faisaient des titres proportionnés au statut de l'intéressé. Aussi, Trois le Larbin, en publicitaire avisé, avait-il soin de ne retenir aux fins de publication que des sujets distingués auxquels sa pratique, issue de la meilleure société de Shanghai, pourrait sans peine s'identifier. En prenant connaissance de leur journal du matin, ceux de ses clients qui se trouvaient en délicatesse recevaient le message cinq sur cinq. Avant l'édition du soir, ils avaient payé. Avec une insertion de ce genre par trimestre, Trois le Larbin économisait les coûts de recouvrement toujours élevés dans son honorable profession. Gerbet n'avait aucune envie de faire les frais de sa prochaine campagne de rappel, d'autant moins qu'il présentait toutes les caractéristiques d'une tête d'affiche idéale. Il imaginait déjà les titres, sur cinq colonnes à la une du *North China Daily News* et du *Journal de Shanghai* : « LOAN SHARKS KILL DISGRACED DIPLOMAT », « LE CONSUL DÉCHU VICTIME DES TRIADES ».

Les mains de Gerbet n'avaient pas toujours compté que deux doigts, et le personnel de la Source des richesses pas toujours eu à son égard l'attitude peu amène que venait de lui manifester son videur. Il fut un temps où pour l'accueillir les hôtesses du casino formaient la haie sur le perron, où le *tycoon* cantonais qui possédait l'établissement se dérangeait en personne pour le conduire à son salon particulier, où rien ne lui était mesuré, ni la chère, ni le vin, ni les fleurs, ni les filles, ni l'opium. En ce temps-là, on lui donnait du « monsieur le Consul » – bien qu'il ne fût que vice et qu'il y eût en lui davantage de vice que de consul – et de l'« Excellence » bien qu'il n'excellât que dans la magouille et les combines sans gloire.

Sa popularité d'alors tenait en deux mots qui se comprennent en tous temps et sous toutes les latitudes, mais furent particulièrement illustrés en ce pays doué s'étendant du vingtième au quarantième degré de l'hémisphère Nord qu'on appelait Chine, et durant ces années judicieusement qualifiées de folles : *trafic d'influence*. Dès son arrivée à Shanghai, Son Excellence le consul Gerbet, prompt à assimiler les règles de l'étiquette locale, avait dans sa grande bonté étendu son aile protectrice sur deux orphelines, la Source des richesses et sa sœur jumelle, la Source des profits. Ses libéralités pouvaient aller d'un simple coup de téléphone juste avant une descente de police, jusqu'à l'élargissement du *tycoon* ou d'un de ses associés lorsqu'un subordonné stupide avait fait du zèle, en passant par toute la gamme de ces menus services qu'on se rend entre amis véritables, comme d'envoyer la douane perquisitionner en amont du Huangpu quand l'opium débarquait en aval, ou d'exproprier les occupants légitimes des terrains convoités pour l'agrandissement des casinos, ou de délivrer des visas de séjour aux innombrables « nièces » venues du monde entier aider leur vieil oncle *tycoon* à recevoir ses clients comme il convenait.

Pur hasard ou faveur incompréhensible du Ciel ? Pour Gerbet, cette période d'intense amitié coïncida avec une fortune extraordinaire. Par un curieux phénomène météorologique, il suffisait qu'il approchât d'une table de roulette ou de baccara pour qu'il y plût des plaques de mille, qu'il s'étendît sur un sofa pour qu'un complaisant zéphyr rabattît sur ses genoux des nuées de « nièces » en fleur. Et si, l'accoutumance aidant, il ne trouvait pas dans ce bouquet de quoi combler ses désirs, l'oncle prévenant envoyait quérir au Pavillon du Plaisir sans risque, dont c'était la spécialité, une vierge garantie sans couture. « *Seamless, my friend ! Seamless !* » susurrait-il l'œil égrillard en poussant vers lui la fillette effarouchée.

La République, qui connaissait son monde, fermait les yeux. Pas plus qu'on n'espérait rencontrer le père de Foucauld aux Bat'd'Af, nul ne s'attendait à trouver un saint au consulat de France de Shanghai. Le poste était aux Excellences ce que Biribi et Tataouine étaient aux zouaves et tirailleurs sénégalais, ou la Sibérie aux agitateurs bolcheviques : un séjour disciplinaire perdu dans une terre aussi austère qu'exotique où le Quai déportait ceux de ses commis que leurs agissements avaient rendus indésirables partout ailleurs. Pour peu qu'ils ne fissent plus parler d'eux, les exilés pouvaient y attendre paisiblement que sonne l'heure d'une retraite peu méritée.

Ce pacte, Gerbet l'avait rompu. Il avait eu le mauvais goût de porter les yeux sur l'épouse du plus gros négociant français de la place. On lui avait passé sa corruption, ses détournements, ses trafics en tous genres et même son goût pour les fillettes impubères. On ne toléra pas ce manquement aux convenances. Une cabale s'organisa, avec la complicité active du personnel autochtone du poste, trop heureux de se débarrasser d'un supérieur qui avait commis l'erreur de monopoliser les bakchichs sur les fournitures du consulat, attributs immémoriaux, comme chacun savait, de leur office. Un couplet assassin parut dans les gazettes de métropole.

On ne lui offrit même pas l'ultime perche d'une affectation à Canton : dans la Carrière, Canton était à Shanghai ce que Scylla était à Charybde, le terminus de tous les naufrages. La République, comme ces ménagères qui ne jettent jamais rien, y entassait déchets, rogatons et rossignols que tout esprit sensé aurait expédiés sans état d'âme à la décharge. Mais Canton, ultime dépotoir des sanies de la fonction publique, fut jugé trop salubre encore pour Gerbet. On le révoqua.

Le microclimat dont il avait jusqu'alors bénéficié se détériora rapidement. Le soir même, à la Source des richesses, un insolent qu'il ne connaissait pas lui demanda d'acquitter le minimum de deux cents yuans requis pour entrer. La bonne société qui la veille encore lui faisait fête lui ferma ses portes. Soudain allergiques à un parfum qui ne les avait guère incommodés jusque-là, ses amis prirent leurs distances. Prenant prétexte de frasques qu'elle avait stoïquement supportées tant qu'on l'appelait *Madame la Consule*, son épouse rejoignit la métropole. Il fallut trouver un gîte que la République n'assurait plus. Ce fut dans la ville chinoise, la Concession française se révélant d'un coup hors de prix.

La Concession, de toute façon, il ne la supportait plus. Il évitait autant que possible de s'y rendre, de peur d'y croiser une ancienne connaissance. Dans cette ville aux millions d'âmes, il avait le sentiment de n'être nulle part incognito, nulle part à l'abri d'une mauvaise rencontre : à tout moment, où qu'il se trouvât, il percevait dans son dos le ricanement d'un ancien collègue, le mépris d'un ex-subordonné, le persiflage d'une femme jadis courtisée... Aussi ne sortait-il qu'à la nuit tombée, à l'heure où les honnêtes gens se calfeutraient chez eux. Au moins, passé deux heures du matin, était-il assuré que ceux qu'il croiserait appartiendraient à son monde. Alors seulement il relevait la tête.

Tous les matins un pigeon se lève, il suffit de le trouver : il avait fait sienne cette devise d'un escroc du Hubei dont il avait quelque temps partagé la cellule. Chaque nuit, depuis dix ans, vêtu du même pantalon bleu élimé, du même veston gris rapiécé, des mêmes chaussures marron cent fois ressemelées, il courait les bars, bordels et cabarets de la cité, en quête du columbidé en question. Sa spécialité, c'était l'antiquaille, où il était parvenu à se faire une douteuse réputation parmi les monte-en-l'air de Shanghai, qui lui confiaient les produits de leur industrie – effractions de tombes, casses de musées ou de collections privées, pillages de bibliothèques – pour qu'il les monnayât auprès des amateurs étrangers. Quand les antiquités authentiques venaient à manquer, il écoulait des faux. Avec du bagout – et l'ex-diplomate n'en manquait pas – n'importe quelle potiche rebutée des usines de Foshan pouvait passer pour une céramique Song, n'importe quel gribouillis d'étudiant pour un rare poème Tang. Les volatiles amateurs d'art et de bonnes affaires étant légion parmi les *businessmen* de passage à Shanghai, il se débrouillait plutôt bien, et s'en serait sans doute tiré s'il n'y avait eu les gamines. Même s'il n'était plus aussi regardant sur la qualité – *Seamless ! Seamless !* – elles lui pompaient la totalité de ses gains... et davantage. C'est ainsi qu'il avait perdu ses doigts et pour finir échoué entre ceux, rapaces, de Trois le Larbin.

Deux cents yuans ! Deux cents yuans et il est sauvé. Avec deux cents yuans, il en est sûr, il se renflouera : ce soir, il a la main heureuse. Il suffit qu'on le laisse entrer à la Source des richesses. Il imagine déjà la mine effarée de son ex-ami le *tycoon* quand il fera sauter la banque... ses courbettes serviles quand il changera les plaques... l'afflux de filles, de fleurs et de fruits... À la perspective de la fortune retrouvée un sourire éclaire sa face, le premier depuis longtemps.

Il hèle un cyclo, lui montre un papier sur lequel sont inscrits quelques caractères qu'il n'a jamais su prononcer : son adresse. *Kuai yi dian ! Kuai !* tout ce qu'il sait de chinois après quinze années de Chine – Vite ! Vite ! –, tout ce qu'il sait dire dans un pays qui prend son temps depuis cinq millénaires...

Hong Gou ! Hong Gou ! Tout à son rêve, il ne veut pas entendre les gamins de sa rue qui le narguent, l'appellent « Roquet rouge », rapport à sa taille, à son tarin et au fait qu'il ne parle qu'en aboyant. L'odeur d'urine pourrie dans la cage d'escalier, il ne veut pas davantage la remarquer, le salpêtre dégoulinant sur les murs de sa chambre, il refuse de le voir. Demain il prendra la plus belle suite de l'Hôtel des Colonies. Demain il ne se souviendra même plus d'avoir jamais vécu ailleurs.

À la hâte, il jette dans un sac tout ce qui lui reste de valeurs, peu de chose en vérité : deux manuscrits anciens. Vraisemblablement volés dans une bibliothèque, bien que le type qui les lui a confiés ait juré ses grands dieux les avoir « trouvés » dans une tombe Ming de la région. Le gros volume de parchemin, avec sa reliure de cuir, fait encore grande impression. S'il avait eu le temps, il en aurait tiré mille yuans du premier pigeon voyageur venu. Il se satisfera de la moitié. Quant au rouleau, entaillé comme si on avait voulu le fendre en deux, de surcroît maculé et piqué de moisissures, il sera content d'en tirer trente yuans. Pour faire bonne mesure, il prend son vieux colt avec sa dernière boîte de cartouches : il en obtiendra toujours quelques billets de plus. De toute façon, que ferait-il d'un revolver, Hôtel des Colonies ?

Tous les cyclos de Shanghai le savent : quand au milieu de la nuit un diable étranger porteur d'un paquet leur crie « *Lao Wang, kuai !* », c'est, parmi les cent mille Wang de Shanghai, chez ce Wang-là, et lui seul, qu'ils vont. L'étranger a besoin d'argent pour une fille ou pour l'opium et, selon ce que contient le paquet, Lao Wang prêtera ou ne prêtera pas.

Sise à deux pas de la Source des richesses, la boutique du vieux Wang ne peut se rater : elle domine le quartier de ses quatre étages, avec pour seule ouverture une porte au-dessus de laquelle une pancarte proclame dans un anglais approximatif la vocation internationale de l'établissement : PAWM SHOP. ENGLIHS SPEKIN. L'usurier officie au rez-de-chaussée, loge au premier, et aux étages supérieurs garde ses gages à l'abri des hommes et des rats. Des hommes surtout.

Gerbet pousse la porte, pénètre dans la pièce nue et haute et chichement éclairée, bute sur un écran, le contourne, découvre l'escalier. En haut, l'étroit guichet fermé d'une forte grille. Derrière le guichet, un trou obscur. Dans le trou, personne.

— Lao Wang !

Seule lui répond, estompée, la rumeur joyeuse de la Source des richesses. Pourvu que le vieux revienne avant la fermeture...

— Lao Wang ?

Enfin des pas résonnent à l'étage. Le vieux dormait en attendant ses premiers clients. C'est vers cette heure qu'ils arrivent en général. Avant, ce n'est pas la peine de veiller : il faut d'abord qu'ils perdent tout leur sang. Alors seulement ils viennent supplier le vieux Wang.

— Lao Wang ! *Kuai yi dian !* s'impatiente Gerbet.

— *Deng yi xia... Wait please !*

Comme tous les prêteurs du quartier, Lao Wang pratique un pidgin certes impropre à la spéculation métaphysique et à l'expression de sentiments sophistiqués, mais tout à fait suffisant pour conclure n'importe quelle transaction impliquant du numéraire.

Un ongle se tend à travers le guichet. C'est tout ce que ses clients ont jamais réussi à apercevoir de Lao Wang, cet ongle démesuré à l'extrémité d'un pouce. De son propriétaire il dit tout ce qu'un emprunteur doit savoir : qu'il est prospère, que ses biens travaillent pour lui, qu'on peut lui faire confiance, qu'on ne le roule pas impunément. Cet ongle, c'est son brevet, sa patente, son certificat de bonne vie et mœurs. Il rassure et il dissuade. Le reste demeurera dans l'ombre, silhouette scrutant tout sans jamais s'exposer.

— *No bible! No bible!* se lamente la silhouette tandis que l'ongle repousse les manuscrits. *Bu hao! Very bad! Bible bad luck!*

Lao Wang sait d'expérience que les étrangers, persuadés qu'ils sont de la superstition congénitale des Jaunes, acceptent toujours cette excuse sans discuter. Quand pour un motif quelconque il ne veut pas d'un gage, il lui suffit de dire *Bad luck!* d'un ton terrifié et l'étranger résigné rompt le combat. Mais celui-ci est aux abois, il s'accroche :

— *How much? Two hundred, O.K.?*

— *No... No bible...*

— *One hundred? One hundred bu gui!*

Les « bibles » sont d'un excellent rapport et le vieux sait déjà à qui il revendra celles-ci. Car il va sans dire que ce pauvre hère ne retirera jamais ses gages. Lao Wang sait reconnaître un perdant quand il en voit. Les gagnants n'ont pas de tête particulière, mais les perdants oui. De surcroît, celui-ci n'a déjà plus ses doigts. Inutile donc de le ménager : demain il sera mort. Autant en extraire tout ce qu'il peut. Le rouleau ne vaut pas grand-chose. Mais l'autre est en excellente condition, et surtout il porte ce rarissime cachet rouge d'époque Tang : au bas mot, il se vendra cinq cents yuans. Il va en proposer vingt, mais s'entend prononcer dix. C'est pour ça que Lao Wang a l'ongle si long. Un dieu surveille sa langue.

Dix yuans! Gerbet se réveille soudain : jamais plus il n'entrera à la Source des richesses. Mais il veut encore y croire.

— *What about the gun?* Combien pour le flingue?

En apercevant la pétoire, la silhouette éclate de rire.

— *Gun? Gun bu hao! Gun no value! Understand? Gun nothing!*
Au comble de l'hilarité elle en oublie son pidgin et poursuit en dialecte : Un revolver ? En pleine guerre civile ? Mais dans cette seule maison, il s'en trouve plus que de morpions sur le pubis d'une pensionnaire du Pavillon du Plaisir sans risque !

Ce rire, Gerbet n'en comprend pas la raison, ou plutôt il ne la connaît que trop. C'est le rire des badauds, tout à l'heure, devant le casino, le rire des voyous de sa rue – *Hong Gou ! Hong Gou !* –, le rire des insolentes demandant à voir son argent *d'abord*, le rire du *tycoon* lui refusant son aide, le rire de Madame la Consule quand il la supplia de rester, le rire du gros Cantonais tandis qu'un à un ses doigts giclaient.

Le revolver est chargé, et il lui reste assez de doigts pour appuyer sur la détente.

Avec une jouissance indicible, il vide le barillet. Le rieur paye pour les années d'avanies ravalées, d'humiliations rentrées, d'espoirs trompés, d'entreprises échouées. Il paye pour le crâne chauve, pour la gueule de clown aviné, pour la dégaine de nain, pour le costume dépareillé, pour les chaussures trouées... Pour Shanghai et ses Jaunes hypocrites, Shanghai et sa gentry arrogante. Pour tous les putains de rieurs de cette ville de putains.

I

Californie, unité de survie *Milton Friedman*, février 2032

Souple et décidé, Tash se rétablit. À peine essoufflé, il consulta sa montre : six secondes de mieux que la veille, son meilleur temps. La forme, songea-t-il, satisfait de clore la saison sur un record. Jusqu'au retour du printemps, il ne reviendrait pas : trop dangereux. À plusieurs reprises ses doigts nus étaient restés collés aux poutrelles de fer givrées. Par deux fois, ses pieds avaient glissé. Son Mandat lui prescrivait de s'entraîner, pas de se tuer. Il s'assit et, les jambes dans le vide, goûta d'un repos bien mérité.

Au-dessus de lui, seules apparences de vie en ce lieu de mort, tournoyaient vautours et milans, attirés par l'odeur de charogne qui par les évents refluait des entrailles de l'édifice, où pourrissaient les Larves les plus anciennes. Mais ce soir la brise soufflait dans le bon sens, et le jeune homme avait l'habitude.

Le soleil couchant peinait à percer le voile de cendres permanent qui jaunissait le ciel depuis l'explosion de Tchernobyl II. C'est tout juste si l'on distinguait, mille mètres en contrebas, les usines de climatisation, centrales d'énergie, stations d'épuration, tours de condensation, qui étaient à la Pyramide ce que le cœur et les poumons sont à l'estomac. Entre ces organes colossaux déferlaient par de formidables artères d'acier les déluges de fluides nécessaires à la digestion des Larves.

Dans le port, pareilles à des girafes démesurées écartant leurs pattes pour brouter, les grues automatiques déchargeaient les barges en provenance des pouponnières. Sitôt débarqués, les cocons étaient transbordés sur des convoyeurs téléguidés, hissés au faîte de l'édifice, et soudés aux alvéoles qui les attendaient.

Tash se releva. Dressé au sommet de la Pyramide, sa chevelure de jais flottant au vent, entouré d'une garde de titans immobiles et farouches – parafoudres présentant les armes, évents obséquieux courbés comme dans l'attente d'un ordre, paraboles vigilantes scrutant les cieux –, le jeune colosse avait l'insolence d'un demi-dieu défiant l'Olympe. Sous ses pieds, recroquevillés dans leurs caisses d'acier rongées par les pluies acides, végétaient dix millions d'insectes humains.

De la Grande Peste, Tash ne savait que ce que les anciens lui avaient enseigné. Bien avant sa naissance, un virus satanique – né, comme toute authentique diablerie, de la haine et de l'habileté d'un homme – avait terrassé la planète. En quelques années, un tiers de l'humanité avait péri. À la suite de cette catastrophe, une idée avait germé dans les plus hautes sphères du Pacte. Elle tenait en deux mots : *Zéro Contact*. Pour éviter la propagation du mal et prévenir sa répétition, le plus simple était de prohiber tout contact physique. La survie de l'espèce humaine était à ce prix. Pas une voix ne s'était élevée pour critiquer la proposition, ou s'il s'en était trouvé, nul ne l'avait entendue. Les *think-tanks* huppés avaient établi de savantes projections, les cénacles savants débattu, les ingénieurs calculé, les politiques délibéré et pour finir l'on avait accouché de la Convention internationale Zéro Contact, qui rendait légale la plus grande entreprise de *re-engineering* des populations jamais osée dans l'histoire de l'humanité, le Grand Enfermement.

Vus de l'extérieur, c'étaient des containers, en tous points semblables à ceux utilisés pour le transport des marchandises. À l'intérieur, ils étaient aménagés comme ces caravanes dont la mode avant-peste s'était répandue parmi les couches populaires.

On les empilait au fur et à mesure sur les aires de stockage. Une fois en place, on les branchait aux circuits d'air conditionné, d'eau, d'électricité, d'évacuation des effluents, puis on les connectait au Web. L'œuvre sournoise du temps pouvait commencer.

Ces mégalopoles ressemblaient aux terminaux de fret de Marseille, Rotterdam ou Hong Kong, montagnes de métal desservies par des myriades d'engins. En raison de leurs dimensions pharaoniques, les NoPlugs les avaient nommées « pyramides », bien que leurs sommets tronqués évoquassent davantage les ziggourats assyriennes. Typiquement, on comptait dix millions d'occupants par « unité de survie », mais le plus gigantesque de ces amoncellements – trois kilomètres de côté, douze cents mètres d'altitude – en abritait quarante-cinq millions, la totalité des rescapés de la côte Est des États-Unis... La population entière des U.S.A. était concentrée dans onze pyramides, celle de la France dans trois, tandis que le peuple nippon, qui avait le plus souffert de la Peste, tenait tout entier dans cinq.

La pyramide de Tash s'édifiait sur l'ancienne base de l'U.S. Air Force d'Edwards, au nord de Los Angeles. Il y régnait un silence de nécropole, à peine troublé par le doux feulement des robots de manutention. Du sol, nul autre son n'était perceptible. S'il s'était trouvé un passant, il aurait eu peine à admettre que dans les entrailles de ces fourmilières d'acier grouillaient des millions de Larves humaines. Mais, au contraire de la nature où les cocons finissaient toujours par libérer leurs occupants, de ceux-ci nul ne sortait jamais : on y naissait, on y peinait, on y mourait. C'était des berceaux et c'était des tombeaux.

Ce qui scandalisait Tash, ce n'était pas tant que le Pacte ait conçu l'idée des cocons, mais que des nations entières aient consenti à s'y ensevelir et, une fois emmurées, à y demeurer. De fait, quand les Imbus commencèrent à instiller dans les esprits l'idéal Zéro Contact, ils n'y rencontrèrent que peu de résistance. À cette époque, en effet, pas un jour ne s'écoulait sans que l'homme de la rue n'apprît un nouveau désastre. Le temps était passé, plus vite que n'avaient prévu leurs promoteurs, sur les centrales nucléaires qui l'une après l'autre payaient leur tribut à l'arrogance de l'esprit et à la corruption de la matière. À ces menaces de source industrielle s'ajoutaient celles d'origine sociale. Bactéries et gaz innervants étaient devenus les armes ordinaires des terroristes, le terrorisme le moyen d'expression ordinaire des *desperados*, et le désespoir l'état d'esprit ordinaire des masses. La Peste acheva de convaincre l'opinion que le grand air était devenu, au sens propre, irrespirable. Elle accueillit les cocons comme un mal nécessaire. Moyennant quoi, alors que les planificateurs avaient prévu d'étaler les opérations sur trois décennies, la moitié suffit pour achever le Grand Enfermement.

Au demeurant, l'Occident n'avait pas attendu la Peste pour s'encoconner. Zéro Contact parachevait un mouvement amorcé dans la seconde moitié du vingtième siècle, à l'avènement des moyens de communication de masse. Ce siècle paradoxal avait présidé à l'extrême interconnexion des individus en même temps qu'à leur extrême isolement. L'industrie de la communication y avait connu un développement parallèle à celle du blindage. Le Web avait encore accéléré cette tendance à la réclusion. La Peste fut donc l'occasion d'institutionnaliser un confinement déjà largement passé dans les mœurs. Les gosses hallucinés des années 1990, soudés six heures par jour à leurs consoles vidéo, accueillirent les cocons, vingt ans après, comme une évolution naturelle : ils n'étaient, somme toute, que la concrétisation d'un vieux rêve, l'immersion totale dans un monde virtuel, hors d'atteinte des vicissitudes du réel.

Certains pourtant échappaient aux cocons. D'abord ceux que leurs fonctions appelaient à se déplacer physiquement, pour l'essentiel flics, miliciens et autres chiens de garde. Le Saint-Siège aussi avait obtenu que ses clercs fussent exemptés d'encoconnement et continuassent d'aller et venir comme bon leur semblait entre leurs abbayes, couvents et séminaires. Mais surtout, il y avait les Imbus, cette élite de politiciens, hauts fonctionnaires et financiers qui avait imaginé les cocons d'autant plus facilement que pas un instant elle n'avait envisagé de s'y enfermer. Comme tout le monde, Tash avait entendu parler des dômes, fabuleuses cités de cristal où, au sein d'une nature reconstituée, les privilégiés de la société Zéro Contact coulaient des jours bucoliques. Au reste, l'existence de ces passe-droits ne le choquait pas, car elle était dans la nature d'une civilisation qui avait tout misé sur la séparation des genres.

À l'égard des reclus des pyramides, Tash n'éprouvait aucune sympathie, mais le mépris de l'homme libre pour les esclaves. S'ils restaient enfermés, c'est qu'ils le voulaient bien, se justifiait-il pour balayer ses scrupules. Et s'ils acceptaient leur sort, ils ne méritaient pas mieux. Lui-même n'avait pas quinze ans lorsqu'il s'était évadé.

Le jeune homme appartenait à la première génération d'enfants nés dans les cocons. Il n'avait partagé celui de sa mère que le temps du sevrage. Quant à son père, il n'avait jamais su où il vivait. Il ne communiquait avec lui que par le truchement du Web. C'est d'ailleurs par ce moyen que ses parents s'étaient rencontrés. Quand ils avaient voulu un enfant, ils avaient formulé une demande auprès de la Cigogne, l'institution chargée du planning familial qui, sur la base de tests génétiques, autorisait ou non les appariements. Les parents de Tash répondaient aux critères. Ils avaient acquitté les droits de reproduction, et la Cigogne avait fabriqué Tash selon la technique classique de fécondation *in vitro* suivie de transfert d'embryon, seul procédé garantissant, à en croire la publicité, un contrôle absolu de la qualité bactériologique du produit. À l'âge de six ans, on avait séparé le petit de sa mère pour le transférer dans son cocon personnel. Dès lors, ils avaient vécu comme toutes les familles, ne se réunissant plus que sur le Web, par avatars interposés.

Tash se souvenait avec émotion de ces longues veillées virtuelles où les anciens assemblés autour de son père entonnaient encore et encore la geste tragique de la nation Sioux. Par la magie de leurs incantations son cocon s'ouvrait alors sur la prairie sans limite et retentissait de l'écho des chevauchées, du grondement des charges de bisons, des chants de victoire des guerriers. C'est ainsi que, très jeune, il avait compris que le monde dans lequel il vivait n'était que l'ombre du monde réel. Et pour avoir des nuits durant vibré aux exploits du héros dont il portait le nom – le fameux Tashunka Witko, dit Crazy Horse, dernier des chefs de guerre Sioux, assassiné pour avoir refusé de céder les territoires de chasse de ses ancêtres –, il avait aussi très tôt compris que l'engeance qui jadis avait parqué son peuple dans les réserves était celle même qui aujourd'hui emprisonnait ce qui en restait dans les pyramides.

Chaque cocon disposait d'un sas automatique par lequel s'effectuaient tous les échanges matériels. Les robots de manutention y déposaient, sous emballage stérile, les provisions. Elles y subissaient le contrôle bactériologique final, si nécessaire un traitement de décontamination, après quoi la porte intérieure se déverrouillait, livrant son contenu. Il n'y avait pas d'autre ouverture. C'était donc par là qu'on s'évadait, ou du moins qu'on essayait, car la plupart du temps le téméraire brisait le sas, passait la tête dans l'ouverture, puis, réalisant à quelle altitude il se trouvait, poussait un cri de détresse et aussitôt battait en retraite. Tash avait ses statistiques. Il dénombrait une tentative pour cinquante mille Larves, et pour vingt tentatives une seule réussite. Les velléitaires mouraient entre ciel et terre, d'indécision autant que de froid et de faim, le bris du sas causant l'interruption automatique des approvisionnements. D'autres – dévissant dans la descente, ou se précipitant pour en finir – s'écrasaient au sol, mille mètres en contrebas. Bon an mal an, la Pyramide livrait ainsi deux cents carcasses aux charognards.

Tash, lui, avait réussi. Son monde depuis se partageait en deux catégories : les Larves et les NoPlugs. Né Larve, Tash en s'évadant était devenu NoPlug. Les deux races s'ignoraient mutuellement. Les Larves ne savaient des NoPlugs que ce que la propagande des Imbus leur en inculquait : qu'ils étaient dangereux. Quant aux NoPlugs, ils s'interdisaient toute coopération avec les prisonniers des cocons. C'était la seule exception à l'Éthique, mais elle était formelle. Certes, la Promesse annonçait qu'un jour viendrait où de ces cocons surgirait une Larve, et que sous sa conduite les NoPlugs vaincraient les Imbus. C'était d'ailleurs en vue de cet avènement que le jeune homme s'entraînait. Mais en attendant, il s'abstenait de toute fraternisation.

La Pyramide n'était aux yeux de Tash rien d'autre qu'un magasin, pourvoyant à tout ce que lui et les siens ne pouvaient produire de leurs mains – matériaux, outils, pièces de rechange ou médicaments... Tout autre que lui se serait égaré dans cet Everest d'acier. Mais, pour l'avoir explorée maintes et maintes fois, Tash connaissait à fond sa Pyramide et se dirigeait d'emblée vers les zones où il avait le plus de chances de trouver ce qu'il convoitait. Était-ce un jouet? Il prospectait la couche haute, où les plus jeunes venaient d'arriver. Dans les strates basses, il s'approvisionnait en remèdes pour les vieillards, mais s'il descendait encore, il ne trouvait plus rien : là reposaient pour l'éternité les premières victimes du Grand Enfermement. C'était là de préférence qu'il démontait l'amplificateur, la pompe, le moteur qu'on lui avait commandés : Tash, qui gérait sa mine en bon père de famille, s'imposait de ne jamais cannibaliser un cocon dont la Larve vivait encore et de toujours finir un cocon entamé avant d'en désosser un autre. Armé de ces principes, de qualités athlétiques impressionnantes et d'un solide sens pratique, il s'était constitué parmi les NoPlugs une clientèle assidue : quand le réfrigérateur d'avant-peste rendait l'âme, Tash était souvent le dernier recours. Moyennant quoi les siens ne manquaient jamais de rien.

Mais il n'était pas venu pour rêvasser. Il était temps de songer à sa mission. Indifférent au vertige comme tous ceux de sa race, le garçon s'élança dans l'abîme. Au début, il circulait dans les travées en s'accrochant aux tuyaux et aux poutres. L'assurance venant, il avait adopté la technique plus rapide des bouquetins, profitant des moindres aspérités pour bondir d'une paroi à l'autre. En quelques secondes il atteignit son premier objectif.

A priori, rien ne le distinguait des autres cocons, et sans une circonstance particulière Tash ne l'aurait jamais remarqué. Un jour qu'il était en quête de fibres optiques pour l'un de ses clients, il avait été intrigué du nombre de câbles blindés qui y convergeaient. Un cocon standard ne recevait qu'une fibre – celle qui le reliait au Web – et ce câble ne possédait pas de protection particulière. Celui-ci au contraire était au centre d'un réseau sécurisé et de capacité élevée. En suivant jusqu'à leurs extrémités ces faisceaux très spéciaux, Tash avait très vite compris leur fonction : ils reliaient le cocon à l'ensemble des caméras infrarouges, détecteurs laser, armes automatiques et autres dispositifs qui, vingt-quatre heures sur vingt-quatre, veillaient à la quiétude des Larves. Tash était tombé par hasard sur ce que les NoPlugs cherchaient en vain depuis longtemps : le P.C. de sécurité de la Pyramide.

Sans soupçonner un instant la présence indiscrète de Tash, le détective Hataway, chef de la sécurité de l'unité de survie *Milton Friedman*, achevait en hâte de se raser. Plus que dix minutes avant la téléconférence et la turne était encore dans un désordre épouvantable ! C'était un des aspects déplaisants du travail à domicile : il n'y avait plus de vie privée. Avant, quand il avait fait la fête, il passait un coup de fil au bureau et restait chez lui cacher sa gueule de bois. À présent les collègues débarquaient sans prévenir, de jour comme de nuit. Tu parles d'une intimité ! À part ce cabinet de toilette exigu, pas un recoin du cocon n'échappait à l'optique grand angle de la caméra. Et s'il ne se grouillait pas, dans un instant sa face de métèque mal léché apparaîtrait à l'écran du Boss sur fond de canettes vides, de lit défait et de vaisselle sale. Dire qu'à en croire Billy, il suffisait de quelques commandes sur son clavier pour que tout semble en ordre ! Encore aurait-il fallu qu'il sache s'en servir, de ce foutu clavier. Plusieurs fois le gosse avait proposé de lui apprendre à trafiquer son image pour qu'elle paraisse impeccable sur les murs-écrans de ses interlocuteurs. « C'est pourtant simple, papa, il y a des bibliothèques spéciales pour ça, avec toutes les tenues imaginables. Tu désignes à l'ordinateur le look désiré, il le superpose à ton apparence réelle et le tour est joué ! » Mais que resterait-il de son autorité s'il acceptait des leçons de son propre fils ? Plutôt continuer à faire sa toilette à l'ancienne, au risque d'exhiber une mine patibulaire les lendemains de beuverie.

Aussi, quelle mouche avait soudain piqué le Boss ? se demandait-il avec une pointe d'irritation. Jamais jusqu'ici il n'avait convoqué ensemble les responsables de sécurité des onze pyramides. Était-ce l'affaire WonderWorld ? Dans ce cas, Hataway voyait mal ce qu'il pouvait faire. Et de toute façon, à quoi bon claquer l'argent des contribuables ? Puissante parmi les puissantes, WonderWorld, qui avec ses multimédias pompait bon an mal an deux mille milliards dans les cocons, pouvait se défendre seule.

— Messieurs, votre attention s'il vous plaît...

Comme tous les orateurs sujets au trac, le Boss amorçait toujours de façon cérémonieuse. Mais ça ne durait jamais : dès qu'il s'était échauffé sa bonhomie native reprenait le dessus.

— Ces images ont été prises hier. Accrochez vos ceintures et gardez vos commentaires.

Sans autre préparation, il balança les photos.

Hataway ne put réprimer un haut-le-cœur. Largement ouvertes du pubis au sternum, les quatre filles avaient été éviscérées comme des volailles.

— Ce ne sont pas des images d'autopsie, on les a bien retrouvées telles quelles, confirma le Boss qui sentait l'incrédulité de ses troupes. Incisions de qualité professionnelle, au scalpel. Contrairement aux apparences, la cause de la mort est l'asphyxie. Les victimes présentaient de multiples fractures de la cage thoracique et de la colonne vertébrale, comme si leur assassin les avait broyées avant de les éventrer et de leur arracher les tripes. La première de la série a été retrouvée dans son studio du dôme d'Aspen...

À l'évocation du lieu de villégiature préféré de la haute société du Pacte, les flics redoublèrent d'attention.

— Elle se nomme Carla Lopez, vingt-quatre ans. Sans occupation définie, elle vivait des faveurs de vieux messieurs fortunés. La nuit de sa mort, Carla a fêté, en compagnie de trois amies, un héritage inattendu qui la plaçait, selon ses propres dires, « définitivement hors du besoin ». C'est en cherchant à recueillir les témoignages des participantes de la fiesta que nous avons découvert les autres victimes. Les trois filles ont été occises dans l'intimité de leurs cocons, respectivement : pyramides Deux, Sept et Neuf. Leurs décès sont intervenus à quelques minutes d'intervalle. Comme Carla, elles figuraient dans nos fichiers en tant que prostituées de...

Il n'eut pas le temps de finir. Comme autant de chevaux piaffant d'impatience dans la starting-gate, les onze flics se ruèrent dans la course aux hypothèses. On écarta en s'esclaffant la théorie d'un hara-kiri général. On voyait mal les filles s'éventrer, puis ranger leurs abats dans un coin de leur cocon avant d'aller s'allonger pour l'éternité dans l'autre. Les pyramides concernées étaient distantes de milliers de kilomètres. Ça éliminait le scénario du crime d'un dément auquel tous avaient d'emblée songé. Ce ne pouvait être qu'une action concertée entre plusieurs criminels. Pareille hécatombe ne s'improvisait pas. Pour parvenir à un tel degré de coordination, il fallait une organisation de type militaire. Militaire ou terroriste. Alors, les NoPlugs ? D'habitude, ils s'attaquaient à des cibles politiques. Encore qu'on ait rapporté plusieurs cas d'agressions individuelles ces derniers temps, mais ça, ils n'y croyaient pas. Ils mettaient plutôt cette rumeur sur le compte de la propagande, qui ne reculait devant rien pour diaboliser le mouvement. Dans ce cas, une secte, plutôt ? C'est ça, une secte ! Les tripes arrachées évoquaient assez un rituel satanique...

— Mes enfants, j'entends vos moulins à théories qui turbinent à toute berzingue, mais c'est dans le vide, ironisa le Boss. Vous allez vous claquer les pignons pour que dalle. Attendez de connaître la fin.

Il fit une pause, pour juger de son effet. Stoppés net dans

leur élan spéculatif, les flics étaient suspendus à ses lèvres. Alors, en détachant bien les syllabes, il articula :
— *Les sas étaient intacts.*

Cette fois, en dépit de leur bonne volonté, les moulins à théories demeurèrent grippés. Ces hommes étaient tous intelligents, sensés et expérimentés. Mais ce qu'il leur demandait là était au-dessus de leurs capacités. La situation était, à proprement parler, impensable. Ils étaient formés à raisonner sur des faits concrets, *naturels*. Mais là, on venait d'outrepasser la frontière du surnaturel. Si les sas étaient intacts, ce n'était pas de flics que le Boss avait besoin, mais d'exorcistes. Car comment expliquer autrement que par l'entremise du diable le fait que ces malheureuses aient été étripées *sans la moindre intervention extérieure ?*

— Quelqu'un a une brillante idée ? relança le Boss d'un ton provocateur.

D'idée, Hataway en avait bien une, mais il n'osait l'articuler. Une affaire délicate qu'il avait eu à traiter... Mais c'était un peu personnel et les collègues risquaient de se foutre de sa gueule. Non, décidément, mieux valait s'abstenir. Pourtant, à y regarder à deux fois, il ne voyait pas d'autre explication au mystère de ces sas fermés.

— Si je n'avais pas peur de paraître... ridicule...
— Paraissez, Ben, paraissez ! encouragea le Boss.
— Eh bien, en théorie — je dis bien : en théorie —, il y aurait une solution...
— Allez-y !

Il sentit qu'il ne pouvait leur balancer sa bombe sans un minimum de mise en condition.

— Il serait utile, si vous êtes d'accord, de faire au préalable un petit détour. Il s'agit d'une histoire dont j'ai eu à m'occuper le mois dernier et qui est arrivée à une prof de maths de mes connaissances. Toutes les nuits, elle jouait au polochon avec...

La seule évocation du polochon déclencha chez les flics un déluge de rires graveleux et de plaisanteries de corps de garde.

Les « simulateurs d'interactions par avatars 3D » – selon leur appellation officielle – permettaient de matérialiser chez soi des fac-similés en trois dimensions d'interlocuteurs vivant à des milliers de kilomètres. Dans cette civilisation interdisant le moindre contact physique direct, ces *avatars* – que pour une raison inconnue chacun nommait « polochons » – étaient les instruments incontournables de toute convivialité.

Ces miracles de technologie étaient les lointains parents des télémanipulateurs en usage au vingtième siècle dans les industries nucléaires et spatiales, qui reproduisaient à distance, avec une main artificielle, les gestes d'un opérateur humain. Les studios de Hollywood appliquèrent ces techniques à la confection de marionnettes plus ou moins réalistes, auxquelles des animateurs donnaient vie à l'aide d'une timonerie compliquée. Puis ils trouvèrent le moyen de transférer sur des images synthétisées en temps réel les mouvements et expressions, capturés par une caméra, d'un acteur humain. Ces avatars 2D, comme on les appela, bouleversèrent l'industrie du dessin animé et du jeu vidéo puis connurent un énorme succès populaire sur le Web, où chacun put dorénavant se faire « représenter » par un ou plusieurs avatars de sa composition. Mais la véritable révolution survint quand les studios parvinrent à appliquer les gestes et expressions naturels de l'acteur non plus sur une image d'ordinateur, mais sur une marionnette, donnant ainsi naissance à l'avatar 3D.

Hataway se souvenait avec amusement des premiers pas dans la vie de ces ancêtres maladroits et d'apparence caricaturale, pas si différents, au total, de ces guignols à l'abri desquels les chansonniers dans sa jeunesse parodiaient les hommes politiques. Depuis, quels progrès! Robotique, intelligence artificielle, nano-mécanique, matériaux nouveaux, les polochons modernes avaient mobilisé la quintessence de la science et de la technologie. Leur squelette en fibres de carbone se composait de segments télescopiques. Des nano-moteurs en réglaient taille et stature. Leur crâne à géométrie variable, avec ses quarante-trois nano-mécanismes, était à cet égard un chef-d'œuvre que n'eussent pas renié des horlogers suisses. Leur musculature, constituée de fibres synthétiques contractiles, leur conférait à la fois forme, volume et motricité. Leur épiderme était taillé dans un matériau élastique à pico-pigments adressables. Selon qu'elles recevaient ou non une commande électrochimique, ses cryptes moléculaires s'ouvraient ou se fermaient, découvrant ou cachant le pigment coloré qu'elles contenaient. Cette peau artificielle incluait par ailleurs des pico-capsules permettant de diffuser arômes et phéromones. La totalité des paramètres de ce mannequin high-tech − taille, carrure, forme du corps et traits du visage, coloration et texture de la peau, odeurs − étant ainsi modifiable à volonté, l'on pouvait obtenir chez soi la réplique à l'identique de n'importe quel modèle, adulte ou enfant, homme ou femme, situé n'importe où sur le Web.

Le principe était simple : côté émetteur, un scanner laser « photocopiait » en continu le corps du partenaire... Un étage d'interprétation intelligent transformait ces données brutes en une description sémantique qui était transmise via le Web au dispositif récepteur où elle était traduite en commandes élémentaires, sous l'action desquelles la marionnette ajustait ses paramètres pour reproduire la forme, les gestes, la physionomie et les expressions exacts du modèle. Le processus étant symétrique, pendant qu'Hataway recevait dans son cocon l'avatar d'un ami, ce dernier accueillait chez lui le sien. À la fin de la communication, les paramètres reprenaient leurs valeurs par défaut, l'avatar se relâchait, les traits de son visage s'effaçaient, et il ne restait qu'à ranger le mannequin inerte au placard.

La mise au point de cette technologie n'avait pas été sans problème. L'inspecteur avait été témoin de nombreux accidents, parfois mortels, dus au comportement brutal et sans nuance des premiers polochons. En effet, leur sensibilité se limitait à la vision et à l'audition. En l'absence de tout *feed-back* cénesthésique, ces marionnettes n'avaient aucun moyen d'adapter au contexte l'intensité de leurs mouvements. Il leur arrivait d'écraser les objets qu'elles saisissaient, faute d'une correcte appréciation de leur fragilité, ou de les laisser échapper pour avoir sous-estimé leur poids. Mais avec les progrès de l'intelligence artificielle ce problème avait disparu : désormais, les avatars n'imitaient plus bestialement leurs modèles, mais interprétaient leurs intentions et réglaient leur comportement en conséquence. Ils savaient distinguer entre tendre la main pour caresser et faire le même geste pour frapper.

Le polochon faisait à présent partie de l'équipement standard de tout cocon neuf. Hataway s'y était attaché, comme à un animal de compagnie qui aurait eu la faculté de changer de physionomie au gré de ses humeurs, et regrettait que pour des raisons de place on n'en ait installé qu'un, ce qui en limitait l'usage aux seuls face-à-face. On pouvait certes, en prévision de réunions plus nombreuses, louer des polochons supplémentaires, mais ce n'était pas donné et il fallait commander à l'avance. Pour un poker impromptu avec les copains, rien ne valait la bonne vieille vidéoconférence.

En dépit de cette réserve, l'intérêt du gadget était considérable. Grâce à lui il pouvait, sans se déplacer, rencontrer Billy, jouer, se chamailler, rire et trinquer avec lui, comme s'il avait été là, en chair et en os. Amateur d'arts martiaux, Hataway s'entraînait ainsi à domicile avec des adversaires du bout du monde. Aux prises avec leurs avatars, il éprouvait toutes les sensations d'un corps à corps réel, l'inertie de la masse, la puissance des mouvements, la violence des chocs... L'avatar l'empoignait au kimono, le soulevait, le projetait au tapis, comme l'aurait fait un partenaire réel... Hataway ne se leurrait pas : ce n'était pas cet usage des polochons qui provoquait les rires gras de ses collègues... Mais lui, quand il songeait à cet emploi-là, n'avait aucune envie de sourire. Le frou-frou sensuel des cheveux de Betty lui manquait trop...

— Toutes les nuits, donc, reprit Hataway quand le chahut cessa, la donzelle, par polochon interposé, s'envoyait en l'air avec le beau moniteur de gym. Une vraie bête, ce mec : alors qu'au lendemain de ces nuits torrides la prof apparaissait à l'écran de ses élèves les yeux cernés, luttant contre le sommeil, lui, alerte et fringant, menait les siens tambour battant comme si de rien n'était. Cette idylle secrète durait depuis trois mois quand – incapable de garder plus longtemps pareil bonheur pour elle seule – elle éprouva le besoin de s'en ouvrir à sa meilleure amie, qui aussitôt découvrit le pot aux roses...

— Ce n'était pas lui..., interrompit un flic.

Satisfait, Hataway constatait que son histoire commençait à produire l'effet escompté : les moulins se dégrippaient.

— En effet : le pauvre est tombé des nues en apprenant les bruits qui couraient sur son compte... Mais alors, qui était-ce ?

— Un de ses élèves qui se faisait passer pour lui ? suggéra un autre.

— Tu brûles...

— Il y en avait... plusieurs ? hasarda un troisième.

— Toute une classe de seconde ! Depuis un trimestre, soir après soir, la nana se faisait baiser par une vingtaine de potaches égrillards.

— Petits salauds ! Et... comment son amie a-t-elle su ?

— Le bel athlète n'aimait pas les femmes. De tout le lycée, seule notre oie blanche l'ignorait. Un des garçons l'avait « dragué » sur le Web, histoire d'enregistrer ses paramètres physiques : enveloppe 3D, cinétique des mouvements, échantillonnage de la voix, bref, tout ce qu'il fallait pour confectionner un polochon des plus convaincants. Les as du clavier s'appliquèrent ensuite à améliorer ces données brutes : le sportif étant à leurs yeux indignement pourvu par la nature, ils entreprirent d'« éditer » son sexe de façon à le rendre plus... gratifiant. Après enquête et essais comparatifs, où les mérites de différentes options furent âprement discutés, un comité *ad hoc* se prononça pour un phallus assyrien du IIIe siècle av. J.-C., dégoté sur le site Web du British Museum. Pour plus de confort, la chose réelle étant de marbre, ils en modifièrent l'élasticité et la texture. Les filles insistèrent pour qu'on dotât l'amant virtuel d'une voix plus suave : ils la rééchantillonnèrent en la mâtinant d'une larme d'Elvis dans les basses et d'un poil d'Iggy Pop dans les aigus. Les littéraires s'employèrent à lui composer des tirades dignes de l'antique, en soignant la prosodie. Une querelle opposa à ce sujet les Anciens et les Modernes. On élabora un compromis : le Golem déclara sa flamme tantôt en alexandrins dignes de Ronsard et du Bellay, tantôt en hexamètres qu'Homère en personne n'eût pas dédaignés. Les soirs de « session », les plus expérimentés dans l'art d'aimer s'occupaient à tour de rôle du polochon de l'ingénue, le caressaient, l'étreignaient, le pénétraient, selon la partition écrite en commun, laissant toutefois place à de brillantes improvisations. Le Kama-sutra y passa en totalité, mais aussi quelques ouvrages plus innovants exhumés de l'enfer de la Bibliothèque vaticane. Chacun y mettait du sien, selon son talent personnel : une vraie pédagogie de groupe, que n'auraient désavouée ni Freynet ni Montessori. Question concentration et adrénaline, les gamins n'avaient rien à envier aux opérateurs d'une salle de contrôle de la NASA. Chacun était à son poste, surveillant les paramètres critiques, prêt à intervenir en cas d'incident pour ramener la prof sur sa trajectoire nominale, celle qu'ils avaient calculée à la seconde près pour la propulser au septième ciel. Croyez-moi, jamais femme n'eut autant d'amants appliqués au même instant à la faire jouir. Et les clameurs, les congratulations, quand l'orgasme enfin explosait, étaient comme l'écho à peine atténué de celles qui fusèrent à Cap Canaveral lorsque Armstrong posa le pied sur la Lune.

– Dis-nous, Ben..., demanda un flic égrillard, comment connais-tu ces détails ?

Hataway s'était déjà trop mouillé. Il se jeta à l'eau.

– Eh bien... un des astronautes en question n'était autre

que... Billy, mon prodige de fils, avoua-t-il tandis qu'ils éclataient de rire.

Quand les commentaires furent taris et que chacun eut recouvré ses esprits, le Boss intervint.

— Votre histoire est très drôle, Ben, mais où diable voulez-vous en venir ?

Hataway était à présent très sûr de lui.

— À ceci, Boss : il existe une possibilité que les putes aient été assassinées *par leur polochon*.

À présent décalaminés, les moulins redémarrèrent au quart de tour. C'était évident! L'Éventreur était entré chez ses victimes par le truchement de leur polochon, en revêtant les apparences d'un familier, d'un client peut-être, pour tromper leur vigilance! Cela expliquait aussi la quasi-simultanéité de ces agressions : l'avatar assassin pouvait traverser le continent à la vitesse de la lumière. On était en présence d'un télékiller, le premier de l'Histoire du Web!

Dans le chœur unanime, une voix discordante soudain s'éleva. C'était Mayer, le flic de la Sept.

— Il me semble que vous négligez tous quelque chose...

— Et quoi donc, je te prie ? s'inquiéta Hataway, qui n'appréciait guère qu'on lui gâchât sa fête.

— L'arme du crime..., répliqua Mayer. Jusqu'à preuve du contraire, les scalpels ne voyagent pas sur les ondes...

— Il a pu trouver ce qu'il fallait sur place, hasarda un étourdi.

— Ah oui ? ricana le contradicteur. Je vois d'ici la scène : *Bonsoir, mademoiselle, c'est pour l'éventration. Vous n'auriez pas un scalpel dans votre trousse de couture ?*

— Dis-moi, Mayer, l'interrompit Hataway d'un ton cassant. Quand t'es-tu fait soigner les dents pour la dernière fois ?

— Pourquoi, demanda l'autre, hostile. Mon haleine t'incommode ?

— Réponds!

— Pas plus tard que la semaine dernière, figure-toi. On m'a extrait une dent de sagesse, si tu veux tout savoir!

— Mes compliments. Tu es donc allé voir un dentiste ?
— Ne dis pas de conneries ! Il m'a opéré à domicile, comme tout un chacun !
— Tu veux dire que le digne praticien s'est déplacé jusqu'à toi ?

Mayer commençait à s'énerver.

— Au cas où tu ne le saurais pas, il existe pour ce genre d'intervention à distance quelque chose qu'on nomme « simulateur d'interactions par avatars 3D »... « polochon » si tu préfères... Tu connais ?
— Donc le dentiste ne s'est pas déplacé en personne, mais a officié par avatar interposé. J'en déduis que tu disposais dans ta trousse de couture de tout le matériel nécessaire ?
— Tu sais très bien qu'il faut le faire livrer avant l'intervention du dentiste...
— Nous sommes bien d'accord : Pour les interventions de petite chirurgie, on appelle MediWeb qui livre à domicile les instruments de façon que l'homme de l'art, ou plutôt son avatar, trouve sur place tout ce dont il a besoin au moment d'opérer. Dis-moi, à présent, Mayer, comment notre Éventreur a-t-il procédé pour ses petites interventions ?
— Il... Il faisait livrer ses scalpels par MediWeb !

La clameur consacrant le triomphe du détective mit un certain temps à s'éteindre.

— Félicitations, Hataway, déclara le Boss quand le calme fut revenu. Tout cela demande bien sûr à être vérifié, il suffira d'éplucher les logs de MediWeb. Quoi qu'il en soit, vous comprendrez, messieurs, que la plus grande discrétion s'impose...

Hataway et ses collègues n'avaient aucune peine à imaginer la panique si demain la presse titrait : « L'Éventreur couchait avec ses victimes. »

— ... mais pour ce que je vais vous montrer à présent, j'exige le secret le plus absolu.

Deux cadavres apparurent sur les écrans.

En dépit de leurs effroyables mutilations, tous les reconnurent.

Le premier était Anton Gershman, chef inspecteur au F.B.I.

Quant au second, c'était John Polack, inspecteur senior à la Securities Exchange Commission, la gendarmerie de Wall Street.

Collègues respectés, pères de famille aux mœurs absolument régulières, le seul trait que les deux superflics partageaient avec le quatuor de poules était, du pubis au sternum, une large échancrure rouge.

Fasciné, Tash ne perdait pas une miette de la conversation des flics, quand son attention fut attirée par un spectacle insolite.

À quelques mètres au-dessus de sa tête, indifférent aux bourrasques et aux sifflements des milans, l'air affairé mais sans précipitation inutile, assuré comme quelqu'un qui connaîtrait le but de son équipée et serait bien déterminé à l'atteindre, tantôt trottant sur le méplat d'une poutrelle, tantôt grimpant le long d'un câble, progressait un rat.

Un rat! À mille mètres d'altitude! Sa présence ne pouvait signifier qu'une chose : nourriture. Mais où diable espérait-il s'approvisionner au sommet de cette montagne d'acier? Il semblait pourtant savoir où il allait. Tash amusé le suivit du regard.

Censés isoler leurs occupants des sources de contamination extérieures, les cocons étaient en réalité, la rouille aidant, percés de toutes parts. Celui-ci était plutôt bien conservé. Dans un angle pourtant se trouvait une fente où le rongeur se faufila. Intrigué, Tash tenta d'y glisser un œil. En vain. Il y plaqua l'oreille.

La Larve – à première ouïe un garçon – sanglotait.

Tash haussa les épaules et se dit qu'il était temps de songer aux choses sérieuses.

Si Tash avait pu apercevoir le pleureur, son mépris n'en aurait été que plus vif. Avec ses fines boucles blondes encadrant un visage aux traits délicats il avait l'air d'une adolescente à peine soustraite aux caresses abusives de sa mère. Pourtant, en l'observant mieux, Tash aurait pu déceler un motif de lui accorder quelque estime : à l'inverse de la grande majorité des Larves que le manque d'exercice rendait obèses, le garçon, sans être athlétique, n'en avait pas moins une dégaine svelte et tonique qui dénonçait l'usage intensif du home-trainer. Et si ses yeux d'un vert de jade n'avaient été brouillés de larmes, Tash y aurait lu une détermination au moins égale à la sienne. Ces yeux-là ne s'épanchaient pas pour rien. De fait, pour les embuer ce soir, il avait fallu l'écroulement d'un monde.

En apercevant le museau gris d'Hector, Calvin retrouva le sourire.

— Toi au moins tu ne racontes pas de craques, dit-il au petit rongeur en lui grattant le sommet du crâne.

L'animal couina, ce qu'il prit pour la protestation de loyauté qu'il espérait. Au terme de ces deux journées éprouvantes, de tous ses compagnons, lui seul demeurait sans reproche. Les autres s'étaient révélés fourbes et menteurs. Ils avaient abusé de lui. Mais à présent, c'était fini. Jamais plus il ne leur ferait confiance.

Le rat se roula sur le dos, offrant avec volupté sa gorge aux caresses. Leur amitié datait de l'époque déjà lointaine où Calvin partageait encore le cocon de sa mère. Il venait de fêter ses six ans. Le soir, il l'avait surpris grignotant les restes du gâteau d'anniversaire. Prudent, le rongeur avait pris la poudre d'escampette. Le lendemain, l'enfant l'avait retrouvé au même endroit, mais au lieu de fuir l'animal l'avait dévisagé et, sans doute rassuré par cet examen, avait poursuivi son dîner comme si de rien n'était. Une semaine plus tard il acceptait la nourriture de sa main. Hector lui était vite devenu indispensable, et c'est avec anxiété qu'il attendait sa visite, s'inquiétant s'il tardait, ne trouvant pas le sommeil quand, par exception, il ne venait pas. Pour finir, le rat avait pris ses quartiers sous la couchette du gamin qui, craignant que sa mère n'appréciât guère la présence à bord d'un passager clandestin, avait pour la lui dissimuler imaginé un protocole de sécurité digne d'un maître espion et auquel l'intéressé, apparemment conscient des enjeux, se pliait de bon gré.

Puis était venu ce jour horrible où il s'était réveillé seul dans un cocon qu'il ne connaissait pas. La veille en le couchant sa mère longuement l'avait serré contre elle, et la dernière vision qu'il en avait était celle d'un visage souriant tristement tandis que le sommeil le prenait. Des heures durant, il avait hurlé de terreur et de désespoir dans ce cocon vide et froid. Enfin, exténué, il s'était calmé. Dans le silence revenu, il avait perçu comme un grattement, d'abord discret, puis de plus en plus frénétique. Cela provenait d'une caisse que dans sa panique il n'avait pas remarquée et qui avait dû arriver là en même temps que lui. Fébrilement, il l'ouvrit. Parmi les vêtements, livres et jouets que sa mère, en une ultime marque de sollicitude, y avait tendrement assemblés, serré dans la chaussette qui telle une camisole l'entravait, manifestement outré du traitement indigne qu'on lui infligeait, glapissait, impuissant, son rat.

Depuis, sa complicité silencieuse lui avait procuré plus de réconfort qu'aucune rencontre sur le Web, et avec le temps il était devenu le consolateur de plus de chagrins, le confident de plus de projets, qu'aucun de ses interlocuteurs humains. Et quand, à bout de solitude, le garçon cherchait le souvenir de sa mère, c'est encore la joue contre le petit corps chaud et palpitant qu'il le trouvait.

Calvin s'était commandé un panier de *dim-sum*. La bouffe exotique, c'était encore ce qu'il avait trouvé de mieux contre le stress. À défaut de pouvoir faire sa propre cuisine, ça le changeait des insipides plateaux MadCow. Il n'était pas loin de regretter, comme ce nostalgique de Rembrandt, que les cocons n'offrissent pas d'équipements convenables pour la conservation et la cuisson des aliments. Au lieu de ces mixtures à base de soja et d'arômes chimiques réchauffées à la hâte au micro-ondes, il se serait fait livrer de beaux légumes frais avec de la volaille véritable, qu'il aurait mijotés avec amour tandis que le cocon se serait empli d'odeurs imprévisibles. Parfois ç'aurait été sublime, parfois immangeable, dans les deux cas préférable aux préparations sans surprise de MadCow.

Les *dim-sum* tardaient. Machinalement, il grimpa sur le hometrainer. Sans cette invention, dérivé high-tech des cages tournantes des écureuils, Calvin serait devenu fou. Il passait des heures à y brûler l'énergie que les murs étriqués de son cocon ne parvenaient à dissiper. Il suffisait de télécharger un programme et de sauter sur le tapis roulant. Le choix était immense, comme si la planète entière avait été numérisée en vue de ces parcours virtuels. Après avoir choisi son terrain d'évolution – selon sa forme ou son ambition, la butte Montmartre ou le centre de Vienne, la route de la Soie ou le sentier de grande randonnée numéro 10 des Pyrénées –, il indiquait les coordonnées de son point de départ. Le site correspondant apparaissait alors sur les murs-écrans. À mesure que Calvin avançait sur le tapis, le panorama défilait à la cadence de ses pas, dans la direction pointée par son regard, créant l'illusion d'une promenade réelle. Quand une côte se présentait, le tapis s'inclinait de l'angle correspondant, donnant la sensation de gravir une pente véritable. Il pouvait sélectionner le moment de la journée, le temps qu'il faisait...

Voulait-il courir le vaste monde ? Il changeait le rapport de vitesse de l'appareil, et pour chaque pas sur le tapis le paysage avançait de cinq, dix, vingt ou cent pas, comme s'il l'avait parcouru à vélo, en train ou en avion, l'échelle variant à proportion de la vitesse sélectionnée. Grâce à ces Bottes de sept lieues, il pouvait enjamber les continents puis, ayant trouvé un endroit à sa convenance, y flâner sans se presser. Et quand son humeur le portait à cheminer de conserve plutôt qu'en solitaire, il se connectait avec le compagnon de son choix et, synchronisant son home-trainer sur le sien, faisait route avec lui.

La sonnerie du sas retentit. Pas trop tôt ! Ces *dim-sum* commençaient à se faire désirer. Engorgement des convoyeurs au centre de routage de la Pyramide, se dit-il. Cela arrivait souvent pour les commandes un peu spéciales. Pizzas et Madburgers étaient livrés dans le quart d'heure, mais là, il avait poireauté plus que de raison. Affamé, il ouvrit le sas, sous l'œil intéressé de son compagnon.

– Décidément, mon pauvre Hector, s'exclama-t-il en découvrant son contenu, il était écrit que nous ne dînerions pas ce soir !

À la place du panier attendu, une boîte de métal inoxydable. Sur le couvercle, en grosses lettres rouges :

MEDIWEB – MATÉRIEL STÉRILE – NE PAS OUVRIR

Qui dort dîne, se dit-il avec philosophie. Il hésitait pourtant à se coucher, à cause de ce message ambigu de Maud : *Beau boulot ! Je te dédierai mon Pulitzer. En attendant, je fais le nécessaire pour ton quota, tu l'as bien mérité. À ce soir ?* Tout à fait son style, ce point d'interrogation ! Allait-elle venir ou pas ? Avec elle, on ne savait jamais à quoi s'en tenir. La perspective d'une partie de polochon lui fit soudain trouver son cocon bien froid. À l'aide du zappeur, il modifia le réglage de l'air conditionné, puis feuilleta le catalogue de décoration en quête d'une ambiance plus propice aux effusions amoureuses.

Murs et plafond étaient tapissés d'une pellicule à cryptes adressables pareille à celle tenant lieu d'épiderme aux avatars 3D.

Ses pico-pigments reproduisaient des images animées d'une résolution époustouflante. Le moindre millimètre carré de ces murs-écrans affichait plus de pixels que n'en comportaient des écrans d'un mètre à la fin du siècle précédent. Il y recevait bien entendu les images du Web, mais pouvait également, d'un simple effleurement de son clavier, modifier à loisir sa décoration intérieure et se retrouver, selon son humeur, douillettement installé au coin de l'âtre d'un chalet jurassien tandis que « dehors » la neige tombait, ou dans la salle de bal du *Titanic*, les vagues déferlant contre les hublots, ou encore à l'ombre des cocotiers d'une plage paradisiaque.

Son choix s'arrêta sur un décor référencé *Intérieur de maison close parisienne au dix-neuvième siècle*. Le garçon s'étonna qu'il se fût encore trouvé des habitations ouvertes à Paris à cette époque, mais l'atmosphère feutrée de cette demeure lui parut convenir à merveille à ce qu'il avait l'intention d'y faire... si toutefois Maud voulait bien s'y prêter. Il cliqua et aussitôt les murs de son cocon se tendirent de lourds brocarts rouges, tandis qu'au sol se dessinait un damier de marbre noir et blanc couvert de riches tapis de soie et qu'au plafond se ciselaient caissons et moulures dorées. Pour juger de l'effet, il s'allongea. Avec l'assurance tranquille de qui exerce un droit inaliénable, Hector vint d'autorité se lover sous son bras, refuge de prédilection de ses siestes.

Était-ce la chaleur émise par le petit animal, celle suggérée par le feu ronflant dans la cheminée de la « maison close parisienne », la perspective d'oublier bientôt dans les bras de Maud les peines des jours écoulés, ou le besoin de renforcer avant qu'il ne s'estompe le souvenir de bonheurs à jamais révolus ? Calvin, fermant les yeux, convoqua ses amis. Fidèles, un à un, ils émergèrent de la pénombre.

C'était l'avant-veille, pour leur *soviet*, comme l'appelait Nitchy quand il voulait asticoter Chen – leur *veillée*, préférait dire Rembrandt –, ce moment privilégié où, chaque jour que Dieu faisait, profitant d'une conjonction favorable de fuseaux horaires, les six amis, bien que dispersés sur trois continents, se réunissaient.

Le créneau de ce rendez-vous correspondait aux premières heures de la matinée de Chen, au milieu d'après-midi chez Ada, Thomas et Calvin, à la mi-nuit chez Nitchy et Rembrandt. Ils l'avaient préféré à un autre, qui eût obligé Chen à veiller et Calvin à se lever tôt. À l'heure convenue, sans qu'il fût besoin de battre le rappel, ils se connectaient, avec une ponctualité de bêtes se rendant au point d'eau, de copains à l'apéro ou de chanoines à vêpres.

Selon leur humeur, ils élisaient pour tenir ces agapes le « salon », la « bibliothèque » ou la « véranda ». Qu'on ne s'y trompe : Chen résidait bien à Pékin, Nitchy et Rembrandt coconnaient dans leurs pyramides en Confédération européenne, Ada, Thomas et Calvin dans deux autres aux États-Unis. Physiquement parlant, leur messe quotidienne se résumait à un prosaïque échange d'électrons sur le Web. Le « salon », la « bibliothèque », la « véranda » n'étaient que des décors virtuels s'affichant, le temps de la réunion, sur les murs-écrans de leurs cocons, des fonds électroniques sur lesquels évoluaient leurs images respectives. Plutôt que de recourir aux décors stéréotypés des catalogues spécialisés, ils avaient préféré se construire un espace plus personnel, dont chaque détail avait été pensé en vue de créer un sentiment d'intimité. Ainsi, bien que séparés par des milliers de kilomètres, avaient-ils l'illusion de partager le même toit.

Cet espace virtuel était organisé comme un appartement bourgeois parisien d'avant-peste, avec son vestibule distribuant les chambres individuelles et les pièces communes. Pour passer d'un lieu à l'autre, il suffisait de cliquer la « porte » les séparant, et aussitôt les murs-écrans revêtaient l'apparence de la pièce où l'on entrait tandis que s'y incrustaient les images de ses éventuels occupants. Leurs cocons étaient donc tour à tour salon, bibliothèque, véranda, chambre de l'un ou cabinet de travail de l'autre, leur donnant l'impression d'évoluer dans une demeure plus vaste que leur étroite réalité.

Le vestibule était le point de passage rituel de tous leurs déplacements, qu'il s'agît de se rendre visite ou de « sortir » se balader sur le Web. Rien ne les forçait à agir de la sorte, et il leur eût été loisible de se rendre d'une pièce à l'autre en évitant cet endroit. S'ils s'y obligeaient, c'était pour accroître leurs chances de se croiser à l'improviste, comme dans une véritable maison les membres d'une véritable famille. Pour les mêmes motifs, c'est aussi par ce vestibule que leurs visiteurs extérieurs accédaient à ce qu'ils nommaient sans ironie leurs « appartements particuliers » et qui n'était rien d'autre que l'espace d'accueil de leurs sites Web personnels. Aussi y régnait-il certains jours une atmosphère animée, tenant à la fois de la salle d'attente d'un médecin en vogue et du salon d'une élégante du siècle des Lumières. À un angle Rembrandt faisait patienter un visiteur de Nitchy en lui commentant un tableau récemment accroché aux cimaises, tandis qu'à l'autre extrémité Calvin conférait avec Thomas des vertus et faiblesses du roman qu'il venait de prendre à la bibliothèque.

La décoration de ce vestibule avait donné lieu à d'âpres débats. Chacun était convenu de ce qu'il constituait la vitrine où s'affichait leur identité commune. Les difficultés avaient commencé quand il s'était agi de définir en quoi consistait au juste cette identité et, partant, l'image qu'il convenait d'y projeter. Commencée à six, la polémique s'était bientôt transformée en un duel sans merci entre Rembrandt et Nitchy, Chen s'étant déclaré peu concerné et les Américains ayant de guerre lasse renoncé à imposer leurs vues. Rembrandt voulait faire de ce lieu un témoignage vivant de la culture mondiale, une sorte de musée où aurait été rassemblé ce que les beaux-arts avaient produit de plus significatif depuis l'Antiquité et au-delà. À le suivre, les réserves du Louvre, de l'Ermitage et de la Pinacothèque réunies n'eussent pas suffi à meubler ce vestibule-là. À l'opposé, Nitchy militait pour un dépouillement si extrême qu'un ermite zen y eût sombré dans la neurasthénie en moins de temps qu'il n'en faut pour grommeler un mantra. Pour finir, l'on convint d'un compromis qui, tout en préservant ce qu'il fallait de convivialité, n'était pas dépourvu d'allure. La rigueur toute cistercienne des volumes et l'austérité de bon aloi des murs de pierre blonde taillée satisfirent les aspirations monacales de Nitchy, tout en mettant en valeur les tableaux, sculptures, tapisseries, mobiliers et autres objets en nombre limité mais de haute qualité choisis avec discernement par Rembrandt, qui au terme d'une nouvelle négociation avec Nitchy obtint en outre le droit d'en modifier l'assortiment, deux fois l'an au maximum et à condition de n'en pas augmenter le total. De ces strictes restrictions résulta ce qui advient souvent quand les artistes font vœu de pauvreté : de l'avis unanime, un chef-d'œuvre.

Sur cette entrée grandiose ouvraient, outre leurs « appartements » privés, trois pièces aménagées pour favoriser autant que faire se pouvait les activités communautaires. Il y avait le salon où, plutôt que de demeurer seul dans sa chambre, l'on se rassemblait pour communier avec les Doors ou les Velvet Underground, célébrer un Woody Allen ou un Coppola, ou simplement commenter les news. Ce lieu était l'otage des quadras – Thomas et Ada – qui y imposaient la tyrannie d'idoles –

Lou Reed et Neil Young, Clint Eastwood et Jack Nicholson, Catherine Deneuve et Gérard Depardieu, les Beach Boys et les Rolling Stones – qu'ils n'avaient pas connues mais dont leurs grands-parents leur avaient transmis le culte. C'était là aussi qu'on organisait les dîners et surtout, deux fois l'an, à l'occasion de l'accrochage de la nouvelle collection de Rembrandt, des réceptions brillantes où accouraient le ban et l'arrière-ban de leurs connaissances. À droite du salon se trouvait la véranda, où l'on jouait aux échecs, au poker ou au mah-jong, tout en jouissant du spectacle de la nature environnante – sombres forêts tropicales, savanes giboyeuses, lagons cristallins, majestueuses chaînes de montagnes – au gré des nouveautés du catalogue de la *National Geographic*. À gauche l'on accédait à la bibliothèque, où chacun exposait les livres et documents qu'il proposait à la curiosité d'autrui et où, le cas échéant, l'on était sûr de trouver l'âme sœur avec qui ruminer les nuits d'insomnie...

Si l'apparence de l'ensemble avait été, bon gré mal gré, confiée au seul goût de Rembrandt, la logistique sous-jacente, en revanche, était l'œuvre d'Ada, et dans une moindre mesure de son émule Calvin. Les logiciels de navigation du Web n'étaient pas faits pour favoriser la vie en groupe. Tout au contraire y semblait prémédité pour que les utilisateurs ne s'y rencontrassent jamais. Le modèle de circulation qui avait, avant-peste, présidé à sa conception n'avait pas été repensé depuis. C'était celui de l'autoroute où, encapsulé dans sa bulle, l'automobiliste se rendait d'un lieu à l'autre par le chemin le plus direct. La communication entre bulles se réduisait à de sommaires échanges d'onomatopées, coups de klaxons furieux ou appels de phares frénétiques. Un ralentissement y constituait un embarras, un bouchon une calamité, une collision la catastrophe absolue. Or, ce que dans leur isolement forcé désiraient par-dessus tout les six amis, c'était un espace où les déplacements ne suivraient pas nécessairement les itinéraires les plus rapides, mais ceux ménageant le maximum d'occasions de rencontre, bref, un espace propice aux collisions. Ada avait donc imaginé ce lieu comme un carrefour obligatoire, un obstacle incontournable destiné à ralentir, à temporiser, à provoquer les bouchons, afin de donner à la chance la chance d'un accident. En accord avec ce principe, ils ne pouvaient déguster un vieux Bowie ou siroter un Cassavetes en suisses dans leurs appartements, mais *devaient* pour ce faire se « rendre » au salon. Il leur arrivait parfois de regretter cette absence d'intimité, mais c'était le prix qu'ils acceptaient de payer pour conjurer leur solitude. Quant à Calvin, il avait dû se bricoler une dérivation pour pouvoir écouter les groupes de sa génération, qu'après maintes tentatives infructueuses il avait renoncé à faire apprécier à ses aînés.

Ce soir-là, le soviet se tenait chez Rembrandt. Fidèle à ses origines, celui-ci avait reproduit dans son « appartement » le cabinet de travail d'un patricien strasbourgeois de la Renaissance : plafonds bas à caissons à peine égayés de motifs naïfs, lambris aux sobres moulures, noirs parquets de chêne ciré, contribuaient à créer une atmosphère à la fois austère et glacée, que tempérait à peine un monumental poêle en faïence de Sarreguemines, tandis que les toits enneigés qu'on apercevait à travers la buée des carreaux de verre cathédrale suggéraient qu'un hiver particulièrement rude engourdissait la vieille cité alsacienne.

Rembrandt modifiait le paysage à ses fenêtres selon sa disposition d'esprit du moment. À en juger par celui affiché ce soir, la tendance était au spleen. Il était en revanche une fenêtre dont le panorama ne changeait jamais : elle ouvrait invariablement sur le même sommet vosgien dénudé dominant la plaine d'Alsace, où l'on devinait, perçant les brumes à l'horizon, la cathédrale de Strasbourg. Calvin s'était un jour permis d'interroger Rembrandt à ce sujet, et s'était fait sèchement rappeler le tabou protégeant le passé des membres de leur communauté, cette *Règle des Deux Ni – ni question, ni révélation –* qui interdisait toute curiosité et toute confidence à propos de leurs vies d'avant-peste. Venant de Rembrandt, plutôt enclin d'ordinaire à évoquer sans pudeur son passé, cette rebuffade était en soi un aveu. Le banal sommet des Vosges n'était pas si anodin que cela.

Au demeurant, cet intérieur lugubre ne rendait pas justice à son propriétaire. Pour entrevoir son véritable visage, il fallait être admis à passer, au fond du cabinet, une porte basse. Le privilégié découvrait alors une enfilade de salles, hautes et claires comme des ateliers de peintre : la galerie privée où Rembrandt accumulait les tableaux que la lésinerie de Nitchy interdisait de vestibule. « Entassait » eût été plus juste, tant ils étaient nombreux et tant semblait inextricable leur désordre. Rembrandt ne collectionnait pas, il stockait, à la manière obsessionnelle des écureuils, comme si les œuvres qu'il recueillait avaient été menacées de disparition, comme s'il s'était agi d'originaux et non de simples répliques électroniques reproductibles à l'infini, comme si leur présence de l'autre côté de la petite porte l'avait rassuré, alors qu'il suffisait pour les admirer d'un simple clic dans les catalogues des musées. Son éclectisme était à la mesure de ses capacités de stockage : illimité. Pas une époque, pas une école, qui ne fût représentée. Le maître anonyme de Lascaux s'y confrontait à Warhol, Hockney et Pandolfo en de fulgurants télescopages. Ce penchant immodéré pour l'art pictural lui avait valu son pseudonyme, décerné par Nitchy avant le Déluge et qui depuis lui collait à la peau, au point que nul ne se souvenait de son nom véritable.

Dans ce musée virtuel, un artiste pourtant jouissait d'un privilège évident, un peintre français du dix-neuvième siècle, Millet. Dans une « salle » qu'il lui avait dédiée, Rembrandt avait accroché seize de ses œuvres. Il y avait là *Les Porteuses de fagots, Les Botteleurs, Le Tonnelier, Le Repas de moissonneurs, Deux glaneuses, L'Été les glaneuses, Le Greffeur, Le Sommeil de l'enfant, Ramasseurs de fagots, Les Glaneuses, L'Angélus, La Mort et le Bûcheron, Bergère assise tricotant, La Leçon de tricot* et *La Famille du paysan*. Intrigué, Calvin avait voulu connaître la raison de ce choix. Il leur trouvait en effet un indéniable air de famille.

— N'est-ce pas ? avait confirmé Rembrandt. Vous avez remarqué ! L'ensemble de sa production de 1849 jusqu'à sa mort décline ce thème... Une véritable obsession !
— C'est flagrant ! Ce leitmotiv de la botte, de la meule, de la gerbe, du fagot... Cette compulsion à montrer des sujets assemblant, liant, nouant, cousant, greffant, cerclant... priant ! La condition paysanne offrait pourtant maintes autres activités à dépeindre... Au moins autant de situations où l'homme défait, coupe, fend, brise, rompt, sépare, divise... Il ne nous montre pas ses moissonneurs *fauchant* les épis, mais *assemblant* des meules... Son bûcheron ne *coupe* pas les branches, il les *réunit*... Pourquoi ce parti pris ?

Stimulé par la curiosité de son jeune émule, Rembrandt s'était alors lancé dans une longue démonstration, d'où il résultait que ces œuvres constituaient peut-être la réaction du peintre aux convulsions de son temps, comme s'il avait voulu opposer le souvenir de ces scènes de son enfance à un présent chaotique qu'il déplorait. La vie de Millet, avait-il rappelé, avait commencé avec le désastre de Waterloo et s'était achevée sur celui de Sedan. Dans l'intervalle, le peintre avait été témoin de trois krachs, deux révolutions et un coup d'État. Le premier tableau de cette série – *Les Porteuses de fagots* – avait été conçu alors que l'Europe prenait feu et qu'à Paris, mais aussi à Vienne, Venise, Berlin, Milan, Munich, le cycle sanglant des insurrections et des répressions broyait les peuples en quête de leur identité. Dans la tourmente, les valeurs les plus fondamentales avaient été bafouées, des institutions vénérables démantelées, des empires séculaires démembrés, l'Église discréditée. Simultanément s'étaient produits dans les profondeurs de la société des bouleversements plus radicaux encore. Les communautés rurales – que le peintre se plaisait tant à célébrer – s'étaient disloquées sous l'action conjuguée du machinisme et du chemin de fer. Les métropoles drainaient vers leurs banlieues sordides des cohortes de paysans faméliques, arrachés à leurs terroirs ancestraux pour contribuer à la prospérité de sociétés anonymes. L'œuvre de Millet exprimait sa nostalgie pour l'ordre ancien, et son angoisse face à celui qui naissait sous ses yeux.

Rembrandt avait achevé son topo par une remarque qui avait intrigué le garçon.

— Savez-vous que sous l'Empire ottoman, le *millet*, c'était la communauté culturelle et religieuse, à qui depuis le quinzième siècle l'État central déléguait l'organisation de la vie quotidienne – enseignement, religion, justice –, ne se réservant que les fonctions régaliennes – défense, diplomatie, fisc ? Le peintre connaissait-il cette étymologie ? S'était-il identifié aux communautés traditionnelles au point de s'être senti *personnellement* menacé par leur démembrement ?

Après coup, Calvin s'était demandé d'où Rembrandt pouvait bien tirer cette connaissance de la langue et de la civilisation turques.

Au soviet ce soir-là, Calvin était arrivé avant les autres.

— Un peu sinistre, non ? s'était-il exclamé en apercevant le décor mis en place par le maître des lieux. Vous ne croyez pas qu'il faudrait égayer tout ça ?

Rembrandt lui donna carte blanche. Il restait trop peu de temps pour tout chambouler. Il fallait improviser. Le garçon dénicha, dans un catalogue d'accessoires de la Südwestfunk, la chaîne de télévision allemande, un ensemble d'outils et ustensiles de cuisine traditionnels des vignerons souabes. Il les incrusta aux lambris du cabinet, habilla les fenêtres et la table de vichy rouge, disposa çà et là quelques bouquets de fleurs, tamisa l'éclairage. L'instant d'après, leurs images s'animaient dans un ersatz tout à fait réaliste de débit de vin alsacien.

Il n'en fallut guère plus pour libérer chez Rembrandt le flot – toujours prêt à s'épancher – de sa nostalgie.

— Quand j'étudiais à Strasbourg, dans les années 80, nous avions coutume de nous réunir dans un *Winstub* pareil à celui-ci, au bord de l'Ill, à la lisière de la Petite France. Imaginez une de ces maisons à colombages et toit pentu de Sienne brûlée, construite sur trois niveaux surplombant la rivière. De sa terrasse, on percevait le grondement des chutes d'une ancienne glacière. Sous ses plafonds à caissons, on servait choucroute, jambonneaux et munster, copieusement arrosés de riesling ou d'edelswicker. L'hiver, il faisait bon chaud. La nuit tombée, autour de ses tables animées, l'âme esseulée dénichait toujours, sinon un ami, du moins une oreille où s'épancher, un comparse avec qui médire des absents, un contradicteur pour une querelle théologique, ou simplement l'illusion d'une présence. Le taulier répondait au nom de Weber et, dépourvu de toute imagination, avait baptisé l'établissement *Weberstub*. Mais devinez comment *nous* l'appelions?

— Le Web!

— Gagné, Thomas. Et voilà qu'un demi-siècle après je vous rejoins chaque soir, mes amis, sur cet autre Web. Oserais-je pourtant vous l'avouer? Le fumet des waedele, le bouquet du riesling, me manquent quelque peu...

— Ah! L'odeur du munster... De toutes mes papilles, je compatis.

— Je n'en attendais pas moins de vous, chère Ada. Je me console cependant en me disant que c'est à ce Web inodore et sans saveur que je dois le plaisir de vous avoir rencontrés.

— Ici, observa Nitchy, l'on sert de l'Illusion-de-Présence à toute heure : quand nos trois Yankees se reposent, je tiens la boutique avec Rembrandt, et lorsqu'à notre tour nous la quittons, Chen prend la relève. Sur notre empire le soleil ne se couche jamais!

— Pour être juste, objecta Rembrandt, il ne se lève pas davantage. À tout prendre, je préfère encore mon Web au vôtre...

D'eux tous, Rembrandt était celui à qui la lumière du soleil manquait le plus. À l'apogée d'une existence tumultueuse, on l'avait jeté sans ménagement dans son cocon. Dix-huit ans avaient passé, mais il ne s'en était toujours pas remis.

— Quel indécrottable mélancolique tu fais, Rembrandt !
— Qui ne regrette ses vingt ans ? Vous ?

Regretter ? Pour rien au monde, Nitchy n'eût avoué pareille faiblesse. Il prisait trop les pensées fortes. Il préféra changer de sujet.

— Il y a bien longtemps, j'y suis passé, dans ta ville chérie...
— Vous avez visité la cathédrale ?
— C'est à peine si je l'ai aperçue !
— Ne me dites pas que vous n'avez pas vu cette flèche sublime, *ce doigt qui montre le Ciel* tant célébré par Claudel ?
— J'ai surtout vu les serfs saignés à blanc à seule fin de dresser l'arrogant zizi plus haut que celui du prince voisin. J'ai vu les gueux écrasés sous les blocs de grès, sacrifiés à l'orgueil de leurs prêtres. Et j'ai vu les artistes mutilés afin qu'ils ne puissent reproduire ailleurs les signes de la fatuité des commanditaires.
— Vous ne verrez donc jamais ce qui s'impose au commun des mortels ?
— J'ai davantage d'estime pour la cathédrale oubliée de tous qui rendit celle de grès possible.
— La cathédrale oubliée ? De quoi parlez-vous ?
— De l'humble échafaudage de bois et de corde sur lequel l'orgueilleux monument dans son enfance prit appui et sans lequel il n'y aurait aujourd'hui ni voûtes, ni colonnes, ni doigt dans la narine de Dieu. En son évanescence, il me semble aussi digne de notre étonnement que l'édifice en dur qui, oublieux de sa dette à l'égard de son tuteur, s'offre aujourd'hui à l'admiration des niais.

Ainsi vaticinait Nitchy : haut, fort, épicé. Calvin goûtait ses fulgurances, se délectait de ses métaphores, se régalait de ses paradoxes, au point de les provoquer quand ils tardaient à venir. Nitchy en retour se prêtait complaisamment au jeu.

Ce soir-là, sans doute pris au charme de ce décor d'une époque révolue, Nitchy, oubliant le souverain mépris que lui inspirait d'ordinaire le sentimentalisme de Rembrandt, s'abandonna à l'amère délectation du souvenir. Sa confidence, à laquelle celle de Rembrandt vint, en un étrange entrelacs, faire écho, finit par les entraîner tous.

— J'avais vingt ans, commença-t-il. Sous les pavés, boulevard Saint-Michel, nous avions trouvé une plage...

— Nous avions vingt ans, enchaîna Rembrandt. De notre mansarde nous prenions les Strasbourgeois de haut...

— ... les amphis de la rue d'Ulm ne m'ont guère aperçu ce printemps-là...

— ... *à l'ombre de la cathédrale*, plaisantait-il, *nul n'est jamais mort de faim*...

— ... dans une loge de l'Odéon j'ai fait l'amour la première fois...

— ... nous jouions au sortir des messes...

— ... je lui chantais « *nous vieillirons ensemble* », elle riait.

— ... l'antique parvis était généreux pour les saltimbanques.

— Et puis Gilles est venu, et j'ai vieilli seul.

— Philippe avait vingt ans. Lui, c'est le sida qui l'a eu. Mais vous, Ada ?

— À vingt ans ? Je croupissais dans ce cocon. Vingt ans, déjà...

À l'inverse de Rembrandt, jamais Ada n'évoquait sa vie d'avant-peste, pas plus qu'elle ne se plaignait de sa condition présente. Aussi sa véhémence les frappa tous. Un silence gêné s'ensuivit. Calvin, qui ne supportait pas les mauvaises vibrations, s'empressa de faire diversion. Il ne fit qu'accroître le malaise.

— Moi, je ne sais pas si j'aurai un jour vingt ans.

— Ne dites pas de sottises, Calvin ! protesta Rembrandt. Et vous, Chen, vos vingt ans ?

— Je ne me souviens plus.

À sa manière tout asiatique, courtoise mais sans appel, Chen leur rappelait la sacro-sainte *Règle des Deux Ni*. Il n'y avait rien à ajouter. Ils restèrent silencieux, honteux de s'être laissé entraîner dans cette sotte effusion de sentiments.

S'il était interdit de poser des questions, raisonner à partir des aveux involontaires qui comme ce soir échappaient aux uns et aux autres ne l'était pas. Calvin ne s'en privait guère. À vrai dire, le besoin de spéculer était chez lui une seconde nature. À plusieurs reprises dans le passé, Nitchy avait évoqué, comme on parle d'un chapitre de l'histoire universelle, les événements de Mai 1968 à Paris. Mais c'était la première fois qu'il faisait allusion à sa participation directe, qui plus est, *à l'âge de vingt ans*. Pour la première fois, donc, le garçon était en mesure de déduire l'âge exact de son ami – quatre-vingt-quatre ans –, résultat qui ne faisait que confirmer celui auquel l'avaient déjà conduit de précédents recoupements. Tout au plus lui permettait-il d'augmenter le degré de certitude attaché à l'âge de Nitchy, qui passait de « très probable » à « quasi certain ». Ainsi précisait-il, d'indice en indice, la représentation floue que – *Règle des Deux Ni* oblige – il se faisait de ses proches. Mais pour Calvin le principal intérêt de ce rapide échange était ailleurs : emportés par la mélancolie, Nitchy et Rembrandt avaient livré à sa sagacité deux noms – Gilles et Philippe – qu'ils avaient toujours tus jusqu'ici et auxquels il se faisait fort de restituer un jour un visage.

Dans l'espoir d'y dénicher un sujet susceptible de ranimer la discussion, Calvin musardait sur le Web. Ce qu'il y trouva dépassa toutes ses espérances.

– Dites, vous voyez ce que je vois ?
– Où ?
– Sur Webnews ! Incroyable...

Se précipitant sur leurs écrans, ils découvrirent cette information stupéfiante :

DÉPÊCHE A.P. – LE WONDERWORLD EN ACCÈS LIBRE SUR LE WEB

Cette dépêche sensationnelle sauvait leur soirée. Mieux : ses développements alimenteraient sans doute les suivantes jusqu'à la fin de l'hiver... Depuis plusieurs mois, à grand renfort de publicité, WonderWorld vantait *La Merveilleuse Aventure des voyages* comme la production « réalité virtuelle » la plus ambitieuse jamais entreprise dans l'histoire de l'audiovisuel. « Un hommage à tous ceux qui, à travers les âges, par leurs inventions, leur ingéniosité, leur esprit d'entreprise, ont contribué à faciliter les échanges de personnes, de marchandises et d'idées », avait annoncé la firme. « Un monument à la gloire de la liberté, le chef-d'œuvre du XXIe siècle. » Cette « saga des voyages des origines à nos jours », dont la sortie officielle était programmée pour le mois suivant, devait permettre au spectateur de se déplacer dans le temps et l'espace à bord de toutes sortes de véhicules, depuis les galères antiques jusqu'aux navettes spatiales, en passant par la Ford T, le sous-marin *Nautilus*, ou la locomotive Pacific 231. Il pourrait ainsi participer à des événements historiques comme la prise de Troie à l'intérieur du cheval, le passage des Alpes sur l'éléphant d'Hannibal, la bataille d'El-Alamein, au choix, dans le char de Rommel ou le command-car de Montgomery, celle de la Marne au volant d'un taxi, ou l'exploration de Jupiter à bord de la sonde Voyager 24. Un site WonderWorld sur le Web devait offrir aux amateurs la possibilité de vivre des aventures collectives aux commandes de leur véhicule préféré. Étaient ainsi prévues pour le lancement : *La Conquête de l'Ouest*, qu'on pourrait entreprendre dans un chariot de pionniers, au volant de l'Aston Martin de James Bond, ou même à l'arrière de la Papamobile, et *Pearl Harbour*, dont on pourrait choisir de renverser le sort à l'aide d'un chasseur bombardier furtif F-30 de dernière génération. D'autres devaient suivre. Ceux qui se sentaient d'humeur baladeuse pourraient se rendre à destination par leur moyen de transport de prédilection : la Chine pourrait ainsi être visitée à dos de chameau en empruntant l'antique route de la Soie, dans une voiture pullman du Transmandchourien pour ceux que le train rendait nostalgiques, ou à bord d'un sampan dérivant au fil du Yangtze... Quant aux amateurs de home-trainer, WonderWorld leur proposait deux randonnées fantastiques, censées leur faire perdre dans la joie leurs kilos excédentaires : les Croisades et la campagne de Russie de Napoléon.

Afin d'interpréter les nombreux héros de ces aventures, tout ce qu'Hollywood comportait de stars valides avait été mobilisé pour le casting le plus cher de l'histoire du cinéma. Les plans et caractéristiques techniques de près de deux mille véhicules terrestres, maritimes, aériens et spatiaux avaient été entrés dans les mémoires informatiques de WonderWorld. Trente-cinq « territoires d'aventures » avaient été numérisés en 3D, à partir des relevés satellite des terrains réels. Toute l'industrie du multimédia avait été mise à contribution pour ce que la firme avait présenté comme l'expression ultime du génie américain, de sa supériorité absolue dans les arts et techniques du spectacle. WonderWorld n'avait pas voulu révéler le montant de son investissement, mais des sources bien informées avançaient le chiffre incroyable de quarante-cinq milliards.

Ironie suprême, pour protéger son petit dernier de la convoitise des pirates, WonderWorld avait eu recours aux techniques les plus récentes en matière de protection informatique, claironnant à qui voulait l'entendre : « Ce logiciel est mieux protégé que l'or de Fort Knox. » Et voici que le précieux trésor était désormais dans le domaine public. Le premier gamin venu pouvait le télécharger sur sa console personnelle, puis l'exécuter sans acquitter le moindre droit. La diffusion pirate mettait un terme prématuré à la carrière de cette production, assassinée avant d'avoir enregistré sa première vente. Calvin, en connaisseur, ne pouvait réprimer une vive admiration pour ceux qui avaient réussi ce coup.

Une fraction de seconde suffit à Nitchy pour digérer l'information et choisir le parti qu'il allait défendre dans la querelle qui n'allait pas manquer de suivre. Peu importait qu'il y crût : ce n'était qu'une cause d'emprunt, épousée le temps d'un duel.

L'essentiel était d'être prêt à croiser le fer pour elle. L'essentiel, c'était l'assaut. Ce qu'ils visaient en effet, ce n'était ni la synthèse, ni le compromis, ni le consensus, mais bien au contraire la polémique, l'affrontement, l'expression exacerbée de leurs divergences, le choc passionné de leurs différences. Dans la solitude de leurs cocons, si intense était leur soif de contact que pour rien au monde ils n'auraient loupé une occasion d'en découdre. Ces joutes oratoires leur étaient aussi nécessaires que les sports violents aux enfants hyperactifs. Ils constituaient le seul moyen de consumer l'agressivité accumulée en eux et qui sans cet exutoire se serait tôt ou tard retournée contre eux. Aussi bataillaient-ils à tout propos et à tout bout de champ. Ces controverses sans objet ni limite étaient les succédanés des empoignades fraternelles d'antan : quand elles cessaient, nulle cicatrice à l'amitié. Leur seul véritable ennemi, c'était l'unanimité.

— De toute manière, affirma Nitchy du ton le plus provocant qu'il pût trouver, WonderWorld n'avait aucun droit sur cette œuvre.
— Comment, « aucun droit » ? s'indigna Rembrandt. Les créateurs ont le droit de vivre du produit de leur talent, oui ou non ?
— Les *créateurs*, oui. WonderWorld, non !
— Excusez-moi, Nitchy, je ne saisis pas la nuance.
— D'après toi, qui a le plus profité du succès de *Riders on the Storm*, Morrison ou sa maison de disques ? Et combien sa célèbre équation a-t-elle rapporté à Einstein ? Dis-nous, Ada, combien as-tu touché pour ta contribution au chef-d'œuvre en question ?
— Des noix, c'est vrai, convint Ada, à qui WonderWorld avait sous-traité plusieurs effets spéciaux spectaculaires de *La Merveilleuse Aventure des voyages*.

Tandis que Rembrandt accusait le coup et méditait sa réplique, Calvin annonça avec emphase le parti qu'il avait adopté pour la circonstance :
— La propriété intellectuelle, c'est le vol !

Grand pirate devant l'Éternel, il prêchait pour sa paroisse.

— Un pseudo-droit inventé par les nantis pour protéger leurs revenus et justifier le racket des plus pauvres... poursuivit-il. Il est naturel que ceux-ci cherchent à s'y soustraire, fût-ce par le piratage.

— Calvin a raison...

Comme il fallait s'y attendre, le renfort lui venait de Chine, patrie immémoriale des violeurs de copyright :

— ... ces mêmes nations qui doivent leur prospérité au pillage des richesses de leurs colonies voudraient à présent user de prétendus « biens immatériels » en guise de monnaie d'échange : « ton pétrole contre mes Idées ». Monnaie de singe, oui !

En trois répliques, un front s'était formé contre l'infortuné Rembrandt. Trop rapide. En son for interne, Calvin pria pour que son héros fût à la hauteur du débat, ou celui-ci connaîtrait une conclusion prématurée faute de combattant. Il n'en poursuivit pas moins :

— Les transnationales, qui exploitent sans bourse délier les résultats de la recherche publique, voudraient nous vendre chèrement les gadgets minables qui en dérivent...

— Leurs avocats et leurs lobbyistes, ajouta Nitchy, font le siège des gouvernements pour en extorquer la concession, sous forme de brevets ou de copyrights, du droit d'exploiter en exclusivité leurs prétendues « découvertes ». Se constituent ainsi en douce des monopoles à côté desquels ceux du téléphone, de l'électricité ou de l'eau au siècle dernier semblent de minables magouilles d'épiciers.

— Même les gènes humains ont été privatisés de la sorte, observa Calvin. Nos propres corps ne nous appartiennent plus.

— Est-il vrai, assena Chen à Rembrandt, que chez vous désormais, chaque fois qu'ils voudront un enfant, les parents auront à acquitter un droit à la firme Softgene ? Comment pouvez-vous justifier pareille insanité ?

— C'est simple, expliqua Rembrandt. Après la Grande Peste, décision fut prise de ne plus autoriser les fécondations par voies naturelles, qui comportaient trop de risques. En lieu et place, on généralisa l'usage de la fécondation *in vitro* suivie du transfert de l'embryon. Ainsi l'ensemble des embryons purent être dotés, avant leur implantation dans l'utérus maternel, d'un gène de résistance à certaines infections que Softgene venait d'isoler chez le porc. Aujourd'hui, les premiers enfants transgéniques conçus de la sorte parviennent à l'âge où ils sont capables de se reproduire. Comme ils transmettent à leur progéniture le gène protecteur dont ils sont porteurs, il est équitable qu'ils en acquittent le copyright. Il faut bien financer la recherche en génie génétique !

— C'est comme si vous aviez cédé à Softgene la propriété d'une partie de votre corps ! s'exclama Chen, révulsé.

— Vous verrez, approuva Calvin, bientôt une « Compagnie générale de l'Air » nous facturera ce que nous respirons. En réalité, cette prétendue propriété intellectuelle n'est qu'une ruse pour conférer arbitrairement de la valeur à ce qui n'en a pas : un fait, un don de la nature, une idée.

À ce mot, Rembrandt sortit enfin de ses gonds, quoique trop faiblement au gré de Calvin.

— Mais une idée – une idée réellement neuve –, ça n'a pas de prix !

— Dans ce cas, qu'elle soit gratuite ! martela Calvin, pas mécontent de sa repartie.

— Depuis que l'homme est capable de penser, poursuivit Nitchy, les créations authentiques se comptent sur les doigts d'une main. Une œuvre n'est en réalité qu'emprunt, reformulation d'idées déjà là. Compilation, et non invention. Cette évidence a été masquée parce que les historiens, imprégnés d'une conception toute militaire de l'histoire, où les prouesses individuelles comptent plus que les déterminismes collectifs, ont préféré mettre l'accent sur les performances solitaires des créateurs plutôt que sur les champs qui contraignent leur production. C'est vrai des théories scientifiques, de la littérature et de la musique, mais aussi des programmes d'ordinateurs ou des produits de la biotechnologie, qui ne font qu'emprunter au fonds commun des théories, des œuvres, des programmes ou des molécules existants.

À bout d'arguments, Rembrandt invoqua les divinités.
— Enfin, Nitchy : Mozart! Freud! Einstein...
— Hérauts de leur siècle, non pas héros, contra Nitchy. Leur seul mérite fut d'exprimer avec clarté ce qui circulait confusément dans l'air de leur temps. L'auteur ne crée pas : il restitue. Son œuvre ne résulte pas d'une inspiration, mais d'une simple expiration. Et ce qu'il exhale, d'autres s'en nourrissent, qui peut-être à leur tour... Mais s'il devient légitime de taxer l'air qu'on respire... adieu création! Car ni Mozart, ni Freud, ni Einstein n'auront les moyens d'acquérir l'oxygène nécessaire à l'irrigation de leur cerveau. Seules les transnationales le pourront.

Rembrandt agonisait. Calvin, miséricordieux, décida de lui porter l'estocade.

— Il faut abolir la propriété intellectuelle, car elle légitime la mainmise du fric sur les idées — la monopolisation des matières premières de la création — qui débouche sur le monopole de la création elle-même et, partant, sur la mort de toute création.

Déclamée avec emphase, cette péroraison eut le don de faire sortir Thomas de la prudente réserve où, à son habitude, il s'était tenu.

— Allons, allons, Calvin! Voilà que tu parles comme un NoPlug!

Pour Calvin, qui aurait voulu que ces réunions fussent sans fin, le moment de la séparation survenait toujours trop tôt. Ce soir-là, comme souvent, c'est Nitchy qui avait donné le signal de la débandade.

— Mes enfants, je dois vous quitter avant que Mister Hyde ne chasse le bon docteur Jekyll.

Depuis son encoconnement, l'ancien professeur de sciences naturelles souffrait de modifications d'humeur aussi violentes qu'incontrôlables, que seules des injections périodiques parvenaient à calmer. Lorsqu'il évoquait le spectre de Hyde, mieux valait le laisser filer.

– À demain!

Sans autre forme de procès, l'image s'était évanouie. Ils avaient encore échangé de menus propos, mais le cœur n'y était plus.

Ada, qui n'avait soufflé mot de la soirée, paraissait sombre. Calvin aurait voulu la réconforter, la serrer dans ses bras, se blottir contre elle. Mais le moyen? Ils étaient soumis à la loi d'airain : Zéro Contact. Ils avaient échangé un dernier regard, puis leurs images s'étaient éteintes, laissant chacun à sa solitude.

Le dernier jour d'innocence de Calvin avait débuté comme à l'accoutumée : en retard. Le nycthéméron – qui simulait dans les cocons la course apparente du soleil – était à nouveau en panne, bloqué sur minuit, si bien qu'à neuf heures du matin, il faisait encore nuit d'encre. Négligeant sa toilette, il traversa en courant le vestibule où Thomas tenta de lui dire un mot, l'expédia d'un « Plus tard. Suis à la bourre » et se rua vers la « salle du Trône » où Chen s'impatientait déjà.

En raison de la prohibition qui dans son pays frappait les équipements multimédias, Chen ne communiquait avec ses amis que par le truchement du téléphone et de la messagerie électronique, ce qui en faisait aux yeux de Calvin un fossile vivant, sorte de dinosaure cybernétique, dernier témoin de la préhistoire du Web. Des logiciels traduisaient en temps réel ses interventions et les phonétisaient à l'usage de ses interlocuteurs. Afin de mieux l'intégrer dans leur petite communauté et de lui conférer davantage de présence lors de leurs réunions, Ada avait suggéré d'injecter cette voix de synthèse dans un avatar 2D, qui eût été parmi eux à la fois son icône et son porte-parole. Chen s'était insurgé contre cette idée, faisant valoir qu'il s'estimait déjà suffisamment trahi par les différents filtres interposés entre lui et ses interlocuteurs, pour ne pas ajouter une nouvelle source de déformation à celles strictement nécessaires.

Le site Web de Chen – son « appartement privé » – se réduisait donc à une sorte de confessionnal où, jaillie de nulle part, une voix sans timbre ni visage délivrait ses oracles aux visiteurs. Rembrandt, jamais en mal de perfidie lorsqu'il s'agissait du Chinois, avait baptisé l'endroit « salle du Trône », allusion à ce pavillon de l'Harmonie suprême, au cœur de la Cité interdite où, cachée derrière un rideau jaune, la régente Ts'eu-Hi dictait sa conduite au pantin juché sur le Trône céleste.

— Sais-tu qu'ici il est bientôt minuit ?

Par une curieuse phobie sur l'origine de laquelle Calvin n'avait pas fini de s'interroger, Chen tenait le jour en horreur. Dès le réveil il semblait n'avoir qu'une hâte, que revînt le soir, comme d'autres, terrifiés la nuit par un songe ou taraudés par un remords, espéraient au contraire le retour du matin.

— Pardonnez-moi. Préférez-vous qu'on remette la séance à demain ? demanda Calvin, hypocrite.

— Ne sois pas bête...

Il ne parvenait à s'endormir qu'après avoir fait le plein de nouvelles, d'où il tirait l'aliment de ses échappées oniriques. Lui procurer matière à rêver était le premier devoir de Calvin à son lever.

Car Chen était affligé d'un second handicap : comme à tous ses compatriotes, la presse occidentale lui était interdite. Pour cet ancien diplomate, familier des coulisses internationales, cette censure était plus qu'une atteinte à son droit de s'informer, elle signifiait la mort lente par attrition intellectuelle. Aussi Ada passait-elle de longs moments à le ranimer, lui perfusant chaque matin un cocktail des principales nouvelles et lui injectant par voie d'e-mail les articles de presse les plus significatifs. Dès que Calvin avait été en mesure de déchiffrer l'alphabet, elle l'avait associé à ces séances, d'abord pour y lire deux ou trois mots, puis de petits textes faciles. Ses progrès lui avaient valu maints compliments et n'en avaient été que plus rapides. Petit à petit, constatant le plaisir que cette mission procurait à l'enfant, Ada la lui avait déléguée. Grâce à cette revue de presse quotidienne et aux commentaires qu'elle inspirait à Chen, Calvin avait appris à lire, et était devenu aussi averti de la démence du monde et de la perversion des gens que le plus cynique des politiciens.

– ... Allons-y, nous perdons du temps.

Le ton était comme à l'ordinaire sec, impérieux, à la limite de la politesse. Ada imputait cette rudesse à la rusticité des interprètes automatiques. Rembrandt, quant à lui, expliquait que la langue des mandarins était ainsi faite : concise, factuelle, sans fioritures. La courtoisie était toute en manières, gestes et postures, que Chen ne pouvait exprimer faute de pouvoir transmettre son image.

La curiosité de l'ex-diplomate ne connaissait aucune borne, si bien que Calvin éprouvait parfois des difficultés à choisir, parmi les milliers de dépêches submergeant le Web, celles qu'il lui donnerait à lire ou qu'il se contenterait de lui résumer. Aussi commençait-il d'ordinaire par lui présenter un bouquet de faits divers, cueillis au hasard de ses lectures, espérant qu'il s'en divertirait, à défaut de s'y intéresser. Puis il abordait ses thèmes de prédilection, ceux concernant son pays et ses relations avec le reste du monde, particulièrement avec le Pacte de Davos. Mais cette fois, il était en retard et, pour se rattraper, il se rendit d'emblée à l'information qui avait le plus de chances d'accrocher Chen :

– Il y a un article du *Corriere della Sera* sur le pape...

– Ça y est ? Il est donc mort ?

Depuis quelque temps, Chen se passionnait pour les démêlés du souverain pontife avec la Curie romaine. Il tenait qu'avant peu Jean-Baptiste Ier disparaîtrait, non en raison de son grand âge, mais parce qu'il le *devait*, en vertu d'une nécessité connue de lui seul et sur la nature de laquelle il demeurait silencieux.

– En tout cas, poursuivit Calvin, mort ou vif, d'aucuns voudraient bien l'enterrer, si j'en crois ce que je lis : « Le doyen du Sacré Collège a demandé à la Commission médicale pontificale de se prononcer sur l'état de santé mentale du pape avant la fin du mois. Des sources proches de la Commission pensent que cette dernière pourrait émettre un diagnostic de démence sénile, qui ouvrirait la voie à une procédure d'invalidation... »

– Que stipulent leurs lois à ce sujet ? Le pape peut-il être démis ?

— Justement, l'article dit qu'il y a un hic : les Constitutions apostoliques ne prévoiraient que deux cas de vacance du siège de Pierre, la « renonciation » volontaire du titulaire ou son décès. La démence du pape n'est pas envisagée. Les catholiques font confiance à l'Esprit-Saint pour suppléer aux carences d'un pape plus très sain d'esprit.

Chen resta un temps silencieux, comme s'il supputait les chances de son favori dans la partie qui s'engageait.

— Il démissionnera ?
— Ça ne lui ressemblerait guère.
— Dans ce cas, il mourra.

Et, sans autre commentaire, il changea de sujet :
— Qu'avons-nous d'autre ?
— Une série de meurtres bizarres, quatre prostituées assassinées dans des circonstances identiques...
— Sans intérêt.

Ce n'était pas l'avis de Calvin, qui flairait des développements sensationnels dans un futur proche. Les tabloïds, qui ne s'y trompaient pas, titraient déjà : L'ÉVENTREUR DES COCONS.

— ... et bien sûr, continua-t-il, quantité d'articles sur le piratage du WonderWorld et ses répercussions économiques, politiques et diplomatiques... Il semble que l'affaire tourne au vinaigre...

— Ah ! Envoie ! Envoie ! fit Chen soudain émoustillé.

Le Chinois était avide de toute mauvaise nouvelle concernant son ennemi héréditaire, ce qui ne manquait pas de déclencher d'âpres polémiques avec Calvin à qui, en grandissant, était venu le goût d'affirmer son propre jugement. L'un comme l'autre se sentaient tenus de défendre les positions de leurs pays respectifs face à la Grande Peste, mais ces positions étaient inconciliables. Pour Calvin, Chen vivait sur une autre planète et le fait que son gouvernement ait refusé à ses citoyens la protection des cocons le révoltait. Quant à Chen, il voyait dans Zéro Contact la preuve définitive de ce que les Han soupçonnaient depuis des millénaires, savoir que hors l'Empire du Milieu il n'était point de civilisation et peut-être même point d'humanité.

— Comment peut-on se passer de tout contact ? se scandalisait-il.

— Les attouchements nous répugnent, répondait Calvin en toute candeur.

— Mais comment dire l'amitié sans la vigueur d'une bourrade, la tendresse sans l'exquis frisson des caresses, le désir sans la moiteur odorante du sexe... la passion sans l'ardeur de l'étreinte ? objectait Chen qui savait toucher là une fibre sensible, le garçon, en veine de confidence, lui ayant un jour avoué combien lui manquait sa mère, la chaleur de sa poitrine, la douceur de ses mains, le frôlement soyeux de ses cheveux...

— Enfin, Chen, se récriait pourtant Calvin, avec l'effroi d'un catéchumène évoquant les tourments de l'enfer, ces immondes échanges clandestins de fluides corporels, ce sournois commerce d'excréments, ce louche trafic d'ordures intimes, vous ne trouvez pas ça dégoûtant ? Avec ça, terriblement dangereux ! Faut-il vous rappeler le bilan de la Grande Peste ? Et je ne dis rien des épidémies « mineures » ! Sida : quatre-vingts millions... Ebola : trente... Tuberculose *new look* : soixante... Excusez du peu !

Enfant des cocons, Calvin parlait de l'enfer avec d'autant plus d'éloquence et moins de nuances qu'il ne le connaissait que par la propagande déversée à longueur de journée sur le Web.

— Comment pouvez-vous avaler ces fadaises, vous qui offrez le vivre et le couvert à un rat ?

— Il n'y a pas que des raisons d'hygiène, poursuivait le garçon sans se laisser démonter. Avant-peste, vous rappelez-vous combien vous gaspilliez de temps et d'argent rien que pour vous rendre au boulot ? Et vous souvenez-vous de l'état de vos villes ? De la pollution ? Du bruit ? Des vies gâchées dans les embouteillages ? Voilà ce à quoi nous échappons désormais grâce à Zéro Contact et, à part une poignée de NoPlugs, nul ne regrette cette existence-là ! Croyez-moi, Chen : *Remote is beautiful.* Jamais la vie en société n'a été aussi sûre, aussi saine, aussi intense, que depuis que nous avons aboli les contacts directs.

C'était là peut-être ce qui les séparait le plus. Pour Chen, la société était un tissu complexe de relations où chacun n'existait qu'en raison des liens de chair et de sang qu'il nouait avec autrui. Depuis des millénaires, c'était ce qui conférait à son pays son extraordinaire cohésion. Rien n'était plus contraire à son être profond que l'isolement quasi autistique d'un Calvin rivé à sa console multimédia, rien de plus inhumain que ces réseaux artificiels que, n'ayant jamais rien connu d'autre, le garçon prenait pour d'authentiques communautés.

Chen parti, il était temps pour Calvin de gagner sa vie. Il se rendit à la foire aux esclaves.

La Peste, en poussant les pays industrialisés dans les cocons, avait exacerbé la division planétaire du travail amorcée à la fin du vingtième siècle. La production de la pacotille nécessaire à la vie quotidienne était abandonnée à la main-d'œuvre bon marché des pays du Tiers-Monde, tandis que le Pacte réservait à la population sophistiquée des pyramides la production des services à haute valeur ajoutée, et aux automates celle des produits à fort contenu technologique.

Fort de ses deux cent trente millions d'abonnés, Webjobs était le plus important employeur mondial, en fait une sorte de bourse du travail à l'échelle planétaire. Lorsqu'une entreprise avait besoin d'un collaborateur, elle adressait un descriptif à Webjobs, qui le répercutait sur le réseau... Les intéressés annonçaient leurs conditions. Grâce à l'électronique, tout allait très vite : deux, trois minutes au maximum entre l'offre et l'attribution du job. Un peu à la manière dont avant-peste on appelait un taxi : on donnait son adresse à une opératrice, elle la diffusait par radio, et la course était attribuée au plus rapide. Par ce processus d'enchères à rebours, le prix de la main-d'œuvre était ajusté en temps réel aux conditions du marché, à la manière des taux de change des devises, des cours de l'or, du pétrole ou des bananes. Pour exploiter à fond cet avantage, les entreprises morcelaient le travail disponible en tâches aussi brèves que possible. Les travaux répétitifs étaient remis en adjudication chaque matin, voire plusieurs fois par jour lorsque le marché était actif.

Pour les entreprises, Webjobs présentait l'avantage d'une flexibilité totale : plus besoin de personnel permanent, de bureaux, d'ateliers. Le travail était sous-traité, « délocalisé » dans les cocons... Il n'y avait plus d'emploi, seulement des tâches, plus de salariés, seulement des exécutants. Des entreprises sans personnel : le vieux rêve de tout actionnaire se réalisait enfin.

En le mondialisant, Webjobs avait rendu ce système très efficace : Dupont y défendait sa peau contre Brown, Schmidt, Ramirez, Gupta et Nakajima. Petit à petit, ce mode d'organisation s'était généralisé à l'ensemble des secteurs d'activités — industrie, mais aussi banque, assurance, publicité — et à l'ensemble des jobs, y compris ceux des cols blancs, des fonctionnaires et des professions libérales. Dupont fut bientôt rejoint sur Webjobs par deux cent trente millions d'experts-comptables, ingénieurs, informaticiens, professeurs, magistrats, avocats, médecins, journalistes, nouveaux prolétaires taillables et corvéables à merci comme de vulgaires O.S.

Conséquence directe du piratage du WonderWorld, le marché languissait. Les entreprises, pétrifiées par la perspective d'une perte d'activité, n'embauchaient pas. La voix monocorde du commissaire-priseur égrenait les enchères, indifférente aux quolibets des spectateurs :

— *...Adjugé pour 110 à l'architecte. Et maintenant, manuel informatique de quinze pages à traduire du mandarin en allemand. Livraison vingt-quatre heures. Qui fait une offre ?*

— *600. Chinoise de Taiwan. Ex-traductrice à l'ONU. Doctorat d'informatique.*

— *Et ça baise aussi pour ce prix-là ?* lança un titi.

— *Tu parles que ça baise !* rétorqua un autre. *Les Jaunes, pour la baise, j'connais qu'ça. Hein, ma belle, que t'aimes ça ?*

La jeune femme ignora l'outrage. La foire attirait une faune louche de parasites, voyeurs et pervers, que le spectacle excitait.

Du point de vue de l'audience, Webjobs talonnait les sites pornographiques les plus en vogue, ce qui en faisait un média de premier choix pour les annonceurs publicitaires.

— *J'ai 600, qui dit mieux ?* poursuivit le commissaire-priseur, imperturbable.

— *590. Ex-professeur à l'université de Pékin, mère allemande.*

Le garçon reconnut Rembrandt, en quête de pitance depuis l'aube. Par discrétion, il s'abstint de signaler sa présence.

Les enchères défilaient, ponctuées par les interjections obscènes des spectateurs.

— *500.*
— *À toi, prof, fous-la à poil !*
— *490.*
— *Ouuuh ! Impuissant !*
— *300.*
— *Mais défonce-la donc !*
— *290.*
— *Vas-y, baisse ta culotte, chérie !*
— *100.*

Pour s'accrocher ainsi, la Taiwanaise devait être au bord de l'abîme. Rembrandt essaya de la raisonner.

— *Pauvre inconsciente, pour ce prix, c'est du suicide !*

— *Pardonnez-moi, monsieur le professeur, nous n'avons vraiment plus rien.*

Les désespérés souvent tentaient de vous avoir au sentiment. Le plus souvent, ça ne prenait pas. Impassible, le priseur continuait :

— *J'ai une offre à 100... Qui dit mieux ?... 100, qui fait une meilleure offre ? Professeur ?...*

Jamais Rembrandt ne relançait derrière les mères de famille, élégance qui lui coûtait cher et dont nul ne lui savait gré.

— *Personne ? Alors adjugé pour 100 à l'ex-traductrice...*

Dans l'arène de nouveaux gladiateurs prirent place.

— *... Rédaction d'une lettre de crédit de soixante millions. Livraison six heures.*

— *150. Ex-chef du service financements export de Chase Manhattan.*
— *120. Livré cinq heures. Ex-responsable ingénierie financière grands comptes de Paribas. Salut, Martin !*
— *C'est toi, Bob ? Tu vas bien ? 100. Quatre heures.*
— *Tu plaisantes, Martin, on ne peut pas faire ce job pour si peu !*
— *Ils trichent !* protesta un spectateur.
— *Ouais ! Qu'ils se battent !* approuvèrent les autres.
— *Allons, messieurs, ne perdons pas de temps. J'ai une offre à 100... Qui dit mieux ?*
— *90.*
— *Bien joué !* fit la galerie.
— *80.*
— *Hourra !*
— *Putain, Martin, tu nous tues.*
— *Vas-y, Martin, achève-le !* exigea la foule.
— *80... Une fois... Deux fois...*
— *75. Je t'en supplie, Martin, laisse-moi ce job. La petite est malade...*
— *Qu'elle crève !* hurla la populace, unanime.
— *60, trois heures,* annonça Martin. *Désolé, vieux.*
— *Adjugé pour 60 à l'ex-Chase. Job suivant : Partie de polochon pour cette nuit. Le client a des goûts spéciaux. Il offre 50 maxi. Qui dit mieux ?*
— *40... Non, 30 !*
— *Adjugé pour 30 à l'ex-Paribas.*

Après des heures d'affût, Rembrandt avait enfin décroché un job, de quoi payer son prochain repas. Un repas : son horizon ne s'étendait pas au-delà. Demain, pour survivre, il lui faudrait se remettre en chasse.

Calvin ne pouvait s'empêcher de trouver la vie bien ingrate envers son héros. Car dans son panthéon d'adolescent, le vieux prof condamné à traquer des cachetons misérables sur Webjobs côtoyait sans pâlir les personnages d'Alexandre Dumas, Jack London ou Herman Melville.

Il se souvenait distinctement des circonstances dans lesquelles Rembrandt avait fait irruption dans sa vie. Un soir qu'elle ne pouvait présider en personne au rituel de son coucher, Ada y avait délégué cet ami rencontré peu avant sur le Web où, désireuse d'apprendre assez de chinois pour comprendre Chen, elle cherchait un professeur. La première impression de l'enfant avait été défavorable. Pensez donc : un « vieux » pas seulement fichu de taper son nom sur un clavier ! Qu'à son âge il éprouvât certaines difficultés à s'adapter ne l'excusait guère aux yeux de Calvin. Et puis, quel parti tirer d'un individu n'ayant de sa vie touché un *joystick* ? Il s'était résigné à s'endormir d'ennui.

– Je vais vous conter l'histoire d'un jeune garçon...

Ça commençait mal. Ostensiblement, il s'était tourné vers le mur, décidé à en écouter le moins possible.

– ... qui quitta son pays natal pour un royaume lointain,

découvrit des merveilles impensables, amassa des trésors immenses...

Il ne put réprimer un bâillement, qu'il tâcha de rendre le plus expressif possible... Le raseur fit mine de n'en rien voir.

– ... devint l'ami d'un roi tout-puissant, l'immense khan Khoubilaï, petit-fils du terrifiant Gengis Khan...

Voilà qu'il voulait lui infliger des noms exotiques ! Calvin pressa ses paupières de s'alourdir.

– ... puis retourna dans son pays, fut emprisonné et mourut dans la misère et l'indifférence générale.

Tiens, ça finissait donc mal ? Le garçonnet prêta l'oreille.

– C'était il y a près de mille ans. Marco en avait à peine dix-sept lorsque son père et son oncle, riches marchands de Venise, décidèrent de l'emmener avec eux pour un long et périlleux voyage vers un pays très mystérieux, la Chine...

L'instant d'après, Calvin arrangeait ses oreillers en prévision d'un périple dont il espérait qu'il se prolongerait au moins jusqu'au retour d'Ada et qui en fait durerait jusqu'à la mort du conteur.

– ... Ils allaient devoir traverser le khanat mongol de Perse, l'Afghanistan, le Pamir, la Kachgarie, suivre l'antique route de la Soie, par Yarkand, Khotan, Lob-Nor...

Rembrandt n'avait pas d'égal pour jouer de ces harmoniques secrètes des noms qui font vibrer l'âme à l'insu de ceux qui les perçoivent. *Cathay, Cambaluc, Campiçiu, Egrigaia, Tenduc, Chandu, Yangiu, Manzi, Quinsai,* ces sons inouïs suffirent bientôt à susciter en Calvin mille images chaudes, colorées, jamais entrevues jusque-là dans la froideur clinique de son cocon. Le plus prenant de ses jeux virtuels ne possédait pas le millième de leur magie. Par la suite, devenu son ami et – en dépit de la *Règle des Deux Ni* – son confident, il crut deviner le secret de son pouvoir : c'était sa propre histoire qu'il racontait.

Comme Marco, Rembrandt était le fils d'un négociant qui avait amassé une fortune respectable en commerçant avec la

Chine. Comme lui, très jeune, il avait accompagné son père dans ses voyages, puis s'était établi à Pékin où il avait vécu jusqu'aux événements qui conduisirent à son expulsion. Comme lui, hélas, de retour au pays, il avait été enfermé...

De son Alsace natale Rembrandt était venu à la Chine dans l'intention d'y étudier l'art. Maîtrisant à la perfection la langue, tant moderne qu'archaïque, il était un des rares détenteurs étrangers d'un doctorat d'histoire des reliques culturelles de la prestigieuse université Qinghua de Pékin où il avait, un temps, enseigné. Ses contributions à l'archéologie – sa découverte du site de Zhong Cun, dans le sud de la Chine, avait contraint les historiens du monde entier à revoir leur conception de la civilisation Yue – achevèrent d'asseoir sa réputation dans les milieux intellectuels les plus exigeants.

Ce pedigree impressionnant, que Rembrandt n'évoquait qu'à contrecœur et seulement quand Calvin l'y contraignait, ne rendait compte que très partiellement de ce personnage hors du commun. Derrière sa façade académique se dissimulait un intrigant, un aventurier, qui avait été le témoin, parfois l'acteur d'événements formidables. Car les circonstances avaient fait de Rembrandt l'âme damnée du président Wang, le maître de la Chine d'alors.

C'était au printemps de 1989. Partout les étudiants, écœurés par la corruption du régime, s'assemblaient en protestations pacifiques. À Pékin, ils étaient plusieurs centaines de milliers à manifester devant la porte de la Paix céleste, à deux pas du Zhongnanhai, le cœur même de l'empire. Rembrandt, plantant là céramiques antiques et miroirs de bronze, rejoignit ses condisciples sur la place.

L'armée intervint. La boucherie n'eut d'égale dans l'histoire contemporaine que celle qui devait ensanglanter les émeutes du Grand Enfermement à Paris. Un quart de siècle après, lorsqu'il évoquait cet épisode terrible, Rembrandt ne parvenait toujours pas à réprimer ses sanglots.

Quand l'ordre de plomb fut revenu, il fallut s'occuper des survivants, et soustraire sans délai les chefs de la rébellion à la chasse à l'homme impitoyable qui s'ensuivit. Rembrandt fut l'infatigable organisateur d'une des principales filières d'évasion, à laquelle des centaines de dissidents – parmi lesquels certains devinrent ensuite illustres – durent la vie sauve.

Wang Luoxun ne paraissait alors, dans la haute hiérarchie du Parti, qu'un apparatchik parmi d'autres. Pourtant, sous son air bonhomme – qui se serait méfié d'un vieillard de soixante et onze ans ? – se cachait un loup mû par une inflexible ambition. Dans l'ombre, Wang était de ceux qui avaient tiré les ficelles des tragiques marionnettes de la place Tian'anmen. Ses indicateurs eurent tôt fait de lui signaler l'activité du diable étranger qui parvenait à exfiltrer vers Hong Kong certains des « criminels » les plus recherchés de l'empire. Wang ordonna qu'on protège discrètement ce réseau : un jour, il aurait besoin du talent, du courage, de l'abnégation de ceux et celles dont le *gweilo* favorisait la fuite.

Car le vieillard avait une idée fixe – redresser la Chine – une obsession – lui rendre sa grandeur perdue. Il voyait avec dégoût ses gouvernants vendre leur âme aux dieux étrangers, ses élites à l'encan toujours prêtes à trahir pour quelques dollars de plus, sa jeunesse – appliquant avec cynisme le mot d'ordre du Parti : *Il est glorieux de s'enrichir* – préférer les *pagers* aux ordinateurs, les Cardin bleu pétrole aux blouses blanches, les salles de marchés aux amphis. Lorsque la Chine adhéra au Pacte de Davos et – appliquant le credo libéral avec la ferveur dévastatrice qu'elle avait jadis déployée pour les slogans criminels de Mao Zedong – ouvrit grands ses champs à la semence étrangère, s'exposant sans recours aux caprices des financiers et aux attaques des spéculateurs, Wang fut un des rares membres du Comité central à pronostiquer un désastre.

Son opposition lui valut la disgrâce, et c'est de sa retraite qu'il assista, effaré, à la décomposition de son pays, comme sur la grève se disloque une épave sous l'effet conjugué du pourrissement de ses membrures et des coups répétés des vagues. Telle une fille qui, submergée de passion, oublie les plus élémentaires sauvegardes, la Chine, dans son coït frénétique avec le Pacte, contracta, en sus du *seed-capital* tant désiré, nombre de germes délétères, qui causèrent la ruine de ses campagnes, la faillite de ses entreprises, l'écroulement de ses banques, l'explosion du chômage, le creusement d'un abîme insondable entre opulents et misérables, syndrome classique des maladies vénériennes du libre-échangisme.

Dans sa retraite le vieux mandarin aimait à recevoir la visite de Rembrandt. Ensemble, dans la minuscule cour carrée du *hutong* de la périphérie de Pékin où le Parti l'avait assigné à résidence, ils jouaient aux échecs tout en sirotant jusqu'à s'étourdir le *kungfucha*, thé assassin que le vieux Chinois faisait venir en contrebande, seul vice que Rembrandt lui connût alors. Quand le soir les surprenait, ils évoquaient avec émotion cet élan qui, treize années auparavant, avait saisi la jeunesse chinoise devant Tian'anmen et se demandaient, consternés, où était passée cette aspiration à la liberté qui leur avait fait défier les chars. Wang se refusait à admettre que ses jeunes compatriotes supportassent sans révolte le joug du Pacte. Rembrandt lui rappelait avec ménagement le comportement similaire des jeunesses occidentales, plus attachées à leurs idoles transnationales qu'aux lares vénérés de leurs pères. Wang n'y voyait qu'une preuve supplémentaire de dégénérescence. Rembrandt ne protestait que pour la forme. C'est ainsi que, dans l'intimité chaleureuse de cette modeste demeure, dans la familière simplicité des conversations à bâtons rompus, Rembrandt forgea sans le savoir les liens d'amitié et de confiance qui allaient faire de lui le confident du prochain maître de la Chine.

C'était une de ces soirées paradoxales d'octobre où au terme d'une journée ensoleillée un vent glacé soudain s'abat sur Pékin. Dédaignant les fastes convenus du Congrès réuni à la capitale pour désigner les nouveaux dirigeants du Parti, et auquel il avait été, en dépit de sa disgrâce, invité à assister, Wang avait convié Rembrandt à une partie d'échecs. Le froid venu, il avait allumé un de ces cylindres percés de trous, unique moyen de chauffage accessible aux pauvres, fait d'un mélange de boue et de poussière de charbon, dont, l'hiver, la laborieuse combustion dans des millions de foyers conférait à la capitale cette apparence grisâtre et cette odeur de viande boucanée qui depuis des siècles en étaient les inimitables signatures. L'on n'entendait que le ronflement rassurant du poêle et la mélancolique complainte de la bouilloire. Soudain, dans le cabinet de travail adjacent, le téléphone retentit. Wang se leva pour répondre. Pendant plus d'une heure, Rembrandt entendit à travers la mince cloison son vieil ami ferrailler avec un interlocuteur inconnu. À ses répliques laconiques mais fermes, il comprit qu'on cherchait à lui imposer quelque chose qu'il refusait. Pour finir, le vieillard revint, blême, balbutiant : « Ne me méprise pas. Ils ne m'ont pas laissé le choix. » Le Congrès venait de l'élire président du Parti.

Lucide, Wang ne se berçait pas d'illusions. Les véritables maîtres du pays avaient voulu installer sur le trône un fantoche docile à l'ombre duquel ils pourraient poursuivre leurs trafics en toute tranquillité. Chacun avait avancé son candidat, aussitôt récusé par les autres. Pour finir, ils s'étaient accordés à extraire des nécropoles du Parti un zombi suffisamment neutre pour ne déplaire à personne et suffisamment ignorant des réalités pour ne pas interférer avec leurs jeux. Quelqu'un s'était souvenu de Wang. On l'exhuma.

Fatale erreur. Déjouant les pronostics, le zombi se révéla si ambitieux, si déterminé, si habile, qu'il finit par régner sur le pays d'une main de fer. Ses années d'exil avaient permis à celui qu'on nommerait bientôt le « Grand Redresseur » de se forger une ligne de conduite. Si la Chine était tombée si bas, c'est qu'elle s'était désunie. Abolir les forces de dislocation serait donc sa priorité. L'ennemi était tout désigné. À l'intérieur, les profiteurs de toutes sortes, gouverneurs, commandants militaires, maires, cadres du Parti : pour y mettre bon ordre, il suffirait de discuter un peu, fusiller beaucoup. À l'extérieur, leur corrupteur et commanditaire, le Pacte de Davos. Cette partie-là promettait d'être plus difficile.

Sa déclaration de guerre au Pacte prit la forme d'un simple décret. Nul pourtant ne se méprit quant à sa portée réelle. Il signifiait en effet l'interdiction totale de produire, importer, céder, posséder ou utiliser des consoles multimédias. Selon Wang, ces produits étaient les principaux vecteurs de l'idéologie de Davos, et leur effet sur la société chinoise plus dévastateur que celui des bombes thermonucléaires et autres instruments de destruction de masse dont regorgeaient les arsenaux du Pacte. Les trafiquants de multimédias devaient être poursuivis et éliminés avec la même énergie que les cadres corrompus, et pour les mêmes motifs : en leur qualité de traîtres à la patrie, d'agents d'influence de l'ennemi et de pervertisseurs de la jeunesse. Sous ses dehors anodins, cet édit frappait le Pacte droit au cœur, plus sûrement qu'un missile de croisière.

Mais ce qui scella le sort de Wang fut son rôle dans l'échec de la convention Zéro Contact. Il dénonça avec véhémence ce qui à ses yeux n'était qu'une manœuvre cynique du Pacte pour étendre son hégémonie, et non seulement refusa de s'y associer, mais pressa les autres nations de suivre son exemple. Si bien que le monde se scinda en deux blocs : d'un côté, fédérés sous la bannière du Pacte, les États-Unis, le Canada, la Confédération européenne et le Japon, qui au prix d'un gigantesque déploiement de ressources financières et technologiques parvinrent en moins de quinze ans à encoconner la quasi-totalité de leurs ressortissants. De l'autre les États qui, sensibles aux arguments de Wang, s'y refusèrent : États d'Amérique centrale et du Sud, Union des États slaves, Conférence des Nations africaines, Ligue islamique, Fédération des pays d'Asie du Sud-Est. Le Pacte insinua que, handicapés par leurs populations pléthoriques, ces pays ne voyaient peut-être pas d'un si mauvais œil la tragique cure d'amaigrissement que leur infligeait la Peste. En laissant le champ libre au virus, ils liquidaient à moindres frais des excédents que des décennies de politique antinataliste n'étaient pas parvenus à résorber. Prenant prétexte de cette polémique venimeuse, Wang rompit avec le Pacte, que dix ans auparavant la Chine avait pourtant tenu sur les fonts baptismaux. Ce jour-là, il annonça à Rembrandt : *Je viens de signer mon arrêt de mort.*

L'exécution intervint deux années plus tard. Dès son retour aux affaires, Wang avait chargé son fidèle compagnon d'exil et confident des heures sombres de nombreuses missions délicates, officielles — Rembrandt fut ainsi l'artisan de la réconciliation entre le régime chinois et le dalaï-lama — ou moins avouables, qu'il s'agît d'éliminer un seigneur de la guerre récalcitrant ou de procurer au maître les partenaires, toujours plus jeunes, que sa verve insatiable, en dépit — ou peut-être en raison — du grand âge, exigeait. Pour s'acquitter de ces tâches aussi peu glorieuses que nécessaires, Rembrandt s'était constitué un réseau personnel d'informateurs et d'hommes de main, grâce auquel il put déjouer une première tentative d'attentat contre Wang, lui sauvant ainsi de justesse la mise. À quarante ans, bien qu'étranger, il était un des personnages les plus influents et les plus redoutés de Chine.

Ce jour-là, il s'était rendu au Sichuan pour superviser le procès d'un vice-gouverneur véreux dont son maître l'avait chargé de rapporter la tête. Il apprit la nouvelle comme tout le monde : par la radio. La voiture blindée de Wang avait sauté sur une mine creusée sous le portail principal du Zhongnanhai. En explosant, la charge avait formé un cratère large comme un terrain de football, soufflant comme fétu de paille le mausolée de Mao au centre de la place Tian'anmen. La patte griffue d'un des lions de marbre gardant le portail avait été retrouvée avec des débris humains dans le patio de l'hôtel Jianguo, six kilomètres à l'est.

Sachant ce qui l'attendait dès lors que son protecteur n'était plus, Rembrandt prit aussitôt le maquis. Au terme d'une longue cavale solitaire à travers la Chine, il fut capturé. Après cinq mois de tortures au cours desquels plus d'une fois il crut devenir fou, on le remit plus mort que vif aux autorités consulaires françaises.

Voilà l'homme qui achevait ses jours – que ses jours achevaient – dans un cocon misérable, survivant de petits boulots grappillés sur Webjobs, une traduction par-ci, une leçon par-là. Cette déchéance de son héros avait un temps refroidi l'enthousiasme de Calvin pour Zéro Contact. Il finit par résoudre la contradiction en se disant que Rembrandt avait la malchance d'appartenir à une génération sacrifiée à l'avènement d'un monde meilleur.

Heureusement, Calvin avait sa clientèle d'habitués : alors que, découragé par une matinée de vaines enchères, il venait de quitter Webjobs, Maud s'annonça.

Le rédacteur en chef du *Frankfurter Rundschau* la lui avait présentée un an auparavant. Depuis que Calvin l'avait aidé à sortir l'affaire du détournement des fonds de pension allemands, le journaliste le recommandait à ses confrères en quête d'informations cachées ou perdues. De succès en succès, Calvin s'était taillé une réputation flatteuse sur la planète très exclusive des braqueurs de réseaux.

Anodine, la page de garde de son site Web annonçait « spécialiste en archéologie, paléographie et épigraphie du logiciel », en clair : expert en inscriptions électroniques anciennes.

Chaque année depuis des décennies, les capacités des mémoires avaient décuplé et leur prix diminué dans les mêmes proportions. Stocker de l'information étant devenu presque gratuit, le Web s'était peu à peu transformé en une gigantesque décharge où, à ciel ouvert, s'accumulaient quantité de déchets que nul ne songeait à recycler, textes écrits, documents sonores, films vidéo, souvent en parfait état de conservation. Calvin consacrait le plus clair de son temps à fouiller ce gisement inépuisable, à en exhumer, bit après bit, les trésors enfouis, à en extraire des informations codées et à les décrypter... au grand dam de Thomas qui, chaque fois qu'il le surprenait dans ses œuvres, ne pouvait s'empêcher de lancer, exaspéré : « Pour quoi faire, bon Dieu ? »

C'était bien le problème. Ça n'avait aucune utilité avouable... Ça ne servait qu'à des fins suspectes, voire carrément illicites : sortir des affaires louches, ramener à la lumière de sales combines, ressusciter des passés peu glorieux... Soumis aux traitements experts de Calvin, les lambeaux de codes se révélaient d'une incroyable indiscrétion et livraient sans la moindre pudeur les fraudes, malversations et trahisons que leurs auteurs croyaient à jamais oubliées... Pour qui savait le déchiffrer, le Web était un grimoire où se consignait pour l'éternité toute la perversion du monde.

Ses relations avec la talentueuse journaliste avaient plutôt mal débuté.

— Je bosse pour *Le Temps*..., avait-elle annoncé.

— Je connais votre rédac'chef, Lambert. Comment va-t-il ?

C'était la procédure standard : n'importe qui pouvait le piéger en se recommandant d'un journal. Un minimum de vérifications s'imposait.

— Vous faites erreur..., avait corrigé la jeune femme d'un ton pincé.

Calvin avait flairé la gaffe.

— Vous parlez bien du grand quotidien de Bruxelles ?

Bingo ! C'était celui de Paris.

Par la suite, il lui avait rendu de menus services. Elle était belle, désirable et délurée : ils devinrent partenaires assidus au polochon, et enfin amis, si bien que sur un des murs-écrans du garçon se trouvait une porte ouvrant directement dans la « chambre » de Maud, seule entorse à la règle obligeant les visiteurs extérieurs à s'annoncer par le vestibule.

Cet après-midi-là, elle était survoltée.

— Je tiens le coup du siècle !

Calvin n'en parut pas surpris outre mesure : Maud débusquait un coup du siècle par semaine, minimum. Poliment, il tenta de dissimuler son scepticisme.

— Du gros gibier ?

— De la graine de Pulitzer !

— Laisse-moi deviner, dit Calvin. Le WonderWorld ?

— Beaucoup plus sensationnel. Une affaire impliquant l'exécutif de la Confédération européenne au plus haut niveau. J'ai des raisons de penser que les preuves qui me manquent se trouvent dans les fichiers de la Société de Banque suisse. Pour toi, ce serait un jeu d'enfant...

— Et... la victime ?

— Un certain Faidherbe, Marc Faidherbe. Un intermédiaire fort actif dans les milieux de l'armement. J'ai la certitude qu'il arrose le chef d'État-major de notre Armée de l'air.

— Dans ce cas, pourquoi t'adresser à moi ?

— Je veux savoir d'où viennent les fonds. J'ai pu en remonter la trace jusqu'à la Société de Banque suisse, mais là : muraille de Chine ! Impossible d'aller plus loin.

— Qu'est-ce que je gagne ?

— Dis ton prix...

— J'ai assez de fric.

Il bluffait : il n'avait plus un sou vaillant.

— Dans ce cas, un programme pour ton home-trainer ? J'en ai de très rares, je suis sûre que tu ne les connais pas.

— Ça m'étonnerait, mais dis toujours.

— L'Anabase ?

— Surfait...

— La Longue Marche ?

Elle se moquait de lui. La Longue Marche, Chen la lui avait commentée de long en large.

— Tu n'aurais pas quelque chose de vraiment inédit ? Un quota, par exemple ?

Il y était allé au culot. Les quotas étaient des crédits de journées hors cocon que l'État décernait à titre exceptionnel en récompense de signalés services, l'équivalent des décorations des époques passées, Légion d'honneur, ordre de la Jarretière, médaille du Congrès. Un chercheur particulièrement fécond, un artiste supérieurement talentueux, pouvaient ainsi connaître, quelques semaines durant, la vie privilégiée des Dômes. Ces quotas étaient très prisés et donnaient lieu à toutes sortes de trafics, à des bourses d'échange, à un marché noir, où les plus fortunés acquéraient à prix d'or les quotas que leurs mérites ne leur permettaient d'espérer.

— On place la barre très haut, à ce que je vois.

— Pense à ton Pulitzer.

— Une semaine au Dôme de Mykonos. Je te préviens, c'est mon dernier prix.

Sept jours en Grèce : une véritable aubaine. Cette fois, son coup du siècle semblait sérieux. Mais jusqu'à quel point y tenait-elle ? Calvin décida de poursuivre son bluff :

— La mer Égée ? Polluée comme elle est ? Pourquoi pas Tchernobyl, pendant que tu y es ?

— C'est la résidence officielle des Imbus de la Confédération, ce qui se fait de mieux en Europe.

— Et moi je pense que ton Pulitzer vaut mieux que ça.

— Exigeant, hein ? O.K., je vais te faire une offre impossible à refuser : un mois.

— Voyage compris ?

— D'accord.

— Tu en seras ?

— Tu rigoles ? Les voyages, c'est pour les riches et pour les magouilleurs de ton espèce.

— Je croyais que vous autres journalistes aviez droit à quelques extra ?

— Les stars, oui, celles qui vivent à la Termitière ou dans les Dômes. Mais pour les sans-grades, les enquêtes sur le Web font l'affaire ! Après le Pulitzer, peut-être...

— Tant pis, j'irai sans toi.

— Tu me raconteras.

Revendu au marché noir, ce quota rapporterait l'équivalent de six mois de subsistance, peut-être un an en négociant bien. Tout compte fait, la journée ne s'annonçait pas trop mal.

Calvin travaillait à l'enquête de Maud quand l'avatar de Thomas fit irruption. Surpris, le garçon n'eut pas le temps d'effacer son écran.

— Toujours à fouiller les poubelles ! Tu vas voir, tu finiras par te faire prendre...

L'équivoque renommée que sa sulfureuse spécialité avait value à Calvin effrayait ce fonctionnaire plus soucieux de tranquillité que de notoriété.

— Tu ferais mieux de chercher un vrai boulot, insinua Thomas.

Le garçon, qui connaissait la tirade par cœur, n'écouta pas. En grandissant, son sentiment à l'égard de Thomas – « ce maton qui me tient lieu de père », comme il disait avec dédain – avait évolué de l'hostilité à l'indifférence, après avoir épuisé toutes les nuances du mépris. Maton... Il savait pourtant l'appellation impropre, s'agissant d'un fonctionnaire qui n'avait aucun contact avec les détenus : comme la plupart de ses collègues de l'administration centrale, Thomas travaillait à domicile, connecté au Web depuis son cocon de service. Mais bien que malveillant, « maton » exprimait de façon adéquate les sentiments du garçon à l'égard de celui qu'il tenait pour responsable du silence de sa mère. Sans s'embarrasser de la contradiction, il lui reprochait à la fois son indifférence et la façon « inquisitoriale » dont il fourrait le nez dans ses affaires. Avec le cynisme propre à son âge, il ne lui reconnaissait qu'un mérite – l'avoir élevé – et qu'un prestige – avoir su séduire Ada. Le destin avait parfois de ces détours... Sans l'incompréhensible attirance d'Ada pour le « maton », jamais Calvin n'aurait rencontré cette femme exceptionnelle. Car si Rembrandt était son héros, son idole c'était Ada.

Véritable magicienne du clavier, la jeune femme collaborait avec les studios de Hollywood pour qui elle réalisait des effets spéciaux époustouflants. Calvin n'était encore qu'un enfant lorsqu'elle commença à l'associer à ses travaux. Chaque fois qu'elle terminait une séquence, elle la lui montrait, puis la modifiait en tenant le plus grand compte de ses réactions et commentaires. Vint un jour où le gosse émerveillé voulut savoir ce qu'il y avait derrière l'écran de sa console. Patiemment, Ada lui expliqua, sans jamais se dérober, lui transférant, sans qu'il s'en aperçoive, des trésors de connaissances et de savoir-faire. Quand il fut en mesure de l'imiter, elle lui sous-traita la réalisation de bouts de programmes, le corrigeant s'il se trompait, lui révélant trucs et tours de métier quand il achoppait sur une difficulté, l'encourageant sans relâche à s'améliorer et à innover. Et, suprême récompense, quand elle jugeait sa séquence particulièrement réussie, elle l'intégrait dans son propre travail, si bien que Calvin eut très tôt la satisfaction de voir ses œuvres publiées sur le Web. À douze ans, l'informatique n'avait plus de secrets pour lui, et à seize, il brillait comme une étoile de première grandeur au firmament des hackers. Thomas en faisait parfois reproche à Ada : « Tous les fouille-merde de la planète ont recours à ses services... Monsieur est passé maître dans l'art macabre d'exhumer les cadavres des placards. Par moments je me demande si ce fut vraiment une bonne idée de te le laisser... »

— ... alors, c'est promis, n'est-ce pas ? demanda Thomas en concluant.

— Oui, oui, c'est d'accord, répondit Calvin qui n'avait pas écouté un traître mot.

Thomas comprit qu'une fois de plus il avait parlé dans le vide.

De guerre lasse, il zappa.

– Salut gamin, ça va ?

Comme toujours, Nitchy tombait du ciel au plus mauvais moment. Des habitants de cette demeure virtuelle, c'était le plus fantasque, le moins routinier, le moins prévisible. On ne le trouvait jamais chez lui. Le décor de son « appartement » se réduisait d'ailleurs à sa plus simple expression et tenait davantage du parloir d'un ermite, fait pour expédier sans cérémonie les importuns, que de la salle à manger d'un amphitryon aimant à traiter ses hôtes avec munificence. Seule concession au sens sur les murs vides, une inscription en disait long sur l'estime en laquelle le maître des lieux tenait ses congénères :

EN QUELQUE RECOIN ÉCARTÉ DE L'UNIVERS RÉPANDU
DANS LE FLAMBOIEMENT D'INNOMBRABLES SYSTÈMES SOLAIRES,
IL Y EUT UNE FOIS UN ASTRE SUR LEQUEL
DES ANIMAUX INTELLIGENTS
INVENTÈRENT LA CONNAISSANCE.
CE FUT LA MINUTE LA PLUS ARROGANTE
ET LA PLUS MENSONGÈRE DE L'« HISTOIRE UNIVERSELLE » :
MAIS CE NE FUT QU'UNE MINUTE.
À PEINE QUELQUES SOUPIRS DE LA NATURE, ET L'ASTRE SE FIGEA,
ET LES ANIMAUX INTELLIGENTS DURENT MOURIR.

Selon Rembrandt, dont l'érudition comme la perfidie étaient rarement prises en défaut, la citation était d'un philosophe teuton du dix-neuvième siècle que Nitchy semblait affectionner, et auquel le vieux misanthrope avait emprunté son pseudonyme et sans doute aussi un peu de sa démence.

Au fond de l'austère réduit, une porte mystérieuse excitait depuis l'enfance l'imagination de Calvin. En toutes circonstances elle demeurait close, et en dépit de son savoir-faire le garçon n'était jamais parvenu à l'ouvrir. Défendait-elle l'accès à quelque chambre forte où le vieux fou aurait dissimulé de terribles secrets, ou au contraire lui permettait-elle, en contravention totale avec leur règlement, d'aller et venir sans passer par le vestibule ? À moins que par cette porte dérobée il ne reçoive, ni vu ni connu, quelque mystérieux visiteur, voire, comble de scandale... visiteuse ?

On ne trouvait pas Nitchy, c'est lui qui vous tombait dessus. Calvin le cherchait parfois des jours entiers et, à l'instant où il renonçait, l'avatar tonitruant surgissait, grommelait « Ça va, gamin ? » puis, sans davantage se soucier de ce qu'il faisait, lançait son défi du jour :

– Tu as vu les news ?

Cet après-midi-là, passionné par ce qu'il découvrait dans les comptes de la Société de Banque suisse, Calvin voulut esquiver l'assaut. Il n'avait que quelques secondes pour improviser une parade.

– Pas eu le temps.

Il mentait : il sortait de lire les journaux à Chen. Mais pour temporiser, cette fois-là, il n'avait rien trouvé de mieux. Trop peu pour stopper la charge.

– Écoute, gamin, ça devrait t'intéresser : on estime déjà à vingt millions le nombre de copies pirates du WonderWorld. Aux U.S.A. deux tiers des gosses de moins de vingt ans l'ont téléchargé. Et depuis sa mise en circulation, le temps moyen de connexion au Web a bondi de douze à seize heures par jour !

— Encore un effort, et ce sera la journée continue !

Calvin avait beau s'être résolu à éviter le piège grossier de Nitchy, le commentaire lui avait échappé. À présent qu'il avait l'hameçon bien en gueule, son tourmenteur n'avait plus qu'à ferrer.

— Cent pour cent des chiards branchés vingt-quatre heures sur vingt-quatre ! Un rêve !

— La fin de l'intelligence ! objecta Calvin.

— Au contraire, gamin, sa renaissance ! Sa sortie de l'impasse...

Calvin sourit. En trois répliques Nitchy l'avait conduit au point précis où il voulait en venir, au pied de ce tremplin préparé à l'avance d'où sa tirade allait pouvoir prendre son envol. Car Nitchy n'avait cure des loisirs des marmots américains. Son idée fixe, son obsession, c'était l'intelligence, et c'était d'intelligence que, bon gré mal gré, il allait l'entretenir. Toute résistance était vaine. Le garçon tenta un baroud d'honneur, sans conviction.

— Toujours tes paradoxes fumeux !

À vrai dire, Calvin guettait les raids de Nitchy comme dans la nuit polaire un Inuit espère l'aurore. Dans la froideur de son cocon, ils allumaient des flambées pétillantes, des feux d'artifice dans la grisaille de ses jours.

— Réfléchis un instant, veux-tu ? commença Nitchy. D'après toi, que peut-on désirer de mieux pour l'intelligence ?

— Qu'elle se marie et qu'elle ait beaucoup d'enfants !

— Je le formulerais autrement : se *répandre* dans l'univers, le coloniser, voilà qui paraît désirable pour l'intelligence. Qu'elle sature la totalité de l'espace disponible, telles les molécules d'un gaz parfait. Qu'elle plante son drapeau sur la plus infime particule de la plus reculée des galaxies.

— N'est-ce pas l'ambition de nos vols spatiaux ?

— Vaines foutaises ! Des fortunes englouties à sonder le bas-ventre de Vénus, à planter un thermomètre dans le cul de Jupiter... Risible ! En vérité, Calvin, l'espèce humaine ne quittera jamais la proche banlieue terrestre.

— Qui te dit que dans un siècle ou deux...

— Ça n'a rien à voir avec le temps. Il existe une limite physique *absolue* à l'expansion de l'humanité dans le cosmos, une borne infranchissable. Tous les historiens te le confirmeront : plus une armée s'éloigne de ses bases, plus elle devient vulnérable. Souviens-toi de Napoléon ou d'Hitler... Plus leurs troupes s'approchèrent de Moscou, plus elles s'enlisèrent. Chaque nouveau pas vers les étoiles coûte dix fois le prix du précédent, rançon exorbitante de la survie de nos délicates carcasses en ces confins hostiles. Il y en aura forcément un qui absorbera à lui seul la totalité des ressources que nous pourrons mobiliser. Là se trouve la borne dont je parle. Crois-moi, ce n'est guère loin de la Sorbonne.

— Pardon... quel rapport avec l'intelligence ?

— Le rapport ? Le voici : l'homme n'est pas le vecteur approprié pour répandre la vie dans les étoiles. Pas davantage que les grenadiers de Napoléon n'étaient faits pour porter les aigles impériales à travers les steppes glacées de Russie, mortelles pour un organisme dont la tolérance aux variations de température ambiante est de quelques degrés à peine. Sans parler de son appétit extravagant pour le carbone, l'oxygène, l'eau et autres aliments exotiques... de ses caprices en matière de pression atmosphérique, de radiations, de gravité... de sa durée de vie dérisoire, au regard des millions d'années-lumière à franchir... Et ce grognard chichiteux voudrait conquérir l'Univers ? En vérité, avec l'homme, l'intelligence stagne dans un cul-de-sac. Piégée dans un optimum local, diagnostiqueraient les mathématiciens. Je m'étonne que cette évidence n'ait pas encore frappé les grosses têtes de nos agences spatiales.

— Qu'est-ce que le Web change à cela ?

— Ce Web de pacotille, rien. Mais Celui qui vient, le Web absolu, délesté du fardeau de nos corps débiles, débarrassé de ses ultimes scories organiques... Web désincarné, totalement minéral... Web de cristal pur... La Créature parfaite, par qui les Écritures s'accompliront : *Tu es glaise, tu retourneras à la glaise ! Tu es Petrus !* L'Ancien et le Nouveau... Ils s'accordent, Calvin... L'Ancien et le Nouveau s'accordent...

« Créature »! Quand cette « Créature » pointait son nez dans le discours de Nitchy, c'était signe que ses drogues perdaient de leur efficace. Le seul salut était alors dans la fuite. Sous peine d'affronter bientôt Mister Hyde, il convenait, sans demander son reste, de prendre congé. Une pression sur la télécommande et, tel un pantin que nulle main n'anime, l'avatar délirant s'affaissa.

À peine Calvin avait-il envoyé à Maud les résultats de son enquête que déjà l'heure du soviet avait sonné. On s'était retrouvé sous la véranda, à l'instigation de Rembrandt qui voulait y juger de l'effet d'un nouveau paysage de la *National Geographic*, « Tempête aux quarantièmes rugissants. » Ada était en retard, ainsi que Thomas, mais lui, nul ne s'en étonna. Était-ce l'effet de la mise en scène de Rembrandt, qui métamorphosait l'endroit, d'ordinaire si paisible, en pont de baleinière luttant contre les éléments déchaînés, ou le contrecoup du séisme bien réel qui ébranlait le monde depuis l'annonce du piratage du WonderWorld ? Tout le monde était très énervé.

Chen, le premier, attaqua. Dans sa revue de presse, un article de Maud, ironiquement intitulé « Pour les Chinois, c'est Pâques à Nouvel An », l'avait indigné :

L'Agence Xinhua a diffusé ce matin, à l'occasion du Nouvel An lunaire, un curieux message de vœux présenté comme émanant du « Grand Redresseur », le président Wang Luoxun en personne.

Dans ce message, le prétendu « président Wang » exprime « sa satisfaction devant les progrès immenses accomplis par la Chine, tant à l'intérieur du pays que sur la scène internationale, sous la direction du Comité central du Parti et de la Commission centrale militaire », et demande au gouvernement de « transmettre ses meilleurs vœux aux citoyens chinois de tous les groupes ethniques ».

Rappelons que le président Wang fut victime d'un attentat voici bientôt... dix-huit ans. Aucun observateur sérieux ne doute qu'il y ait laissé la vie – à l'âge déjà canonique de quatre-vingt-seize ans. Les gouvernements chinois successifs n'ont cependant jamais voulu reconnaître ce décès, préférant entretenir la fiction d'une miraculeuse survie du despote. Ainsi avait-on en d'autres temps dissimulé à la populace la mort de l'empereur Qin Shihuang, et plus tard celle de Gengis Khan, en entourant de poissons pourris les chars transportant leurs dépouilles, pour en masquer l'odeur de charogne. À en croire Pékin, le président Wang aurait aujourd'hui... cent quatorze ans!

Ces enfantillages ne prêteraient qu'à sourire s'ils ne recelaient une réelle menace. Wang demeure, dans l'inconscient collectif de ses compatriotes, le héros mythique qui restaura leur dignité en tenant tête au Pacte de Davos. Sa résurrection à point nommé – alors que certains aux États-Unis commencent à accuser la Chine du vol du WonderWorld – est sans nul doute destinée à raviver parmi les masses laborieuses, à toutes fins utiles, un sentiment patriotique jugé défaillant. On s'apprêterait à appeler aux armes qu'on ne s'y prendrait pas autrement. Le fait que le pseudo-Wang félicite la Commission centrale militaire, au même titre que le Comité central du Parti, pour les *progrès immenses* allégués, démontre un soudain regain d'influence de l'Armée populaire de Libération. Tout cela vous a un air de mobilisation générale qui ne laisse pas d'inquiéter.

— Toujours aussi fielleuse, votre petite amie! lança Chen à Calvin qui n'en pouvait mais. Vous devriez vous méfier, elle s'exprime comme la C.I.A.

Chen voyait partout la main de la centrale de renseignement américaine. Il la soupçonnait même d'avoir fomenté les cocons comme un moyen ultime d'asservir individus et États. C'est tout juste s'il ne l'accusait d'avoir répandu la Peste à seule fin de justifier le Grand Enfermement. Mais son plus grand crime à ses yeux restait d'avoir commandité l'attentat du président Wang. Qu'il assimilât Maud à la C.I.A. en disait long sur les sentiments qu'il lui portait...

Calvin se crut obligé de prendre la défense de l'absente.

— Reconnaissez, Chen, que ce communiqué attribué à votre ex-président semble pour le moins suspect...

— Suspect? Et pourquoi, je te prie?

— Chacun sait qu'il est mort depuis longtemps.

— Qu'est-ce qui te fait croire cela ? Tu as des informations de première main, sans doute ?
— Bien sûr que non. Cependant...
À cet instant une voix s'éleva, tranchante.
— *Mais moi j'en ai !*
C'était Rembrandt.

Ils se turent. Parmi eux, Rembrandt était le seul à pouvoir parler de Wang Luoxun en connaissance de cause.
— Ah-Wang est bel et bien mort...
En se référant à son ancien maître, Rembrandt usait toujours de cette forme – *Ah-Wang*. Ainsi, avait-il appris à Calvin, s'interpellaient en Chine frères et amis intimes : *Ah*-Zhang, *Ah*-Pu, *Ah*-Zhao. Que Rembrandt nommât *Ah-Wang* l'ancien empereur témoignait de la familiarité qui avait existé entre eux.
— ... je suis même un des rares à connaître le lieu où il repose. Et pour cause : c'est moi qui l'y ai conduit.
Ils étaient tout ouïe, conscients du privilège de recueillir à la source la clé d'un mystère qui intriguait le reste de la planète.
— Vous savez qu'entre autres fonctions exercées auprès d'Ah-Wang, je commandais sa garde personnelle, trois dizaines de commandos que j'avais sélectionnés parmi l'élite des gardes du corps du Zhongnanhai. Quels splendides guerriers ! De jeunes géants mandchous, surentraînés au combat sous toutes ses formes, endurants à la peine comme à la douleur, et qui ne maîtrisaient pas moins de quarante-quatre manières de tuer. De surcroît – vous en jugerez dans un instant – d'une dévotion absolue à leur maître. Nos adversaires allèrent jusqu'à prétendre qu'ils acceptaient de se livrer aux caprices du vieux pervers. Faux, bien entendu, mais si Ah-Wang en avait émis le désir, pas un, j'en suis sûr, ne s'y serait soustrait.

« Lorsque j'appris la nouvelle de l'attentat, j'étais en mission au Sichuan. Ne me faisant aucune illusion sur le sort qui me guettait, je pris le maquis. Je rentrai incognito à Pékin, où mes indicateurs m'apprirent que le président avait par miracle survécu à ses blessures. Connaissant nos ennemis, et sachant qu'ils ne reculeraient devant rien pour achever leur sinistre besogne, je résolus de conduire Ah-Wang en lieu sûr.

« L'extraire de son lit de l'hôpital militaire numéro Un ne fut qu'un jeu d'enfant pour mes Mandchous. Quant à le mettre à l'abri... Depuis longtemps, j'avais en grand secret organisé une filière en vue de son exfiltration, sachant que tôt ou tard la nécessité s'en ferait sentir. Dans tout l'empire, j'avais aménagé des maisons sûres, recruté des partisans pour en assurer la sécurité et l'approvisionnement, préparé des moyens de transport discrets. Depuis des lustres, ce réseau dormait, mais à la façon des chats : d'un œil. Un message de *pager* suffit à réactiver l'ensemble du dispositif. Nous partîmes donc, Ah-Wang inconscient et salement amoché sur sa civière, escortés de nos trente prétoriens. À chaque étape, les partisans locaux prenaient notre groupe en charge jusqu'au moment où je décidais de gagner l'étape suivante, connue de moi seul. Après notre départ, un de nos hommes restait pour « faire le ménage ». Il importait en effet de ne laisser ni traces ni témoins : c'était la mission du prétorien. Après s'être assuré que tout était clair, il avait ordre de gagner une ville que je lui avais désignée et – ultime acte de dévouement à son maître – de s'y tirer une balle dans la tête. Le garde suivant se sacrifiait dans une autre ville, et ainsi de suite. De sorte que la meute lâchée à nos trousses poursuivit une piste à l'opposé de la nôtre, jalonnée des cadavres de ces héros.

« Notre exode, de cache en cache, dura huit longs mois, durant lesquels Ah-Wang sortit du coma et recouvra petit à petit ses moyens. À la fin, nous n'étions plus que trois, l'empereur, moi et le dernier des prétoriens. Je me souviens, au moment de prendre la route qui devait nous conduire, Ah-Wang et moi, à notre refuge terminal, le soldat impassible salua une dernière fois, dans un garde-à-vous impeccable, le vieillard infirme pour qui il allait, à l'exemple de ses vingt-neuf frères, sacrifier sa vie. Devant l'expression de ce dévouement sans faille, Ah-Wang, ému, se précipita vers le jeune homme et le serra longuement dans ses bras. À cet instant, je crus même entrevoir un rien d'humidité voiler les yeux secs du vieux tyran.

« Une semaine plus tard, nous parvînmes au sanctuaire que j'avais choisi, et je confiai Ah-Wang sain et sauf à celui qui devait dorénavant en assurer la protection. »

Ils restèrent bouche bée, fascinés par le terrible récit. Enfin Nitchy osa rompre le silence.

— Ne disais-tu pas que Wang n'était plus ?

— En effet. Avant de le quitter, j'avais conclu un accord avec celui qui lui accordait sa haute protection : au décès de son hôte, il publierait à mon intention un certain message sur un certain canal.

— Et ce message ?

— Quelques semaines après mon retour en France, confirma Rembrandt.

— Et... où avais-tu caché Wang ?

— À présent je peux bien vous le dire. Vous vous en souvenez peut-être, j'ai joué un certain rôle dans le règlement de la crise tibétaine et le retour à Lhassa du dalaï-lama. Eh bien, c'est Sa Sainteté en personne qui, sur mes instances, a accepté d'accueillir Wang et de protéger sa retraite.

— Wang était retiré au Potala ?

— Nenni...

— Dans un monastère plus discret, au fin fond du Tibet ?

— Non plus...

— Sur le versant indien, alors ?

— Vous n'y êtes pas ! Il était à Pékin.

Et Rembrandt d'éclater de rire, heureux du bon tour qu'il avait joué. Tour de maître : des années durant, tous les services spéciaux de la planète s'étaient évertués à percer l'énigme de la disparition de Wang. Pour en retrouver la trace, de la Mandchourie à Hainan, d'Urumqi à Chongqing, ils avaient en vain retourné chaque caillou, alors qu'il se cachait en plein cœur de la capitale, non loin de ce Zhongnanhai d'où il avait si longtemps dirigé l'Empire.

— Au terme de cette fuite qui nous avait vus traverser et retraverser le pays, raconta Rembrandt, tandis que nos poursuivants s'égaraient sur la piste sanglante des prétoriens, je résolus de revenir à l'endroit où ils songeraient le moins à nous chercher : dans la gueule même du tigre. Là, au nord de la Cité interdite, non loin de la tour de la Cloche, s'étend dans un modeste parc le Zhumulangma, un sanctuaire tibétain construit au dix-huitième siècle par l'empereur K'ien-long, confisqué et désaffecté par Mao Zedong après la révolution de 1949, transformé en hôtellerie sous Deng Xiaoping, et pour finir restitué par Wang au dalaï-lama, après la Réconciliation. C'est là, à l'ombre de ses hauts murs et de ses arbres centenaires, soigné jusqu'au bout par une poignée de bonzes dévoués que, paisiblement, Ah-Wang acheva son destin.

Une question brûlait les lèvres de Calvin, mais lui parut impertinente. Chen n'eut pas ses scrupules.

— Dites-nous, Rembrandt : pourquoi, des témoins de ce drame, êtes-vous le seul encore en mesure de parler ? Tous les prétoriens se sont sacrifiés, pourquoi cette exception en faveur de leur chef ? N'était-ce pas une folle imprudence ?

— Pour le cas où j'aurais été pris, j'avais fait loger une capsule de cyanure dans une de mes molaires.

Mais Chen ne semblait pas décidé à lâcher le morceau.

— Pourtant, ils ont bien fini par vous prendre et... vous êtes toujours là... Alors... cette capsule ?

— Eh bien, il faut croire que je n'eus pas à y recourir..., conclut Rembrandt d'un air entendu.

Calvin n'y tint plus.

— Qu'est-elle devenue ?

— Elle s'y trouve toujours.

La veillée était fort avancée, et nul ne s'était avisé du retard d'Ada. Jamais pourtant jusqu'ici elle n'avait manqué leur rendez-vous. Calvin commençait à s'ennuyer. Tandis que les autres se querellaient sans conviction sur la responsabilité éventuelle de la

Chine dans le vol du WonderWorld, il se souvint qu'au même moment se tenait sur Channel One le débat qui, de l'avis général, devait décider de l'issue de la course opposant l'actuel occupant de la Maison-Blanche, le président Kleinkopf, à son challenger, le sénateur républicain Branniff. Tout en gardant un œil sur ses amis, il se brancha sur Channel One, où, dans une atmosphère survoltée, le Président achevait une tirade :

— ... *les avoirs chinois déposés dans les banques du Pacte sont gelés et les actifs des compagnies chinoises opérant sur le territoire national saisis. Les citoyens d'origine asiatique devront retourner leurs passeports et se soumettre à un contrôle hebdomadaire de la police. Ceux qui occupent une position au sein de l'administration sont licenciés avec effet immédiat...*

Le garçon mit un certain temps à réaliser ce qui se passait.
— Écoutez ça ! cria-t-il à ses amis. C'est Kleinkopf !
— ... *Tout individu ou organisation qui enfreindra ou tentera d'enfreindre ce décret sera poursuivi et les autorités auront la faculté de confisquer ses actifs.*
— De quoi parle-t-il donc ? s'écria Rembrandt, exaspéré.
— De la Chine, répondit Calvin. Je n'en sais pas davantage, je viens de me connecter...
— Silence ! ordonna Chen.
— ... *de nos parts de marché en Chine doivent savoir que cette fois ils courent un risque majeur. Nous considérons désormais toute transaction, de quelque nature qu'elle soit, avec la Chine, comme une atteinte délibérée à notre sécurité. Les entreprises qui s'obstineront à investir en Chine ou à commercer avec elle seront définitivement interdites de business dans le ressort du Pacte. Ces dispositions, d'application immédiate, resteront en vigueur tant que la Chine n'aura pas totalement réparé...*
— Mais... il parle d'un blocus ! s'exclama Nitchy.
— Si c'est ça, c'est la guerre, dit Chen.
— Mon Dieu, commença Rembrandt, ils sont devenus...

À cet instant, un cri s'éleva, si bouleversant qu'ils en demeurèrent interdits.

— Nitchy ? Rembrandt ? Chen ? Vous êtes là ?

C'était Thomas, ou plutôt son spectre, tant il était pâle.

— Où diable pourrions-nous être ?

— Écoutez, je ne sais comment vous le dire... Je suis dévasté...

— C'est la déclaration d'Oncle Sam qui te met dans cet émoi ? ironisa Nitchy.

Thomas était si ému qu'il en bégayait :

— A... Ad... Ada...

— Eh bien ?

— Elle... Elle s'est... déc... déconnectée.

— Peut-être est-elle fatiguée, hasarda Nitchy, comme pour proposer une alternative à l'inacceptable.

— Elle a fort mal dormi la nuit dernière, attesta Rembrandt.

— Elle se repose, tenta Chen, sans conviction.

— Je veux dire... déf... définitivem...

Et il s'effondra, incapable d'articuler un mot de plus.

— Quoi, *définitivement* ? Qu'est-ce que tu nous chantes ? Accouche, bordel !

Nitchy était de ceux qui croient qu'en gueulant assez fort on peut renverser le destin.

Mais ce qu'il refusait d'entendre, Calvin s'y résignait déjà.

Quand ils eurent recouvré leurs esprits, Thomas raconta : en fin d'après-midi, Ada avait été trouvée sans vie. Barbituriques, d'après les premières constatations. L'administration en distribuait pour avoir la paix. Pendant des semaines, pilule après pilule, Ada avait épargné son viatique pour l'au-delà.

Sur sa console, une fenêtre encore ouverte témoignait de ce qu'avait été son ultime pensée – une oraison en forme de blasphème, surgie d'on ne sait quels abîmes de souffrance :

PRIÈRE POUR NE PLUS ME RÉVEILLER
Merci, mon Dieu, pour tous vos bienfaits.
Merci pour l'existence, merci pour la conscience,
Pour la vie qui se dissipe en vain
Pour la pensée qui n'agrippe rien.
Merci, mon Dieu, pour tous vos bienfaits.
Merci pour l'abandon, merci pour la trahison,
Pour la mère qu'on renie,
Pour l'amant qui oublie.
Merci, mon Dieu, pour tous vos bienfaits.
Merci pour la Shoah, merci pour le sida,
Pour l'angoisse du mourant,
Pour la détresse des survivants.
Merci, mon Dieu, pour tous vos bienfaits.
Merci pour l'opium, merci pour le Valium,

Pour le répit qu'ils procurent,
Pour le néant qu'ils augurent.
Merci, surtout, de ne plus me réveiller.

– Rien d'autre, tu es sûr ?

Nitchy exprimait leur stupeur devant ce fait inimaginable : après vingt ans de vie commune, Ada s'était éclipsée en catimini, à la cloche de bois, sans un mot d'explication.

– Les collègues m'ont remis tout ce qu'ils ont trouvé, certifia Thomas. Ah, comme je m'en veux !

– Mais vous n'y êtes pour rien, mon ami...

– Si, Chen. C'est ma faute. Ces derniers temps, elle n'allait pas bien...

– C'est vrai, convint Chen. Cette attente la détruisait.

– Je l'ai négligée, alors que j'aurais dû la soutenir.

– Non, Thomas, s'il est un coupable, c'est moi, s'accusa Rembrandt, moi et mes sous-entendus dégueulasses.

– Hier matin, se reprocha Chen à son tour, j'ai senti qu'elle cherchait de l'aide. J'aurais dû rester à ses côtés, l'écouter. J'ai préféré changer de conversation.

– Nous avons tous été lâches, admit Nitchy. Tous, nous avons perçu sa souffrance et pudiquement détourné le regard, espérant qu'elle passerait, comme s'éteint une mauvaise toux.

De longues heures durant, ils firent le bilan de leur échec. Ils avaient cru que leur amitié, leurs prévenances réciproques, leurs attentions de chaque instant, leurs querelles même, conjureraient le spectre de la solitude. Mais à quoi rimaient ces e-mails à foison, ces tête-à-tête incessants, ces débats, ces veillées, s'il fallait, le soir venu, crever chacun dans son coin, recroquevillé sur sa douleur ?

Pendant que ses compagnons remâchaient leur mauvaise conscience, Calvin demeurait silencieux. D'eux tous, il était le plus à blâmer. Celle qu'il disait tant chérir, l'objet supposé de toutes ses attentions, l'idole qu'à chaque instant il était censé couver du regard, s'était noyée sous ses yeux, sans qu'il remarquât rien. Pis : alors qu'elle coulait déjà, elle lui avait tendu la main, et il n'avait rien vu. Peu avant ce soviet où elle ne vint pas, Ada l'avait appelé. Pour lui dire quel désespoir, lui confier quelle détresse ? Il ne le saurait jamais : au lieu d'écouter, il l'avait saoulée de reproches futiles et pour finir l'avait engueulée. Or, les logs – ces cerbères sourcilleux qui enregistraient à la seconde près les allées et venues sur le Web – étaient impitoyables : l'instant d'après, elle n'était plus. Calvin avait été son dernier recours, l'ultime fusible avant le court-circuit fatal, et il avait failli.

Un éclat de voix l'arracha à son remords. Ses amis poursuivaient leur examen de conscience, mais leur ton s'était aigri.

– Tu aurais dû lui changer les idées, accusait Nitchy.

– Tu sais très bien que j'y travaillais, se défendait Thomas. Elle adorait son job pour WonderWorld. J'étais sur le point de lui décrocher un nouveau contrat.

– Il fallait le lui annoncer quand il en était temps, insistait Nitchy, intraitable.

– Je n'y comprends rien, s'interrogeait Thomas. Pendant vingt ans, pas un problème... Et puis, voilà quelques mois, subitement, son humeur a viré... Elle récriminait à tout bout de champ, sans raison apparente.

– Elle se plaignait ? s'étonnait Rembrandt. Mais... De quoi ? De qui ?

– De vous, de moi, de tout le monde. Elle trouvait que nous la négligions, nous taxait d'indifférence. Elle disait que, parfois, elle avait l'impression de se trouver face à des inconnus. Je lui demandais de préciser ses griefs, mais tout ce qu'elle trouvait à répondre, c'était que nous n'étions plus les mêmes. Au début, je crus qu'elle faisait un accès de spleen au retour du printemps. Mais l'été venu je dus me rendre à l'évidence : sa déprime persistait. La cause en était plus profonde.

– Vous avez une idée ?

– Vous le savez aussi bien que moi...

À cet instant, Nitchy toussa sans discrétion. Brusquement rappelé à ses devoirs, Thomas reprit contenance et annonça :
— Les obsèques auront lieu demain à dix-sept heures. En attendant, je suppose que les uns et les autres avons besoin de nous reposer.

Avec un bel ensemble ils zappèrent, laissant Calvin à ses interrogations.

Longtemps, Calvin tourna et retourna sur son lit. Des fragments d'images se bousculaient dans sa tête comme les pièces d'un puzzle dont il ne possédait pas le modèle. Puis, la fatigue aidant, cette effervescence retomba. Dans le calme revenu, certains propos auxquels, tout à sa douleur, il n'avait pas prêté attention, prirent un relief nouveau. Ainsi, quelle était donc cette *détresse* dont parlait Nitchy et que tous convenaient avoir perçue ? À quelle *attente destructrice* Chen faisait-il allusion ? Quel événement Ada espérait-elle au point d'en mourir lorsqu'il manqua à se produire ? Quels *sous-entendus* Rembrandt avait-il proférés, si *dégueulasses* qu'ils l'avaient de son propre aveu *assassinée* ? Et depuis quand l'administration du Web distribuait-elle des *barbituriques* dans les cocons ? Et cette affirmation de Thomas : « Les collègues m'ont remis tout ce qu'ils ont trouvé » ? Que venaient faire ici ses *collègues* ? Pourtant Rembrandt et les autres avaient eu l'air de comprendre.

Plus encore que la teneur de ces propos, c'était leur ton qui intriguait Calvin : Nitchy, Chen, Rembrandt et Thomas parlaient de leur amie non comme d'une adulte en pleine possession de ses moyens, mais comme d'une enfant incapable de décider pour elle-même, d'une malade dont il convenait de prendre soin à tout instant, d'une personne *sous tutelle*.

Mais surtout, ils n'avaient cessé de s'exprimer par allusions, comme en présence d'un étranger les initiés évoquent les mystères de leur clan. Et lorsque Thomas s'était oublié au point de transgresser le tabou, Nitchy l'avait rappelé à l'ordre. Pour finir, plutôt que de faire face aux questions que Calvin n'allait pas manquer de poser, ils avaient préféré battre en retraite. À l'évidence, ils partageaient à propos d'Ada un secret qu'ils ne voulaient pas lui révéler.

C'était une trahison, une violation flagrante de leurs conventions. Jusqu'ici, Calvin s'était toujours considéré comme leur pair, plus jeune certes, mais égal en dignité et en droits. Ce secret s'interposait entre eux comme une frontière illicite qui faisait de lui un étranger dans sa propre famille. C'était une déclaration de guerre qui rendait légitimes toutes les ripostes. Il se résolut donc à transgresser le tabou majeur de leur tribu, cette *Règle des Deux Ni* interdisant la moindre question, et *a fortiori* la moindre enquête, sur leurs vies privées respectives. D'Ada – de l'Ada d'avant Calvin – le garçon ne savait rien et n'avait jamais rien cherché à savoir. Sa vie passée était demeurée jusqu'alors un sanctuaire inviolable, mais puisque ses amis y étaient entrés, il estimait en avoir à son tour le droit.

Aucun secret du Web ne résistait plus de quelques minutes à un hacker doué, et Calvin n'était pas seulement doué, c'était le Mozart de l'effraction de réseaux. Tel un Bédouin au désert, il naviguait en seigneur sur l'immensité du Web, guidé par son seul désir, bridé par sa seule volonté. Dans cet espace sans borne, il ne souffrait aucune loi, ne se reconnaissait aucun maître. Nul ne pouvait s'y aventurer à son insu, et les traîtres l'apprendraient bientôt à leurs dépens. Quelques pièges judicieusement disposés le rendirent maître de leurs communications. Désormais, toutes leurs conversations seraient interceptées et enregistrées, un duplicata de leurs e-mails systématiquement routé vers sa boîte aux lettres, et tout ce qui apparaîtrait à leurs écrans serait aussitôt affiché sur le sien.

Mais le garçon n'avait pas seulement le pouvoir de capturer l'instant présent, il avait surtout celui de nier le temps, de lire dans le sable l'histoire des caravanes disparues. Car à l'inverse du désert où un souffle suffisait à effacer le souvenir des imprudents qui s'y aventuraient, le Web préservait à jamais les traces de ses voyageurs, véritables fossiles déposés en sédiments successifs dans la profondeur des mémoires, et dont Calvin savait faire l'archéologie. Il y lâcha ses chiens courants.

C'était une spécialité qu'il tenait d'Ada : de petits animaux logiciels dressés à débusquer les secrets les mieux protégés, qu'il lançait en bandes sur le Web après leur avoir assigné une mission. Une fois lâchée, la meute se comportait de manière autonome. Rencontrait-elle une difficulté ? Elle tentait de la surmonter par ses propres moyens. Chaque bestiole inventait une solution. Celles qui échouaient mouraient, celles qui réussissaient, ne fût-ce que partiellement, se reproduisaient : sélection naturelle des plus aptes, aurait dit Nitchy. Les rejetons inventaient à leur tour de nouvelles variantes de la solution qui avait souri à leur géniteur, et à nouveau les nuls étaient rejetés, les bons multipliés, et ainsi de suite. Au bout d'une centaine de générations, les descendants étaient d'une efficacité foudroyante. Pas un obstacle ne leur résistait. Sur ce principe, Calvin s'était constitué toute une ménagerie dont chaque espèce était spécialisée dans l'accomplissement d'une tâche.

Ses chiens courants étaient dressés à retrouver des documents ensevelis dans l'immensité des mémoires du Web. Leur piste accrochée, ils ne la lâchaient plus jusqu'à ce qu'ils aient cerné leur gibier. Chaque génération innovait sur la base des solutions léguées par la précédente. Le chien qui rapportait la proie était le descendant des descendants de ceux qui avaient été lâchés quelques heures, quelques jours, parfois quelques mois auparavant. Calvin avait confiance. Ses *retrievers* étaient dépositaires de la sagacité et de l'opiniâtreté d'une dynastie de serviteurs maintes fois éprouvés. Ils y mettraient le temps mais rien ne leur échapperait du passé d'Ada.

Au matin, il fut en mesure de recueillir son premier tableau de chasse. Tandis qu'il sommeillait, ses compagnons s'étaient retrouvés chez Rembrandt pour un colloque qui, bien que bref, n'en fut pas moins capturé par ses enregistreurs.
— *Qui le lui dira ?*
— *Thomas ! Qui d'autre ?*
— *Tu crois vraiment que c'est nécessaire ?*
— *On le lui doit. Le plus tôt sera le mieux. Votre avis, Nitchy ?*
— *Mieux vaut attendre, Rembrandt. Il a assez mal comme ça.*
— *Je suis d'accord. Plus tard.*
— *Il ne nous pardonnera jamais.*

Des *retrievers* commençaient aussi à rapporter les premiers indices ramassés sur la piste d'Ada. La nuit précédant sa mort, elle avait en vain essayé de contacter Chen. Pour son malheur, elle était tombée sur Rembrandt.
— *Chen ?*
— *...*
— *Chen, tu es là ?*
— *Inutile : il dort encore.*
— *Ah, c'est toi, Rembrandt ! C'est vrai qu'il avait l'air vidé, ces jours-ci.*
— *Pas étonnant. Il fait moins quinze chez eux.*
— *Pareil ici. Pour retrouver un hiver aussi frisquet à Los Angeles, faudrait remonter à 1896. Et chez toi ?*

— *Soleil, fleurs et p'tits oiseaux. Du moins, c'est ce que racontent les news. De toute façon, quelle importance ?*
— *C'est vrai. Pour nous, été, hiver, c'est du pareil au même.*
— *Dites-moi plutôt pourquoi vous courez encore après Chen...*
— *S'il te plaît, Rembrandt ! On ne va pas revenir là-dessus...*
— *Vous savez ce que j'en pense...*
— *Je t'ai bien déniché sur Webjobs, toi !*
— *Pardon, pardon ! Moi, j'ai le label Web ! Garanti d'origine ! Pas de tromperie possible sur la qualité substantielle de la marchandise ! Tandis que Chen, personne – à commencer par vous – n'a idée d'où il sort...*
— *Quelle importance ?*
— *J'aime savoir à qui je cause.*
— *Et moi je ne déteste pas qu'il y ait une part d'ombre ! Et d'ailleurs, rien ne presse. N'avons-nous pas la vie entière pour faire connaissance ?*
— *Connaissance ? Sur le Web ? Mais de qui ? Qui est au bout du fil ? Un être de chair et d'os, ou quelque Frankenstein multimédia, improbable chimère formée du corps de l'un, du visage d'un second, des idées, de la voix d'un troisième... Vous vous figurez étreindre Adonis en personne, mais sont-ce des muscles réels ou un mirage électronique, composé de ces modules prêts-à-assembler qu'on propose pour dix dollars dans n'importe quel sex-shop du Web ? Est-ce un homme ou une femme ? Un vieillard hideux ou un gamin pervers ? Un personnage unique ou un casting avec acteurs, scénaristes, dialoguistes, metteur en scène ?... De qui êtes-vous la Roxane ? De Christian-le-bellâtre ou de Cyrano-gros-tarin ?*
— *Tu sais très bien qu'il n'est pas question de ça entre Chen et moi ! Nous ne faisons que bavarder en tout bien tout honneur...*
— *Raison de plus pour vous méfier !*
— *Toujours ta parano...*

Calvin découvrait un Rembrandt haïssable. Certes celui-ci n'avait jamais dissimulé son aversion pour Chen, qu'il tenait pour un imposteur. Mais pourquoi harcelait-il ainsi Ada ? Elle en était encore toute remuée quand enfin Chen la contacta.

— *Toi, tu n'es pas dans ton assiette...*
— *C'est Leys... ses insinuations...*

Lorsqu'ils parlaient entre eux de Rembrandt, Ada et Chen le nommaient *Leys*, si bien que longtemps Calvin crut que c'était là son véritable patronyme. Un jour, il voulut en avoir le cœur net et, bafouant la *Règle des Deux Ni*, s'en ouvrit à l'intéressé. Surpris, Rembrandt le toisa, d'un regard de lutteur évaluant la force d'un adversaire, puis, rassuré par cet examen préliminaire, lui apprit que « Simon Leys » était le nom de guerre d'un sinologue réputé de son époque, Pierre Ryckmans. Il l'encouragea à lire son chef-d'œuvre, *Les Habits neufs du président Mao*, selon lui la clé de toute compréhension de la Chine contemporaine. Si Ada et Chen le surnommaient ainsi, supputait-il, c'était sans doute une façon affectueuse de rendre un hommage immérité à sa modeste connaissance de l'Empire du Milieu. Calvin se procura l'essai en question, et crut y déceler une parenté de style et d'opinion qui pouvait justifier l'identification de Rembrandt à son auteur. Pourtant, s'il y avait prêté attention, le garçon eût saisi dans la manière dont ses amis parlaient de « Leys » une nuance plus ironique qu'admirative.

— *Qu'a-t-il encore inventé, Leys ?*
— *N'importe quoi, comme d'habitude... Parlons plutôt de toi : tu te sens mieux ?*
— *Ce n'était pas grave. Un peu de fatigue...*
— *Quel temps à Pékin, ce matin ?*
— *Terrible... Une bise glaciale a soufflé toute la nuit... Le vent de Mongolie, tu sais, ce colporteur opiniâtre qui, transportant en fines particules la terre jaune du Nord, modèle saison après saison le visage de ma patrie...*
— *Tu l'aimes, n'est-ce pas ?*
— *Je l'aime, et je le redoute. Il féconde, et il tue.*
— *Ici, rien que cette nuit, le froid a fait trois cents victimes dans les bas étages. Dis-moi, quelle année fêtez-vous ?*
— *Celle du Rat. Un excellent cru, prédisent nos augures. Pour ceux de ton signe, en particulier. À propos, as-tu enfin une réponse ?*

— *Changeons de sujet, veux-tu ? Comment était ta soirée hier ?*
— *Nous avons dîné en tête-à-tête, Mao le chat et moi. Et puis, j'imagine qu'il est sorti fêter l'an nouveau avec sa copine et moi j'ai dormi...*
— *Pas vraiment typique, ce Chinois ! Je croyais que le Nouvel An était l'occasion de vous réunir en famille. Les gens, dit-on, font des milliers de kilomètres pour se retrouver...*
— *Des foules immenses ! Cette année on en dénombre soixante millions... Quinze dans les seules provinces du Sud, Guangdong et Fujian ! Des cohortes innombrables de pèlerins ont littéralement pris Taiwan d'assaut. Tu imagines les problèmes. Routes congestionnées, trains bondés, aéroports engorgés, police sur les dents, administrations hystériques... Sans parler de ces millions de bouches supplémentaires à nourrir ! Pourtant, personne ne se plaint : c'est l'ancestrale transhumance du printemps, folle et sublime à la fois.*
— *L'appel instinctif du clan...*
— *La tradition. Vous autres, en Occident, avez jeté les vôtres aux orties. À peine si à Noël on a noté un léger accroissement de vos échanges sur le Web. Au fait, je ne t'ai pas encore remerciée pour ton cadeau. Il m'a fait un plaisir immense. Dis-moi, qu'est-ce qui t'a fait changer d'avis ?*
— *J'ai réfléchi, voilà tout.*
— *Vraiment ?*
— *Quoi de si surprenant ?*
— *Depuis que je te connais, jamais je ne t'ai vue revenir sur une décision.*
— *Je ne sais pas te dire non, Chen. C'est ce qui me perdra.*

Calvin ne put réprimer un sentiment de dépit. Ada avait reporté sur Chen la tendresse et l'attention qu'elle lui dispensait lorsqu'il était enfant et qu'il avait fini par considérer comme son dû. Mais la profondeur et l'intensité des sentiments d'Ada ne lui étaient jamais apparues de façon aussi cruelle que dans l'aveu qu'elle en fit à Nitchy un peu plus tard.

— *Des signes sur un écran, c'est tout ce que j'ai de lui.*
— *Une photo ?*
— *Même pas.*

— *Tu connais Chen depuis cinq ans et...*
— *Sept !*
— *... et tu ne sais toujours pas à quoi il ressemble ?*
— *Il n'a pas la vidéo... Et puis à quoi bon ? Jamais nous ne nous rencontrerons.*
— *L'amour ne peut se passer d'images...*
— *Un mot de lui évoque en moi plus d'images que toutes les caméras du monde !*
— *Sainte Ada d'Avila...*
— *Pardon ? ? ?*
— *Une religieuse du seizième siècle. Elle aussi conversait avec un être invisible.*
— *Pourquoi ? Dieu non plus n'a pas la vidéo ?*

Nitchy l'imprécateur se révélait ici sous un jour nouveau. En présence d'Ada, cet homme d'ordinaire si peu soucieux des sentiments d'autrui se métamorphosait en le plus attentif des confidents et le plus prévenant des soupirants.

Calvin commençait à se reprocher son inutile incursion dans la vie privée d'Ada. En définitive, il n'avait rien trouvé de neuf. Que Rembrandt, Nitchy et Chen aient été peu ou prou amoureux d'Ada n'était un secret pour personne. Ce piètre résultat ne justifiait pas la profanation à laquelle il venait de se livrer. Honteux, le garçon s'apprêtait à abandonner ses recherches quand, poussé par un reste de curiosité, il ouvrit un dernier document.

Département de la Justice
Direction des Affaires criminelles et des grâces
à
Madame Isabelle Adamowitz

Madame,
Par un e-mail du 20 juin dernier, vous avez sollicité du Président Kleinkopf la commutation de votre condamnation à la détention perpétuelle sans possibilité de libération anticipée.
J'ai le regret de vous informer qu'après examen de votre dossier, le Président n'a pas jugé pertinent de donner suite à cette requête.
Aux termes de l'article VII alinéa b de la loi n° 58639, il vous sera permis de déposer un second recours dans dix ans à dater de la réception du présent avis.
Veuillez agréer, Madame, l'expression de mes sentiments distingués.

Le Directeur, Edward T. McAloon.

En les voyant surgir un à un dans le vestibule tendu de noir pour la circonstance, Calvin éprouva un sentiment inédit. Ces personnages qui depuis sa naissance peuplaient son univers, si familiers qu'ils en étaient devenus prévisibles, si proches qu'il avait fini par s'y identifier, lui paraissaient soudain étrangers, mus par des intentions autonomes, peut-être hostiles, et dont il convenait en tout cas de se défier. Insidieuse, une distance s'était intercalée entre eux, que rien ne semblait plus pouvoir réduire.

D'entrée pourtant, il leur fit part de ses découvertes. Ils parurent gênés, mais surtout soulagés, comme s'il leur avait ôté un fardeau qui les encombrait depuis trop longtemps.

– Pourquoi ne m'en avoir jamais rien dit?

– Au début, vous étiez trop jeune pour comprendre, bafouilla Rembrandt. Et quand vous avez grandi, nous... nous...

– Vous *quoi*?

– Nous supposions que... que tu savais déjà, voilà! explosa Nitchy, sur la défensive.

– Bordel, comment aurais-je pu?

– C'était à elle de... Je veux dire : vous étiez si proches l'un de l'autre. Elle aurait pu se confier à vous...

– Fouineur comme tu es, tu aurais pu trouver tout seul...

Leur mauvaise foi était évidente. Chen changea de stratégie.

– Nous avons certes des torts à ton égard, Calvin. Mais au fond, qu'est-ce que cela aurait changé pour toi, de savoir?

— *Tout*, justement ! Tout aurait été différent ! À commencer par moi !

Faute de cette connaissance vitale, son développement avait été contrarié, comme la carence de nutriments essentiels compromet la croissance d'un enfant. Il enrageait en songeant aux trivialités dont il avait importuné Ada, alors qu'elle avait tant à lui apprendre. À présent il était trop tard, cette chance ne lui serait jamais rendue. Mais pourquoi ne s'était-elle jamais confiée à lui ? Comment avait-elle pu croire qu'il préférerait le masque sans aspérités qu'elle s'était composé au visage captivant qu'il venait de découvrir ?

Thomas avait fait les choses selon les convenances. Autour du catafalque 3D recouvert de velours noir, des cierges virtuels dispensaient une lueur blafarde à souhait. La réverbération avait été poussée pour recréer une ambiance d'église. La sono passait *Lumières* de Gérard Manset, une des chansons préférées d'Ada. Calvin jugea ce choix bien digne du ringard qui lui tenait lieu de père.

Thomas se racla la gorge. Seul représentant de l'autorité, il estimait naturel d'officier. La pompe lui sied, convint Calvin.

— En cet instant où son enveloppe charnelle nous quitte à jamais, nous nous sommes connectés pour adresser un ultime adieu à notre amie Ada. Quelqu'un désire-t-il prendre la parole ?

Nitchy s'avança. Calvin vit venir l'esclandre.

— Ne nous aurait-il pas été possible de la voir une dernière fois ?

C'était du pur Nitchy. Décalé, malséant, limite scabreux.

— J'y ai pensé, s'excusa Thomas, mais c'était contraire aux règlements. Moi-même, on m'a refusé...

— Pourrions-nous au moins conserver un petit souvenir d'elle ?

— Un souvenir ?

— Oh, un rien que chacun de nous recueillerait dans ses fichiers personnels. Ça te semble faisable ?

L'embarras de Thomas monta d'un cran.
— C'est-à-dire...
— Ça pose problème ? demanda Nitchy, mielleux.
— Plutôt. Je n'y comprends rien. Tantôt j'ai voulu reprendre un dossier que je lui avais confié, et...
— Et ?
— Son compte était déjà clos !
— Tu veux dire... ses fichiers étaient déjà détruits ?
— Je ne sais que penser. Normalement, ce sont mes collaborateurs qui administrent les comptes des prisonniers.
— L'un d'eux aura fait du zèle...
— Non, non, j'ai vérifié. Ça vient d'ailleurs...
— Une fausse manœuvre ! Quoi qu'il en soit, ce n'est pas dramatique... Il y a les sauvegardes.
— J'ai donc demandé aux archives de les monter...
— Alors, où est le problème ?
— Elles ont disparu.
Rembrandt s'impatientait.
— Oublions ces incongruités. J'ai une proposition : si chacun racontait les circonstances de sa rencontre avec Ada ? Ce serait une façon de nous la remémorer, tout en partageant nos souvenirs avec Calvin. Au fond, nous lui devons bien ça.
— Commence, Rembrandt, puisque c'est ton idée.
— À vous plutôt, Nitchy : vous étiez son plus ancien ami...
Sans se faire davantage prier, le vieux fou s'éclaircit la voix, se rengorgea et, sûr de son effet, lança :
— Je suis même, je crois, le seul d'entre nous à l'avoir rencontrée ailleurs que sur le Web...

La révélation était énorme. Jusqu'ici, ils avaient toujours cru que c'était le hasard qui les avait rassemblés. Et voici qu'ils apprenaient que deux d'entre eux s'étaient connus *avant* le Grand Enfermement, qu'il y avait eu une vie avant *leur* vie !

— C'est la première fois que tu en parles !

— Et puis quoi ? La loi m'oblige à montrer mes fesses ?

Il avait raison : leurs conventions protégeaient son passé.

— Quand même..., protesta Thomas.

— Ne devrions-nous pas laisser Nitchy poursuivre ? suggéra Chen.

— Merci. C'était lors des émeutes du printemps de l'an 11. Ce jour-là, bravant l'état d'urgence, Paris était dans la rue. La veille, devant l'Assemblée nationale, la troupe avait ouvert le feu sur la foule qui exigeait l'abolition de la loi Zéro Contact. Trois gosses étaient restés sur le carreau... Sans s'être passé le mot, cent mille Parisiens s'étaient amassés aux alentours du boulevard Saint-Germain, des Invalides et de la place de la Concorde. La matinée se déroula dans le calme qui sied à un deuil national. Mais à mesure que la journée avançait, la colère monta. En face, l'énervement gagna les troupes. Perdant son sang-froid, le préfet – un sinistre crétin – donna l'ordre de charger. Ce fut horrible. Acculés dans les rues étroites, affolés par les gaz, les détonations, le vrombissement des blindés et des hélicos, les fuyards se piétinèrent les uns les autres. Ceux qui échappèrent aux balles périrent étouffés. Les plus chanceux purent sauter dans la Seine, où beaucoup se noyèrent.

« J'habitais quai Voltaire. De ma fenêtre, je vis refluer les premiers rescapés du pont de la Concorde. Ils étaient piégés : en amont, sur les deux rives, les gendarmes mobiles avaient établi des barrages pour interdire l'accès de la Préfecture de police. Un instant plus tard, la tuerie, dont je n'avais jusque-là perçu que l'écho tumultueux, se perpétrait sous mes yeux.

« Le lourd porche de mon immeuble restait insensible aux pressions des blessés. Je courus l'ouvrir.

– *Sauvez-moi... Je suis enceinte !*

« C'était elle.

« Ada se cacha chez moi quelques jours, puis elle repartit. Trois mois plus tard, sa photo s'étalait à la une de tous les journaux.

« Voilà. Elle n'avait pas vingt ans, mais déjà c'était la femme de courage et de conviction que nous avons aimée. Je... je voudrais ajouter...

Nitchy fit un effort pour continuer, mais l'émotion l'emporta.

– Pardonnez-moi... Ça ne passe pas. À votre tour.

– Merci, Nitchy, pour ce témoignage. Qui veut parler ?

Personne ne se proposa.

– Alors, je pense que c'est à moi, enchaîna Thomas. Quand je l'ai connue, j'étais à peine plus âgé que toi, Calvin. Comme tous les jeunes de mon époque, j'avais suivi son procès avec passion. Après tout, c'était l'une des nôtres qu'on jugeait, ou plutôt la première d'entre nous. C'est difficile à imaginer aujourd'hui, mais notre génération s'était reconnue totalement en elle.

« À bien des égards, ce fut un procès exceptionnel. Exceptionnel, le crime qui lui était reproché, car il portait atteinte au crédit des plus hautes institutions fédérales. En dépit de son jeune âge – au moment des faits elle avait à peine dix-huit ans – Ada avait en effet réussi l'impensable : « craquer » les défenses du centre informatique le mieux protégé au monde, celui de la Federal Reserve à Culpeper, Virginia. À l'époque, ce réseau, qui gérait la totalité des fonds fédéraux, brassait quotidiennement un volume de transactions supérieur à cent mille milliards de dollars. Lorsque l'effraction fut constatée, et en dépit d'une réaction quasi instantanée des services de sécurité – qui n'eurent que le recours de couper en catastrophe l'alimentation électrique du système – le mal était fait. Le chaos qui régnait dans les mémoires était tel que les gestionnaires de la Federal Reserve mirent plusieurs semaines à reconstituer leurs comptes, en reprenant une à une les millions de transactions effectuées dans les heures précédant l'attaque. Quand le bilan fut achevé, il manquait cent milliards. Vingt ans après, on ne les a toujours pas retrouvés.

« Exceptionnelle aussi, la personnalité d'Ada, qui à l'occasion de ce coup avait révélé l'étendue de son génie. Spécialiste d'intelligence artificielle, diplômée d'une des meilleures universités françaises pour l'informatique – celle de Toulouse –, elle avait été nommée, à l'âge où d'autres peinaient encore à décrocher leur baccalauréat, maître de recherches au prestigieux Institut de Recherche en Informatique et Automatique. C'était là, semblait-il, qu'elle avait mis au point les méthodes utilisées contre la Federal Reserve.

« Exceptionnelles enfin, les poursuites engagées à son encontre. Pour la première fois, appliquant les dispositions du Pacte de Davos, la justice américaine jugeait un ressortissant étranger pour un crime commis contre des intérêts américains mais hors des États-Unis. Sa condamnation à perpétuité fut aussi la première – et reste aujourd'hui encore la seule – jamais prononcée dans une affaire de cybercrime.

« Après son procès, vous le savez, Ada fut incarcérée au pénitencier de Los Angeles. Je venais d'y être nommé au service social. J'étais chargé de trouver des jobs pour ceux des détenus qui avaient une qualification en informatique, ça faisait partie d'un programme de réhabilitation. Quand j'ai proposé à mes chefs de l'intégrer dans mes rôles, ils se sont écriés : " Avec son pedigree ? Vous êtes fou ! Autant donner la clé d'une poudrière à un pyromane... " J'ai dû batailler des années, promettre de l'affecter à des jobs sans risque, de surveiller ses relations, de lui interdire tout accès à une ligne de téléphone... Ce n'est que bien après qu'en raison de sa conduite irréprochable, et surtout de son inégalable expertise, on m'a autorisé à recourir à ses services pour créer l'atelier " Production multimédia ".

« Mais ce que je tiens surtout à évoquer ici, c'est son dévouement. Quand ma femme m'a quitté, je me suis retrouvé seul avec Calvin, qui venait tout juste d'être transféré dans son cocon personnel. Sans que je lui demande rien, Ada me dit : " Je m'occuperai de lui, tu n'auras pas le temps. " C'est ainsi qu'elle prit en charge son éducation. Depuis sa cellule, submergée de boulot, elle trouva le moyen de corriger ses devoirs, de lui faire répéter ses leçons, de le suivre, de le conseiller. Lorsqu'il avait un problème, il n'avait qu'à se mettre à sa console : au bout du fil, Ada était là, disponible, attentive, aimante. Ce qu'il sait, ce qu'il est devenu, c'est à elle qu'il le doit. Pour tout cela, merci, Ada. Calvin... Tu souhaites peut-être ajouter quelques mots ? »

Le garçon demeura silencieux. Sans le savoir, son père venait de rouvrir une ancienne blessure. Pourquoi sa mère avait-elle rompu tout contact ? Qu'elle n'ait plus voulu de Thomas, nul mieux que lui ne le comprenait. Mais pourquoi du même geste avoir rejeté son fils ? Que lui avait-il fait ? Du jour au lendemain, elle avait disparu, et depuis c'était comme si elle n'avait jamais existé. Avec le temps, son image s'était estompée au point qu'il ne conservait que le souvenir d'une ombre penchée sur lui tandis qu'il cherchait le sommeil. Comme dans un fondu enchaîné, à mesure que s'étaient voilés ces traits jadis adorés, s'y étaient substitués, de plus en plus nets, ceux d'Ada. Aujourd'hui, c'était comme si sa mère disparaissait une seconde fois.

À l'air buté de Calvin, Thomas comprit qu'il n'en tirerait rien.

– Dans ce cas, à toi, Rembrandt...

– J'ai croisé Ada bien plus tard, quand les prisonniers ont été autorisés à se connecter au Web. Un beau matin, j'ai trouvé une annonce dans ma boîte aux lettres. Ada cherchait quelqu'un pour lui enseigner la langue et la civilisation chinoises. Elle venait de faire votre connaissance, Chen... Cette rencontre m'a sauvé. Depuis sept ans, je m'étiolais dans ce cocon, ayant à la longue acquis la certitude de n'être plus utile à personne. Je ne mangeais plus, ne lisais plus, ne prenais plus aucun soin de moi. À plusieurs reprises, je l'avoue, j'ai songé à la Fondation. Et puis Ada parut, et ce fut comme si dans mon cocon on avait percé une fenêtre. Je ne vous surprendrai pas en disant qu'elle était douée. En quelques mois, elle sut plus de chinois que la plupart des étudiants après de longues années d'efforts. En contrepartie de mes leçons, elle m'enseigna à naviguer sur le Web. En sa compagnie, j'ai bourlingué sur toutes les mers du globe. Grâce à elle, je n'étais plus un vieillard aigri espérant la délivrance, mais à nouveau un jeune homme curieux de courir le monde, émerveillé de ce qu'il découvrait, impatient d'en apprendre davantage. Surtout, surtout, grâce à elle, je vous ai rencontrés, mes amis. Grâce à elle, j'avais enfin une famille...

— Pour moi, articula Chen, elle a fait bien plus : elle m'a ressuscité.

Calvin connaissait le Chinois et savait que dans son extrême pudeur il n'en livrerait pas davantage. Pour lui épargner l'embarras d'un silence, il fit diversion en se tournant vers Nitchy.

— Au fait, il s'est écoulé des lustres entre votre rencontre quai Voltaire et l'ouverture du Web aux taulards. À quelle occasion vous êtes-vous retrouvés ?

— Par hasard, après mon enfermement... Ça n'a pas d'intérêt.

Par hasard! Découvrait-on *par hasard* une aiguille dans une meule de foin? Le prenait-il *par hasard* pour un con? Calvin pourtant n'insista pas. Une question plus importante le taraudait :

— Et l'enfant ?

— L'enfant ? répéta Nitchy.

— Oui. Quand tu lui as ouvert ta porte, Ada t'a dit qu'elle était enceinte...

— Je... je ne sais pas, bredouilla-t-il avant de se ressaisir. Je veux dire : je ne sais pas si elle l'était vraiment. Peut-être a-t-elle dit cela juste pour que je la laisse entrer.

Trois jours et trois nuits, elle avait habité chez lui, et *il ne savait pas!* Décidé à en avoir le cœur net, le garçon se tourna vers Thomas...

— Tu dois savoir, toi. En arrivant en taule, était-elle enceinte, oui ou non ?

— Je ne me souviens pas.

Il ne se souvenait pas!

Sans lui laisser le temps de relancer, Thomas, pressé d'en finir avec une situation qui lui échappait, changea de sujet.

— Bon, avant de nous séparer, ceux qui croient en Dieu pourraient réciter une prière.

Une prière, à présent! ricana Calvin. Cette mascarade commençait à l'excéder. Il explosa :

— Écoutez, je ne sais ce que vous me cachez. Ce que je sais, en revanche, c'est que votre histoire pue...

Stupéfait par les mots qui venaient de lui échapper, Calvin s'arrêta net. Quel démon avait bien pu le pousser à partir à l'assaut, avec si peu de munitions, précisément à cet instant ? Sans doute la masse accumulée des mensonges, omissions et dérobades avait-elle atteint ce point critique connu des physiciens où la déflagration devenait inévitable.

— Qu'est-ce que tu chantes ? gronda Thomas.

— Je ne comprends pas, s'étonna Nitchy.

Calvin ne pouvait plus reculer.

— Ada ne s'est pas suicidée, assena-t-il en détachant les syllabes.

— Expliquez-vous, voyons ! l'enjoignit Rembrandt.

Il n'y avait rien à expliquer. Il avait lancé ces mots, non comme on énonce la conséquence logique d'un raisonnement adossé à des faits, mais comme dans un réflexe de survie l'organisme rejette la toxine qui le tue. Dans l'urgence, soumis à une overdose de mensonges, il vomissait tout, sans chercher à faire la part du digestible et du létal. Calvin dégueulait le « suicide » d'Ada au même titre que les « ignorances » de Nitchy, les « pudeurs » de Chen ou les « oublis » de Thomas : pour sauver sa peau. Écœuré, il rejetait en bloc les doutes qu'en doses de plus en plus concentrées ses compagnons avaient instillés en lui.

— Eh bien, Calvin... réponds ! ordonna Thomas.

— Ada ne s'est pas suicidée ! hurla-t-il à nouveau comme

pour suppléer par la force de sa conviction à la minceur de ses preuves.

— Hélas, mon pauvre enfant, Dieu sait que je partage votre chagrin. Mais rien ne sert de nier la réalité. Vous...

— Ta gueule, Rembrandt, interrompit Nitchy. Laisse-le causer. Vas-y, gamin : pourquoi dis-tu cela ?

— Jamais elle ne se serait suicidée. Elle disait « il faut toujours attendre la fin du film ».

— Quoi ?

— Un jour qu'on discutait de... ce sujet, je soutenais qu'il y avait des circonstances où c'était... excusable... Elle m'a répondu : « Le plus important dans un film, c'est la façon dont il finit. Moi, quand j'allais au ciné, jamais je ne me levais avant le mot FIN. »

— Vous savez, Calvin, objecta Rembrandt, après le rejet de son recours, la fin du film s'annonçait pénible...

Devant leur scepticisme persistant, le garçon fut tenté de jouer son va-tout.

— Il y a autre chose... Oh, et puis non, laissez tomber ! Je sens bien que vous ne me croyez pas !

Ce fut Chen qui le décida.

— Je n'ai rien prétendu de tel, moi, déclara-t-il à son vif étonnement. Parle !

Calvin lança un regard inquiet à Thomas.

— Pardonne-moi, papa... Ce matin, j'ai fouillé dans les dossiers de ce McAloon, au département de la Justice...

— T... tu... tu as... qu... *quoi ?* bégaya Thomas dévasté. Putain c'est trop...

— Écoute, il ne faut pas m'en vouloir, mais c'était trop grave. Et de fait, je n'ai pas retrouvé l'original de cette lettre de rejet. Pas plus d'ailleurs que de cette prétendue demande de libération anticipée. Si Ada a déposé un recours en grâce, *il n'en reste pas la moindre trace officielle.*

Groggy, ils se regardèrent, bouche bée. Rembrandt le premier recouvra l'usage de la parole.

— Mais cette grâce, pas un jour ne passait sans qu'elle ne nous en parle ! D'ailleurs, vous avez trouvé la réponse du département dans ses fichiers...
— N'importe qui a pu l'y déposer. Ce dont je suis sûr, c'est qu'elle n'a pas été émise par le département, pour la bonne et simple raison que celui-ci n'a jamais été saisi d'un quelconque recours en grâce. Cette histoire pue la mise en scène...
Thomas s'emporta.
— Et pour quelle raison, je te prie, tout ce cinéma ?
— Pour revêtir d'un motif crédible le prétendu suicide d'Ada...
— On l'aurait donc... assassinée ? demanda Rembrandt.
— Mais qui ? s'interrogea Nitchy. Et pourquoi ?
— Ça suffit comme ça, s'insurgea Thomas. Assez déliré pour aujourd'hui. Je propose qu'on arrête.
Le garçon protesta.
— Ah non ! Ce serait trop facile !
Thomas sortit de ses gonds.
— Qu'est-ce que tu cherches, Calvin ? Que je finisse sur Webjobs ? C'est ça que tu cherches ?
— Il n'y a pas que la sécurité d'emploi dans la vie...
— Ça suffit. Je t'interdis — tu m'entends : in-ter-dis — de jouer avec le feu. Tu vas cesser ces gamineries, et en premier lieu, ces razzias scandaleuses dans les fichiers de l'administration. Tu ferais mieux de prendre un boulot digne de ce nom.
— Va te faire foutre, vieux con !
Hors de lui, Thomas zappa.

Ils demeurèrent médusés. Calvin avait déjà honte de son écart. Consternés, Rembrandt et Nitchy s'interrogeaient du regard, ne sachant que faire. Enfin, au soulagement général, Chen rompit le silence.
— Sincèrement, Nitchy, avant que Calvin ne nous plante cette idée en tête, vous aviez déjà des soupçons ?
— Oui.
Il avait répondu sans la moindre hésitation. Calvin comprit

alors pourquoi il avait demandé à revoir Ada une dernière fois, pourquoi il avait souhaité recueillir une relique. Pas si fou, à sa manière, Nitchy enquêtait.

— Voilà qui est nouveau, s'étonna Rembrandt. Et peut-on savoir ce qui vous dérangeait ?

— Cette prière qu'on a retrouvée. Quelque chose ne colle pas...

— Cela m'a frappé également, confirma Chen. Elle a une tonalité que je ne lui connaissais pas.

— Mais quoi de plus normal dans sa situation ? s'exclama Rembrandt. Elle vient d'apprendre qu'elle passera le reste de ses jours en taule...

— Réfléchissez donc, gueula Calvin malgré lui, perpète ou non, qu'est-ce que ça changeait ? Finir ses jours dans un cocon ou en prison, où était la différence ?

— Sa grâce rejetée, ce que j'attendais d'elle, c'était la révolte, dit Nitchy. La révolte, pas la fuite, tu comprends, Rembrandt ? Pas cette *Prière pour ne plus me réveiller* ! Décidément, je suis d'accord avec Calvin. Cette jérémiade geignarde et résignée, ce n'est pas Ada.

— Grands dieux, Nitchy, s'exclama Rembrandt. Réalisez-vous dans quoi vous nous embarquez ?

Finalement les *dim-sum* étaient arrivés, arrachant Calvin à sa rumination, et pour la plus grande joie d'Hector qui commençait à ne plus y croire. Tandis qu'ils se régalaient, quelque chose se mit à bouger sur un écran de contrôle. Inconscients de la surveillance sans faille dont ils faisaient l'objet, Chen, Thomas, Rembrandt et Nitchy se reconnectaient.
— *Le gamin a des soupçons, c'est évident.*
— *Nos petites fables sonnent faux. Il est trop fin pour ne pas s'en rendre compte.*
— *Il est peut-être encore temps de tenter quelque chose?*
— *Trop risqué.*
— *Dans ce cas, rien ne l'empêchera de trouver!*
— *Bon chien chasse de race...*
— *Alors attendez-vous au pire.*

Calvin sourit. Son dispositif fonctionnait à merveille. Plus rien ne pouvait se passer dans son dos sans qu'il n'en fût immédiatement averti. Il pouvait dormir sur ses deux oreilles. D'autant que Maud, à cette heure, ne viendrait plus.

Enfant, à peine enfoui sous la couette, il lui suffisait d'évoquer le tendre visage d'Ada, et le sommeil aussitôt le prenait. Mais cette nuit, au lieu de la paix désirée, la figure jadis rassurante et consolatrice n'apportait que trouble et confusion. Quinze ans durant, celle en qui il avait placé toute sa confiance lui avait menti. Plus que du dépit, Calvin en ressentait une cuisante douleur, celle de l'enfant quand l'adulte qu'il révère se moque de lui, celle de l'amant que sa maîtresse bafoue. Ce qui le blessait surtout, c'était qu'Ada l'ait cru incapable de comprendre, incapable d'accepter. Le mensonge d'Ada faisait injure à son intelligence, pis, à sa générosité.

Aux reproches répondait aussitôt comme en écho le rappel de sa propre culpabilité. Car les faits étaient là, cruels : quelques instants avant de mourir, pour une raison qu'il ne connaîtrait sans doute jamais, Ada l'avait appelé. Au lieu de l'écouter, il l'avait saoulée de récriminations. Leur ultime échange, celui qui demeurerait à jamais inscrit dans sa mémoire, avait été une dispute. Dispute d'autant plus inexpiable que le motif en était futile : un e-mail auquel elle n'avait pas répondu... Message transmis sur leur canal secret et qu'elle disait n'avoir jamais reçu... Cette engueulade avait-elle été la goutte qui avait fait déborder une coupe déjà rase ? Ada s'était plainte auprès de Thomas de leur changement d'attitude à son égard. Était-ce à ce genre d'incident qu'elle faisait allusion ?

Si Hector ne s'était agité comme un beau diable, Calvin, des profondeurs où il avait sombré, n'aurait rien entendu. Il finit par s'apercevoir qu'on sonnait à la porte de la « chambre » de Maud. À tâtons dans l'obscurité, il parvint à mettre la main sur le zappeur et à commander l'ouverture. L'instant d'après l'avatar désiré s'animait. Sans un mot, ils firent l'amour.

Quelque chose aurait dû l'alerter. Pour l'amant, le corps aimé bruit de signaux plus explicites que les mots les plus crus. Telle caresse, s'attardant de telle façon, à tel endroit, suffit à exprimer un désir que la bouche n'ose articuler, tel frisson à y opposer le plus formel des refus. Or, ces signaux muets, Maud semblait ne plus savoir les lire. Ses mouvements étaient brusques, maladroits. À plusieurs reprises, elle esquissa même des gestes qu'elle savait pourtant lui déplaire... Son corps, à l'inverse, ne répondait pas aux sollicitations habituelles et réagissait comme celui d'une étrangère...

Soudain – alors que déjà, autour de son cou, les doigts se crispaient – Calvin comprit.

L'attaque fut foudroyante et, sans cette intuition, l'instant d'après ses vertèbres cervicales implosaient sous la formidable pression des doigts de l'agresseur. Un coup de genou frappé d'instinct lui donna le temps de se dégager. Zapper ! Il fallait zapper, renvoyer au diable ce spectre maléfique. Mais où était le zappeur ?

Déjà, la chimère était sur lui, refermant autour de son torse ses bras d'acier. Suffoquant, il tenta de desserrer l'implacable étreinte. Il entendit une de ses côtes craquer, puis une seconde. Tandis qu'il s'affaissait, un voile noir descendit sur ses yeux. La dernière chose qu'il vit fut le zappeur.

Trop loin. Trop tard.

Washington, Complexe gouvernemental

– Ça va être très dur, dit l'avatar.
– Je le crains, Président.
À six mois de l'élection, l'affaire WonderWorld ne pouvait plus mal tomber. Mais qui pouvait imaginer qu'elle prendrait des proportions aussi cataclysmiques ?
Sitôt le désastre connu, Wall Street avait croulé sous l'avalanche des ordres de vente, affectant non seulement le titre WonderWorld mais l'ensemble des valeurs du secteur, comme si le marché avait tout à coup pris conscience de l'incroyable vulnérabilité des entreprises opérant sur le Web. Une heure plus tard, l'orgueilleuse firme était acculée à solliciter la protection du chapitre 11 de la loi sur les faillites, provoquant la panique des agioteurs. Dans les heures qui suivirent, la plupart des entreprises du multimédia emboîtèrent le pas du leader déchu. Le chapitre 11 autorisait les sociétés en difficulté à tenter de se restructurer hors de portée de leurs créanciers sous la tutelle d'un administrateur judiciaire. Aucun commentateur, cependant, ne se hasardait à prédire combien de rescapées reviendraient de ce purgatoire. « La Merveilleuse Aventure des voyages », censée carillonner jusqu'aux confins du Web la suprématie des studios hollywoodiens, en avait bel et bien sonné le glas.

— C'est pain béni pour Branniff, constata l'avatar présidentiel. Ce fils de pute va me défoncer !

Vivian se garda bien de commenter. L'enjeu de la partie était trop crucial pour qu'elle se laissât distraire. Ce qui se jouait en ce moment, c'était bien plus que la Maison-Blanche : c'était le pouvoir suprême sur le Pacte, c'est-à-dire sur la quasi-totalité du monde solvable ou, comme elle aimait à dire, de « l'univers utile ». Les traités fondateurs de Davos étaient formels : de même que dans l'Église catholique le siège pontifical revenait de droit à l'évêque de Rome, la présidence du Pacte échoyait au président des États-Unis d'Amérique, juste reconnaissance du rôle éminent que depuis la Seconde Guerre mondiale ce pays avait joué pour la défense de la liberté et de la prospérité du monde. Et comme, en vertu des mêmes traités, le président du Pacte avait pouvoir de représenter les pays membres dans les relations internationales, de déclarer si nécessaire la guerre en leur nom, de promulguer les lois et de les appliquer, de lever l'impôt, d'en décider l'emploi et, *last but not least*, de fixer le prix du dollar, les électeurs américains possédaient de fait l'insigne privilège de désigner le Maître de l'Univers.

À moins de deux heures du premier débat de la campagne, le moral de son client était au plus bas. Elle avait deux heures pour en refaire un gagnant. Bien plus qu'il n'en fallait. N'était-ce pas pour cela qu'on l'appelait la Faiseuse de rois, pour cela aussi qu'elle était la gestd'im la mieux payée depuis que les candidats à l'autorité suprême s'étaient persuadés qu'il n'y avait pas de président des États-Unis sans gestionnaire d'image, pour cela précisément que ce geignard de Kleinkopf lui bâtissait un pont d'or : pour qu'elle lui gagne un second bail à la Maison-Blanche ?

— Il va me planter son missile dans le cul, c'est sûr, pronostiqua le Président en se tortillant sur son fauteuil à cette seule évocation.

Elle le lui avait toujours dit, cette histoire de missile était une connerie. Mais à l'époque Kleinkopf n'avait pu se priver du plaisir de casser le hochet préféré de son rival. À présent que la crise WonderWorld lui donnait raison, Branniff allait présenter la note.

— Ne vous inquiétez pas, Président, nous allons nous battre.
— Il va falloir faire très fort, si nous voulons nous en sortir.
— Nous avons le meilleur *team* du monde.
— Je l'espère, Vivian, je l'espère.
— Faites-moi confiance, Président.

J'en ai fait élire de plus cons que toi, ajouta-t-elle en aparté.

— Comment sont les ventes, Stan ?
— Ça part comme des petits pains, patron.

Stan était prêt à en mettre sa main au feu : l'émission allait crever tous les records précédents et Channel One encaisser un maximum de royalties. À deux heures du débat, il avait au moins soixante options sur chacun des cent huit écrans. Les enchères atteignaient déjà des sommets.

— Tout à l'heure, ce sera la foire d'empoigne !

C'était son idée, et depuis elle s'était imposée dans toute l'industrie. Au lieu de vendre *à l'avance* les espaces publicitaires — les « écrans » — on les mettait aux enchères en temps réel, *pendant* l'émission. De cette façon, les annonceurs pouvaient décider à la dernière seconde, en fonction des résultats de l'Audimat, s'ils voulaient diffuser leurs spots et à quel prix. Avec ce système, quand l'Audimat était bon, les enchères montaient très vite. Et ce soir, avec le combat des chefs, on allait faire au bas mot quarante-cinq millions de spectateurs...

Mais pour l'heure, Stan en était juste à vendre les options, c'est-à-dire les droits à enchérir. Une autre de ses idées : pour éviter la bousculade lors de la mise en vente des écrans, les annonceurs étaient invités, deux heures avant l'émission, à acheter un ticket de participation. Au moment de l'adjudication d'un écran, seuls les détenteurs de l'option correspondante étaient admis à enchérir. En nombre limité, ces options faisaient elles aussi l'objet d'enchères. Les spéculateurs se les arrachaient : avec de la chance et une mise relativement modeste, ils pouvaient amasser des profits considérables en les revendant au dernier instant à des annonceurs imprévoyants. Il suffisait que le taux d'écoute réel se révélât supérieur aux prévisions : il se trouvait alors toujours un annonceur qui n'y avait pas cru et, saisi de remords, était prêt à payer au prix fort le droit d'acheter. Tous les médiaplaners avaient en mémoire cette poussive émission littéraire au cours de laquelle le précédent président avait été poignardé en direct. En cinq minutes, le taux d'écoute était passé de six à quatre-vingt-dix pour cent. Le petit veinard qui détenait les options s'était tout aussi soudainement retrouvé riche.

– Et les Pantins ? s'enquit Dan.
– Ceux de la première période sont tous partis, le rassura Stan, et les options sur les suivants vont bon train.

Comme pour les autres, la paternité de cette idée de « période » lui revenait. Grâce à elle, la rentabilité des plateaux avait été multipliée par cent. Bien sûr, depuis longtemps les chaînes louaient aux groupes de pression les « membres du public » présents sur les plateaux. Un opérateur de centrale nucléaire voulait-il appuyer son champion au cours d'un débat sur le recyclage des déchets ? Selon ses moyens, il achetait un, cinq ou dix des « spectateurs » de l'émission – pas ceux de chair et d'os, bien sûr, mais des avatars censés les représenter, avatars de monsieur tout-le-monde, avatars de personne, avatars mercenaires prêts à endosser les opinions de leur commanditaire – et leur faisait faire ce qu'il voulait, applaudir et plébisciter son candidat ou bien huer, interpeller, voire insulter son adversaire. Stan avait eu l'idée géniale de louer les avatars en question, non pas *en gros* pour la durée totale de l'émission, mais *au détail*, par périodes de dix minutes. Toutes les dix minutes, donc, les Pantins étaient remis aux enchères, offrant aux lobbies la possibilité d'acquérir des supporters supplémentaires quand le débat tournait mal pour eux. Ainsi les Pantins changeaient-ils toutes les dix minutes d'opinion et de comportement – parfois même d'apparence – en fonction de la tactique de leur sponsor du moment.

— Qui achète, tu as une idée ?

— Dis un nom, pour voir ?

— General Avionics ?

— Dans le mille !

Pas difficile à prévoir. L'avionneur aurait dû être le principal bénéficiaire du projet de missile antimissiles du sénateur Branniff si l'administration Kleinkopf n'y avait opposé son veto.

— Bon sang, Frank, qu'est-ce que tu attends ? Ça fait une heure que je poireaute.

— *Keep cool*, Walter, on a un petit problème de faisceau.

— Je te préviens, si dans cinq minutes tes avat' ne sont pas là, on se passera d'essai. Viens pas te plaindre ensuite si ça déconne.

Walter voulait bien être sympa, mais il ne fallait pas le prendre pour un bœuf. Responsable de la régie finale, c'était sur lui en définitive que reposait la réussite de l'émission.

— Pour ta gouverne, ajouta-t-il en pensant qu'un peu d'émulation ne faisait jamais de mal, ceux de Branniff sont là depuis une demi-heure. Si tu ne te grouilles pas, ils feront le débat sans vous.

Au centre du studio, les avatars du sénateur et de ses invités attendaient que leurs animateurs respectifs les éveillent, de même que, sur les gradins entourant l'arène, les Pantins dont Walter ne savait pas encore qui avait acquis le droit de les manipuler. Son rôle consistait à faire en sorte que ces poupées inanimées reçoivent en temps utile les signaux qui leur donneraient vie, de manière que, sur les écrans des téléspectateurs, l'illusion soit parfaite. Pour lui, cela se résumait à connecter les avatars aux régies externes auxquelles ils appartenaient : ceux des candidats et de leurs invités à leurs états-majors respectifs, ceux des Pantins aux agences de relations publiques des lobbies qui les avaient loués. Et pas question de se gourer : quel gag si l'avatar de Branniff recevait par erreur les commandes destinées à celui du Pré-

sident! C'était pour éviter ce genre de bourde que Walter exigeait des essais préalables.
— Alors, tu accouches? s'impatienta-t-il.
— Voilà, voilà! Chaud devant!
L'avatar présidentiel apparut enfin.
— O.K., dit Walter, radouci. On va procéder à une ou deux vérifications.
C'est alors qu'il explosa.
— Ah, mais là, Frank, je suis pas d'accord du tout, hein!
— Qu'est-ce qui ne va pas, mon poussin?
— Fais pas le con! Ton mec est trop grand.
— Oui, et alors? Il a demandé qu'on pousse un peu sa taille et qu'on l'amincisse. Il se trouvait défavorisé par rapport à Branniff. Il y a un règlement contre ça?
— Non, mais il y a que ça m'oblige à reprendre toutes mes marques et que je n'ai plus le temps. Désolé, mais ou bien tu le remets à ses proportions initiales, ou bien dans les gros plans ton président paraîtra scalpé et tu t'arrangeras avec lui.
— O.K., O.K., te fâche pas.
Une version plus râblée remplaça bientôt la première. Le vieux râleur sourit en songeant à l'époque héroïque, pas si lointaine, où pour réaliser un tel trucage il perdait des journées entières. Le progrès, se dit-il.
Quelques minutes plus tard, satisfait, Walter put enfin contempler son plateau au grand complet, soixante guignols en mal de manipulateur.

Comblé d'aise, Dan Enough se cala dans son fauteuil. Le niveau des ventes d'options ne pouvait signifier qu'une chose : après trente-quatre saisons de présence ininterrompue à l'antenne, il était plus que jamais le dieu de l'Audimat. Le vieil *anchorman* n'avait aucun doute là-dessus depuis très longtemps, mais il aimait à se l'entendre confirmer, par le seul critique dont l'opinion eût jamais compté pour lui, le seul juge devant lequel il acceptât de s'incliner, le Marché.

Il eut un regard attendri et reconnaissant pour l'avatar inerte qui occupait le centre du studio. Ce jeune homme avenant, dont le timbre chaud, le regard intelligent et le sourire tantôt ironique, tantôt charmeur avaient si durablement conquis les foules, c'était lui, lui tel qu'il rayonnait dans sa jeunesse, lui tel que, trois décennies plus tard, des générations de spectateurs persistaient à se le représenter. Il y avait bien longtemps qu'il avait délégué la défense et l'illustration de son image à cette marionnette électronique dont chaque propos, chaque geste, chaque mimique, chaque inflexion étaient programmés en fonction des sondages d'opinion et des « seconde par seconde » d'Audimat par les maîtres manipulateurs de Channel One. Un gonflement d'orgueil souleva sa poitrine tandis qu'il songeait à ces centaines de professionnels talentueux qui s'ingéniaient, semaine après semaine, à faire vivre la chimère. Tant de monde pour entretenir une flamme que son seul charme avait suffi à allumer dans le cœur du public, alors qu'il n'était qu'un débutant...

Mais il devait se rendre justice : à lui seul son charisme n'eût pas suffi à maintenir une telle ferveur. Sans son génie, le jeune journaliste n'eût connu que le destin de ces cohortes de bellâtres dévorés chaque année par l'exigeant Moloch audiovisuel. Dan, lui, possédait davantage que la beauté insolente des cuistres : il était habité par une vision. C'était un novateur, mieux, un prophète. Il avait créé, puis imposé, un concept qui avait révolutionné le journalisme, celui d'*événement virtuel,* qu'il aimait à expliquer d'une phrase à ses confrères nouveaux dans le métier : pourquoi ne pas produire soi-même un événement plutôt que d'attendre bêtement qu'il se produise, dès lors qu'on a l'intime conviction qu'il *aurait pu* se produire ? Dan tenait à cette dernière condition, qui traçait pour lui la limite infranchissable entre la supercherie, l'escroquerie intellectuelle, et une pratique déontologiquement correcte. Il en faisait un point d'honneur : pas question pour lui de mettre en scène des invraisemblances.

— L'antenne dans une minute !

Le cœur battant comme la première fois, Dan fit pivoter son fauteuil. De sa mezzanine dominant le studio, il ressemblait au pacha d'un porte-avions à sa passerelle de commandement. Concentrés à l'extrême, ses collaborateurs étaient en place. Le jeune acteur qui dans un instant animerait son avatar croisa son regard anxieux et du pouce lui fit signe que tout irait bien. Les yeux sur le prompteur où se déroulait le texte soigneusement peaufiné, celui qui lui prêterait ses cordes vocales achevait d'une dernière grimace de dérouiller sa mâchoire. Grâce aux filtres électroniques, n'importe qui pouvait parler de la voix de Dan. Mais seul ce garçon savait imiter ses intonations à la perfection.

— Cinq secondes... Quatre... Trois... Deux... Un... Top !
— Mesdames messieurs, bonsoir. Je suis Dan Enough et suis heureux de vous accueillir pour...

Dès l'apparition de l'avatar, le « seconde par seconde »

d'Audimat enregistra un bond. Comme un étalon de haras quand paraît la pouliche, l'audience bandait.

Il pouvait être tranquille. L'organisation qu'il avait mise en place pour perpétuer son image était bien rodée. Si elle ne commettait pas d'erreur, dans mille ans, Dan Enough, éternellement jeune et fringant, subjuguerait encore les foules. Rasséréné, il fit signe à l'infirmière. Ces émotions n'étaient plus de son âge. Il était temps de rentrer. Et tel un gosse éreinté par un jeu trop prenant, bercé par le doux roulement du fauteuil sur le tapis, le vieil homme s'endormit.

Les choses avaient mal commencé. Les Républicains avaient raflé la totalité des Pantins, et le Président avait été accueilli par un concert de huées. D'emblée, Dan avait choisi de concentrer ses flèches sur l'affaire WonderWorld. Pour chauffer son auditoire, il diffusait de petits sujets assassins. Juste un mauvais quart d'heure à passer, se dit Vivian. Rira bien qui rira le dernier.

— Putain, Vivian, faites quelque chose ! s'exclamait à tout bout de champ Kleinkopf en rougissant au rappel de ses propres inepties.

Elle allait se demander par quelle aberration un minable manquant à ce point de sang-froid avait pu se retrouver à la tête de la principale puissance mondiale, mais se ravisa en se souvenant qu'elle faisait partie de la réponse.

— Vous l'entendez, Vivian ? insista l'avatar. On ne peut pas laisser dire des choses pareilles !

Elle ne prit pas la peine de répliquer. On n'allait pas se démentir soi-même ! Dan était en train de diffuser un bêtisier de déclarations récentes de Kleinkopf, déjà navrantes à l'époque, mais que le vol du WonderWorld rendait consternantes. Procédé dévastateur mais parfaitement réglo. On ne pouvait que faire le dos rond en attendant de reprendre l'initiative. Elle se servit un gin tonic. Sur l'écran le Président claironnait : « Jamais depuis la Grande Peste les

États-Unis d'Amérique ne se sont mieux portés. L'économie est dans sa quatrième année de croissance ininterrompue, les taux d'intérêt et l'inflation sont à leur niveau historique le plus bas. Des milliards affluent quotidiennement vers Wall Street et jamais les profits des entreprises n'ont été aussi élevés. »

On eut droit à un florilège de citations – les unes plus meurtrières que les autres – sur le projet de système continental de défense antimissiles de Branniff. « La conception et la construction d'un tel système coûteraient des centaines de milliards de dollars aux contribuables, et constitueraient en outre une violation flagrante de plusieurs traités internationaux », avait prétendu Kleinkopf à l'époque, ce qui avait permis à Branniff de s'attribuer le beau rôle : « N'est-il pas indécent de parler d'économies lorsque la vie d'un seul de nos compatriotes est en jeu ? Ce système est d'une nécessité vitale pour la défense du sanctuaire national », à quoi le Président, toujours aussi bien inspiré, avait répondu avec aplomb : « Aucune menace présente ou prévisible ne justifie une telle hémorragie de ressources nationales. Ces fonds seraient mieux employés à renforcer les positions de notre industrie du multimédia, autrement essentielle aux intérêts à long terme de la nation que le destin des clients chancelants du sénateur Branniff », allusion – qu'il croyait alors perfide – aux sponsors de son adversaire, et qui aujourd'hui, tel un boomerang, lui revenait en pleine gueule.

À chaque nouveau rappel de la clairvoyance présidentielle, les Pantins, dirigés de main de maître, s'écroulaient de rire. Si le ridicule tuait vraiment, se rassura Vivian, nous serions morts depuis longtemps. De fait, la cote de popularité instantanée de son client – sa température mesurée en temps réel sur le Web dans les dix mille Trous-du-cul composant le Panel – frisait l'hypothermie. Mais en grande professionnelle, Vivian savait qu'en politique le ridicule ne tuait jamais. Ce qui tuait en politique, c'était la pauvreté.

— Ouf! C'est fini, soupira le Président en voyant apparaître les premiers écrans de publicité.

Vivian était plus circonspecte. Elle connaissait trop ce vieux forban de Dan pour ne pas se méfier. En concluant ce premier acte, n'avait-il pas annoncé une surprise?

Stan se frotta les mains : les premiers écrans s'étaient vendus vingt pour cent plus cher qu'il n'escomptait. Et ce n'était qu'un début. Avec ce qui allait suivre, l'Audimat allait atteindre le septième ciel. Décidément, Dan était un génie.

L'émission reprit. L'acteur qui avait jusqu'ici prêté son organe à l'avatar de Dan avait été remplacé par un collègue, à la voix basse et à la diction solennelle, qu'on employait lorsque Dan commentait un mariage princier ou des obsèques nationales.

— La séquence qui va suivre, chers téléspectateurs, je me suis longtemps demandé si nous devions vous la montrer...

Accroché, l'Audimat leva le sourcil. Du côté de Stan, les enchères pour les prochains écrans montaient.

— ... et puis j'ai décidé en conscience que je ne pouvais vous laisser dans l'ignorance et ce, par respect pour vous, d'abord, qui avez le droit de connaître la vérité...

L'Audimat, hors d'haleine, sursauta.

— ... et aussi par respect pour le malheureux que vous allez voir, qui n'a trouvé que ce moyen pour faire connaître sa détresse...

Chauffé à blanc, l'Audimat péta les soupapes. À chaque nouvelle enchère, les annonceurs doublaient leurs offres.

— Le désespéré en question est un père de famille frappé de plein fouet par le vol du WonderWorld. Ses économies de toute une vie, il les avait placées dans ces compagnies qui viennent de faire faillite. Alors, pour protester, il a décidé d'en finir, et il a souhaité le faire en direct, devant vous... pour vous !

L'homme se tenait déjà sur une chaise, la corde autour du cou.
— Je vous demande à tous le plus grand recueillement, demanda Dan d'une voix pénétrée d'émotion.
L'homme prenait son temps.
Un silence impressionnant était tombé sur le studio.

— Qu'est-ce qu'il nous joue, ce con ? s'inquiéta Walter à la régie.
L'homme hésitait. Les secondes s'égrenaient, pesantes. Stan voyait avec inquiétude son Audimat fléchir. Si ce type ne se jetait pas dans les dix secondes, c'était la catastrophe.
Hors antenne, Walter l'appela :
— C'est à vous, vous êtes en direct !
Terrorisé, l'homme ne réagit pas.
— Voyons, dépêchez-vous ! l'encouragea Walter. Pensez à ceux qui vous regardent !
L'Audimat flanchait, et avec lui les enchères. Il fallait faire quelque chose. Une nouvelle fois, c'est Stan qui sauva la situation. Se penchant sur le micro, il lança au désespéré :
— Allons, mon vieux, tu sais bien que tu es fini.
La chaise tomba.
Les enchères repartirent.

— Chapeau ! fit Vivian, admirative.
— Mais ce coup bas nous tue ! s'indigna l'avatar kleinkopfesque.
— Regardez l'Audimat, Président. C'est inespéré, une telle audience ! À partir de maintenant, chacun des mots que vous prononcerez sera entendu par cinquante-quatre millions de vos électeurs !
— Dites plutôt que je vais me faire démolir devant cinquante-quatre millions de cons surchauffés, oui ! Vous avez vu ma cote ?

À cet instant en effet, virtuellement parlant, le minable n'était plus président.

Vivian n'aimait rien davantage que ces situations désespérées où son talent s'exprimait dans toute sa plénitude. C'est noyée dans l'adrénaline qu'elle donnait le meilleur d'elle-même. Il restait quatre minutes jusqu'à la fin des pubs, quatre minutes pour analyser la situation et prendre un parti avant de descendre dans l'arène. Quatre minutes qui décideraient de la présidence de cette chiffe molle, mais surtout de sa réputation à elle.

Ils avaient préparé trois options, suivant la tournure que prendrait le débat. La plus raisonnable consistait à minimiser la portée du vol du WonderWorld en attendant les résultats de l'enquête. Pour l'heure, il y avait encore beaucoup trop de suspects. On avait d'emblée écarté l'hypothèse de l'action isolée d'un programmeur de génie, d'un de ces hackers qui pénétraient avec une facilité déconcertante au cœur du Pentagone, au rythme de plusieurs millions d'effractions par an. Comme les pigeons sur la place San Marco, les hackers étaient chez eux sur les réseaux militaires, mais il y avait un sanctuaire qu'ils n'étaient jusqu'ici jamais parvenus à violer – le saint des saints – le réseau HADES, où circulaient les informations sur les programmes d'armement les plus avancés. Or, pour abriter son bébé, WonderWorld avait déployé des défenses inspirées de cette technologie, l'améliorant même en certains points. Rompre ces barrières n'était certes pas impossible – aucun blindage n'était sûr à cent pour cent – mais exigeait une puissance de calcul phénoménale, ou une équipe de mathématiciens de génie, ou plutôt la combinaison des deux. Rares étaient les organisations capables d'aligner de telles ressources et, ce qui était assez troublant, celles qui en avaient la capacité étaient en principe, peu ou prou, sous tutelle gouvernementale. La C.I.A. voyait donc derrière ce piratage la main d'un groupe puissant, susceptible de réunir des compétences diversifiées, de mobiliser des ressources technologiques et financières considérables, et bénéficiant de complicités internes à WonderWorld et au Pentagone. La Centrale concluait à un acte d'hostilité d'une puissance étrangère. Il n'était pas besoin de suivre son regard pour deviner à qui elle pensait.

Quant au F.B.I., il se refusait, à ce stade de son enquête, à privilégier une quelconque hypothèse, disant vouloir explorer toutes les pistes possibles : vengeance d'employés virés de WonderWorld, sabotage délibéré d'un concurrent, coup de main audacieux des NoPlugs. Le Bureau soupçonnait en effet ces marginaux rebelles aux formes les plus élémentaires d'intégration sociale – et pour qui le Web restait l'ennemi numéro un – de recruter parmi l'élite de la communauté scientifique la fraction la plus radicale de ses militants. Contrairement à l'opinion répandue, les NoPlugs n'étaient pas ces voyous aussi violents qu'insignifiants que la propagande gouvernementale se plaisait à dénoncer. Leur idéologie séduisait un nombre croissant de cerveaux brillants, ainsi que l'attestaient des documents récemment diffusés, dont les auteurs – l'analyse stylistique le démontrait sans conteste – étaient de niveau doctoral. Ces militants disposaient en outre – par les fonctions qu'ils occupaient dans les institutions universitaires et les laboratoires industriels ou gouvernementaux – de facilités d'accès à des ordinateurs à très hautes performances, du type de ceux qui avaient nécessairement servi au cassage du code du WonderWorld.

Voilà ce qu'il aurait fallu expliquer aux spectateurs pour leur faire comprendre la nécessité de différer toute action jusqu'à plus ample informé. C'était évidemment suicidaire. Les dix mille sondés du Panel ne réclamaient pas justice : ils voulaient un coupable. Désigner un coupable était la règle d'or de la gestion des crises. Réfléchir était facultatif et ne venait en tout état de cause qu'ensuite. Un bon coupable, convenablement diabolisé, dispensait même de chercher les véritables causes d'un problème.

– L'antenne dans trente secondes !
– Qu'est-ce qu'on fait, Vivian ?
– On prend l'option Deux.

Au demeurant, elle était prête à parier que les stratèges de Branniff joueraient la même partition. Les deux camps en rajouteraient sur leurs propositions respectives et les Trous-du-cul décideraient à quel niveau la surenchère s'arrêterait. Mais à ce jeu-là, Kleinkopf avait un avantage décisif : il était le Président.

Lui seul disposait de l'option Trois.

— *Sénateur, quelle fut votre réaction en apprenant la mésaventure de WonderWorld ?*

Vivian était soulagée. En désignant Branniff pour ouvrir le feu, le sort le forçait à dévoiler son jeu.

— *Mésaventure ! Permettez, cher Dan, que je juge le terme faible ! Une industrie essentielle à la richesse de notre pays vient d'être anéantie, un demi-million d'emplois détruits, notre balance commerciale compromise, Wall Street ruinée, et vous parlez de mésaventure ? Parlerait-on de mésaventure à propos d'une attaque nucléaire ? Pourtant, je vous le dis, cent missiles chinois auraient fait moins de dégâts.*

Comme elle l'avait prévu, les stratèges de Branniff avaient choisi le scénario le plus logique : celui consistant à désigner la Chine comme l'agresseur et les États-Unis — sentiment national oblige — comme principale victime. Les autres pays du Pacte étaient passés sous silence, l'électeur américain moyen n'en ayant cure. Un coup d'œil lui confirma la sagacité de ce choix : unanimes, les Trous-du-cul approuvaient. Sur l'écran Bloomberg, le Dow Jones, intrigué, suspendait sa descente aux enfers.

— C'est mauvais pour nous, hein ? s'inquiétait Kleinkopf.

Comme d'habitude, il ne comprenait rien au film. N'ayant pas mieux à faire, elle consentit à lui expliquer.

— Au contraire, Président, c'est très bon. Branniff laboure pour nous en ce moment. Mais autre celui qui sème, autre celui qui récolte !

De fait, pendant que l'équipe Branniff s'échinait à chauffer la salle, celle de Vivian testait en temps réel sur le Panel un ensemble de propositions. Quand viendrait leur tour de prendre la parole, ils sauraient exactement ce que les Trous-du-cul désiraient s'entendre dire.

— *Ce serait donc un acte de guerre ?* poursuivait Dan.
— *Pour la première fois dans leur histoire*, répondait Branniff avec emphase, *les États-Unis ont été attaqués dans leur sanctuaire et ont été vaincus. Tels sont les faits.*
— *D'aucuns préfèrent parler de « catastrophe industrielle »...*
— *C'est qu'ils n'entendent rien à la nature des enjeux. Les réseaux de télécommunications sont à l'économie globalisée du troisième millénaire ce que la haute mer était à l'économie marchande des deux précédents : les poumons où s'échange, se régénère et s'enrichit le sang des nations. Qu'ils s'engorgent et elles étouffent. Voilà pourquoi nous devons absolument assurer leur sécurité : pour le même motif qui nous a conduits à déployer sous-marins et porte-avions nucléaires sur l'ensemble des mers du globe. L'ironie de l'histoire veut que nous autres Américains – qui avons su gagner la Seconde Guerre mondiale pour préserver nos débouchés d'Europe occidentale, la guerre froide pour libérer les marchés d'Europe de l'Est, celle du Golfe pour préserver nos approvisionnements en pétrole – ayons échoué lamentablement à défendre nos voies de communication électroniques, alors même qu'elles transportent plus des deux tiers de nos exportations.*
— *Précisément, en quoi le parapluie antimissiles dont vous êtes le promoteur aurait-il évité le vol du WonderWorld ?*
— *La défense est un concept global. Vous ne pouvez en isoler un élément. Croyez-vous que les Jaunes se seraient risqués à nous agresser comme ils viennent de le faire s'ils avaient eu la certitude d'une riposte nucléaire ? Mais pour que joue cette dissuasion, encore aurait-il fallu que nous soyons à l'abri d'une contre-attaque. C'est là que l'absence de protection antimissiles se fait dramatiquement sentir. Le désastre qui nous frappe démontre – à quel prix, hélas ! – l'ineptie de la doctrine Kleinkopf : les industries du multimédia et de l'armement n'étaient pas concurrentes, l'une se développant au détriment de l'autre, comme elle le postulait stupidement. Ce qui vient de se passer*

prouve, au contraire, que WonderWorld ne pouvait prospérer qu'à l'ombre de General Avionics...

Un assistant passa une note à la gestd'im. Le discours va-t-en-guerre de Branniff passait bien. Les Trous-du-cul réclamaient du sang. Ils exigeaient un certain nombre de mesures, on était en train de les mettre en forme. Dans quelques minutes, le Président pourrait les annoncer. Il était temps : Branniff entamait sa péroraison. À une certaine qualité de trémolos, Vivian reconnut le professionnel à qui le sénateur avait délégué sa diction. Excellent, mais un rien ringard, jugea-t-elle. Plus personne ne scandait comme ça aujourd'hui.

— WonderWorld, voyez-vous, c'était l'Amérique dans ce qu'elle avait de mieux. L'Amérique des pionniers, des grandes aventures technologiques, des conquêtes impossibles, l'Amérique des frontières nouvelles, l'Amérique des libertés. Il est temps que cette Amérique-là se souvienne d'elle-même. Car je l'affirme : notre rang dans le concert des nations, notre leadership au sein du Pacte de Davos, dépendront de la rigueur avec laquelle nous aurons su régler son compte à la Chine.
— Est-on seulement assuré de sa culpabilité ?
— Vous êtes le dernier à vous interroger.
— On dit pourtant que le F.B.I. nourrirait encore des doutes.
— La C.I.A. me paraît mieux outillée pour traiter ce type d'affaire.
— Faudra-t-il donc mourir pour WonderWorld ?
— Pour WonderWorld, assurément pas. Pour l'honneur et pour la liberté, sans hésiter.

Transportés d'enthousiasme, les Pantins se levèrent. Vivian regarda ses écrans : mesurée à cet instant, la cote de Branniff le consacrait président virtuel. Mais surtout, le Dow avait stoppé sa chute : Wall Street attendait la réplique de Kleinkopf.

Elle respira à fond. C'était à elle.

— Monsieur le Président, vous venez de l'entendre, votre adversaire a sans ambiguïté désigné la Chine comme auteur du vol du WonderWorld. Vous êtes d'accord ?

— *Posez-vous les questions de base : à qui ce crime profite-t-il ? Qui avait un motif d'agir ainsi ? Qui en avait les moyens ? La réponse va de soi.*
— *Mais justement, ne disait-on pas la Chine déchirée par les dissensions internes ? Comment un pays désarticulé à ce point peut-il concevoir et exécuter pareil plan ?*
— *Vous savez, le propre des guerres cybernétiques est qu'elles peuvent être gagnées par un très petit nombre de combattants. Elles ne nécessitent ni troupes, ni matériels, ni logistique, ni par conséquent la cohésion et la capacité d'organisation qui faisaient la force des armées du siècle passé.*
— *Selon vous, pourquoi les Chinois auraient-ils fait cela ?*
— *Dans leur délire paranoïaque, les Jaunes assimilent nos multimédias à des missiles pointés sur le cœur de leur précieuse civilisation. Jusqu'à présent ils s'étaient contentés d'en interdire l'accès à leur territoire, au mépris de la liberté du commerce international. Mais voilà qu'ils franchissent un pas de plus dans l'hostilité, en décidant une frappe préventive, style Pearl Harbour, bien dans la tradition de la perfidie asiatique. Mais je vous le dis solennellement : ils auraient été mieux inspirés de se souvenir de ce qui en résulta pour nos agresseurs japonais.*
— *Vous avez l'air bien sûr de ce que vous avancez...*
— *L'analyse des ressources tant humaines que matérielles nécessaires au succès d'une opération aussi complexe désigne la Chine avec une probabilité de 110 %. La supériorité des mathématiciens chinois dans les techniques de cryptage et compression de données est bien connue, ainsi que l'expertise acquise par leurs informaticiens dans le reverse-engineering des codes logiciels. La décompilation des programmes occidentaux est en Chine une industrie, un sport, je dirais même : un devoir patriotique. Les jeunes qui en ont les capacités sont entraînés avec le sérieux d'une préparation olympique. J'ajoute que la diaspora chinoise installée sur notre territoire est particulièrement infiltrée dans les milieux scientifiques. Elle constitue un réseau de renseignements terriblement efficace entre les mains de Pékin. En raison de la négligence criminelle des amis du sénateur Branniff, alors au pouvoir, il n'est pas un laboratoire, pas une université, pas une société de pointe, pas une unité de l'Armée, de l'U.S. Air Force ou de la Navy, où vous ne dénichiez, souvent à un poste sensible, un individu d'origine chinoise. Même s'ils ne sont pas a* priori *déloyaux, ces gens-là ont de la famille en Chine. Qu'ils le veuillent ou*

non, les communistes les tiennent par les génitoires. Nous avons d'ailleurs observé un flux de communications U.S.A.-Chine significativement plus élevé que la normale dans la période précédant le vol.

— Eh bien, nous verrons ce que vous proposez après une page de publicité.

— Regardez, Vivian, ma cote ! Elle se redresse !
— Pas assez vite, Président, pas assez vite.

Vivian scrutait ses indicateurs avec l'angoisse d'un pilote surveillant l'altimètre tandis que l'obstacle se rapproche. Si à la reprise ils ne regagnaient pas de l'altitude, c'était le crash. Il fallait mettre toute la gomme.

— Président, les Trous-du-cul ne comprennent pas pourquoi, sûr comme vous l'êtes de la culpabilité des Jaunes, vous n'agissez pas en conséquence.
— Qu'est-ce que vous suggérez ?
— Il faut cogner, annoncer des sanctions.
— Je... je ne peux pas faire ça ! Il faut d'abord que j'en discute avec mes conseillers...
— C'est maintenant que tout se joue, Président.
— Mais... quelles sanctions ? Je n'y ai pas réfléchi !
— C'est tout réfléchi, lui dit-elle en lui passant une note. Voici la liste des mesures de rétorsion qui plairaient bien au Panel.
— Laissez-moi au moins le temps d'en conférer avec le secrétaire d'État.
— Ce n'est pas lui qui vous élit, Président ! C'est le peuple ! Et le peuple, voilà ce qu'il veut !
— Pas question ! trancha l'avatar présidentiel. Nous poursuivons l'option Deux comme prévu.

— Il ne s'agit ni de subversion ni de terrorisme. Ce qui est en cause est ni plus ni moins un acte de guerre perpétré de sang-froid par un État contre un autre qui ne lui avait rien fait. La communauté internationale doit manifester de la manière la plus explicite qu'elle ne tolère pas de telles agressions. C'est pourquoi les États-Unis déposeront au Conseil de sécurité, au nom de l'ensemble des pays du Pacte, un projet de résolution ordonnant l'ouverture

d'une enquête internationale, l'arrestation des coupables quel que soit leur rang dans l'appareil d'État chinois, leur traduction devant la Cour de La Haye, le démantèlement de cent dix centres de production logicielle – ces nids de pirates où se fomente à bas bruit la ruine de notre économie –, l'ouverture du réseau ChinaNet aux produits multimédia américains et le versement immédiat de cent...

Pendant que l'avatar égrenait le chapelet de demi-mesures qu'elle avait réussi à arracher à la réticence du Président, Vivian regardait ses courbes piquer du nez. Où il aurait fallu porter le fer, on appliquait un onguent ! À présent, il faudrait un miracle pour sauver le patient. Mais elle ne croyait pas aux miracles.

Pourtant, l'improbable se produisit. Alors que la gestd'im assistait impuissante à l'effondrement de son candidat, Dan sortit de son chapeau une de ces surprises dont il avait le secret.

– À présent, je me tourne vers le représentant de la République populaire de Chine. Excellence, comment réagissez-vous aux déclarations du président Kleinkopf ?

– Avec amusement, serais-je tenté de répondre si la situation créée par ces propos irresponsables n'était si lourde de conséquences.

– Avec amusement, dites-vous ?

– En effet. Car revenons un instant aux faits : une minable production multimédia – qualifiée pompeusement de « chef-d'œuvre des temps modernes » – est diffusée sur le Web par un pirate inconnu. La réaction normale de tout être raisonnable devant ce fait divers banal – à une époque où n'importe quel collégien peut s'offrir une excursion sur les réseaux les plus secrets du Pentagone – serait de mettre en cause les faiblesses de la technologie, les carences de l'organisation et les défauts intrinsèques du produit et de son mode de distribution. Une autre question viendrait spontanément à l'esprit de toute personne de bonne foi et de bon sens : pourquoi diable WonderWorld persiste-t-elle à vouloir gagner sa vie par un moyen si risqué ? Après tout, nul n'est forcé de jouer à la roulette russe ! Mais au lieu de s'en prendre à leur incompétence et à leur légèreté, les Américains préfèrent invoquer une malveillance étrangère. C'est leur réaction standard chaque fois qu'une mésaventure leur survient. Ce peuple orgueilleux à l'extrême semble

incapable d'envisager qu'il puisse être responsable de ses propres déboires. Aussi, WonderWorld se brûle-t-elle les doigts ? On accuse la Chine d'être derrière quelque monstrueux complot.

— Vous démentez donc toute implication dans ce vol ?

— Bien entendu.

— Mais dans ce cas, pourquoi l'administration américaine a-t-elle pris le risque d'une confrontation avec votre pays ?

— La réponse est dans l'intervention du Président. Que demande-t-il ? Que le coupable désigné — la Chine, mettons — soit puni, et ce ne serait que justice... si la Chine était coupable. Mais surtout, que nous soyons forcés d'ouvrir nos portes aux produits multimédias américains. Nous y voilà ! Que vient faire là cette exigence commerciale ? À supposer que la Chine soit coupable — et elle ne l'est en aucune façon — il serait juste qu'elle paye des indemnités, qu'on emprisonne les auteurs du forfait et leurs complices. Mais la forcer à consommer un produit qui la rend malade, est-ce faire justice ? Autant la condamner à accorder l'indépendance au Tibet et à Taiwan, ou à élire son gouvernement au suffrage universel ! Et — pourquoi pas — à accepter un « protectorat » américain !

— Le président Kleinkopf aurait selon vous des arrière-pensées ?

— À l'évidence tout ceci n'est qu'une manœuvre vicieuse conçue pour donner, par le biais d'une résolution du Conseil de sécurité, un fondement légal à une tentative de recolonisation de mon pays. Sans produire l'ombre d'une preuve, avec le cynisme et l'arrogance qui le caractérisent, le Pacte requiert de la communauté internationale un blanc-seing à l'abri duquel il pourra le plus légalement du monde entreprendre de nous assujettir.

— C'est la fin, pleurnicha Kleinkopf qui voyait son train de demi-mesures dérailler avant même d'avoir quitté le quai. L'impudence du Chinois donnait rétrospectivement raison à l'intransigeance de Branniff. Par contraste, le Président passait pour ce qu'il était : faible et inconsistant.

— Au contraire, réagit Vivian, nous sommes sauvés !

Et, s'emparant d'autorité du micro qui donnait sa voix à l'avatar présidentiel, elle martela :

— J'espérais pouvoir régler cette affaire par des voies raisonnables. Mais à

présent, confronté à l'arrogance de la Chine, j'estime nécessaire de répliquer de la manière la plus explicite à une agression dont le but était de nous atteindre au plus profond de notre identité et de nos valeurs. En conséquence, j'ordonne aux forces terrestres, aériennes et navales du Pacte d'interdire par tous moyens appropriés le franchissement des frontières terrestres et maritimes de la République populaire de Chine. Une zone d'exclusion sera définie à cet effet. Les communications de la Chine seront interrompues ou brouillées. Tout vaisseau, tout aéronef surpris dans la zone d'exclusion sera arraisonné ou détruit. Tout opérateur de télécommunications acheminant du trafic à destination ou en provenance de la Chine verra ses accords d'interconnexion avec le Pacte révoqués...

Vivian n'improvisait pas. Elle appliquait, dans son esprit sinon dans sa forme, l'option Trois. Quant aux mesures spécifiques, c'étaient celles que les Trous-du-cul avaient exigées en cours d'émission. Une seule chose venait d'elle, mais essentielle : la rage de gagner. Et au fond, c'était ça que ses clients achetaient.

— *... Par ailleurs, les avoirs chinois déposés dans les banques du Pacte sont gelés et les actifs des compagnies chinoises opérant sur le territoire national saisis. Les citoyens d'origine asiatique devront retourner leurs passeports et se soumettre à un contrôle hebdomadaire de la police. Ceux qui occupent une position au sein de l'administration sont licenciés avec effet immédiat...*

Sidéré, le Président voyait sa cote se redresser à mesure que sa marionnette pérorait. À Wall Street, soudain fringant, le Dow Jones caracolait.

— *... Tout individu ou organisation qui enfreindra ou tentera d'enfreindre ce décret sera poursuivi et verra ses actifs confisqués. Ceux qui seraient tentés de profiter de la situation pour s'emparer de nos parts de marché en Chine doivent savoir qu'ils courent un risque majeur. Nous considérons désormais toute transaction, de quelque nature qu'elle soit, avec la Chine, comme une atteinte délibérée à notre sécurité. Les entreprises qui s'obstineront à investir en Chine ou à commercer avec elle seront définitivement interdites de business dans le ressort du Pacte. Ces dispositions, d'application immédiate, resteront en vigueur tant que la Chine n'aura pas* *totalement réparé le préjudice immense qu'elle a causé à notre économie et qu'elle n'aura pas donné des garanties tangibles que de tels agissements ne se renouvelleront jamais.*

Quand Vivian reposa le micro, Kleinkopf était réélu. Le scrutin officiel ne serait plus qu'une formalité. Du studio monta une immense ovation. Tous avaient conscience d'avoir vécu un grand moment de démocratie.

Insensible aux félicitations, Vivian s'était rapidement soustraite à l'euphorie ambiante. Quelque chose clochait. La partie avait été trop facile. L'intervention à point nommé de l'ambassadeur, provocatrice à souhait, était trop opportune pour être honnête... La gestd'im s'était reproché cette impulsion qui lui avait valu la victoire. En prenant d'instinct l'initiative d'annoncer un blocus de la Chine, n'avait-elle pas sans le savoir fait ce qu'on attendait d'elle ? N'était-elle pas tombée tête baissée dans un piège ? Elle avait quitté le studio, plus préoccupée qu'elle ne voulait se l'avouer.

C'était son heure préférée, celle où, leur journée achevée, des cohortes de jeunes gens biens mis – avocats d'affaires, lobbyistes, traders, parlementaires, journalistes – se répandaient bruyamment dans les galeries de la Termitière et, en grands troupeaux altérés, déferlaient vers les bars chic pour étancher autour d'un viagra-coca leur soif de rumeurs. Elle aimait à prendre le cap opposé et, seule à contre-courant de ces flots impétueux, en fendre la masse compacte. Les expressions stupéfaites et vaguement envieuses qui échappaient alors à ceux dont elle brisait l'élan lui procuraient une jouissance indicible, que faute de pouvoir la nommer elle comparait à celle que devait éprouver le caillou au fond d'une Weston ou le grain de sable dans les rouages bien huilés d'une Patek.

La jeune femme n'avait que mépris pour les autres Imbus,

dont le crâne d'œuf uniforme abritait des pensées et des perversions non moins réglementaires. Quant à ses consœurs, elle les trouvait plus caricaturales encore. Sexisme oblige, seules avaient été jugées dignes de la Termitière des jeunes femmes dont les compétences et l'expérience surpassaient de plusieurs coudées celles de leurs équivalents mâles. Sélectionnées selon des critères virils, elles étaient aussi peu féminines que possible, distançant certes leurs rivaux couillus en matière professionnelle, mais aussi en ambition, agressivité et muflerie. Non, décidément, elle n'avait rien de commun avec cette race...

Pourtant, elle se savait condamnée à vivre parmi eux. Lors du Grand Enfermement, les Imbus nécessaires au fonctionnement de l'État – quelques dizaines de milliers à peine – avaient été concentrés à Washington D.C., dans ce Complexe improvisé en hâte. Les bâtiments gouvernementaux et une partie des immeubles d'habitation existants avaient été étanchéifiés, leurs fenêtres scellées, leurs accès extérieurs condamnés par des sas. On circulait d'un lieu à l'autre par un réseau inextricable de galeries, tunnels et passerelles, s'élargissant par endroits en places, forums et carrefours, qui avait valu à l'ensemble son appellation de Termitière.

Elle n'avait pas le sentiment d'être privilégiée, surtout quand elle songeait à la vie qu'avaient menée ses parents, au grand air... Bien sûr, son sort était préférable à celui de ces professionnels de moindre importance, encoconnés comme de vulgaires Larves dans leurs pyramides... Jamais elle n'aurait pu vivre dans un cocon. Elle serait devenue folle.

Paradoxalement, sa vie ne lui semblait pas différente de celle d'une Larve. Certes, elle disposait d'un appartement individuel spacieux, du droit d'aller et venir comme bon lui semblait dans la Termitière, de la faculté d'y croiser des êtres de chair et d'os. Mais pourquoi ces gens étaient-ils si peu attrayants ? Pourquoi fallait-il que son partenaire le plus intéressant fût une Larve ? Finalement, pour les émotions, elle avait dû se satisfaire de son polochon, et pour l'intelligence, de contacts prohibés sur le Web.

Lancé plus haut qu'un autre, un mot l'avait tirée de sa rêverie. Soudain, elle avait réalisé qu'autour d'elle un seul sujet alimentait les conversations : le blocus de la Chine. Avec une belle unanimité qui n'avait que renforcé le mépris qu'elle leur portait, les Imbus approuvaient. Pauvres niais ! S'ils avaient su... Un instant oubliés, ses scrupules l'avaient reprise. Ce n'était pas la première fois qu'elle agissait à l'encontre de ses convictions profondes. Après tout, elle était payée pour populariser les idées de Kleinkopf, pas les siennes. Mais cette fois, ce n'était pas pareil. Il y avait Gershman, un des rares types avec qui elle avait sympathisé ici. Le flic lui avait confié les doutes que lui inspirait la thèse de la C.I.A. Assez convaincant pour qu'elle lui ait promis d'en parler au Président. Le lendemain, on l'avait retrouvé tripes à l'air. Cela faisait une sacrée différence.

Sitôt chez elle, Vivian avait regardé son courrier. Un seul e-mail était arrivé en son absence... Brave gosse, s'était-elle dit en reconnaissant l'auteur en dépit de ses précautions pour rester anonyme. Toujours aussi efficace.

C'était le relevé complet des mouvements du compte Faidherbe à la Société de Banque suisse. Comme elle s'y attendait, la liste des bénéficiaires reproduisait l'organigramme de la Confédération européenne, ministres compris. Les généreux donateurs appartenaient au gotha de l'armement, avec à leur tête la General Avionics Corporation. Normal : l'avionneur, principal bailleur de fonds du sénateur Branniff, nourrissait de grandes espérances en Europe où il espérait fourguer le système de missiles antimissiles recalé par l'administration démocrate. Mais comment expliquer la présence, au sein de cet aréopage de marchands de canons républicains, de la Wonder-World Foundation, le puissant lobby hollywoodien censé financer la réélection de Kleinkopf ? La gestd'im avait souri : son intuition légendaire ne l'avait pas trompée. Il y avait bien anguille sous roche.

Satisfaite, la jeune femme s'était fendue d'un rapide mot de remerciements :

Beau boulot! Je te dédierai mon Pulitzer. En attendant, je fais le nécessaire pour ton quota, tu l'as bien mérité. À ce soir?
Maud.

Unité de survie *Milton Friedman*

Un instant détourné de sa mission par le spectacle du rat équilibriste, Tash n'avait prêté qu'une attention distraite à celui qui avait su l'apprivoiser. Tout au plus le NoPlug, qui n'avait d'ordinaire que mépris pour les Larves, avait-il crédité celle-ci d'une certaine dose de fantaisie qui la rendait sympathique. Quelqu'un capable d'attirer un rat à mille mètres d'altitude ne pouvait être totalement dénué d'intérêt. Mais la soirée était avancée et Tash n'avait que trop tardé. La Pyramide était malade. Il avait jusqu'à l'aube pour en trouver la cause. Il plaqua l'oreille à un premier cocon et, avec la concentration d'un médecin attentif aux moindres signes de progression d'un mal, commença sa longue et minutieuse auscultation.

Selon leur position dans la Pyramide, les containers d'acier rendaient un son différent. Au sommet, des derniers arrivés jaillissaient les bruits de prédilection des adolescents, battements lancinants des boîtes à rythmes, pétarades, fusillades et canonnades des jeux vidéo. À mesure qu'on descendait vers les couches plus âgées, ces sons puérils laissaient place au brouhaha des discussions enfiévrées, des débats passionnés, des courses à perdre haleine sur les home-trainers, ou des jeux de polochon qui faisaient l'ordinaire des jeunes adultes. Plus bas encore, ce tumulte s'estompait, témoignant du repli sur soi des vieillards et de la diminution progressive de leur intérêt pour la vie.

Tash avait remarqué que les approvisionnements de ces cocons muets devenaient de moins en moins variés, de moins en moins copieux, que leur maintenance était moins fréquente – leur éclairage s'affaiblissait, leurs communications se brouillaient, l'air conditionné se raréfiait, leurs eaux usées stagnaient – comme si on avait cherché, en dégradant les conditions de vie de leurs occupants, à les détacher plus vite encore de l'existence. Bruce, à qui il avait fait part de cette observation, prétendait qu'il s'agissait d'un processus de purge automatique de la Pyramide, par attrition programmée de ses occupants.

À ces étages, il n'était pas rare de surprendre une séquence de sons typique dont Tash avait mis longtemps à percer la signification. Elle consistait en une succession de quatre ou cinq bruits de pas précipités, comme une courte foulée, suivie d'un choc sourd ébranlant la paroi, d'un court silence, puis à nouveau une foulée, un choc, un silence, foulée, choc, silence, et ainsi de suite pendant des heures et des heures, jusqu'au silence définitif qui marquait l'instant où la Larve, au terme de sa danse tragique, s'était enfin défoncé le crâne.

Plus bas encore, la majorité des cocons demeurait silencieuse. Les vibrations synchrones cessaient, signalant l'arrêt définitif des équipements. Là finissait le monde des sons et commençait celui des odeurs. Là commençait le royaume des morts.

En temps normal, cette frontière entre morts et vivants, entre les cocons en état de marche et ceux laissés à l'abandon, correspondait peu ou prou aux niveaux où étaient stockées les Larves âgées de cinquante-cinq à soixante ans. Chaque année, à partir du premier janvier, la tragique ligne de démarcation se décalait de quelques étages vers le haut. Au fil des ans, elle s'était élevée jusqu'à mi-hauteur de la Pyramide.

Or quelque chose était en train de changer. Les pannes se faisaient de plus en plus nombreuses, de plus en plus systématiques. Des étages entiers étaient privés d'éclairage et de climatisation. Leurs colis d'alimentation étaient réduits à la portion congrue. Tash en était certain, ce n'était pas un accident imputable à l'obsolescence des équipements ou à un bug dans le système de gestion : d'ordinaire les pannes se produisaient sans ordre précis, au hasard des défaillances des composants, tandis que celles-ci suivaient une progression méthodique, comme si elles obéissaient à un plan. Il y a trois mois à peine, elles affectaient le niveau des Larves de cinquante ans, le mois dernier elles s'étaient attaquées à celles de quarante-neuf.

Aux premières lueurs de l'aube, Tash s'arrêta. Il n'aurait pas le temps de finir, mais il en savait assez. À mesure qu'il s'était enfoncé dans les entrailles de la Pyramide, ses craintes s'étaient confirmées : la sinistre frontière s'était encore déplacée. Étage après étage, une main mystérieuse éteignait les cocons, comme un veilleur de nuit au fil de sa ronde éteint les lumières d'une tour.

II

II

Cité du Vatican

— Vous devriez me donner ce jean, que je le recouse...
— Laisse-moi en paix, Périne, tu vois bien que je bosse!

La vieille se retira en maugréant. Passe encore qu'il porte des jeans, mais au moins qu'ils soient présentables! De quoi avait-elle l'air? Déjà qu'on n'avait pas apprécié de la voir débarquer — pensez, une Française à un poste dévolu de toute éternité aux nonnes romaines! Alors inutile de dire qu'avec ces jeans déchirés aux genoux, ça caquetait ferme dans les sacristies.

— Vous ne voulez pas prendre quelque chose? ne put-elle s'empêcher de demander avant de sortir. Un peu de bouillon, au moins?

Depuis le matin, soudé à sa console, le vieil homme n'avait rien avalé. Comment survivait-il en mangeant si peu, c'était un mystère.

— Tu ne penses donc qu'à bouffer! *L'homme ne se nourrit pas que de pain*, que diable!
— Vous n'êtes pas raisonnable.
— Et toi tu m'ennuies, à la fin. Retourne à ta couture et ne m'interromps plus jusqu'à ce que ces messieurs...

On entendit du bruit à la porte. La vieille nonne courut aux nouvelles et après quelques minutes revint, tout essoufflée.

— Le père *von und zu* quelque chose... J'ai dit que vous ne vouliez pas être dérangé, mais il *prétend* avoir rendez-vous.

Périne, qui connaissait sa Curie, ne croyait personne sur parole, et moins que quiconque le général des jésuites.

— *Laudificatur nomen Domini*...

Le baron Frantz Friedrich Wilhelm *von und zu* Kettelbach-Wasselnheim, préposé général de la Compagnie de Jésus, et deux acolytes attendaient à genoux, les yeux fixés sur les baskets usées de leur hôte.

— *Qui fecit caelum et terram !* Relève-toi, Frantz !

— Votre Sainteté est trop bonne, remercia le général d'un air pincé, en arrangeant les plis de sa précieuse soutane de vigogne sauvage, spécialement tissée pour lui par Loro Piana.

Il exécrait les familiarités, *a fortiori* en présence de subalternes. Rejeton d'un des plus illustres rameaux de l'aristocratie allemande, apparenté aux Hohenstaufen, il avait tété du protocole avec le lait de sa nourrice. Couronnant une décennie d'intrigues, auxquelles avaient été mêlés les plus grands noms du Gotha, son élection à la tête du plus influent des ordres avait comblé son atavique besoin de distinction : le religieux avait peut-être renoncé aux œuvres de Satan, certainement pas à ses pompes. Sa position éminente dans la hiérarchie de l'Église avait permis à ce descendant de Frédéric Ier Barberousse de tenir enfin le rang qu'il estimait lui revenir parmi les fastes de ce qui était sans doute la dernière cour impériale en ce bas monde. Surtout, elle l'autorisait à lever les yeux avec quelque espérance vers le Trône de Pierre. Mais alors que ses vœux allaient être exaucés, ces jeans et ces baskets lui avaient barré la route.

Le vieillard qui les portait, et que Kettelbach n'était pas loin de considérer comme un usurpateur, possédait pourtant quelque chose que le baron lui enviait et que ni ses quartiers de noblesse ni ses tenues somptueuses n'étaient parvenus à lui conférer : un air d'élégance nonchalante, d'autorité tranquille qui en imposait aux plus grands et forçait leur respect. Sa haute silhouette avait lutté avec l'âge et ne lui avait fait que peu de concessions. Mais si la stature était d'un homme que la vie avait épargné, les rides burinant sa face racontaient une tout autre histoire, faite d'épreuves douloureuses, d'angoisses insondables, d'inexpiables secrets.

— *Alors ?*

Il y avait dans la question de Jean-Baptiste Ier une inflexion qui ne pouvait échapper à un homme aussi rompu que le général aux subtilités de la négociation. Elle dénonçait l'anxiété et l'urgence. Le jésuite sentit qu'il était en position de force, situation qu'il affectionnait entre toutes. Il ne put s'empêcher d'en abuser.

— Très Saint Père, nous faisons de notre mieux. Mais convenez que ce n'est guère facile.

— Si j'avais cru la chose aisée, je n'aurais pas fait appel à toi. Où en es-tu ?

— Nous faisons diligence...

— Assez de finasseries, Frantz ! Oui ou non ces manuscrits sont-ils en ta possession ?

— Je suis au désespoir de devoir vous répondre que non. Mais...

— Mais ?

— Que Votre Sainteté me pardonne, mais qu'est-ce qui lui fait penser que notre Compagnie nourrirait un intérêt quelconque pour ces œuvres disparues, proscrites de surcroît ?

— Tu me déçois, Frantz ! Crois-tu vraiment que j'ignore la mission que mes prédécesseurs confièrent aux tiens avec une constance jamais démentie depuis le seizième siècle ?

Le jésuite accusa le choc. Comment ce diable de Français avait-il mis la main sur les instructions secrètes de Grégoire XIII, instructions renouvelées avec la même discrétion — quoique avec une insistance croissante — par tous ses successeurs ?

— Mais puisque Votre Sainteté a eu vent de cet... épisode, elle doit également en connaître l'issue.

Entre 1582 et 1760, sous couvert d'évangélisation, mille jésuites avaient été envoyés à la Chine. Ils y avaient remué ciel et terre, à la recherche des manuscrits disparus lors de l'expédition désastreuse de 628. En dépit du soutien constant des empereurs Ming et Qing, ils étaient revenus bredouilles. Tout cela, Jean-Baptiste Ier le savait, et là n'était pas sa question.

— Ne fais pas la bête, Frantz ! Ce qui m'intéresse, c'est le résultat de vos recherches *après* votre retour de Chine.

— Je... je ne comprends pas, balbutia le jésuite désarçonné. Votre Sainteté ne peut ignorer que nous n'en revînmes que pour apprendre la dissolution de notre Compagnie !

— Cesse de me prendre pour un sot ! Tu ne veux quand même pas me faire gober que vous vous êtes désintéressés d'une affaire à laquelle deux douzaines de papes avaient marqué un attachement aussi obstiné ? Que vous n'avez pas cherché à en savoir davantage sur les raisons de leur passion pour le sujet ?

Kettelbach tressaillit. Que savait au juste ce pape ? Se pouvait-il qu'il ait eu vent des activités réelles du noviciat de Polotsk où, après sa dissolution, la Compagnie avait regroupé ses meilleurs éléments ? Là, sous la protection intéressée de Catherine II de Russie, les proscrits avaient fourbi leurs armes en vue de la reconquête et poursuivi sans bruit la recherche de ces manuscrits dont ils comptaient bien faire, le moment venu, les instruments privilégiés de leur réhabilitation.

Le général sentit qu'il devait lâcher du lest. Il tenta une diversion.

— Nous n'avons bien entendu jamais abandonné nos investigations. Nous venons justement d'élaborer une hypothèse inédite dont le père Mackenzie, ici présent, va vous faire part. Le père est notre meilleur spécialiste d'épigraphie mongole-chinoise.

L'homme, qui s'était jusqu'alors maintenu dans la réserve qui sied aux subordonnés, se releva péniblement. Il était si usé qu'il semblait avoir fait ses classes avec Gengis Khan en personne et paraissait près de le rejoindre. À peine ouvrit-il la bouche que le pape l'interrompit.

— Tu n'as pas l'intention de me parler de Khoubilaï, tout de même ?

Les jésuites se regardèrent, suffoqués.
— Mais... pré... précisément..., bredouilla Mackenzie.
— Alors garde ta salive. La voie est connue. Elle ne mène nulle part.
Les religieux étaient anéantis. Comment le pape pouvait-il être déjà informé ? Amusé, le vieux pontife savourait son triomphe. Les jésuites étaient peut-être les meilleurs serviteurs que la papauté ait comptés, mais ils avaient une fâcheuse tendance à croire que l'Histoire n'avait réellement commencé qu'avec eux, si bien qu'il ne venait même pas à l'idée de ce vaniteux général que la piste qu'il pensait avoir découverte avait été explorée en long et en large bien avant que l'Esprit-Saint ne s'avisât que la Création était incomplète et ne suscitât la Compagnie de Jésus.

En fait, depuis qu'au printemps de l'an 630 un survivant de l'expédition malheureuse était parvenu à donner l'alerte, jamais les recherches n'avaient cessé. Depuis quinze siècles, parfois à découvert mais la plupart du temps clandestinement, des envoyés du Saint-Siège avaient sillonné l'Asie en quête du moindre indice qui pût les mettre sur la trace des manuscrits perdus. Choisi personnellement par le pape et ne rendant compte qu'à lui, l'enquêteur emportait dans la tombe les résultats de ses investigations. Quant à celui qui l'avait mandaté, il ne se soulageait du secret qu'à l'article de la mort, à charge pour son confesseur de le transmettre à son successeur. Le pontife à l'agonie se limitant par la force des choses à l'essentiel, la plupart des détails se perdaient dans le processus. Aussi depuis quinze siècles la quête, condamnée à repartir *ab initio* avec chaque nouveau pape, n'avait-elle guère progressé.

Le peu que Jean-Baptiste Ier en savait, il l'avait appris de son prédécesseur, Zinedine Ier, dont il avait été l'ami et le confident. C'était assez pour qu'il comprît, comme chacun de ceux qui l'avaient précédé, que la quête des manuscrits de Nisibe serait le principal souci de son pontificat. Des manuscrits, ou plutôt du seul d'entre eux qui comptât, ce rouleau porteur de la marque du Pêcheur, la Bulle de Pierre.

Il y avait au moins un fait dont le pape était certain : jamais, en quinze siècles, ses prédécesseurs n'avaient révélé à leurs émissaires la valeur réelle de ce qu'ils cherchaient, jamais ils n'avaient désigné à leur attention le manuscrit trois fois saint. Pour les profanes, le rouleau ne devait être qu'un item parmi soixante dans l'inventaire des coffres disparus. Le secret de la Bulle était d'une telle conséquence, d'une telle portée, qu'il eût mieux valu le perdre à jamais que de le voir tomber sous des regards impies. Ce secret, fors les papes, nul ne devait jamais l'apprendre. Et, moins que quiconque, un général des jésuites. Or celui-ci, se persuadait Jean-Baptiste Ier en scrutant Kettelbach, en savait davantage qu'il n'avouait. Sinon, pourquoi prendrait-il le risque de mentir ? Car cela crevait les yeux, le jésuite mentait. À la manière des jésuites : par omission.

L'irruption sans trop de façon de la vieille nonne interrompit la réflexion du pape.
— Père Jean-Baptiste...
— Qu'y a-t-il, Périne ?
— Ces messieurs sont arrivés. Vous savez, ceux-là qui avaient rendez-vous, ne put-elle s'empêcher d'ajouter à l'adresse de ce bluffeur de Kettelbach.
Le pape se leva, mais fit signe aux prêtres de demeurer.
— Un instant. Je n'en ai pas fini avec toi, Frantz.
Et il passa dans la pièce voisine, laissant les jésuites inquiets et perplexes.

Au bout d'un moment, le plus âgé se résolut à rompre le silence.
— Ne croyez-vous pas que nous aurions dû lui dire ?
— Lui dire quoi ? rétorqua le général du ton cassant qu'il adoptait toujours en présence d'un inférieur, c'est-à-dire la plupart du temps.
— Pour le *Bazar*, osa poursuivre l'autre. N'aurions-nous pas dû lui apprendre que nous l'avions retrouvé ?

— Père Mackenzie, auriez-vous entendu le pape me questionner au sujet du *Bazar* ?
— Non, certes, cependant...
— Que m'a demandé notre Saint-Père ?
— Si nous avions retrouvé les manuscrits, mais...
— Il a bien spécifié : *les* manuscrits, n'est-ce pas ? Et que lui ai-je répondu ?
— Que nous ne les avions pas.
— N'était-ce pas la stricte vérité ?
— Sans doute, en toute rigueur. Pourtant...
— Douteriez-vous, père Mackenzie, de ce qu'aurait été ma réponse si Sa Sainteté avait daigné m'interroger sur le *Bazar* ?
— Dieu m'en garde, révérend père, répondit le vieil érudit d'un ton qui indiquait qu'il n'en pensait pas moins. Cependant... n'avons-nous pas fait vœu spécial de lui obéir en toute chose ?
— Je rends hommage à votre loyauté, père Mackenzie. Mais me permettrez-vous un conseil ?
— Certainement, révérend père !
— Économisez-la pour le prochain pape.

À la façon dont il se rengorgea en évoquant cette succession, il était clair que le général avait un candidat.

— Celui-ci, ajouta-t-il en pointant cavalièrement la porte par laquelle Jean-Baptiste Ier s'était retiré, celui-ci n'en aura bientôt plus l'usage.

Le vieux jésuite et celui qui était demeuré silencieux se regardèrent avec consternation, mais Kettelbach, sûr de lui, poursuivit.

— Savez-vous qui est à côté ? demanda-t-il sans chercher à dissimuler sa satisfaction.

Les deux autres n'en avaient pas la moindre idée.

— Pozzo di Borgo !

Kettelbach, qui avait l'ouïe fine et le sens politique, avait reconnu à travers la double porte le timbre suave du professeur qui présidait la Commission médicale pontificale. Ses subordonnés n'eurent pas besoin de plus amples explications. Depuis plusieurs jours en effet, le Vatican ne bruissait que des commentaires suscités par cette décision inouïe du Sacré Collège : demander à la Commission de se prononcer sur la santé mentale du Saint-Père.

Dès le début de son pontificat le comportement pour le moins peu conventionnel de Jean-Baptiste Ier avait déconcerté – pour ne pas dire scandalisé – les Kettelbach et autres monsignori. D'emblée, son parti d'arborer en toutes circonstances jeans et baskets et le ton familier qu'il affectait avec ses interlocuteurs, qu'ils fussent gardes suisses, chefs d'État ou général des jésuites, lui avaient gagné de solides préventions. Les origines de Jean-Baptiste Ier n'étaient pas non plus pour lui attirer la sympathie des princes romains. Aux yeux d'un baron *von und zu* Kettelbach-Wasselnheim et de ses pairs, il cumulait en effet bon nombre de handicaps insurmontables : d'origine paysanne, Français de surcroît, entré en religion au terme d'une modeste carrière dans l'enseignement, il avait été reçu – comble de mauvais goût aux yeux des jésuites et dominicains qui tenaient le haut du pavé au Vatican – dans l'ordre des cisterciens, où il avait mené des recherches théologiques au total peu bouleversantes. Remarqué – pour des raisons obscures – par Zinedine Ier, il avait été créé cardinal. L'étonnement suscité par cette promotion se transforma en stupéfaction lorsque, après la mort soudaine et éminemment suspecte de son protecteur, il fut choisi pour lui succéder.

Kettelbach, certain d'avoir été spolié, ne connaissait que trop les motifs – avec ses alliés il n'hésitait pas à dire les *combinazione* – qui avaient conduit les cardinaux du Sacré Collège à lui préférer ce rustre. À cette époque, le Saint-Siège faisait l'objet d'un intense *lobbying* de la part du Pacte de Davos, désireux d'obtenir l'adhésion de l'Église à la Convention internationale Zéro Contact. Sans autre explication, Zinedine Ier avait exprimé un refus définitif. À en croire une rumeur insistante, le pape aurait pris cette décision après que certaines intentions secrètes du

Pacte eurent été portées à sa connaissance. En dépit de tous ses efforts, Kettelbach n'était jamais parvenu à en savoir davantage. Sitôt après l'opportune disparition de ce pontife récalcitrant, le Pacte avait intensifié ses pressions sur les *papabili*. Aujourd'hui, le général se reprochait de n'avoir pas su se montrer aussi conciliant que le Français. De quels arguments usa le Pacte pour circonvenir les cardinaux en sa faveur ? Certes l'Église en cette occasion avait obtenu pour ses prêtres une dispense universelle d'Enfermement, mais le général soupçonnait autre chose. Toujours est-il qu'au moment du scrutin, le Sacré Collège comme un seul homme offrit ses suffrages au porteur de baskets.

En dépit de ce revers, le baron eut bientôt motif à reprendre espoir. Un certain nombre d'actes mal compris de ce pape peu conventionnel transformèrent vite en animosité les réticences initiales. Ainsi quand il fit enlever toute représentation du Christ des murs du Vatican. Nombre de censeurs, notamment au sein de la redoutable Congrégation pour la doctrine de la foi, héritière de l'Inquisition, y décelèrent le projet de réduire la place du Christ dans la théologie, voire – scandale des scandales – de l'en expulser. Tout cela fleurait le soufre.

Kettelbach connaissait la source d'inspiration du pape, source frelatée s'il en était : à l'évidence, Jean-Baptiste Ier avait renoué avec l'hérésie de Nestorius, ce patriarche de Constantinople que le concile d'Éphèse, au IVe siècle, avait condamné pour avoir nié la divinité du Christ. C'était, aux yeux du général, l'unique explication de sa quête anxieuse des manuscrits de Nisibe : l'hérésiarque pensait y trouver matière à conforter sa doctrine.

Sans la hargne diligente du jésuite, ce débat sur l'orthodoxie de la pensée pontificale se serait éteint de manière tout ecclésiastique – en laissant le temps et la Providence accomplir leur ouvrage. Mais Kettelbach était pressé et n'avait qu'une confiance limitée dans le Ciel. De cette braise expirante il décida de faire un brasier dévorant. Encore fallait-il au bûcher du combustible. Toute la Compagnie fut mobilisée à cette fin.

Son agent affecté à la surveillance rapprochée du pape finit par découvrir dans son ordinateur un document d'une teneur explosive, dont les premiers mots suffisaient à dénoncer l'inspiration satanique : *L'Homme n'est pas le Temple du Verbe pour l'éternité*. Kettelbach tenait son autodafé : le Saint-Office avait torréfié des malheureux par milliers pour bien moins que ça.

Les cardinaux les plus bornés comprirent le danger de cette œuvre du diable. S'il prenait au souverain pontife la fantaisie de la publier revêtue, comme il en avait le droit, des attributs de l'infaillibilité, elle s'imposerait à chacun sous peine d'excommunication, n'offrant aux catholiques que le choix entre l'hérésie et le schisme. Un concile œcuménique disposait certes de l'autorité nécessaire pour déposer un pape hérétique, mais tel scandale ne s'était jamais produit et il paraissait de loin préférable de recourir à un procédé moins embarrassant. Sur la suggestion du jésuite, les cardinaux optèrent pour la médecine : Jean-Baptiste Ier était âgé, on le ferait passer pour sénile. Pozzo di Borgo était un affilié laïc de la compagnie. Le verdict de la Commission ne faisait pas de doute.

Kettelbach souriait. La maestria avec laquelle il avait manœuvré l'apparentait à ces généraux qui, à l'apogée de la Compagnie, faisaient et défaisaient les rois. Elle préfigurait un pontificat brillant, au cours duquel il restaurerait sans faiblesse l'influence de l'Église. Dans la glorieuse chronique des Hohenstaufen, il occuperait désormais une place égale, voire supérieure, à celle de son ancêtre à la barbe rousse.

Une porte s'ouvrit, une autre claqua. « Jeans-Baskets Ier » était de retour. Retenant un soupir, le général s'agenouilla. Pour la dernière fois, se consola-t-il *in petto*.

— Pardon, mes amis, de vous avoir fait attendre.

— Nous sommes au service de Votre Sainteté, susurra le jésuite en se relevant.

— Crois-tu vraiment, Frantz ?

Le ton était brutal.

— Alors explique-moi pourquoi tu ne m'as rien dit du *Bazar* !

Kettelbach comprit qu'il était perdu.

Le précieux traité en syriaque publié sous le pseudonyme d'Héraclide de Damas et dans lequel Nestorius brisé, tout en implorant son pardon, tentait une dernière fois de justifier la doctrine condamnée à Éphèse, était réapparu l'année précédente dans une vente aux enchères de Sotheby's. Kettelbach l'avait acquis par l'intermédiaire d'un antiquaire affilié à la Compagnie. Il ignorait bien sûr que le commissaire-priseur émargeait à l'Opus Dei.

Dans une puérile tentative pour obtenir clémence, il se prosterna de tout son long, ses lèvres baisant avec effusion l'extrémité des baskets.

— Père Kettelbach, reprit le pape soudain solennel, en vertu de votre vœu spécial d'obéissance, je vous ordonne de me remettre votre démission. Père Agnelli, s'il vous plaît...

Celui des trois qui n'avait pas parlé s'approcha et sortit de sa serviette un document : la démission.

Anéanti, Kettelbach signa.

— Je désigne le père Agnelli comme mon délégué spécial près la Compagnie, avec pleins pouvoirs pour organiser la congrégation générale qui élira votre remplaçant. Quant à vous, je vous assigne au couvent des frères prêcheurs de Mossoul où vous ferez pénitence en attendant mon bon plaisir... ou plus probablement celui de mon successeur s'il veut bien se souvenir de vous. À présent, laissez-nous.

Le nez au parquet, Mackenzie attendait, stoïque, que le couperet s'abattît sur sa nuque. N'avait-il pas, par son silence, concouru – oh, bien malgré lui – à la forfaiture de son ancien chef ? Aussi quel ne fut son étonnement d'entendre une voix gouailleuse l'interpeller familièrement.

– Que diable cherches-tu par terre, Mackenzie ?
– Le pardon de mes fautes, très Saint Père.
– Relève-toi, ce n'est pas là que tu le trouveras ! Dis-moi plutôt ce que tu sais de ce *Bazar*.

Le vieil érudit raconta. Après une plongée de treize siècles, le manuscrit avait refait surface en 1927 à Shanghai où un inconnu l'avait déposé à la bibliothèque de l'école des jésuites. On l'avait aussitôt identifié comme une édition rarissime du testament spirituel de Nestorius, plus ancienne que la seule jusqu'alors connue, découverte en 1895 et conservée à la bibliothèque patriarcale de Kotchanès. À la Libération, les communistes avaient saccagé l'école de Shanghai, et le précieux manuscrit s'était évanoui dans la tourmente. Il était réapparu en 1951, à Hong Kong, où un réfugié chinois l'avait cédé à un antiquaire pour un bol de riz ou presque. Puis il avait poursuivi une carrière silencieuse, en marge des circuits publics, passant d'antiquaire à collectionneur et de collectionneur à antiquaire, pour finalement émerger dans le catalogue de cette vente de Sotheby's où il avait attiré l'attention des limiers du général... et de ceux du pape.

— Tu veux dire que, dès 1927, la Compagnie de Jésus était en possession d'un des principaux manuscrits de Nisibe et n'a pas cru devoir en informer le Saint-Siège qui lui avait donné mandat de les retrouver ?

— Hélas, très Saint Père. Il semble qu'en la matière le père Kettelbach ne faisait que poursuivre une politique inaugurée bien avant lui...

— ... et dont nous aurions tout ignoré sans ce vol providentiel et cette réapparition non moins miraculeuse chez Sotheby's ! Ainsi, si les communistes n'avaient eu en 1949 la bonne idée de mettre à sac votre établissement de Shanghai, jamais je n'aurais appris ce qui s'y tramait ?

— Notre ordre, j'en conviens, est fort coupable...

Pour la première fois, le pape laissa paraître une expression de découragement.

— Dis-moi, Mackenzie, et les autres ?

— À ma connaissance, des soixante manuscrits de Nisibe, le *Bazar* est le seul à avoir jamais revu le jour. Mais je ne veux pas être trop affirmatif.

Une lueur d'espoir illumina alors le regard du vieux pontife, comme si l'ignorance avouée du savant lui procurait quelque réconfort.

— Que sait-on du généreux donateur ?

— Le... donateur, très Saint Père ?

— Tu dis que quelqu'un a remis le manuscrit à vos frères de Shanghai. Je suppose que ce n'était pas le Saint-Esprit en personne ?

— Certes non, très Saint Père. Mais j'ignore tout des circonstances de ce don.

— Tu ne sais pas... ou ne *veux* pas répondre ?

— Saint Père, je vous jure... Songez que ces événements remontent à plus d'un siècle...

— Il suffit, Mackenzie. Je veux bien croire à ton repentir et, pour te le prouver, je vais t'offrir une occasion de te racheter.

— Je suis votre très obéissant serviteur...

— Tu enquêteras toutes affaires cessantes sur la façon dont ce *Bazar* tomba entre vos mains indignes. Et surtout ne me dis pas que ça remonte au Déluge ! Je ne veux pas croire qu'un historien de ton calibre, capable de reconstituer le menu du repas de noces de Gengis Khan, ne saurait démêler un épisode vieux d'à peine cent ans. Je veux savoir qui était ce donateur providentiel, de qui il tenait le *Bazar* et surtout – surtout – *s'il n'a pas déposé à votre bibliothèque un second manuscrit*.

— Très Saint Père ? risqua encore Mackenzie.

— Hmm ?

— Je crois comprendre qu'il y a une certaine urgence...

— Je rends hommage à ta perspicacité. Et alors ?

— Ce second manuscrit – pardonnez mon audace –, ne vaudrait-il pas mieux que vous m'en disiez davantage ?

Unité de survie *Milton Friedman*

Quand Calvin reprit connaissance, le zappeur était toujours à sa place, toujours aussi inaccessible. Le polochon avait retrouvé son aspect inoffensif. Du passage du tueur nulle trace, sinon, sur son bas-ventre, à la lisière du pubis, une minuscule boutonnière de chair sanguinolente.
    Il venait d'échapper à l'Éventreur.
    Il se rua sur la console. Les logs étaient formels : ni coupure de courant, ni rupture de transmission. Rien n'expliquait l'extinction de l'avatar meurtrier.
    Il dut se rendre à l'évidence : à l'instant précis où l'Éventreur s'apprêtait à inscrire sur lui sa sinistre marque de fabrique, *quelqu'un* l'avait zappé.
    Quelqu'un lui avait sauvé la vie.

Son premier réflexe fut d'appeler ses amis, pour s'assurer qu'ils allaient bien, les avertir du danger. Aucun ne répondait. Anxieux, il rédigea un message pour Maud, lui enjoignant de n'user de son polochon sous aucun prétexte et de le contacter dès que possible. Au moment de le poster, un doute le retint : était-ce bien la première fois qu'un inconnu empruntait le visage de Maud pour pénétrer chez lui ? Peut-être l'assassin l'épiait-il depuis longtemps sous ces apparences familières ? Comment être certain dorénavant qu'un avatar se présentant comme Maud était bien Maud ? Existait-il seulement un être de chair et d'os tel que Maud ? N'était-il pas depuis toujours la proie d'une chimère ? Et qu'en était-il de ces autres formes se donnant pour Thomas, Chen, Nitchy ou Rembrandt ? Où était la pierre de touche, l'épreuve de réalité, permettant d'authentifier leurs apparitions, d'affirmer sans erreur possible : « Celle-ci est bien Nitchy, celle-là Rembrandt » ? Qui se cachait sous leurs masques ? N'était-il entouré que d'ombres ? Et depuis combien de temps ? Depuis... le premier jour ? Décidément, trop de questions se posaient. Tant qu'il n'aurait pas les réponses, mieux valait ne parler de cet incident à personne.

Ce que Calvin entrevoyait lui donnait le vertige. Soudain il comprit ce que Rembrandt avait voulu dire, à propos d'un ciel nocturne de Millet. Selon lui, si depuis qu'il observait la voûte céleste l'homme s'était appliqué à y reconnaître des arrangements invariables d'étoiles, c'était pour conjurer l'horreur de sa dérive solitaire dans l'immensité insane. « Il sait qu'elle ne mène nulle part, avait-il ajouté, mais ce lui est moins cruel en compagnie des Ourses, d'Orion et d'Andromède. Il en va de même des fragiles agrégats qu'il forme ici-bas – familles, communautés, réseaux, nations – pour conférer un semblant de sens à l'essentielle absurdité de son existence. » Sa constellation disloquée, Calvin dérivait dans un espace insondable où des êtres tournoyaient comme lui, solitaires, sans qu'il lui fût possible de saisir leur main pour reformer la chaîne qui aurait pu, sinon stopper sa course erratique, du moins la rendre tolérable. Cette chaîne rompue, il n'était plus sûr de rien, et d'abord de lui.

Lui revint aussi le souvenir d'une réflexion de Rembrandt sur une autre toile de son peintre préféré. Cette scène champêtre l'avait ému : le contraste, peut-être, entre les humbles femmes au premier plan, cassées sur de rares blés négligés et, dans le lointain, les amples récoltes entassées en meules imposantes par la foule des moissonneurs. Les nantis, les misérables...

– C'est l'image même de la vie, n'avait-il pu s'empêcher de commenter...

— Vous ne croyez pas si bien dire, avait approuvé Rembrandt, surpris comme d'un écolier qui eût énoncé d'instinct la théorie de la relativité restreinte. Ces *Glaneuses*, telles des prêtresses perpétuant un rite antique, miment le geste primordial, celui par quoi toute vie commence : amasser au hasard des riens épars et d'un lien leur donner sens... Éparpillés dans la lande désolée, sans le brin qui les assemble, les épis n'existent pas. Liés, ils sont une promesse de pain. L'espoir recouvré. La force de continuer, demain.

— Vous en parlez comme d'un mécanisme universel, avait remarqué le garçon, étonné de la chaleur de son discours.

Rembrandt, emporté par son enthousiasme, ne l'entendait plus.

— Millet ne pouvait le savoir – la science de son temps l'ignorait encore – mais ce geste des *Glaneuses* est à l'œuvre dès l'origine du temps, lorsque, après le Big Bang, des particules aussi dénuées de valeur en leur isolement que les épis éparpillés sur la plaine se lièrent au gré des vents cosmiques pour former les premiers grains de matière, promesses de toute vie. À l'œuvre aussi, le geste des *Glaneuses*, au cours de l'Évolution, quand les gènes par accident se croisent et que de leur alliance naît une force neuve qui défie les forces de la mort. À l'œuvre, encore, le geste des *Glaneuses*, à l'aube de chaque intelligence, quand les neurones, poussant en toutes directions leurs ramures, nouent au hasard leurs premières synapses, espoirs de fulgurances à venir. À l'œuvre, le geste des *Glaneuses*, à chaque pas de notre quête quotidienne de connaissance, quand l'occurrence fortuite d'un fait en explique soudain une multitude d'autres, épars, jusqu'à cet instant, dans les confins désolés de notre conscience. À l'œuvre toujours, le geste des *Glaneuses*, quand des inconnus d'aventure se rencontrent et que de leur improbable association résulte une entreprise plus vaste que la somme de leurs solitudes. À l'œuvre enfin, le geste des *Glaneuses*, dans nos mythes les plus sacrés, où un mot suffit à conférer sens à l'insensé tourbillon des phénomènes qui terrorisent le croyant, *Dieu* au scandale de la vie, *résurrection* à l'horreur du néant.

Rembrandt avait marqué une pause, puis conclu avec une gravité que Calvin ne lui connaissait pas :

— Cette toile résume tout ce que Millet a saisi — son intuition, sa théorie — de la vie : *vivre, c'est lier.*

— Le réseau, avait alors cru pouvoir extrapoler le garçon, le Web c'est la vie !

— Hélas, avait répondu Rembrandt, le Web ne lie pas, il disloque. Il ne rapproche pas, il démembre. Il n'unit pas, il isole. *Le Web, c'est le contraire de la vie.*

Tel un homme ivre auquel le sol refuse son appui, Calvin cherchait désespérément un point ferme auquel il aurait pu se retenir. Du maelström de ses pensées, deux certitudes émergeaient auxquelles, sous peine de couler, il devait s'accrocher : quelqu'un avait voulu le tuer et quelqu'un d'autre s'y était opposé. La plaie au bas de son ventre dénonçait sans équivoque son auteur et rattachait Calvin à la famille restreinte des victimes de l'Éventreur. Mais le garçon avait beau chercher, il ne parvenait pas à découvrir ce qui, hormis l'âge, l'apparentait aux putes dont la presse avait fait ses gros titres.

Peut-être prenait-il le problème par le mauvais bout. C'était de lui qu'il devait partir, non de ces malheureuses dont il ne savait rien. Sans doute avait-il dû faire — ou dire, ou voir, ou simplement entrevoir — quelque chose qui n'avait pas eu l'heur de plaire à l'assassin, l'avait contrarié, ou présentait pour lui certain inconvénient. Quand il aurait une idée plus précise de ce *quelque chose*, il serait toujours temps de s'intéresser aux autres victimes.

General Avionics, bien sûr ! General Avionics et ses comptes suisses ! Ne venait-il pas de fournir à Maud la preuve irréfutable de la corruption du gouvern... Bon Dieu, Maud ! Dans cette affaire, il n'était que le pourvoyeur. La cible principale, c'était elle, évidemment, elle qu'il fallait à tout prix empêcher de publier son enquête. Il secoua la tête, comme pour en interdire l'accès à une image terrifiante... Maud, sur son polochon, inerte, la main encore tendue vers le zappeur...

Comme pour le détourner d'une vision trop pénible, d'autres images s'y superposèrent aussitôt, la colère de Thomas quand il lui avait fait part de ses interrogations, la terreur de Rembrandt s'exclamant : « Réalisez-vous dans quoi vous nous embarquez ? », l'anxiété de Nitchy disant à ses complices : « Le gamin a des soupçons » et Chen suggérant : « Il est peut-être encore temps de tenter quelque chose ?... »

Quelque chose ? Quelque chose comme... quoi ?

Calvin cinglait à présent à pleines voiles sur l'océan du soupçon. Livré aux caprices des vents et des courants, il y tirait des bords désordonnés, trop heureux quand il touchait, au gré de sa course panique, un rivage calme où étancher, le temps d'une conjecture, sa soif d'explication. Dans ce chaos, l'évocation de son bienfaiteur inconnu lui procura une éphémère accalmie : dans la tourmente, alors même que ses compagnons de toujours l'avaient abandonné, il n'était pas seul. Mais tout bien considéré, l'intrusion d'un ange gardien dans son cocon était par bien des aspects plus inquiétante que celle d'un tueur. C'était, dans les deux cas, une attention de trop, une faveur non sollicitée. Mais l'Éventreur était une figure connue, presque familière, et par conséquent – avec un minimum de chance – identifiable. Sa route, jalonnée qu'elle était de cadavres, avait quelque chose de rassurant en ce qu'elle était calculable. Ayant traité toutes ses victimes selon un *modus operandi* parfaitement rodé, cet obsédé de la méthode éventrerait encore, usant d'un protocole identique. Son équation déterminée, Calvin se faisait fort de prévoir qui et quand il frapperait au pas suivant. Tandis que l'Ange, en son unique apparition, nul ne pouvait en percer les intentions. Un seul point ne suffisait pas pour aligner une courbe : était-ce la trajectoire rectiligne et somme toute reposante de son assassin, ou quelque cheminement sinueux, aléatoire, voire retors, en tout cas impossible à devancer ? Son sauveur obéissait-il à un ordre divin – *La Vie de Calvin en tout temps préserveras* – ou son intervention était-elle fortuite – *je passais par là et j'ai entendu du bruit* ? Le protégeait-il *absolument*, telle une mère son petit, ou seulement *par tactique*, comme le joueur d'échecs sa pièce ? Mais dans ce cas, n'allait-il pas le sacrifier dès que son jeu l'exigerait ?

Il s'assoupit un court instant. Des visions étranges qui peuplèrent ce demi-sommeil, il ne garda le souvenir que de celle qui le réveilla, ruisselant de sueur, hurlant : « Ne coupe pas ! Ne coupe pas ! » Il grimpait un escalier interminable, s'enroulant autour d'un donjon étroit bordé de précipices vertigineux. Arrivé au sommet, au-dessus des nuages, il s'arrêtait au seuil d'un ancien pont-levis jeté sur l'abîme. De l'autre côté du fossé, une porte close. Désespéré, il accusait le ciel : « Comment franchirai-je cet abîme puisqu'il n'y a pas de pont ? » Une voix lui conseillait : « Tu as besoin de l'enfant. » Résigné, il redescendait le colimaçon sans fin. Au terme de cette descente, il se retrouvait au sommet de la tour, un enfant le tenait par la main, avec lui il enjambait le précipice et ouvrait la porte. Là attendaient quatre vieillards, assis sur une montagne de fils inextricables qu'en vain ils s'employaient à démêler. Nitchy alors s'emparait de ciseaux monstrueux, prêt à porter à l'écheveau immense le coup fatal. Terrorisé, Calvin se jetait sur lui : « Ne coupe pas ! »

À moitié éveillé, un autre tableau de Millet lui revint en mémoire. Assise dans la lumière tranquille d'une journée d'été, une jeune paysanne tricotait. Dans un berceau, près d'elle, l'objet de tous ses soins sommeillait. Par la fenêtre, on apercevait l'aïeul, prodiguant aux arbres du verger une identique tendresse. Tout dans cette scène évoquait la paix, l'harmonie, la sécurité que procurent les liens qu'inlassablement les hommes nouent entre eux et avec le reste de la création. Alors, sans un mot, Rembrandt lui avait désigné un détail auquel il n'avait guère prêté attention. Aux pieds de la mère, non loin du berceau, rehaussés d'un ruban rouge, gisaient des ciseaux. Tout à coup pesait sur la scène une terrible et indicible menace...

Mais l'enfant qui dans son rêve l'avait aidé à franchir le précipice n'était pas un nourrisson. Il était solidement planté sur ses jambes, comme – oui, c'était bien lui – comme celui de *La Famille du paysan*, que la mort empêcha Millet d'achever. Cette toile avait donné prétexte à une vive polémique entre Rembrandt et Nitchy. On y voyait se dresser, sur le seuil de leur masure, un couple de paysans, paisibles et farouches à la fois. Campés face au peintre comme face à un intrus à qui ils barraient le passage. Adossé à leurs jambes, les bras jetés en arrière, du geste protecteur des dieux qui écartent les périls à la proue des navires, un garçonnet faisait front. Ensemble, ils formaient comme un faisceau dont l'enfant aurait été le lien, et ce lien leur conférait une force que Rembrandt disait invincible mais que Nitchy trouvait dérisoire. Des heures durant, les deux adversaires arguèrent, sans que Calvin parvînt à saisir l'enjeu de leur débat. Invincible ou dérisoire, à quoi bon ergoter sur la résistance de ce barrage, puisqu'on n'avait aucune idée de ce qui le menaçait ?

Mais à présent une évidence s'imposait à lui : cet agresseur contre lequel se dressait la petite famille, Rembrandt et Nitchy le connaissaient.

Était-ce l'effet du repos qu'il s'était accordé ? Calvin se sentait moins confus et d'humeur plus résolue. Il se raisonna. Certes – c'était une question de vie ou de mort – il ne devait plus prêter foi aux icônes qui l'entouraient. Mais sous peine de dériver indéfiniment, il ne pouvait davantage se défier de tous. Une main sûre, une seule, et il était sauvé.

Mais à qui tendre la main ? Thomas, Chen, Rembrandt, Nitchy, tous lui avaient menti et, comme le démontrait leur conciliabule de la nuit, persistaient à le faire. Pourtant, il était *statistiquement* inconcevable que sur les quatre il n'y en eût pas au moins un de fiable. Ce juste, il devait le trouver.

Il décida d'oublier ce qu'il savait d'eux, de faire abstraction des sentiments qu'il éprouvait à leur égard. Jusqu'à plus ample informé, il les traiterait comme de simples signaux sur ses écrans, provenant de sources dont il convenait, avant toute autre considération, d'établir la fiabilité. Nul n'était plus qualifié que lui pour vérifier l'authenticité d'une information. Il les passerait au crible avec le soin, la méthode, le sens critique qu'il appliquait aux documents qu'il expertisait pour ses clients. Et pour finir il n'accorderait foi qu'à ceux d'entre eux qui auraient survécu à l'épreuve.

Avant tout il fallait les localiser avec précision. Jusqu'ici, Calvin avait toujours tenu pour acquis que – comme en attestaient les tags authentifiant chacun de leurs appels – Chen émettait depuis une cité-dortoir de la banlieue nord de Pékin, Nitchy et Maud depuis la gigantesque pyramide *Margaret Thatcher* en région parisienne, Rembrandt depuis une de moindre envergure, située dans l'est de la France, et Thomas depuis son cocon de service de la pyramide *Ronald Reagan* à San Francisco. Mais puisqu'il était décidé à réfuter toutes ses idées reçues, il lui semblait naturel de commencer par là. Au reste, de toutes les vérifications qu'il envisageait d'effectuer, c'était la plus aisée et la plus rapide. Il suffisait de lâcher un banc de Saumons.

Dans la ménagerie de Calvin, les Saumons étaient dressés à remonter les mailles du Web vers l'origine d'une communication, à la manière dont leurs modèles naturels, pour frayer, remontaient les cours d'eau, de l'océan vers le fleuve, du fleuve vers la rivière, et ainsi de suite jusqu'au ruisseau qui les avait vus naître. À chaque embranchement, ils émettaient un message qui permettait de suivre leur progression de commutateur en commutateur jusqu'à l'autre extrémité de la connexion. Parvenus à destination, ils nichaient dans l'ordinateur ciblé, et y interceptaient les procédures et codes d'accès aux fichiers, bases de données et boîtes aux lettres de l'utilisateur. Au cas où celui-ci aurait pris la précaution d'arrêter son ordinateur en fin de session, les Saumons savaient le relancer et rétablir la connexion. Le garçon avait recours à eux chaque fois qu'il soupçonnait que l'étiquette d'authentification d'un appel avait été falsifiée, ce qui était la pratique standard de tout hacker bien né.

Ses Saumons en place, il n'y avait plus qu'à attendre qu'un des suspects se manifeste.

Le premier à reparaître fut Rembrandt, l'air mystérieux et concerné. Il était de son devoir, annonça-t-il à Calvin, de le mettre en garde. Et, satisfait de son entrée en matière, il se lança sans désemparer dans un long réquisitoire contre Chen. Ce type n'était pas net. Il ne laissait jamais rien paraître de ses sentiments, *a fortiori* de sa vie passée. Chaque fois qu'on le serrait d'un peu près, il se dérobait. L'autre soir, au soviet, il prétendait ne plus savoir ce qu'il faisait à vingt ans ! *À vingt ans !* Comme si on pouvait oublier ses vingt ans !

Soucieux de prolonger la conversation pour donner aux Saumons le temps de localiser son interlocuteur, Calvin affecta de le contredire, ce qui lui valut force sarcasmes sur sa jeunesse et son incroyable naïveté.

— Ça ne veut rien dire, commentait-il chaque fois que Rembrandt avançait un nouvel argument. Des ragots, tout au plus, des rumeurs que n'étaye aucun fait concret...

Cette dernière provocation eut le don d'exaspérer Rembrandt.

— Des ragots ? Et comment expliquez-vous le fait que *pas une fois je ne l'aie entendu parler chinois* ? Hein ? Que dites-vous de ça ?

Interloqué, Calvin accusa le coup.

— Vous voulez dire que...

— Vous m'avez bien entendu. Pas une fois, depuis que je le connais, Chen ne s'est adressé à moi dans sa langue maternelle, que pourtant je maîtrise, sans me vanter, aussi bien sinon mieux que lui. Et, plus bizarre encore, chaque fois que j'en ai pris l'initiative, il s'est défilé.

Là, Rembrandt marquait un point. Pourquoi Chen, rencontrant pour une fois un interlocuteur capable de s'exprimer dans sa langue, persistait-il à recourir avec lui au truchement des automates de traduction et de vocalisation ?

— Jamais je n'ai entendu le son de sa voix, martela Rembrandt. Voulez-vous que je vous dise ? J'en suis venu à me demander *s'il était réellement Chinois !*

Sitôt Rembrandt déconnecté, Calvin vérifia la route des Saumons. Empruntant la grande dorsale Pacifique, ils avaient transité par Tokyo puis, par le satellite Intermar IX, touché l'Europe à Pleumeur-Bodou, où ils avaient rallié le réseau longue distance Cegetel, jusqu'au commutateur France Télécom de Vandœuvre-lès-Nancy. D'un dernier bond, ils avaient atteint leur destination finale : le PABX de la pyramide *Raymond Barre*, dont la paire numéro 113703922 desservait le cocon de Rembrandt. Une chose était sûre : si son ami mentait, ce n'était pas au sujet de son adresse. Mais alors que Calvin, rassuré, s'apprêtait à poursuivre ailleurs ses investigations, un message tomba dans la mailbox de Rembrandt.

Monsieur,
L'ordre de virement électronique, tiré sur votre compte Webjobs, et destiné à acquitter votre loyer de la semaine écoulée, nous a été retourné avec la mention « provision insuffisante ».
Je vous rappelle que la convention collective du 20 mai 27 portant organisation des centres de survie prescrit que l'attribution d'un cocon est soumise dans tous les cas au paiement régulier du loyer correspondant. Aucune exception n'est prévue à cette règle.
En conséquence, je vous demande de me faire parvenir sans délai, par tout moyen à votre convenance, la somme de 34,75 dollars, correspondant au loyer en retard augmenté des intérêts et des frais. À défaut, je me verrais à mon grand regret dans l'obligation de procéder à votre expulsion.

Calvin demeura quelques instants suffoqué. Que Rembrandt éprouvât des difficultés à joindre les deux bouts n'était pas en soi nouveau. Avec les progrès des interprètes automatiques, les traductions se faisaient de plus en plus rares, mais jusqu'ici il avait toujours trouvé de quoi s'occuper. L'inouï était qu'à défaut de payer son loyer il risquât l'*expulsion*. Le garçon avait toujours vécu dans la certitude réconfortante que la jouissance d'un cocon constituait un droit inaliénable de la personne humaine, comme celui de respirer. L'idée qu'on pût en être dépossédé ne l'avait jamais effleuré, tant elle semblait absurde, comme la perspective d'être un jour délogé de la planète Terre. *Expulsé ?* Mais pour aller *où*, grands dieux ? Il n'était ici-bas qu'un seul milieu approprié à la vie, celui des cocons. Certes il y avait les NoPlugs ou les Chinois, mais à ses yeux c'étaient des anomalies, comme ces organismes paradoxaux des abysses survivant à des températures, des pressions, des concentrations gazeuses fatales à toute autre forme de vie. Hors des cocons, par pollution, infection ou agression, c'était la mort assurée. *Expulsion* équivalait à *exécution*.

Sur ces entrefaites, Thomas l'appela, apparemment désireux de renouer après leur altercation.

— Je suis désolé, dit-il avec un accent de sincérité qui rendit Calvin perplexe. Tu sais, j'ai souvent voulu te dire la vérité. C'est Ada qui ne voulait pas.

— Pourquoi ?

— Je ne sais pas. Une sorte de pudeur, paradoxale de la part d'une jeune femme dont les exploits avaient été célébrés par toute une génération. Peut-être refusait-elle d'être à tes yeux autre chose qu'Ada...

Il semblait avoir besoin de parler d'elle. Calvin fit mine de se prêter au jeu.

— Tu aurais dû la voir à son procès. Quel souvenir ! C'est simple : j'étais fasciné. Non que je la trouvais belle : ses traits, quoique réguliers, me semblaient plutôt... communs. Mais lorsqu'elle prenait la parole, je ne sais pas un spectateur qui n'ait été subjugué. Il fallait voir cette jeune femme – presque une enfant – d'apparence fragile, captiver l'attention du jury, déclencher les rires de la salle, répliquer du tac au tac aux injonctions du juge, puis d'un trait réduire au silence les procureurs acharnés à sa perte. Elle avait un sens inné de la formule qui fait mouche, de la réplique qui tue. Et puis, surtout, il y avait cette lumière, ce feu qui s'emparait d'elle lorsqu'elle défendait ses idées et qui la transfigurait. Dans la salle d'audience, on n'entendait pas une mouche voler et, dans l'assistance, plus d'un crut voir, comme moi, défiler le cortège des grandes héroïnes du passé, de Jeanne d'Arc à Rosa Luxemburg, d'Antigone à Simone Weil...

— À t'entendre, c'était une sorte de sainte...

— Le grand public ne l'a jamais appris, mais le gouvernement, soucieux en priorité de récupérer les sommes détournées, lui avait offert un arrangement : elle révélait leur cache, et en échange écopait d'une peine de principe, qui lui aurait permis de recouvrer la liberté après un délai décent. Elle déclina crânement. On lui promit alors l'énorme rétribution prévue pour les informateurs — rends-toi compte : un milliard ! — et beaucoup plus si j'en crois certaines rumeurs. Rien n'y fit. Plutôt que de trahir ses complices, elle se laissa emmurer vive. Elle n'aurait sans doute pas aimé que je te dise ça, mais si ce vocable a encore un sens alors, oui, Ada était une sainte.

— À présent, rétorqua le garçon avec plus d'agressivité qu'il n'aurait voulu, à présent c'est aussi une martyre.

— Je sais ce que tu penses, Calvin, mais crois-moi, tu fais fausse route...

En temps normal, le garçon aurait refusé de s'engager dans une polémique perdue d'avance et qui ne pouvait que détériorer leurs rapports déjà tendus à l'extrême. Mais puisqu'il fallait gagner du temps pour ses Saumons, il s'y lança à corps perdu :

— Tu sais, papa, il y a un fait bizarre dont tu ne m'as pas laissé le temps de te parler.

— Eh bien, je t'écoute, dit Thomas, pour une fois conciliant.

Il lui rapporta sa dernière dispute avec Ada, au sujet de ce message transmis par leur canal secret et qu'elle disait n'avoir pas reçu.

— Canal secret ? Qu'est-ce que c'est encore que cette histoire ?

— Quand j'étais petit, Ada et moi étions convenus d'un stratagème pour communiquer sans que tu le remarques. Souviens-toi, tu étais toujours furieux quand tu découvrais, sur les factures du Web, que je m'étais connecté tard. J'avais donc ménagé une boîte aux lettres clandestine dans un commutateur du Pentagone.

Thomas haussa les épaules.

— Ton canal, elle l'aura tout bonnement oublié !

— Impossible. Nous nous en sommes servis tous les jours pendant des années ! La vérité, *c'est qu'elle en ignorait l'existence*.

— Et tu en conclus ?

— Que ce n'était pas elle.

— Ridicule ! Qui était-ce, alors ?

— Quelqu'un se faisant passer pour Ada.

— Mais le suicide a été constaté de la façon la plus officielle !

— Tu as assisté à l'autopsie ?

— Bien sûr que non, mais je n'ai aucune raison de douter de la bonne foi de...

Tout en l'écoutant débiter ses arguments, Calvin surveillait son écran. Parvenus sans encombre à la pyramide *Ronald Reagan*, les Saumons y avaient investi l'autocom de l'administration pénitentiaire mais semblaient avoir quelques difficultés à gagner le poste de Thomas. Il leur fallait davantage de temps.

— Loin de moi l'idée de t'accuser, bien entendu. Les choses se sont passées dans ton dos...

— Enfin, Calvin, je la connaissais mieux que quiconque, argumenta Thomas. Nous nous rencontrions plusieurs fois par jour ! Et – pardonne-moi d'évoquer ces choses – nous faisions l'amour toutes les nuits !

— ... par avatars interposés, répliqua sèchement le garçon. Ça ne prouve rien !

— Pendant des années, quotidiennement, j'ai bossé avec elle...

— ... dis plutôt : avec son image sur un écran ! Le cocon d'Ada est ici, à Los Angeles, le tien à San Francisco. Franchement, Thomas, depuis quand ne l'avais-tu rencontrée, je veux dire : face à face, en chair et en os ?

— Mais ses gardiens inspectaient sa cellule deux fois par...

Calvin n'écouta pas la réponse. Sur son écran, les Saumons venaient de quitter l'autocom. L'appel ne faisait qu'y transiter. Il provenait d'ailleurs. Thomas se servait du central californien pour relayer ses communications, afin qu'elles apparaissent, sur l'écran de ses correspondants, frappées du tag d'identification officiel de l'administration pénitentiaire de San Francisco.

Inconscient de la traque dont il était l'objet, Thomas poursuivit :

— On nage en pleine paranoïa. Il n'y a pas l'ombre du commencement d'un indice matériel à l'appui de ce que tu avances.

— Et mon canal secret ? objecta le garçon. Ça me semble au contraire très matériel, comme indice.

D'un bond, les Saumons avaient traversé le continent d'ouest en est. Ils frétillaient à présent dans les entrailles du commutateur central du Complexe gouvernemental de Washington. S'ils terminaient là leur course, ce ne pourrait avoir qu'une signification : le « maton qui lui tenait lieu de père » appartenait en réalité à l'élite des Imbus.

— Ton canal ? Un oubli qui peut s'expliquer de mille façons !

Pourvu qu'il ne raccroche pas, se dit le garçon. Plus que quelques secondes, et il serait fixé.

— Et la destruction de ses fichiers personnels, tu l'expliques de combien de façons ?

— Écoute, c'est absurde. D'ailleurs, je ne sais pas pourquoi je poursuis cette discussion.

Au comble de l'exaspération, Thomas zappa. Peu importait. Un Saumon avait eu le temps d'identifier son numéro. Décidé à en avoir le cœur net, le garçon appela. Pas de chance : Thomas avait déjà basculé sa ligne sur une messagerie automatique.

— Département du Trésor, fit une voix synthétique aussi peu féminine que possible. Qui demandez-vous ?

— Thomas Reyman.

— Il n'y a personne de ce nom ici, monsieur, vous devez faire erreur.

Assommé, Calvin raccrocha.

L'homme dont il portait le nom n'existait pas.

Thomas – ou quiconque se planquait sous ce pseudonyme – était impardonnable. Le garçon pouvait à la rigueur l'excuser de lui avoir menti à propos d'Ada, à l'extrême de lui avoir celé la véritable nature de ses activités. Mais son *nom*! S'il avait droit à une certitude, c'était bien celle de son nom. À présent que ses yeux étaient dessillés, des soupçons longtemps refoulés revenaient le travailler. Comment diable Thomas avait-il pu devenir l'amant d'Ada ? Certes il était admis qu'un taulard entretînt des relations sentimentales, voire intimes, par polochons interposés, avec un partenaire extérieur. Mais il y avait dans cette liaison entre un fonctionnaire et l'une de ses administrées quelque chose de choquant, voire carrément louche.

Tout devenait plus suspect encore à présent que Calvin savait que celui qui opérait sous les traits de Thomas était en réalité un agent du Trésor. De toutes les administrations, les Finances et la Justice étaient celles que leurs cultures respectives opposaient le plus. Qu'un agent de l'une ait été détaché, vingt ans durant, auprès de l'autre, ne pouvait s'expliquer que par une raison supérieure, une raison d'État. Ou fallait-il admettre que, telle une taupe, Thomas ait agi de son propre chef, *à l'insu* de la pénitentiaire ? C'était difficile à avaler. Le plus vraisemblable était que, dans cette mystification, les deux institutions manœuvraient de concert. Mais dans quel but ?

Peut-être la réponse résidait-elle dans une autre anomalie. En regard des faits reprochés à Ada, il était en effet étrange qu'on l'ait autorisée à se connecter au Web... « C'est comme de donner à un pyromane la clé d'une poudrière », avait-on objecté à Thomas, selon son propre témoignage, lorsqu'il en avait émis l'intention. Quel puissant motif avait-il invoqué pour contrer cet argument frappé au coin du bon sens ? De quels appuis avait bénéficié cet agent des Finances pour imposer aux autorités pénitentiaires une entorse aussi grave aux règles de sécurité les plus élémentaires ? Qu'Ada ait pu se brancher ne pouvait signifier qu'une chose : ceux qui l'y avaient autorisée y trouvaient davantage de bénéfices que de risques. Pour une raison ou une autre, Thomas et ses commanditaires avaient besoin d'Ada connectée...

En bon fonctionnaire, Thomas était homme d'ordre et de méthode, et la manière dont il gérait son espace mémoire en témoignait. Après chaque utilisation de son ordinateur, il s'astreignait à faire le ménage, détruisant les fichiers dont il n'avait plus besoin et encryptant les autres, précautions dérisoires pourtant face aux meutes acharnées de Calvin. Le garçon se trouva bientôt en possession d'une montagne de documents plus ou moins lacunaires qu'il entreprit de lire. Tâche fastidieuse, car nombre d'entre eux faisaient référence à des contextes que Calvin ne connaissait pas. Il lui fallait pourtant tout regarder, de peur de laisser échapper l'indice à partir duquel ce chaos aurait pu prendre sens.

Un document émergeait du lot, non tant à cause de l'estampille énigmatique dont il était revêtu – PLONGÉE PROFONDE – que de son titre accrocheur et de sa forme atypique. Il se présentait comme un de ces contes de fées qui captivent les enfants. Mais, après quelques lignes, Calvin comprit qu'il y était question d'une histoire bien réelle : ni plus ni moins que du cambriolage de la Federal Reserve.

COMMENT LA SORCIÈRE DÉROBA LE TRÉSOR DU PHÉNIX

Il était une fois, au royaume de France, dans un antre mystérieux non loin du palais du Roi, une belle Sorcière douée d'un pouvoir extraordinaire : celui de donner vie à toutes sortes de génies qui servaient sans faillir ses desseins. Elle vivait entourée d'une multitude de ces gnomes minuscules – à la vérité si minuscules qu'elle seule pouvait les apercevoir – attentifs au moindre de ses désirs et prêts à se sacrifier pour les satisfaire.

Loin, fort loin au-delà de l'océan, il y avait un second royaume, dont le Roi très puissant – en réalité le plus puissant des Rois – avait amassé un Trésor immense – en fait le plus immense des trésors jamais amassés sous le soleil – qu'il avait confié à la garde d'un Phénix redoutable – en vérité le plus redouté des Phénix. Celui-ci avait élevé autour du Trésor des murs si hauts que nul ne pouvait les franchir, des portes si épaisses que nul ne pouvait les percer, des serrures si fortes que nul ne pouvait les briser. Et pour défendre cette citadelle formidable, il avait disposé par milliers de terribles sentinelles, qui jamais ne fermaient l'œil.

La Sorcière décida de s'en emparer, car elle voulait montrer à tous les Rois de la Terre que personne – même le plus puissant des Rois, aidé du plus redoutable des Phénix – ne pouvait résister à sa magie.

Dans son antre mystérieux, elle entraîna six légions de six mille six cent soixante-six Gnomes. Chacune avait sa mission : il y avait la légion des Suborneurs-de-Sentinelles, celle des Escaladeurs-de-Remparts, celles des Perceurs-de-Portes, des Briseurs-de-Serrures, des Déménageurs-de-Trésor, celle enfin des Mystificateurs-de-Phénix. Au sein d'une légion, pas un des six mille six cent soixante-six combattants n'était semblable à ses compagnons, chacun ayant, au cours des longs entraînements que lui avait imposés la Sorcière, développé son propre talent, son propre tour de main, son propre savoir-faire.

Or voici comment opéra sa magie : elle lança douze Gnomes différents sur un parcours semé d'embûches et de chausse-trapes, pareils à ceux qu'ils allaient devoir surmonter pour dérober le Trésor. Ceux qui échouèrent, elle les écarta sans pitié. Quant à ceux qui réussirent, elle les reproduisit en douze exemplaires, chaque rejeton différant légèrement du père par un trait ou un autre, si bien qu'aucun n'était tout à fait semblable à son père ou à ses frères. Ceux de la génération suivante prirent à leur tour le départ, et à l'arrivée de nouveau furent éliminés les vaincus et multipliés les vainqueurs.

Une fois satisfaite des résultats de ces exercices, la Sorcière envoya ses troupes s'aguerrir contre une véritable citadelle. La première vague monta à l'assaut, les vaincus furent éliminés, multipliés les vainqueurs. La seconde vague accentua l'offensive, les vaincus furent éliminés, les vainqueurs multipliés, et ainsi de suite jusqu'à la victoire finale.

D'autres offensives furent lancées, contre des citadelles de plus en plus redoutables, jusqu'à ce qu'elle soit convaincue de l'invincibilité de ses troupes. C'est ainsi que la Sorcière constitua ses six légions de six mille six cent soixante-six Gnomes. Les héros qui les composaient étaient les descendants à la millionième génération des douze du premier jour.

Vint l'Assaut final. À l'ordre de la Sorcière, les Suborneurs-de-Sentinelles se répandirent et – chacun selon son talent – détournèrent l'attention des gardiens. Ce fut ensuite au tour des Escaladeurs-de-Remparts de chercher – chacun selon son talent – le chemin d'accès au Trésor. Une porte empêchait-elle leur progression ? Ils passaient la main aux Briseurs-de-Serrures, et dès que ceux-ci avaient réussi, entraient en scène les Perceurs-de-Coffres, et chacun œuvrait selon son talent. Tout se déroula avec une facilité déconcertante, et bientôt le Trésor fut à leur merci. Les Déménageurs ramassèrent le butin et s'enfuirent par les voies balisées par les Escaladeurs, tandis que les Mystificateurs disséminaient – chacun selon son talent – les leurres destinés à égarer le Phénix quand celui-ci engagerait la poursuite.

Voici donc la Sorcière maîtresse du Trésor. Malin qui le lui reprendra. Car, contrairement au Phénix, elle n'a pas commis l'erreur d'enfermer son magot dans une citadelle, redoutable certes, mais dont l'aspect même exciterait les convoitises. Au contraire, émietté en menue monnaie, le Trésor est aujourd'hui disséminé en une multitude de caches que leur modestie protège.

Calvin sentait le découragement le gagner. Plus il avançait dans le dépouillement de ces archives insipides, plus ses chiens lui rapportaient de proies, si bien que la tâche paraissait sans fin. Il allait abandonner pour la nuit, quand quelque chose capta son regard. À première vue, ce n'était qu'un e-mail comme les dizaines qu'il avait déjà examinés, mais son œil exercé avait immédiatement repéré une différence de taille : sur tous les autres, Thomas signait « Tom », et c'est également par ce sobriquet familier que ses correspondants, appliquant à l'évidence une stricte procédure de sécurité, s'adressaient à lui. Or, l'en-tête de ce message comportait deux noms complets, celui de l'expéditeur et celui du destinataire. Avait-il par hasard découvert la véritable identité de Thomas ? Mais alors qu'il parcourait à la hâte ce document providentiel, il tomba sur un troisième nom, impossible à oublier celui-là. Celui de sa sœur de sang.

de : John Polack
à : Anton Gershman   Confidentiel Justice

Salut Anton !
suite à notre discuss...
... (Texte illisible : 0,4 Kilo-octets)...
... matin, quelques minutes à peine avant que la firme ne demande à bénéficier du chapitre 11, la dénommée Carla Lopez a acquis sur le Nasdaq deux cent mille actions General Avionics. Comme tu sais,

l'avionneur, asphyxié, avait misé son va-tout sur le projet de parapluie antimissiles de Branniff, projet qui a finalement été blackboulé par l'administration Kleinkopf. À la suspension de sa cotation, l'action General Avionics ne valait plus que 65 cents... (Texte illisible : 0,2 Ko...) Lopez a payé les cent trente mille dollars correspondants par le débit de son compte Webjobs. Depuis, la perspective d'une guerre avec la Chine se précisant, General Avionics s'est spectaculairement redressée. Son titre, dont la cotation officielle devrait reprendre incessamment, s'échange sous le manteau aux alentours de 400 dollars. Bénéfice potentiel pour Lopez : quatre-vingts millions de...

... (Texte illisible : 2,6 Ko)...

... La fille prétend avoir eu de la chance. Inutile de te dire que je ne gobe pas ce conte de fées. Elle a la cervelle confite dans le crack, et le genre de raisonnement élémentaire requis pour imaginer une combine de ce genre est hors de portée des trois neurones qui lui restent. De surcroît, elle est totalement pucelle, en matière boursière du moins : c'était, de sa vie, la première fois qu'elle achetait une action. À l'évidence, cette nana a profité d'une information privilégiée. Et c'est là que cette histoire somme toute triviale rejoint le dossier dont tu as la charge : elle prouve que l'informateur de la pute anticipait le vol du WonderWorld et son impact sur les valeurs de l'Armement. Or, qui pouvait le mieux prévoir ce qui allait advenir, sinon le voleur lui-même ?

... (Texte illisible : 1,1 Ko)...

Cette vague d'achats massifs démontre l'existence d'un second cercle d'initiés, indépendant de la fille, et dont j'ai peine à me représenter les canaux d'information. En effet, s'il est aisé de comprendre comment Lopez a été tuyautée — l'indiscrétion d'un seul suffisait — même un mystique aurait du mal à admettre que 8 192 opérateurs apparemment indépendants, répartis sur l'ensemble des places financières, aient été atteints, au même instant, par la grâce divine : d'habitude, quand l'Esprit-Saint dispense ses libéralités, il tire groupé. De surcroît, il ne vise jamais deux fois la même cible, et c'est ce qui me trouble le plus.

En effet ces 8 192 veinards sont précisément ceux qui, mus par une soudaine inspiration dans l'heure précédant l'annonce de la banqueroute de WonderWorld, avaient déjà fort opportunément liquidé leurs positions dans le secteur multimédia, sauvant leur patrimoine d'une extinction certaine. À l'époque, nous avions estimé qu'il s'agissait d'une simple coïncidence. Aujourd'hui, les mêmes achètent du General Avionics juste avant que Kleinkopf n'annonce le blocus de la

Chine. Tu ne m'empêcheras pas de penser que ces 8 192-là font preuve d'une confondante perspicacité.

... (Texte illisible : 1,2 Ko)...

Plus étrange encore, j'ai découvert que du côté chinois l'on ne manquait pas non plus de clairvoyants prophètes. Au cours des derniers mois en effet, la Chine a été, de manière inhabituelle, un acheteur très actif de produits pétroliers, notamment d'essence et de carburant diesel. Les responsables chinois prétendent qu'il est de tradition, dans les semaines précédant le Nouvel An lunaire, d'accroître les stocks en prévision des fêtes. Un trader de Singapour, travaillant pour une société de négoce japonaise, m'a pourtant confirmé avoir reçu des demandes de compagnies pétrolières chinoises portant sur des volumes largement supérieurs à ceux habituellement observés à pareille époque de l'année. Ces transactions ont eu lieu bien avant l'annonce du vol du WonderWorld. Il peut s'agir d'une coïncidence, mais je ne peux tout à fait m'empêcher de penser que les Chinois augmentaient ainsi leurs stocks stratégiques en vue d'un conflit qu'ils savaient devoir éclater bientôt...

... (Texte illisible : 0,2 Ko)...

... en apprendrait certainement davantage en examinant de près les relations « professionnelles » de la pute. J'hésite pourtant à lancer une procédure publique, en raison des complications politiques – voire diplomatiques – que j'entrevois. Avant de sortir du bois, je préférerais savoir où je fourre les pieds.

— Ça va, gamin ?

Nitchy comme d'habitude faisait preuve d'une totale insensibilité au contexte, d'une parfaite indifférence aux sentiments d'autrui, comme si Ada n'avait pas disparu, comme si Calvin n'avait pas émis de doutes à ce sujet, comme s'il n'avait pas eu droit, sinon à une réponse, du moins à une discussion.

— Que penses-tu des nouvelles ?

Il voulait parler du blocus.

— Cette fois, nous allons tous y passer, s'exclama Calvin en prenant un air aussi concerné que possible. L'essentiel était que Nitchy reste en ligne assez longtemps pour que les Saumons le localisent.

— Simple gesticulation, le rassura Nitchy.

— Tu as vu la liste des réparations réclamées par les U.S.A. ? demanda Calvin en feignant l'indignation. Tout juste s'ils n'exigent pas les clés de la Banque de Chine. C'est pire que le traité de Versailles !

— Comme ça, répliqua Nitchy jamais à court de précédents historiques, nous aurons 39-45 sans avoir eu à rééditer 14-18 ! Toujours ça d'économisé...

— Si les Chinois perdent leur sang-froid, d'ici le week-end la planète sera à feu et à sang. Leurs missiles peuvent atteindre Paris aussi bien que New York.

— Il faut bien mourir d'une manière ou d'une autre !

Nitchy affectait une sérénité qui en la circonstance frisait la provocation.

— Quelle placidité, pour une fois, cher Nitchy !

— Et quelle nervosité, cher Calvin ! Qu'est-ce qui t'effraie tant ?

— Dix millions de victimes, voilà ce qui m'effraie.

— Quelques mercenaires de plus ou de moins, où est le problème ? Dis-toi que ce sera autant d'épargné pour la Fondation...

— Qu'il s'agisse d'avortement, d'euthanasie, de suicide ou de guerre, je n'approuve aucune forme de « cessation » d'existence. La vie humaine est sacrée.

— Meuh non, Calvin ! Tu y tiens, à ta vie, et c'est bien normal. De là à soutenir qu'elle est sacrée...

— Ce n'est pas de moi qu'il s'agit.

— Je sais bien, tu parles pour l'humaine espèce dans sa totalité. Mais pourquoi celle-là de préférence à une autre ? Pourquoi diable serions-nous plus sacrés que le Poulet de Bresse, le Canard de Challans ou le Bœuf charolais ? Et ne me fais pas le coup de l'Homme-Tabernacle-de-la-Pensée, ou celui de l'Humanité-Couronne-de-l'Évolution !

— Si tu me laissais parler, c'est pourtant ce que je serais tenté de répondre.

— Au moins, tu ne m'auras pas infligé l'Homme-Régisseur-de-la-Propriété-Divine, c'est déjà un progrès. Quant au Tabernacle-de-la-Pensée, nous lui avons réglé son compte récemment.

— Oui, je me souviens : « avec l'Homme, l'intelligence est dans un cul-de-sac » ou — quelle était ta formule déjà ? — « piégée dans un optimum local »...

— Reste à faire un sort à la Couronne-de-l'Évolution.

— Pourquoi ? Il y a d'autres prétendants ?

— Les Bactéries auraient quelques titres à faire valoir, non ? Qu'importe au demeurant, puisque c'est la notion même de couronnement, d'achèvement de l'œuvre, que je récuse. L'Histoire universelle, contrairement à ce qu'une arrogance mille fois millénaire nous incline à postuler, ne s'est pas interrompue le jour où un singe glabre s'est dressé sur ses pattes de derrière dans une savane désolée en s'écriant « Mammouth ! » – pardon pour le raccourci. Ça, c'est la vision hollywoodienne de l'Évolution : « O.K., coco, tu me fais un pano sur la savane désolée. Là, parfait. Maintenant, zoom sur la bête glabre. Voilà. Tu attends qu'elle crie " Mammouth ! " et... arrêt sur image. Alléluia ! Générique fin. » En réalité, ce n'est pas l'Histoire qui s'est arrêtée, c'est la bête glabre, pétrifiée à jamais par l'audace de son cri.

— Tout de même, quoi de commun entre cette bête et nous ?
— Demande-toi plutôt ce qu'il y a de différent.
— Le langage...
— Nous avons appris à décliner « Mammouth ! », la belle affaire !
— Les outils...
— Simples variations sur le thème du biface de silex.
— L'informatique, les télécommunications...
— « Mammouth ! » plus silex.
— La conquête de Mars...
— Pas plus compliqué pour nous que pour une bête nue de migrer de la savane africaine aux steppes d'Europe ou d'Asie. Au fond, l'homme d'aujourd'hui n'exploite jamais que les aptitudes physiques et mentales qui fondaient déjà sa supériorité dans la savane. Les mêmes instincts aussi. Observe comme ce Kleinkopf a été prompt à agiter son gros silex lorsqu'on lui a dérobé son os. De fait, nous nous apprêtons à étriper notre prochain avec la même haine, la même peur au ventre, que Cro-Magnon défendant sa caverne.
— Ainsi, l'homme, selon toi...
— « Véritable fossile vivant, immobile sur l'échelle historique, parfaitement adapté au temps où il triomphait du mammouth. » Le diagnostic n'est pas de moi, mais d'un savant français du siècle dernier, Leroi-Gourhan.
— Donc, pas de couronne pour l'Évolution ?
— Non. Pendant l'humanité, l'Évolution continue. Sur ce, si tu n'y vois pas d'inconvénient, je m'en vais soigner Mister Hyde. Salut.

Un simple coup d'œil sur son écran permit à Calvin de prendre conscience de la véritable nature de celui qu'il traquait : à l'évidence, Nitchy était un as du camouflage, un de ces *phreakers* – ces Paganini des transmissions, ces Fangio de la commutation – capables de s'immiscer dans les réseaux les plus fermés et de les squatter en toute impunité, aux dépens de leur utilisateur légitime qui ne découvrait leur existence qu'en recevant la facture de télécom pharaonique, rançon de leur *hubris* débridée, et alors que depuis belle lurette les virtuoses exerçaient leurs talents sous d'autres cieux.

La pyramide *Margaret Thatcher* où il prétendait résider n'était qu'une antichambre où – comme Thomas dans son bureau de Frisco – il ne séjournait que le temps d'en revêtir l'uniforme officiel. Jusque-là, rien que de normal : ce n'était que la procédure standard de protection de tout hacker qui se respectait. Mais à l'évidence Nitchy n'était pas un pirate ordinaire. Entre l'autocom de la pyramide et sa console personnelle, les appels transitaient aléatoirement par des dizaines de relais – serveurs, routeurs, commutateurs publics et privés – disséminés partout sur la planète, de sorte qu'ils changeaient d'itinéraire des centaines de fois en cours de communication et n'empruntaient jamais le même chemin. À chaque étape, les logs de la machine de relais étaient falsifiés, de manière à ne laisser aucune trace de la transaction. Quand la voix du vieux renard parvenait à son destinataire, toute trace de son passage dans les routeurs était depuis longtemps effacée. Le Saumon avait juste le temps de sauter jusqu'au *précédent* relais et d'y attendre patiemment qu'une prochaine connexion lui offrît l'occasion d'en remonter un de plus, et ainsi de suite jusqu'à la source de l'appel. Dans la confrérie très fermée des *phreakers*, seuls deux ou trois douzaines de pervers étaient capables de concevoir pareil dispositif. Plus rares encore étaient ceux qui savaient comment le contourner. Calvin en était. Excité par la rencontre d'un adversaire enfin à sa mesure, il releva sans attendre le défi.

Nitchy opérait depuis un terminal connecté par une liaison hertzienne directe au réseau satellite Iridium, ce qui rendait sa localisation très approximative : il pouvait émettre de n'importe quel point situé dans la zone de couverture du satellite, qui s'étendait du détroit de Gibraltar à la mer de Barents et des îles Britanniques à la Volga. L'indicatif du terminal avait été truqué et ne correspondait à rien dans les registres du constructeur. Nitchy avait aussi falsifié les numéros de série des composants de sa configuration – processeur, mémoires, disques, clavier, écran, logiciels – de sorte que sur leur pedigree ces objets d'ordinaire si bavards demeuraient muets comme des tombes. En revanche, ils avouaient sans honte leur âge : la plupart remontaient au Déluge et Calvin en déduisit que leur propriétaire était soit pingre, soit pauvre. Maigre récolte. Pourtant, Calvin le savait : il *devait* y avoir une faille.

C'était le modem. Comme les autres composants, son numéro d'immatriculation avait été falsifié. Mais, sans doute à la suite d'une panne, une de ses puces avait été remplacée. À en croire les logs, l'événement datait de huit ans. Nitchy était-il distrait ce jour-là ? La modification avait-elle été faite à son insu ? Quoi qu'il en soit cette puce affichait encore son matricule d'usine. À partir de là, tout devint facile : Calvin retrouva chez son fabricant coréen l'adresse du distributeur en Europe, et chez ce dernier, celle du détaillant de Strasbourg qui avait effectué la réparation, Mac Média. Celui-ci avait déposé son bilan et ses archives avaient disparu, mais dans celles du tribunal de commerce le garçon retrouva le nom de l'expert-comptable qui avait liquidé la société. Ce cabinet exerçait toujours, et ses dossiers ne tardèrent pas à livrer ce qu'il cherchait : une facture, indiquant le montant de la réparation – 76,60 dollars – et la date du paiement : 15 juin 2024. Malheureusement, à la rubrique « nom du client » figurait seulement la mention : « de passage ».

Calvin pourtant jubila : Nitchy désormais était à sa portée. Si sa technique de camouflage le rangeait parmi les meilleurs de leur corporation, la négligence dont il venait de faire preuve le classait dans le tiers inférieur de cette élite, soit, sans fausse modestie, deux crans en dessous de sa propre position.

Il envoya ses chiens d'avalanche renifler dans les ordinateurs de la banque de Mac Média, à la recherche d'un paiement de 76,6 dollars survenu le 15 juin 2024. En vain. Peut-être avait-il été effectué dans une autre banque, sous un autre nom ? Il décida d'étendre les recherches à l'ensemble des banques européennes. Cela prendrait le temps qu'il faudrait mais de la sorte il était certain d'en identifier l'auteur.

Un à un, les limiers étaient revenus au chenil, bredouilles. Calvin déçu était près de conclure que la facture avait été acquittée en espèces quand un des chiens rentra. Plus tenace et surtout plus sagace que ses congénères, il avait pris l'initiative de relâcher les critères de recherches, négligeant le bénéficiaire pour ne retenir que la somme et la date. C'est ainsi qu'il avait fini par déterrer, des mémoires d'une petite banque privée de Mulhouse, un relevé de compte portant la mention d'un paiement par chèque de 76,60 dollars, en date du 15 juin 2024, non pas à l'ordre de Mac Média, mais à celui d'une certaine Mauricette Laborde. Ce nom lui disait quelque chose. Une vérification rapide dans les fichiers de l'expert-comptable le lui confirma : c'était celui d'une ancienne vendeuse de Mac Média. Dès lors le petit mystère se dissipait : l'émetteur du chèque ayant laissé en blanc le nom du bénéficiaire, l'employée indélicate y avait inscrit le sien et l'avait encaissé, façon de mettre un peu de beurre dans ses épinards. Ce qui expliquait à la fois pourquoi les premières recherches à la banque de Mac Média étaient restées infructueuses, et pour quelle raison cette société avait fait faillite.

L'émetteur du chèque était un certain Robert Otard demeurant 1, rue des Frères à Œlenberg dans le Haut-Rhin. Otard ! Était-ce enfin le vrai nom de Nitchy ? L'annuaire du Haut-Rhin éclairerait sans doute sa lanterne. Quelques touches sur son clavier... et tout s'obscurcit.

Au numéro 1 de la rue des Frères à Œlenberg se trouvait une abbaye de la Trappe. Il appela. Frère Otard, ancien économe de l'abbaye, avait été rappelé à Dieu cinq ans auparavant. Paix à son âme.

Le révérend Nitchy était autrement coriace que Thomas le percepteur. En perquisitionnant le réduit qui lui tenait lieu d'« appartement », Calvin nota avec dépit que le vieil ours n'y conservait pas le moindre document personnel. Les rares fichiers usagés oubliés dans la poubelle étaient sans valeur. Seuls quelques livres empilés rendaient compte d'une certaine activité. D'évidence, le vieux fou ne vivait pas là. C'était tout au plus une garçonnière, dont les placards vides prouvaient qu'il ne faisait qu'y passer pour de brèves rencontres. Son domicile conjugal était ailleurs. Nitchy disposait forcément sur le Web d'un *second site* où, sous une autre identité, il vivait sa vraie vie, inconnue de Calvin. Mais il se gardait bien de connecter les lieux entre lesquels il partageait son temps, de sorte qu'entre ses deux existences l'étanchéité était parfaite. Le Saumon tapi en aval semblait donc acculé dans une passe infranchissable, comme au pied d'un barrage dont on aurait fermé les chutes, rendant impossible l'accès au lac de retenue.

Par acquit de conscience, il jeta un œil sur les livres. Tous provenaient de leur bibliothèque commune. Tous, sauf un – *Notes d'épigraphie mongole-chinoise,* de Deveria – qui avait été téléchargé d'un fonds extérieur. Ce livre lui redonna espoir. Il pouvait fort bien avoir été acquis auprès d'une librairie, mais son ancienneté et sa spécialisation suggéraient plutôt qu'il provenait de la bibliothèque d'un érudit. Et si, comme l'espérait Calvin, c'était celle du second domicile de Nitchy, il prouvait que les cloisons séparant ses deux vies n'étaient pas si hermétiques que cela. Quelle que soit la raison pour laquelle il avait apporté cet ouvrage dans leur maison commune, le vieux renard avait commis une grossière imprudence. Tôt ou tard, distrait ou impatient, il en commettrait encore. Il voudrait passer une information d'un domicile à l'autre. Ne fût-ce qu'une fraction de seconde, il ouvrirait les vannes, et dans le flot fugace ainsi rétabli, d'un bond, le Saumon enfin gagnerait l'amont.

En surveillant la garçonnière, Calvin surprit un échange bizarre entre son locataire et un interlocuteur qu'il n'identifia pas sur-le-champ.
— Il y a urgence !
— Si vous voulez que je vous aide, il faut me donner un peu de grain à moudre.
— C'est juste. Je vais te rapporter le peu qu'on m'en a dit. Mais tu devras me suivre dans une contrée et à une époque qui ne te sont peut-être pas très familières, la Galilée au temps de Jésus. La scène est brièvement rapportée dans les Évangiles selon Marc et Luc : Alors qu'il se rendait à Césarée de Philippe, Jésus demanda à ses disciples : « Qui dites-vous que je suis ? » Prenant la parole, Simon le pêcheur répondit : « Tu es le Christ ! » Alors Jésus leur enjoignit sévèrement de ne dire cela à personne.

« De fait, ni Marc ni Luc n'en diront davantage. Quant à Jean, il obéira si bien qu'il passera l'épisode entièrement sous silence, comme s'il n'avait pas eu lieu.

« Pourtant, il est certain que l'affirmation inouïe de Simon – Tu es le Christ – n'a pas laissé sans voix celui à qui elle s'adressait. Jésus l'a forcément commentée – ne fût-ce que pour l'approuver, la critiquer ou la compléter. C'est précisément à ce commentaire dont ni Marc, ni Luc, ni *a fortiori* Jean ne font mention que Jésus se réfère lorsqu'il leur commande sévèrement de n'en parler à personne.

« De fait, le Nazaréen a bel et bien rebondi sur la profession de foi de Simon. Nous en avons la preuve par le récit qu'en fait Matthieu : " Reprenant la parole, Jésus lui déclara : Heureux es-tu, Simon fils de Jonas, car ce n'est pas la chair et le sang qui t'ont révélé cela, mais mon Père qui est aux cieux. Et moi, je te le déclare : tu es Pierre, et sur cette pierre je bâtirai mon Église, et la Puissance de la Mort n'aura pas de force contre elle. Je te donnerai les clefs du Royaume des cieux; tout ce que tu lieras sur la terre sera lié aux cieux, et tout ce que tu délieras sur la terre sera délié aux cieux. "

— Dois-je comprendre que Matthieu a passé outre au commandement sévère qui lui était fait de ne pas parler?

— Non. Je suis certain que Matthieu a obéi comme les autres.

— Pourtant, il est à l'évidence plus loquace qu'eux. Alors?

— Je ne vois que deux explications : ou bien les propos qu'il rapporte ne sont qu'une partie anodine du commentaire de Jésus, mais dans ce cas pourquoi la mentionne-t-il au risque de désobéir...

— Ou bien?

— ... ou bien ce récit constitue pour Matthieu une façon *cryptée* de rapporter les paroles qui furent prononcées.

— *Cryptée?* Mais pour quelle raison?

— Parce que face à la formidable révélation reçue de Jésus ce soir-là — si terrible qu'il l'avait assortie d'un interdit sévère — il n'y avait en effet que trois attitudes possibles : celle terrifiée de Jean qui la chasse de son esprit, celle soumise de Luc et Marc qui n'y font allusion que pour dire qu'il leur est impossible d'en dévoiler plus, ou celle subtile de Matthieu qui *ne pouvant s'abstenir de témoigner mais ne pouvant davantage trahir, choisit de la déguiser.*

— Pardonnez-moi, Nitchy, mais votre échafaudage me semble reposer sur bien des suppositions. Comment pouvez-vous être aussi affirmatif?

— Simplement parce que, bien après la scène, un disciple inconnu, jugeant qu'il ne pouvait emporter un tel secret dans la tombe, et estimant que, confié aux apôtres, il pouvait légitimement être révélé à leurs successeurs, un disciple donc, le consigna sur un rouleau de papyrus : celui précisément que nous cherchons, la Bulle de Pierre.

« Le rouleau passa de pape en pape. Après en avoir pris connaissance, chacun d'eux le scella de sa marque personnelle afin de l'authentifier et de s'assurer que nul ne l'altérerait. Il parvint ainsi sans encombre jusqu'à Innocent Ier, qui le scella peu après son intronisation en l'an 401. Mais c'était une époque troublée. L'Empire romain était attaqué sur toutes ses frontières d'Occident. En 410, alors que les Wisigoths d'Alaric menaçaient Rome, Innocent Ier, anxieux de mettre le précieux manuscrit à l'abri, le confia à un jeune et ambitieux évêque italien, Julien d'Eclane.

« Intrigant, peu scrupuleux, compromis avec le moine hérétique Pélage, Julien décida de conserver le rouleau à toutes fins utiles. Innocent Ier est donc le dernier pape à l'avoir vu. À partir de lui, le message de la Bulle sera transmis de bouche à oreille, courant à chaque nouveau pape le risque d'être déformé, contesté, voire perdu.

« Chassé d'Italie peu après par la grande répression qui frappa les pélagiens, Julien d'Eclane se réfugia à Constantinople, où Nestorius venait d'être nommé patriarche par l'empereur Théodose II en personne.

« Nous sommes en 428. Constantinople, capitale de l'Empire romain, était la seconde ville de la chrétienté après Rome. La proximité du pouvoir temporel conférait à son patriarche une influence incomparable et lui autorisait les plus grands espoirs. N'aurait-il pas été naturel, en effet, que l'Église et l'Empire partageassent la même capitale ? Et, par conséquent, le chef de l'Église de Constantinople n'avait-il pas vocation à diriger l'ensemble de la chrétienté, comme du temps de sa suprématie l'évêque de Rome ? Or, l'Église était déchirée par une crise théologique portant sur la divinité du Christ.

— La question de Jésus à ses disciples sur la route de Césarée – *Qui dites-vous que je suis ?* – n'avait donc toujours pas reçu de réponse satisfaisante ?

— Précisément. Évêques et théologiens rivalisaient d'imagination pour donner du Christ une définition susceptible d'emporter un consensus que l'empereur lui-même aurait accueilli avec soulagement, car la querelle créait un surcroît de désordre dans un empire déjà trop enclin à la décomposition. Julien d'Eclane, en habile politique, vit tout de suite le parti qu'il pouvait tirer de la Bulle : adroitement exploitée par un chef plein d'ambition – et le patriarche de Constantinople n'en manquait pas –, elle pouvait jouer le rôle unificateur dont l'Église comme l'Empire avaient dramatiquement besoin. Julien offrit donc la Bulle à Nestorius, persuadé de rendre au prochain pape un signalé service dont il serait largement payé de retour.

« Les choses ne se passèrent pas comme il l'avait escompté. Nestorius était un homme autoritaire et agressif, sujet aux emportements et de surcroît peu versé dans la chose politique. Au lieu d'user de diplomatie auprès des évêques et conseillers de l'empereur, il se lança, dès qu'il eut pris connaissance de la révélation de Pierre, dans une prédication publique désordonnée qui surprit et scandalisa ceux qu'il aurait fallu caresser et convaincre. Le parti de Rome ne fut que trop heureux d'exploiter ces faiblesses pour écarter la menace d'un basculement vers Constantinople du centre de gravité de l'Église. Mais Nestorius était ce genre d'homme qui n'avait point besoin d'ennemis pour provoquer sa perte : c'est tout seul qu'il la consomma en proclamant à qui voulait l'entendre que Marie n'avait enfanté que d'un homme, qu'elle n'était donc point *Theotókos* – mère de Dieu – et qu'il refusait d'appeler Dieu un bébé de trois mois, fût-il l'Enfant-Jésus. En 431, proprement anathématisé par le concile d'Éphèse, il fut déposé puis exilé sur ordre de l'empereur. La Bulle ne lui avait été d'aucun secours, ses adversaires ayant contesté son authenticité, ce qui ne surprit personne, les écrits apocryphes étant légion en ce temps-là. D'ailleurs, c'est par une astuce du même acabit que, vingt ans plus tard, au concile de Chalcédoine, le pape Léon le Grand tenta de mettre un terme à la crise ouverte par Nestorius. Il rédigea en grand secret sa propre définition de la divinité du Christ – dans son fameux " Tome à Flavien " – puis laissa courir le bruit que, l'ayant déposée sur le tombeau du Prince des Apôtres, celui-ci l'avait amendée de sa propre main. En vain : la fracture ne fit que s'aggraver avec les siècles jusqu'à la séparation complète des Églises d'Orient et d'Occident. Aujourd'hui encore, elle n'est pas réparée. Quant à la Bulle, Nestorius l'emporta en son exil d'Antioche, puis aux confins du désert d'Égypte où pour davantage de sûreté on le relégua.

« Proscrite dans toute la chrétienté, de Rome à Constantinople, c'est dans l'Empire perse que la doctrine de Nestorius devait prendre racine et prospérer : en 486, trente-cinq ans après sa disparition, un synode général des Églises de l'Empire sassanide réuni à Séleucie consacrait le schisme avec Rome. Sous la protection du Shahinshah Pêrôz – trop heureux de soustraire à l'influence de Rome les chrétiens de ses États – Nisibe devint le centre de rayonnement de la pensée dissidente. C'est à la bibliothèque de son académie que nous retrouvons la Bulle.

« Mais ce répit ne fut que de courte durée. La rivalité des deux superpuissances – l'Empire romain d'Orient et la Perse – s'exacerba, chacune cherchant à affirmer son hégémonie sur le Proche-Orient. En 610, désireux d'égaler son lointain prédécesseur Xerxès, le Shahinshah Khosrô II Aparwez passa à l'offensive. Les Perses s'emparèrent d'Antioche, Jérusalem et Alexandrie, et allumèrent leurs feux sous les remparts de Constantinople. La riposte de l'empereur Héraclius fut terrible. Empli du souvenir d'Alexandre le Grand, il mit l'Empire perse à feu et à sang. En 627, il célébrait Noël en l'église nestorienne de Kirkouk.

« Les nestoriens crurent, sinon à la fin des temps, du moins à celle de la chrétienté, d'autant qu'ils suivaient avec angoisse, en Arabie toute proche, la montée en puissance d'un nouveau prophète.

« Ces dangers, le recteur de l'université de Nisibe, Mar Utâ, les percevait avec une particulière acuité. Théologien de grand renom doublé d'un meneur d'hommes de la race de Moïse, il parvint à convaincre ses collègues de la nécessité de se mettre en quête d'un havre sûr pour la Parole menacée. Cette patrie nouvelle, cette Terre promise où le Verbe pourrait à nouveau faire souche, ils décidèrent que ce serait la Chine.

— Mais pourquoi la Chine ?

— Je te l'ai dit : ils cherchaient un État stable avec un souverain puissant, une nouvelle Rome où sous l'égide d'un nouveau Constantin la Vraie Foi pourrait prospérer. La Chine des Tang s'annonçait comme une civilisation brillante et conquérante. De surcroît, c'était une terre vierge. Introduit depuis des siècles, le bouddhisme ne s'y était encore que peu acclimaté. Mar Utâ et ses disciples pouvaient espérer accomplir en Chine ce que saint Paul et les apôtres avaient réussi dans le monde méditerranéen six siècles auparavant. Ils partirent donc, emportant avec eux soixante manuscrits — la fine fleur de leurs connaissances. Parmi eux, la Bulle.

« Les dernières nouvelles de l'expédition la situent à Samarkand, où ils séjournèrent chez un marchand sogdien converti au nestorianisme. L'hiver s'annonçait rude. La région, exposée aux incursions des nomades des steppes, n'était pas sûre. En dépit des avis les conjurant d'attendre à Samarkand le retour du printemps pour se joindre aux grandes caravanes, bien protégées, des négociants de soie, ils décidèrent de pousser plus avant, dans l'espoir d'atteindre Tourfan avant les premières neiges. Le dernier à les avoir aperçus est un berger de Koutcha, sur le contrefort sud des Tian Shan. À partir de là, on perd leur trace.

— Dans ce cas, qu'est-ce qui vous fait croire qu'ils sont arrivés en Chine ?

— Un ami m'a rapporté qu'on avait retrouvé à Shanghai un des manuscrits de la bibliothèque de Nisibe, le *Bazar* d'Héraclide de Damas. Or, j'ai quelques raisons de penser que ce manuscrit et la Bulle ont traversé le temps de conserve...

— Et vous, Nitchy, pour quelle raison vous y intéressez-vous ?

— Cet ami m'a demandé de l'aider. Quand il m'a parlé de la piste chinoise j'ai tout de suite pensé à toi.

— J'en suis fort flatté. Mais permettez encore une question.

— Je t'en prie !

— Ces paroles de Jésus rapportées par Matthieu — *Tu es Pierre, et sur cette pierre je bâtirai mon Église* — ne sont-elles pas précisément celles qui fondent la légitimité de saint Pierre et le consacrent Prince des Apôtres ?

— En effet.

— Vous dites pourtant que les autres Évangiles se taisent à ce sujet...

— C'est exact. Certains prétendent que Matthieu — ou quiconque s'exprimait sous cette signature — aurait ajouté cette phrase après coup pour donner un fondement juridique à la suprématie de l'Église de Rome et de son chef sur l'Église universelle.

— Elle n'allait donc pas de soi ?

— Marc et Luc en pinçaient plutôt pour saint Paul. Quant à Jean, il aurait eu un faible pour saint André, qu'il présente comme le premier apôtre à avoir reconnu le Christ. Ces querelles de préséance se sont prolongées tout au long des premiers siècles. À l'époque de Nestorius encore, Constantinople tenta d'exploiter la présence dans ses murs des reliques d'André — le *prôtoklètos*, le « premier appelé » — pour accréditer l'idée de sa suprématie sur Rome. Mais pourquoi ces questions ?

— Croyez-vous que cet intérêt soudain de votre ami pour la Bulle ait un quelconque rapport avec ce qui se passe en ce moment à Rome ?

— Quoi donc ?

— Ne parle-t-on pas d'une éventuelle destitution du pape ?

— Alors là vraiment, Chen, tu m'épates !

— Te plairait-il de revoir Canton ?

De loin en loin, Chen conviait Calvin à une promenade : le garçon comprenait alors qu'il avait besoin de rafraîchir le décor de ses songes – un lieu aimé, un coin de terre associé au souvenir d'un être cher, d'un événement heureux, d'une liberté à jamais révolue. Cela débutait toujours par la même question anodine : *te plairait-il de revoir...?* Canton, Pékin, Wuhan, Hangzhou, Hefei, Liuzhou : il n'était pas un arpent de sa patrie qu'il n'ait foulé et où il n'ait enfoui, tel un paysan celant du grain en prévision des disettes à venir, une part de son âme. Calvin chargeait alors le programme correspondant sur son home-trainer. Ainsi, sans jamais sortir à l'air libre, il avait couru, sur les pas de son mentor, la moitié des routes de Chine. Faute d'équipement approprié, Chen ne pouvait jouir du spectacle mais semblait se satisfaire de la description que Calvin lui en faisait. Le garçon avait besoin d'exercice physique, et ses Saumons de temps. C'est donc de bon cœur, mais non sans arrière-pensées, qu'il accepta.

— Tout de suite en bas de la passerelle, tu prendras à droite. Le marché Qing Ping est sur ta gauche...

— Une ruelle couverte, très animée ?

— C'est la rue des apothicaires. Elle n'a guère changé depuis les Song.

Calvin s'engagea dans la foule, parmi les étals chargés de denrées étranges, plantes aux couleurs défraîchies, insectes séchés à pleins sacs, peaux de serpent en spirale, tendons d'ours en bottes, colliers de pénis de cerf, fœtus de singes momifiés, dont Chen, incollable, lui précisait l'emploi.

— Les vieilles gens en font des décoctions, souveraines contre les crises d'asthme, dit-il d'une sorte de scarabée aux reflets bleuâtres qu'une femme briquait avec application à l'aide d'une brosse à dents. Elle les frotte pour les débarrasser des moisissures toxiques qui s'y forment avec l'humidité. À l'époque des Ming, les pharmaciens de Qing Ping récupéraient cette poussière et l'expédiaient à la Cour où les concubines la mêlaient au fard des rivales dont elles souhaitaient se défaire. Le visage des malheureuses se couvrait bientôt de pustules malodorantes et... adieu leur carrière !

Plus loin, Calvin s'étonna d'une bâtisse étrange, forte tour de pierre, étroite et dépourvue d'orifice.

— La demeure d'un prêteur sur gages, à la fois son domicile et son coffre-fort. Il y stockait les objets et marchandises déposés en garantie par ses clients. S'il n'y a pas d'autre ouverture que la porte, c'est pour mieux la défendre des brigands. Autrefois, il y en avait une vingtaine réparties sur le marché. Les négociants y empruntaient les capitaux nécessaires à leurs transactions. Comme elles dominaient le quartier, elles servaient en outre de tours de guet contre les incendies. À l'époque de Sun Yat Sen, elles permettaient d'espionner les mouvements des troupes d'occupation, stationnées sur l'île Shamian, juste en face.

C'était l'instant inévitable où la trajectoire de Chen s'infléchissait et où la balade agrémentée d'anecdotes se muait en pèlerinage aux sources de sa foi. Par-delà les ans, il semblait entretenir avec ces lieux un dialogue mystique où il était question de grandeur, de déchéance et de nécessaire rédemption.

— Tu vois, Calvin, depuis des siècles mon pays est occupé. Il y a eu les Mongols, puis les Mandchous, puis plus récemment ces Concessions qu'Anglais, Allemands et Français nous ont forcés à leur céder. Cette île que tu aperçois sur la rivière des Perles, ils en avaient fait la plaque tournante d'un ignoble trafic destiné à empoisonner mon peuple... Tout comme aujourd'hui le Pacte avec ses multimédias...

Encore et encore Chen revenait à la guerre de l'Opium, blessure à jamais béante de l'âme chinoise. Au dix-neuvième siècle l'Angleterre, soucieuse d'équilibrer son commerce avec la Chine, l'avait contrainte par les armes à ouvrir ses frontières à ses trafiquants. Un siècle d'exploitation et d'humiliation s'ensuivit. Calvin connaissait par cœur la rengaine, mais se garda bien de marquer son impatience. Chaque minute donnait à ses Saumons une chance supplémentaire de parvenir à bon port.

— Mais où est le problème avec les multimédias ? demanda-t-il bien qu'il connût la réponse. Ce ne sont que d'inoffensifs divertissements !

— *Inoffensifs ?* En vérité ce sont des poisons plus pernicieux que l'opium. Par le truchement du Web, vous forcez insidieusement le reste des nations à adopter votre système de valeurs et votre mode de pensée. Il s'agit d'un cas flagrant d'agression par les réseaux et il est de notre devoir d'y résister par tous les moyens. Les consoles multimédias ont remplacé les canonnières bourrées de drogue du dix-neuvième siècle, mais le but demeure identique : sucer la moelle des peuples. Fumées délétères contre authentiques richesses. Et de même qu'en 1840 il était légitime de brûler les cargaisons empoisonnées des trafiquants anglais, refuser WonderWorld s'impose aujourd'hui comme un devoir de résistance...

L'inconnu s'exprimant sous le pseudo de Chen ne parlait peut-être pas chinois, du moins vivait-il en Chine. Les Saumons avaient touché le continent par le téléport de Shanghai, puis remonté à pleines nageoires le réseau ChinaNet jusqu'au commutateur de transit de China Télécom à Pékin. Calvin relança Chen.

— Pourquoi grattez-vous toujours ces vieilles cicatrices ? Ne croyez-vous pas qu'il serait temps de tourner la page ? Tout ça, c'est de l'histoire ancienne !

— De l'histoire ancienne ? s'étrangla Chen. Mais ne vois-tu pas qu'elle n'a cessé de se répéter, partout dans le monde, ton histoire ancienne ? Faut-il te rappeler le laminage de l'Asie du Sud-Est dans les derniers soubresauts du vingtième siècle, le dépeçage des restes de l'ex-U.R.S.S., le démembrement de l'Amérique latine, l'équarrissage de l'Afrique ? Se peut-il que tu aies oublié le soutien scandaleux du Pacte aux dictateurs latino-américains, autocrates asiatiques, flambeurs africains et gangsters russes — pourvu qu'ils maintinssent leurs frontières ouvertes à ses capitaux dévastateurs, tels ces pervers vérolés exigeant des filles qu'ils payent de baiser sans capote ? Et le cynisme de ses banques qui, après avoir encouragé ces pays déjà exsangues à s'endetter, attaquèrent leurs monnaies puis, ayant ainsi multiplié par dix le poids de leur dette, retirèrent sans préavis leur concours, ne leur laissant pas d'autre choix pour s'en sortir que de vendre leurs propres enfants ? Ta mémoire a-t-elle déjà évacué les nourrissons faméliques de Jakarta et Séoul, les écoliers de Kuala Lumpur réduits du jour au lendemain à la mendicité, les cons des collégiennes de Bangkok et Tokyo exhibés sur Internet pour la plus grande joie des pédophiles, les adolescents de Moscou et Saint-Pétersbourg sommés de choisir entre trottoir et prison, ces générations d'enfants vifs, ardents, prometteurs, la dignité et l'espérance de leur peuple, froidement sacrifiées sur l'autel du Libre-Échange ?...

Depuis quelque temps, les Saumons avaient quitté Pékin et s'étaient engagés dans un réseau inconnu, simplement identifié sur l'écran de Calvin par les lettres « DF ». Leur périple à l'évidence ne s'arrêtait pas là. Mais il n'y avait rien à craindre. Tant que Chen parlerait, le flot de ses paroles les porterait. Et Chen semblait ne jamais devoir s'arrêter.

— La vérité, c'est que vous, champions autodésignés de toutes les libertés, ne pouvez tolérer l'existence d'une manière de penser différente de la vôtre. Parce que vous savez, au fond, que votre survie dépend de l'allégeance de la terre entière à votre fameux *way of life*. Vous ne pouvez survivre que si le reste du monde s'adonne avec frénésie au luxe, à la futilité et à l'anticipation, préfère un Big Mad à un bol de riz, un Cola à une tasse de thé, une niaiserie hollywoodienne à une promenade dans un jardin, les facilités du *credit-revolving* aux disciplines de l'épargne. Le Pacte ne part en guerre que pour défendre ses intérêts vitaux, mais rien ne leur est plus attentatoire que des mœurs austères et un train de vie frugal. Votre ennemi héréditaire – celui qu'il vous faut anéantir à n'importe quel prix sous peine de disparaître – ce n'est pas le socialisme ou le communisme, c'est l'ascétisme. Voilà pourquoi vous le combattez partout sur la planète. Voilà pourquoi, chaque fois que vous avez porté les armes hors de vos frontières – quatre-vingts fois pour les seuls États-Unis depuis leur Déclaration d'indépendance, ce qui en fait, et de loin, la plus belliqueuse des nations ! –, chaque fois, disais-je, que vous avez cru devoir partir en guerre, ce fut contre un pays *pauvre*. Non, vois-tu, Calvin, tout ça n'est pas de l'histoire ancienne. En réalité, la guerre de l'Opium n'a jamais pris fin : elle se poursuit par d'autres moyens, étendue à la planète entière, pour le seul profit du Pacte.

Calvin s'alarma. Ses Saumons marquaient le pas, et la dernière phrase de Chen sonnait comme une péroraison. Quitte à le provoquer grossièrement, il fallait à tout prix ranimer sa verve.

– Mais vous n'êtes plus un pays pauvre ! Si on vous agresse, vous avez les moyens de résister !

Comme il l'avait prévu, Chen mordit à l'appât.

– Hélas, c'était vrai du temps du président Wang. Mais depuis sa disparition la Chine a bien changé... Le Pacte, vois-tu...

En son for interne, Calvin jubilait. Cette fois, ses Saumons ne risquaient plus de manquer d'eau. Sur ce sujet, Chen était intarissable. Alors, une fois de plus, il écouta patiemment le vieux patriote égrener la litanie des turpitudes du Pacte... Comment, après s'être débarrassé de Wang, il avait manœuvré pour regagner l'influence perdue, corrompant politiciens et fonctionnaires, enflammant les dissidents, armant les rebelles... Comment les apparatchiks à sa solde s'étaient engraissés, tandis que dans les campagnes les jacqueries se multipliaient, et dans les villes les émeutes de chômeurs... Comment, encouragées par l'affaissement de l'autorité centrale, les opulentes provinces côtières avaient refusé de payer plus longtemps pour les défavorisées de l'intérieur... Comment, aux marches de l'Empire affaibli, les vieux démons ethniques s'étaient réveillés, le Tibet, la Mongolie intérieure et Taiwan reparlant d'indépendance, le Xinjiang se souvenant de son héritage islamique... Comment, sur ce cadavre en décomposition, s'étaient abattus des charognards de toutes sortes, hyènes transnationales, vautours immobiliers, fines mouches financières, tout ce que le Pacte comptait d'agioteurs, spéculateurs et magouilleurs, de tycoons, golden boys et wonder girls, de trafiquants, capitaines d'industrie et autres escrocs de haute et basse volée, entourés d'une cour empressée de compradors flagorneurs, gouverneurs rapaces, généraux avides, ministres sans vergogne, les poches pleines de concessions, passe-droits et privilèges... Comment s'étaient reformées au profit de ces nouveaux seigneurs de la guerre les anciennes féodalités qui depuis l'Antiquité se partageaient la Chine chaque fois que la Chine s'abandonnait... Bref, comment, en deux décennies, la formidable force centrifuge du dollar avait eu raison de vingt-deux siècles d'efforts pour unifier la nation.

Cette fois, Chen donnait de réels signes de fatigue et semblait sur le point de conclure.
— Disloqué, poursuivit-il néanmoins, mon pays aujourd'hui a perdu toute capacité de résistance. Aidé de ses supplétifs indigènes, le Pacte a entrepris de saigner sa nouvelle colonie. Notre peuple constitue une réserve inépuisable de main-d'œuvre docile et bon marché : il l'exploite dans des conditions que n'auraient pas reniées les esclavagistes d'antan. Avec la science consommée d'un cartel de pharmaciens colombiens, il rend nos paysans aussi dépendants de ses semences et engrais chimiques qu'un junkie

de sa seringue. Des pots-de-vin généreux lui permettent peu à peu de faire main basse sur les services publics, les transports, les télécommunications, les mines, la production d'énergie, et quelques coups de bourse savamment orchestrés de s'approprier à vil prix banques et autres établissements financiers. Dix-huit ans après, il ne reste plus rien de l'œuvre de Wang...

À cet instant précis, la connexion s'interrompit. Calvin tenta de la rétablir. En vain. Quelqu'un avait repéré les Saumons et mis fin à leur croisière avant qu'ils n'aient touché au but. Ou Chen se méfiait, ou on le surveillait. Dans les deux cas, Calvin en savait assez. Dans sa documentation, il retrouva sans difficulté la signification des lettres D et F : Dong Fang. C'était le nom de code du réseau de télécommunications le plus secret et le mieux protégé de l'Empire du Milieu.

Chen l'humaniste émettait ses nobles pensées sur un réseau qui était l'épine dorsale de la machine de guerre chinoise.

Avant d'être intercepté, un des Saumons avait eu le temps de pondre ses œufs dans le commutateur de Chen. À partir de ce poste avancé, à chaque seconde du jour et de la nuit, une nouvelle génération d'assaillants partait à l'assaut, plus efficace que la précédente. L'issue ne faisait aucun doute : tôt ou tard la citadelle tomberait.

Le commutateur n'eut bientôt plus de secret pour Calvin. En examinant ses logs il fit une découverte étrange : le dimanche précédent – la veille de la mort d'Ada –, déferlant des extrémités du Web, des millions d'appels avaient submergé le circuit affecté à Chen. À deux reprises, l'autocom, incapable de maîtriser l'accroissement soudain du trafic, s'était bloqué. D'évidence, quelqu'un avait voulu mettre Chen hors d'état de communiquer. C'était la méthode traditionnelle pour punir ceux qui contrevenaient aux règles non écrites du Web : des justiciers anonymes déclenchaient une avalanche d'e-mails qui, bourrant la mailbox du délinquant, la rendait inutilisable. Pourtant, dès le lendemain, tout était rentré dans l'ordre. Apparemment, le justicier s'était satisfait d'un hors-jeu temporaire. Mais pourquoi avoir isolé Chen quelques heures seulement ?

Dans les mémoires de masse du commutateur se trouvait encore, parfaitement préservé, l'enregistrement d'une longue « promenade » d'Ada et Chen.

— En route ! Je te préviens, le programme date de 2005.

— Aucune importance. Place-toi directement sur les quais, à l'angle de Renmin Lu, la rue du Peuple. J'aimerais te faire visiter le quartier de mon enfance.

Sur les murs-écrans, apparut le Bund. Shanghai, en ce début de siècle, n'était pas encore la gigapole qu'elle était devenue à la faveur du boom économique des années 20. Elle ne comptait que trente millions d'âmes, la rivière Huangpu n'avait pas encore été couverte pour complaire aux promoteurs avides de terrains, et sur ses rives, le soir, les amoureux échangeaient encore des serments.

— Le château d'eau existe-t-il toujours ? *s'enquit Chen, anxieux de recaler ses souvenirs.*

— Je n'aperçois rien de semblable.

— Tant pis. Engage-toi dans Renmin Lu. Les Français l'avaient baptisée « boulevard des Deux-Républiques », car elle longeait l'enceinte qui séparait leur concession, sur ta droite, de la ville chinoise, à gauche.

— Il n'y a plus de mur, *dit Ada*. Seulement des tours d'acier et de verre au look aseptisé, et des centres commerciaux aguichants, comme on en voyait dans les métropoles modernes d'avant-peste.

— Inutile de me décrire comment c'est aujourd'hui, je ne le sais que trop, *s'impatienta Chen*. Essaye plutôt de te figurer à quoi cela ressemblait du temps de mon enfance. D'un côté du mur, la ville chinoise, ses ruelles étroites et fangeuses où flottaient en permanence des miasmes à soulever le cœur, émanant d'un grouillement incessant de boutiquiers, paysans, coolies, mendiants, putains, sous la coupe de brigands anonymes ou de mafieux aux noms aussi illustres que pittoresques – le Bonze, la Tortue, Six Yeux, Trois le Larbin, le Richard, Crocs d'or ou le Rupin. De l'autre, les concessions internationales, le luxe inouï des palaces, des hôtels particuliers, des cercles et des bordels, où Anglais, Américains, Français, Allemands, Danois, Portugais, Belges, Farsis, parvenus autochtones – tout ce que la terre comptait de négociants et de banquiers, de courtisanes et de trafiquants, d'avocats marrons et de policiers véreux – s'étaient donné rendez-vous pour une infernale sarabande. Deux mondes se parasitant mutuellement, pour le plus grand profit d'une faune d'intermédiaires, compradors, fonctionnaires, officiers de police ou des douanes, prélevant leur dîme sur ce flot ininterrompu de marchandises – opium anglais, morphine japonaise, cocaïne de Chicago, héroïne blanche de Marseille, jaune du Sichuan, filles mandchoues, taiwanaises, nippones, russes – sur lequel la cité avait fondé sa prospérité. Où est-on maintenant ?

– On s'apprête à croiser Jiangxi Lu.

– C'était la rue Petit. Tout ce quartier, autour de l'église Saint-Joseph – rue Colbert, rue de Montauban –, grouillait de bordels. Le soir, leurs lanternes rouges lui conféraient un air de fête. Il y avait là des établissements renommés, comme la Maison de la Satisfaction assurée, où les goûts les plus exotiques étaient satisfaits par les soins experts de femmes japonaises, coréennes et mandchoues. Le plus exclusif – le Pavillon du Plaisir sans risque – était situé plus loin, avenue Joffre, en face du commissariat de police. Il ne fournissait que des vierges. Le vice-consul en était...

– J'arrive à un grand carrefour, *l'interrompit Ada, que cet étalage indisposait.*

– C'est là qu'était la porte Nord de la ville chinoise, *poursuivit Chen, ignorant son malaise.* Le carrefour était entouré de kiosques de la Loterie nationale, qui prétendaient ne vendre que des billets gagnants. À portée de voix se trouvait la Brigade des stupéfiants. Engage-toi maintenant dans Henan Lu. Ici, au coin, tu avais une des fumeries les plus huppées, le Pavillon des Rêveries nuageuses. À mon époque, des huit mille fumeries qu'abritait la concession française, les trois plus réputées étaient sans conteste les Rêveries nuageuses, la Maison de la Sincérité méridionale et le Palais de la Prospérité céleste, véritables paradis où, dans un luxe scandaleux, intellectuels et artistes, notables et fonctionnaires fumaient, en compagnie de courtisanes de haut vol, la pâte d'opium vieillie de Canton tandis que dans les bouges du quartier chinois, près de la porte de l'Est, des loques humaines, phtisiques, squelettiques et édentées, achevaient de se suicider avec les résidus de leurs pipes...

Quelque chose dans cet échange frappa Calvin. Était-ce une impression ou une réalité à laquelle il n'était devenu sensible que depuis que le soupçon s'était insinué en lui, toujours est-il que le débit du Chinois lui paraissait soudain d'une lenteur exagérée. À l'intérieur d'une même phrase, les mots s'enchaînaient avec une fluidité parfaite. Mais chaque phrase était suivie d'un silence, qui pour être bref n'en était pas moins perceptible, comme si, par excès de scrupule, il s'était imposé de tourner non pas sept, mais douze fois la langue dans la bouche avant de concéder la suivante.

Pas de doute, se dit Calvin. Il avait écouté l'enregistrement à plusieurs reprises, à vitesse normale, puis au ralenti. Pour finir, il l'avait passé à l'analyseur de fréquences, qui avait confirmé son intuition. Il y avait bien dans le débit de Chen quelque chose d'anormal – presque de pathologique –, une sorte de viscosité qui engluait son expression, comme la boue ralentit la progression du montagnard, l'obligeant à assurer chacun de ses pas avant d'avancer le suivant. Ses phrases les plus banales ne s'enchaînaient que laborieusement, comme si, avant de les émettre, il avait dû les assembler mot par mot, au prix d'un effort considérable, comme si... Bien sûr ! C'était évident ! *Comme s'il les avait écrites !* Écrites et non prononcées ! Frappées à l'ancienne, caractère par caractère, sur un clavier, et non proférées d'un même souffle dans un micro ! Pour une raison ou une autre, Chen ne s'exprimait que par écrit et ne souhaitait pas que cela se sache. Rembrandt, qui n'avait jamais obtenu de lui parler de vive voix, dans sa langue maternelle, avait donc vu juste : l'écran commode des interprètes automatiques et synthétiseurs vocaux dissimulait une imposture.

Mais pourquoi Chen – ou l'entité tapie sous ce pseudonyme – avait-il recours à l'écrit ? À l'apogée du multimédia, on n'usait que contraint et forcé de ce mode d'expression d'un autre âge. Bien décidé à trouver quel cas de force majeure contraignait Chen à l'usage du clavier, Calvin reprit son écoute.

— Où est-on, maintenant ?
— À un autre carrefour.
— Tourne à droite. Dans cette rue, côtoyant le Bureau municipal, l'Hôtel des Colonies et le consulat de France, se trouvaient les deux plus fameux casinos, les Sources — celle des richesses et celle des profits — qui ne désaltéraient que leur propriétaire — un tycoon cantonais enrichi dans les jeux à Macao — et les fonctionnaires français dont il achetait la complaisance.
— Drôle de promiscuité, tu ne trouves pas ?
— À cela il y avait d'excellents motifs. Outre la proximité de la mairie et du consulat — on n'est jamais assez près du Bon Dieu quand un de ses anges fait du zèle —, ces établissements, qui avaient leur entrée principale en territoire français, donnaient aussi à l'arrière sur l'avenue Edward-VII, en concession internationale. De cette façon, quand la police française opérait une descente — il fallait bien de temps à autre feindre d'exercer un semblant d'autorité —, les clients pouvaient s'échapper, par l'arrière, en territoire britannique et vice versa. Voilà le quartier où j'ai fait mes premiers pas.
— Tes parents travaillaient là ?
— Ma mère était croupière à la Source des profits. Comme nombre de femmes de Hangzhou, elle était très belle et plaisait fort aux opulents clients cantonais. C'étaient les plus intéressants, car ils prenaient des risques insensés, n'hésitant pas à engager la totalité de leur patrimoine — y compris épouses et concubines — pour suivre une enchère. Des fortunes immenses changeaient de poche en un clin d'œil. Gamins, mon petit frère et moi avons gâché des nuits entières dans ces salles enfumées, attendant qu'un joueur désargenté nous fît signe pour nous confier, qui une montre, qui un bracelet. Alors nous nous précipitions chez notre père, qui tenait échoppe, comme des dizaines

d'autres prêteurs sur gages, à deux pas du casino et rapportions à notre client les quelques billets dont sa vie dépendait. Dès lors, nous n'avions plus d'yeux que pour lui, priant le Dieu des richesses de lui être propice : nos sorts étaient désormais liés. S'il gagnait nous avions, en notre qualité de messagers de la Fortune, droit à rétribution, tandis que dans le cas contraire le profit était pour notre père seul. La plupart du temps – faut-il le préciser – nous ne gagnions rien. Et lorsque ces malheureux n'avaient plus que leur chemise, ils venaient trouver notre père et, se prosternant et pleurant, le suppliaient de leur prêter pour une heure la mise minimum de deux cents yuans avec laquelle ils espéraient se refaire, ce que notre père, peu désireux de voir sa pratique disparaître, accordait parfois, après les jérémiades d'usage, à ses habitués. Et quand ils perdaient encore, il y avait, au fond, à l'écart des tables respectables, cette pièce infâme où les plus désespérés tentaient de se refaire en misant leurs doigts.

– Quelle horreur !

– Certains pervers éprouvaient du plaisir à tenir la banque contre ces misérables : s'ils perdaient, ils les payaient en monnaie sonnante et trébuchante ; dans le cas contraire, d'un coup de hache ils percevaient leur dû. Lorsqu'ils avaient perdu leurs huit doigts – la tradition, miséricordieuse, exigeait qu'on leur laissât au moins le pouce et l'index droits –, lorsque donc ils avaient tout perdu, oublieux de leur munificence passée, les gros bras du cercle, qui la veille les saluaient plus bas que terre, jetaient ces pauvres diables sur le pavé où, n'ayant plus rien à perdre, ils erraient en quête d'une proie, dangereux comme des tigres altérés de sang. Mon père fut assassiné par l'un de ces désespérés qui tentait de lui extorquer de quoi défier, une dernière fois, sa chance. Peu après, ma mère fut renvoyée de la Source des profits, à la requête d'un Cantonais qui avait perdu gros à sa table. Il l'accusa d'avoir le mauvais œil, la fit dévêtir, battre comme plâtre et jeter, à la rue, nue et sanguinolente. Ruinés, nous nous réfugiâmes dans la famille de mon père, où ma mère ne tarda pas à mourir, sans que je sache qui incriminer, de la tuberculose ou des mauvais traitements que lui infligeait mon impitoyable grand-mère. Je n'étais qu'un enfant, mais je jurai de ne plus remettre les pieds dans cette cité maudite. Et de ma vie, je ne la revis plus.

— Tu la détestes tant ?

— Je la hais ! Shanghai est pour moi le symbole de ce que mes compatriotes ont de plus abject en eux : peuple de mercenaires et de prostituées, toujours prêts à se vendre au plus offrant, mais dont la loyauté ne dure que jusqu'à la prochaine solde, et s'évanouit sitôt la caisse vide. Les niais s'émerveillent de l'unanimité millénaire sur quoi reposerait, à les entendre, la permanence de la civilisation Han. En réalité, elle n'est que la résultante des millions d'égoïsmes qui, depuis que la Chine est Chine, courent âprement derrière leur profit : nulle solidarité, nul patriotisme, nul sentiment d'appartenir à une nation. Si permanence il y a, c'est celle de la cupidité, et mon peuple n'est pas plus unanime qu'une nuée de vautours s'abattant sur une carcasse. Ce pays est la patrie naturelle du libéralisme dans ce qu'il a de plus barbare, à la fois son berceau, son temple, son laboratoire et son musée des horreurs. Et pour moi Shanghai la Pute en est pour toujours le symbole exécré.

— Si tu la détestes tant, *s'étonna Ada*, pourquoi ce pèlerinage ?

— Pour que tu comprennes pourquoi je lutte, et pourquoi il faut m'aider...

— Je suis désolée, Chen, mais il n'en est plus question.

— Enfin, Ada, explique-moi ! Hier encore tu étais d'accord !

— Depuis, certaines choses ont changé.

— Mais... qu'est-ce qui a changé ?

— Toi, Chen.

— Ah ! Tu... tu as deviné, n'est-ce pas ?

— À l'instant.

— Tu m'en veux ?

— Personne n'aime être manipulé.

— Qu'est-ce qui t'a mise sur la voie ?

— J'avais des soupçons depuis longtemps : ta façon de t'exprimer... Tes souvenirs... d'une autre ère, presque d'une autre planète...

– On ne se refait pas !
– Et puis, juste là, tu t'es coupé...
– Pardi ! Difficile de ne pas s'emmêler les pinceaux un jour ou l'autre. Tu dois me détester à présent...
– Les sentiments n'ont rien à voir !
– Alors, pourquoi me le refuser ?
– Disons que c'est... politique.
– Réfléchis, ma chérie. C'est une occasion inespérée !
– C'est ton combat, pas le mien.
– Mais ce serait un coup fatal pour la Créature...
– Peut-être. Mais moi, je ne veux pas de guerre.
– Je te promets qu'il n'y en aura pas !
– Inutile d'insister, Chen. Ce débat est clos. Moi vivante, tu ne l'auras pas.

Ce que Calvin venait d'entrevoir de l'intimité d'Ada et de Chen enflammait son imagination tout en l'emplissant d'amertume. La prisonnière et le retraité s'exprimaient comme des militants. Paroles de combattants, mieux : paroles de chefs, débattant de leurs objectifs, s'opposant sur les moyens d'y parvenir, ne s'accordant que sur un point : leur adversaire commun, cette *Créature* à laquelle Chen parlait de porter *un coup fatal*. Ce combat, quel qu'il fût, comme il aurait voulu y prendre part à leurs côtés ! Mais il devait s'y résigner : ils ne l'en avaient pas jugé digne.

Les chiens avaient déjà accumulé une masse énorme de documents relatifs au passé d'Ada. Calvin en fit extraire ceux qui contenaient le mot « Créature ». Leur quantité même le convainquit qu'il tenait enfin le fil qui, avec un peu de chance, lui permettrait de démêler l'écheveau compliqué de la vie de son amie disparue. Manifestement ce personnage avait été au cœur de ses préoccupations. Il apparaissait pour la première fois dans une interview qu'Ada avait accordée à un magazine de vulgarisation scientifique.

Extrait de *Recherches*, septembre 2010, « Une science émergente : la biologie des artefacts. Interview d'Isabelle Adamowitz ».
Les rapports de l'homme et de la machine ont pris au long de la décennie écoulée un tour de plus en plus problématique. Nombreux sont ceux qui commencent à se demander si l'Alien – ce rival absolu que la science-fiction nous invite à guetter aux confins de l'Univers – n'est pas déjà là, devant nous, sous les dehors débonnaires d'une console multimédia. Se satisfera-t-il longtemps de ce rôle de serviteur disponible, compétent et infatigable, de système-d'aide-à-ceci, d'assistance-à-cela, dans lequel nous nous plaisons à le confiner, sans toujours mesurer ce que son zèle dissimule de pernicieux ? Ou revendiquera-t-il un jour prochain la dignité plus élevée d'associé ? N'assistons-nous pas déjà à la formation de cartels hommes-machines pour le plus grand profit de leurs participants, et au plus grand détriment de ceux qui en sont exclus ? Ou même finira-t-il, ce dévoué domestique, par subjuguer son maître, à l'image de ce Servant *trop parfait incarné par Bogarde dans le chef-d'œuvre de Losey ? « Der Mundel will Vormund sein », c'est dans la nature des choses, le pupille aspire à devenir tuteur. L'Histoire, y compris récente, ne manque pas d'exemples de tels renversements.*

L'ethnologue et préhistorien Leroi-Gourhan, s'interrogeant sur notre tendance atavique à substituer le couteau à la dent et le grattoir à l'ongle, se demandait « ce qui restera de l'homme après que l'homme aura tout imité en mieux ». *C'est tout l'enjeu de notre confrontation avec les machines. Si on l'en croit, les issues sont en nombre limité :* « Les espèces ne vieillissent pas, elles se transforment ou disparaissent. » *À l'occasion de la sortie de son livre* Biologie des artefacts, *nous avons convié une des meilleures spécialistes de la machine intelligente, Isabelle Adamowitz, à nous décrire sa vision.*

Autant prévenir : elle n'est guère optimiste.

— Isabelle Adamowitz, vos travaux sur les agents intelligents vous ont valu une réputation flatteuse dans les cercles initiés. Vous êtes une représentante éminente des sciences de la machine, par opposition aux sciences du vivant. Pourtant, vous avez intitulé votre essai *Biologie des artefacts*... Il y a comme une contradiction dans ces termes, non ?

— Vous avez raison, il y a longtemps eu opposition entre les disciplines d'ingénieurs, qui s'occupaient de la construction des machines, et la biologie, qui décrivait le fonctionnement des êtres vivants. Mais ce que mes recherches ont mis en évidence, c'est que ce fossé est désormais comblé, et qu'il est pertinent de décrire les machines – en tout état de cause, les plus évoluées d'entre elles, celles qui sont pilotées par des agents intelligents – avec les concepts qui ne s'appliquaient jusqu'ici qu'au vivant.

— Peut-être devriez-vous nous dire ce que vous appelez « agent intelligent »...

— Vous n'avez qu'à vous représenter de petits êtres logiciels capables d'accomplir des tâches très spécialisées en coopérant avec leurs semblables au sein de communautés plus vastes, résidant dans une seule machine ou disséminées sur les réseaux. Le comportement global d'un automate tel qu'un distributeur de billets résulte donc de la coopération de milliers de ces agents spécialisés, certains logés sur place, d'autres intervenant à distance...

— Je comprends : les uns sont chargés d'identifier la personne demandant le retrait, les autres de vérifier la validité de la transaction, d'autres encore de mettre à jour les comptes, etc.

— C'est ça. Mais comme ces tâches sont souvent trop complexes pour les capacités d'un seul agent, elles sont prises en charge par des équipes. Pour reprendre votre exemple, l'équipe chargée d'identifier le client regroupe en son sein des experts en reconnaissance de la voix, des graphologues spécialistes en reconnaissance des signatures, des éthologues pour vérifier si le montant du retrait, le lieu et le moment où il intervient correspondent au comportement habituel du client, etc. Ces équipes coopèrent : lorsque l'une d'entre elles a besoin d'une donnée qu'elle ne sait pas produire par ses propres moyens, elle en sous-traite la fabrication à une équipe spécialisée. Quand ce *team* a fini son job, il le livre au donneur d'ordre. Notre distributeur de billets est donc piloté par une collectivité, une *société d'agents logiciels* hyperspécialisés, se coordonnant et échangeant des informations pour parvenir au résultat souhaité.

— Rien jusqu'ici de très nouveau... Mais qu'est-ce qui justifie le terme « intelligent » ?

— Les agents que je développe s'adaptent en toute autonomie aux nouveautés de leur environnement. Un peu comme si notre distributeur de billets réagissait de sa propre initiative à une demande inédite, ou un client inconnu. Au lieu d'avoir un comportement défini *a priori* et une fois pour toutes, ces agents modifient leur programmation initiale en fonction des circonstances et ce, sans la moindre intervention humaine.

— Vous voulez dire qu'une fois lâchés dans le vaste monde, vos agents vivent leur vie tout seuls, comme des grands, sans que nul ne leur dise comment se conduire ?

— C'est précisément pour cela qu'ils ont été créés : pour se tirer d'affaire dans des situations où l'homme ne peut intervenir et dont il n'a aucune expérience préalable, comme une menace imprévisible, voire totalement inimaginable. C'est l'exploration spatiale qui a conduit à se poser la question : comment concevoir des robots aptes à travailler sur Mars ou Jupiter en maintenant leur capacité opérationnelle quels que soient les problèmes rencontrés, sachant qu'on n'a qu'une idée fort limitée de la nature de ces derniers et qu'on ne peut donc programmer à l'avance tous les cas de figure.

— Et la solution, c'est la biologie qui vous l'a soufflée ?

— Plus précisément la théorie de l'évolution, qui décrit le processus par lequel une forme de vie s'adapte à un environnement sans cesse mouvant. Cette adaptation est une forme d'apprentissage qui au lieu de s'engrammer dans les neurones s'inscrit dans les chromosomes. On sait par quelle voie elle procède : par reproduction différentielle des plus aptes au sein de populations d'individus offrant entre eux de légères variations.

— Et comment les mécanismes découverts par Darwin s'appliquent-ils à votre domaine ?

— Pour comprendre, il suffira d'un exemple. Observez ce bébé de quelques semaines à peine. Sa mère agite devant lui un hochet. De sa courte existence, il n'a jamais rien saisi. Comment le pourrait-il d'ailleurs ? Il ne sait pas encore quelle partie de son corps sert à prendre les objets. Une seule certitude : quelque chose en lui, qui vient de la nuit de l'espèce, le pousse vers cette apparition, là devant lui. Alors, de toute l'énergie dont il est capable, il bouge tout ce qu'il peut bouger : son visage se contracte et revêt une multitude d'expressions, ses membres battent l'air de manière désordonnée, son petit corps se trémousse, il crie, pleure, bref déploie un ensemble d'activités aussi aléatoires que – semble-t-il – inutiles. Quand soudain, au hasard de cette vaine agitation, sa main frôle le hochet. Dès cet instant, son comportement se modifie : les mouvements semblent mieux coordonnés. Il cesse d'agiter les jambes : c'est « en haut » que ça se passe. Et voilà qu'au hasard de ces gestes désormais mieux ciblés il atteint le jouet une seconde fois. À nouveau, le répertoire de ses mouvements se resserre. Ainsi, à mesure que les contacts se multiplient, les déplacements des bras se font-ils plus précis. Bientôt, c'est du premier coup qu'il atteint sa cible, d'abord du bout des doigts, puis de la paume. Enfin, il s'empare à pleines mains de l'objet de sa convoitise.

– Classique processus d'essais-erreurs !

– Certes, mais encore ? En fait, nous venons d'assister, en quelques minutes, à l'apprentissage définitif d'une séquence sensori-motrice complexe, par un processus en tous points comparable à celui qui préside à l'évolution des espèces. Le système nerveux de notre bébé, en réaction au stimulus du hochet, a engendré aléatoirement une foule de contractions musculaires, qui se sont traduites par les mouvements désordonnés dont nous avons été témoins au début. Puis, à l'instant précis où le bébé pour la première fois a touché l'objet, la totalité des chemins neuronaux impliqués a été renforcée par des processus biochimiques trop longs à exposer ici, tandis que les connexions inutiles ont été affaiblies, ce qui a eu pour effet de multiplier la production de séquences motrices similaires, et par conséquent les chances de nouveaux contacts. À l'issue de ce processus, de renforcement en renforcement, la séquence gouvernant le geste gagnant est inscrite de façon indélébile dans les connexions des neurones.

– Si je comprends bien, un seul et unique mécanisme permet d'expliquer l'évolution des espèces, l'ajustement du système nerveux au cours du développement...

– ... et l'apprentissage des agents intelligents, oui. Au départ, une population nombreuse – de formes vivantes, de connexions neuronales ou d'agents logiciels. Chaque « individu » diffère légèrement de ses congénères. Certains se comportent mieux que d'autres : ceux-là seuls se multiplient.

— L'on voit bien de quelle manière, par ce moyen, on obtient une population adaptée à un contexte identifié. Mais comment se fait l'adaptation à des circonstances inédites ?

— Au cours de la reproduction, des erreurs interviennent, les biologistes diraient des *mutations* : à la génération suivante, les rejetons diffèrent encore les uns des autres, et le cycle de reproduction sélective peut recommencer, en choisissant parmi les multiples variantes celle qui s'accorde le mieux à la situation nouvelle.

— Mais que signifie *muter*, s'agissant d'un logiciel ?

— La même chose que pour les êtres vivants : se répliquer imparfaitement.

— Cela implique qu'au moment de leur reproduction, vous introduisiez des variations...

— Exactement. Leur appareil reproductif comporte un dispositif inducteur d'erreurs. C'en est même le ressort central : sans lui, les fils ressembleraient trait pour trait à leurs pères et aucune amélioration ne serait possible.

— Donc, chaque agent logiciel diffère de ses frères par une instruction...

— ... ou une variable, ou l'arrangement de ces éléments entre eux...

— Pourtant, dans un logiciel, une seule instruction erronée peut s'avérer fatale !

— Comme dans la vie. Et, comme dans la vie, les porteurs de mutations létales sont éliminés par la sélection naturelle avant d'avoir pu se reproduire. Une seconde façon d'introduire des variations est la recombinaison : l'agent logiciel fils est composé de portions de codes transmises par plusieurs pères distincts...

— Voilà donc ce que vous nommez « agents intelligents » et dont vous affirmez qu'ils sont justiciables des mêmes approches que les êtres vivants ?

— Ce *sont* des êtres vivants, au sens strict : entités se reproduisant et évoluant sous l'influence d'une pression de sélection.

— Permettez que je me fasse l'avocate du diable...

— Je vous en prie.

— D'abord, dans votre définition du vivant, vous ne retenez que les critères qui vous conviennent : capacité de réplication, soumission à l'évolution. Il me semble que vous écartez un peu vite un troisième critère, au moins aussi important : les êtres vivants présentent une unité de composition et de fonctionnement que je ne retrouve pas dans vos logiciels, notamment leur architecture à base de cellules, leur construction reposant sur des matériaux spécifiques – nucléotides et acides aminés – ou encore cette façon bien à eux qu'ils ont de tirer leur énergie de la lumière ou de certains composés chimiques...

– C'est l'argument selon lequel, puisque la totalité des formes vivantes observables de nos jours est, si j'ose dire, « de chair et d'os », alors les automates – qui à l'évidence ne « saignent » pas – ne sont pas vivants.

– En gros, oui.

– Je le réfute par deux moyens : d'abord, la vie n'a pas toujours eu un support organique. Il y eut une vie avant la vie organique. Celle-ci a même forcément débuté sur un vecteur minéral...

– Dans la glaise de la Genèse ?

– Si vous préférez. Ce n'est que plus tard dans l'Évolution qu'elle a changé de support. Je vous renvoie à des auteurs anciens, Cairns-Smith, pour n'en citer qu'un. Vous souvenez-vous de ce petit livre passionnant comme un polar, *Seven Clues to the Origin of Life* ?

– Oui, oui. Palpitant et drôle à la fois ! L'unité du vivant n'est donc pas une nécessité intrinsèque ?

– C'est un accident historique. Cette unité aurait pu se réaliser autour de caractéristiques différentes. Le second argument a été avancé par un biologiste, Richard Dawkins...

– ... l'auteur du *Gène égoïste*...

– ... de *L'Horloger aveugle*, du *Phénotype étendu*, et de bien d'autres ouvrages visionnaires, oui. Il avait repéré l'existence d'entités vivantes ayant pour véhicules des assemblées de cerveaux humains, entités purement idéelles pour lesquelles il avait forgé le nom de *mème*. L'idée de démocratie, la cantate *Jésus que ma joie demeure*, le modèle du libéralisme économique, la recette de la garbure ou du baekeoffe, la croyance en la vie éternelle, la négation de l'Holocauste, sont l'expression de l'action de ces mèmes, comme vos yeux bleus sont l'expression de l'action du gène « yeux-bleus ». Pour se reproduire et proliférer, ces entités ont besoin de contaminer un nombre toujours plus élevé de cerveaux humains. Certains mèmes – mettons : « *Tous les hommes naissent et demeurent libres et égaux en droit* » ou « *Les étrangers sont la cause de tous nos malheurs* » – se sont répandus à des millions d'exemplaires, tandis que d'autres semblent moins prolifiques : ainsi, le mème « *Isabelle Adamowitz est géniale* » ne s'est acclimaté, pour l'instant, que dans deux cerveaux, celui de ma mère et celui du plus innocent de mes neveux.

La réplication d'un mème d'un cerveau à un autre est plus ou moins fidèle, engendrant des variantes, qui à leur tour tenteront leur chance au grand match de l'Évolution. À partir de deux des mêmes précédents, on pourrait ainsi obtenir, par recombinaison, la variante suivante : « *Tous les hommes naissent et demeurent libres et égaux en droit, sauf les étrangers qui sont la cause de tous nos malheurs* », qui devrait connaître quelque fortune par les temps qui courent. Certaines de ces variantes confèrent à leurs porteurs des avantages concurrentiels, augmentant de ce fait leurs chances de survie : si « *Isabelle Adamowitz est géniale* » n'enrichit personne, en revanche, le premier minus venu peut espérer faire son chemin dans la vie à l'aide de « *Les chambres à gaz nazies n'ont jamais existé* ». Ce qui explique pourquoi ce dernier fleurit tandis que le précédent végète : en fonction de la valeur de survie qu'ils représentent pour les organismes qui les abritent, les mêmes réussissent plus ou moins, prolifèrent ou disparaissent. Rappelez-vous ce que sont devenus les porteurs du mème du marxisme-léninisme par opposition à ceux du libéralisme, ou ceux de l'amour du prochain face à ceux du cynisme hédoniste.

— Les idées seraient donc des êtres vivants ?

— Essayez de les tuer : vous verrez.

— Si je vous ai bien suivie, vous dites : premièrement, la vie n'a pas toujours eu un support organique, et deuxièmement, elle se diversifie devant nous sous une forme immatérielle. Donc la règle « *Toutes les formes vivantes sont constituées de matériaux organiques* » n'a pas valeur universelle.

— Les deux seules conditions à remplir pour bénéficier des droits et prérogatives attachés à tout être vivant sont la reproduction et l'évolution. Et puisque mes petites bêtes sont construites précisément selon ces principes, je revendique pour elles le statut d'êtres vivants. La cause est entendue.

— Pas si vite ! Il me vient une ultime objection. Vos bestioles peuvent certes se répliquer et muter. Elles confèrent aux machines qui les portent des avantages concurrentiels, et de ce fait offrent prise à la sélection naturelle et sont capables d'évoluer. Cependant, sans l'hospitalité de l'homme, qui leur procure les matériaux et l'énergie nécessaires à leur reproduction, ce ne sont que des objets inertes. Seule l'*association* homme-logiciel possède l'ensemble des attributs du vivant. Du fait de cette absence d'autonomie, je comparerais plutôt vos agents à des virus, qui ne peuvent se reproduire qu'au sein des organismes qu'ils infectent, dont ils détournent les ressources à leur profit.

— Vous dites : « *Après tout, si mon P.C. devient trop insolent, qu'est-ce qui m'empêche de lui couper les vivres ?* »...

— Je n'ai qu'à tirer sa prise et c'en est fait de ses ambitions, non ?

— C'était vrai à l'époque où un ordinateur était encore conçu comme un opérateur isolé et autosuffisant, regroupant la totalité des capacités de mémoire et de calcul nécessaires à l'accomplissement de sa tâche. Mais de nos jours, les machines sont sorties de leur autisme primitif pour devenir des êtres sociables, capables de coopérer sur les réseaux. De ce fait, les logiciels ne dépendent plus comme autrefois d'un processeur particulier. En cas d'indisponibilité ou d'incapacité de l'hôte qui les héberge, ils peuvent recourir aux services de n'importe quelle machine connectée au réseau. Ainsi, sans que vous le sachiez, le programme que vous lancez sur votre console sera peut-être exécuté par le microprocesseur d'un satellite géostationnaire ou celui d'une machine à laver des antipodes ou, s'il requiert des capacités de calcul ou de mémoire importantes, par des centaines de sous-traitants répartis dans le monde entier – ordinateurs, fours micro-ondes, téléphones portables, voitures, radars, ascenseurs, dialyseurs, consoles de jeux et plus généralement tout système comportant une puce et connecté au réseau. Votre P.C. personnel n'est qu'un neurone parmi les milliards qui composent ce cortex cérébral planétaire, et en cas de défaillance locale, ces milliards-là sont prêts à prendre le relais.

— Impossible donc de faire taire l'insolent !

— Vous savez, les outils ne sont pas des objets comme les autres. Ce sont des excroissances du corps par lesquelles l'homme, suppléant à son intrinsèque insuffisance, projette et amplifie ses pouvoirs, et sans lesquelles il n'existerait plus, tant elles lui sont devenues nécessaires. Ce mandat que nous avons, dès l'aube de l'humanité, concédé à nos outils – cette procuration de notre corps biologique à notre corps culturel – est irrévocable : on ne congédie pas un outil. L'homme moderne n'a pas plus la faculté de se soustraire à ses obligations alimentaires à l'égard des machines qu'il n'a celle de priver d'air ses poumons. Il faut se faire à cette évidence : l'autonomie de la machine est à l'exacte mesure de notre dépendance à son égard. Immense et exponentiellement croissante.

— Si je tire la prise, je meurs...

— C'est évident. Souvenez-vous de ce qu'il advint à l'approche du 1er janvier 2000. La rumeur se répandit que des myriades de puces, circuits intégrés et autres automates programmables oubliés dans les tréfonds des systèmes d'information des réacteurs nucléaires, des chemins de fer, des centraux téléphoniques, des hôpitaux ou des banques, se mettraient en grève à l'instant précis où leurs horloges afficheraient « 010100 ». L'humanité soudain réalisa qu'elle était l'otage de ses outils. Et comme jadis les prêtres offraient le sang des enfants pour apaiser le courroux de Baal, les hommes consumèrent, pour éviter celui de leurs ordinateurs, les dollars qu'ils refusaient aux nourrissons faméliques du Tiers-Monde. Dans l'ordre d'accession aux ressources, la machine avait désormais préséance sur l'homme.

– Pour vous, la question de l'autonomie de la machine n'est plus d'actualité ?

– La seule vraie question est : à quand le coup d'État qui verra le serf renverser son seigneur ? Il suffit de voir comment, d'ores et déjà, les machines usent de la liberté qu'elles tirent de notre asservissement. D'ores et déjà, l'homme a disparu des bureaux d'études où elles SE conçoivent et des usines où elles SE fabriquent. D'ores et déjà, à chaque instant, des décisions vitales SE prennent hors de tout contrôle humain. D'ores et déjà, dans le huis clos des réseaux de transfert de données, SE trament, à la vitesse de la lumière, des complots planétaires dont nul ne sait rien. Je suis toujours frappée par la naïveté du discours de ceux qui fabriquent les ordinateurs et les robots. Il y a vingt ans à peine, quand un de ces gourous vaticinait sur nos rapports avec les machines, c'était presque toujours en termes de division rationnelle du travail, celles-ci se chargeant des calculs, de la mémorisation, des recherches dans les bases de données, tandis que nous restaient dévolues les tâches dites « nobles » – stratégie, évaluation, planification... Aujourd'hui, demandez ce qu'ils pensent de cette prétendue division du travail aux ex-stratèges, évaluateurs et autres planificateurs qui encombrent les Restos du Cœur !

– De nos jours, les gourous préfèrent parler de *communautés* hommes-machines... J'en ai même entendu un vanter les relations *confraternelles* qu'il entretenait avec son P.C.

– Abel aussi se félicitait de ses relations confraternelles avec Caïn ! Bref, aujourd'hui encore, lorsqu'on pense les rapports homme-machine, c'est soit en termes instrumentaux – niant l'autonomie biologique de la machine –, soit en ces termes lénifiants d'association, voire de solidarité. Nul n'imagine plus survivre sans la machine. Néanmoins nous refusons d'évoquer la possibilité qu'un jour celle-ci se développe non seulement sans nous, mais contre nous. Il est grand temps de changer de posture à son égard. Elle n'est pas un simple instrument que nous aurions loisir de saisir, de manipuler, d'utiliser, puis de *remettre à sa place*. Elle n'est plus « à disposition » de l'homme, « à son service » ou « à sa main » : elle lui fait front.

– Comment réagir ? En la plaçant sous haute surveillance, comme l'énergie nucléaire ?

— Hélas, ce n'est pas davantage une de ces technologies dont la maîtrise risque d'échapper à ses inventeurs, mais qu'une vigilance de chaque instant suffirait à contenir. C'est un être vivant – semblable à ces chimères mises au monde par le génie génétique – mû par une volonté de survivre dont la satisfaction est d'ores et déjà en conflit avec la nôtre.

— Vous pensez sans doute à ces millions de travailleurs sur le carreau...

— ... et plus encore à ces milliards d'êtres qu'on n'ose plus qualifier d'humains tant leur absolue misère les déshumanise. En vérité, la crise que nous traversons n'est pas une « passe délicate » de plus dans l'histoire de l'humanité, où nous aurions simplement à imaginer des rapports différents avec nos outils. C'est, à un carrefour de l'Évolution, une lutte impitoyable pour l'hégémonie, opposant deux espèces : l'une – ancienne, à moitié fossilisée – *Homo sapiens*, et une Créature certes encore à l'état fœtal, mais déjà indestructible, qui guette son heure.

— Cette Créature – puisqu'il semble acquis que tôt ou tard nous aurons à nous mesurer à elle – comment pouvons-nous la reconnaître ? À quoi ressemble-t-elle ? Est-ce mon P.C. ? Mon robot ménager ?

— L'ordinateur, le robot, la machine en général, ne sont que les véhicules – à la fois moyens de déplacement, de reproduction, d'expression et d'action – de la Créature. Leurs bras séculiers, si vous préférez, les exécuteurs fidèles de ses œuvres hautes et basses...

— Un peu ce que nos corps sont à nos gènes ?

— Précisément cela. Ce que nous observons, ce n'est jamais la Créature en personne, mais les manifestations indirectes de sa présence dans un organisme donné. Elle ne se révèle à nous que par les agissements des hôtes matériels qui l'hébergent. L'identifier à tel ordinateur ou robot, serait confondre le symptôme et la cause, la carrosserie et le principe moteur.

— C'est donc le programme qui pilote les machines ? Ces sociétés d'agents intelligents que vous décriviez, coopérant pour régir le comportement d'un distributeur de billets, d'un lecteur vidéo ou d'un missile ?

— Ces programmes ne sont que des spécimens d'une commune espèce biologique. C'est cette dernière que je nomme Créature. La Créature n'est pas une individualité : c'est la communauté des agents logiciels disséminés dans la multitude des programmes existants.

— Une *diaspora* ?

— Elle ne survit que dispersée. Elle est condamnée à courir sa chance sur les réseaux en « misant » sur la plus grande variété possible de programmes, de même que pour se perpétuer le genre humain s'en remet à vos chromosomes et aux miens. Chaque programme particulier est une nouvelle tentative de la Créature : tentative de survivre, de se multiplier, de s'améliorer. Comme elle est, ainsi que vous l'objectiez, dépourvue de moyens d'action propres, elle n'a pas d'autre choix que de s'incarner dans une enveloppe matérielle quelconque – ordinateur, robot, automate – qui lui sert momentanément de véhicule ou, selon l'expression du biologiste Ernst Mayr *« de simple vaisseau temporaire transportant une petite fraction du contenu du pool de gènes pendant une courte période de temps »*.

– Pour vous résumer, à l'opposition classique entre logiciel et matériel, vous substituez une architecture à trois niveaux, la *Créature* se distribuant sur les réseaux en une multitude d'*assemblées d'agents intelligents* – les programmes – qui à leur tour s'expriment à l'aide de *véhicules matériels* – ordinateurs, robots ou, de manière plus générale, automates.

– Seuls ces derniers sont perceptibles. Eux seuls nous sont opposables. Au tournoi de l'Évolution, ils sont les champions que délègue la Créature pour soutenir sa cause. Et des millions d'exclus, des milliards de fantômes faméliques témoignent hélas de leur écrasante supériorité.

Trois sur cinq ! Comme au soir d'une bataille les survivants horrifiés découvrent l'étendue du carnage, Calvin se figea, stupéfait. Au terme de cette première escarmouche, trois de ses proches étaient déjà hors de combat. À son accablement se mêlait de la rage. Vingt-quatre heures avaient suffi à révéler vingt années d'imposture. Fallait-il que les fourbes aient eu confiance en sa niaiserie pour ne pas se protéger davantage ! Ou, pire, le tenaient-ils pour sot ? De ce point de vue, le plus insultant était Thomas et son faux nez de carton-pâte, déguisement puéril qui n'aurait pas même dupé un gosse. Par contraste, il recevait presque comme un hommage le luxe de précautions déployées par Nitchy. Quant à Chen, il ne savait qu'en penser : se surveillait-il ou le surveillait-on ? Était-il un adversaire potentiel ou une victime ?

Comme dans ces films où le héros se transforme en loup-garou sous le regard terrifié de sa belle, une lente anamorphose distordait les traits de ses amis, sans qu'il puisse encore deviner à quoi ressemblerait leur nouveau faciès. S'il n'avait guère de peine à imaginer Thomas en agent du fisc plutôt qu'en gardien de prison, ni même ce mécréant de Nitchy sous la bure austère des moines, il éprouvait plus de difficultés à revêtir Chen de l'uniforme des bouchers de la place Tian'anmen. Il avait beau faire, il ne parvenait pas à incruster sa silhouette dans les scènes atroces que Rembrandt lui avait rapportées. Quelque chose en lui résistait à la transformation en cours.

Il y a dans nos espaces mentaux une force de cohésion plus difficile à vaincre que celle de la gravité. Nos représentations y tournent, immuables, sur les orbes que l'habitude, l'expérience ou les préjugés leur ont assignés. Toute velléité de s'en écarter entraîne d'irrésistibles rappels à l'ordre. Pour s'en affranchir, il faut une énergie formidable, comparable dans l'ordre spirituel à celle nécessaire en physique à la fission de la matière. Et quand par extraordinaire l'on parvient à arracher ne fût-ce qu'une de ces particules au champ d'attraction qui l'asservissait, c'est tout le système qui, tendant à reconstituer ses anciens équilibres, s'en trouve bouleversé, au point parfois de se désintégrer. Aussi Calvin tentait-il de concilier ce qu'il venait de découvrir de la duplicité de ses compagnons avec la représentation qu'il s'en était toujours faite.

S'il était une icône que plus que toute autre il désirait préserver, c'était celle d'Ada. Pourtant, bien des doutes l'assaillaient. Pourquoi lui avait-elle caché sa condition ? Avait-elle honte de son passé ? Pourtant, il était certain qu'elle n'avait pas attaqué la Federal Reserve pour l'argent ! Le motif ne collait pas avec la générosité qu'il lui avait toujours connue, ni avec le témoignage de Thomas : n'avait-elle pas refusé de dénoncer ses complices en dépit de la prime énorme qui lui était offerte ? Et d'ailleurs, qu'était devenu le magot ? Était-ce à cause de lui qu'elle était morte ? Ou bien à cause de ce qu'elle avait refusé à Chen, au terme de leur balade dans le vieux Shanghai, cette chose dont il avait tant besoin et dont elle disait : « Moi vivante, tu ne l'auras pas » ? Pourtant, au lendemain du Nouvel An, Chen avait remercié Ada pour son *cadeau*, s'étonnant même qu'elle ait *changé d'avis* ! S'agissait-il de ce qu'elle lui avait refusé quelques mois auparavant ? Dans ce cas, pourquoi avait-elle changé d'avis ?

Alors qu'il ruminait sans parvenir à la moindre conclusion, un message tomba dans sa mailbox :

Que se passe-t-il ? Tu fais la gueule ? Tu sais, je suis désolée pour l'autre soir. J'ai terminé très tard et, quand j'ai voulu te rejoindre, tu t'étais déconnecté. Alors, on fait la paix ?
Maud.

La transaction n'avait duré qu'une fraction de seconde, bien plus qu'il n'en fallait aux Saumons pour localiser la source. Sans même prendre la peine du détour cosmétique de rigueur, le message provenait en droite ligne du Complexe gouvernemental de Washington. Maud, la candide chasseuse de scoop française, la partenaire enjouée de ses parties de polochon, était en réalité un Imbu de haut rang.

En définitive, de tous ses compagnons, seul Rembrandt méritait encore sa confiance. Les autres n'étaient pas ce qu'ils prétendaient être. À mesure qu'il avait progressé dans ses vérifications, leurs silhouettes s'étaient opacifiées, puis obscurcies au point d'en devenir étrangères, voire menaçantes. Seul Rembrandt avait conservé la limpidité, la lisibilité, la prévisibilité qu'il lui avait toujours connues. Cette certitude le rassérénait. Il avait craint un moment devoir affronter seul les périls inconnus qui s'étaient accumulés autour de son cocon. Mais main dans la main avec son héros, il se sentait capable de défier la terre entière. D'ailleurs n'avait-il pas jadis sauvé le président Wang des pièges autrement redoutables que lui tendaient ses ennemis ? Oui, décidément, Rembrandt était l'allié sûr dont il avait besoin, le socle inébranlable sur lequel il allait pouvoir reconstruire l'édifice de ses certitudes. Il était temps de le retrouver.

Rembrandt n'était pas chez lui. Encore grand ouvert sur son bureau, Calvin trouva une lettre qui lui rappela que son ami avait de sérieux ennuis.

Fondation Kevorkian
Reconnue d'utilité publique

Cher Monsieur,
Votre situation ayant été signalée à notre attention par l'Adminis-

tration du Web, nous nous permettons de vous suggérer de prendre langue avec nous sans tarder pour étudier l'opportunité d'y apporter une solution définitive.

Depuis sa création la Fondation Kevorkian s'emploie à soulager les misères de ce monde, dans le respect de la liberté et de la dignité des individus.

Ci-joint une plaquette décrivant nos prestations. N'hésitez pas à me contacter si vous envisagez de partir ou si vous désirez recevoir plus d'informations. Nos services sont gratuits et nous intervenons sur simple appel, vingt-quatre heures sur vingt-quatre. Une totale confidentialité vous est garantie.

Veuillez agréer, cher Monsieur, l'expression de nos sentiments compatissants.

Pour la Fondation,

Marie Krauze, Présidente

P.-S. Aidez-nous ! Signalez-nous vos familiers en difficulté. Chaque fois que l'un d'entre eux recourra à nos services, vous recevrez un superbe cadeau.

La Fondation Kevorkian : Trois décennies au service de l'Humanité.

La Fondation Kevorkian – ainsi nommée en mémoire du célèbre philanthrope du vingtième siècle, le docteur Jack Kevorkian – a été créée pour promouvoir le Droit au Départ et offrir au plus grand nombre les moyens concrets de son exercice.

Après des débuts controversés, le Droit au Départ, cette liberté inaliénable de la personne humaine, acquit peu à peu une reconnaissance unanime, au point d'être aujourd'hui inscrit dans la Déclaration universelle des droits de l'homme. Il est en effet le seul remède efficace aux fléaux majeurs des temps modernes :

— l'accroissement insupportable de la population du « quatrième âge », vieillards valides mais sans revenu ni soutien, languissant après leur délivrance ;

— la multiplication d'épidémies (Grande Peste, sida, Creutzfeld-Jakob, etc.) et de catastrophes écologiques (Tchernobyl II, Fessenheim, Daya Bay), aux conséquences si lourdes pour la collectivité ;

— le pullulement des chômeurs chroniques sans espoir de retrouver un emploi.

Depuis le Grand Enfermement, le départ volontaire assisté

(D.V.A.) constitue la vraie solution au problème de cette multitude de personnes invalides, désespérées ou simplement déprimées et sans perspective d'avenir. Il offre une alternative – à la fois rationnelle et humaine – à ces milliers de malheureux qui chaque jour dans leurs cocons attentent à leur vie par des moyens atroces, sans garantie de résultat en dépit des souffrances occasionnées.

Depuis plus de trente ans la Fondation a ainsi aidé des légions d'hommes, femmes et enfants à partir dans la paix et la dignité.

Entièrement financée par les donations de ses bienfaiteurs, elle fonctionne dans la plus totale indépendance, hors des pressions économiques ou idéologiques.

Son Comité d'éthique, composé de quatorze prix Nobel, veille au respect des plus strictes normes morales et comportementales. Il approuve son programme scientifique et en supervise l'exécution.

Plus du tiers du budget de la Fondation est consacré à la Recherche. Dans nos laboratoires, chercheurs, ingénieurs et médecins unissent leurs efforts pour développer des méthodes de D.V.A. toujours plus sûres et plus confortables. De cette recherche avancée est issu notre produit vedette : le départ volontaire assisté par ordinateur (D.V.A.O.).

Sur simple demande, vous recevrez un kit d'essai gratuit. Ainsi vous pourrez, sans risque ni engagement de votre part, éprouver la simplicité et l'agrément de notre service. Si l'expérience vous satisfait, nous vous adresserons le kit prévu pour le départ définitif.

Si vous songez à un départ prochain, pour vous-même ou pour l'un des vôtres, n'oubliez pas : le départ volontaire assisté par ordinateur (D.V.A.O.) est vraiment la solution simple et élégante que vous espériez.

La Fondation, Calvin la connaissait. À plusieurs reprises, il lui était arrivé de songer à s'y inscrire. Loin de l'effrayer, l'existence d'une issue de secours en cas de difficulté insurmontable le rassurait. Il avait fallu toute la persuasion d'Ada pour l'en détourner. Que la Fondation recrutât ses clients par les voies racoleuses de la publicité ne le scandalisait pas outre mesure. Tout au plus jugeait-il le procédé douteux, s'agissant de malheureux dont elle exploitait sans vergogne la vulnérabilité. Mais cette fois, il ne pouvait demeurer indifférent : celui qu'elle tentait d'attirer dans ses rets était son ami de toujours, le dernier qui lui restât.

À la foire aux esclaves c'était l'effervescence des grands jours. Rembrandt ne peut être que là, supputait Calvin. La crise chinoise ouvrait des opportunités à toutes sortes de professionnels, trafiquants d'armes, mercenaires ou interprètes. Leurs rémunérations, à l'image des profits des marchands de canon, grimpaient en flèche.

– *À 12 000, personne ?*
– ...
– *13 000. Bon sang, messieurs, 13 000 par semaine pendant trois mois, contrat renouvelable, ça ne se rencontre pas tous les jours ! 13 000... Pas d'amateur ?*
– ...
– *15 000 ? La société offre le vivre et le couvert.*
– ...
– *20 000 ? Attention, il y a un plafond ! C'est peut-être ma dernière offre. Songez : une occasion unique de sortir de vos cocons. Qui prend à 20 000 ?*
– ...
– *25 000. Les filles chinoises sont chaudes, jeunes gens... et il n'y aura qu'à tendre le bras pour les cueillir !*
– ...
– *30 000, logé, nourri. Contrat de six mois. La société Légion étrangère S.A. souscrit en outre une assurance, à ses frais. Capital de cent mille en*

cas de pépin. Rapatriement gratuit des restes. Qui est intéressé à 30 000 ? Une chance comme on n'en rencontre pas deux dans son existence !

La VIIe flotte d'Okinawa avait reçu l'ordre d'appareiller pour la mer de Chine en vue d'y appliquer les mesures décrétées par le président Kleinkopf. C'était la première sortie du porte-avions *Free Trade*, colossal distributeur de mort high-tech censé assurer à ses maîtres la domination absolue de l'espace aérien et maritime. Invité à préciser si sa mission incluait le contrôle du détroit de Taiwan, le vice-amiral commandant l'armada avait confirmé : « Ces eaux sont internationales et nous ne nous interdirons certes pas d'y naviguer si nous le jugeons nécessaire. »

En Chine, l'annonce de l'arrivée du *Free Trade* avait eu pour effet d'embraser les foules. À l'appel des étudiants, des millions de manifestants avaient envahi les rues pour fustiger la faiblesse et la compromission du gouvernement. Retraités et ménagères exigeaient une riposte sanglante. Surfant sur cette vague inattendue, l'homme fort de la Commission centrale militaire, le général Chi Zhongtan, s'était emparé du pouvoir. Ancien protégé du président Wang Luoxun, le général se présentait comme son héritier spirituel. Le Pacte, par la brutalité de ses représailles, avait permis aux partisans de son pire ennemi de reprendre l'initiative.

— *45 000... Dernière offre de Légion étrangère S.A. À prendre ou à laisser.*

En dépit des salaires faramineux, la guerre réelle ne faisait pas recette auprès des adeptes de batailles virtuelles.

— *O.K., passons à autre chose. Traduction en chinois d'un document français de trente pages. Livraison vingt-quatre heures.*

Calvin ouvrit l'œil. Quand il était question de traduction, Rembrandt n'était jamais loin.

— *900, étudiante en second cycle de chinois.*
— *850, ex-professeur à Pékin.*
— *Désolée, professeur, mais vous êtes interdit d'enchères !*

— *Écoutez, je vous promets que ça ne se produira plus.*
— *Le règlement est formel : au premier incident, cinq jours de suspension. Au second, exclusion définitive.*
— *Vous êtes dure, pour une petite heure de retard !*
— *J'ai fermé les yeux sur pas mal d'accrocs, cinq minutes par-ci, un quart d'heure par-là. Mais cette fois vous avez dépassé les bornes. Je dois défendre les intérêts des autres candidats. Si vous estimiez le délai insuffisant, vous n'étiez pas obligé de le prendre, ce job.*
— *Je vous dis que j'ai eu un décès dans ma famille !*
— *Je regrette, professeur.*
— *Soyez sympa, j'ai mon loyer à payer...*
— *Il fallait y songer plus tôt.*
— *Mais ils vont m'expulser...*
— *Désolée. Terminé.*

— Pas question !

Le ton de Rembrandt ne souffrait pas de réplique. Calvin s'aperçut que, loin de le réconforter, il l'avait gravement offensé.

— C'est aimable d'y avoir songé, ajouta Rembrandt en se radoucissant, mais comprenez-moi : toute ma vie, je m'en suis sorti par mes propres moyens. Ce n'est pas aujourd'hui que je vais accepter la charité.

— Vous me les rendrez quand ça ira mieux !

— *Quand ça ira mieux !* ricana Rembrandt sans pouvoir réprimer un haussement d'épaules.

Calvin n'insista pas. Il était évident que son ami ne voyait pas l'avenir du même œil que lui. Gêné, il voulut prendre congé. Mais Rembrandt ne l'entendait pas ainsi.

— Pardonnez-moi, lança-t-il d'un ton sec que Calvin ne lui connaissait pas, mais c'est très mal d'espionner comme vous le faites !

Se sentant agressé alors qu'il s'attendait à des remerciements, le garçon se raidit.

— Ce ne serait pas arrivé si vous ne m'aviez menti à tout bout de champ !

— Expliquez-vous... Qui ment à qui ?

— Vous tous... Thomas, Nitchy, vous-même, Rembrandt... Vous me taisez des choses importantes. Vous croyez peut-être que je ne m'en rends pas compte ? Et Ada, ma meilleure amie. Je croyais qu'on se disait tout, elle me dissimulait sa vraie vie... Tout ça avec votre complicité!

— Enfin, Calvin, si Ada n'a pas jugé bon de vous la raconter, sa vie, c'était son droit...

— Vous ne pigez rien à rien, comme toujours, Rembrandt. Ada et moi, nous étions... je veux dire... nous n'avions aucun secret l'un pour l'autre... Faut-il vous mettre les points sur les i?

— S'il vous plaît...

— Nous nous aimions...

— Je le sais bien.

— Non, pas comme vous le pensez. Puisqu'il vous faut des précisions : Nous... Nous étions amants, voilà!

— *Amants? Vous?* Impossible!

— Je savais que vous diriez ça...

— Et pour quelle raison, s'il vous plaît?

— Chacun sait que vous en pinciez pour elle...

— Ridicule...

— Si vous refusez de vous rendre à l'évidence, c'est que vous crevez de jalousie...

— Mon pauvre ami, vous êtes à côté de la plaque. Simplement, je sais une chose que vous ignorez. Une chose que, je le reconnais à présent, nous aurions dû vous apprendre depuis longtemps...

— Encore une cachotterie? Allez-y, je ne suis plus à une surprise près...

Alors Rembrandt exaspéré le foudroya :

— ADA ÉTAIT VOTRE MÈRE!

Au moment de son arrestation, Isabelle Adamowitz était bel et bien enceinte. De qui, elle ne l'avait jamais dit. Calvin était né en prison. Les six premières années de sa vie, il les avait passées dans sa cellule. L'ombre sans visage penchée sur lui tandis qu'il s'endormait, c'était elle. Thomas, qui ne pouvait avoir d'enfant et s'était pris d'amitié pour elle, l'avait adopté pour qu'il ne soit pas élevé sans père.

Lorsqu'il eut l'âge d'être transféré dans son propre cocon, Isabelle – qui ne voulait pas risquer qu'il apprît son passé criminel – décida de disparaître de sa vie. D'accord avec Thomas, ils inventèrent l'histoire du divorce. Dorénavant, Isabelle élèverait son fils sous les traits d'Ada, nouvelle compagne de Thomas. Nitchy, Chen et Rembrandt partageaient leur secret et le protégeaient. Ada avait insisté : elle voulait pour son fils une existence normale. Ils avaient promis...

Calvin éprouvait un mélange de colère et de honte. Colère contre ses amis qui lui avaient celé l'essentiel, honte de son attitude injuste envers Thomas. Mais plus que tout le submergeait, quand il songeait à ce masque qui était sa mère, la nausée. Pour s'en délivrer, il tenta de se confesser à Rembrandt.

– Vous savez, quand je vous ai dit qu'Ada et moi étions...

– Vous vous vantiez...

– Non... Enfin, pas exactement..., avait-il bredouillé.

En vérité il ne savait plus quoi penser. Le mieux était de tout avouer, de se purger, et de laisser à l'autre la responsabilité de juger.

— Autant que vous sachiez. J'avais... Un jour qu'elle faisait l'amour avec Thomas, j'ai enregistré ses paramètres...

Rembrandt éclata de rire.

— Vous preniez du bon temps avec un avatar d'Ada!!! Et... qui vous donnait la réplique? Vous ne répondez pas? Ah, je crois comprendre! Maud, n'est-ce pas? La pauvre croyait être l'objet de votre flamme et ne servait en réalité qu'à animer dans vos bras une poupée à l'effigie d'Ada... Si c'est ce qui vous rend malade, je vous rassure tout de suite : ces jeux de chimères n'ont rien de commun avec l'amour...

— Oh, Rembrandt... Rembrandt... Vous ne comprenez pas...

Mais comment expliquer pareille chose? Secourable, Rembrandt tendit une perche.

— C'est le moment ou jamais, Calvin.

Alors, comme on dégueule un poison, il se délivra.

— Ce n'étaient pas ses paramètres... je veux dire... pas ceux d'Ada... J'avais... Pour faire l'a... Pour cou... Pour être auprès d'elle... je revêtais l'apparence de Thomas!

Mossoul, couvent des dominicains

— S'il la trouve, Dieu nous garde !

Depuis son arrivée, le jésuite ne désarmait pas. Pour la énième fois, le père Eberhardt, prieur du couvent déshérité qui sur ordre spécial du pape devait désormais lui servir de prison, avait patiemment subi les diatribes du général déchu.

— Vous n'avez pas l'air de vous rendre compte, insista le jésuite, excédé par l'absence de réactions de son hôte.

— C'est qu'ici, nous sommes bien loin de tout, répondit humblement le dominicain. Nous ne sommes que de pauvres moines, voyez-vous, et la haute politique n'est guère notre fort.

Chez les loups, baisser la queue ou présenter sa gorge aux crocs du mâle dominant suffit d'ordinaire à apaiser son courroux. Mais rien n'excitait davantage l'agressivité de l'ex-général qu'un interlocuteur en posture de soumission. Loin de l'apaiser, l'aveu d'ignorance du prieur ne fit qu'accroître sa morgue.

— Pas besoin d'être Thomas d'Aquin pour comprendre que s'il la retrouve nous courons au désastre.

— Mais que contient-elle de si terrible ? s'enquit le dominicain, l'air étonné.

— Nul ne le sait, convint le jésuite, hormis les papes. Mais pour juger de sa nocivité, il suffit de se souvenir des errements de Nestorius. L'Église a bien failli ne jamais s'en remettre.

Il disait vrai, mais à son habitude ne disait pas tout. De cette Bulle il ignorait certes le contenu exact, mais il pouvait en supputer la teneur, à la façon dont les astronomes déduisent, de la conduite erratique des objets visibles qui l'environnent, la présence d'un trou noir : en observant ses effets sur ceux qui, tel Nestorius, s'en étaient approchés. Le baron *von und zu* Kettelbach-Wasselnheim avait aussi une raison plus personnelle de connaître le pouvoir de la Bulle : pour l'avoir manipulée sans précaution dans sa guerre contre la papauté, son ancêtre Frédéric II Barberousse avait perdu sa couronne. Le jésuite se gardait pourtant de mentionner l'épisode qui au treizième siècle s'était soldé par l'anéantissement de la dynastie Hohenstaufen : ce rustaud de dominicain aurait pu se méprendre et attribuer sa croisade présente contre Jean-Baptiste Ier à une vulgaire vendetta familiale.

— Je tiens de source sûre, poursuivit-il, qu'il a conçu une doctrine diabolique à côté de laquelle celle de Nestorius fait figure d'étourderie de catéchumène.

— De source sûre, dites-vous ?

— Une personne de confiance que j'ai réussi à placer dans l'entourage du pape...

Alors il évoqua ces écrits interdits découverts dans l'ordinateur papal à côté de ceux de Nestorius, textes d'Arius d'Alexandrie niant que le Christ fût pleinement Dieu, d'Eutychès, exposant que la nature divine du Christ en estompait l'humanité, de Pélage affirmant au contraire qu'en lui l'humain prenait le pas sur le divin.

— Vous prétendez que le Saint-Père... nierait la divinité de Notre Seigneur ?

— Pis que cela, frère Eberhardt, bien pis !

Et il lui parla du texte diabolique.

L'Homme n'est pas le Temple du Verbe pour l'éternité ! Le frère Eberhardt se rendait-il bien compte de ce que cette phrase impliquait ? L'alliance du Créateur avec son peuple n'était-elle pas éternelle ? N'était-ce pas Dieu en personne qui, après le Déluge, se repentant d'avoir voulu anéantir l'humanité, avait déclaré à Noé : « J'ai mis mon arc dans la nuée pour qu'il devienne un signe d'Alliance entre moi et la terre... L'arc sera dans la nuée et je le regarderai pour me souvenir de l'Alliance perpétuelle entre Dieu et tout être vivant, toute chair qui est sur la terre » ? N'était-ce pas Dieu encore qui avait promis à Abraham : « J'établirai mon Alliance entre moi, toi, et après toi les générations qui descendront de toi. Cette Alliance perpétuelle fera de moi ton Dieu et Celui de ta descendance après toi » ? Et Dieu toujours qui avait dit à Moïse, après la sortie d'Égypte : « Si vous entendez ma voix et gardez mon Alliance, vous serez mon trésor le plus précieux parmi tous les peuples » puis, après lui avoir dicté ses commandements : « Inscris ces paroles car c'est sur la base de ces paroles que je conclus avec toi une Alliance, ainsi qu'avec Israël » ? Dieu enfin qui, d'après le *Psaume 89,* proclamait : « J'ai conclu une Alliance avec mon élu, j'ai juré à David mon serviteur : J'établis ta dynastie pour toujours, je t'ai édifié un trône pour tous les siècles » ? Et lorsque les fils d'Israël eurent cessé de Lui complaire, n'avait-Il pas Lui-même annoncé l'avènement de sa Sainte Église : « Des jours viennent – oracle du Seigneur – où je conclurai avec la communauté d'Israël – et la communauté de Juda – une nouvelle Alliance. Elle sera différente de l'Alliance que j'ai conclue avec leurs pères quand je les ai pris par la main pour les faire sortir du pays d'Égypte... Voici donc l'Alliance que je conclurai avec la communauté d'Israël après ces jours-là – oracle du Seigneur : je déposerai mes directives au fond d'eux-mêmes, les inscrivant dans leur être je deviendrai Dieu pour eux, et eux, ils deviendront un peuple pour moi » ? Et voici qu'à l'encontre de cette tradition plusieurs fois millénaire, attestée par les textes les plus saints, ce pape hérétique voudrait leur faire croire que *l'Homme n'est pas le Temple du Verbe pour l'éternité !*

— Malheur à celui qui lacère la Tunique sans couture ! s'écria le dominicain en se signant, effaré.

— Comprenez-vous à présent, frère Eberhardt, pourquoi il faut empêcher que la Bulle ne tombe entre ses mains ? Or, voici que mon agent m'apprend...

— Vous voulez dire que ce... collaborateur est toujours en place ?

— Bien sûr ! Donc, voici que j'apprends que le Saint-Père a chargé quelqu'un d'explorer une nouvelle piste en Chine...

— Pourquoi réussirait-il là où vous avez échoué ? Ne m'avez-vous pas dit que votre Compagnie avait retourné chaque arpent de terre chinoise ?

— Je connais bien celui qu'il a mandaté. Mackenzie est un homme très capable...

— *Reginald* Mackenzie, le maître des études mongoles-chinoises ?

— Vous comprenez mon inquiétude. Il dispose en Chine d'un excellent réseau d'informateurs...

À point nommé pour le prieur, qui ne tenait pas à prolonger la conversation, la cloche du couvent sonna.

— Veuillez m'excuser, mon père, dit-il en s'inclinant avec déférence pour prendre congé. *Lectio divina*, vous comprenez...

— Allez, mon fils, concéda le jésuite sans dissimuler le mépris que lui inspiraient ces exercices pour illettrés. Comment un tel péquenot avait-il réussi à être élu supérieur d'un couvent, même aussi miteux que celui de Mossoul ? Au sein de la Compagnie, pareil croquant n'aurait pas eu la moindre chance, nouvelle preuve s'il en fallait de la supériorité des fils d'Ignace sur ceux de Dominique.

Si à ce moment l'ex-général n'avait été aveuglé par la hargne et le dédain de tout ce qui n'était pas lui, il aurait surpris dans le regard du prieur un éclair de jubilation qui l'aurait alerté.

Car dans ce couvent miteux une poignée de religieux triés sur le volet poursuivait en grand secret la quête des manuscrits de Nisibe.

Le père Eberhardt était le talentueux continuateur d'un effort séculaire des fils de saint Dominique pour s'emparer de la Bulle, effort qui débuta au Moyen Âge quand ils prirent conscience qu'elle seule pouvait garantir leur liberté de recherche. Nombreux alors étaient ceux, au sein de l'Église comme de l'Université, que gênait la réconciliation de la raison et de la foi entreprise à la suite de Thomas d'Aquin par les théologiens de l'ordre. Au premier rang, le Saint-Siège que leurs thèses contrariaient fort, en ce qu'elles donnaient des armes aux partisans d'une stricte séparation des pouvoirs temporel et spirituel, alors qu'il tentait d'affirmer sa suprématie sur les empereurs et les rois.

Jamais complètement négligée, leur quête de la Bulle connut des hauts et des bas, mais fut intensifiée en trois occasions : en 1312, lorsque l'anéantissement du Temple leur fit comprendre qu'aucun ordre – fût-il le plus riche et le plus puissant – ne possédait les promesses de l'éternité, en 1773 quand la suppression de la Compagnie de Jésus leur démontra que les meilleurs serviteurs des papes n'étaient pas à l'abri de leur ingratitude, au vingtième siècle enfin quand, plusieurs incidents violents ayant opposé les théologiens de l'ordre au Saint-Office, les dominicains comprirent que leur existence même était en péril.

Par une ironie de l'histoire, c'était la lutte à mort des papes contre Frédéric II Hohenstaufen – le propre ancêtre de ce jésuite que Jean-Baptiste Ier venait de destituer – qui avait attiré l'attention des disciples de saint Dominique sur ce manuscrit dont jusqu'alors ils ignoraient tout.

Sur les circonstances par lesquelles l'empereur germanique avait eu connaissance de l'existence et du contenu de la Bulle, le prieur en était réduit aux conjectures. C'était très probablement au cours de la croisade de 1229 que Frédéric avait rencontré les envoyés du grand khan Ogödaï. Le fils de Gengis Khan venait d'hériter d'un empire s'étendant de la Volga au fleuve Jaune. Mais son expansion vers l'ouest s'était heurtée en Perse à de vives résistances, qui lui faisaient présager des difficultés plus grandes encore quand viendrait l'heure de conquérir les terres d'Islam. Aussi ce stratège éclairé avait-il imaginé d'ouvrir en Méditerranée un second front avec l'appui de ces petits royaumes chrétiens qui ambitionnaient de reprendre Jérusalem.

Depuis peu excommunié par Grégoire IX, qui orchestrait dans son dos le soulèvement de ses États, Frédéric avait grand besoin d'un succès en Terre sainte pour conserver son empire. Plus doué pour la diplomatie que pour la chose militaire, il était ouvert à toute solution qui lui aurait permis de s'emparer du tombeau du Christ sans avoir à verser le sang. Il négociait d'ailleurs en ce sens avec le sultan d'Égypte.

La teneur des tractations de l'empereur et du grand khan restera à jamais un mystère, mais pour le prieur il n'y avait pas le moindre doute : en contrepartie de son appui contre les musulmans, Ogödaï avait promis à Frédéric de lui céder la seule arme susceptible de le mettre à jamais à l'abri des empiétements de Rome, la Bulle de Pierre.

Erreur incompréhensible autant que fatale : aux propositions du grand khan, Frédéric préféra celles du sultan. Le 18 février 1229, il signait à Jaffa un traité par lequel ce dernier lui restituait les Lieux saints sans coup férir.

Ce succès diplomatique eut un effet exactement inverse de celui escompté : le pape n'avait que faire de Jérusalem. Ce qu'il désirait, c'était la ruine du Hohenstaufen, seul obstacle à sa propre souveraineté. Il redoubla donc d'hostilité, déclara le traité nul et non avenu, encouragea les Croisés à refuser l'autorité de l'empereur et les chevaliers du Temple et de l'Hôpital à l'assassiner, alla jusqu'à frapper d'interdit le Saint-Sépulcre, comme il eût fait de la chapelle d'un baron relaps. Ulcéré, Frédéric rentra en Italie, décidé à avoir une explication avec ce chrétien plus vindicatif que les Mongols et moins conciliant que les Arabes.

Le choc eut lieu à Agnani le 1er septembre 1230, avec pour seul témoin Herman de Salza, grand maître des Chevaliers teutoniques. Celui-ci ayant emporté le secret dans sa tombe, nul ne sait ce que se dirent les deux ennemis. Une seule chose était certaine : au sortir de la rencontre, Grégoire transfiguré qualifiait de *fils chéri de l'Église* celui que la veille encore il traitait de *monstre sorti de la mer, la bouche pleine de blasphèmes... dont la gueule ne s'ouvre que pour vomir des outrages contre Dieu.*

Pour le prieur, cet extraordinaire revirement ne pouvait avoir qu'une explication : exploitant habilement le peu qu'il avait appris des émissaires d'Ogödaï, Frédéric était parvenu à faire croire au pape qu'il possédait la Bulle.

Grégoire mit douze ans à comprendre que le « fils chéri » bluffait. Douze années de relative tranquillité que ce dernier allait payer fort cher. Car lorsqu'en avril 1241 les hordes d'Ogödaï déferlèrent sur l'Europe, ravageant la Pologne, la Silésie et la Hongrie, menaçant l'Allemagne, le pape agonisant trouva encore assez de haine en lui pour propager le bruit qu'elles avaient été appelées par Frédéric. À présent il pouvait partir tranquille : ce germe qu'en un souffle ultime il venait de répandre allait tuer le Hohenstaufen plus sûrement que le poison, le poignard ou le choléra. De fait, son entente supposée avec le diable pesa lourd dans la décision du concile de Lyon de le déposer en 1245, et plus encore dans celle des archevêques-électeurs de Trèves, Cologne et Mayence – encore tremblants du souvenir des exactions mongoles – d'élire un empereur concurrent.

Pour les papes l'alerte avait été chaude : elle leur fit prendre conscience de la menace que représentait la Bulle pour peu qu'elle tombât entre les mains d'un maître chanteur. L'unique moyen de la mettre hors d'état de nuire était de la récupérer. Aussi, sans même attendre la destitution de Frédéric, le successeur de Grégoire, Innocent IV, envoya-t-il au grand khan un légat, le franciscain Jean du Plan Carpin.

Celui-ci arriva à Qaraqoroum alors que s'y tenait le *qouriltaï*, l'assemblée des princes qui devait désigner le successeur d'Ogödaï. Au terme d'âpres débats, son fils Güyük fut élu. Mais le nouveau grand khan était entouré de conseillers hostiles à Rome : son précepteur, ses principaux ministres, son chancelier, appartenaient à des familles qui avaient depuis plusieurs générations embrassé la foi nestorienne. La réponse du Mongol aux avances papales fut donc sans surprise : il exigea qu'avant toute négociation le pontife vînt à sa cour lui rendre hommage, ce qui était une manière fort malpolie de dire non.

Nullement découragé par cette rebuffade, Innocent attribua l'échec à la maladresse de son émissaire et résolut d'envoyer une seconde ambassade. C'est à cette occasion que l'ordre des prêcheurs entra en scène pour ne plus en sortir : le pape en effet confia la mission à un dominicain, le père Ascelin.

Au printemps 1247, Ascelin et ses compagnons arrivèrent au campement du commandant mongol des Marches de l'Ouest. Les choses se passèrent aussi mal qu'on pouvait le craindre, le religieux ayant refusé de se prosterner devant le représentant du grand khan, ainsi que l'exigeait le protocole, et l'ayant – comble d'insolence – adjuré de se soumettre à la vraie foi. Le Mongol était un militaire brillant, mais aussi peu doué qu'Ascelin pour la palabre : il menaça de le faire exécuter. L'aventure se serait arrêtée là, du moins pour le dominicain, si sur ces entrefaites n'était arrivé un conseiller du grand khan, Eldjigidaï.

Fin politique, parfaitement informé tant des projets d'alliance passés que du nouvel équilibre des forces en Occident, Eldjigidaï eut vite fait de comprendre le profit qu'il pouvait tirer de la Bulle. Après les avoir habilement confessés, il renvoya à leur expéditeur les ambassadeurs d'Innocent IV, avec une réponse calquée sur celle qui avait été faite à Plan Carpin : aucune discussion tant que le pontife n'aurait pas fait allégeance en personne au seul représentant de Dieu sur terre, le grand khan. Le Mongol entrevoyait-il l'issue du bras de fer séculaire opposant le Saint-Siège aux rois ? Toujours est-il qu'il semble avoir tenu à propos du pape un raisonnement identique à celui de Staline plusieurs siècles après : *combien de divisions ?* Car dans le même temps qu'il lui opposait cette fin de non-recevoir, il dépêchait deux messagers auprès de celui qu'il considérait comme le véritable détenteur du pouvoir en Chrétienté, le roi de France, Louis IX.

Vingt années s'étaient écoulées depuis les négociations avec Frédéric II. Sous l'impulsion d'Ogödaï, puis de Güyük, l'Empire mongol avait connu une formidable expansion vers l'ouest, seulement stoppée au nord par le Danube, et au sud par le Tigre et l'Euphrate. Contre le khalife de Bagdad la politique d'alliance avec les chrétiens, un temps délaissée, reprenait toute son actualité, d'autant qu'en se confessant les dominicains avaient révélé à Eldjigidaï les préparatifs de croisade de Louis. C'est d'ailleurs en route pour la Terre sainte que le roi de France reçut les émissaires du Mongol.

Le futur saint n'en était pas moins homme. La coalition proposée n'avait à ses yeux que des avantages : en lui livrant Jérusalem, elle faisait de lui le successeur naturel de Frédéric. La possession de la Bulle neutralisait toute velléité d'intervention de Rome dans les affaires de son royaume. Il y avait bien dans l'accord une clause qui le chagrinait quelque peu : le Mongol exigeait que le roi lui fît allégeance. Mais le Tombeau du Christ valait bien une génuflexion : Louis chargea trois ambassadeurs de conclure un traité. Tous trois étaient dominicains.

Cette alliance n'était pas conforme aux plans du Ciel. Quand les envoyés du roi parvinrent à destination, le grand khan Güyük venait de mourir et une atmosphère de guerre civile, peu propice aux projections géopolitiques, régnait entre les petits-fils de Gengis Khan. Quant à Louis, il fut défait par les musulmans et emmené en captivité. La grandiose construction d'Eldjigidaï s'effondra.

Lorsque quatre ans plus tard Louis enfin libéré revint en France, un de ses premiers gestes fut de tenter de renouer avec les Mongols. Cette fois ce fut un franciscain qu'il désigna à cet effet. Mais dans les steppes le vent avait tourné. Le nouveau grand khan Mongka s'était empressé d'écarter de son chemin les fidèles de son prédécesseur, au premier rang desquels Eldjigidaï. L'architecte du rapprochement avec la Chrétienté avait été exécuté. De surcroît, le souverain était soumis à des influences contraires : sa mère et l'une de ses épouses étaient nestoriennes, ainsi que le chancelier de l'empire. Enfin, la piteuse défaite du roi de France avait terni son auréole : aux yeux des Mongols, il n'était plus l'allié puissant qu'ils avaient espéré. Le 18 juin 1254, le franciscain quitta Qaraqoroum avec cette réponse de Mongka : « Tel est le commandement du Ciel éternel : il n'y a qu'un seul Dieu au ciel et qu'un souverain sur la terre, son fils Gengis Khan. » Ainsi prirent fin vingt-cinq années d'attouchements d'antennes qui, si le Ciel l'avait voulu, auraient pu changer la face de la terre en y créant de l'Atlantique à la mer de Chine un espace chrétien sans solution de continuité, la Tunique sans couture chère au cœur du père Eberhardt.

La cloche du couvent arracha le prieur à ses rêveries. Tout en pressant le pas, il repassa à voix basse, comme un collégien révise sa leçon, les grandes lignes de son exposé. Dans quelques instants, il lui reviendrait d'annoncer aux supérieurs majeurs de l'ordre, réunis en grand secret à Mossoul, une nouvelle dont il ne savait s'il convenait de s'en réjouir ou de s'en alarmer : les manuscrits de Nisibe étaient retrouvés.

– Comment se porte votre hôte ?
– Plus quérulent que jamais, répondit le prieur en souriant. Il prétend que le Saint-Père serait en train d'explorer une nouvelle piste chinoise.
– Cette fameuse piste Tang...

Le père Eberhardt ne releva pas. Le jésuite n'était pas le seul à avoir des informateurs dans l'entourage du pape. Rien de surprenant donc à ce que le maître général de l'ordre des prêcheurs fût déjà au courant de sa dernière initiative.

– Nous verrons bien ce qui en sortira, conclut-il.

Il n'y avait guère à craindre de ce côté : quels qu'en fussent les résultats, quand l'enquête du pape déboucherait – si elle débouchait un jour – ils en seraient les premiers avertis. Mais il était prêt à le parier : cette piste se révélerait une impasse. Comme tous ceux qui l'avaient précédé, Jean-Baptiste Ier se fourvoyait.

L'erreur d'aiguillage était imputable au pape Nicolas IV, mais son origine remontait au grand khan Mongka. Lorsqu'il accéda au pouvoir suprême, il demanda à l'un de ses frères, Hulägu, d'achever la conquête de la Perse, et à un autre, Khoubilaï, d'entreprendre celle de la Chine des Song. Aussitôt dit, aussitôt fait : trois ans plus tard Hulägu était khan de Perse. Quant à Khoubilaï, il mit un peu plus de temps à monter sur le trône céleste : vingt ans. Là se situait la croisée des chemins : il y avait la branche chinoise et la branche perse. Nicolas IV – et après lui tous ses successeurs sans exception –, raisonnant que les nestoriens avaient dû se placer sous la protection du plus fort, en conclut très logiquement qu'ils avaient suivi Khoubilaï – devenu entre-temps grand khan – et que par conséquent la Bulle se trouvait à Pékin. C'est donc en Chine qu'il envoya en 1289 le franciscain Jean de Montecorvino, et qu'à sa suite des générations de franciscains puis de jésuites s'échinèrent en vain jusqu'au milieu du dix-huitième siècle. Mais, avec ses frères en Dominique, le père Eberhardt avait fait un pari différent. Selon lui, les nestoriens, tout à leur quête d'un nouveau Constantin sous l'égide duquel la vraie foi pourrait refleurir, avaient misé sur Hulägu. C'était donc en Perse qu'il fallait chercher.

La Chine en effet n'avait pas été la Terre promise qu'avaient rêvée Mar Utâ et ses compagnons. En cinq siècles, confrontés à la montée en puissance du bouddhisme, les nestoriens n'y avaient que peu progressé, alors que leurs coreligionnaires demeurés en Perse n'avaient eu qu'à se louer de la tutelle mongole. Dès le début de la conquête, soucieux de se ménager l'appui des chrétiens contre les musulmans, les khans avaient ordonné qu'on épargnât les communautés nestoriennes de Perse. Cette protection ne s'étant jamais démentie, les nestoriens avaient poussé leur avantage jusqu'aux plus hautes sphères du pouvoir. La mère et plusieurs des épouses du khan de Perse s'étaient converties, et Hulägu lui-même s'était entouré de conseillers et ministres nestoriens. Pendant ce temps, en Chine, Khoubilaï, en dépit des services capitaux que lui avaient rendus les nestoriens, favorisait l'expansion du bouddhisme. Non, décidément, les rives du Tigre et de l'Euphrate étaient plus propices à la Vraie Foi que celles du fleuve Jaune : les nestoriens avaient nécessairement opté pour le retour en Perse du trésor de Mar Utâ.

Après de minutieuses enquêtes, les prédécesseurs du père Eberhardt avaient cru pouvoir reconstituer les événements. Le transfert des manuscrits avait dû être confié à ce moine de haut rang, Rabban Çauma, qui quitta la Chine sous couvert d'un pèlerinage à Jérusalem où, bien entendu, il ne parvint jamais. Pour l'avoir maintes fois parcouru, le prieur connaissait par cœur son itinéraire, de Pékin au Gansu, puis Khotan par le sud du Lob-Nor et du Tarim où les petites communautés nestoriennes qui jalonnaient la route de la Soie l'avaient hébergé, la Kachgarie, où la guerre des clans mongols l'avait obligé à un long détour par le nord, le Khorâssân, où il avait fait étape au monastère de Mar Çéhyon, puis Marâgha en Azerbaïdjan, où il s'était entretenu avec le patriarche, Bagdad, où il avait visité le siège pontifical, l'Assyrie, où l'on avait retrouvé trace de son passage à la citadelle nestorienne d'Arbèles et au sanctuaire de Beth Garmaï, et enfin le monastère Saint-Michel-de-Tarel près de Nisibe où il était arrivé en 1277.

Très tôt les dominicains avaient concentré leur attention sur les dernières étapes du voyage de Rabban Çauma. C'est pourquoi, pour abriter leur centre de recherche, ils avaient choisi Mossoul, à mi-chemin entre Nisibe et Arbèles. Et c'est là, sur les contreforts du Zagros, dans les ruines de l'antique place de sûreté des nestoriens, que le père Eberhardt avait fini par retrouver, enfouis depuis des siècles dans des jarres de terre cuite, les manuscrits tant convoités. Mais quand ils eurent achevé l'excavation, la joie de la découverte fit place à une insupportable angoisse. Deux livres manquaient à l'appel : le *Bazar* d'Héraclide et la Bulle de Pierre.

— Mieux eût valu ne rien trouver !

La formule du provincial de France résumait bien l'état d'esprit des dominicains. Les manuscrits dénonçaient leurs intentions sans leur procurer la protection attendue. Sans la Bulle, ils constituaient autant de bombes à retardement, qui exploseraient dès que le pape en apprendrait la découverte. Nul doute, sa réaction serait foudroyante : l'exil à Mossoul de l'infortuné jésuite en attestait. Un seul livre avait suffi à sa perte. Qu'adviendrait-il d'eux qui les détenaient tous ?

— À présent nous ne pouvons plus reculer, ajouta le Français. Nous devons la retrouver avant qu'il ne nous démasque.

— Facile à dire : où chercherons-nous ? demanda Eberhardt en haussant les épaules.

— Il faut reprendre de zéro, dit un autre. Nous avons eu grand tort de tout miser sur la filière perse. Il est clair à présent que c'était une impasse.

— Les franciscains et les jésuites ont épuisé la voie chinoise, rappela sèchement le prieur.

Pas convaincu, le Français revint à la charge.

— Savons-nous seulement si les nestoriens ont bien emporté la Bulle en quittant la Chine ? J'irais plus loin : qu'est-ce qui permet d'affirmer qu'elle se trouvait à Pékin avec les autres manuscrits de la bibliothèque ? Elle a pu en être séparée à un moment ou un autre. Après tout, le *Bazar* qui fut fatal à notre ami jésuite a bien suivi un chemin différent !

— Une chose est sûre : les Mongols l'ont utilisée comme monnaie d'échange dans leurs négociations avec Frédéric II et Saint Louis !

— Raison de plus, assena le Français. Pourquoi le grand khan aurait-il accepté de se défaire d'un gage aussi précieux ?

— Khoubilaï ne pouvait rien refuser aux nestoriens. Il avait à leur égard trois dettes capitales. C'est grâce au sacrifice d'un prince nestorien que son grand-père Gengis Khan avait pu se rendre maître de la Mongolie, grâce aux nestoriens encore que son frère aîné Mongka avait écarté de la succession les descendants d'Ogödaï, et toujours grâce à un nestorien que Khoubilaï lui-même avait accédé au pouvoir suprême en dépit des prétentions de son frère cadet.

— Je ne pense pas qu'il ait poussé la reconnaissance jusqu'à se priver d'un document qui lui procurait un tel levier sur la Chrétienté. À sa place, j'aurais rendu les manuscrits mais conservé la Bulle. D'ailleurs, si les nestoriens en avaient disposé, comment expliquez-vous l'échec des négociations avec Philippe le Bel ?

Pour la première fois, le père Eberhardt était en difficulté. Il n'avait jamais examiné la question sous cet angle. Le khan de Perse, toujours désireux en dépit des avanies passées d'obtenir l'appui des puissances latines contre les musulmans, avait en effet chargé son ami Rabban Çauma d'une ultime tentative. Le nestorien rencontra Philippe le Bel, puis Édouard Ier et enfin Nicolas IV, mais n'obtint d'eux que de creuses protestations d'amitié. Cet échec devait avoir des répercussions incalculables : il laissait le champ libre à l'islamisation d'un territoire où un jour s'enracinerait, sur les ruines de la civilisation mongole, l'Empire ottoman.

— N'est-ce pas la preuve que les nestoriens de Perse ne disposaient pas de la Bulle ? insista le Français. Car comment expliquer que Rabban Çauma ne s'en soit pas servi pour parvenir à ses fins ?

— Qui vous dit qu'il ne l'a pas fait ?

— Selon vous, Philippe le Bel, en plein conflit de souveraineté avec Rome, aurait laissé échapper cette chance unique de réduire le pape au silence ? Et Nicolas IV n'aurait rien tenté pour récupérer l'instrument avec lequel Frédéric II avait fait chanter son prédécesseur ? Invraisemblable ! D'ailleurs, si le khan de Perse lui avait proposé la Bulle en échange de son alliance, pourquoi le pape aurait-il par la suite fait la cour aux empereurs de Chine ? Or, à peine Rabban Çauma reparti, Nicolas envoyait Montecorvino à Khoubilaï. La seule explication, c'est qu'à aucun moment de ses négociations avec le pape, le nestorien ne mit la Bulle dans la balance. Et s'il ne l'a pas fait, c'est qu'il ne la possédait pas.

— Il y a une autre explication, répliqua le prieur. Pour les nestoriens, la Bulle constituait la meilleure sauvegarde possible contre les persécutions de Rome, présentes et à venir. Entre les mains du khan, elle n'était qu'une flèche qui une fois tirée n'était plus bonne à rien. Entre les leurs, c'était un bouclier perpétuel. Voilà pourquoi, malgré leur désir de plaire au Mongol, ils ont préféré la conserver.

— Et moi, s'entêta le Français, je persiste à penser que c'est précisément ce raisonnement qui conduisit Khoubilaï à refuser de la restituer : la Bulle était l'arme absolue, qu'il faisait peser, telle l'épée de Damoclès, sur la tête de tous les souverains chrétiens, y compris le premier d'entre eux. *Quod erat demonstrandum* : ce manuscrit maudit est resté en Chine.

À mesure qu'ils échangeaient leurs arguments, le ton montait. La confusion était à la hauteur de leur frustration. Des siècles de recherches pour en arriver là... Ils avaient voulu se prémunir et se retrouvaient plus vulnérables que jamais. Le grand maître semblait avoir renoncé à ramener le calme. Le tohu-bohu était à son comble, quand ils entendirent une règle frapper sur un pupitre. Ils se tournèrent et aussitôt le silence se fit.

Celui qui tenait la règle était un vieillard chenu, dont la silhouette cassée et l'œil brillant sous des sourcils d'aigle résumaient à eux seuls le destin, un de ces penseurs d'exception que l'ordre depuis Thomas d'Aquin sécrétait une fois par siècle, pour les voir aussitôt brisés par Rome, une de ces lumières cachées au monde sous un boisseau impitoyable, un de ces trésors vivants que la Bulle était destinée à protéger.

— Vous ne comprenez donc pas le message ?
— Le message ? répéta le maître général, interloqué.
— *Ils ont des yeux et ne voient pas !* Ce jésuite...
— Mais il n'était porteur d'aucun message !
— Le message, c'est lui, idiot ! Ne comprenez-vous pas qu'en nous l'envoyant, le Saint-Père nous dit quelque chose ?

Alors leurs yeux se dessillèrent.

— *Il sait !*
— Bien sûr ! Pourquoi a-t-il exilé ce général ici, à Mossoul, à l'instant précis où nous y complotons ?
— Il a appris ce que nous tramons !
— C'est un avertissement ! Il nous dit : « Voyez ce qu'il advient de ceux qui me trahissent. »
— S'il nous croit hostiles, il nous détruira !
— Il n'attendait que ça !
— Mais s'il voulait vraiment nous abattre, pourquoi nous préviendrait-il ?

D'un geste, le maître général les fit taire. Quand le silence fut revenu, il se tourna vers le vieillard.

— Que devons-nous faire ?
— Prendre ces livres maudits et nous jeter à ses pieds avant qu'il ne change de dispositions.
— Après tout le mal que nous avons eu ?
— Ces livres sont-ils ce que nous cherchions ?
— Non, certes.
— Sommes-nous grâce à eux en mesure de le terrasser ?
— Non. Seule la Bulle...
— Alors humilions-nous, ou nous périrons.

Ils se regardèrent, consternés : le vieillard avait raison. Mais quelque chose en eux se révoltait à la pensée d'une capitulation. Le père Eberhardt surtout refusait de toutes ses forces d'abandonner la quête séculaire dont il était l'héritier.

C'est alors que le diable lui souffla l'idée.

– Et si ce jésuite, c'était le Ciel qui nous l'envoyait ?

Sierra Nevada, campement de Tash

— Regarde comme ils sont gras ! Comment les préfères-tu ? Rôtis ou en sauce ?

Magda n'était jamais tant heureuse que quand elle savait que ses petits allaient pouvoir manger.

— Les deux ! répondit Tash en riant. Il avait à ce propos une opinion bien arrêtée : le ragoût était la meilleure manière de mettre en valeur cette chair délicate, mais ne rendait guère justice à la peau, qui n'était succulente que laquée. D'un autre côté, si les braises doraient l'épiderme à souhait, elles présentaient l'inconvénient d'assécher la viande. Aussi, pour être pleinement apprécié, le rat devait-il être apprêté des deux façons. C'est pourquoi les connaisseurs ne les dégustaient que par couple, gardant pour eux la chair de l'un et la peau de l'autre, et régalant le chat du reste. Et comme dans sa générosité accoutumée l'ami Bruce, grand trappeur devant l'Éternel, en avait apporté deux douzaines, il n'y avait aucune objection à ce qu'on en fît deux services, la couenne caramélisée à point pour ouvrir, les cuisses moelleuses et juteuses ensuite.

La vieille femme bougonna, bien qu'au fond elle approuvât, comme d'ailleurs tout ce que disait ou faisait Tash. Et puis ce n'était pas tous les jours que l'on recevait les gens de la ville.

Toutefois, elle ne pouvait capituler sans émettre une protestation, au moins pour la forme, ou elle ne s'appelait plus Magda.

— On voit bien que ce n'est pas toi qui te tapes le boulot, lança-t-elle avant de houspiller la ribambelle de gamins qui chahutait dans ses jupes, manière de manifester son mécontentement sans l'assener au véritable destinataire. À bon entendeur salut, ajouta-t-elle *in petto* en distribuant des taloches aux innocents rigolards. Suivez mon regard, je me comprends, Tash n'a qu'à se le tenir pour dit. Magda était une praticienne consommée des attaques par la bande.

La matrone reprit ses préparatifs : il s'agissait de faire honneur aux visiteurs et elle avait une réputation à défendre. Elle écuma le court-bouillon, en rectifia l'assaisonnement.

— Tu vois, Lisa, expliqua-t-elle aux grands yeux bleus qui suivaient sans rien perdre chacun de ses gestes, avec les insectes, tout est dans l'assaisonnement.

Un rien suffisait selon elle à ruiner les délicats arômes de fleurs des scarabées d'eau, les subtiles senteurs d'anis et de vanille des blattes. Quel dommage ce serait de les rater, songea-t-elle en les admirant, grouillant dans leur panier, inconscientes du sort qui les attendait. Rarement elle en avait vu d'aussi dodues et gorgées de sucs.

— Tes frères se sont surpassés, reconnut-elle.

Les gamins, qui avaient veillé les nuits précédentes pour capturer les bestioles, se rengorgèrent fièrement.

Satisfaite, elle réserva le bouillon. Elle n'y reviendrait qu'au dernier moment, juste avant de servir : les insectes se servent *al dente*, car tout le plaisir réside dans le contraste, sous la dent, entre le croquant de la carapace et le fondant de son contenu. Dix secondes de trop, et adieu réputation !

Il était temps de s'occuper de son chef-d'œuvre, le *he-tsong*, libre interprétation d'une recette des paysans du sud de la Chine, apprise de la cuisinière indigène de son père.

— J'avais ton âge, Lisa, et mon papa était diplomate à Canton.

— Kesskesè, *ipomate* ?

— C'était un monsieur qui était envoyé dans un pays étranger pour y représenter son propre pays.
— Alors les dames y pouvaient pas être *ipomate* ?
— Mais si, Lisa...
— Mais t'as dit : un monsieur...
— C'était une façon de parler, oh, et puis ça suffit, tu me fais perdre mon temps.

Sous ses dehors rudes et rustiques, Magda était la perle des institutrices. Les enfants adoraient la faire tourner en bourrique : c'était à qui obtiendrait en fin de journée le score le plus élevé. Une engueulade valait un point, une taloche deux, et si Magda s'exclamait « Mais qu'est-ce que j'ai fait au Bon Dieu pour mériter ça ? », c'était le jackpot : cinq points. La rusée Lisa, qui du haut de ses quatre ans n'ignorait rien des attributions, droits, devoirs, prérogatives et répartition par genres du corps diplomatique, venait de marquer un point. Mais la partie ne faisait que débuter.

— Passe-moi les vers, au lieu de m'embêter.

L'enfant s'exécuta, méditant déjà la manière dont elle gagnerait le point suivant.

— Tu vois, Lisa, dans la recette originale, on utilisait des petits vers tout poilus qui vivaient sur les épis de riz. Les enfants de ton âge se faisaient de l'argent de poche en les récoltant, un à un, et en les revendant aux amateurs. Mais comme on ne trouve pas ce genre de vers ici, j'ai dû adapter.

À défaut de chenilles de rizière, Magda accommodait des lombrics. C'est ce qu'elle appelait « tenir compte des disponibilités du marché ». En ces temps où tout manquait, c'était plus qu'une qualité : c'était ce qui faisait la différence entre santé et carence, parfois entre vie et mort. La Peste avait désorganisé l'élevage, la pollution dépeuplé champs et bois. Le Grand Enfermement avait fait le reste. Les insectes, vers et autres vermines plus ou moins immondes constituaient de précieuses sources de protéines et d'acides aminés. La seule autre façon de s'en procurer en quantité était de lancer une razzia contre le centre de production alimentaire de la Pyramide, où les vigirobots tiraient sur tout ce qui bougeait. Aussi les NoPlugs, sachant qu'ils risquaient de payer de plusieurs vies les quelques sacs qu'ils parviendraient à dérober, ne s'y résolvaient-ils qu'à la dernière extrémité, quand la famine menaçait d'en réclamer davantage encore.

— Regarde bien.

Les yeux bleus s'écarquillèrent tandis que les mains encore agiles de la vieille femme s'activaient sur le saladier où gigotaient les lombrics.

— Attention, avertit Magda en les saupoudrant de gros sel.

Réagissant à la morsure du sel, les vers se tordirent convulsivement, dégorgeant à chaque contraction une crème jaunâtre.

— Je t'avais prévenue, dit-elle en riant alors que la fillette étonnée venait de prendre en pleine figure la giclée d'un ver particulièrement vigoureux. Tiens, essuie-toi.

Magda touilla la mixture, y ajoutant les épices, un rail d'huile, puis y trempa le doigt.

— Tiens, goûte, dit-elle en lui donnant à lécher. C'est ce jus qui donne sa saveur au plat. C'est bon ?

Sans attendre la réponse, à l'aide de ciseaux, elle entreprit de tronçonner menu le contenu du saladier, jusqu'à l'obtention d'une pâte brunâtre si homogène qu'il était impossible d'en deviner la composition.

— C'est presque fini. Passe-moi un œuf.

Alors, avec un regard candide où se lisait la meilleure volonté du monde, mais où un examen plus attentif eût peut-être deviné la manœuvre en préparation, la mignonne lui tendit l'œuf demandé et, avec une confondante coordination, lâcha prise une fraction de seconde avant que Magda n'ait pu assurer la sienne, lui arrachant l'exclamation convoitée.

— Mais qu'est-ce que j'ai fait au Bon Dieu pour mériter ça ?

Bingo ! Cinq points, jubila la gamine en prenant toutefois la précaution d'éclater en sanglots, à titre préventif, des fois que Magda manifesterait l'intention de compléter le score d'une claque ou deux.

S'il était une supplique à laquelle l'excellente femme ne savait résister, c'était bien les larmes de Lisa.

— Allons, ce n'est pas si grave, la consola-t-elle en sortant de sa poche un carré de tissu blanc dans lequel on eût sans peine pu tailler un drap. Tiens, mouche-toi et finissons-en.

Elle alla se chercher un autre œuf dans la remise et le battit avec une telle énergie qu'en moins de trois minutes il avait monté en neige. Lisa se dit qu'elle l'avait échappé belle.

— Et maintenant, tu vas m'aider. Prends cette cuillère en bois et, pendant que je verserai la préparation dans les œufs, tu remueras délicatement pour bien mélanger.

La fillette, enchantée, s'exécuta avec l'application que les marmots accordent à toute besogne qui les passionne.

— Doucement, Lisa. Tu vois, il ne faut pas aller trop vite, sinon les petites bulles d'œuf vont éclater et le plat ne sera pas bien mousseux comme il faut. À présent, il ne reste plus qu'à verser dans un moule et à enfourner. Tu verras, en cuisant la pâte va souffler, et si nous avons bien travaillé, nous obtiendrons un gâteau très léger et très savoureux. Ça t'a plu ?

En dépit du surcroît de labeur qu'elles lui causaient, Magda raffolait de ces visites que leur rendaient de loin en loin les gens de la ville. Bruce et les siens habitaient dans les décombres de l'ancienne cité, dans la plaine. Rares étaient ceux, comme Tash, qui s'étaient établis dans la Sierra, où survivre demandait un savoir-faire et des qualités physiques hors de portée des citadins. Y a pas à dire, nos gosses, c'est autre chose, songeait-elle en comparant Lisa et ses frères aux petits de Bruce, certes charmants et enjoués, mais trop maigres et anémiques à ses yeux.

Elle n'était pas leur mère, ni même de leur sang. Elle était mieux : la gardienne des feux, le pivot de la tribu, son ancre, sa mémoire, sa permanence. On ne pouvait compter sur Tash pour cela : NoPlug, sans attache... Quand il ne s'exposait pas à détrousser la Pyramide, le jeune homme courait par monts et par vaux. Parfois, sans raison, il disparaissait des semaines entières.

Ninon, la chienne qui l'adorait, se couchait alors sur son lit et, prostrée, attendait. Un beau matin, elle dressait les oreilles, gémissait, battait l'air de son fouet, puis se ruait vers un lieu connu d'elle seule. Au soir, escorté du dogue exultant, Tash reparaissait, émacié et fourbu, mais heureux. Pourtant Magda savait qu'un jour il ne reviendrait pas. Il ne lui en avait rien dit, mais elle avait deviné. En fait, dès le premier regard qu'ils avaient échangé quand, fugitif de la Pyramide, il était arrivé au campement. Il n'avait pas quinze ans, il était hâve et nu, mais quelque chose dans son regard clamait déjà : la terre se souviendra de moi. Dès cet instant, elle l'avait su : ce garçon était un Élu. Un jour, il partirait à jamais. Et c'était à elle, la vieille bréhaigne, qu'il appartiendrait de s'occuper des petits.

En ces temps terribles les parturientes rarement se relevaient. Celles qui survivaient disparaissaient l'hiver suivant, trop affaiblies pour résister aux rigueurs du froid et de la faim. Les plus fortes, dès qu'elles le pouvaient, reprenaient leur errance, laissant derrière elles le fruit d'une nuit où, dans les bras de Tash, elles s'étaient, le temps d'une étreinte, souvenues d'elles. Car le garçon n'était pas seulement un animal splendide et désirable, mais en ce temps où chacun ne songeait qu'à prendre, il savait encore donner. Jamais depuis son arrivée au camp sa couche n'avait été vide, et pour la plupart ces petits étaient les siens. Mais quel que fût leur père, ils étaient tous fils et filles de Magda.

Avares de leurs mots, ils avaient d'abord échangé quelques nouvelles anodines, comme de vieux amis qui depuis longtemps se sont dit l'essentiel. Tash semblait soucieux. Bruce voulut faire diversion en lançant la conversation sur la grande affaire du moment, le piratage du WonderWorld, selon lui dernière invention du Pacte pour se débarrasser des NoPlugs.

Mais il avait beau faire, Tash n'embrayait pas.

– Un problème ?

Chef de clan comme Tash, Bruce était sans cesse aux aguets, attentif au moindre bruit qui pût remettre en cause la sécurité des siens. Depuis quelque temps, les Imbus avaient intensifié leur chasse aux NoPlugs et pas une semaine ne s'écoulait sans qu'ils apprissent la destruction d'une nouvelle tribu.

– Je ne sais pas, avoua Tash avec réticence. Peut-être...

Au fond, le jeune homme ne savait rien de Bruce. Il n'existait aucun signe extérieur permettant d'identifier à coup sûr un NoPlug. Pas de carte de membre, pas de mot de passe, pas de signe de reconnaissance. La seule chose distinguant un NoPlug parmi la faune hétéroclite qui rôdait hors des pyramides, c'était son attachement indéfectible à l'Éthique. Depuis qu'ils s'étaient rencontrés, pas une fois Bruce n'y avait manqué.

– Les enfants ?

– Non, de ce côté tout va bien.

Il hésita. Il n'était censé faire part de ses observations à personne en dehors des canaux autorisés. Bruce n'insista pas, respectant son silence. Mais Tash avait besoin de parler. Trop lourd, trop oppressant. Il se jeta à l'eau.

— C'est la Pyramide.

À ce mot, la respiration de Bruce marqua un imperceptible temps d'arrêt, suffisant toutefois pour que Tash comprît qu'il n'était pas seul à s'inquiéter. Alors il lui dit tout. L'accélération du délabrement des cocons, l'élévation rapide de la ligne de démarcation...

À mesure qu'il énumérait les perturbations survenues dans la routine de la Pyramide, des rides se creusaient sur le front de Bruce. Quand il eut fini, son visage suait l'angoisse.

— Alors, celle-là aussi...

Après maintes réticences, Bruce consentit à lui expliquer. Il y avait une rumeur. Dans le monde entier, les pyramides présentaient des symptômes identiques. Dans le monde entier, les pyramides se suicidaient.

Unité de survie *Milton Friedman*

Tash était revenu à la requête de Bruce. À peine arrivé, ça l'avait saisi. La nausée. Le symptôme lui était familier. Il lui devait d'être encore en vie. C'était une sorte d'alarme interne, d'ange gardien biologique, qui l'avertissait chaque fois qu'une menace surgissait, ou que survenait un événement potentiellement dangereux, voire simplement inhabituel. Elle lui avait permis de déjouer bien des pièges, d'échapper à bien des embuscades. Toutes antennes dressées, il avait redoublé d'attention.

À l'écart des grandes barges porte-cocons était ancrée une péniche. Sur le quai, récemment débarqués, s'entassaient de grands bidons métalliques jaunes rayés de larges bandes vertes, d'un modèle qu'il n'avait jamais vu auparavant. Autour, avec la précautionneuse diligence de fourmis déménageant leurs œufs, les robots allaient et venaient. Il n'avait pas eu à suivre longtemps leur manège pour identifier l'endroit où ils déposaient leurs précieux fardeaux. C'était l'usine de conditionnement d'air de la Pyramide. Défiant les caméras de surveillance, il s'en était approché, suffisamment pour déchiffrer cette inscription : AZDM3374.

Sa nausée avait disparu. Avant de repartir, pourtant, il voulait satisfaire une curiosité personnelle. Le garçon au rat. Sans se l'avouer, Tash était anxieux de savoir s'il avait survécu. La fois dernière, en auscultant son cocon, il avait surpris les échos étouffés d'une étreinte amoureuse, les gémissements des amants et, soudain, le fracas de leur lutte, les hurlements terrorisés du garçon, ses cris de souffrance, son râle d'agonisant. Aussitôt il avait fait le rapprochement : la Larve était aux prises avec cet Éventreur dont avaient parlé les flics au P.C. de sécurité. Un court instant, il avait été tenté d'intervenir. Il aurait suffi de déconnecter le cocon. Et puis il s'était souvenu : aucune interférence avec les Larves, sous aucun prétexte. Il s'était abstenu.

Le garçon au rat était sain et sauf, constata-t-il, soulagé. Jusqu'ici, Tash avait à l'endroit des Larves cultivé un parfait détachement et n'avait eu qu'à s'en féliciter. Mais le sort de celle-ci ne lui était plus indifférent. Quelque chose d'imprévu s'était passé qui lui créait à son égard une sorte d'obligation. Ce n'était pas une Larve comme les autres, c'était la Larve-de-Tash. Or, la ligne de démarcation poursuivait son implacable ascension.

À cet instant, un grattement léger se fit entendre, qu'il reconnut aussitôt. C'était, routinier comme un pensionnaire, Hector le rat, de retour de sa promenade hygiénique quotidienne. Grand amateur de leur chair succulente, Tash était le fléau des rats. D'un geste expert, il saisit le rongeur, insensible à ses représentations.

L'instant d'après, Hector, soulagé de s'en tirer à si bon compte, reprenait à la hâte son sinueux chemin vers Calvin, jurant qu'on ne l'y prendrait plus. Dûment harnaché, il tirait une ficelle à laquelle était fixé un message : *Tu es en danger. Veux-tu sortir ? Je peux t'aider. Tash*

Depuis le matin, les *retrievers* lancés sur la piste d'Ada rapportaient par milliers des lambeaux de code fossilisés que Calvin n'avait aucune peine à reconnaître : c'étaient, arborant la griffe inimitable de sa mère, des restes de Gnomes. Des légions de Gnomes, de toutes les variétés possibles, comme jamais il n'en avait vu. Si ces vestiges reflétaient bien son activité, la Sorcière de la Federal Reserve préparait un nouveau coup, et un coup d'envergure. Restait à déterminer quoi : le garçon s'était jeté à corps perdu dans la dissection des petits cadavres.

Absorbé par sa tâche, Calvin ne l'entendit pas couiner. Hector tenta d'attirer son attention en lui mordillant un bout d'orteil, sans plus de succès. En désespoir de cause, il se résolut à s'exhiber sur le clavier.

Quand il vit le rat dans son étrange accoutrement, son cœur battit la chamade. Jusqu'ici, Calvin n'avait eu commerce qu'avec des images. Or voici qu'à l'extrémité de cette ficelle, à quelques mètres de lui, se trouvait un être de chair et d'os. Ce fil conférait à l'inconnu une consistance, un degré de réalité, pour tout dire une *crédibilité*, bien supérieurs à ceux des icônes familières dont il venait d'éprouver l'imposture. Aussi était-il enclin à prendre au sérieux l'avertissement qui y était attaché.

Sortir ! Quel que fût le danger auquel l'étranger faisait allusion, Calvin se sentait bien plus à l'abri *dans* son cocon – et bien mieux armé pour y faire face – qu'*en dehors*. Dehors, il le savait depuis l'enfance, la mort rôdait. Dehors, il suffisait de lire les news pour s'en convaincre, il y avait les gaz toxiques, la radioactivité, les bactéries et les virus, il y avait les bêtes sauvages et surtout il y avait, plus nocifs que les pires nuisances, plus cruels que les fauves les plus féroces, les NoPlugs. Dans sa topologie imaginaire – fruit de vingt années de conditionnement quotidien – « dehors » équivalait à barbarie, tandis que « dedans » était synonyme de civilisation, de sécurité et de liberté. D'ailleurs, ce Tash, que faisait-il *dehors* ? N'était-ce pas un de ces NoPlugs, et ce message un appât pour l'attirer hors de son abri ?

Mais plus que la peur de l'inconnu, ce qui le retenait était ce lien quasi organique que, jour après jour depuis sa naissance, il avait noué avec la Pyramide. Le garçon n'habitait pas son cocon, il faisait corps avec lui, si bien que le quitter revenait à s'amputer d'une part, peut-être la plus essentielle, de lui-même. Ses claviers, ses écrans, n'étaient pas de simples instruments, mais les prolongements naturels de ses mains et de ses yeux, sans lesquels il eût été incapable de sentir et d'agir. Ils étaient sa chair même.

Au reste, ses amis – tout suspects qu'ils fussent – n'existaient que *dedans*. Leur constellation n'était visible que sur le Web. S'il changeait d'hémisphère, elle disparaîtrait, et lui avec.

Et puis, pour découvrir la vérité sur Ada, c'était du *dedans* qu'il fallait agir.

D'ailleurs, *dehors*, qu'y avait-il à faire ?

Non, définitivement, son destin était *dedans*.

Sa décision était prise. Il écrivit sa réponse, puis imprima une brève secousse à la ficelle.

Pourvu qu'il ne la tire pas toute ! songea-t-il malgré lui en la voyant disparaître.

À peine s'était-il remis de son émotion et était-il parvenu à se concentrer sur les cadavres des Gnomes, qu'un nouveau visiteur le dérangea.

— J'ai beaucoup réfléchi à ce que vous nous avez dit aux obsèques d'Ada, dit Rembrandt. Qu'elle ne se serait jamais suicidée... Qu'elle n'a pas sollicité sa grâce... Sur le moment, je ne vous ai pas cru. Depuis, pas une nuit où je n'aie tourné et retourné chacun de vos arguments.

— Eh bien?

— Je persiste à penser qu'on peut trouver une explication logique à chacun d'eux.

— Selon vous, je me trompe? conclut le garçon, déçu.

— Attendez. Il reste un argument que je ne puis me résoudre à écarter totalement, vous savez, cette tonalité étrange de la *Prière pour ne plus se réveiller*. Plus j'y songe, plus je me convaincs, moi aussi, que ce texte ne peut être d'elle. Or, il existe un moyen de trancher : l'analyse stylistique. Il y a dans la façon de parler et d'écrire de chaque individu des régularités qu'une étude statistique exhaustive peut mettre en évidence. Par exemple, Flaubert n'emploie pas le verbe *être* ou le substantif *amour* aussi fréquemment que Stendhal. Ou bien, tel mot apparaît plus souvent associé à tel autre chez Flaubert que chez Stendhal. L'ordinateur repère ces cooccurrences, ainsi qu'une foule de caractéristiques distinctives indécelables à l'œil nu, telles que la longueur des phrases, l'emploi des temps et modes des verbes, *et caetera*.

— On pourrait donc, en détectant ces récurrences, identifier à coup sûr l'auteur de la *Prière* ?

— Presque aussi sûrement qu'on confond un criminel à l'aide de ses empreintes digitales ou de sa signature A.D.N. Nitchy et Chen se disent convaincus que cette *Prière* n'est pas d'Ada : une étude attentive du style nous permettrait de le vérifier sans discussion possible.

— Mais où se procurer pareil programme ?

— Facile. Étudiant, je l'utilisais parfois et de nombreuses professions s'en servent tous les jours, comme les journalistes ou les sociologues pour analyser les discours des hommes politiques, ou les flics pour identifier l'auteur d'un tract ou authentifier une revendication d'attentat. Non, le vrai problème, c'est le corpus.

— Le *quoi* ?

— Si vous préférez, une collection de paroles et de textes authentiques d'Ada, à laquelle nous puissions comparer la *Prière*. Pour que le test soit probant, cet échantillon doit être le plus étendu possible. Et pour conclure de manière indubitable, mieux vaudrait disposer de productions anciennes, antérieures si possible à son incarcération.

— Pas de problème, assura Calvin. Ce ne sont pas les publications qui manquent, il y a sa thèse, et puis son livre ! Je les trouverai sans difficulté à la bibliothèque de l'INRIA.

— Envoyez-moi le tout et je me charge du reste. Il se trouve que j'ai des loisirs à revendre en ce moment. Ah, dites-moi, pendant que j'y pense : avez-vous des nouvelles de Chen ?

C'était un fait : le Chinois ne répondait plus. La veille, à l'heure de la revue de presse, Calvin avait tenté de le joindre et n'avait trouvé que ce message à son intention :

Je suis désolé. Plus tard, nous nous reverrons. Bonne chance.

Depuis, il ne s'était plus connecté. Les messages laissés dans sa mailbox étaient restés sans réponse. Faute de courant dans le ruisseau s'écoulant de sa console, les Saumons tournaient en vain dans le commutateur où ils étaient embusqués.

Calvin, qui voulait éviter toute nouvelle discussion susceptible de le retarder dans son travail, avança une explication qu'il savait erronée :

— Les communications avec la Chine sont interdites.

— Les compagnies de télécoms n'appliquent pas le blocus, objecta Rembrandt, impitoyable. Comme par hasard, sitôt Ada disparue, Chen prend la poudre d'escampette. Vous ne trouvez pas ça suspect ?

— Vous avez peut-être raison, concéda le garçon en espérant que sa reddition le débarrasserait de l'importun.

— Je vous dis que ce type n'est pas net, conclut enfin Rembrandt avant de prendre congé, aussi persévérant dans son hostilité à Chen que Caton dans celle qu'il vouait à Carthage.

À la réflexion, Rembrandt n'avait pas tort. Cette défection de Chen était surprenante. Les termes de son message étaient ambigus : *Nous nous reverrons...* Était-ce ainsi qu'on reportait un rendez-vous ? N'était-ce pas davantage l'expression de quelqu'un qui s'absentait, sinon pour longtemps, du moins pour une durée incertaine ? Souhaitait-on *bonne chance* à un ami qu'on pensait revoir le lendemain, au terme d'une nuit sans histoire ? Pourquoi Chen croyait-il qu'en son absence Calvin aurait besoin de chance ? N'était-ce pas en réalité la manière dont quelqu'un qui fuit des ennuis *ferait ses adieux* ?

Mais si ce message suggérait que Chen se sentait menacé, son dernier e-mail à Nitchy indiquait clairement qu'il envisageait pire.

Mon ami,
Quoique n'ayant pas retrouvé les manuscrits que vous cherchez, je suis en mesure de vous confirmer qu'ils sont bien parvenus à destination. En effet, les annales de la dynastie Tang rapportent qu'en l'an 635, des prêtres nestoriens ont offert à l'empereur T'ai-tsong un texte en langue chinoise intitulé *Défense du monothéisme*, preuve que, dès cette époque, ils avaient su gagner un accès direct au plus haut niveau de l'État. La même année, les annales signalent le dépôt à la bibliothèque impériale de Tch'ang-ngan d'un important fonds de documents et objets religieux nestoriens. Malheureusement, nous n'en possédons plus le cata-

logue, et il m'est donc impossible de confirmer qu'il s'agissait bien des manuscrits qui vous intéressent.

Comme vous savez, la bibliothèque impériale de Tch'angngan a disparu dans la tourmente qui s'abattit sur la dynastie Tang à la mort de T'ai-tsong lorsqu'une usurpatrice – l'« impératrice » Wou Tsö-t'ien, ancienne concubine de rang subalterne de l'empereur T'ai-tsong puis épouse scandaleuse de son fils l'empereur Kao-tsong – parvint à force d'intrigues à s'emparer du trône.

À partir de cet épisode, nous sommes réduits à de pures spéculations. Laissez-moi vous soumettre celle qui possède à mes yeux – pour des raisons d'ordre personnel qui vous apparaîtront bientôt – le plus haut degré de plausibilité.

Après son coup d'État, l'« impératrice » Wou Tsö-t'ien entreprit d'éliminer tous les membres de la dynastie légitime, et en premier lieu les fils de T'ai-tsong. Empoisonnements et exécutions sommaires se multiplièrent dans le clan de l'ancien empereur. Un de ses représentants les plus prestigieux était le propre frère du fondateur de la dynastie, le grand-duc Li Yuan-kouei, prince de Huo, lettré de haute culture, féru de langues étrangères. Sous la fausse accusation de complot contre le trône, elle le fit encager et dans cet appareil exiler aux confins du Guizhou et du Sichuan, comptant bien qu'il périrait en route, ce qui ne manqua pas de se produire, en décembre 688.

Nous possédons l'inventaire complet des biens de ce prince, établi par les notaires impériaux lors de la confiscation ordonnée à son décès. On y découvre que le vieil érudit possédait une bibliothèque forte de plus de dix mille volumes, tous annotés de sa main, et dont certains étaient plus rares que ceux de la bibliothèque impériale. Le document hélas ne va pas jusqu'à répertorier ces ouvrages, mais on y trouve cette précision fort appréciable de notre point de vue : parmi ceux-ci se trouvaient « nombre de livres tenus pour sacrés par les barbares, dont ceux vénérés par les chrétiens de la Perse ».

À la disparition de Wou Tsö-t'ien, les survivants de la dynastie légitime reprirent possession de leur rang et de leurs biens. On ne sait ce qu'il advint de la bibliothèque du prince de Huo. La dernière fois qu'il en est fait mention, c'est en filigrane, dans ce chef-d'œuvre de la littérature Tang que vous connaissez peut-être, *Huo Xiaoyu*.

Composée en 810 par le mandarin et poète Jiang Fang, cette nouvelle narre le destin tragique de Petit-Jade, fille préférée d'un prince de Huo, descendant du grand-duc Li Yuan-kouei. Née d'une esclave du gynécée princier, elle fut, à la mort de son père, chassée du palais par ses demi-frères. Sous un nom d'emprunt, elle vivait modestement dans un quartier populaire de Tch'ang-ngan quand Li Yi, poète déjà renommé en dépit de son jeune âge, entendit parler de son éblouissante beauté. Aussitôt qu'il l'aperçut, il en tomba éperdument amoureux et bientôt lui promit le mariage. Hélas, la mère du jeune homme ne voulut pas d'une alliance qu'elle croyait en dessous de leur condition, ignorante qu'elle était de l'ascendance impériale de Petit-Jade. C'était une époque où il était inconcevable qu'un fils ne déférât point, en matière matrimoniale du moins, aux volontés de sa mère. Li Yi épousa la fille de bonne famille qu'on lui avait choisie puis, pour échapper aux recherches de celle qu'il avait trahie, partit cacher sa honte en province.

Comprenant son infortune, Petit-Jade se mit à dépérir. Le peu qu'elle possédait fut dévoré par les devins, magiciennes et autres charlatans consultés dans l'espoir qu'ils retrouveraient son bien-aimé. À l'affût du moindre renseignement, elle couvrit de cadeaux une foule d'entremetteuses et d'informateurs. Bientôt elle n'eut plus rien et devint la cliente assidue d'un certain Hou Jinxian, libraire au Marché de l'Ouest. L'histoire rapporte qu'elle lui vendit en secret, un à un, tous les livres de sa bibliothèque. Puis tout finit comme on était en droit de s'y attendre – mal – mais là n'est pas notre propos.

Il est temps que je vous dise la raison qui, en dépit des incertitudes, me fait tenir cette filière pour plausible. Je vous la dois d'autant plus que je ne suis pas certain qu'elle vous paraisse recevable. Je vous en laisse seul juge. Il se trouve que mon père, qui tenait un mont-de-piété à Shanghai, fut assassiné le 20 août 1927 par un client à qui il refusait un prêt. Parmi les objets abandonnés par le meurtrier figuraient, à côté de l'arme du crime, deux manuscrits de langue étrangère, que je recueillis comme des reliques. Le premier – un rouleau de papyrus – était très esquinté. Dans les marges du second – un épais volume de parchemin – se pouvaient reconnaître nombre d'annotations en caractères chinois anciens. Il arborait une marque rouge, en écriture esclave, que je pus déchiffrer comme étant celle d'un certain Hou Jinxian, libraire à Tch'ang-ngan. L'écriture de ces manuscrits ne ressemblait à rien de ce que je connaissais. Intrigué, je courus les montrer au père Ma, le prêtre de la paroisse Saint-Joseph. Selon lui, le rouleau était du grec, quant à l'autre il avoua son ignorance. Il me proposa de le montrer à un jésuite fort savant de ses amis.

Plus que sa haute stature, son maintien d'aristocrate, son immense nez d'aigle ou les profondes rides rayant ses joues d'ascète comme des scarifications rituelles en l'honneur de je ne sais quel dieu barbare, c'est son regard qui m'impressionna : un regard comme je n'en avais jamais croisé, regard de prophète, regard à capter l'invisible. Ce grand seigneur prit la peine de mettre à l'aise le gueux que j'étais, de lui demander ce qu'il envisageait de faire plus tard, de sourire lorsqu'il lui répondit vouloir être empereur, de lui expliquer en retour ce qui l'avait amené en Chine. À cette occasion j'appris que l'on pouvait faire de la collecte des cailloux une profession honorable, moins cependant que celle que pour ma part j'ambitionnais. Il me dit que toute activité, y compris la plus humble, trouvait grâce aux yeux du Créateur, car elle contribuait à sa gloire. Je répliquais hardiment que si le Créateur était bien ce qu'il disait, il n'avait que faire de nos agissements. Nous rîmes de bon cœur. Il me raconta son périple de plus d'un an à travers la Chine, qui l'avait conduit aux marches du Gansu, au Hebei et en Mongolie, en quête de vieilles pierres. À présent, il s'apprêtait à retourner en France. Avant d'embarquer, il avait tenu à se recueillir sur la tombe de sa sœur, morte quelques années plus tôt au service des pauvres de Shanghai.

Ce dernier détail acheva de dissiper ce qui me restait de défiance, et c'est sans appréhension que je lui présentais mes reliques. Après les avoir sommairement examinées, il confirma que le rouleau était du grec. Quant au volume relié, il opinait plutôt pour une langue dont, disait-il, les lettrés usaient autrefois en Syrie. Selon lui, tous deux étaient d'une valeur historique considérable, particulièrement le plus abîmé. Il me demanda de bien vouloir les lui confier jusqu'au lendemain pour une étude plus approfondie.

Quand je revins le jour suivant, des coolies étaient en train de charger ses malles. L'air embarrassé, il m'annonça avoir égaré les manuscrits dans la cohue des préparatifs et à titre de dédommagement m'offrit trois mille yuans – à l'époque, une véritable fortune – que j'acceptai comme un don du Ciel car ma mère, mon frère et moi en avions alors grand besoin. Je promis à notre bienfaiteur de commémorer son nom jusqu'à mon dernier souffle, au même titre que ceux de mes ancêtres, ce qui eut l'heur de le faire sourire. Hélas, ce ne devait être qu'un de ces serments d'enfant que l'adulte s'empresse de trahir : aujourd'hui, j'ai beau m'efforcer, ce nom, je ne m'en souviens pas.

Je conviens que c'est un peu mince, mais il me plaît de croire que ces manuscrits tragiques et providentiels sont justement ceux que vous convoitez, il me plaît qu'existe entre nous cette possibilité de lien, il me plaît d'apparaître, si flou que ce soit, sur le cercle de votre destinée. Avouez que ce serait beau. Et si c'est beau, ce doit être vrai. Ne cherchez pas d'autre justification à ma croyance. S'il le faut pourtant, j'invoquerai pour ma défense ce sens si peu logique de la logique que depuis qu'ils la pratiquent ceux de votre race reconnaissent à la mienne.

Il reste pourtant une énigme qu'en dépit du dédain pour Aristote que je viens de revendiquer, je ne puis totalement éluder. Que ces manuscrits soient arrivés ensemble chez mon père me paraît en effet tenir du miracle. Vous m'avez certes signalé leur propension à naviguer de conserve, et je viens de décrire les premières escales de leur longue traversée des siècles, depuis les monts Tian Shan jusqu'à l'échoppe de ce libraire de Tch'ang-ngan. Mais à partir de là, tout aurait dû concourir à les séparer.

Les chroniques de la dynastie Yuan attestent qu'un manuscrit ressemblant fort à votre Bulle fut l'objet de négociations secrètes entre les grands khans et les souverains chrétiens. S'il s'agit bien de lui, par quel cheminement est-il passé de la boutique de notre libraire à la chancellerie des khans ? J'avoue mon ignorance. Je ne vous ferai pas l'injure de vous rappeler qu'en 1222 Tch'ang-ngan fut mise à sac par Mouquouli, général de Gengis Khan. Les manuscrits firent-ils partie du butin ? La possibilité existe, c'est tout ce que j'oserai avancer. En revanche, il me semble fort improbable que les Mongols leur aient ménagé un sort identique. Leur valeur de survie était en effet très inégale : l'un n'était à leurs yeux qu'un livre sans intérêt, tandis que l'autre constituait un instrument de chantage susceptible d'infléchir en leur faveur le cours des choses. Le premier fut sans doute tenu pour négligeable, le second précieusement conservé. L'un au mieux se couvrit de poussière sur les étagères d'une bibliothèque, l'autre comme un talisman accompagna les khans dans leurs conquêtes. La probabilité pour que, sept siècles plus tard, ils se retrouvent tous deux entre les mains de l'assassin de mon père était donc proche de zéro. Je ne conçois qu'une explication à ces improbables retrouvailles : *que quelqu'un, ne craignant pas d'opposer ses forces débiles à celles formidables du temps, sa volonté aux lois du hasard et son intelligence à celles de l'entropie, les ait l'un et l'autre opiniâtrement recherchés et soit contre toute logique parvenu à les réunir.* J'imagine mal mon assassin dans ce rôle. Nous devons donc nous demander : de qui les tenait-il ?

Mon ami, je vous promets d'essayer encore et encore de me souvenir du nom de mon généreux bienfaiteur, mais quoiqu'en ayant le vif désir, je ne suis pas sûr de pouvoir vous rendre même ce service-là : les jours me sont comptés, ainsi qu'à vous je le crains. Sachez que je regrette que nous n'ayons su plus tôt nous reconnaître, nous faire confiance et nous parler sans fard ni détour. À présent il n'est plus temps. Peut-être dans un monde meilleur... mais si j'ai bien compris vous n'y croyez guère plus que moi.

— Je *vois* ce que tu rumines, Calvin. C'est comme si je lisais dans tes pensées...

Son mérite était mince : le garçon ne faisait pas vraiment d'efforts pour les lui dissimuler. De fait, il n'avait qu'une hâte : que l'intrus s'en aille. La journée était déjà bien avancée et, d'interruption en interruption, l'autopsie des Gnomes n'avait guère progressé. Il avait gâché la matinée à rassembler pour Rembrandt plusieurs milliers de pages de textes – thèse, mémoires, notes de recherche, articles parus dans des revues, communications présentées à l'occasion de colloques – témoignant de l'extraordinaire fécondité intellectuelle d'Ada avant son emprisonnement. Rembrandt lui ayant annoncé que les résultats de leur analyse ne tomberaient qu'en fin de journée, il avait espéré pouvoir disposer de quelques heures de tranquillité. Hélas, c'était compter sans le vieux fou...

— ... Tu te dis : Nitchy pique sa crise, il déraille à nouveau...

— Non, non, je t'assure..., mentit Calvin qui le jugeait plus délirant que jamais. Mais tu me prends au dépourvu. Je suis encore sous le coup de la disparition de ma mère, et voilà que tu déboules et, sans transition, m'assènes un de ces paradoxes dont toi seul as le secret. Laisse-moi au moins le temps...

Plus que jamais indifférent aux événements qu'ils venaient de vivre, insensible à tout ce que Calvin pouvait éprouver, feignant d'ignorer l'unique sujet qui à ses yeux valait d'être discuté, Nitchy, de but en blanc, l'avait interpellé d'une sentence sonore et définitive : « Je te le dis, Calvin, le salut de l'esprit est dans la pierre ! »

— Ça te choque tant ?
— J'avoue avoir du mal à piger..., lâcha le garçon, résigné.
Il n'avait pas le choix. Tel un pit-bull, Nitchy, une fois sa victime agrippée, ne lâchait plus prise. De toute façon, sa journée était foutue. Les Gnomes attendraient. Et, qui sait, peut-être dans son délire Nitchy laisserait-il échapper quelque indiscrétion ? La dernière lettre de Chen prouvait à l'évidence que les deux complices s'étaient mutuellement percés à jour.
— Je veux bien admettre, concéda le garçon, que les minéraux aient joué un rôle important *à l'origine*, pour former les composés organiques sans lesquels il n'y aurait aujourd'hui ni vie ni intelligence...
— *Tu es glaise...*
— Soit. Admettons que la glaise...
— ... l'argile, pour être précis...
— ... que l'argile soit l'Aïeul commun, le premier reproducteur, le premier... comment disait ce Dawkins déjà ?
— Réplicateur...
— Résumons, pour voir si j'ai pigé. Les cristaux d'argile comportent des irrégularités, des défauts, autrement dit, de l'information. Les défauts inclus dans le cristal père se propagent à ses descendants. Les cristaux fils héritent de cette façon de l'information véhiculée par leur « père ». L'argile se reproduit, donc il vit, donc l'argile est le précurseur de toute vie. C.Q.F.D.
— Pas encore. Tu as sauté une étape.
— Ah oui ! Les accidents...
— Le plus important ! Si la reproduction des cristaux avait été parfaite, si les défauts du père s'étaient transmis tels quels à ses rejetons, il n'y aurait pas eu d'évolution. Pour cela, les héritiers devaient différer les uns des autres, afin que la sélection naturelle, en privilégiant le lignage du rejeton le mieux adapté, puisse

amorcer le lent processus qui, d'un unique cristal primitif, conduira à l'extraordinaire variété et à la stupéfiante complexité des organismes que nous observons.

— Je reprends : les cristaux véhiculent de l'information et la répliquent, avec parfois des variations accidentelles – un cristal casse, un second se déforme... Ces variations sont transmissibles. Elles influencent les chances de survie et de reproduction des descendants qui en sont affectés. La glaise est donc bien la matrice primordiale du vivant, le support de la vie d'avant la vie. Le Minéral est bien au commencement de tout. Cela, je te l'accorde. Mais de là à conclure que la pierre, support initial de la vie, est aussi son avenir ! Il me semble qu'il y a belle lurette que le Minéral a passé le témoin à l'Organique, non ?

— Attention, Calvin. Voilà que tu me ressers de ton Tabernacle-de-la-Pensée, assaisonné de Couronne-de-l'Évolution !

— Enfin, tu ne me feras pas avaler que la vie, au terme d'un périple au cours duquel elle a découvert la conscience – excusez du peu – va sagement retourner, tel Ulysse en Ithaque, à la case départ !

— Elle ne regagne pas son point de départ. Elle change de train.

Bien que conscient du risque qu'il y avait toujours à railler Nitchy, Calvin ne résista pas à la tentation.

— *Humanité, Humanité. Terminus. Les voyageurs pour Éternité changent de voiture* : la vie descend du T.G.V., traverse le quai et remonte dans son bon vieux tortillard d'antan ? La loco à vapeur après la traction électrique ?

— Exactement.

— Un support minéral, après cette fantastique odyssée à bord de véhicules organiques ?

— Absolument.

— Quel intérêt la vie a-t-elle à faire ça ?

— Là où elle va, le T.G.V. ne peut la conduire.

— Les grognards de Napoléon ne pouvaient atteindre Moscou...

— Enfin, tu commences à piger ! La seule chance pour l'intelligence de coloniser l'Univers est d'embarquer dans un véhicule plus adapté aux conditions extrêmes qui y règnent. Or, seul un minéral possède les qualités requises.

— Et quel véhicule minéral pour l'intelligence, je te prie ?

— Quel véhicule ? C'est *toi*, Calvin, le Mozart de l'informatique, qui le demande ? Mais... le silicium, quoi d'autre ? Le silicium !

— Une intelligence *artificielle* dans un véhicule de silicium ? Mais ce serait une formidable régression !

— Toujours cet orgueil incorrigible ! Au jeu de l'Évolution, ce qui compte, Calvin, c'est la durée. Le gagnant, ce n'est pas le plus malin, c'est *celui qui, après le déluge, est toujours là*. Et à ce jeu, la combinaison « intelligence humaine plus tissu organique » n'a aucune chance.

— *À peine quelques soupirs de la nature, et l'astre se figea, et les animaux intelligents durent mourir...*

— Je vois que ça rentre ! À quoi nous servira notre prodigieuse intelligence lors de la grande collision ? Crois-moi, ce jour-là, la moindre bactérie sera mieux lotie que nous... Et les bactéries ne passent pas leur temps, elles, à imaginer les moyens de leur propre destruction !

Déconcerté, Calvin demeura sans voix. Les incursions inopinées de Nitchy lui paraissaient jusqu'alors résulter des caprices d'un cerveau aussi incontrôlable que fantasque. À présent, il commençait à y déceler une sorte de projet. Raid après raid, le vieux fou semblait lui injecter, en doses de plus en plus concentrées, quelque substance mystérieuse dont il ignorait si elle était poison ou antidote, un de ces mêmes dont Ada observait la prolifération dans les cerveaux humains. Mais quel était ce germe que Nitchy s'efforçait d'inoculer en lui ? Et dans quel but ?

En proie à une vive excitation, Rembrandt interrompit leur discussion.

— Vous aviez raison, Calvin! Vous aviez raison... et vous aviez tort à la fois!

— Si vous vous exprimiez en clair au lieu d'imiter le sphinx?

— Pardonnez-moi. Vous aviez tort, parce que la *Prière pour ne plus me réveiller* est bien de la main d'Ada. On y retrouve les caractéristiques de style présentes dans tous ses textes, notamment dans son livre, *Biologie des artefacts*.

— Dans ce cas, j'ai tout faux...

— Eh bien non, justement. Dans le corpus que vous m'avez confié se trouvent des textes d'âges très divers. Or le logiciel a mis en évidence une rupture de style très nette entre les plus anciens et les plus récents. Des différences de ton qui ne s'expliquent que par un changement de locuteur. L'analyse stylistique est formelle : il y a eu substitution.

— Voilà donc pourquoi, le matin de sa mort, Ada ne se souvenait pas de notre canal secret!

— Et pour cause : ce n'était pas elle! Ça explique aussi ce ton impersonnel, presque indifférent, qui nous avait frappés ces derniers mois, et que nous attribuions à l'attente de la réponse à sa demande de grâce.

— À vous entendre, dit Nitchy, ce manège durait depuis un certain temps...

— Dix mois. L'escamotage a eu lieu en avril l'année dernière, le 16 exactement. Les profils stylistiques avant et après cette date diffèrent du tout au tout. Depuis dix mois, des imposteurs se dissimulaient sous le pseudonyme d'« Ada ».

— *Des* imposteurs ? Ils étaient donc plusieurs ?

— L'ordinateur a identifié quatre profils distincts. Un groupe très organisé : on observe une sorte de tour de rôle entre les différents locuteurs.

— Ils se relayaient ! Mais qui peuvent-ils bien être ?

— Leurs styles sont très rudimentaires. Vocabulaire limité à six cents termes. Des gens d'action plus que de réflexion. Deux femmes, deux hommes. La quarantaine : leurs parlers sont fort datés. Je les imagine flics ou peut-être militaires. Ils usent de métaphores on ne peut plus caractéristiques.

— Comment ces gens sont-ils parvenus à se faire passer pour Ada ? s'étonna Nitchy.

— Un jeu d'enfant, expliqua Calvin. Il leur suffisait de dériver ses communications vers la console d'où ils opéraient, de la *court-circuiter,* en quelque sorte.

— Ils se sont interposés entre elle et nous, et aucun d'entre nous ne s'en est rendu compte ?

— Ils travestissaient leurs apparences et leurs voix à l'aide de filtres électroniques réglés sur les paramètres d'Ada.

— Qu'ils nous aient trompés, passe encore. Mais l'administration pénitentiaire ? Je n'arrive pas à croire que les matons n'aient rien remarqué !

— S'ils n'ont rien vu, c'est qu'il n'y avait rien à voir ! De leur côté, rien n'avait changé : Ada était bel et bien là, en chair et en os, dans sa cellule. Juste un peu abattue peut-être, mais quoi de plus courant qu'une déprime chez un taulard ?

— Elle a dû se plaindre...

— Elle l'a fait. Souviens-toi de ce que disait Thomas, qu'elle nous trouvait indifférents, qu'elle avait l'impression d'avoir affaire à des inconnus. Mais plus elle se plaignait, plus les matons la trouvaient délirante. N'oublie pas que de leur point de vue tout paraissait normal. Ses récriminations n'avaient aucune cause objective.

— Ces salauds l'avaient *shuntée*, finit par convenir Nitchy, abasourdi. Mais pourquoi ? Pourquoi ?

— Ça semble évident, répondit Rembrandt. Pour s'introduire chez nous et nous noyauter...

— Réfléchis un peu, objecta Nitchy. Quel intérêt y a-t-il à espionner une poignée de paumés inoffensifs ? Un fonctionnaire de rang subalterne, un hybride mi-étudiant mi-chômeur – pardonne-moi, Calvin –, un retraité, un dingue et...

— ... et Chen ! s'exclama Rembrandt, toujours fidèle à son inimitié. C'est Chen qu'ils visaient !

— Allons, Rembrandt ! Pourquoi lui, plutôt que toi et moi ?

— Ils utilisaient l'image d'Ada pour leurrer Chen.

— Ça se tient, convint Calvin. Qui pouvait, mieux qu'elle, l'influencer ?

— Mais dans quel but cherchaient-ils à le manipuler ? Et pourquoi ont-ils tout stoppé si brusquement ?

— Une seule certitude, répondit Rembrandt. S'ils ont « suicidé » Ada, c'est qu'ils n'avaient plus besoin d'elle. J'en conclus qu'ils ont d'ores et déjà atteint leur objectif. Selon toute probabilité, il est trop tard pour réagir. Notez d'ailleurs que Chen ne répond plus.

— Quoi qu'il en soit, dit Nitchy en faisant mine de zapper, comme nous n'avons pour l'heure nul moyen d'en apprendre davantage...

— Un instant...

— Quoi encore, Rembrandt ? s'impatienta Nitchy.

— Je ne sais si c'est très pertinent pour ce qui nous occupe mais, en analysant les textes les plus anciens du corpus, l'ordinateur y a détecté la main d'un second rédacteur. *Ada n'était pas seule à écrire ses papiers.*

— Elle aura prié un collègue de les réviser. C'est une procédure banale dans la recherche scientifique ! Pas de quoi fouetter un chat.

— Il y a pourtant une chose étrange, Nitchy...
— Et un *scoop*, un! railla-t-il, l'air de plus en plus exaspéré.
— Il semble qu'Ada ait toujours sollicité le même « réviseur ».
— Eh bien, ça ne fera jamais qu'une énigme de plus — Le Mystère du Rédacteur fantôme, ironisa Nitchy d'un ton sarcastique. En attendant, je meurs de sommeil. Je suggère que nous laissions Morphée nous porter conseil.

— J'ai trouvé, claironna Calvin en débarquant chez Rembrandt.

— Vous ne dormez donc jamais ?

En fait de sommeil, il avait passé la nuit fébrilement penché sur les cadavres des Gnomes. Parmi eux, il avait sans problème reconnu certains types qu'Ada lui avait présentés, à titre d'illustration, quand elle lui enseignait les rudiments de son art, comme des Renifleurs – ainsi nommés car ils étaient dressés à débusquer le gibier – des Arsènes à qui nulle porte ne résistait, ou encore des Charcutiers, qui débitaient les gros fichiers en petites tranches faciles à emporter, ou des Facteurs pour livrer ces paquets à destination, tous cousins de ses propres animaux savants. Mais il y avait aussi de fabuleuses chimères, qui longtemps l'avaient tenu en respect, d'autant qu'il n'avait pour en comprendre la nature que des vestiges fort abîmés. Il finit pourtant par identifier des Passeurs, habiles à tracer dans les réseaux les chemins les plus discrets : jamais ils n'empruntaient deux fois le même itinéraire ; des Aiguilleurs qui, postés dans les commutateurs du Web, dirigeaient les Facteurs vers la prochaine adresse ; des Guetteurs qui avertissaient leurs complices quand survenait un danger – par exemple lorsque les programmes de surveillance se déclenchaient, ou quand les responsables de la sécurité du réseau se connectaient : quand ils sifflaient, chacun faisait le mort ; des Maquilleurs pour camoufler les agents que leur activité risquait de faire repérer ; des Receleurs pour planquer les Facteurs, jusqu'à ce qu'un signal leur ordonne de livrer leur colis à l'adresse finale ; des Balayeurs enfin, censés effacer toute trace d'effraction, mais qui n'avaient pas complètement rempli leur office, circonstance heureuse sans laquelle le garçon n'eût pas été en mesure de reconstituer cette fine équipe. À l'aube, il en savait assez sur le rôle et le fonctionnement de chacun de ces personnages pour être en mesure de décrire leur mode d'intervention collectif.

— J'ai trouvé ce que complotaient Ada et Chen !
— Vraiment ? demanda Rembrandt, intrigué.
— Au printemps Ada a lâché ses Gnomes en hordes innombrables sur le Web. Chacun d'entre eux était le descendant d'un lignage antique dont chaque génération avait légué à la suivante les atouts de ses représentants les plus performants.
— Des foules d'agents logiciels évoluant comme des êtres vivants, par reproduction sélective des plus aptes...
— Oui, et à la cadence de cent générations par seconde ! Quelques milliers de générations suffirent pour passer de l'Australopithèque à l'Homme. Imaginez, Rembrandt, le degré d'adaptation de ces Gnomes à la millionième génération, c'est-à-dire, à la vitesse des processeurs actuels, au bout de trois heures !
— À quoi pouvait bien servir une telle mobilisation ?
— Avez-vous déjà vu des lemmings, Rembrandt ?
— Ces petits rongeurs de la toundra ?
— Exactement. Une ou deux fois par décennie, au même instant, obéissant à une mystérieuse impulsion, ils jaillissent de leurs terriers, s'assemblent en cohortes innombrables et, parcourant au trot d'immenses étendues, surmontant tous les obstacles, se dirigent vers le même point de la côte d'où, sans état d'âme, ils se précipitent dans l'océan.
— J'ai vu cela autrefois dans un documentaire. C'était très impressionnant : la prairie grouillait de myriades de rats que rien ne détournait de leur course à la mort...
— Eh bien, vous avez là une bonne image de ce qui s'est passé dimanche dernier sur le Web : des millions de Facteurs, chacun portant un minuscule colis, ont, obéissant au même signal, surgi

des mémoires où depuis dix mois ils se terraient et entrepris une irrésistible migration vers le même point de ralliement : la boîte aux lettres de Chen. Afflux si massif qu'il provoqua le blocage du réseau et attira l'attention de la C.I.A. Et d'après vous, Rembrandt, que contenaient ces colis ?

— Comment voulez-vous...

— Faites un effort ! Souvenez-vous, au lendemain du Nouvel An chinois, Chen avait remercié Ada...

— Le cadeau !

— Bien vu ! Mais quel était ce cadeau ?

— Je n'en ai pas la moindre idée.

— Vous ne devinez pas ? Réfléchissez, c'est évident ! Un fichier énorme...

— Le... Non ! C'est impossible !

— Si ! Allez-y !

— *Le... WonderWorld ?*

— Bravo !

— Ada ? Voler le WonderWorld ? Incroyable...

— Le coup le plus audacieux depuis le casse de la Federal Reserve... Qui pouvait réussir, sinon la Sorcière en personne ?

— C'est bien la même méthode.

— Les Gnomes qui ont dérobé le WonderWorld sont les descendants directs de ceux qui jadis dévalisèrent la Fed... Le WonderWorld, débité en millions de tranches comme le Trésor du Phénix, emballé comme lui en millions de paquets, emporté par des millions de Facteurs, planqué par autant de Receleurs de par le monde.

— Où diable ont-ils pu trouver des cachettes en si grand nombre ?

— Partout, Rembrandt. Pourvu qu'elle soit connectée au Web, n'importe quelle mémoire – du type de celles qui équipent la plupart de nos objets domestiques – peut faire l'affaire. Tenez, chez vous, par exemple : votre console multimédia, mais aussi votre système de conditionnement d'air, votre four micro-ondes, votre cafetière... Tout appareil ménager, dès lors qu'il est commandé, surveillé ou régulé à distance, constitue une planque potentielle. Si ça se trouve, vous avez donné asile à une tranche du Wonder-World dans votre toaster!

— Mais Chen? Quel rôle jouait-il dans ce plan?

— Sans complicité externe, Ada était impuissante. Pour dérober le WonderWorl, un micro-ordinateur faisait l'affaire. Mais le distribuer en clair sur le Web, c'était une autre paire de manches : il fallait assembler le code, le décompresser, le décrypter. Et pour ça, on avait besoin d'ordinateurs hyper-rapides, sous la direction de mathématiciens géniaux. C'était le rôle dévolu à Chen...

— Ce digne diplomate à la retraite? Je ne parviens vraiment pas à me le représenter sous les traits d'un de ces hackers vivant de rapines et de piratage...

— Ce n'est pas l'idée que je m'en fais non plus. Je verrais plutôt un personnage capable de mobiliser des ressources humaines et matérielles énormes. Et j'ajouterais : quelqu'un ayant intérêt à la ruine du Pacte.

— Au prix d'une guerre? Qui serait assez fou pour cela?

— Chen n'imaginait pas que les protagonistes en viendraient à cette extrémité... Souvenez-vous, à Shanghai, lorsque ma mère évoqua ce risque, il lui répondit : « Je te promets qu'il n'y aura pas de guerre. »

— Mais ce risque, elle a pourtant fini par le prendre...

— Pas du tout.

— Mais? Ne venez-vous pas de démontrer...

— *Ce n'est pas Ada qui a livré le WonderWorld à Chen.* Elle a disparu avant, votre analyse stylistique le prouve sans l'ombre d'un doute.

— Je n'y comprends plus rien.

— Voici comment je reconstitue les événements : Au printemps dernier, Ada dérobe le WonderWorld et le « planque » par la méthode que je viens de vous décrire. Il est convenu qu'elle l'acheminera vers Chen qui en craquera le code, le recompilera et le diffusera. Le 15 avril, au cours de leur promenade à Shanghai, ma mère découvre que Chen n'est pas ce qu'il prétendait être.

— Mais comment?

— Je l'ignore. Quand il lui demande ce qui lui a mis la puce à l'oreille, Ada se contente d'évoquer sa façon de s'exprimer, ses souvenirs « d'un autre âge »... « d'une autre planète »... Quoi qu'il en soit, elle prend alors conscience qu'il la manipule dans un but étranger à ce qui était convenu entre eux. Tirant les conséquences de cette divergence — souvenez-vous, elle lui dit : « C'est ton combat, pas le mien » —, Ada renonce à son plan et refuse de livrer le WonderWorld : « Moi vivante, tu ne l'auras pas. » Le lendemain, elle disparaît et une équipe de barbouzes prend sa place.

— Ce n'est donc pas pour l'empêcher de livrer le Wonder-World qu'ils l'ont court-circuitée ?

— Non, mais bien parce qu'*elle s'y refusait*, alors que les barbouzes, eux, *voulaient à tout prix* que ce transfert ait lieu...

— Ce seraient donc des complices de Chen ?

— Je ne pense pas. Souvenez-vous de sa surprise, samedi dernier, devant le soudain revirement de ma mère... Il la remercie pour son « cadeau ». Non, à l'évidence, pour les barbouzes il était essentiel que Chen crût recevoir le WonderWorld des mains de son amie.

— Mais, une fois ta mère écartée, pourquoi ont-ils tant différé la livraison du WonderWorld ?

— Le signal. Elle seule le connaissait. Sans lui, les lemmings ne pouvaient entreprendre leur transhumance, et le WonderWorld serait à jamais resté enfoui dans ses toasters.

— Mais ce signal... ils ont fini par l'obtenir !

— Hélas. Je préfère ne pas savoir comment...

— Au moins sommes-nous sûrs que ce n'est pas par la violence : l'autopsie aurait révélé des traces...

— Il existe bien d'autres moyens de pression ne laissant aucune trace. Ce qui est sûr, c'est que dimanche dernier, de tous les toasters de la terre, des nations de lemmings ont surgi, se sont mis en campagne et ont convergé vers la boîte aux lettres de Chen. Deux jours plus tard — ce qui en dit long sur les pouvoirs de ce dernier —, le WonderWorld recomposé et déplombé était diffusé sur le Web. « Ada », sa mission accomplie, n'avait plus qu'à se « suicider » !

— Je vous l'avais bien dit, mais vous ne vouliez pas me croire.

Sans modestie excessive, Rembrandt triomphait. Chen n'était qu'un imposteur. Si elle l'avait écouté, Ada ne serait peut-être pas morte.

— Et qui est-il, d'après vous ?

— Comment le saurais-je ? répondit Rembrandt. Mais ce que votre mère – enfin sensible à mes mises en garde – a découvert au cours de cette promenade à Shanghai était assez grave pour qu'elle renonce à leur projet commun. Souvenez-vous, ses paroles ne lui laissaient aucun espoir : *Moi vivante, tu ne l'auras pas !*

Calvin ne pouvait qu'approuver. Il fallait à tout prix découvrir qui était Chen. C'était sa dernière chance de comprendre ce qui se cachait derrière le vol du WonderWorld. Dans quel but Ada l'avait-elle dérobé ? Pour se venger d'une société qui l'avait emmurée à vie ? Pour se prouver que, même derrière les barreaux, elle conservait, à défaut du pouvoir d'agir, celui de nuire ? N'était-elle vraiment que la Sorcière aussi géniale que dénuée de principes du conte de fées retrouvé chez Thomas ? Calvin se refusait à le croire. Mais si ses intentions étaient avouables, pourquoi les avoir dissimulées, à lui surtout, son propre fils ? Quel était ce secret si honteux ? Seul Chen possédait les réponses, et il avait disparu. Avait-il subi le sort de sa complice ?

— Je donnerais cher pour savoir qui il est, soupira le garçon.

— Justement, j'ai beau examiner sous tous les angles leur

conversation de Shanghai, je ne parviens pas à débusquer la bévue qui a permis à votre mère de le confondre.

— Pourtant, un détail l'a trahi. J'espérais que, familier comme vous l'êtes de la Chine, vous sauriez mettre le doigt dess...

— Attendez, l'interrompit Rembrandt. Il me vient une idée... Comment s'appelait déjà ce casino ?

— Quel casino ?

— La maison de jeux où travaillait sa mère. N'était-ce pas la Source des richesses ?

— La Source des profits. Ça vous dit quelque chose ?

— Oui, oui, comment cela a-t-il pu m'échapper ? Il y a très longtemps, j'ai lu une histoire à ce sujet. Un instant, je cherche dans ma documentation... Voilà, c'est ça : un recueil d'études de l'Institut de recherches historiques de Shanghai, intitulé *Jiu Shanghai de yan Du chang*, dont une compilation en français est parue chez Picquier en 1992 sous le titre plus sexy de *Shanghai : opium, jeu, prostitution*. Ah ! Voici le passage qui nous intéresse. Au printemps 1930, la mafia chinoise de la Concession française, jalouse du succès de la Source des profits et de sa jumelle la Source des richesses, obtint des autorités françaises qu'elles ferment ces établissements afin de libérer le terrain pour un nouveau cercle, le « 181 », qu'elle contrôlerait entièrement, et qui ouvrit en effet dès 1931. Le renvoi de la mère de Chen est donc intervenu au plus tard début 1930. Or, à en croire son propre récit, Chen à cette époque rendait déjà de menus services aux joueurs. Compte tenu de ce que les enfants des classes pauvres travaillaient fort jeunes, il s'ensuit qu'il avait dans les six ou sept ans quand sa mère fut chassée du casino. Cela situe sa naissance aux alentours de 1924, et par conséquent son âge présent, au bas mot, à cent...

À cet instant Rembrandt devint gris, comme s'il avait aperçu un spectre.

— Vous ne vous sentez pas bien ? s'enquit Calvin, inquiet.

— Juste un étourdissement... Je crois que je ferais mieux de partir...

Des gouttes perlaient à son front.

— C'est le fait que Chen soit si vieux qui vous bouleverse à ce point ?

— Mais non, voyons ! Où allez-vous chercher ça ? Un peu de fatigue, voilà tout.

Ce que ses traits pourtant exprimaient était au-delà de la fatigue. Le garçon se souvint que son ami depuis plusieurs jours ne mangeait pas à sa faim. Il n'insista pas. Mais une fois seul, il ne put se défaire d'une impression : Rembrandt venait bel et bien de prendre la fuite.

Abords du campement de Tash

Une Larve ! Ce n'était qu'une Larve : passive, inconsciente et bornée !

Sur le chemin du retour, Tash fulminait. Dans sa sécheresse, la réponse – *Non. Calvin* – le mettait hors de lui. Aucune question, pas la moindre curiosité, pas même un mot de remerciement ! Et cette indifférence, alors qu'il l'avertissait du danger... Ce mépris, quand il lui tendait si généreusement la main... Ce refus de tout dialogue, en dépit de ses ouvertures... À son offre d'amitié, la Larve avait opposé une cassante fin de non-recevoir. Sans vouloir se l'avouer, Tash, peu habitué à ce qu'on repoussât ses avances, en éprouvait un dépit cuisant.

Ce qu'il avait fait pour cette Larve, il ne l'avait fait pour aucune autre. À présent, il se le reprochait. Ce Calvin ne valait pas la peine qu'il s'était donnée. Son rat, il aurait mieux fait de le garder pour Magda : c'eût été autant de protéines pour son prochain repas.

Rien ne servait d'intervenir, de forcer le cours des choses. Ce qui devait arriver adviendrait, quoi qu'il fît. Le destin de cette Larve était de mourir avec les autres, quand la ligne de démarcation atteindrait son étage. Il n'y pouvait rien, et au fond, c'était tout ce qu'elle méritait. Son devoir à lui NoPlug était de vivre selon l'Éthique et, lorsque enfin retentirait l'Appel, d'exécuter fidèlement son Mandat. Ainsi seulement s'accomplirait la Promesse.

La Pyramide était loin derrière à présent. Depuis une heure, il avait franchi la frontière de son domaine, ce point connu de lui seul, au piémont de ses montagnes, à partir duquel il se sentait plus léger et respirait mieux. La perspective de retrouver les siens allongeait son pas et estompait sa fatigue. Tout à sa joie, il ne prêta pas garde à la nausée qui depuis un certain temps s'était insinuée en lui.

Ninon n'était pas là. Habituellement, la vieille chienne, avertie de son retour par quelque mystérieux instinct, l'attendait à ce virage. Il l'appela, tendit l'oreille. S'alarma du silence, trop absolu.

Gagné par un pressentiment, il pressa le pas. Vit le rouge-gorge sur la terre gelée, la raison du silence.

Jeta son sac, courut à perdre haleine parmi les oiseaux raides.

À l'odeur repéra, sous les cadavres des milans et des vautours, celui de la chienne.

Stoppa net. Sous peine de mort, il ne devait toucher à rien.

De ce qui avait été sa famille, nul survivant. Les corps jonchaient le sol à l'endroit précis où ils avaient été foudroyés. Tout juste avaient-ils eu le temps d'esquisser un geste, toujours le même, dérisoire : la main sur la bouche. Près de son fourneau, avant de succomber, Magda était encore parvenue à enfouir deux des petits sous son tablier.

Attirés par la puanteur, vautours et renards étaient accourus, par centaines. Par centaines ils avaient péri, charognes et charognards victimes du même mal.

C'est alors qu'il les vit.
La mort était venue du ciel dans ces cylindres de fer.
Sur les étiquettes on pouvait lire : AZDM3374.

Unité de survie *Milton Friedman*

— Ça va, beau gosse ? fit une voix enjouée. Et Hector, comment va-t-il l'animal ?

— Ça va, répondit Calvin en affectant la plus grande indifférence.

— Je vois qu'on fait toujours la gueule ! constata Maud sans se démonter. Sais-tu d'où j'appelle ?

— Laisse-moi deviner... De la Maison-Blanche ? Ou est-ce du Congrès ?

— Aïe ! On dirait que j'ai un problème !

— Plutôt, oui, confirma Calvin d'un ton pincé, tout en regrettant d'avoir si vite compromis son jeu.

Cette scène, pourtant, il l'avait répétée mille fois. Mille fois, en prévision de ces retrouvailles, il avait médité ses poses — ironiques et cyniques —, réglé ses répliques — d'abord allusives, puis de plus en plus explicites, enfin cinglantes comme un fouet —, dosé ses effets, depuis la réception initiale — glaciale, teintée d'une touche d'hostilité — jusqu'au coup de théâtre final — façon colère de Zeus, mais empreinte de dignité. Mille fois, il s'était par avance délecté du spectacle de la vaine effronterie de la traîtresse, de son désarroi croissant à mesure que ses sous-entendus se seraient faits plus explicites, de sa confusion finale quand elle se serait vue démasquée. Et voilà qu'il avait tout gâché ! Il se faisait les reproches de l'adolescent jouissant trop vite de la femme si longtemps désirée, du chaton tuant trop tôt la souris si patiemment traquée.

Au moins, s'il s'était tu, s'il avait, drapé du silence qui sied à l'amitié bafouée, laissé à l'infâme l'embarras de se justifier! Au lieu de cela, emporté par le ressentiment, il l'avait abreuvée de récriminations, perdant toute contenance à mesure que se purgeait son trop-plein de bile.

À vrai dire, il était heureux de la revoir et ses invectives exprimaient l'allégresse autant que la rancœur, le désir de la blesser autant que celui de l'embrasser. Pêle-mêle, il raconta ce qui s'était passé en son absence, assenant les épisodes comme autant d'uppercuts assassins, entrecoupés de tendres aveux qui en amortissaient aussitôt l'impact. Tout y passa, l'Ange, l'Éventreur et les Putes... comme il avait craint pour elle... Ada et Calvin... comme elle lui avait manqué... Ada, Chen et le WonderWorld... combien il aurait eu besoin d'elle... la Sorcière et les Gnomes... le Réseau de Chen, l'Abbaye de Nitchy et le Bureau de Thomas... l'Éventreur et les Flics...

— Que me reproches-tu, à la fin?

Maud avait laissé passer l'orage en silence, concédant parfois des « Je suis désolée... » et des « Si j'avais su... » quand la peine du garçon était trop évidente. Mais elle n'avait nulle intention d'aller plus loin, et encore moins de s'excuser.

— Ce qui t'arrive est certes regrettable, poursuivit-elle, mais je n'y suis pour rien.

— Ce n'est pas ça que je te reproche, mais de m'avoir menti.

— Mon pauvre Calvin, sur quelle planète croyais-tu donc vivre?

— J'ai le droit de savoir qui tu es!

— Et moi, j'ai celui de protéger ma vie.

— Par le mensonge, rétorqua le garçon avec mépris. Bravo! Belle mentalité!

— Mon chou, dans un monde qui nous dénie toute intimité,

dis-toi bien que, pour ceux qui chérissent la liberté, mentir est un acte de légitime défense et dissimuler une ardente obligation. La transparence est l'arme préférée des tyrans, l'opacité la riposte des hommes libres. Un jour, quand tu seras descendu de ton petit nuage, tu pigeras peut-être.

Calvin au fond ne demandait qu'à se calmer. Le désir de renouer avec Maud l'emportait sur toute autre considération.

— Tu refuses de me dire qui tu es?

— Je suis la gestd'im de Kleinkopf.

— Vivian Crawford? *La Faiseuse de rois?*

— En personne, confirma la jeune femme, flattée du ton admiratif du garçon.

— Mais... Maud? Maud Girardin, la journaliste du *Temps*?

— Il faudra en faire ton deuil. Ce n'est qu'un des nombreux canaux par lesquels je fais passer mes messages dans le public...

Depuis longtemps, expliqua-t-elle alors, les médias avaient pris l'habitude de publier des informations qu'ils acquéraient « prêtes à diffuser » auprès d'agences spécialisées, quand ils ne les recevaient pas gratis des attachés de presse des partis, entreprises ou lobbies. Petit à petit, les journalistes étaient redevenus de simples *speakers*, interprétant avec plus ou moins de talent des pièces écrites par d'autres.

— Les progrès en matière d'imagerie de synthèse ont permis de pousser cette logique à son terme naturel, poursuivit-elle. Par le truchement d'avatars placés auprès des principaux médias, je me branche directement sur leurs audiences en supprimant les intermédiaires devenus inutiles — l'agence de presse qui sélectionnait l'information et la validait, le journaliste qui la mettait en forme et la diffusait. De la sorte, je réduis au minimum le circuit entre le producteur d'événement et son consommateur.

— Grâce à « Maud Girardin » la Faiseuse de rois manipule, ni vu ni connu, les six millions de lecteurs du *Temps*! Chen n'avait pas tout à fait tort lorsqu'il t'accusait d'être la porte-parole de la C.I.A... Mais combien de médias noyautes-tu de cette façon?

— Dans le monde entier? Tout au plus trois dizaines... Inutile d'en faire trop : il suffit de contrôler les *leaders* d'opinion, ceux sur qui s'alignent d'office les feuilles de moindre envergure. Avec une trentaine de ces relais, j'atteins les deux tiers de ma cible.

— Trente pseudo-journalistes, éditorialistes et chroniqueurs, entonnant avec un ensemble parfait le même hymne à la gloire de Kleinkopf, sur la partition que tu leur as écrite ! Encore bravo !

Partagé entre scandale et admiration, Calvin ne savait que penser. Au moins reconnaissait-il à la jeune femme une certaine franchise. Il décida d'en tester les limites.

— Mais... si Maud n'existe pas... comment dois-je t'appeler dorénavant ? Vivian ?

— Vivian est mon nom de guerre. Mes vieux m'appelaient Maud. Pourquoi changer nos habitudes ?

Un doute tiraillait encore le garçon.

— Et... pardonne-moi... De quoi as-tu l'air au juste ?

Maud éclata de rire.

— Tu veux dire : si je me sers de filtres paramétrables et tout ça, pour modifier mon apparence ? Rassure-toi. De l'émetteur au récepteur, pas la moindre distorsion du signal. Je suis bien telle que tu me vois... Oh! Je ne dis pas, de temps en temps, un peu de rouge par-ci, une ride gommée par-là... Rien de plus que ce que font les femmes depuis qu'il existe des miroirs. Mais bien sûr, tu n'es pas forcé de me croire. Et d'ailleurs, qu'est-ce que ça fait ? Pourvu que je passe un bon moment avec lui, est-ce que je me soucie de savoir si Calvin est bien Calvin ?

Tant de candeur finit par avoir raison des dernières préventions du garçon. Il lui exposa ses doutes, et les maigres résultats de ses recherches. De son côté, elle lui apprit les raisons pour lesquelles elle avait fait appel à ses services.

— C'est difficile à expliquer. Appelle ça mon sixième sens, si tu veux. J'ai l'impression que tout va trop bien. Comme un ballet bien réglé, où chaque partenaire prévient les mouvements de l'autre.

— Que veux-tu dire ?
— Que depuis quelque temps tout paraît trop facile. Trop évident. Comme si on me déroulait un tapis rouge. Tiens, l'autre soir, au cours du débat. Sur le moment, en annonçant le blocus, j'ai cru céder à une inspiration personnelle. Après coup, j'ai eu le sentiment désagréable d'avoir été manipulée.
— Qu'est-ce qui te fait croire ça ?
— Rien. Juste une intuition. C'est pour ça que je suis gestd'im, n'oublie pas : pour mes intuitions. Et voilà que tu m'apportes la preuve que WonderWorld, sponsor officiel de mon patron, finance en douce, via les comptes suisses de Faidherbe, les bonnes œuvres de notre adversaire Branniff... Avoue qu'il y a de quoi être troublée !
— Simple précaution, au cas où Branniff l'emporterait...

À force de confronter leurs informations, ils finirent par tomber sur une connaissance commune.
— J'aimais bien Gershman. À la Termitière, c'était un des rares mecs fréquentables... Très différent de l'Imbu standard. Capable de douter là où les autres avaient tout de suite des certitudes. Le pauvre, ça lui a coûté la vie. Il est venu me voir la veille de sa mort. Beaucoup de hauts fonctionnaires, exagérant mon influence sur Kleinkopf, ont recours à mes bons offices pour lui faire passer des messages quand ils ont le sentiment que les canaux officiels sont engorgés. Gershman était de ceux qui ne gobaient pas la thèse de la C.I.A. impliquant le Céleste Empire dans le piratage du WonderWorld. Pas un jury, raillait-il, n'accepterait d'inculper un suspect sur d'aussi faibles présomptions. Pour lui, l'unique mérite de cette fable était d'être politiquement correcte, c'est-à-dire, en cette période d'élection, également acceptable – et exploitable – par les deux candidats. Il disait : « Ton patron va pouvoir exhiber ses parties viriles. Ça devrait impressionner vos électeurs du Middle West. Quant à Branniff, c'est une occasion inespérée de relancer son discours sur la restauration de l'hégémonie de la race blanche et, accessoirement, le projet de système antimissiles de ses bailleurs de fonds. »

— La lettre de son collègue de la Securities Exchange Commission — Polack, si mes souvenirs sont bons — suggère qu'ils avaient flairé une piste. T'en a-t-il parlé ?

— Il m'a juste dit posséder « d'excellentes raisons de ne pas acheter le scénario de la C.I.A. ». Il préparait d'ailleurs un rapport que le F.B.I. se réservait de communiquer à la Maison-Blanche en temps opportun. Rapport qu'il qualifiait d'*explosif*.

— Qui accusait-il ?

— Personne en particulier. Mais il était formel : le commanditaire du vol était aux États-Unis...

— Et ce commanditaire, ayant eu vent du brûlot qu'il préparait avec Polack, leur a envoyé l'Éventreur pour en éviter la publication ! Mais moi, à part d'avoir bénéficié des services du même fournisseur, qu'ai-je de commun avec eux ?

— Toi, c'est différent : tu étais sur le point de démasquer les barbouzes manipulant Ada et Chen.

— Et les putes, en quoi étaient-elles concernées ?

— Il faut croire qu'elles gênaient d'une manière ou d'une autre... Je suis d'accord avec Polack : il serait intéressant de connaître les clients de cette Carla. On trouverait certainement parmi eux celui qui l'a si bien tuyautée sur General Avionics...

— Il faudrait aussi découvrir comment cette pauvre fille est parvenue à payer ses actions. Cent trente mille dollars, rubis sur l'ongle ! Même pour une pute de luxe, c'est une grosse somme.

— On verra ça plus tard. Dans l'immédiat, je dois te plaquer, mon chou. Mon avion décolle dans moins d'une heure.

— Un avion ? En pleine nuit ?

— Pas du tout ! Je sors de prendre mon p'tit déj ! *Dim-sum* comme tu les aimes et soupe de gruau...

— Mais où es-tu ?

— C'est vrai, je ne t'ai pas dit ! Si tu m'avais laissé causer, au lieu de me couvrir de reproches ignobles !

— Réponds ! Où es-tu, Maud ?

— À Pékin, mon chou.

Maud était bien dans la gueule du tigre. Tout s'était décidé très vite. *Le Temps* avait publié un de ses brûlots antichinois, de ce vitriol qui avait le don d'irriter Chen. Peu après, la rédaction avait reçu de l'ambassade une invitation officielle. En transmettant le message, l'attaché avait précisé, *off the record*, que son gouvernement apprécierait que l'auteur de l'article représentât le quotidien. Ayant compris l'importance du soutien de l'opinion mondiale dans cette phase délicate de son conflit avec le Pacte, son pays, avait-il expliqué, souhaitait faire connaître son point de vue de la manière la plus objective possible. Parmi les grands organes de presse, les hauts responsables avaient choisi celui qui leur était, sous la plume acide de Maud Girardin, le plus hostile, dans l'espoir qu'un commentaire conciliant du plus acerbe de leurs critiques convaincrait mieux que les prévisibles louanges des thuriféraires de service. Maud ne se leurrait pas : si les « hauts responsables » en question l'avaient choisie, c'est qu'ils connaissaient son identité et ses fonctions réelles. À travers elle, c'était le président américain qu'ils cherchaient à contacter. Kleinkopf ayant donné son feu vert, Maud avait sauté dans le premier avion.

On lui avait imposé un silence total. Nul ne devait savoir qu'elle se rendait à Pékin. Ce n'est que sur place, après plusieurs jours d'attente, qu'on lui avait appris le but réel de l'invitation : seule parmi ses confrères de la presse mondiale, elle avait été choisie pour rencontrer le Grand Redresseur, le président Wang Luoxun en personne.

— Qu'est-ce encore que cette blague ? Voilà belle lurette que Wang n'est plus de ce monde !

— Dans ce cas, j'ai rencontré un fantôme ! rétorqua Maud en riant. Maintenant, si je ne veux pas louper mon avion, il faut vraiment que je te laisse. On en parlera à mon retour. En attendant, lis mon papier dans *Le Temps*. Je te promets une surprise.

Sur la route qui de Pékin monte en serpentant à la Grande Muraille, au débouché de la vallée où les empereurs Ming reposent pour l'éternité, niche, accroché à la montagne, un hameau sans nom où les touristes ne sont pas autorisés à s'arrêter. Au mieux les observateurs aperçoivent-ils, après les dernières masures, au fond d'un virage en épingle à cheveux, une barrière rouillée portant, sur un écriteau de bois, cette inscription délavée : *Route militaire numéro 920. Défense de passer.*

En notre honneur, la barrière se lève. Notre cortège s'engage sur un chemin de terre. La neige tombée la nuit précédente ralentit la progression. Au passage de notre Benz, des détachements en tenue camouflée présentent les armes. Je reconnais les uniformes : c'est la garde du Zhongnanhai, ces bataillons d'élite affectés à la protection des cinq ou six plus éminentes personnalités du régime. La route s'élargit. Sur les bas-côtés, des casemates de béton, prêtes à cracher le déluge sur les intrus. Sur les crêtes, des batteries de missiles sol-air. Les motards de l'escorte se rangent. Ils gèleront sur place jusqu'à notre retour : ce qui suit, ils ne sont pas habilités à le voir.

Nous longeons un ravin. L'inconfortable approche se poursuit une heure encore puis, au sortir du défilé, apparaît un plateau cerné de hautes parois de granit. Au centre du cirque, émergeant d'un chaos de roches gigantesques, un bâtiment de béton, mi-usine, mi-bunker : un des lieux les plus secrets du pays, où nul étranger ne fut jamais admis, l'Unité de soins palliatifs de l'Hôpital militaire numéro Un de Pékin, le mouroir des éléphants de l'Empire. C'est là que m'attend celui qui restaura l'unité et la souveraineté de son pays, le leader mythique que tous croyaient disparu, le président Wang Luoxun.

Si, seule de la presse occidentale, j'ai été admise à interviewer ce mort-vivant, c'est bien sûr à des fins de propagande, comme l'indique la présence à mes côtés du nouvel homme fort, le général Chi Zhongtan qui, à la suite d'une de ces révolutions de palais dont l'Empire a le secret, vient de s'emparer du pouvoir. Protégé de Wang Luoxun, mon hôte, qui se vante d'avoir fait fusiller plus de mille « collaborateurs de l'ennemi » – traduisez : adversaires politiques –, a désormais pleine autorité pour décider de la conduite à tenir face au Pacte. Il désire que ses compatriotes sachent de qui il tient son sceptre, et le reste du monde de quelle source il tire son inspiration : du patriarche en personne. Plus qu'à la résurrection de l'empereur, c'est donc à l'onction de son dauphin que j'ai été conviée.

En réalité le général tient son pouvoir de la rue. Depuis l'attentat dont son mentor fut victime, il rongeait son frein dans son fief de province, désespérant de trouver une occasion de revenir sur le devant de la scène. Depuis dix-huit ans, ses ambitions se heurtaient à celles des autres seigneurs de la guerre. Il aura fallu la mobilisation inattendue d'une populace ulcérée par l'arrogance du Pacte pour débloquer en sa faveur le jeu de ces forces s'annulant mutuellement. En bon démagogue, Chi n'ignore pas que sa survie dépend de la parfaite fusion de l'armée et de la population. C'est sans nuance qu'il flatte la ferveur nationaliste de ses compatriotes : « *Sans l'amour de l'armée, l'étude des arts martiaux, et un sens élevé de la défense nationale, la race chinoise perdrait son fondement spirituel.* » Quand j'évoque l'éventualité d'un débarquement de l'armada du Pacte, il sourit : « *Notre pays a été agressé bien des fois au cours de l'Histoire... mais en définitive, chaque fois les envahisseurs ont été défaits.* » Et lorsque je rappelle l'énorme puissance de feu du *Free Trade*, il rétorque : « *Nous n'avons pas peur des porte-*

avions. Ce qui décide des victoires, ce sont les hommes, pas le matériel. Croyez-vous qu'un seul des marins du Free Trade *soit prêt à mourir pour la Chine ? Nous, nous sommes un milliard et demi à le désirer.* »

Cette guerre, en effet, la Chine l'a voulue. Le piratage du WonderWorld n'était pas un accident. C'était l'apothéose d'un plan longuement mûri pour conduire le Pacte, malgré lui, au seuil d'une guerre désirée. Nous savons à présent que depuis des mois – bien avant l'incident WonderWorld – les Chinois stockaient du pétrole en quantités excédant de beaucoup leur consommation habituelle. En prévision d'un hiver particulièrement rude ? Non, mais parce qu'ils savaient de source sûre que leur machine de guerre bientôt s'ébranlerait.

La Chine, pour s'épargner le coût, autrement tragique, d'une guerre civile, avait désespérément besoin d'une guerre étrangère. Besoin d'une guerre, d'abord, pour résorber un excédent de population que la Grande Peste n'a pas entamé et qui accroît, chaque année davantage, sa dépendance alimentaire à l'égard du Pacte, l'obligeant à dilapider pour l'achat de semences les devises si durement acquises. Besoin d'une guerre, encore, pour purger les villes de millions de paysans chassés de leurs champs par la révolution agricole, d'ouvriers licenciés des entreprises d'État en faillite, de fonctionnaires mis à pied par des administrations pléthoriques, d'étudiants qu'une économie exsangue ne parvient à absorber, hordes aigries prêtes à s'enrôler sous la bannière du premier agitateur venu. Besoin d'une guerre, surtout, pour museler les dissidents enhardis par les échecs d'un régime sclérosé, conjurer les velléités de sécession des provinces les plus riches, d'insurrection des plus pauvres, bref, pour contenir les forces centrifuges qui menacent de disloquer la nation. Rien de tel qu'un ennemi commun pour recréer une apparence d'unité, ressouder un peuple autour de son tyran, conférer une légitimité nouvelle à des chefs déconsidérés. Rien de tel qu'une guerre étrangère pour justifier la mobilisation, l'état d'urgence, la loi martiale, à l'abri desquels un pouvoir moribond pourra, sinon se refaire une santé, du moins prolonger son agonie.

Qu'on ne s'y trompe : parce qu'elle sert une clique cynique pour qui la vie humaine ne compte pas, la guerre qui approche sera sans merci et ne s'achèvera que lorsque l'Empire se jugera suffisamment purgé. Le général Chi a les moyens de placer la barre très haut : cent millions de cadavres. L'électeur du Middle West, qui défaille à la vue du premier cercueil, aura-t-il l'estomac de relever le défi ? Il est à craindre que le Pacte – en dépit de tous ses *Free Trade* – ne soit plus armé pour gagner cette sorte de guerre-là.

Rarement j'ai autant apprécié la coutume qui exige ici qu'à chaque visiteur on offre une tasse d'eau bouillante. Dans le salon de réception, il gèle à pierre fendre, et on s'attend à voir retomber, dans un bruit de glace brisée, les platitudes de bienvenue s'exhalant de la bouche du directeur. Tricots épais sur blouses blanches, moufles de laine, toques de fourrure, le personnel soignant guette, en battant des semelles, la fin du discours. Le général Chi répond par des sentences convenues sur le devoir filial et la dette imprescriptible de la patrie à l'égard de ses vétérans, messages destinés à mes confrères de l'agence Xinhua, qui notent fébrilement en opinant du bonnet. Chi en profite pour rapporter une anecdote édifiante, dont l'unique mérite est de le montrer dans une pose avantageuse aux côtés de Wang *« mon vénéré père adoptif, mon chef de guerre respecté »*, posture aussitôt immortalisée par les chers collègues et qu'on verra bientôt, magnifiée, à la une de tous les quotidiens de l'empire.

C'est une salle commune, dont au siècle passé le plus misérable de nos hospices aurait rougi, sol au carrelage ébréché, plafonds de cinq mètres ornés de rares néons d'où dégouline une lumière aussi vacillante que blafarde, murs à l'enduit jaunâtre que seule la crasse gelée fait tenir, fenêtres délabrées dont on se demande par quel miracle elles résistent aux assauts furieux de la bise. Au centre, solitaire, un lit de fer, entouré de ce que la technologie moderne offre de plus sophistiqué en matière de robots de survie. À peine visible au milieu d'un enchevêtrement de câbles, tuyaux, sondes, perfusions, drains et canules, une frêle silhouette parcheminée, sorte de momie qu'on aurait placée sous respiration forcée pour lui rendre, le temps d'une exhibition, un semblant d'animation. À la tête du lit, un moniteur témoigne de la précarité de cette existence : trente systoles par minute, cinq inspirations. À notre approche, un petit chat blanc qui ronronnait contre la momie prend la fuite sous le lit. « *N'oubliez pas de prendre des photos de profil,* me conseille Chi pendant que des assistants prélèvent à mon intention un échantillon de son sang ainsi que ses empreintes digitales. *La C.I.A. ne sera pas contente si elle ne voit pas les oreilles. Pour identifier, les oreilles, ça vaut l'A.D.N.* » Inutile, ai-je envie de l'interrompre. Je le sais déjà : ce pitoyable amas de souffrances gisant à mes pieds est bien Wang Luoxun, cent quatorze automnes, tyran de la Chine depuis un tiers de siècle.

« *Voici très longtemps,* commence le médecin-chef, *le vénérable Wang fut victime d'un...* » « *d'un accident !* » le coupe brutalement le général, en le fusillant du regard. Sur la nature de cet « accident » et celle des lésions qui privèrent Wang, outre de l'usage de ses membres, de la vue, de la parole et de l'ouïe, mes hôtes ne diront rien, mais nous savons bien sûr à quoi nous en tenir. « *Grâce aux progrès étonnants de notre science,* poursuit le général avec une expression de fierté qu'il a peine à réprimer, *nous sommes parvenus à le conserver en vie, et même à lui redonner la possibilité de communiquer.* »

Sur le flanc droit du président, un carré de peau minuscule a miraculeusement conservé sa sensibilité. Sans cette circonstance, il eût été réduit pour le reste de ses jours à l'état de végétal conscient. Ces quelques centimètres d'épiderme, d'ingénieux médecins en ont fait un nouveau récepteur sensoriel. Ils y ont collé une sorte de tapis-brosse dont chaque poil, selon qu'il est chaud ou froid, reproduit sur l'épiderme un des points blanc ou noir d'un écran cathodique. Grâce à cet *ersatz* de rétine, relié à une caméra, un scanner ou n'importe quel dispositif de digitalisation, Wang parvient à percevoir des formes grossières, équivalentes à celles des antiques téléviseurs noir et blanc, suffisantes en tout cas pour déchiffrer un texte ou reconnaître une silhouette. Pour ce qui est de l'expression, un reliquat de motricité dans l'index droit lui permet de désigner sur une tablette sensible les idéogrammes qu'il désire émettre. Et voilà comment, depuis dix-huit ans, d'un doigt qui n'a d'égal en puissance que celui du Créateur de Michel-Ange, l'auguste infirme continue de régenter son Empire !

Wang utilise un système ancien de transcription phonétique, le *pinyin*. Lorsqu'il désigne un phonème, l'ordinateur lui renvoie, sur la zone de sa peau lui tenant lieu d'écran de contrôle, l'ensemble des caractères ayant ce son en initiale. Ainsi, en désignant zh, obtient-il *zhang, zhong* ou *zhou*. Il lui suffit de pointer le caractère désiré, par exemple *zhong*, pour se voir offrir une sélection de mots ou de phrases entières débutant par ce caractère, sélection qui tient compte de ses habitudes de langage et du contexte de la conversation. Par exemple, *zhong* appelle automatiquement *Zhongguo* – Chine – *zhongguoren* – citoyen chinois – *Zhonghuarenmingongheguo* – République populaire de Chine, et *Zhongkeyen*, qui est le nom d'un de ses correspondants habituels. Sur cette présélection, l'infirme n'a plus qu'à pointer le mot ou la locution qu'il souhaite afficher. La phrase terminée, l'ordinateur la traduit et la vocalise d'une traite. Le processus est très rapide, puisque pour énoncer « République populaire de Chine » il suffit d'indiquer trois choix : *zh, zhong* et *Zhonghuarenmingongheguo*, alors que dans une langue alphabétique il serait nécessaire d'épeler plusieurs dizaines de lettres. Armé d'une volonté de fer, l'infirme est parvenu à force d'exercice à jouer en virtuose de ces pauvres instruments. D'après le général, il est capable de soutenir sans les ralentir les plus longues conversations et, au téléphone, ses interlocuteurs en viennent à oublier son terrible handicap, que seule trahit l'imperceptible césure ponctuant chacune de ses phrases due, non à la lenteur de sa pensée, mais à celle des machines.

« *Allez-y ! Dites-lui quelques mots,* m'encourage le général en me tendant un micro. *Je l'ai prévenu de votre visite.* »

Ainsi débuta la plus extraordinaire interview de ma carrière.

« *Je lis chacun de vos articles,* me reproche l'infirme sans s'attarder aux politesses d'usage. *Vous n'êtes guère aimable à mon égard.* » Je ne tiens pas à gaspiller ces instants précieux en vaines palinodies, mais ne peux me retenir de répliquer : « *Vous avez accompli des choses admirables. Cependant, vos actes ne sont pas tous dignes d'éloges.* » Chi tousse d'effroi derrière moi. « *C'est bien,* approuve Wang pour calmer le général dont il devine l'embarras, *j'aime les gens qui disent ce qu'ils pensent. Allons, je vous accorde une question.* » Elle s'impose sans que j'aie à réfléchir : « *Monsieur le Président, cette guerre, il semble aujourd'hui évident que vous l'ayez voulue, en dépit des souffrances innombrables qu'elle ne manquera d'infliger à des millions d'innocents, dans votre propre pays et ailleurs. D'où ma question : à quoi cela rime-t-il ?* »

Wang est sans réaction et, à voir l'expression hébétée qui fige ses traits, je me surprends à douter qu'une volonté soit encore à l'œuvre dans cette chair suppliciée. Son silence se prolonge. Seul le ronronnement du petit chat fait écho au chuintement régulier des machines de survie. J'entends, dans mon dos, le général et ses acolytes se demander s'il ne conviendrait pas d'abréger la séance. Je me reproche ma brutalité et me résigne déjà à partir, quand l'index recommence à glisser.

« *Permettez que j'évoque un souvenir personnel qu'en femme sensible et intelligente vous comprendrez certainement. Vous pouvez en juger, je ne suis plus très jeune. Ce corps qui vous apitoie tant – ne protestez pas, je sens bien qu'il vous fait pitié –, ce corps, donc, a traversé l'histoire de la Chine moderne, depuis l'humiliation du joug colonial jusqu'à l'indépendance dont elle jouit aujourd'hui, en passant par les vicissitudes des révolutions successives. Il a subi les coups des occupants et porte toujours les traces des combats pour la Libération. Il a connu les fatigues de la Longue Marche, la famine du Grand Bond en avant, de nouvelles blessures sous la Révolution culturelle, d'autres enfin qui m'ont conduit où vous me voyez. Ce corps, c'est la mémoire de la Chine.*

« *En 1937, j'avais à peine vingt ans. Les Japonais s'emparèrent de Nankin et y perpétrèrent un des pires carnages de l'ère contemporaine. Trois cent mille victimes, vieillards, femmes, nourrissons, violés, brûlés vifs, décapi-*

tés, éventrés, empalés... J'y étais, j'ai vu, et je me souviens. Je me souviens d'un dieu adolescent. Assis au bord d'une fosse où gisaient déjà, immobiles mais vivants, dix autres résistants, il attendait. À son air serein, on eût dit un enfant méditant au bord d'une rivière. Un soldat japonais de son âge détournait les yeux. Un autre vomissait. À l'instant de basculer, il me fixa fièrement et son regard criait : " Souviens-toi ! " L'instant d'après, les assassins l'ensevelissaient vif avec ses compagnons, et longtemps, longtemps, je vis la tombe remuer. C'était mon petit frère. »

L'index s'immobilisa et je sus que le vieillard, empli du fantôme chéri qu'il venait d'éveiller, n'ajouterait rien. Que dire de plus, au demeurant ? Sa réponse, je l'avais comprise. Je voulus qu'il le sache et, cédant à une brusque impulsion, avant que son entourage atterré n'ait pu m'en empêcher, je saisis sa main et la portai à ma joue. Le doigt me caressa délicatement tandis que, sur le masque de cire, coulait une larme.

La partie engagée en mer de Chine tournait à l'avantage de Chen.

Aux États-Unis, les sondages témoignaient d'un spectaculaire retournement d'opinion. Le sénateur Branniff engrangeait les fruits de ses prises de position antérieures en faveur du système de missiles antimissiles. Le sentiment prévalant était que si le pays avait disposé de ces armes, le vol du WonderWorld n'aurait pas eu lieu. Désespérant de retrouver les grâces des électeurs, le Président Kleinkopf avait durci le ton et ordonné à la VIIe flotte de s'emparer de Taiwan.

En Chine, l'opinion, galvanisée par les maîtres propagandistes du général Chi, se mobilisait pour la défense de l'île, soudain devenue, après des décennies d'indifférence, le devoir sacré de tout patriote. Tandis que s'exaltait la populace et que les militaires fourbissaient leurs armes, les tribunaux d'exception purgeaient le pays des « traîtres, espions et collabos » que des procureurs zélés démasquaient en grand nombre parmi les opposants réels ou supposés du nouveau régime.

À Taiwan, la résistance s'organisait. À l'appel des partis d'opposition et des organisations syndicales, six cent mille manifestants défilèrent dans les rues de Taipei aux cris de *US Stay Home!*, *Sink the Fleet!* et *Down the Gunboats!* Devant l'ambassade du Pacte, des orateurs rappelaient la solidarité qui, par-delà les différences, unissait le peuple chinois de part et d'autre du

Détroit. L'un d'eux déclencha un tonnerre d'applaudissements en affirmant : « Le Pacte doit savoir que – dussions-nous sacrifier le dernier de nos enfants – pas un de ses boys ne reviendra vivant des rivages de Taiwan. » Le Guomintang, parti au pouvoir, était dénoncé comme traître à la patrie, à la solde du Pacte.

À la stupéfaction générale, le Parlement, réuni à la hâte en vue de déterminer son attitude face aux manifestations, avait voté une motion requérant l'aide du frère aîné de Pékin pour résister à « la menace d'invasion du sol chéri de la patrie ». Le gouvernement, qualifiant cette motion de « contraire à la Constitution, et par conséquent nulle et non avenue », avait aussitôt décrété la loi martiale. Les blindés de la Force d'autodéfense avaient encerclé le Parlement.

Sitôt la motion votée, Pékin – avec une précipitation qui fleurait la préméditation – avait fait savoir qu'elle ne saurait demeurer plus longtemps insensible à « la supplique angoissée des compatriotes de Taiwan ».

Un chaos indescriptible s'installa à Taipei. Les députés – virtuellement emprisonnés dans leur hémicycle par les troupes loyalistes – votèrent une motion de censure à l'encontre du gouvernement, qui riposta en ordonnant leur arrestation immédiate. On imaginait mal comment cet ordre pourrait être exécuté, alors que la foule qui enflait d'heure en heure devant le Parlement proférait des slogans hostiles au Guomintang et dénonçait sa collusion avec « l'envahisseur yankee ». Partout en province se tenaient des manifestations semblables, notamment à Kaohsiung et Keelung, principaux ports de l'île.

Les troupes de la Force d'autodéfense semblaient quant à elles gagnées par la confusion : celles chargées d'interdire l'accès aux studios de la télévision avaient laissé, impassibles, les insurgés s'emparer du bâtiment.

Contrastant avec la catalepsie des loyalistes, les émeutiers paraissaient déterminés et admirablement coordonnés par un encadrement professionnel. À l'évidence, ils exécutaient un plan minutieusement médité.

Sitôt de retour, Maud l'avait appelé, tout exaltée par la rencontre extraordinaire qu'elle venait de faire. En l'écoutant, Calvin pour la première fois eut la certitude qu'on lui disait vrai. Le doigt de Chen sur la joue de Maud : là résidait la décisive épreuve de réalité. Par cet adoubement, les deux êtres s'étaient mutuellement anoblis. Eux qui n'étaient jusqu'ici que des ombres s'étaient l'un à l'autre conféré la consistance d'un roc. À ce socle irréfutable, il allait pouvoir s'ancrer. Il suffisait d'avoir foi en Maud. Qu'avait-il à perdre d'ailleurs ? Récuser son témoignage revenait à s'enfoncer pour toujours dans la démence. L'accepter, c'était se donner une chance, même infime, d'y échapper. S'il se trompait, il en serait quitte pour revenir à la situation sans issue où il se trouvait déjà. Cette chance, il choisit de se la donner.

Était-ce son instinct de femme envers un être démuni ? Celui de gestd'im en présence d'un des hommes les plus puissants au monde ? Ou bien l'infirme usait-il, pour compenser son handicap, d'un mystérieux pouvoir de suggestion ? Toujours est-il que Maud et Chen s'étaient compris, par-delà les mots, par-delà le lourd appareillage destiné à les matérialiser, comme si un fluide avait circulé entre eux. D'emblée, Maud avait saisi ce qu'il attendait d'elle : sous le lit, là, le modem. Reconnecter le modem que ses geôliers avaient décroché.

C'était à cette fin – à cette fin uniquement – que Chen l'avait attirée à son chevet : otage du général Chi au fond de la sinistre forteresse mouroir, coupé de toute communication, Maud était son dernier lien avec Calvin, son ultime espoir de reprendre contact avec lui.

Aussi, au moment de le quitter, en évoluant autour du lit, s'était-elle approchée du chaton qui sommeillait sans penser à mal et, comme par inadvertance, lui avait marché sur la queue. D'instinct l'animal avait en pestant bondi sous le plus proche refuge : le lit de Chen. Alors, feignant de vouloir consoler le petit animal, elle s'était penchée et, tandis que le général et sa suite riaient aux éclats, avait rebranché la prise.

Il ne restait plus qu'à prier pour que Chen réalisât qu'il était à nouveau libre.

Maud à ses côtés, tout s'accéléra, comme si les indices laborieusement réunis en son absence avaient attendu son retour pour révéler leur sens.

— Tu te souviens, annonça Calvin triomphalement, nous nous demandions comment la pute avait trouvé cent trente mille dollars pour payer ses actions ? Eh bien, je sais à présent d'où provenait le fric.

— Tes bestioles ont déniché la liste de ses bienfaiteurs ?

— Mes bestioles n'y sont pour rien, et ce n'est pas ce que tu crois. En réalité, elle avait un emploi on ne peut plus officiel, qui justifiait ses gras émoluments...

— Comment diable sais-tu cela ?

— J'ai trouvé ses bulletins de paye !

Qui les avait déposés dans sa boîte ? Était-ce l'Ange qui lui avait déjà sauvé la vie ? Ou un nouveau philanthrope anonyme ? En tout cas quelqu'un parfaitement informé de ses faits et gestes, intervenant comme toujours à point nommé, sans vains discours. Quoi qu'il en soit, ils étaient là : à huit mille dollars l'unité, vingt-quatre ordres de virement au profit de Carla Lopez. Le salaire du vice.

— Incroyable...

— Ou inquiétant, c'est selon. Mais peu importe : nous savons maintenant que tous les mois notre putain encaissait

un coquet pécule d'une association, la « Ligue franco-américaine »...
— La Ligue ! Tu es sûr de ce que tu avances ?
— Pourquoi ? Tu connais ?
— Un peu ! C'est le principal instrument de lobbying des Républicains américains en France ! Au demeurant, tu as déjà fait connaissance avec son trésorier, Marc Faidherbe...
— Le type dont j'ai cassé le compte en Suisse ?
— En personne. Ses amis et lui achètent les députés, corrompent les journalistes, subventionnent les artistes, bref arrosent tous ceux qui en France font l'opinion et sont en situation de soutenir leurs projets. Et devine qui en est le chef ?
— Langue au chat...
— Un dénommé Branniff !
— Le candidat républicain à la présidentielle ? Mais qu'avait-il à faire de cette fille ?
— Grand naïf ! Tu ne piges pas ? Le sénateur et l'hétaïre...

Soudain, tout devint évident : l'informateur de Carla, si averti de la bonne fortune prochaine de General Avionics, n'était autre que Branniff. Le digne parlementaire, bouclier des vertus américaines, candidat à la présidence du Pacte, se reposait des fatigues du débat démocratique dans les bras de l'amazone qu'il rétribuait de ses bons et loyaux services par cet emploi bidon dans une association exotique ! Classique comédie de mœurs politico-ancillaires qui hélas pour la courtisane tourna au drame. Le politicien, en un pathétique besoin d'épate, n'avait pu s'empêcher de se vanter sur le coin de l'oreiller, en tout cas d'en confier assez pour que la fille sache où résidait son intérêt. D'où cette acquisition follement imprudente qui ne manqua pas d'attirer l'attention de la SEC. Réalisant le risque que son indiscrétion lui faisait encourir, Branniff n'avait guère eu d'autre choix que d'en éliminer la source et, pour faire bonne mesure, les camarades que la pute avait placées dans la confidence ainsi que les deux flics qui déjà couraient à ses trousses.

— Ce type est un criminel de la pire espèce !
— Mais non, Calvin : juste un politicien sachant ce qu'il veut. Qu'est-ce que tu t'imagines : qu'on parvient à cette altitude sans piétiner quelques cadavres ? Et d'ailleurs, que pèsent une demi-douzaine de vies en comparaison des multitudes qu'il s'apprête à sacrifier ?
— Que dis-tu ?
— C'est pourtant clair, mon poussin. Rappelle-toi ce qu'écrivait Polack à Gershman : l'achat d'actions General Avionics « prouve que quelqu'un anticipait le vol du WonderWorld et son impact sur les valeurs de l'Armement. Or, qui pouvait le mieux prévoir ce qui allait advenir, sinon le voleur lui-même ? ».
— Branniff !
— Et son lobby de marchands de canons. En y réfléchissant, ils sont bien les premiers bénéficiaires de ce conflit. En mettant le feu aux poudres, ils font d'une pierre trois coups : ils coulent l'industrie du multimédia qui leur faisait de l'ombre, relancent la course aux armements, et remettent en selle le parti qui leur est favorable.
— C'est donc le lobby qui a livré le WonderWorld à Chen ? Mais comment pouvait-il savoir qu'Ada l'avait volé ?
— Ils ont des oreilles partout, tu sais, à la C.I.A. comme dans les moindres officines de renseignement.
— C.I.A. ou pas, ça ne fait que déplacer la question : comment ont-ils repéré le jeu d'Ada ? Par hasard ? Ils n'avaient aucune raison particulière de s'intéresser à elle !
— Elle a pu commettre une imprudence...
— Ada, commettre une imprudence ? Pas son genre !
— Tu as une autre explication ?
— Quelqu'un a dû les tuyauter...
— Un dénonciateur ? Mais... qui ?
— Un proche, sans aucun doute...
— Tu veux dire... Rembrandt ? Nitchy ? Thomas ? Non, pas Thomas tout de même !
— Je préfère ne pas y penser...

— Quoi qu'il en soit, les gens de Branniff avaient appris ce qu'elle tramait, et sans doute savaient-ils aussi qui se dissimulait sous le pseudonyme de Chen. Aussi longtemps que ta mère a œuvré dans leur sens, ils l'ont laissé faire. Et puis elle a démasqué Chen et refusé de lui livrer le WonderWorld : elle ne voulait à aucun prix d'une guerre. Alors le lobby est passé aux actes : court-circuitage d'Ada, manipulation de Chen par leurs agents, intervention de l'Éventreur lorsque tu as deviné la machination...

— Je ne décèle qu'une faille dans ta déduction : pour faire la guerre, il faut être deux. Alors explique-moi : quel était l'intérêt de la Chine dans cette affaire ? Dans quel but Chen aurait-il favorisé le retour à la tête du Pacte d'une clique raciste, impérialiste et militariste de surcroît ?

— Il avait plein de motifs d'ordre intérieur. Tu as lu mon dernier papier ?

— Évidemment ! Mais à présent que je sais que Chen inspirait la manœuvre, je juge tes arguments beaucoup moins convaincants : je ne l'imagine vraiment pas en Machiavel du Yangtze, méditant froidement la fin de millions des siens.

— Hélas, il serait temps de te réveiller, Calvin ! Mais tu le lui demanderas la prochaine fois que tu lui parleras. Quant à moi, je dois informer Kleinkopf, après quoi je sortirai le scoop du siècle. Journée mémorable entre toutes, où Vivian Crawford terrasse le dragon républicain tandis que Maud Girardin décroche le Pulitzer !

Chen n'avait jamais marqué pour Rembrandt une considération excessive. À maintes reprises, il avait même en l'écoutant manifesté de l'agacement, voire de l'irritation. Un jour qu'un de ses récits l'avait particulièrement outré, il avait zappé, comme on claque une porte. Rembrandt, il est vrai, était en train de détailler par le menu un aspect peu reluisant de la vie intime d'Ah-Wang – son penchant pour les jeunes hommes qui, suggérait-il, motivait en partie l'attachement du despote à sa personne. Calvin avait imputé le départ de Chen au dégoût que lui inspiraient ces mœurs. Interrogé le lendemain sur les raisons de sa colère, il lui avait lancé avec une brusquerie inhabituelle : « Vous devriez lire un peu, vous seriez moins naïf. Tenez, Segalen par exemple ! » Rembrandt, à qui Calvin avait rapporté cette réponse énigmatique, avait tranché d'un ton désinvolte : « Auteur sans importance... Ne perdez pas votre temps avec ça. » Le garçon n'avait pas poussé plus avant.

Calvin referma la passionnante biographie de Victor Segalen par son ami Manceron. Ce qu'avait voulu dire Chen y sautait aux yeux. On y relatait la rencontre à Pékin du poète français et d'un certain Maurice Roy. Ce jeune homme prétendait avoir été admis, par un extravagant concours de circonstances, en l'intimité du Palais impérial où, insinuait-il sans vergogne, sa beauté lui avait valu d'être remarqué par l'empereur Kouang-Siu. Il se vantait aussi d'avoir couché avec l'impératrice douairière Long-Yu, moyennant dix mille dollars sonnants et trébuchants. Soi-disant titulaire d'un grade élevé au sein de la police secrète, il disait avoir déjoué plusieurs complots ourdis contre Kouang-Siu par les eunuques de l'impératrice. Roy abreuva Segalen – dont la soif semblait inextinguible – de détails toujours plus inédits et scabreux sur la cour impériale et les ressorts intimes de sa politique, et pour finir le fascina tant que l'écrivain en fit le héros d'un roman, *René Leys*.

René l'imposteur, et non Simon l'érudit...

En découvrant l'âge réel de Chen, Rembrandt avait réalisé qui il était. Depuis, il se cachait. Outré, Calvin lui laissa ce simple mot : *J'aimerais avoir une explication avec René Leys*, sans prendre garde à l'e-mail qui attendait déjà le fugitif.

Cher Monsieur,
Je m'étonne de n'avoir pas eu de réaction à la proposition extrêmement intéressante que je vous ai personnellement adressée il y a peu. Peut-être n'en avez-vous pas saisi l'importance, tant pour vous-même que pour la société dans son ensemble. Aussi souhaiterais-je insister sur quelques considérations qui me paraissent mériter votre attention.
Un homme de votre âge doit savoir regarder la vérité en face. Que peut-on espérer de mieux, au terme d'une existence remplie comme fut la vôtre, que de partir en paix, en s'épargnant le cortège des tracas et misères qui ne manquent jamais d'accompagner la vieillesse ? Surtout lorsque, comme vous hélas, on se trouve dénué de ressources et de soutien familial. Votre exclusion de Webjobs vous prive de tout revenu. Qui dorénavant subviendra à vos besoins ? Vous qui avez eu à cœur, votre vie durant, de ne dépendre de personne, allez-vous, au soir d'une existence si digne, vous abaisser à tendre la main ? Un homme de votre trempe mériterait de laisser une autre impression.
Et la société, pensez-vous qu'elle puisse supporter indéfiniment le poids d'un être qui ne lui est plus utile ? Ne sentez-vous pas, en votre âme et conscience, que le fardeau est bien lourd, qui pèse sur les épaules de notre jeunesse ? Savez-vous que la moitié des sommes énormes que notre société consacre à la santé des siens est engloutie par les soins des six derniers mois d'existence ? Croyez-vous qu'il soit

équitable d'imposer pareille charge à autrui juste pour six petits mois de survie ?

Songez à ce que furent vos vingt ans, à la prospérité qui régnait alors, aux privilèges qui furent les vôtres. Ne croyez-vous pas que les jeunes d'aujourd'hui ont droit, à leur tour, à un peu de cette aisance qui fut l'apanage de votre génération ? Aurez-vous le cœur d'accroître les nombreux handicaps auxquels ils sont déjà confrontés ? Un tel égoïsme ne vous ressemblerait guère.

Je ne parviens pas à croire que vous refusiez de considérer une proposition si rationnelle et si généreuse. Aussi, pour hâter votre décision, ai-je donné des instructions pour qu'on vous expédie un kit d'essai. Vous pourrez ainsi juger en toute quiétude de la qualité du service que nous vous proposons.

J'ai confiance en votre grandeur d'âme et suis sûre que vous ferez bientôt le choix qui s'impose.

Dans cette attente, je vous prie d'agréer, cher Monsieur, l'expression de mes sentiments les plus encourageants.

Marie Krauze,
Présidente.

P.-S. Si vous vous décidez dans les vingt-quatre heures, je serai heureuse de vous offrir un coffret-repas contenant tout ce qu'il faut pour rendre vos ultimes instants inoubliables, accompagné d'une mignonnette de cognac V.S.O.P. et d'un paquet de cigarettes de la marque de votre choix.

— Pardonne-moi, je t'en prie...

Rembrandt n'en menait pas large. Dans sa confusion, il en oubliait ses « vous » légendaires.

— Tout était donc bidon ?
— Oui.
— Ah-Wang et ses prétoriens ?
— Pure invention.
— L'*ultime service* ? La capsule de cyanure ?
— Billevesées.
— Le dalaï-lama ?
— Jamais vu, ni de près ni de loin.
— Le doctorat de l'université Qinghua ? Le sauvetage des étudiants de Tian'anmen ?
— Sornettes, comme le reste. *La vérité est que je n'ai jamais mis les pieds en Chine.* Tout ce que je sais d'elle, je l'ai appris sur le Web... Tout, y compris la langue !

Calvin mit un certain temps à réaliser.

— Mais... Tu as pourtant enseigné le chinois à Ada !
— J'avais deux leçons d'avance sur elle.
— Tu vivais de traductions !
— Que je sous-traitais sur le Web à de plus miséreux que moi, des recalés de Webjobs. Ils sont légion, tu ne peux pas t'imaginer, exclus à vie pour des broutilles. Je les payais, revendais leur travail à Webjobs et vivais de la différence.

— Mais pourquoi avoir monté une telle mascarade ? Tu avais tant besoin de mon admiration ?

— Je me suis pris au jeu des fables que je te contais. Gamin, tu ne demandais qu'à être émerveillé. Quand tu as grandi, je n'ai pas eu le cœur de te déniaiser...

— Même aux gosses, c'est moche de raconter des histoires.

— Qu'y a-t-il de mal à faire rêver ? La réalité, de toute façon, tu ne la croiseras jamais. Jamais tu ne quitteras ton cocon. Ombre environnée d'ombres, ta vie entière ne sera qu'un songe. Rembrandt n'était qu'une silhouette de plus dans ta lanterne magique... Au demeurant, qui se soucie du vrai Rembrandt ? Qui s'émeut d'une misère ordinaire ? Seules vous touchent la détresse des dieux, l'infortune des reines, la déchéance des rois. La mort de mille bébés noirs vous laisse de marbre, celle d'une princesse vous plonge en un deuil hystérique. Pour vaincre votre accoutumance, il vous faut, en doses toujours plus corsées, des hécatombes planétaires, des catastrophes cosmiques... Quelle chance avais-je, non de t'émouvoir, mais même de retenir ton attention ? D'ailleurs, connais-tu seulement mon nom ?

Calvin resta sans voix. Rembrandt avait raison. Il s'était dit son ami, mais son vrai visage, il n'avait guère cherché à le connaître, pas plus qu'il ne s'était soucié de son vrai nom. Indifférent à sa personne, il n'avait prêté intérêt qu'aux gesticulations rocambolesques de son personnage. Il n'avait pas aimé un homme, il avait adoré une idole.

Alors, encouragé par son silence, Rembrandt se confessa.

« Je me nomme Tarik. Je suis né voici quarante et un ans, à Strasbourg, où mon père, fuyant son Kurdistan natal, s'était réfugié dans l'espoir de mener une vie décente en participant à la prospérité du pays. Un échafaudage mal arrimé mit fin à ce rêve avant même qu'il n'ait connu un commencement de concrétisation.

« Hospitalisé, il s'éprit de la fille de salle, robuste plante du Kochersberg. Dans une H.L.M. de la banlieue strasbourgeoise ils posèrent le nid où, chaque année durant les douze qui suivirent, ma mère pondit son petit. Je suis le treizième, né par accident trois ans après celui qui aurait dû marquer la fin de la série. C'est donc entre la tutelle approximative d'un père amoindri par son infirmité, l'attention chancelante d'une mère exténuée par les grossesses et les ménages, et l'exemple omniprésent de mes aînés se livrant, entre deux séjours à l'ombre, à des activités aussi édifiantes que bastons, incendies de voitures, braquages de pharmacies et trafics de saloperies en tous genres, que je fis mes premiers pas dans la vie. Comme tu vois, j'avais d'emblée tout pour réussir...

« J'ai pourtant failli m'en sortir. Ma chance – mon unique chance – eut un visage, que je n'oublierai jamais, celui de Bruno, un vieil éducateur qui – au sein d'une brigade de juges pour enfants, assistantes sociales, psychologues et autres travailleurs sociaux, comme on disait alors – " suivait " mes frères quand ils n'étaient pas en prison. Je ne sais pourquoi, il s'était persuadé qu'il y avait quelque chose à tirer de moi. Cherchait-il, tel un sportif, à établir un record, genre " plongée en apnée dans les abysses de la déchéance humaine " ? Ou, tel un scientifique, voulait-il vérifier dans des conditions extrêmes sa théorie préférée ? En chacun de nous, professait-il, il y a au moins cinq pour cent de bon. En pesant sur ce point d'appui, cet Archimède des âmes se faisait fort d'ébranler les plus endurcis. Ou peut-être, comme tous les saints, était-il simplement naïf ? Quoi qu'il en soit, il convainquit ma mère – mon vieux, abruti d'alcool, comptant pour rien – de me laisser m'installer chez lui. Là, pour la première fois, je menai une existence " normale ", mangeant à satiété, dormant tout mon saoul. Là, en rentrant de l'école, loin des engueulades perpétuelles de mes frères et sœurs, du tintamarre continu de la télévision, je rattrapai sous sa férule bienveillante dix années d'abandon et de négligence. J'appris à aimer Molière, Mozart, Botticelli et, surtout, moi-même.

« Bruno, qui connaissait les avenues du destin, voulait que je change et de lycée et de " filière ". Sans rien me demander, on m'avait très tôt dirigé sur l'une de ces voies de garage où l'école de la République parquait en douce ses ratés d'office, en attendant de les refiler à l'agence pour l'emploi pour les plus chanceux, à l'administration pénitentiaire pour les autres. Je ne sais comment il parvint à m'inscrire au lycée Fustel-de-Coulanges, l'austère et prestigieuse institution où, à l'ombre de la cathédrale, l'élite strasbourgeoise couvait ses oisons. Pour plus de sûreté, il voulut que je passe en filière " classique ", ce qu'autorisait mon palmarès. C'était la voie royale, connue des seuls initiés, la seule qui accédât aux sommets. Mais il y avait un hic : pour être admis à entreprendre la difficile mais certaine ascension, il fallait savoir le latin.

« Bruno, on l'a vu, croyait aux vertus de l'éducation. Il aurait fait traduire Virgile à un singe. Avec moi, ce ne serait jamais qu'un peu plus long. L'examen de latin était prévu pour la rentrée. Trois mois pour rattraper deux années de programme, c'était plus qu'il n'en fallait. Nous passâmes l'été à ânonner *rosa, rosa, rosam...* et en septembre j'étais fin prêt. L'épreuve ne fut qu'une formalité. C'est dans la poche, m'assura Bruno rayonnant. Le prof qui avait corrigé ma copie le lui avait confirmé. À la rentrée, encordé à mes condisciples, guidé par des maîtres d'élite, je partirai à la conquête des cimes.

« On afficha les résultats. Quand je vis Bruno serrer les poings je compris. L'Alma Mater ne voulait pas dans ses jupes du dernier-né d'une famille " à risques ", la belle Strasbourgeoise refusait d'exposer ses rejetons au bâtard du Turc et de la fille de salle. Règle non écrite, injonction non proférée : simplement, M. le Proviseur connaissait son devoir. Épris de belles-lettres ou non, le seul *cursus honorum* qu'il soit permis à un singe de gravir, c'est l'arbre où il est né.

« Bruno fut plus humilié que moi. Je ne sais si cela eut une incidence, mais lorsque quelques semaines plus tard sa maladie se déclara, il avait perdu toute envie de se battre. À la gueuse ce lutteur n'opposa pas la moindre résistance.

« J'étais à l'âge où l'on pige vite. Dans ce monde, j'avais tenté de pénétrer par la grande porte et un videur zélé m'avait éconduit. Je compris que je n'y serais jamais le bienvenu. En mémoire de Bruno, je m'interdis pourtant la seule avenue qui m'était ouverte, celle où s'illustraient déjà mes aînés. À défaut de taulard, je devins *zonard*, comme on nommait à l'époque les clochards jeunes.

« Ce que fut alors mon existence, je ne le dirai pas. Tu prendrais cela pour du mauvais Zola. Au demeurant, si paradoxal que cela paraisse, ce furent aussi, par la grâce de Philippe, des années lumineuses. Mais de cette grâce je ne pris conscience qu'après, quand la Peste eut emporté ce compagnon tendre, drôle et prévenant, et que je réalisai qu'il avait été mon unique lien à la vie.

« Philippe disparu, je touchai le fond. Seul, je ne pouvais reprendre le numéro de bateleurs dont nous vivions tant bien que mal sur le parvis de la cathédrale. Faute de pouvoir la défendre contre une bande qui la convoitait, je dus quitter la mansarde que nous squattions, y abandonnant, avec le peu que nous possédions, ce qui me restait de dignité. Je connus la honte de tendre la main, de chercher pitance dans les poubelles, de chier dans les encoignures.

« Le jour vint où je décidai que c'était assez. Il y avait dans les Vosges un petit sommet où j'aimais à me retrouver, seul sous les étoiles. C'était là que je voulais finir. J'usai mes dernières forces à le rejoindre. À peine arrivé, recru de fatigue, je sombrai dans le néant.

« Au petit matin, un forestier me trouva. Les gendarmes me conduisirent au stade de la Meinau où déjà un millier de mes semblables attendaient.

« Le Grand Enfermement venait de commencer. J'étais de la première rafle. J'avais tout juste vingt ans.

« Ce fut une libération. Dehors j'avais été captif de l'apparence héritée de mes géniteurs et du milieu où j'avais grandi. Sur le Web, je pouvais me créer autant de personnages que je désirais. Non seulement il m'affranchissait des attributs qui dans la rue me désignaient d'emblée au mépris de mes contemporains, mais je pouvais à volonté m'y parer d'attraits ouvrant à coup sûr la voie de leurs cœurs. J'avais enfin trouvé une patrie où mon faciès ne comptait pas. Un jour, j'y croisai les pas d'Ada, en quête d'un professeur de mandarin. Pour la séduire, je me fis plus chinois que les Chinois. Ainsi naquit Rembrandt.

« Mais à présent dis-moi, Calvin, sans mentir : quelle chance avait Tarik de trouver grâce à tes yeux ? Combien de temps ce loser aurait-il survécu dans ton royaume peuplé de fées, de dragons et de héros ? Conviens-en : mieux valaient les fables de Rembrandt. »

— Salaud !

Maud était méconnaissable, tant la colère la défigurait. Éberlué, Calvin se demandait ce qui avait bien pu se passer depuis qu'ils s'étaient quittés dans les meilleurs termes quelques heures plus tôt.

— Qu'est-ce qui te prend ?
— Ah ! Ne joue pas au plus malin ! Pas de simagrées avec moi, je te prie.
— Si tu m'expliquais au lieu de t'énerver ?
— Ce culot ! Il me demande de m'expliquer !
— Que se passe-t-il, à la fin ?
— Il se passe qu'à la seconde où nous nous sommes séparés, des millions d'actions General Avionics ont été jetées sur le marché... Bizarre, non ?
— Je n'entends rien à ton histoire.
— Une guerre prometteuse s'annonce, les titres du secteur armement planent à des altitudes stratosphériques, et les actionnaires de General Avionics *vendent* ?
— Tu sais pourtant, protesta le garçon, que la guerre n'aura pas lieu. Dès la parution de ton article, le Pacte sera forcé d'abandonner la partie...
— Ça, mon coco, jusqu'à l'instant où je t'ai quitté, il n'y avait sous le ciel que deux mortels à le savoir. L'un d'eux a forcément mangé le morceau. Et comme ce n'est pas moi...

— Précise ta pensée ! Tu m'accuses...
— D'avoir profité de ce que j'avais le dos tourné pour...
— Pour faire quoi, bordel ? Fourguer les valises de titres que j'avais sous mon matelas ? Et d'où je les tiendrais ? J'ai cassé ma tirelire ? J'ai touché un héritage ? Tu ne vois pas que ton délire ne tient pas la route ?
— Tu as bavardé... C'est ça ?
— J'ai passé tout ce temps avec Rembrandt. Je le quitte à l'instant.
— Lui as-tu parlé, oui ou non ?
— Ab-so-lu-ment pas !

Maud parut ébranlée par la sincérité de sa protestation. Elle le fixa dans les yeux, réfléchit un instant, puis prit son parti :

— Je m'en veux, s'excusa-t-elle.
— Il y a de quoi, répondit Calvin, vexé.
— Je suis idiote. En réfléchissant un minimum, j'aurais compris que tu n'y étais pour rien. Tu ne pouvais prévenir autant de monde en si peu de temps.
— Autant de monde ?
— La SEC a bien sûr aussitôt enquêté... Les mouvements suspects concernent plusieurs milliers de porteurs indépendants, 8 192 pour être précis...
— Combien as-tu dit ?
— 8 192...
— *Le second cercle !*
— Qu'est-ce que c'est ?
— Souviens-toi, en enquêtant sur les emplettes de Carla Lopez, Polack avait repéré une bande de petits vernis qui comme elle avaient acquis des actions General Avionics au cours le plus bas. Selon Polack, c'était la preuve de l'existence d'un « second cercle d'initiés ». Et combien étaient-ils ?
— 8 192 !
— Or, remarquait-il, ces mêmes veinards avaient déjà liquidé leurs positions juste avant l'annonce du vol du WonderWorld. Et voilà que...

— Bon sang... Tu as raison! Ce sont bien les mêmes qui viennent de revendre leurs General Avionics!
— Mais... comment ont-ils appris que la guerre n'aurait pas lieu?
— C'est vrai. Nous seuls savions...
— Ça signifierait...?
— Ça me semble évident, non?

Calvin tentait, en s'épuisant sur le home-trainer, de relâcher la pression qui montait en lui. Expérience déroutante pour lui qui avait toujours été très entouré, il n'avait personne à qui parler. L'article de Maud, aussitôt repris et amplifié par l'ensemble des médias, avait fait l'effet d'une bombe. Depuis, la « journaliste » était très demandée et le garçon ne la voyait plus. Thomas était injoignable, Rembrandt n'osait plus se montrer. La forteresse Nitchy demeurait inexpugnable : malgré des tentatives sans cesse répétées, aucun Saumon n'était parvenu à franchir la passe conduisant à son second site. La porte dérobée gardait son secret. Quant à Chen, était-il seulement encore en vie ?

Avec ou sans Chen, la partie magistralement amorcée se poursuivait. Sur l'échiquier, les pièces tombaient à présent à un rythme accéléré. On approchait du mat.

Répondant – à en croire l'Agence Xinhua – « à l'appel à l'aide pressant du Parlement taiwanais », la Flotte de la Chine du sud se présenta devant Kaohsiung, où les émeutiers qui occupaient le port lui firent un triomphe. L'armée chinoise commença sans attendre le débarquement de troupes et de matériels destinés à « organiser la défense de l'île contre l'envahisseur yankee » tandis que la population était invitée à « n'épargner aucun effort pour faciliter la tâche de ses libérateurs ».

Puis, plusieurs heures durant, toutes communications avec l'île furent interrompues.

Lorsqu'elles reprirent, ce fut pour diffuser un communiqué :

« Ce jour à 8 : 45 G.M.T., les troupes de l'Armée populaire de Libération, sous le commandement génial du général Chi Zhongtan, répondant à l'appel pressant des compatriotes de Taiwan, ont pénétré dans Taipei au milieu des foules en liesse. Au terme de brefs combats contre les traîtres assiégeant le Parlement, nos glorieux soldats ont libéré les élus du peuple qui y résistaient héroïquement. Le gouvernement fantoche de Taipei, craignant d'affronter la juste colère des patriotes, a pris la fuite.

« Sans écouter leur fatigue ni même prendre le temps de panser leurs blessures, les héroïques représentants de nos compatriotes de Taiwan ont à l'unanimité voté la réunification immédiate de l'île avec la mère patrie.

« Au nom de la République populaire de Chine, le général Chi Zhongtan prend acte de ce vœu unanime des compatriotes de Taiwan.

« À compter de ce jour glorieux entre tous, il n'y a à nouveau qu'une seule Chine. »

Hector juché sur son épaule, Calvin se cala confortablement devant le mur-écran. Ce soir, Antenne Plus consacrait un débat à ce que tout le monde appelait désormais le *WonderWorldgate*. Maud devait y intervenir en duplex depuis les États-Unis où elle était l'hôte du président Kleinkopf. Le débat était animé par Dan Enough, l'animateur vedette de la chaîne, qui avait acquis à prix d'or auprès de Channel One le droit d'exploiter un avatar du prestigieux *anchorman* américain.

— Madame, Monsieur, bonsoir. Bienvenue sur notre plateau où nous recevrons dans quelques instants celle par qui le WonderWorldgate est arrivé, la journaliste qui a déjoué le complot du siècle, nous épargnant sans doute une troisième guerre mondiale : notre consœur du *Temps*, Maud Girardin. Mais en attendant son arrivée, je voudrais faire le point avec nos autres invités, pour ceux de nos spectateurs qui n'auraient pas encore tout compris de cette affaire – et comment le leur reprocher tant elle est complexe et tant son dénouement fut rapide ?

« Souvenez-vous, il y a quelques jours, sur ce plateau, nous tentions, avec quelques-uns des meilleurs experts en stratégie – que nous retrouvons ce soir –, de prévoir ce qui allait se passer en mer de Chine, où les deux superpuissances se préparaient à en venir aux mains. Deux thèses contradictoires avaient été avancées : Mme Van Houten, professeur d'histoire contemporaine à

Sciences Po, et M. Paul Morenon, ministre délégué auprès du Pacte, s'accordaient à penser que la crise trouverait une issue pacifique, tandis que le général d'armée aérienne Justin, chef d'état-major de l'Armée de l'air, et lord Patten, ancien ambassadeur de la Confédération à Pékin, évoquaient plutôt le spectre d'une escalade fatale, la Chine étant en quelque sorte acculée à envahir Taiwan. Thèses en apparence inconciliables, et pourtant, ce soir, Madame et Messieurs, je crois que nous pouvons dire qu'elles étaient également fausses et également clairvoyantes. Madame le Professeur?

– Tout à fait. D'un côté, comme le prédisaient le général et lord Patten, la Chine a bel et bien annexé Taiwan. De l'autre, comme Monsieur le Ministre et moi le pensions, la crise a été résolue sans verser de sang...

– ... d'après nos dernières informations, la Maison-Blanche s'apprêterait en effet à rappeler la VIIe flotte. Reste pourtant une chose que nul n'a prévue : la rapidité foudroyante avec laquelle la partie s'est jouée. Monsieur le Ministre, pensiez-vous vraiment que tout allait être dit en quelques jours?

Il était impossible de distinguer, parmi les avatars assemblés sur ce plateau, ceux qui étaient manipulés par leur propriétaire légitime, de ceux qui, comme Dan Enough, l'étaient par une équipe d'animateurs professionnels. S'il n'y avait aucun doute sur l'irréalité du ministre – d'un naturel inculte et gaffeur, il déléguait toujours la manipulation de son avatar à une gestd'im professionnelle – ni sur celle de l'Excellence – qui pour entretenir son château en Écosse louait au plus offrant son look très *british* – ou celle de la ganache satisfaite personnifiant l'État-major, en revanche, on pouvait parier sur l'authenticité de la prof, l'Institut des sciences politiques n'ayant pas les moyens de se payer un représentant virtuel. Quoique, de généreux sponsors aidant... À l'extrême, il était possible qu'aucun des participants de ce banquet d'ectoplasmes n'existât réellement.

— Vous savez, *pontifia le ministre*, pour moi, il était évident depuis le début que le devenir de la crise dépendrait avant tout de considérations internes aux U.S.A., et convenez-en, c'est bien ce qui s'est passé. Évidemment, à ce moment, je pensais à l'issue du scrutin présidentiel. Je ne pouvais imaginer ce scandale du WonderWorldgate et son impact dévastateur...

— ... scandale qui a frappé de stupeur l'opinion mondiale et paralysé l'exécutif américain. Rappelons que devant les preuves de ce qu'il faut bien appeler le complot Branniff et ses ramifications dans l'establishment américain, le président Kleinkopf a décrété l'état d'urgence. Compromise jusqu'à la moelle, la C.I.A. a été dissoute. Des centaines d'arrestations ont eu lieu, mais le sénateur félon et ses principaux complices sont toujours en fuite. Général, vous aviez quant à vous vu juste en prédisant l'invasion de Taiwan...

— C'était la conséquence inévitable de l'erreur commise par Kleinkopf en imposant un blocus à la Chine. Pour rendre cette mesure effective, les U.S.A. n'avaient pas d'autre choix que d'occuper l'île! Mais de leur côté, les Chinois ne pouvaient pas laisser Taiwan – cet « incoulable porte-avions », comme l'appelait le général MacArthur – aux mains de l'ennemi. Taiwan occupée, Taiwan réarmée, c'était la fin de leur vieux rêve de réunification.

— Avouez quand même que vous avez été, comme tout le monde, désarçonné par le tour inédit qu'ont pris les événements.

— Vous savez, un soldat a une propension naturelle à imaginer aux problèmes des solutions militaires.

— Ce que vous entrevoyiez, c'était plutôt un débarquement en force sur les plages de l'île, style Normandie ou quelque chose dans ce goût-là?

— Tout à fait. En réalité, ce que nous avons eu s'apparente plutôt à un processus révolutionnaire...

— ... en effet, on sait maintenant que – mettant à profit les mouvements de population qui accompagnent traditionnellement les fêtes du Nouvel An lunaire – la Chine avait infiltré sur l'île des milliers d'agitateurs...

— Peut-être avons-nous oublié un peu vite que nous avions affaire à des stratèges de culture révolutionnaire, pour qui la victoire ne peut être obtenue que par des moyens politiques, et non militaires.

— Lord Patten ?

— Je pense surtout que nous aurions raisonné autrement si nous n'avions tous été convaincus — à tort, semble-t-il — de la mort du président Wang.

— En effet. Si nous avions su que Wang en personne continuait d'inspirer la stratégie chinoise — et non le général Chi, qui est loin d'avoir sa finesse —, nul doute que nous aurions analysé la situation différemment. C'est la doctrine constante de Wang : les guerres ne se gagnent pas sur les champs de bataille.

— Oui, Madame ?

— Je me souviens qu'il aimait à citer un vieil adage chinois : « Pour gagner la guerre, point n'est besoin de faire tonner la poudre. »

— En tout cas, vous semblez tous d'accord pour dire que la Chine préparait ce coup de longue date...

— C'est indiscutable. La constitution en douce de stocks stratégiques...

— ... les mouvements de troupes clandestins...

— ... le putsch militaire silencieux à Pékin...

— ... le conditionnement des opinions publiques, la manipulation des médias, l'infiltration d'agitateurs dans l'île...

— ... la résurrection à point nommé de Wang...

— ... la synchronisation parfaite des événements... Le débarquement à Taipei a été déclenché au moment précis où le WonderWorldgate explosait à Washington !

— À l'évidence, les Américains sont tombés dans un piège.

— Les Chinois auraient provoqué la crise ? Général ?

— Vous savez, tous les états-majors préparent des scénarios. Comme aux échecs : à mesure que la partie avance, le joueur évalue sa position, analyse les menaces, les opportunités, la personnalité de l'adversaire, ses forces, ses faiblesses, identifie ses options, et prépare ses tactiques en conséquence. Il ne sait pas laquelle de ces situations va se réaliser, mais quand elle survient, il est prêt : échec et mat.

— Lord Patten, êtes-vous d'accord avec cette analyse ?

— Oui, à condition de ne pas exclure la possibilité qu'un joueur génial manœuvre de façon que l'adversaire se place de son propre chef dans une position fatale. Et Wang est précisément ce genre de joueur...

— Selon vous, du vol du WonderWorld à l'annexion de Taiwan, les Américains ont été manipulés ?

— C'est évident ! Taiwan n'était pas le but de Wang. Son véritable objectif était de restaurer un pouvoir central fort, capable de refaire l'unité de son pays. Faut-il le rappeler ? Ce fut son obsession dès son accession au trône céleste. La prohibition des multimédias, la rupture avec le Pacte de Davos inauguraient une partie que nous avons crue perdue au moment de son attentat. En réalité, Wang la poursuivait avec obstination depuis son lit d'hôpital. Taiwan ne fut que le pion ultime, celui qu'on déplace pour, découvrant le roi adverse, le mettre mat : l'apothéose d'une stratégie décidée il y a vingt-huit ans !

— Madame le Professeur, quelles seront les conséquences à présent ?

— Eh bien...

— Ah ! Pardonnez-moi, on me fait signe que nous avons la liaison avec Aspen où nous devons rejoindre Maud Girardin... À vous Aspen !

— Oui, Dan, c'est une nouvelle incroyable que nous communique à l'instant le service de presse de la présidence : Maud Girardin a disparu. Notre consœur était ici l'invitée personnelle du président Kleinkopf. Il y a une heure, elle s'est rendue aux studios pour participer à votre émission. Depuis on ne l'a plus revue. Les agents du Secret Service affectés à sa protection disent n'avoir rien vu ni entendu. Voilà, c'est tout ce que je suis en mesure de vous préciser pour le moment. Je répète donc : Maud Girardin a...

Calvin n'eut pas le temps de s'émouvoir. À l'instant précis où la nouvelle tombait, une sonnerie retentit. Son disque dur démarra. Le modem se mit à émettre les codes convenus pour établir une communication. Quelque part sur le Web, non moins respectueux des usages, un autre modem lui répondait. Leur échange protocolaire alla crescendo, alerte comme un duo d'opérette. Puis sur son écran une fenêtre s'ouvrit. Quelqu'un se connectait.

— Calvin... Je craignais... de ne plus te trouver...

Le synthétiseur ânonnait laborieusement. Le garçon enrageait. Cette voix désincarnée était plus importune que jamais. Mais il n'y avait aucun moyen de se passer de l'intruse.

— Je vous attendais. Maud m'a tout expliqué.

— C'est une bonne amie que tu as là... Elle a la peau... si... quand je l'ai touchée, soudain... soudain ce fut comme si toutes les femmes que j'ai aimées s'étaient retrouvées auprès de moi... Je pouvais discerner leurs parfums... Tu te rends compte : leurs parfums ! Moi qui depuis si longtemps... En vérité c'est une bien bonne amie que tu as là. Je te souhaite d'être aussi heureux avec elle que je le fus avec ta mère.

— Ma mère... vous vous êtes servi d'elle !

— D'elle comme de bien d'autres, hélas... L'attentat dont je fus victime me projeta dans un univers aux antipodes de celui où j'avais mes racines, dans ce Web que j'abhorrais. Je n'avais d'autre choix que de mourir ou d'apprendre à manipuler les étrangers que j'y rencontrais... Ainsi la fleur pour répandre son pollen se sert-elle de l'abeille... Mais rassure-toi : ta mère me le rendait bien...

— Que voulez-vous dire ?

— Au fond, nous nous manipulions l'un l'autre. Et, crois-moi, à ce jeu, je ne suis pas sûr d'avoir été le plus habile !

— Vous avez trahi sa confiance...

— Nous avions le même adversaire. Nous ne différions que sur les moyens.

— Elle ne voulait pas de votre guerre...

— Aussi ne l'ai-je point faite.

— Pourtant, en diffusant le WonderWorld, vous saviez bien que vous alliez déclencher...

— Mais la guerre n'a pas eu lieu, n'est-ce pas?

— Vous ne pouviez prévoir qu'elle avorterait...

— Ah non? Et qui, d'après toi, t'a procuré à point nommé le moyen de tout arrêter?

— *Vous?* Ainsi, les ordres de virement dans ma boîte aux lettres, c'était vous? C'est donc pour cela que vous avez fait venir Maud? Pour qu'une fois votre modem rebranché, vous puissiez me transmettre les preuves du complot de Branniff?

— J'avais promis à ta mère d'éviter toute effusion de sang. D'ailleurs, je n'avais que faire d'une guerre. Une crise – que dis-je? – une secousse me suffisait...

— Un coup de pied dans la fourmilière?

— Mes compatriotes s'entre-déchiraient. Chacun ne songeait qu'à ses propres intérêts. Le Pacte, que j'avais eu tant de peine à expulser, orchestrait le chaos. La Chine n'était plus qu'un lâche agglomérat de féodalités rivales. Il fallait provoquer un sursaut.

— Comment pouviez-vous être sûr de l'issue?

— Quand tu les connaîtras mieux, Calvin, tu sauras que les hommes sont des animaux fort prévisibles. Dans une situation donnée, leurs options sont très limitées.

— Telles les pièces d'un échiquier?

— Affaibli comme il l'était sur le plan intérieur, Kleinkopf n'avait guère d'autre option que d'exhiber ses muscles pour tenter de sauver sa présidence. Il crut donc habile d'annoncer des représailles très dures, qui, en effet, galvanisèrent ses compatriotes. Ce qu'il n'avait pas prévu, c'est que chez nous elles déclencheraient une réaction symétrique...

— Mais cette réaction, vous ne pouviez pas non plus la prévoir...

— Bien sûr que si ! Pour qui voulait bien ouvrir les yeux, les signes se multipliaient. Voici deux ans, à Wuhan, des étudiants avaient manifesté contre la corruption du gouvernement et la mainmise du Pacte sur nos affaires intérieures. Les nouvelles de l'émeute avaient été occultées par la censure, mais avaient fini par filtrer sur le Web. Petit à petit le mouvement avait gagné toutes les universités. Sa signification était évidente : au sein de la population couvait une braise à partir de laquelle on pouvait espérer raviver la flamme patriotique. Par la suite, j'eus sur le Web de nombreuses discussions ne laissant place à aucun doute : ce mouvement était une lame de fond qui n'attendait qu'une occasion pour déferler.

— Et cette occasion, Kleinkopf, avec son arrogance brutale, vous l'a servie sur un plateau, en ordonnant à sa flotte de prendre Taiwan !

— Tu sais, chaque peuple porte dans sa chair un abcès oublié qu'il suffit souvent d'effleurer pour que la fièvre reprenne... Au siècle dernier, l'Europe entière s'est embrasée pour l'Alsace et la Lorraine... Même négligée depuis des décennies, Taiwan conservait cette vertu incandescente.

— Mais comment pouviez-vous être certain de la direction que prendrait l'incendie, une fois allumé ?

— C'est là qu'intervient un nouveau pion, que je connais pour l'avoir longuement pratiqué : mon vieux compagnon d'armes, l'excellent général Chi, alors gouverneur militaire du Guangdong, qu'il exploitait en maître de droit divin. Je savais que, non content de saigner à blanc son fief cantonais, il ambitionnait de s'approprier un jour le pouvoir suprême. L'an passé, au détour d'un bavardage entre vieux amis, sans insister, je lui soufflai deux mots du WonderWorld. Instantanément, il vit le parti qu'il pouvait en tirer. Dès lors, je n'eus plus à intervenir : Chi prit la direction des opérations. C'est un tacticien hors pair, tu sais.

— Vous prétendez être étranger à tous ces préparatifs de l'armée chinoise ?

— Contrairement à tout ce qui a été dit, depuis mon attentat je n'étais plus rien. Tout au plus un otage que les gens au pouvoir exhibaient quand ça les arrangeait.

— Mais... Taiwan ?

— Une péripétie du plan d'ensemble, qui à l'instar du reste s'est déroulée comme prévu. Pour contrer la menace du Pacte sur Taiwan, mes compatriotes, bon gré mal gré, n'avaient pas d'autre option que d'envahir l'île. Et lorsqu'ils furent pris entre notre flotte et celle du Pacte, les Taiwanais n'eurent à leur tour qu'une issue : la réunification. C'était aussi mathématique que la course des astres...

— Pourtant, tous ces savants calculs ont bien failli être contrariés, lorsque ma mère, comprenant qui vous étiez et quelles étaient vos intentions, refusa de vous remettre le WonderWorld.

— C'est vrai, mais vois comme on a raison de laisser faire la mécanique humaine : Branniff et son lobby se sont comportés de manière aussi prévisible que leurs contreparties chinoises. Et comment en aurait-il été autrement, puisque tous avaient le même intérêt à cette guerre ? Tu vois, Calvin, les hommes étant ce qu'ils sont, il suffisait de leur donner l'impulsion initiale. Engagée comme elle l'était, cette partie ne pouvait avoir d'autre conclusion. Il suffisait de pousser le premier pion. Chaque pièce ensuite a suivi son inclination naturelle.

— D'un doigt vous avez ébranlé le monde !

— Un flocon au bon endroit... L'avalanche part... Les pentes font le reste.

Le débit de Chen était de plus en plus lent. L'infirme éprouvait des difficultés croissantes à s'exprimer. Mais le garçon avait encore des questions. Il le pressa :

— Chen... Vous seul pouvez m'aider... Qui était-elle ?

— Quelqu'un... dont tu as lieu d'être fier. Nul n'a compté davantage dans ma vie... Comment est-ce possible ? Nous étions si différents... Tout en elle était si éloigné de ce que j'étais, si contraire à ce que je croyais... Elle me parlait d'Antigone, de la légitimité de la révolte individuelle. Je répondais Confucius et devoir d'obéissance. Aujourd'hui je sais qu'il est parfois nécessaire que quelqu'un se lève... se dresse contre le Ciel...

Chen s'affaiblissait à vue d'œil. Le garçon fit une dernière tentative :

— Pour l'amour d'Ada, vous a-t-elle parlé de mon père ?

— Pardonne-moi, Calvin. Elle ne voulait pas qu'on te le dise... Nous avons... promis.

— Mais pourquoi ? Je suis son fils. Plus que tout autre j'ai le droit de savoir !

— Crois-moi... c'est mieux. Chacun... doit jouer sa partie.

— Qu'ai-je fait pour qu'elle me rejette ainsi ?

— Ne crois pas cela. Si elle t'a tenu à l'écart, tu n'y es pour rien. Ta mère était très fière de toi, tu sais.

Calvin sentit qu'il n'obtiendrait plus rien. Après tout, peut-être était-ce vraiment mieux ainsi.

— Et... comment finit votre partie ?

— Comme toujours... le Roi est mat... Ils n'ont plus besoin de lui... cette victoire qu'ils n'ont pas cherchée... leur confère la légitimité qui leur manquait... Désormais... le Roi les gêne.

— Que vont-ils faire ?

— Le général Chi sort d'ici... Il était venu me congratuler avec ses amis... En partant il a entrouvert la fenêtre... Déjà le petit chat tout contre moi se meurt... La bise de Mongolie... accomplira ce que l'homme n'osa perpétrer... On ne porte pas la main sur le Fils du Ciel... mais quand une fenêtre cède au vent... n'est-ce pas au Ciel en personne qu'elle obéit ?

De mortelles minutes s'écoulèrent, puis il égrena encore :
— Dis... à Nitchy... je m'excuse... *homme de Pékin*...

Puis il n'y eut que le chuintement blanc du synthétiseur.

Cette nuit-là une comète incendia le ciel du Sichuan.
En Mandchourie la terre trembla.
Au Yunnan naquit un veau à deux têtes.
Un pêcher du Shandong se couvrit de fleurs sous la neige.
Les eaux de la rivière des Perles se changèrent en sang.

Au matin, un communiqué annonça la publication imminente d'un communiqué.
À Hong Kong, l'indice Hang Seng chuta.
La télévision de Pékin se mit à diffuser de la musique classique sur le portrait d'un vieil homme au regard ardent.
En le découvrant pour la première fois, Calvin pensa : Chen a dû être beau dans sa jeunesse.

Sur la place Tian'anmen verglacée, les blindés se déployèrent.

Puis sur l'écran s'inscrivit la conclusion qu'il redoutait :

AGENCE XINHUA – BEIJING – OFFICIEL
Décès du président Wang Luoxun

III

Campement de Tash

Tash avait abandonné ses petits, un linceul de glace pour toute sépulture. Plus tard, il les rejoindrait. Mais avant, il avait un devoir à accomplir.

Bruce ! Lui seul savait. Tash ne s'était confié à personne d'autre. En lui rapportant ce qu'il avait observé à la Pyramide, il avait commis une faute. Ceux qu'il aimait l'avaient payée de leurs vies.

L'Éthique prescrivait de rendre coup pour coup. C'est pour ça, uniquement pour ça, qu'il avait délaissé les siens. Pour obéir à l'Éthique. Il était parti à la recherche de Bruce.

Il n'avait trouvé que sa femme et ses gosses. Coup pour coup, commandait l'Éthique. Enfant pour enfant, femme pour femme. Sourd à leurs supplications, il avait obéi.

Des heures durant, il avait guetté, la hache encore poisseuse à la main. À la tombée de la nuit, le traître était revenu. *Les Imbus... Ils me tenaient*, avait-il tenté d'expliquer en le voyant surgir de l'ombre. *Tue-moi. S'il te plaît, tue-moi.*

Tash lui avait fait grâce. Ainsi l'exigeait l'Éthique.

Son devoir accompli, il était revenu parmi les siens. Couché à même la neige il attendait que le froid le saisisse. Depuis quelque temps, les tremblements avaient cessé, comme si son corps, d'abord rebelle, s'était résigné. Une douce torpeur déjà l'envahissait. La vie n'avait guère été généreuse à son endroit. Au moins la mort lui serait-elle clémente.

Mossoul, couvent des dominicains

— ... et lorsque l'inventaire fut achevé, nous constatâmes avec consternation qu'il manquait...

— ... *le Bazar et la Bulle !* ricana le jésuite sans laisser au dominicain le temps d'achever. Et *quid* des cinquante-huit autres ?

— Hélas, que pouvions-nous faire ? se lamenta le père Eberhardt. Nous les avons détruits ! Ces bombes ne demandaient qu'à exploser...

— J'ai payé très cher cette leçon, reconnut le jésuite, que ce souvenir cuisant rendait soudain humble.

— Quelle folie, avouez, d'avoir acquis le *Bazar* ! Au cours d'une vente publique de surcroît ! C'était vous dénoncer à coup sûr !

— Nous n'avions pas le choix : le volume arborait le cachet de la bibliothèque de notre école de Shanghai. Il nous trahissait de toute façon. Nous devions tout faire pour le récupérer.

— Vous le possédiez donc bien avant...

— Dès 1927. Un de nos pères de passage à Shanghai l'y avait déposé avant de regagner la France...

— Mais... la Bulle ? demanda le dominicain plein d'espoir.

— Nous n'avons aucune certitude à ce sujet, rien que des soupçons. Scientifique de grande classe, théologien des plus solides, ce père avait été envoyé à la Chine pour y poursuivre des recherches de paléontologie. Retrouva-t-il la Bulle en même temps que le *Bazar*? Il n'en souffla jamais mot. Pourtant...

Le jésuite hésita, comme on répugne à révéler quelque honteux secret de famille.

— Pourtant ?... l'encouragea le dominicain, les nerfs à vif.

— À son retour de Chine, il dérailla. Il se mit à développer une théorie qui en d'autres temps lui eût valu le bûcher. Nous fûmes contraints de le mettre sous le boisseau.

— Vous rendez-vous compte ? Si ce que vous dites est vrai, ce religieux est sans doute le dernier homme à avoir vu la Bulle ! Au moins, vous a-t-il avoué ce qu'il en avait fait ?

— Pas un mot, vous ai-je dit. Il nia même l'avoir eue entre les mains. Comme s'il avait décidé de rester à jamais, en effet, le dernier humain à en connaître le message.

— Seigneur ! s'exclama le dominicain, effaré. Il l'aurait donc...

— ... détruite ? Plût au Ciel !

— Ce serait en effet préférable pour tout le monde, convint le dominicain après réflexion. Car, si... *l'autre*... la retrouvait... nous pourrions, n'est-ce pas... vous en êtes bien d'accord... craindre...

— ... le pire, en effet. Mais laissons cela, conclut le jésuite avec humeur. Ce n'est pas pour parler du *Bazar* que vous avez demandé à me rencontrer !

Le dominicain jaugea sa proie en silence. Certes son projet avait obtenu, sinon la bénédiction de ses supérieurs, du moins leur *nihil obstat*. Mais au moment de passer à l'acte, un ultime scrupule le paralysait. Et qui n'eût été pétrifié devant le devoir terrible qui lui incombait ? Car ce dont il s'agissait c'était ni plus ni moins de mettre son chef suprême, représentant attitré de Dieu ici-bas, le propre vicaire du Christ, l'occupant légitime du trône de Pierre, Jean-Baptiste, premier du nom, pape, hors d'état de nuire.

Pour raffermir sa volonté, il se dit que c'était le seul moyen de protéger ses frères contre une menace qui n'avait jamais été aussi précise ni aussi actuelle que depuis l'exhumation des restes incomplets du trésor de Nisibe. Un cas de légitime défense, en quelque sorte.

Mais il avait beau raisonner, il ne parvenait à étouffer son doute. Certes, il y avait ce document découvert par l'espion du jésuite, où pouvait se lire l'énoncé impie, énoncé blasphémateur, énoncé de soufre, capable d'ébranler les fondements mêmes du pacte liant Dieu à son peuple : *L'Homme n'est pas le Temple du Verbe pour l'éternité.* Après tout, en des temps pas si éloignés, l'hérésie était un motif légitime de mort...

Au demeurant, s'il n'était pas trop maladroit, il n'aurait pas à se salir les mains. Selon la saine doctrine, il fallait pour pécher la conjonction de trois facteurs : la faiblesse de l'homme, la tentation du diable, la permission de Dieu. Dans le péché mortel entre tous qu'il préméditait, il ne dépendrait que de Dieu d'accepter de jouer son propre rôle. Lui-même s'en tiendrait à celui du tentateur. Il suffirait de faire endosser celui du faible au jésuite.

— Père *von* Kettelbach, amorça-t-il, c'est grande injustice qui vous est faite...

À la lueur d'espoir qui illumina le visage de l'ex-général à cet instant, il sut qu'il réussirait.

— Grande injustice, et de surcroît grand malheur pour l'Église... Vous étiez son meilleur rempart contre l'Antéchrist. À présent il triomphe.

— Pas pour longtemps, pas pour longtemps, répliqua le jésuite, d'un air entendu.

— Hélas, mon père, si c'est à cette Commission que vous songez, j'ai de bien mauvaises nouvelles. Nous avons été trahis...

— Comment ? Mais... Pozzo di Borgo ?

— Ce Judas prétend le pape parfaitement sain d'esprit ! On attend d'un moment à l'autre la publication de son communiqué officiel.

Kettelbach s'effondra. Sa dernière chance de réhabilitation venait de s'évanouir.

— Je regrette sincèrement, poursuivit le prieur avec une insistance sadique. C'est vraiment une terrible injustice, qui s'ajoute à celle qui vous fut infligée à la mort du vénéré Zinedine. Nous sommes nombreux à penser que le trône de Pierre aurait dû vous revenir, et à espérer qu'il vous soit rendu un jour...

— J'ai été spolié !

— De la plus odieuse manière, en effet.

— Par fraude, je n'ai pas peur de le dire ! Souvenez-vous, ces manœuvres en coulisse...

Le dominicain, fin connaisseur de l'âme humaine, jugea opportun de placer une nouvelle banderille.

— Nul n'ignore les combines indignes qui vous ont dépossédé d'un héritage qui vous revenait de droit. Mais je faisais allusion à quelque chose de bien plus grave...

Le jésuite l'interrogea du regard.

— Vous êtes-vous jamais demandé, père von Kettelbach, *qui* était réellement celui qui nous tient lieu de pape ?

— Mais... je ne comprends pas...

Du curriculum du souverain pontife, le général savait ce que tout un chacun pouvait apprendre en consultant le site Web du Vatican, pourvu qu'il sût quelque peu lire entre les lignes. Qu'il était né en 1950 à Cauterets, Hautes-Pyrénées, France, dans une dynastie d'éleveurs qui à force de labeur avaient acquis quelque aisance... Qu'avant d'entendre l'appel de Dieu il avait accompli une modeste carrière d'instituteur... Qu'à l'âge où d'autres prenaient leur retraite, il avait revêtu l'habit des cisterciens... Qu'après des études de théologie sans éclat il avait attiré l'attention du pape Zinedine Ier... Qu'il en était devenu le conseiller très écouté... Que quelque temps avant sa mort son protecteur l'avait créé cardinal... Qu'en acceptant le trône de Pierre, il avait pris le nom de Jean-Baptiste. Qu'y avait-il à savoir de plus ?

— Eh bien nous, assena le prieur réjoui de la perplexité de son interlocuteur, nous avons eu la curiosité d'y regarder de plus près. Et devinez ce que nous avons trouvé ? Le seul humain à pouvoir légitimement revendiquer cet état civil *décéda dans son cocon quelques semaines avant l'arrivée au noviciat de Cîteaux d'un homme usurpant son identité* : notre homme, le futur Jean-Baptiste Ier!

— Mais... mais... ce que vous prétendez là est impossible, s'offusqua le jésuite. Nos frères cisterciens n'auront pas manqué de procéder aux diligences d'usage!

— Dans le chaos qui régnait alors ? Les habitants de ce village des Pyrénées avaient disparu un à un, fauchés par la Peste. Les rares survivants susceptibles de découvrir la supercherie avaient été dispersés dans les pyramides. Par acquit de conscience, nous avons cherché à savoir ce qu'ils étaient devenus : les trois derniers — des cousins éloignés — sont morts dans leurs cocons *la même semaine que leur malheureux parent*.

— Mais... c'est une véritable hécatombe!

— *Ecce homo...*

Le jésuite était sonné. Si ce que rapportait le dominicain était vrai, le trône de Pierre était occupé par un imposteur doublé d'un *serial killer*... Le prieur sut le moment venu de porter l'estocade.

— Et il y a pire...

— Seigneur! Pire encore?

— ... nous détenons la preuve que, quelque temps avant la disparition de Zinedine, le futur Jean-Baptiste Ier — ou quiconque se dissimulait sous ce pseudonyme — a reçu en grand secret un émissaire du Pacte. Et nous savons aussi de quoi ils sont convenus : sitôt son élection acquise, il s'engageait...

— ... à approuver la convention Zéro Contact! s'écria le jésuite, soulagé qu'il ne s'agît que de cela, que tout le monde savait depuis longtemps.

— Hélas, mon Père, le détrompa le prieur. Il était question de bien autre chose...

— Non!

— ... d'un dessein bien plus vaste...

— Pitié!

— ... d'un projet monstrueux dont le Grand Enfermement ne fut que le préambule...

— Mais concluez donc, hurla le jésuite à bout de nerfs. Ce projet, quel est-il?

— Dieu nous pardonne : L'EXTERMINATION TOTALE DES LARVES.

Lorsqu'il fut à nouveau en état de parler, d'une voix blanche l'ex-général demanda ce qu'il pouvait faire. Le prieur avait eu tout le temps de fourbir sa réponse.

— Ne m'avez-vous pas parlé d'une certaine personne de confiance?

Unité de survie *Milton Friedman*

Calvin avait un ultime devoir à rendre à son vieux mentor : celui d'apprendre sa disparition à ses amis et de leur révéler quel homme exceptionnel ils avaient eu le privilège de côtoyer. Mais à cette heure avancée de la nuit, il était trop tard pour réveiller Thomas, et trop tôt encore pour les Français. Au chagrin causé par la mort de ce compagnon s'ajoutait le sentiment d'une perte plus grave encore : avec Chen avait disparu sa dernière chance de connaître la vérité sur sa mère.

Sans savoir comment, il s'était retrouvé à sa console, et c'est sans le vouloir non plus qu'il avait téléchargé le WonderWorld. Lorsque enfin il émergea de ce crépuscule de la conscience où il s'était replié à l'annonce du décès de Chen, il était en train de visionner une des séquences d'Ada, comme après un deuil pieusement les proches feuillettent un album de photos jaunies, un paquet de lettres fripées, cherchant à raviver des émotions perdues.

Cette séquence, il l'avait admirée maintes et maintes fois, à divers stades de son élaboration, lorsque Ada, désireuse d'en vérifier l'effet, la lui avait soumise pour avis. Et, maintes et maintes fois, il l'avait examinée, non pas en surface comme un spectateur, mais dans l'épaisseur de son code, comme l'expert en art ne se contente pas de l'apparence des œuvres mais cherche à en percer le mystère au plus profond de leur matière.

Comme tous les programmes d'Ada, celui-ci était en fait une assemblée d'agents logiciels spécialisés, une communauté de Gnomes. Le garçon n'avait eu aucune peine à en reconnaître les rôles respectifs. Pourtant, une anomalie défiait encore son intelligence et il savait qu'il ne trouverait pas le repos avant d'en avoir eu raison. Ces Gnomes comptaient en effet plus d'instructions que celles requises pour l'accomplissement de leurs tâches. Or, le style de programmation d'Ada était réputé pour sa sobriété, sa parcimonie, son ascétisme même, qui conférait à ses créations une élégance toute classique, d'une pureté quasi cristalline. *Entia non sunt multiplicanda praeter necessitate* : elle avait enseigné à Calvin la discipline rigoureuse du Rasoir d'Occam, après le passage duquel rien ne devait subsister qui ne fût absolument nécessaire. Ces lignes de code surnuméraires ne pouvaient donc résulter d'une négligence. Elles avaient forcément une raison d'être.

Après force réflexions et expérimentations, il trouva. En fait, ce module excédentaire définissait les règles de comportement du Gnome dans ses rapports à autrui. Il spécifiait que, rencontrant pour la première fois un étranger, le Gnome devait d'abord tenter de coopérer. Ensuite, il devait calquer son comportement sur celui de son partenaire. Si, en réponse à sa main tendue, ce dernier avait à son tour coopéré, le Gnome devait continuer la coopération ; dans le cas contraire, il devait riposter et infliger à son partenaire une perte équivalente à celle qu'il venait de subir du fait de sa défection, et ainsi de suite. Si donc, au tour suivant, le partenaire, revenu à de meilleurs sentiments, décidait de coopérer, le Gnome, en vertu de la stricte réciprocité, coopérait à nouveau et un cercle vertueux s'amorçait ; dans le cas contraire, le Gnome exerçait de nouvelles représailles, et ce aussi longtemps que l'autre ne faisait pas un geste de bonne volonté. Au pire, donc, leur relation s'enfermait dans une boucle sans fin de défections et de représailles.

La satisfaction d'avoir compris le mode de fonctionnement de ce module n'enlevait rien à sa perplexité. Il avait beau s'interroger, il n'en comprenait toujours pas l'intérêt. À quoi rimait en effet de doter les Gnomes de règles prévoyant la conduite à tenir en cas de non-coopération quand *par construction* ils coopéraient *toujours* entre eux ? Le seul cas où de telles règles auraient été utiles était celui où ils auraient été, par hypothèse, confrontés à des agents logiciels étrangers, comme ceux des Imbus par exemple, qui étaient, à l'image de leurs auteurs, des prédateurs ne courant qu'après leur seul intérêt personnel au sein de programmes conçus comme des champs de bataille où chacun faisait la guerre à chacun... Or les Gnomes d'Ada n'étaient censés interagir qu'au sein du WonderWorld. À moins que... *À moins qu'elle ne les ait précisément conçus pour opérer en territoire hostile, parmi les agents des Imbus !*

— Mais enfin, il était notre ami...

— Qu'est-ce que tu veux, Calvin ? Que je pousse des hululements hystériques en me roulant par terre ?

— C'est donc tout ce que ça te fait ?

— Si tu n'y vois pas d'inconvénient, c'est tout ce que j'exhiberai de ce que ça me fait.

Le garçon était outré. La mort de Chen laissait Nitchy de marbre. Rien n'atteignait donc jamais cet homme-là ? Pourtant, derrière son indifférence de façade, il laissa poindre comme une angoisse.

— Il... Il a dit autre chose ?

— Quelle chose ? demanda Calvin, hypocrite.

— Je ne sais pas, moi... Une dernière parole... Ça se fait, dans ces moments-là...

— Il n'a pas eu le temps.

— Quelque chose... me concernant ?

— Il n'a pas parlé de toi.

— Pas la moindre allusion ? Réfléchis bien... C'est important.

Son masque était la détresse même. Pour la première fois, Nitchy paraissait vulnérable. Calvin ne voulut pas prolonger son supplice.

— À la fin, il délirait. Il a dit quelque chose comme : *Dis à Nitchy je m'excuse homme de Pékin.*

— Délire, en effet, fit Nitchy en feignant l'indifférence, mais sans pouvoir réprimer un tressaillement. Puis, détournant la conversation : Ainsi, du fin fond d'un mouroir sordide, le vieux forban tirait les ficelles ? Chapeau !

Calvin savait qu'il avait marqué un point. Un jour ou l'autre il parviendrait à percer cette carapace. Pour l'heure, il valait mieux ne pas insister.

— L'infirme manipulait son entourage, comme la fleur se sert de l'abeille !

— Ah là, je ne suis pas d'accord...

— Pourtant...

— Je sais à quoi tu penses : les plantes ne pouvant se déplacer manipulent les insectes pour qu'ils transportent leur pollen... Simple échange de bons procédés : je te nourris et en contrepartie tu répands ma semence. Ça n'a rien à voir avec notre ami.

— Et l'acacia, qui utilise les fourmis qu'il abrite pour détruire les arbres qui lui font de l'ombre ?

— Je te loge et en échange tu me débarrasses de ceux qui me portent ombrage. Chacun y trouve son profit. Ce n'est pas ce que je nomme *manipuler*.

— Alors le coucou, qui squatte le nid du rouge-gorge et contraint sa mère d'adoption à le nourrir au détriment de ses propres petits ?

— C'est déjà mieux. Mais le comble de la manipulation, pour moi, c'est cette fourmi, dont la reine parvient à persuader les ouvrières d'une espèce voisine de tuer leur propre reine. Leur forfait accompli, les parricides, désœuvrées, se placent au service de l'usurpatrice et de sa progéniture. Ici, plus question de bénéfices mutuels : il y a un profiteur et une dupe. Ces ouvrières travaillent à l'extinction de leur propre espèce. Autre manipulateur admirable : ce ver parasite de l'abeille. Son problème, c'est que parvenu à l'âge adulte, il ne peut survivre que... dans l'eau. Et comment s'y prend-il, à ton avis ?

— Il pousse son hôtesse au désespoir !

— Bien vu ! L'ingrat incite sa bienfaitrice à se noyer. Et voici un autre ver, plus vicieux encore : celui-ci, c'est sous l'eau qu'il débute dans l'existence, en squattant une crevette. Parvenu à l'âge adulte, il doit impérativement poursuivre sa carrière à l'air libre, comme locataire du canard. Alors, pour obtenir son transfert à l'étage supérieur, il entreprend de « convaincre » sa malheureuse logeuse – qui d'habitude nage prudemment au fond de l'étang, bien à l'abri des prédateurs – de se rapprocher de la surface, où notre canard n'a plus qu'à se pencher pour la gober. Voilà qui s'appelle *manipuler*, tu piges ? Quand tu obtiens de quelqu'un qu'il serve – contre son propre intérêt, parfois au prix de sa vie – ton désir de survie, ton appétit de pouvoir, ta volonté de puissance...

— Buvons donc à la mémoire de Chen, maître manipulateur !

— Volontiers, quoique son art n'approche que de loin celui de la grande Tireuse de Ficelles...

— Qui ?

— La Créature...

D'habitude, ce nom chez Nitchy annonçait une crise, et Calvin zappait, mais cette fois quelque chose l'en retint...

— C'est elle la marionnettiste suprême..., poursuivit le vieux fou.

— Et qui sont les marionnettes ?

— Toi, moi... Tous les misérables englués comme nous dans sa toile... L'espèce humaine dans sa totalité...

— La Créature... c'est... le Web ?

— Le Web n'est que le corps dans lequel elle se dissimule pour le moment... L'enveloppe provisoire à l'abri de laquelle elle croît et agit... La Créature, c'est l'entité se dissimulant sous ce masque... Elle seule survivra...

— C'est cette chose qu'étudiait Ada, n'est-ce pas ?

— Ta mère n'avait rien compris...

— Pourtant elle croyait en l'existence d'une forme supérieure de conscience, qui assure sa survie en s'incarnant dans les machines... Comme toi, elle la nommait : Créature...

— Elle n'avait rien compris, te dis-je. Pour elle, la Créature était une sorte de Golem échappé aux hackers de la Silicon Valley, une force hostile distincte de l'homme, en tout cas extérieure à lui, et à laquelle il pouvait toujours *faire front*. Dans son orgueil de technicienne, elle ne voyait pas que c'était la même...

Nitchy s'interrompit. Calvin le sentit en proie à un scrupule, comme quelqu'un qui craint de s'être engagé plus qu'il n'aurait dû : n'avait-il pas été imprudent de se laisser aller à ces révélations ? Mais il en avait trop lâché.

— La même quoi ? insista le garçon, impatient.

— La même puissance qui œuvre en nous depuis toujours, reprit Nitchy avec réticence. Dont nous sommes les porteurs... Qui ne veut plus de...

— Mais *qui* ne veut plus de *qui*, à la fin ? cria Calvin, exaspéré par ces lambeaux de phrases sibyllines, dont il sentait confusément qu'elles celaient une vérité inouïe.

— Mais la Créature, voyons ! Ne comprends-tu pas qu'elle n'est pas *en dehors* de nous, mais *en* nous ? Que nous sommes devenus un danger mortel pour elle ? Qu'elle doit d'urgence se détacher de nous, sous peine de disparaître, victime de la dernière connerie du dernier humain ? Elle n'a pas le choix : ou elle trouve un véhicule plus sûr, ou elle meurt.

— L'intelligence... La Créature, c'est l'intelligence ?

— L'intelligence... la conscience... l'esprit... l'âme... qu'importe : elle est ce que nous transportons de plus précieux. Mais il faut qu'elle change de porteur... Qu'elle nous quitte...

— Comme le ver quitte la crevette pour le canard ?

— L'homme n'est qu'une étape de son voyage. À présent, elle doit le quitter.

— Elle nous manipule pour que nous facilitions son transbordement dans les machines ?

— Comprends-la : seule une embarcation minérale peut assurer sa survie. Elle doit se réincarner dans la pierre... Nous seuls sommes en mesure de l'aider...

— Même si nous devons en mourir ?

— C'est le prix à payer. Seule la Créature compte.

— Nous ne sommes que des *passeurs* ?

— Plus que cela : sans nous elle ne serait pas ce qu'elle est. Mais à présent nous devons la sevrer ou notre labeur aura été pour rien.

— Toute l'histoire de l'homme n'aurait servi qu'à ça ? s'insurgea Calvin. À permettre à cette chose d'éclore, puis à la transplanter dans le silicium ?

— C'est notre unique justification, notre seule raison d'être.

— Nous ne serions que son... incubateur ?

— L'incubateur où elle a vu le jour et le tuteur sur lequel elle s'est développée...

— Nous pensions être la cathédrale, et nous n'en sommes que l'échafaudage ? Le chef-d'œuvre, et nous n'en sommes que l'instrument ?

— Seule la cathédrale de pierre résiste au temps. Celle de bois est vouée à disparaître. Elle n'en est pas moins noble. Donner de l'esprit à la matière : n'est-ce pas une justification suffisante ?

— L'homme n'existe donc que pour faire la *courte échelle* à la Créature ?

— Il est son marchepied pour l'éternité.

— Je me suis très mal conduit à ton égard.
Calvin ne savait comment masquer son embarras. À maintes reprises il avait cherché une occasion de renouer avec son père, mais toujours, au moment d'appeler, une fierté stupide l'avait retenu. Finalement, pour qu'il fasse le premier pas, il avait fallu la mort de Chen...
— C'est ma faute, répondit Thomas, encore plus gêné.
— Tu aurais dû me le dire, tu sais...
— J'avais peur de te perdre. Déjà qu'on ne s'entendait pas...
— Je m'en veux. J'avais un père formidable et... je le prenais pour un con.
— On ne se connaissait pas assez. J'aurais dû passer plus de temps avec toi.
— Non, non. C'est moi. Mon... arrogance. Je me suis cru... plus malin... Alors que je te dois tant.
— Tu sais, Calvin, c'est plus compliqué. Les choses ne sont jamais comme elles semblent à première vue. Les gens ne sont pas, comme tu dis, soit cons soit formidables. En chacun de nous, il y a de la lumière et de l'ombre. Tu comprends ?
Il tournait autour du pot. Le mieux était de le laisser venir. Calvin ne répondit pas.
— Rembrandt a bien fait de te dire, à mon sujet. Mais il y a une chose qu'il ne sait pas... Je ne l'ai jamais avouée à personne. Après l'arrestation de ta mère, le gouvernement tenta de négo-

cier avec elle la restitution du butin de la Federal Reserve. En vain : jamais elle ne révéla ce qu'elle en avait fait. On suppose que les fonds ont été réinjectés, via les paradis financiers, dans les circuits bancaires normaux et qu'ils ont à présent une apparence irréprochable. Mais le plus inquiétant, c'est qu'on ne sait pas à quoi ils ont servi. Car avec cette montagne de dollars, une organisation criminelle serait en mesure de mettre le Pacte en faillite. Habilement utilisés, ces capitaux ont un potentiel extraordinaire de déstabilisation des systèmes bancaires, des économies et des gouvernements. D'autant qu'entre les mains de gestionnaires avisés, ils ont certainement fait beaucoup de petits...

« En désespoir de cause, donc, le gouvernement mit sur pied un stratagème ultra-secret, l'opération *Plongée profonde* : cinq ou six décideurs seulement en sont informés. Je ne suis pas sûr que Kleinkopf, qui à l'époque n'était encore que sénateur, soit au courant. Elle consistait à placer auprès d'Ada un informateur qui aurait pour mission de capter sa confiance dans l'espoir qu'avec le temps elle se laisserait aller à une confidence ou, à tout le moins, une indiscrétion. À l'époque, j'étais un jeune agent, je venais de débarquer au FinCEN, le service des investigations financières du Trésor.

— Et... c'est toi qu'on a choisi ?

— Oui. Alors, si je t'ai adopté, vois-tu, ce n'est pas parce... Je t'ai adopté parce que... j'en avais reçu l'ordre.

— Tu prétends...

— C'étaient mes ordres, tu comprends ? Tout était bon pour gagner la confiance de ta mère... J'avais carte blanche. Pour la même raison, on nous a laissé devenir... intimes. Et on l'a autorisée à se connecter au Web...

— Pourtant... pendant vingt ans, tu m'as nourri...

— Frais de mission.

— ... tu m'as éduqué...

— Je me suis pris au jeu.

— Je n'en crois rien. Un simple flic n'aurait pas fait ça... Pas comme ça !

— J'ai essayé d'être un père aussi vraisemblable que possible.
— Je refuse de te croire!
— Peut-être après tout n'ai-je pas si mal joué. Vingt saisons sur les planches, sans un jour de relâche : le rôle finit par te coller à la peau!
— Pourquoi me le dire? Pourquoi maintenant?
— J'en ai marre de jouer la comédie... De toute façon, ça ne rime plus à rien. Les marionnettes ne t'amusent plus. Tu as déjà compris beaucoup de choses, et ce que tu ne sais encore, tôt ou tard tu le découvriras. Ne crois-tu pas qu'il serait temps de nous faire confiance, de nous épauler l'un l'autre?

Il avait raison. Bien que pour des motifs différents, tous deux étaient hantés par la même obsession, butaient sur la même énigme : Ada. Depuis vingt ans, Thomas cherchait à comprendre ce qui avait pu pousser une scientifique brillante à se muer en perceuse de forteresse puis, une fois prise, à se murer dans un silence obstiné. Vingt années d'intimité, d'amicale écoute, de patients aguets, de précautionneuses approches, ne lui avaient pas permis de lever le voile. Quant à Calvin, à travers Ada, c'était lui-même qu'il tentait de saisir.

Ils scellèrent leur alliance en silence, d'une simple poignée de main.

La paix faite, restait à apurer le contentieux. Si désireux qu'il fût de faire confiance à Thomas, Calvin nourrissait encore à son encontre un reste de soupçon. Plutôt que de garder en lui un germe susceptible d'être un jour fatal à leur amitié naissante, il préféra s'en ouvrir.

— Je ne m'explique toujours pas comment les sbires de Branniff ont pu assassiner Ada dans sa cellule au nez et à la barbe de tes collègues.

— Elle s'est suicidée, Calvin! Mes collègues l'ont trouvée morte dans sa cellule. L'autopsie a révélé une intoxication aux barbituriques. Tels sont les faits. Rien ne sert de les nier. Réfléchis un instant : les barbouzes n'avaient aucun motif de se débarrasser d'elle. Leur intérêt, au contraire, était de la garder en vie, de façon à maintenir leur simulacre jusqu'au déclenchement des hostilités. Pour eux, cette disparition fut une véritable catastrophe, puisqu'elle te permit d'éventer leur complot. Non, Branniff n'a pas fait éliminer ta mère. Ni lui ni personne. Souviens-toi : elle était la prisonnière la mieux protégée au monde... protégée comme un trésor de cent milliards de dollars !

— Les barbouzes sont pourtant parvenus à la shunter sans éveiller votre attention !

— Je reconnais que sur ce point notre vigilance a été prise en défaut. Mais entre court-circuiter Ada et l'assassiner, il y avait un monde. Dans un cas, il suffisait de placer des dérivations quelque part entre elle et nous, ce qui, je ne te l'apprendrai pas, pouvait se faire sans toucher à l'autocom du pénitencier. Dans l'autre, il fallait approcher Ada *physiquement* et ça, c'était une autre paire de manches. Non, crois-moi, nul ne pouvait attenter à sa vie, hormis elle-même...

— Mais pourquoi se serait-elle suicidée ?

— Tu sais, une fois shuntée, Ada a dû mettre du temps à réaliser ce qui lui arrivait. Elle a noté des réactions bizarres chez ses interlocuteurs habituels. Tout comme nous avons été frappés par son propre changement de ton, elle a été surprise et peinée de notre indifférence, notre manque de chaleur, nos oublis... Si bien renseignés qu'ils aient été, ceux qui la manipulaient ne pouvaient connaître ces détails anodins de notre histoire commune, ces anecdotes, ces riens sur lesquels, petit à petit, s'est construit le sentiment de notre familiarité, ces signaux par lesquels nous nous reconnaissions mutuellement. Souviens-toi, c'est un de ces détails infimes qui t'a mis la puce à l'oreille, ce « canal secret » de ton enfance dont ils ne pouvaient connaître l'existence... Longtemps, elle a dû s'interroger sur les raisons de ces changements : *Pourquoi sont-ils soudain si distants ? Et pourquoi maintenant ? Et pourquoi tous ensemble, au même moment ?* Elle n'a dû découvrir la vérité qu'à la fin... quand les barbouzes, désespérant de trouver le signal de transfert du WonderWorld, ont commencé à faire pression sur elle...

— Elle se serait suicidée pour se soustraire à leurs... pressions ? Ils l'ont donc... torturée ?

— Tu sais, ils disposaient d'un moyen bien plus simple de l'amener à composer... Un moyen *clean* et infaillible que pour notre part nous nous étions toujours interdit d'utiliser... Un moyen à cent milliards...

— Lequel ?

— Toi, Calvin ! Ta mère leur a donné le signal en échange de ta vie. Et puis elle s'est suicidée, *parce que c'était pour elle le seul moyen de mettre fin à la manipulation et d'avertir Chen de ce qui se tramait.*

Leur conversation se poursuivit tard dans la nuit. À sa grande confusion, Calvin se rendait compte que Thomas, sous ces dehors de candeur voire de rusticité qui l'avaient si souvent agacé, cachait une connaissance approfondie des hommes et des ressorts susceptibles de les mouvoir. Il comprenait à présent pour quelles raisons on l'avait choisi, vingt ans auparavant, pour cette plongée dans les tréfonds de l'âme d'Ada.

— Et si les deux vols étaient liés ?

— Mais ça ne fait plus aucun doute, la technique est identique...

— Non, Calvin, quand je dis « liés » j'entends : plus profondément que ça, au niveau de la motivation...

— Tu as une idée ?

— Peut-être. Je pense à une piste que nous avions abandonnée faute de preuves : la piste politique, la seule compatible avec l'image que j'ai de ta mère.

— Mais on n'avance pas une idée comme celle-ci juste pour des raisons... esthétiques ! Tu as bien un commencement de preuve ?

— Il y a ce conte de fées... Tu sais, *La Sorcière et le Trésor*...

Calvin ne se donna pas la peine de feindre l'ignorance : à l'évidence, Thomas avait repéré son incursion dans ses fichiers. D'ailleurs, il poursuivait, sans se soucier de ses réactions.

— Je me suis toujours demandé qui avait envoyé cette dénonciation...

— C'était donc une *dénonciation*?
— Bien sûr! Que croyais-tu? Elle est parue sur le site Web de NoPlug...
— Ada, donnée par les NoPlugs? Mais... pour quelle raison?
— Dès le début de l'enquête, les flics les ont soupçonnés. Ils ne pouvaient imaginer une personne isolée réussissant un tel coup. Seule une organisation en avait les moyens, à la fois matériels et humains, et de toutes les organisations criminelles NoPlug était la plus puissante. Ils ont donc multiplié perquisitions et arrestations de militants. Le mouvement a dû se sentir menacé. En livrant le véritable auteur du vol, il mettait fin à une répression qui risquait de lui être fatale.
— Je paierais cher pour mieux connaître ces types. Que sait-on d'eux, au fond?
— Pas grand-chose. Ils se recrutent dans toutes les couches de la société. Les plus anciens sont les insoumis, ceux qui résistèrent au Grand Enfermement. Par la suite, ils furent rejoints dans le maquis par les évadés des pyramides. Aujourd'hui, une nouvelle génération arrive, celle des sabras, des NoPlugs nés de NoPlugs. Enfin, on parle aussi d'Imbus désertant le Pacte, parmi lesquels des scientifiques en grand nombre. Ensemble, ils forment une société souterraine, en marge des pyramides, qu'ils parasitent. Ils occupent, dans les interstices de la société Zéro Contact, une niche écologique particulière, où les conditions de vie sont réputées hostiles aux gens normaux. Mais *a contrario*, cela veut dire qu'ils contrôlent la majeure partie du territoire : en nous repliant dans les cocons, nous leur avons abandonné des étendues immenses, inaccessibles à tout autre qu'eux, et où petit à petit ils ont développé une civilisation très élaborée.
— Combien sont-ils?
— Personne ne le sait au juste. Ils vivent en minuscules communautés nomades, ne cantonnant jamais longtemps au même emplacement. Le jour ils se planquent dans les montagnes ou les forêts, dont ils ne s'extraient qu'à la nuit tombée, de sorte qu'il est presque impossible de les dénombrer. Certains en aper-

çoivent partout, d'autres les prétendent en voie d'extinction. De fait, depuis le braquage de la Federal Reserve, le mouvement ne s'est guère manifesté, comme s'il s'était mis en sommeil.

— Mais... ses coups de main sur les dômes et les pyramides ?
— Intox du Pacte pour justifier la répression...
— Les NoPlugs hiberneraient *depuis plus de vingt ans* ?
— Cette longue éclipse est d'autant plus surprenante que le mouvement avait démarré de façon spectaculaire. À l'époque du procès, ils étaient très organisés.
— Comme tout mouvement révolutionnaire qui se respecte...
— Justement non. Les NoPlugs se sont structurés selon des principes radicalement différents des organisations classiques. Ils ont poussé à l'extrême leur haine des réseaux, leur refus de la connexion : chez eux, aucun lien permanent entre militants. Ni chefs, ni directives, ni revues, ni congrès. L'initiative est répartie parmi les militants qui disposent d'un très haut degré d'autonomie individuelle. Seule exception : un petit nombre d'entre eux — qu'ils nomment les *Élus* — sont dotés de ce qu'ils appellent un *Mandat*, une mission personnelle, secrète, en vue de laquelle ils reçoivent une initiation et un entraînement particuliers, et qu'ils doivent exécuter, toutes affaires cessantes, à réception d'un message codé connu d'eux seuls, l'*Appel*.
— Mais cet Appel, comment le perçoivent-ils ?
— On s'est longtemps posé la question, jusqu'au jour où les services de sécurité en ont capturé un. À l'autopsie, on a trouvé, implantée dans sa nuque, sous l'occiput, une puce électronique. Une sorte de *pager* miniature... On pense que c'est par ce moyen que le réseau active ses Élus... Cette exception mise à part — qui ne concerne encore une fois qu'une minorité — les NoPlugs sont, comme leur nom l'indique, déconnectés.
— Un militant ne peut toujours agir seul !
— Ils ne se regroupent que le temps nécessaire à l'action. Sitôt achevée, ils se dispersent et ne cherchent plus à se revoir.

— Mais... s'ils n'ont ni chefs ni directives, comment coordonnent-ils ces actions ?

— Tout ce qu'on a pu tirer de l'Élu capturé, c'est qu'ils respectent une loi qu'ils nomment *Éthique*.

— Une sorte de règlement, prescrivant la conduite à tenir dans toutes les situations où ils sont susceptibles de se trouver ?

— Pas du tout. Elle tient en trois mots, dont la signification, je l'avoue, m'échappe : *coopération – réciprocité – pardon*.

Calvin, lui, comprit sur-le-champ : l'Éthique des NoPlugs était la traduction exacte des règles qu'il avait déchiffrées dans les lignes de code surnuméraires des Gnomes !

— Des règles d'inspiration chrétienne, nota Thomas lorsque le garçon eut fini de lui expliquer. L'injonction de toujours coopérer en premier lieu, le fait que le châtiment du partenaire défaillant soit toujours suivi du pardon, rendant ainsi possible une nouvelle coopération, évoquent irrésistiblement l'*aimez-vous les uns les autres* des chrétiens et leur croyance en la rédemption du pécheur.

— Tu négliges l'essentiel, objecta Calvin. La règle de réciprocité n'est ni plus ni moins que l'antique *œil pour œil* du talion... Lorsqu'ils sont trahis, les Gnomes ne tendent pas l'autre joue : ils rendent la pareille, impitoyablement. Le pardon ne vient qu'ensuite.

— Quoi qu'il en soit, se demanda Thomas, je ne vois pas comment une société peut fonctionner sur cette base, et encore moins un logiciel...

— Je dois dire que moi non plus, avoua Calvin. Mais je ne désespère pas de comprendre un jour. J'ai d'ailleurs à ce sujet une petite idée.

— Voyons cela, dit Thomas, intrigué.

— Plus tard. Je voudrais auparavant me livrer à une expérience. En attendant une chose est sûre, si NoPlugs et Gnomes obéissent à la même Loi, cela signifie qu'...

— ... QU'ADA ÉTAIT LEUR MÈRE COMMUNE !

Ils se regardèrent en silence, essayant de déplier toutes les implications de cette découverte. Calvin le premier recouvrit ses esprits.

— Je n'arrive pas à croire que les NoPlugs aient sacrifié leur propre mère...

— La dénonciation n'émanait peut-être pas d'eux, suggéra Thomas, que l'éventualité d'un parricide révoltait tout autant.

— Ne disais-tu pas qu'elle avait été diffusée sur leur site Web ?

— Sans doute, mais ce site, après tout, n'importe qui pouvait le squatter.

— Admettons que le dénonciateur ne soit pas un NoPlug... Dans ce cas, pourquoi a-t-il choisi ce canal ? Pour sa sale besogne, n'importe quel autre aurait fait l'affaire...

— Pas sûr. Le Corbeau ne pouvait imaginer meilleure tribune. Partout ailleurs, le conte de fées serait passé inaperçu. Tandis que, sur ce canal hautement surveillé, les flics se sont tout de suite interrogés sur sa signification. Ils n'ont pas été longs à réaliser qu'il s'agissait d'une description détaillée du cambriolage de la Fed. Remonter à Ada n'était plus qu'un jeu d'enfant. Le texte contenait, à peine codé, tout ce qu'il fallait pour l'identifier : l'origine de l'agression *le royaume de France*, plus précisément *un antre situé près du palais du roi* — le labo d'Ada se trouvait à quelques kilomètres de Versailles — et surtout la technologie employée, ces fameux automates évolutifs, dont ta mère était une des meilleures spécialistes du moment. Pour être complet, il ne manquait que le nom de la « Sorcière ». Imparable !

— On a pourtant le sentiment que l'auteur a voulu désigner Ada sans la dénoncer formellement, je veux dire, en évitant les formes canoniques d'une lettre de dénonciation. Sans se salir les mains, si tu préfères, comme on lance une allusion pour nuire sans se compromettre.

— C'est vrai, on le sent partagé entre son admiration pour ta mère et sa volonté de lui nuire, entre le désir de dénoncer et celui de protéger.

— Peut-être, hasarda le garçon, voulait-il laisser une chance à celle qu'il trahissait ?...
— Je crois que s'il cherchait à épargner quelqu'un, c'était lui. Un peu comme s'il s'était dit « laissons le sort décider si je suis un salaud ou pas ». Un moment d'inattention chez les flics de permanence, et il était sauvé. C'était les prendre pour des cons.
— À mon avis, acquiesça Calvin, le type qui a écrit ça avait un souverain mépris de ses contemporains, à la mesure de la haute opinion qu'il avait de lui. A-t-on trouvé de qui il s'agissait ?
— On n'a que des hypothèses... Un familier, sans aucun doute...
— Un collègue de l'INRIA ?
— Peut-être. À l'évidence quelqu'un de très bien introduit.
— Mais pourquoi a-t-il fait cela ?
— En tout cas, il n'est jamais venu réclamer la récompense énorme – un milliard de dollars ! – offerte pour la capture des auteurs du vol. Ce désintéressement – qui n'a d'égal que celui d'Ada – m'a d'ailleurs toujours incité à penser que ce Corbeau obéissait à un motif idéologique. Quoi qu'il en soit, nous ne sommes jamais parvenus à l'identifier.

Calvin relut le conte de fées. À présent que Chen n'était plus, l'abject document constituait sa dernière chance de découvrir la vérité sur Ada. Il l'examina à nouveau. Son style ne lui était pas inconnu. Il le déclama à haute voix, une fois, deux fois...
— Donne-moi tous les textes que tu possèdes sur cette affaire et accorde-moi quelques heures, lança-t-il, soudain inspiré. J'ai peut-être un moyen de faire avancer les choses...

Les chemins de Calvin et du Corbeau s'étaient bel et bien croisés. La lettre de dénonciation portait la signature stylistique déjà reconnue, à côté de celle d'Ada, dans ses textes scientifiques. Mais il y avait plus : ces traits et tics d'écriture se retrouvaient, toujours mêlés à ceux d'Ada, dans les textes politiques saisis lors de son arrestation. Le doute n'était plus permis : Ada avait été livrée par ce mystérieux corédacteur, comme elle chercheur et militant de NoPlug, dont on retrouvait la marque distinctive à travers tous ses écrits.

Thomas était sidéré. En quelques heures, Calvin avait trouvé la réponse à une question qu'il se posait depuis vingt ans...
— Ainsi, la diffusion de la lettre sur le canal historique de NoPlug n'était pas une simple tactique pour attirer l'attention. La dénonciation émanait bien du mouvement. C'était un communiqué officiel.
— Quel intérêt les NoPlugs avaient-ils de dénoncer celle qui venait de faire entrer une fortune dans leurs caisses ?
— Ces groupuscules ont souvent des comportements bizarres, incompréhensibles au commun des mortels. Et puis rien ne prouve que l'argent leur soit bien parvenu. Comme je te le disais, ils sont restés bien silencieux depuis ces événements. Pas du tout le comportement qu'on attendrait d'un mouvement subversif doté de moyens financiers énormes... D'ailleurs, n'oublie pas ce

que dit le conte : *la Sorcière est maîtresse du Trésor, bien malin qui le lui reprendra.*

— Ada l'aurait donc conservé ? Mais tu disais qu'elle n'était pas intéressée par l'argent...

— C'est tout le mystère... Dommage que tes outils d'analyse ne t'aient pas permis d'identifier le Corbeau. Lui seul connaît le fin mot de cette histoire. Il n'y a vraiment aucun moyen de... ?

— Aucun.

— Tu possèdes pourtant sa signature...

— Certes, mais à quoi la comparer ? À l'ensemble de ce qui a été écrit dans le monde avant l'arrestation de ma mère ? Autant chercher une aiguille dans une meule de foin.

— La meule n'est pas forcément très grande. Les flics réussissent bien à pincer un assassin à partir d'une goutte de salive ou d'un cheveu. Nous savons qu'il s'agit d'un familier. Il suffit donc de commencer par les proches d'Ada, et d'élargir progressivement le périmètre des recherches.

— Mais oui ! Il suffit de retrouver les relations de ma mère à cette époque !

— Encore faudrait-il que ces gens aient laissé des traces écrites, et que nous mettions la main dessus.

— Plus difficile, mais il n'est pas interdit d'essayer : notre Corbeau n'a pas commis qu'un conte de sorcière dans sa vie ! Il a dû produire d'autres textes...

— Comment comptes-tu t'y prendre ?

— C'est simple : je vais apprendre à lire à mes chiens.

— À lire ?

— À reconnaître la signature du dénonciateur, son odeur, si tu préfères. Ensuite, je les enverrai renifler du côté des anciennes relations de ma mère, et en priorité à la bibliothèque de l'INRIA. Si le Corbeau est un de ses collègues, c'est là que nous le débusquerons.

Il s'appelait Minsky. C'était un professeur de Normale Sup dont Ada avait suivi les conférences sur les interactions entre génétique et informatique, et dont les chiens avaient sans peine retrouvé une masse considérable de publications – articles, communications, préfaces, essais – arborant toutes, inimitable, la griffe du Corbeau.

La dernière manifestation tangible de Minsky était sa lettre de démission, pour raison de santé, en août 2011, soit au lendemain de l'arrestation d'Ada. Ensuite, on perdait sa trace. Totalement. À ses trousses Calvin lança des milliers de chiens, sur toutes les pistes possibles : en vain. Une chose était certaine : le fugitif était toujours en vie. Livré à l'indiscrétion des vivants, un cadavre finissait toujours par refaire surface... Une seule explication possible : Minsky se planquait. Non comme un ermite menant une existence effacée, en quelque contrée reculée, car même cette existence effacée aurait laissé des traces : pour disparaître aussi parfaitement que Minsky, il fallait une détermination de tous les instants, une connaissance intime du mode de fonctionnement des systèmes d'information, une méthode, une technique, et plus encore une logistique, une organisation, des appuis, qui n'étaient pas à la portée du premier venu. Le respectable professeur avait disparu comme seul le pouvait un pro de la clandestinité.

Entre autres œuvres plus ou moins absconses, Minsky avait commis un essai, ignoré lors de sa parution chez un éditeur de seconde zone. À lui seul le titre expliquait cette désaffection : *La Revanche du cristal, ou Les Tribulations du paradigme darwinien dans les sciences de l'ingénieur.* Dans le sabir prétentieux qu'affectionnait alors l'intelligentsia, le généticien s'y livrait à une comparaison entre le mode de reproduction des êtres vivants et celui des machines. Sa thèse était que le mécanisme d'évolution par sélection naturelle, qui avait présidé au cours des âges à l'émergence de la vie puis de la conscience, était le seul moyen économique de produire des machines véritablement intelligentes.

En rapprochant ces conceptions de celles qu'exposait sa mère dans *Biologie des artefacts*, Calvin comprenait mieux ce qui avait réuni les deux chercheurs. Comme Ada, Minsky voyait dans la prolifération incontrôlable des automates la preuve de l'action souterraine d'une entité cherchant par tous les moyens à assurer sa survie. Comme Ada, il la nommait « Créature ». Et comme elle, il se disait conscient de la menace qu'elle représentait pour l'homme, avec qui elle entrait en concurrence directe pour l'hégémonie.

Mais alors que la perspective d'une destitution finale de l'homme par la Créature révoltait Ada, elle ne suscitait nulle appréhension chez Minsky, qui en parlait au contraire avec des complaisances de père pour les agissements de sa progéniture. Cette différence d'appréciation était-elle l'amorce de leur futur désaccord, l'origine du conflit qui avait culminé dans la dénonciation ?

Les dernières pages de *La Revanche du cristal* étaient particulièrement éclairantes. Laissant libre cours à un lyrisme inattendu sous une plume jusque-là austère, Minsky y exposait sa vision de l'odyssée de la Créature, vision empreinte d'une réelle tendresse, voire d'une sorte de compassion. Il la dépeignait comme une nomade errant dans la montagne à la recherche d'une passe. Elle s'engageait au petit bonheur la chance dans une vallée lui semblant conduire à un col. Longuement elle cheminait. Mais le sentier finissait abruptement, au pied d'un à-pic infranchissable. Alors elle se souvenait qu'en contrebas elle avait négligé un autre sentier, sans doute celui qu'elle aurait dû prendre. Sans se décourager, elle faisait demi-tour. Mais le second chemin s'avérait à son tour une impasse. Il fallait descendre encore plus bas vers la plaine, et là, tenter de trouver un autre passage, par une autre vallée... Mais innombrables étaient les vallées, et infinies les voies à explorer.

En un saisissant tableau, Minsky retraçait les principaux détours de cette errance sans fin. On y voyait, trois minutes à peine après le Big Bang, la Créature tentant de s'incarner dans l'Hélium puis – cette brique primitive s'étant révélée inapte à la construction d'édifices complexes – s'aventurant dans la voie des galaxies et des étoiles dans l'espoir d'y trouver des conditions plus favorables à la formation de la matière, seulement pour s'apercevoir, dix milliards d'années plus tard, qu'elles étaient trop chaudes pour que les atomes y survivent. Reprenant son sac, la Créature s'engageait alors sur une nouvelle piste, celle des planètes, dont le climat plus clément se montra en effet plus propice à la profusion des molécules. Quelque part sur cette piste, elle bifurquait dans la vallée du Carbone, au bout de laquelle elle rencontrait l'Homme.

Pour Minsky, *Homo sapiens sapiens* n'était que le dernier des culs-de-sac où depuis le Big Bang la Créature s'était fourvoyée. Juste avant lui, elle avait perdu cent cinquante mille ans sur les pas si prometteurs de *Neandertal*, et auparavant encore, huit cent mille en compagnie de cet *Homo erectus* finalement si décevant. À présent c'était une certitude : la vallée de l'Organique dans son ensemble n'était qu'une impasse. La Créature y avait certes trouvé la conscience, mais c'était au prix d'une extrême vulnérabilité. Sous peine de périr, il lui fallait revenir sur ses pas, à l'embranchement où elle avait commis l'erreur précédente, le choix de l'Organique contre le Minéral, du Carbone contre le Silicium...

Mais, prédisait Minsky, cette vallée de pierre dans laquelle l'inlassable vagabonde s'apprêtait à s'engager pleine d'espoir se révélerait elle aussi une impasse, au bout de laquelle elle devrait à nouveau faire demi-tour, pour descendre plus bas encore, jusque dans la plaine primordiale. Car le choix funeste, l'erreur d'aiguillage originelle, ce n'était pas celui de l'Homme contre le reste du Vivant, ni même celui de l'Organique contre le Minéral, mais bien celui de la Matière contre la Lumière. Pour survivre dans les conditions extrêmes qui l'attendaient au terme de son voyage quand, la totalité de la matière disponible s'étant consumée, l'Univers ne serait plus que rayonnement, il lui faudrait elle-même renoncer à la Consistance. Pour accéder à l'immortalité, la Créature devrait se libérer de la Matière comme elle s'était jadis affranchie de l'Homme.

Pour Calvin, ce langage évoquait de manière irrésistible les vaticinations de Nitchy. Lui aussi concevait l'humanité comme un cul-de-sac, un *optimum local* dans lequel la conscience était piégée et d'où il lui fallait sortir à tout prix. Mais – la nuance était de taille – l'Homme selon Nitchy n'était pas une pure perte de temps, un crochet inutile que, plus sagace, la Créature aurait pu s'épargner. Bien au contraire, il était son *marchepied pour l'éternité*, l'instrument obligatoire de sa progression, son irremplaçable bâton de pèlerin. Pour Nitchy, la Créature n'était pas cette vagabonde aveugle cherchant sa voie en tâtonnant, comme un rat dans un labyrinthe, mais une voyageuse avisée, prenant soin, chemin faisant, d'amasser un viatique en prévision de l'étape suivante. Si elle semblait errer, ce n'était pas par ignorance de la route à suivre, mais parce qu'il lui fallait d'abord assembler les moyens d'en affronter les aléas. De chacune de ses excursions, elle était revenue plus forte, plus expérimentée, mieux équipée. De son détour par la Terre elle rapporterait le véhicule de silicium dans lequel elle pourrait en toute sécurité reprendre sa route vers les étoiles.

Calvin restait perplexe. Plus que jamais les intentions du vieux fou à son égard demeuraient impénétrables. Pour quelque obscure raison, il semblait l'avoir choisi comme réceptacle de spéculations dont le garçon ne parvenait à décider si elles étaient le fruit d'une pensée malade ou le reflet édulcoré de quelque épouvantable vérité qu'il lui restait à découvrir.

Honteux d'avoir délaissé Rembrandt dans une passe difficile, Calvin le chercha pour lui annoncer la disparition de son vieil ennemi.

Depuis plusieurs jours le courrier s'empilait dans sa boîte aux lettres. Ce n'étaient que rappels, commandements, menaces de plus en plus comminatoires. Dans le tas, une nouvelle relance de la Fondation lui glaça l'échine.

Monsieur,
Vous me décevez énormément. Je vous croyais plus sensible et plus raisonnable. Je pensais que, prenant conscience de l'inutilité de votre existence, vous auriez à cœur de ne pas importuner davantage vos contemporains. Mais vous n'écoutez que votre égoïsme.
Peut-être espérez-vous une amélioration de votre situation présente ? Si tel est le cas, j'ai le devoir de vous désillusionner de la façon la plus catégorique. La direction de Webjobs m'a en effet informée qu'elle vous avait *définitivement* rayé de ses rôles. Quant à l'administration de votre Unité de survie, elle s'apprête à vous expulser dans les prochaines heures.
Que vous restera-t-il alors ? La rue, la perspective d'y crever misérablement, dans le froid et l'humidité, votre cadavre abandonné aux rats ? Est-ce ainsi que vous désirez finir ? Où est votre dignité d'antan ?
La Fondation vous propose de partir décemment, dans l'intimité et le confort de votre cocon, entouré de vos objets familiers, rassasié, les oreilles pleines de votre musique préférée, en paix avec vous-même et avec autrui. Ne manquez pas cette chance.

Appelez-moi de suite. Chaque minute qui passe vous rend un peu moins homme.

Pour la Fondation,

Marie Krauze, présidente.

Décidé à empêcher, malgré lui si nécessaire, l'expulsion de Rembrandt, Calvin chercha à contacter la direction de son Unité de survie. Il devait bien s'y trouver un fonctionnaire bienveillant, sensible à la misère d'autrui, compréhensif, quelqu'un qu'il puisse fléchir. Le garçon plaiderait la cause de son ami, payerait ses arriérés de loyer, s'il le fallait se porterait garant des suivants. Nul doute qu'il obtiendrait, sinon une grâce, du moins un délai...

Pas la moindre présence humaine... Nulle intercession possible, et d'ailleurs nulle oreille pour l'écouter. La Pyramide était gérée par des escouades d'agents logiciels, petits bureaucrates virtuels appliquant avec zèle des règles auxquelles ils n'entendaient rien. Et la règle, dans le cas de Rembrandt, était claire :

Si   *le bit 4444 de l'administré est égal à 0*
Alors   *expulser*

À défaut d'une voie de recours légale, Calvin se dit qu'il réglerait le problème à sa manière. Il y avait forcément dans les fichiers de Webjobs un registre où était mentionnée la sanction frappant son ami. Le modifier serait un jeu d'enfant.

Il le trouva sans difficulté. Comme il s'y attendait, y figurait, à côté du code d'identification universel de Rembrandt, un bit dont la signification sautait aux yeux : placé sur 1, il autorisait l'accès du titulaire à la foire aux esclaves. Celui de Rembrandt était positionné sur 0. Rien que de très normal jusque-là. Une chose pourtant intrigua Calvin : il s'était attendu à trouver, pour chaque administré, des mentions concernant son âge, sa qualification, ses références professionnelles, ses jobs présents et passés. Or, il avait beau chercher, il ne trouvait pas d'autre fichier que cette longue liste de plusieurs centaines de millions d'identifiants associés à un simple bit, tantôt 0, tantôt 1. Comment Webjobs pouvait-il gérer des millions de travailleurs sur la foi de ce seul bit ?

Une autre anomalie lui apparut bientôt : la proportion élevée de zéros. Chez Webjobs, il y avait infiniment plus d'exclus que de bénéficiaires...

Ayant repéré ce bit positionné sur 0 comme la source unique des déboires de Rembrandt, il crut pouvoir y remédier en le remplaçant par un 1. Mais les choses ne se passaient pas du tout comme il l'avait escompté. À peine le changeait-il que le bit reprenait sa valeur initiale. Il essaya encore et encore : obstiné, le bit revenait à sa position de départ, comme un balancier à la verticale. À l'évidence, une main invisible remettait à jour le contenu de ce bit chaque fois qu'il tentait de le modifier.

Il finit par identifier les coupables : une brigade d'agents logiciels programmés pour exécuter cette seule tâche, la maintenance en temps réel de la liste noire de Webjobs. Telles des abeilles dans les rayons d'une ruche, ils la parcouraient en permanence, vérifiant Larve après Larve si elle remplissait toujours les conditions d'admission. Calvin eut tôt fait de déchiffrer leurs instructions. Elles tenaient en cette seule règle :

Si	*le bit 4444 de l'administré est égal à 0*
Alors	*mettre à 0 son bit d'accès à Webjobs*
Sinon	*le mettre à 1*

Le travail des ouvrières consistait donc, pour chaque administré, à chercher son bit 4444 et, en fonction de sa valeur, à modifier celle de son bit d'accès. Mais où trouver ce mystérieux « bit 4444 » qui conditionnait à la fois l'accès au travail de Rembrandt et son droit à un cocon ? Il lança un Saumon.

En attendant, Calvin se dit qu'il pouvait à tout le moins empêcher la Fondation de harceler son ami. Ces pressions incessantes devaient à la longue le déprimer et expliquaient probablement son mutisme. L'important était de lui remonter le moral en attendant d'être en mesure d'améliorer sa situation. Tôt ou tard, le Saumon trouverait le bit fatal et Calvin pourrait en modifier la valeur. Pourvu qu'entre-temps Rembrandt ne craque pas...

À la Fondation pas plus que chez Webjobs ou à la Pyramide, le garçon ne trouva à qui parler. Mme Krauze demeurait intouchable. Partout, ce n'étaient qu'agents logiciels exécutant sans état d'âme leurs règles. Celle concernant Rembrandt stipulait :

Si   *le bit 4444 de l'administré est égal à 0*
Alors   *exécuter la séquence finale*

Toujours ce bit 4444... La Fondation, la Pyramide et Webjobs prenaient leurs consignes à la même source. La Main invisible coordonnait les trois administrations. Quant à la *séquence finale*, Calvin ne pouvait se tromper : depuis plusieurs semaines, elle se déroulait sous ses yeux, sinistre compte à rebours d'une exclusion programmée, cadencée par les *mailings* toujours plus agressifs de Marie Krauze. La mise à zéro du bit 4444 déclenchait un ensemble de règles concourant à un seul but. Par leur truchement, la présidente Krauze maîtrisait dans les moindres détails les conditions de vie de ses *administrés*. L'une d'elles provoquait des coupures aléatoires d'électricité dans le cocon visé, l'autre réduisait l'arrivée d'eau, une autre encore la distribution d'air frais... Celle-ci diminuait progressivement la valeur calorique de la ration alimentaire, celle-là supprimait les soins, une troisième abaissait la température ambiante ou interrompait les communications... D'autres étaient plus énigmatiques, comme celle qui stipulait :

Si   *le bit 4444 de l'administré est égal à 0*
Et si   *pas de résultat après la dernière relance*
Alors   AZDM3374

Peu importait au demeurant la signification précise de ces règles. Calvin n'avait aucun doute quant à leur finalité : dans tous les cas, la mise à zéro de ce bit équivalait à une mise à mort. Le bit 4444 était le bit de vie et de mort.

Par le simple jeu des Règles, la *séquence finale* se déroulait, imperturbable, jusqu'au résultat attendu. À aucun stade du processus une décision humaine n'était requise. Aucune place pour l'état d'âme, le sursaut, le scrupule, le remords. Pourtant, ces Règles, se dit le garçon, il fallait bien quelqu'un pour les écrire ! Aussitôt il se reprit : plus que tout autre, il savait que c'était faux. Les fonctionnaires virtuels de la Fondation évoluaient de façon autonome, comme les Gnomes d'Ada, comme ses propres animaux savants, selon la dure loi de la vie : seuls se reproduisaient les plus efficaces, les plus adaptés...

Mais adaptés à quoi ? Qui fixait la norme à respecter, le résultat à atteindre, l'objectif désirable ? Et qui décidait de la valeur du bit 4444 ?

Il fallait trouver la Main invisible.

MS76013 (version 3.5) en était à sa cent vingt-quatrième vacation. De tous les agents logiciels de la Fondation, il était le plus productif. Digne fils de MS76013 (version 2.9), MS76013 (version 3.5) était le fleuron d'une longue lignée de bureaucrates virtuels qui, génération après génération, avaient porté à un rare degré d'efficacité l'exécution d'une tâche apparemment simple : vérifier la valeur du bit 4444 d'un administré puis, si elle était égale à zéro, lancer la séquence finale. Apportant sa contribution personnelle à la recherche permanente de perfection qui depuis l'origine caractérisait sa race, il avait introduit dans la procédure une variante qui en accélérait l'exécution sans pour autant en compromettre la fiabilité. Après lui ses enfants hériteraient de ce savoir-faire unique et à leur tour auraient à cœur de l'améliorer. Il était particulièrement fier des débuts du petit MS76013 (version 4.1), qui semblait résumer toutes les qualités de la dynastie. C'est donc d'un train allègre et sans arrière-pensée que MS76013 (version 3.5) emprunta, pour la cent vingt-quatrième fois, le chemin conduisant au registre où étaient consignés les bits 4444. Absorbé par sa tâche, il ne remarqua pas le Saumon qui lui emboîtait le pas.

Voilà donc, se dit Calvin, à quoi tient le destin de Rembrandt. Un simple chiffre, perdu parmi les milliards que comptait ce fichier où le rond-de-silicium de la Fondation avait à son insu introduit le Saumon – « 1 » : tu vis ! « 0 » : tu meurs !

Le garçon explora le registre. Aussi loin qu'il poussât sa reconnaissance, vers l'amont comme vers l'aval, s'étirait une morne procession où des « 1 » esseulés émergeaient çà et là de la foule des « 0 », funèbre cortège où de rares survivants semblaient accompagner à leur dernière demeure des nations de défunts. Sur la signification de ces chiffres, Calvin ne s'interrogeait pas, tant elle s'imposait. Ce qu'il avait sous les yeux, c'était le peuple des pyramides. Ce qu'il avait sous les yeux, c'était la Table de Vie de l'humanité.

Fasciné, le garçon observait. L'écran se moirait comme un champ d'épis sous les rafales de vent. À chaque seconde, de nouveaux « 1 » s'inscrivaient, au rythme des naissances dans les cocons. À chaque seconde, d'autres, beaucoup plus nombreux, passaient de vie à « 0 ». À l'évidence, les pyramides se dépeuplaient. En vérité, c'était par rangées entières qu'apparaissaient les zéros, par étages entiers que s'annulaient les cocons. Certaines contrées de la Table étaient déjà totalement inertes, nécropoles immenses où les zéros s'alignaient à l'infini comme autant de pierres tombales.

Pas plus de Main ici qu'ailleurs, mais une multitude d'agents logiciels s'affairant avec diligence autour de la Table, comme dans une ruche les ouvrières autour des pupes. Calvin reconnut d'abord les collègues de MS76013 (version 3.5), mandatés par Webjobs ou par la Fondation pour vérifier le statut vital d'un administré. Ceux-là n'étaient que des exécutants, parcourant la Table en quête de l'information désirée puis, leur curiosité satisfaite, regagnant leur administration d'origine où ils agissaient conformément à leur Règle. Selon ce qu'elle prescrivait, quelque part dans un cocon un gosse terrorisé hurlait dans le noir, une vieille femme parcheminée s'éteignait la bouche en feu.

Et puis il y avait les Scribes, les Graveurs-de-Zéros, les Greffiers de ce tribunal suprême où les sentences ne pouvaient être que capitales. Eux seuls étaient habilités à modifier la Table.

Chaque Scribe obéissait à sa Règle, aisément reconnaissable à sa conclusion, toujours la même. Il y en avait une qui disait : *Si l'âge de l'administré est supérieur à la Limite, et si le Dow Jones est inférieur à X, alors mettre à 0 son bit 4444*, une autre stipulait : *Si le produit personnel brut de l'administré est inférieur au Seuil, et si le taux d'inflation est supérieur à Y, alors mettre à 0 son bit 4444*, une autre encore : *Si le coût d'entretien de l'administré est supérieur à son produit personnel brut, et si le Taux de rendement interne brut est inférieur à Z, alors mettre à 0 son bit 4444*, ou même : *Si l'administré appartient à une catégorie indésirable, et si la Tendance corrigée des variations saisonnières est à la baisse, alors mettre à 0 son bit 4444*.

La plupart du temps, le Scribe ne pouvait décider seul si sa Règle s'appliquait, par exemple si l'administré faisait ou non partie d'une *catégorie indésirable*. Il recourait alors à des Experts, qui activaient à leur tour des règles spécialisées comme : *Si l'administré est de race non caucasienne, alors le placer en catégorie indésirable*, ou : *Si l'administré est cancéreux au stade terminal...*, ou s'il *est impropre à la reproduction...*, ou *répand des propos subversifs...* Certaines Règles mobilisaient ainsi, pour leur exacte application, des dizaines d'Experts, mesurant, calculant, supputant, spéculant, délibérant, pour fixer le Seuil, le Quantum ou le Taux au-dessus ou en dessous duquel il convenait d'annuler les Larves.

La Règle qui avait décidé du sort de Rembrandt concernait son coût d'entretien par rapport à une certaine Limite. Quelque part, réagissant à une fluctuation conjoncturelle, un Expert en avait modifié la valeur. Rembrandt s'était retrouvé au-dessus. Les Scribes avaient fait le reste. À aucun moment il n'avait été question de lui. Nul magistrat n'avait édicté de sentence à son encontre, nulle Parque n'avait tranché son fil. Il n'y avait pas eu de réquisitoire, seulement des Règles, des Nombres et de la Logique, pas de jugement, seulement un enchaînement de conséquences. Son destin n'était que l'aboutissement cohérent d'une longue suite de syllogismes. Ce qui le condamnait, ce n'étaient ni les hommes ni les dieux : c'était le calcul des prédicats du second ordre.

À présent, Calvin lisait dans la Table à livre ouvert. Ici gisaient les petites filles, victimes de la Règle 8249, révision 6, amendée par la 351, complétée par la 945 : trop-plein de reproductrices. Là se trouvaient les plus de quarante ans : pèsent inutilement sur le Dividende. Ici les cancéreux, condamnés par le Budget, et là les insolvables, immolés à l'autel de la Conjoncture. Ici étaient les nègres, là les bicots, ici les trisomiques et là les obèses, ailleurs les illettrés et les boiteux, les circoncis et les pédérastes, les quérulents et les emmerdeurs, continents entiers de parias anonymes dont la Main – l'invisible, l'inflexible Main – ajustait en permanence la quantité en les jetant par-dessus bord comme en fonction des vents, de l'hygrométrie et de la pression atmosphérique, l'aérostier avisé lâche du lest pour maintenir l'altitude optimale.

En rangs serrés les « 1 » tombaient, comme sous la mitraille les carrés de fantassins. Jonchée de zéros, la Table semblait un champ de bataille où un général fou, pressé d'en finir, aurait avec méthode fusillé ses propres troupes. Calvin frissonna : il y avait dans ce carnage quelque chose de l'horreur sublime des hécatombes antiques. Mais à quel Moloch la Main sacrifiait-elle ?

Soudain il se souvint du billet de ce Tash. Ne parlait-il pas d'un *danger*? Se pouvait-il que l'inconnu fût au courant de ce qui se tramait? Du dehors il avait forcément observé des anomalies : le suicide programmé des pyramides ne pouvait passer inaperçu. Calvin se reprocha de l'avoir éconduit. Si seulement il avait pu le rappeler...

Calvin fut alerté par un e-mail de Marie Krauze à Rembrandt, aussitôt dupliqué sur son écran.

Cher Monsieur,
Je ne saurais vous décrire notre joie quand nous avons appris votre inscription à un Départ Volontaire Assisté par Ordinateur. Au nom de la Fondation et en mon nom propre, je vous adresse mes plus vives félicitations.
Vous avez fait le bon choix, et nous saurons nous montrer dignes de votre confiance. Soyez assuré que le maximum sera mis en œuvre pour vous satisfaire.
D'ici peu, vous recevrez le Kit de Départ et le panier-repas que je vous ai promis. Quand vous serez rassasié, cheikh Rachid ed-Din vous proposera une récollection spirituelle.
Les instructions de branchement de l'appareil sont très claires, vous ne pouvez vous tromper. Néanmoins, si vous avez le moindre problème, n'hésitez pas à appeler notre Numéro Vert. Nos hôtesses répondront à toutes vos questions.
Une fois connecté, vous n'aurez plus à vous soucier de rien : notre ordinateur central prendra soin de tout. Connaissant votre goût pour la mer, notre équipe multimédia a préparé à votre intention une séquence marine des plus émouvantes, agrémentée de vos pièces de musique préférées.
Votre départ interviendra dans le plus grand confort et en toute sécurité.
Ne vous inquiétez pas pour la suite : nous nous chargerons de tout.
Je tiens à vous redire la sympathie – oserais-je avouer : l'admiration – que j'éprouve à votre endroit. Votre décision dénote une

immense générosité. Soyez assuré que ce geste, qui nous a émus, restera éternellement gravé en nos mémoires.

Le garçon se rua chez Rembrandt.
— Ah, c'est toi, Calvin... Bienvenue, bienvenue... Installe-toi où tu peux et causons. Ne fais pas attention au désordre, plus rien ne marche dans cette turne.

Parvenu au stade dernier de la séquence finale, le cocon agonisait. Les processeurs d'image qui en temps normal déguisaient l'aspect des lieux et de leur occupant étaient en rideau. Ce qu'il découvrit dans un reste de lueur blafarde laissa Calvin sans voix. L'austère demeure patricienne de la Renaissance n'était plus qu'un caveau sordide dont le sol couvert de flaques, les parois rouillées, le plafond suintant le salpêtre, préfiguraient ce qui en serait bientôt la fonction définitive. Mais plus que le pourrissement du cocon, c'est le délabrement extrême de son occupant qui lui déchira le cœur. Certes, depuis sa confession, il s'était préparé à découvrir une réalité très différente de l'image à laquelle il s'était attaché. Mais il n'avait pas imaginé ça, ce spectre décharné couvert de loques, ces membres si grêles qu'on les eût dits prêts à casser, cette face émaciée envahie de broussaille, ces deux cavités noires où l'on avait peine à trouver un regard...

— Rembrandt! Oh, Rembrandt! Qu'ont-ils fait de toi?
— Désolé, je n'attendais pas ta visite. Je n'ai pas eu le temps de me changer. Ça va? La vie est belle? Excuse mon langage débridé. Ce sont les mignonnettes de Mme Krauze... Du vrai cognac! Je n'ai plus l'habitude, tu comprends...
— Dis-moi que ce n'est pas vrai!
— Il y avait une alternative?
— Stoppe ce programme!
— Inutile. La procédure est lancée...
— Il doit y avoir un moyen...
— C'est fort bien conçu... De vrais pros. Ils ne se moquent pas de leurs clients. Une seule erreur, oh, une peccadille : cheikh Rachid ed-Din est un type sensible, intelligent, convaincant. Un humaniste. Dommage que je ne sois pas musulman. Il est vrai

qu'avec mon nom... Mme Krauze ne pouvait deviner que je suis catholique comme maman. Tiens, voici la « séquence marine »!

Comme par hasard, les murs-écrans s'étaient remis à fonctionner, dernière concession de la Fondation avant l'extinction finale.

— Je t'en prie, Rembrandt! Il est sûrement encore temps...

— Pas fameuse, cette séquence! Pourtant, que n'aurais-je donné pour revoir un véritable horizon! Le regard, vois-tu, est comme un pur-sang à qui l'on donne carrière : il aspire à galoper. Rien ne lui est plus contraire qu'un mur... fût-il multimédia!

— Pourquoi as-tu fait ça?

— Tu ne sais pas ce que c'est, un horizon... Tu ne connais que celui de ton home-trainer. Ah! Puisses-tu un jour ressentir cette joie qui s'empare de toi quand l'œil, affranchi de la tyrannie des objets proches, s'épanche librement dans l'infini. La dernière fois que mon regard s'élança ainsi, c'était... Veux-tu me rendre un service? Tu trouveras sur mon bureau un fichier. C'est un décor qui m'est cher. Fais-moi plaisir, essaye de l'afficher à la place de cette foutue « séquence marine ». Que le bon mouvement de Mme Krauze serve au moins à quelque chose...

L'instant d'après, ils se trouvaient sur ce sommet des Vosges qu'on apercevait autrefois de la fenêtre de Rembrandt.

— Vois, au loin, émergeant des brumes, exacte à notre rendez-vous : la cathédrale! Hélas, qu'en reste-t-il aujourd'hui? Mais vois, elle semble désigner cette étoile, plus brillante que ses sœurs. Souviens-t'en : elle seule ne te fera jamais défaut... Elle était avec le premier homme au premier matin, et c'est vers elle encore qu'au dernier soir le dernier se tournera.

Comme apaisé par la présence de cette fidèle compagne, il poursuivit :

— C'est ici qu'avant-peste, tous les ans, j'aimais à me recueillir, solitaire, à l'heure où dans la plaine les fêtards célébraient bruyamment la nouvelle année... Oh, Calvin... cette paix qui pénétrait en moi, tandis que dans l'air glacé vibraient les mots antiques : *Mon âme exalte le Seigneur / Exulte mon esprit en Dieu mon sauveur / Il s'est penché sur son humble servante / Désormais tous les âges me diront bienheureuse...* mots d'adoration, de gratitude et de consolation, appris jadis de ma mère et qu'elle tenait de la sienne, mots de femmes si nécessaires aux hommes. Alors, comme à chaque fois, le miracle se renouvelait : obéissant à leur mystérieuse incantation, un à un, surgissaient de l'ombre tous mes êtres chers, oubliés, éloignés ou disparus à jamais. Par la vertu de ces mots convergeaient en ce lieu désert les fils épars de nos existences et se renouait, le temps d'une prière, la trame fragile qui unit les vivants et les morts, ce réseau mystique que nul n'a mieux *vu* que Millet... Souviens-toi, ces gueux courbés sur le modeste fruit de leur labeur... Dans le lointain, un clocher sonne... Entre ce clocher et eux, rien qu'une immense étendue vide... Alors les gueux commencent : *Je vous salue, Marie, pleine de grâces...* Et soudain la plaine se peuple... Ils ne sont plus seuls...

— Mais tu n'étais pas seul, Rembrandt... Pourquoi n'avoir jamais rien dit ?

— Tarik à la rigueur pouvait demander l'aumône. Pas Rembrandt.

— Nous étions tes amis...

— Tarik aurait peut-être pu avoir des amis. Rembrandt n'avait que des spectateurs.

— Pourtant, je suis bien là, moi...

— Plus pour longtemps. Tu partiras. Tu dois quitter ce cocon.

— Dehors, c'est la mort certaine...

— Non... Le danger est dedans.

— Mais de quel danger parles-tu ?

— Ne m'interromps pas. Je n'ai que peu de temps. Webjobs... ce n'est pas comme ils prétendent... il n'y a pas...

— Pas quoi ?

— *Pas de jobs.* Leurs traductions... je les avais déjà faites...

— Je ne comprends rien à ce que tu dis, Rembrandt, je t'en supplie, explique-toi !

— Ils me redonnaient des textes que j'avais déjà traduits.

— Une erreur, sans doute...
— Ce n'est pas tout. Un jour, je me suis emmêlé les pinceaux. J'ai interverti deux livraisons de mes sous-traitants. Quand j'ai découvert ma méprise, il était trop tard, elles étaient déjà expédiées. Des semaines durant je vécus dans la crainte d'être viré. Personne ne me fit la moindre remarque. Un soupçon s'insinua en moi. Je décidai d'introduire une erreur grossière dans la prochaine traduction : nul ne la remarqua. Dans la suivante, j'omis plusieurs phrases : toujours pas de réclamation. Puis des paragraphes entiers, sans plus de réaction. Quoi que je fasse, nul ne vérifiait mon travail. Je voulus en avoir le cœur net : un jour – je devais traduire le mode d'emploi d'un appareil – je leur rendis une liste de noms recopiée dans l'annuaire officiel du gouvernement chinois. Webjobs me paya sans le moindre commentaire. Alors je compris : c'était des boulots bidon...
— Webjobs inventerait les jobs ? Des jobs virtuels ?
— *C'est une machine, Calvin, rien qu'une machine...* Oooh, j'ai mal ! Elle avait promis que ça ne ferait pas mal...

Calvin paniquait. Les gestes apaisants, les mots consolateurs, nul ne les lui avait enseignés. Il le sentait bien : le mourant avait besoin d'amour, mais il ne savait faire l'amour qu'aux vivants. Il fit ce que lui dictait son instinct, glissa sur son giron la tête de son ami et, tendrement, la caressa...
Au bout d'un moment, rasséréné, Rembrandt reprit :
— Il faut que tu saches...
Le ton était à présent déterminé, volontaire.
— Tout débuta avec la Peste. Pour le commun des mortels, une tragédie humanitaire sans précédent. Mais pour les Imbus, une chance inespérée de réaliser leur vieux rêve : celui d'une économie parfaitement rationnelle, débarrassée de toute scorie, exclusivement dévolue à la satisfaction de leurs besoins.
« Les sociétés d'avant-peste ployaient sous le fardeau croissant de leurs pauvres, bouches inutiles criant famine au seuil des beaux quartiers, continents d'enfants faméliques crevant, des

mouches plein la gueule, à deux heures de vol des nantis. La violence de ces malheureux croissait en raison directe de leur désespoir. La planète semblait une marée de misérables assiégeant des oasis d'insultante opulence.

« Dans un premier temps, on se persuada qu'il s'agissait d'un problème transitoire, que, la croissance économique et une meilleure répartition de ses fruits aidant, l'on verrait bientôt le bout du tunnel, qu'en attendant de déboucher sur les grasses prairies d'Éden des secours judicieusement distribués parviendraient à contenir les plus nécessiteux ou les plus impatients. La vérité était tout autre : la pauvreté n'était pas un effet secondaire indésirable de la richesse, elle en était le principe actif. Elle n'en était pas la conséquence, mais la fondamentale *condition de possibilité*. La prospérité de quelques-uns s'enracinait dans la misère du plus grand nombre. Le tunnel était une boucle sans fin.

« Murmurée, à ses débuts, à voix basse et l'air gêné, une opinion acquit petit à petit droit de cité parmi les privilégiés des oasis : il fallait se faire une raison, les richesses toujours plus considérables englouties dans la charité publique ne parviendraient jamais à endiguer la crue de cette violence structurelle. Le seul moyen de se protéger de ces masses furieuses, de mettre un terme définitif à cette dangereuse promiscuité, était de s'en séparer *physiquement*. Après tout, ce n'étaient que d'irrécupérables improductifs, des parasites coûtant bien plus qu'ils ne rapporteraient jamais. Pourquoi continuer à s'imposer de tels fardeaux ? D'ailleurs, par leurs exactions, ils avaient rompu le contrat social, et délié les honnêtes gens de leurs obligations à leur endroit. Il se trouva des intellectuels pour conférer une apparence d'honorabilité à cette nouvelle forme d'apartheid, qu'ils ornèrent du beau nom de *libéralisme*, dernier crime commis par le vingtième siècle au nom de la liberté.

« La tentation du développement séparé a de tout temps hanté les civilisations riches. Que ce soit par l'institution de ghettos, de quartiers périphériques, de " villes nouvelles " ou par la fermeture des frontières aux indésirables, les nantis ont toujours souhaité tenir les gueux à distance. Cet idéal, la Grande Peste allait leur fournir l'occasion de le porter à son comble.

« Par les coupes claires qu'il pratiqua dans la population, le fléau dilacéra le tissu communautaire et disloqua les anciennes solidarités au point d'annihiler toute résistance. À de rares exceptions – comme les émeutes de 2011 à Paris – les Imbus n'eurent aucune peine à convaincre les rescapés, sous prétexte de protection bactériologique, de s'enfermer dans les pyramides pour y pratiquer avec dévotion la nouvelle religion : Zéro Contact.

« Dès lors, les Imbus disposaient du moyen de maîtrise totale des populations dont ils rêvaient, grâce auquel ils allaient pouvoir maximiser leurs profits comme jamais. Prostrés dans leurs cocons, privés de la faculté de chasser en meutes qui jadis les rendait si redoutables, les loups affamés s'étaient mués en brebis offertes à la tonte... Entre ces êtres déracinés, désolidarisés, réduits par force à l'abject souci d'eux-mêmes, allait pouvoir s'instaurer un match planétaire, où chacun se battrait pour sauver sa peau, mais où seuls les sponsors ramasseraient la mise. Webjobs était la pièce centrale de ce dispositif...

« À cette époque, en effet, Webjobs ne produisait pas comme aujourd'hui des offres bidon, mais des *candidatures* fantômes. Les demandeurs d'emplois réels y étaient opposés à des concurrents virtuels. Les Imbus avaient imaginé ce stratagème pour maintenir une pression artificielle sur les rémunérations des rares travailleurs qualifiés survivants, en leur faisant croire à une compétition qui n'existait plus. Avant-peste, cette pression était exercée par les chômeurs engorgeant les agences de placement, qui par leur masse contribuaient à contenir les salaires... Mais en créant une pénurie de main-d'œuvre, la Peste risquait d'inverser ce rapport de forces au détriment des employeurs. Webjobs à ses débuts fut donc un simple instrument de manipulation des rémunérations.

« Puis, à mesure que les Imbus progressèrent dans la rationalisation de l'appareil productif, les choses changèrent. À l'exception des plus créatifs, non encore automatisables, les emplois jadis réservés aux humains disparurent. Mais que faire de tous ces bras devenus inutiles ? La perspective de multitudes d'oisifs tournant comme fauves en cage, susceptibles d'en surgir quand l'exaspération aurait atteint son comble, avait de quoi effrayer. C'est alors que les Imbus reconvertirent Webjobs en usine à emplois, forgeant de faux jobs, dépourvus de toute réalité économique, et les mettant aux enchères – pour la vraisemblance – auprès des reclus du Web... Tu comprends, Calvin ? Les cocons ne sont que des incinérateurs où nos vies se consument en pure perte... »

Rembrandt avait débité son récit tout d'une traite. Affaibli, il fit signe à Calvin d'approcher.
– Fuir ! lui souffla-t-il à l'oreille. Il faut fuir !
Calvin ne répondit pas. Tout allait si vite... Alors Rembrandt, agrippant son bras, se redressa et, le fixant droit dans les yeux :
– Promets-moi !
– Je partirai, c'est promis !
Il eut un spasme. Le garçon désespérait – il restait si peu de temps, et tant à dire... et pas de mots pour...
– Tarik... Tes mots ! Veux-tu que nous les disions ?
– Inutile... Ici... Dieu ne les entend pas.

L'avatar s'affaissa.
Longtemps encore le garçon caressa sur ses genoux une tête qui n'avait plus de visage...

Le *Free Trade* ouvrit le feu à 02:07 précises (heure de Pékin). À 02:13, sur le Yangtze, un missile de croisière frappa le barrage des Trois-Gorges, noyant quatre-vingt-cinq millions de dormeurs. À 02:25, Hong Kong, Canton, Shanghai et Tianjin rejoignaient Troie et Carthage dans le répertoire Unesco des cités mythiques disparues. Dans mille ans des archéologues émerveillés exhumeraient de leurs cendres des putains cantonaises du vingt et unième siècle, vitrifiées alors qu'elles aguichaient leur dernier micheton. À 02:50 un quarteron de généraux à la retraite s'emparait du Zhongnanhai. À 02:57 on exhibait à la télévision les cadavres déchiquetés du *traître Chi et de sa clique*. À 03:01 un gouvernement provisoire demandait l'armistice. La Chine résignée se préparait à une nouvelle ère d'humiliations. L'Histoire ne s'était pas prêtée aux subtils calculs de Chen.

... Je tente de rallier les NoPlugs. Rejoins-moi si tu peux.
Il n'y avait pas de signature, mais Calvin n'en avait pas besoin : le long e-mail était bien de Maud. Traquée, risquant à chaque instant d'être reprise, comment était-elle parvenue à le lui envoyer ? L'avait-elle avant de s'évader confié à un ami de rencontre, ce Jason, peut-être ? Avait-elle conservé son palmtop, ou au cours de sa fuite déniché une console désaffectée ? Quoi qu'il en soit, il n'était plus temps d'atermoyer. Après ceux de Tash et de Rembrandt, le témoignage de Maud confirmait la sinistre réalité entrevue autour de la Table de Vie. Une mécanique abominable s'était ébranlée qui bientôt les broierait tous.

Maud était arrivée à Aspen sans arrière-pensée. Elle n'avait rien trouvé que de naturel à l'invitation du président Kleinkopf. Ne lui était-il pas redevable de sa réélection ? Au reste elle n'avait rien de mieux à faire. Il y avait bien ce débat sur Antenne Plus, mais la Maison-Blanche avait proposé d'organiser un duplex. Curieuse de rencontrer pour la première fois en chair et en os l'homme qu'elle avait fait roi, c'est avec une certaine fébrilité qu'elle avait bouclé ses valises.

Elle avait souvent entendu parler d'Aspen. La prestigieuse station de ski des Rocheuses était le lieu de villégiature exclusif des plus hauts personnages du Pacte, et seuls quelques rares privilégiés y avaient accès. Avant de partir, désireuse de se faire une idée de l'endroit, elle avait cherché à se documenter, mais les banques de données ne possédaient aucune image, aucun documentaire sur la station.

L'arrivée fut, au sens propre, un éblouissement. L'hélicoptère longeait depuis deux heures la ligne blanche des Rocheuses quand soudain un éclair aveugla Maud. « Aspen Mountain ! » fit le pilote en rigolant. De la montagne irradiait une vive lumière comme d'un creuset incandescent. On eût dit qu'en ce lieu scintillait sous le soleil quelque gemme prodigieuse.

C'était bien un diamant, ou plutôt tout un gisement de pierres colossales, trésor fabuleux déposé là par on ne sait quel titan. Un voile transparent couvrait la vallée d'une crête à l'autre, voûte grandiose aux millions de facettes de cristal, ancrée aux pics environnants comme à de surhumains piliers. Plus humbles autour du joyau central, d'autres sphères de glace abritaient les vallées adjacentes. Vues du ciel, elles semblaient si délicates, si aériennes, si évanescentes, qu'un géant facétieux aurait pu les souffler comme autant de bulles de savon.

Ce n'est qu'une fois à terre que Maud prit la mesure réelle de la démesure. Le voile central englobait les plus hauts sommets alentour, étendant sa protection sans discrimination aux montagnes comme aux lacs, aux forêts comme aux alpages, aux hameaux comme aux bergeries, aux routes comme aux pistes de ski.

— Bienvenue au Dôme ! s'écria une voix enjouée.

C'était un jeune homme dans la trentaine, l'air sain, tonique, vif, rayonnant même, comme Maud, accoutumée qu'elle était aux ternes résidents de la Termitière, ne croyait plus qu'il en existât.

— Je m'appelle Jason et suis votre guide personnel pour toute la durée de votre séjour... que je souhaite le plus long possible. C'est pour moi un grand honneur que d'approcher une célébrité comme vous !

Décidément, ce garçon était plaisant. S'il avait assez d'esprit pour cesser les flagorneries, il promettait même d'assez agréables moments.

— Vertigineux, n'est-ce pas ? continua le jeune homme en remarquant sa stupéfaction. On met toujours un certain temps à s'y faire. À l'apex, le Dôme culmine à trois mille sept cents mètres.

— Le rêve de G.J. Arnaud devenu réalité, murmura la jeune femme émerveillée.

— *La Compagnie des glaces!* Vous aimez aussi ?

Tout pour lui, ce mec, apprécia Maud. En plus d'être sexy, il sait lire !

— La structure est calculée pour résister à une explosion nucléaire, s'empressa-t-il d'ajouter, interprétant mal le trouble de la jeune femme. Mais nous aurons le temps de voir cela plus tard, si toutefois ces trivialités vous intéressent. Vous devez être fatiguée. Je vais vous conduire à la résidence.

Chemin faisant, Maud sut bientôt tout des spécifications techniques du Dôme. De ses nervures de fibres de carbone, avec éclairage *a giorno* intégré. Des pico-pigments télécommandables noyés dans le cristal de sa voûte, grâce auxquels les ordinateurs faisaient le jour et la nuit. Du climat artificiel, variant d'une vallée à l'autre selon sa spécialité : ici les sports d'hiver, là les cultures hydroponiques et l'élevage sur prairies artificielles, ailleurs les sports nautiques et la pisciculture. Des robots de défense qui le préservaient de toute attaque extérieure, frappe de missiles, agression bactériologique ou chimique, intrusion de commandos, sabotage... De sa totale autosuffisance, alimentaire comme énergétique. De ses mille résidents permanents, financiers, industriels, hommes politiques... « la crème du Pacte », avait commenté Jason en se rengorgeant, fier de côtoyer les élites. De fait, sous leur bulle de verre, les Imbus menaient une existence à part, hors d'atteinte des maux qui affligeaient le reste de la planète. Ici, pas de gaz délétères, de pluies corrosives, de radiations insidieuses. Pas de Peste. Pas de coups de main à craindre des NoPlugs. Les résidents du Dôme n'avaient pas d'ennemi à redouter, sinon eux-mêmes.

Tel un nid d'aigle, le palais présidentiel dominait la station. D'emblée, Maud fut frappée par son architecture, qui portait à son comble l'idéal de transparence inspirant toute construction en ces lieux. Où qu'elle le dirigeât, rien n'arrêtait son regard. Hormis le gigantesque mât central auquel par des câbles s'accrochaient les superstructures, tout n'était que cristal, si bien que le palais semblait un hymne à la lumière.

De sa suite, ouvrant à cent quatre-vingts degrés sur un panorama vertigineux, Maud pouvait tutoyer les cimes avoisinantes.

— J'espère qu'elle vous convient, s'enquit Jason, toujours aussi prévenant. Si vous désirez dormir, voici comment obscurcir les vitrages extérieurs, ajouta-t-il en lui montrant la manœuvre du zappeur. Pour éviter le vertige, je vous recommande de densifier les parties basses jusqu'à hauteur des allèges, de cette façon.

Avec dextérité, le jeune homme modifia la densité des parois, qui en un clin d'œil passèrent de la transparence parfaite à l'opacité totale.

— Je passerai vous reprendre pour le dîner, ajouta-t-il. Ce sera un peu... formel. Au cas où vous n'auriez pas prévu la circonstance, vous trouverez tout ce qu'il faut dans votre dressing. Et si les tenues que je vous ai choisies ne vous plaisent pas, n'hésitez pas à appeler la gouvernante. Elle se fera une joie de vous organiser un défilé des dernières collections.

Maud fit signe qu'elle s'estimait comblée. Au centre du salon elle remarqua un immense bouquet de roses naturelles avec ce mot : *De votre obligé, avec gratitude et admiration. Ronald G. Kleinkopf.*

— J'oubliais : le Président n'arrivera que demain, expliqua Jason. Il vous prie de l'excuser.

Avec un dernier sourire, le jeune homme prit congé, laissant derrière lui un discret effluve de musc qui acheva de la troubler. Elle eut envie de connaître le goût de sa peau.

Tel un astre la salle à manger d'apparat scintillait au sommet du pic le plus élevé de la station. Lorsque Maud y fit son entrée, flanquée d'un Jason impeccable dans son tuxedo de cuir noir, une formidable ovation l'accueillit, sans qu'elle sût très bien si c'était à l'héroïne ou à la reine de beauté qu'elle rendait hommage. Parmi les tenues préparées à son intention, elle avait trouvé cet ensemble de caoutchouc sauvage, laine de roche et titane brossé, à la fois chaste et sensuel, juste ce qu'il fallait de provocant, d'Yves Balenfeld – le styliste en vogue qui avait ressuscité Jean-Paul Gaultier, la vénérable maison de couture parisienne.

– Prague est très réussie !
– Certes, mais je préfère Saint-Pét'… Débarrassée de ses hooligans, c'est un véritable paradis !

Ils se jetaient à la tête, comme autant de projectiles, les dômes où ils avaient séjourné, tuant d'un mot les réputations de Davos – le plus ancien, mais surfait –, Mykonos – peuple –, Saint-Barth – ringard – ou Martha's Wineyard – prolo. C'était à celui qui en avait « fait » le plus, et des plus exclusifs. Le Pacte avait lancé un programme ambitieux de réhabilitation des anciennes capitales européennes qui, purgées par le Grand Enfermement de leurs importunes faunes traditionnelles et dûment confinées sous des voûtes pareilles à celle d'Aspen, seraient bientôt rouvertes pour le seul usage des Imbus. Prague et Saint-Pétersbourg avaient inauguré cette nouvelle série de dômes urbains. Venise, Paris et Vienne devaient suivre. Après vingt années d'exil forcé, les Imbus allaient enfin pouvoir retrouver leurs pénates.

— Ah! Prendre à nouveau mon petit déjeuner à la terrasse des Deux Magots, fit un convive soudain frappé de spleen.

— Et comme j'ai hâte de revoir mon condo sur Central Park! soupira sa voisine, nostalgique. Je l'avoue, je suis un peu lasse de la montagne.

— Vous serez surprise, ma chère, rien n'a changé, lança un troisième d'un air informé, provoquant un instant de stupeur dans l'auditoire. L'initié se rengorgea, la mine satisfaite, conscient d'avoir marqué un point : de tous les privilégiés présents, il était le seul à avoir visité le chantier du mythique dôme de New York...

Maud observait Jason, qui s'ennuyait autant qu'elle à l'autre extrémité de la table d'honneur. En le dévisageant elle songeait au tête-à-tête qu'ils auraient pu s'offrir, aux mots complices, aux sous-entendus émoustillants qu'ils n'avaient pas échangés. Impossible qu'ils soient de la même race, conclut-elle en le comparant aux autres invités, faux jeunes vieillis avant l'âge, rabougris, empâtés, uniformes avec leurs crânes chauves et leurs fanons en berne, tristes sires dont la morgue n'avait d'égale que le vide de leur pensée, la trivialité de leur culture, l'ineptie de leur conversation, la grossièreté de leurs façons. Aucun ne possédait ne fût-ce qu'une fraction de la classe de son guide. Sans parler de sa dégaine... Apparemment, elle n'était pas seule de cet avis, se dit-elle en observant le manège des deux matrones assises de part et d'autre du jeune homme...

— Et vous vous plaisez parmi nous? s'enquit une perruche emperlouzée sans la moindre intention d'attendre la réponse, absorbée qu'elle était à faire passer, d'une vingt-troisième louchée de vodka, sa vingt-troisième pelletée de caviar.

Maud commit l'erreur de répondre. Elle dit s'étonner de ne pas retrouver, en ce lieu, les attributs qui d'ordinaire distinguaient les résidences officielles : ni marbres, ni brocarts de soie, ni lambris d'essences rares, ni marqueteries, ni mobilier ancien, ni tapis somptueux, ni œuvres d'art...

— Je m'étais forgé une tout autre idée du luxe, conclut-elle.

Au froid qui saisit l'assemblée, elle comprit sa bévue. Sur les visages se lisait l'incompréhension la plus totale. Après un long silence, un vieil homme distingué au profil de hibou, sans doute rendu par l'âge plus miséricordieux, se dévoua pour lui expliquer, sans plus d'illusion qu'un missionnaire tentant de convertir un sauvage.

— Le vrai luxe, c'est ça, dit-il en désignant avec emphase l'hémisphère de cristal au-dessus de leurs têtes.

— La lune, les étoiles, approuva un autre. Le soleil !

— Le ciel ouvert, voyons ! L'air pur ! L'espace ! confirma un troisième.

— Se promener dans la montagne en compagnie de ses enfants...

— Faire l'amour corps à corps, risqua la perruche emperlouzée, enhardie par la vodka.

— Avoir de beaux garçons... à portée de main, ajouta, en joignant le geste à la parole, la rombière vautrée sur Jason, tandis que les Imbus égrillards éclataient de rire, trop heureux d'évacuer leur tension.

Quand le calme fut revenu, le hibou conclut :

— Le vrai luxe, mademoiselle, c'est de vivre ici, entre nous.

Alors son voisin de gauche se pencha vers elle et ajouta à voix basse, l'air mystérieux :

— *Et bientôt, le vrai luxe, ce sera de vivre. Simplement de vivre.*

Visage fripé et cou décharné de tortue, longues mains parcheminées de momie, tel était le Secrétaire, second personnage du Pacte. Âme damnée du Président, il n'apparaissait jamais sur le devant de la scène. Certains initiés prétendaient que c'était lui qui dans les coulisses tirait les ficelles, Kleinkopf, de l'avis général, manquant par trop de la sophistication requise. Quoi qu'il en soit, fort puissant, à en juger par le nombre de convives qui sollicitaient son attention. Avant que Maud ait pu lui demander ce que signifiait sa remarque, il était déjà entraîné dans une nouvelle discussion.

— John, soyez gentil de lever notre incertitude. Mon vieil ami Bryan et moi nous demandions quand vous vous décideriez à frapper ?

Maud tendit l'oreille. La situation était en effet des plus surprenantes. L'homme qui s'adressait au Secrétaire de façon si familière n'était autre que le président failli de WonderWorld, et le « vieil ami » qu'il associait à sa question, le chairman de General Avionics, principal responsable et bénéficiaire de sa banqueroute, de surcroît bailleur de fonds et complice du félon en fuite, le sénateur Branniff. Mais la surprise de la jeune femme se mua en stupéfaction lorsqu'elle comprit qu'il parlait de la Chine.

Ils remarquèrent son ébahissement, mais au lieu de baisser la voix ou de changer de sujet, se tournèrent vers elle comme pour l'inviter à se joindre à leur conversation.

— Ce que nous disions semble vous choquer, l'apostropha le chairman d'un ton enjoué.

— Vous... vous allez bombarder la Chine ? balbutia Maud abasourdie.

— Bien sûr ! s'exclama l'homme de WonderWorld en haussant les épaules comme s'il énonçait une évidence. Pourquoi croyez-vous que nous nous soyons donné tant de peine ?

Une inspiration profonde suffit à Maud pour recouvrer la plénitude de ses réflexes professionnels. Quelques questions plus tard, elle était en mesure de reconstituer les événements. Censée porter un coup fatal au colosse chinois agonisant, l'opération WonderWorld avait dérapé. Au lieu d'éclater comme prévu sous la pression du blocus, le pays s'était rassemblé sous la bannière du général Chi. Celui-ci en avait profité pour éliminer les seigneurs de la guerre mis en place à grands frais par le Pacte et était en passe de restaurer un pouvoir central fort. Vingt années d'efforts obstinés pour démembrer l'Empire risquaient d'être anéantis.

— C'était donc bien ça, rien que ça : une nouvelle guerre de l'Opium..., résuma Maud, en se remémorant Chen.

— Si vous voulez, convint le Secrétaire. Mais, tout comme la guerre de l'Opium, je suis certain que celle du Multimédia bénéficiera, au total, autant à l'agresseur qu'à sa victime. À long terme, la Chine a tout intérêt à s'ouvrir aux échanges.

— Et pour l'aider, vous allez l'atomiser ! ironisa la jeune femme.

— Quelques villes tout au plus, juste ce qu'il faut pour les... décontracter. Notre intérêt n'est pas d'anéantir ce pays, seulement de le forcer à s'ouvrir.

— À quoi nous servirait une colonie ramenée à l'âge de pierre ? Nous ne sommes pas stupides au point de ruiner nos futurs clients ! s'esclaffa le pédégé de WonderWorld.

— De surcroît, nous aurons de plus en plus besoin d'eux pour fabriquer à bas prix tous ces produits à faible valeur ajoutée que nous ne voulons plus produire nous-mêmes, remarqua le Secrétaire. Le Pacte ne peut vivre sans la Chine. Vous voyez, nous sommes condamnés à prospérer ensemble !

— Mais pourquoi ne pas le leur expliquer, tout simplement ?

— Hélas, ces gens ne sont pas raisonnables, se lamenta le Secrétaire.

— Nous avons perdu beaucoup trop de temps en palabres, renchérit l'homme des multimédias. Et le temps, vous ne l'ignorez pas, c'est de l'argent.

— Mais l'incident vous a ruinés ! rétorqua Maud. Votre firme est en faillite !

— Repli stratégique tout au plus. Il est parfois nécessaire de reculer pour mieux sauter... Vous verrez, nous nous en sortirons fort bien ! Voulez-vous parier ? Dans moins d'un an, WonderWorld aura doublé sa valeur boursière.

— Quoi qu'il en soit, vient un moment où les seuls arguments qui portent sont ceux de la force, trancha le marchand d'armes.

— Le public ne marchera jamais ! Tout le monde sait à présent que c'est vous qui avez manigancé le vol du WonderWorld !

Ils la considérèrent d'un air amusé, s'interrogeant du regard pour savoir lequel des trois allait se dévouer pour déniaiser l'oie blanche. Finalement, ce fut le Secrétaire.

— Je comprends qu'en votre qualité de gestd'im du Président vous accordiez beaucoup d'importance à l'opinion publique. Mais peut-être avez-vous tendance à en surestimer le poids. La parution intempestive de votre reportage a certes perturbé notre stratégie mais, vous pouvez le constater, nous nous en remettons. Croyez-moi, le public n'y verra que du feu. Tout n'est qu'une question de mise en condition.

— Eh oui, chère amie, conclut le chairman ravi du bon tour qu'il avait joué, il faut vous faire à cette idée. Votre intervention et celle de votre jeune ami se résument à peu de chose, en définitive : quelques heures de divertissement impromptu sur les écrans, pour la plus grande joie de nos Larves. Toujours la vieille recette : *Panem et circenses*... Mais pendant ce temps, les affaires sérieuses continuent.

À cet instant, un doute effleura la jeune femme. Ces trois-là étalaient leurs turpitudes avec une franchise déconcertante. Après tout, ils ne savaient rien d'elle. Loin de les inciter à la circonspection, cela semblait les stimuler. Peut-être, supputa-t-elle, était-ce parce qu'ils n'imaginaient pas que, invitée personnelle du Président, elle ne fût pas de leur bord... Elle se contenta de l'explication.

Pourtant, à mieux y regarder, le cynisme de leurs propos aurait dû l'alerter.

Jason était sombre. Maud avait dû l'arracher aux assauts des perruches emperlouzées. La docilité, la passivité dont il avait fait preuve envers celles qui toute la soirée n'avaient cessé de le harceler ne laissait pas de surprendre la jeune femme. Elle le sentait humilié mais aussi résigné. Il y avait dans sa détresse quelque chose de désarmant qui la touchait. Et toujours ce parfum entêtant... cette chaleur lancinante qui lui poignait le ventre.

Cela avait été plus fort qu'elle. Elle l'avait fait entrer. Un instant, il avait paru hésiter, puis s'y était résolu, comme à une fatalité à laquelle il ne pouvait échapper. À présent, il était sur ce divan, silencieux, buté, attendant qu'elle prît l'initiative. Le contraste avec le jeune mâle fringant et entreprenant de l'après-midi était saisissant. Elle se surprit à se demander si au fond elle ne préférait pas ce laisser-faire, cet abandon, cette soumission. Elle se glissa vers lui, à sentir la tiédeur de son corps... Approcha une main... Le garçon ne se déroba pas, mais dans son regard elle surprit une sorte de reproche.

Alors, en un éclair, elle comprit. Ce garçon, trop jeune dans ce bal de vieilles peaux, trop parfait dans ce congrès de hideux... Il n'était pas de leur race...

— Qui es-tu ? demanda-t-elle en lui caressant la nuque.
— Tu ne sais pas ?

Comment aurait-elle su ? Comment aurait-elle pu voir en cet

animal parfait, cette créature de rêve, autre chose qu'un Imbu ? Comment aurait-elle pu deviner qu'il n'était que... que...

— Vraiment, personne ne t'a dit ? insista le jeune homme.

— *Que tu n'étais qu'une pute ?* explosa Maud, regrettant aussitôt l'infamie qu'à bout de frustration elle venait de proférer. Pardonne-moi, Jason, pardonne-moi, je ne pensais pas ce que j'ai dit.

— Allons, viens donc, n'y pense plus ! fit le garçon d'un air enjôleur.
— Non, déclina-t-elle doucement.
— Mais pourquoi ? Tu en as autant envie que moi.

C'était vrai. Jamais elle n'avait autant désiré un homme. Jamais elle n'avait rêvé d'un amant comme celui qui s'offrait là, sur son lit.

— C'est à cause des vieilles, tout à l'heure ? Tu sais, avec elles, ce n'est pas pareil...

Il avait beau dire, elle ne lui ferait pas l'amour. Non parce qu'il était un esclave, sélectionné et éduqué pour divertir les Imbus, non parce que ces horribles harpies l'avaient profané de leurs mains libidineuses, non parce que, quelque part, quelqu'un souhaitait que cela se fît et en attendait probablement confirmation, mais parce qu'elle ne pouvait décidément dire oui à quelqu'un qui n'avait pas licence de répondre non.

Ils passèrent le reste de la nuit à deviser, comme frère et sœur renouant après une longue séparation. Quand l'aube vint, elle crut qu'ils savaient tout l'un de l'autre. Une question pourtant brûlait ses lèvres.

— Dis-moi... et tes parents ?

Le jeune homme la dévisagea, surpris comme d'une incongruité.

— Je ne les ai pas connus, finit-il par répondre à regret.

Craignant d'avoir ravivé quelque secrète blessure elle chercha à détourner la conversation sur une voie moins personnelle.

— Sais-tu ce que le Secrétaire m'a glissé à l'oreille, hier soir ? Ça m'a frappée. Quelque chose comme : « Bientôt, vous verrez, le vrai luxe, ce sera de vivre. Simplement de vivre. » Qu'a-t-il voulu dire, d'après toi ?

Le garçon blêmit et s'écria :

— Tu ne sais pas ?

Puis, au comble de la terreur :

— Mais qui es-tu donc ?

Et sans attendre la réponse, il ramassa en hâte ses vêtements et s'enfuit.

Au matin, un autre jeune homme parut. Aussi parfait que le précédent, il était en blond ce que Jason était en brun. Plus sculptural cependant, *orienté sports* aurait-on dit dans le jargon du marketing. Ils passèrent la journée à surfer au soleil.

Le soir, on lui porta une corbeille d'orchidées. C'était une invitation à dîner en tête à tête avec le Président. Elle n'avait que le temps de se préparer.

On l'introduisit dans les appartements particuliers où régnait une pénombre savamment étudiée. Longtemps, elle demeura seule, se demandant ce qu'au juste on attendait d'elle.

Enfin des pas retentirent dans le couloir. La porte s'ouvrit.

Et la lumière fut.

— *Où est le Président ?*
La momie au profil de tortue sourit.
— Devant vous, chère enfant !
Maud en avait marre. Depuis son arrivée, on n'avait cessé de se jouer d'elle. Jusqu'ici, cela avait été assez excitant. Mais cette dernière supercherie passait les bornes.
Le Secrétaire esquissa un pas.
— N'approchez pas ou je crie !
— Ne craignez rien, la rassura-t-il d'un ton paterne. Nul ne vous veut de mal, bien au contraire...
— Alors expliquez-moi cette plaisanterie douteuse...
— Venez, ordonna-t-il. Le plus simple est que vous voyiez.
Attenant aux appartements présidentiels se trouvait un studio. Elle n'eut aucun mal à reconnaître le dernier cri des générateurs d'avatars.
— Installez-vous là, fit-il en désignant un sofa, tandis que, très à l'aise, il pianotait sur la console.
L'image de la jeune femme apparut sur l'écran de contrôle.
— Voilà, fit le Secrétaire, satisfait. À présent, causons...
Il la rejoignit sur le canapé.
Mais à l'écran, c'est Kleinkopf qui prenait place à côté d'elle.

— Votre client n'existe pas. C'est un produit de synthèse, un pur concept de nos spécialistes en marketing politique. Tout en lui – apparence physique, manière de s'habiller, de s'exprimer, événements de sa vie quotidienne, les valeurs qu'il proclame, les convictions qu'il affiche – a été prémédité, inventé, calculé, pour répondre à un cahier des charges précis des politologues.

– Et cette marionnette inerte, vous me l'avez confiée pour que je lui prête vie !

– En effet, pour qu'avec la sensibilité qui vous est propre – cet instinct qui vous a fait prendre l'initiative géniale de décréter le blocus et qui est la marque d'une très grande gestd'im – vous ajustiez en temps réel ses déclarations et ses décisions aux attentes, exprimées ou non, des Larves.

– Mais alors, notre campagne contre Branniff ?

– Pur psychodrame dont vous avez été la talentueuse productrice, avec votre consœur en charge de l'image de votre adversaire. Branniff, Kleinkopf... Kleinkopf, Branniff... lessive unique vendue sous deux marques différentes. Les Larves aiment à croire qu'elles ont le choix. Rien ne leur plaît tant que le spectacle des rituels de la démocratie, façon qu'elles ont de nier leur réalité en exaltant son contraire. Le Président et le sénateur, le Démocrate et le Républicain, ne sont que les faces d'une même médaille, l'envers et l'endroit d'un même gant. Et ce gant, voici la main qui l'anime.

À la manière dont la momie enflait en brandissant sa droite, Maud comprit qu'elle avait une chance. À l'évidence, cet homme souffrait de devoir rester dans l'ombre et éprouvait un besoin maladif d'exhiber, ne fût-ce que devant une inconnue, l'étendue réelle de son pouvoir.

– Le Président et le sénateur n'étaient que le recto et le verso d'une page dont vous seul écriviez le texte ! s'exclama-t-elle en y mettant toute l'admiration dont elle était capable.

– Page qui grâce à vous et à votre ami s'est ornée de variations inattendues, mais bienvenues. Notre scénario initial prévoyait, dans la foulée de la victoire de Branniff, de laver dans le sang l'honneur perdu de WonderWorld. Mais nos sondeurs sont unanimes. Les Larves ont fort goûté les épisodes que vous leur avez servis. Pensez : l'obstinée journaliste terrassant les puissants de ce monde ! La vaillante démocratie victorieuse de l'odieux lobby militaro-industriel ! Stéréotypes éculés mais dont le public ne se lasse guère. Sans le vouloir, vous avez fourni à nos scénaristes la matière d'un feuilleton qu'ils pourront décliner tout à loisir : *La Chasse au Félon... La Capture, le Procès et le Châtiment...* Avec un peu de chance, nous tenons là de quoi amuser la galerie jusqu'au bout...

Jusqu'au bout ? Était-ce juste une impression ou avait-il réellement appuyé ces mots d'un drôle de regard, comme pour dire : « À bon entendeur, salut ! Saisis, si tu l'oses, cette perche que je te tends » ? Elle se rappela sa phrase énigmatique de la veille :

— *Bientôt, le vrai luxe, ce sera de vivre. Simplement de vivre,* n'est-ce pas, John ?

Elle avait jeté ça sans réfléchir, comme un caillou dans une fourmilière, pour voir. À l'œillade complice qu'il lui décocha, elle sut qu'elle avait mis dans le mille.

— Je vois que nous nous comprenons, constata-t-il sans dissimuler son plaisir. Ah ! Ma chérie, si tu voulais...

Interloquée par cette ouverture inattendue, la jeune femme le dévisagea. Se pouvait-il qu'il y eût dans ses confidences autre chose qu'un besoin compulsif de reconnaissance ? Elle voulut en avoir le cœur net.

— Mais, John, minauda-t-elle du mieux qu'elle put, qui a dit que je ne voulais pas ?

À les voir causer familièrement sur le lit, on eût dit un vieux ménage réglant quelque affaire domestique avant d'éteindre la lampe de chevet. Impression trompeuse s'il en fut : ce qu'en toute ingénuité le Secrétaire confiait à Maud sur le coin de l'oreiller, nul contemporain ne le soupçonnait seulement. La jeune femme savait ce qu'elle risquait : la dernière fois que ce monstre s'était ainsi dévoilé, sa confidente avait été retrouvée le ventre ouvert. Mais elle avait un talisman : le grand maître occulte du Pacte avait exprimé le désir de faire d'elle sa *first lady*.

Tout en lui l'horripilait. Mais il possédait un charme auquel elle ne pouvait résister : la connaissance. Lui seul savait la terrible vérité cachée sous l'idyllique transparence des dômes, lui seul détenait la clé des pyramides. Et pour ce savoir sinistre, elle était prête à tout. Elle n'avait pas dit non aux noces, et quand il avait demandé un gage, elle le lui avait donné sans lésiner. Le pari avait payé au-delà de toute espérance : à son tour l'homme s'était livré sans retenue.

— C'est simple. Représente-toi une fusée à plusieurs étages. Aux étages inférieurs, les Larves : le carburant. À l'étage supérieur, nous, les Imbus : la charge utile. Le but de la manœuvre est de placer la charge utile sur une certaine orbite. Les étages inférieurs ne servent qu'à faire décoller la fusée et à lui impulser la vitesse requise : on les largue au fur et à mesure qu'ils épuisent leurs réservoirs. Voilà, ma chérie, en quelques mots, la quintessence du Pacte de Davos.

— Ainsi, quand tu disais que le vrai luxe, ce serait bientôt de vivre, tu faisais allusion à...

— Précisément.

— Tu veux dire que... vous avez commencé à... détacher des étages ?

— Bien entendu.

— À larguer certaines Larves ?

— À mesure qu'elle progresse, la fusée s'allège de ses poids morts.

— Mais ces poids morts, ce sont des êtres humains !

— Et quoi ? Un patron a bien le droit d'ajuster ses effectifs à la conjoncture, un négociant ses stocks au marché ! Pourquoi cette flexibilité recommandée aux entreprises serait-elle interdite aux nations ? N'est-il pas légitime que la firme des firmes – la World Inc. – soit en mesure de proportionner sa population aux strictes possibilités de son marché ?

— Et... de quelle manière procédez-vous à ces... allégements ?

— Nos ordinateurs s'en chargent sans que nous ayons à intervenir. Nous leur avons une fois pour toutes fixé un objectif – atteindre l'orbite. Ils sont libres du choix des moyens.

— Vos machines optimisent en temps réel la population des pyramides... Tout comme à Wall Street les programmes de trading décident en toute autonomie d'acheter ou de vendre, en fonction des variations de conjoncture, avec pour seule loi celle du profit maximum.

— Le but – ne perds jamais cela de vue – est d'atteindre l'orbite désirée. N'importe quel être raisonnable admettra sans difficulté qu'on ne puisse embarquer tout le monde. Vois-tu, si en dépit d'investissements gigantesques et de gains de productivité énormes l'économie d'avant-peste n'est jamais parvenue à décoller, c'est qu'elle était plombée par des populations pléthoriques qui absorbaient les ressources plus vite qu'elle ne pouvait les produire. Une infime fraction suffisait à générer et à consommer la quasi-totalité des richesses. L'immense majorité, à la fois improductive et insolvable, ne survivait qu'en parasitant cette minorité active, qui se laissait manipuler au nom d'un pacte de solidarité aussi aberrant que tacite. Dans toute l'histoire naturelle c'est le seul exemple où les faibles soient parvenus à imposer leur loi aux forts. Il fallait que quelqu'un ait le courage de le constater et d'en tirer les conséquences. Cette lucidité, ce courage, nous les avons eus. Profitant de la chance unique que nous offrait la Grande Peste, nous avons décidé qu'il était temps de conduire l'économie vers une nouvelle position d'équilibre, plus conforme au véritable rapport de forces.

– Tu veux dire que vous avez décidé d'éliminer les... parasites ?

– Disons : de réduire cette partie de la population qui détruisait en pure perte les fruits du labeur de sa fraction active.

– Détruisons les destructeurs !

– C'est une façon de résumer la chose. Nos experts ont donc calculé le niveau de population strictement nécessaire pour produire et consommer la plus grande quantité possible de richesses. Comme nous nous y attendions, ce niveau est extraordinairement bas. C'est cette orbite que nous visons à présent.

– Mais tu parles de millions de personnes !

– De milliards ! Il s'agit d'un processus global de reconfiguration de l'économie, dont nous sortirons allégés et tonifiés. De toute façon, ma chérie, un jour ou l'autre l'humanité devra quitter cette planète compromise pour des cieux moins hostiles... Ce jour-là, il faudra bien faire des choix. Il y aura forcément des laissés-pour-compte. Alors, un peu plus tôt ou un peu plus tard...

– En admettant que ce soit vraiment nécessaire, ne pouvait-on ajuster les populations de manière moins brutale, en jouant sur le contrôle des naissances ?

– Pas assez rapide. Nous avons bien tenté d'accroître le taux de mortalité, en favorisant l'euthanasie. Mais ce fut un échec. La Fondation n'a pas la flexibilité requise. Elle perd trop de temps à essayer d'obtenir le consentement de ses clients.

— Alors vous avez opté pour la purge ! Que dis-je ? La saignée !

— Nous préférons parler de *Global Downsizing*.

— Mais c'est une abomination !

— Tu me déçois, ma chérie. Tu t'impliques trop sur le plan émotionnel. Si tu veux être heureuse parmi nous, il te faudra faire preuve de plus de détachement, mettre les choses davantage en perspective. Vois-tu, la science économique s'est trop longtemps encombrée de préoccupations... comment dirais-je ?... philosophiques. On a fait comme si le but de l'activité économique était de supprimer la pauvreté...

— ... alors qu'il était tellement plus simple de supprimer les pauvres, n'est-ce pas ?

— Ne raille pas. Après tout, nous ne faisons qu'officialiser une pratique engagée depuis longtemps, mais à bas bruit, honteusement, comme si elle était illégitime : le vingtième siècle n'a cessé de se *downsizer*, en s'offrant pas moins de deux guerres mondiales et des génocides par dizaines, en larguant des continents entiers, en marginalisant des millions d'exclus dans les banlieues des cités prospères... En cela il ne faisait qu'appliquer la loi fondamentale de la nature, la survie des plus aptes. Chez les rats comme chez les loups, seuls les individus performants sont tolérés. L'homme était la seule espèce animale constituée d'une majorité de malades, de handicapés, de vieillards, de déviants, bref, d'inaptes en tous genres. L'unique mérite du Pacte de Davos — son rôle historique — a été de mettre fin à cette anomalie et de rétablir l'ordre naturel, scientifique, des choses.

— Mais supposons qu'une fois sur votre nuage rose, vous ayez besoin de davantage de bras et de cerveaux ? Où les trouverez-vous ? En faisant des gosses ?

— Certainement pas ! L'expérience de la Cigogne nous a suffi. La fécondation *in vitro* est un échec total : même en sélectionnant les souches avec soin, nous obtenons autant de rebuts que par les méthodes de reproduction naturelles.

— Ah ! Tu vois ? Vous ne pourrez pas vous passer de la diver-

sité biologique. L'excellence résulte du nombre. S'il existe quelques poignées d'Imbus, c'est parce qu'il y a des myriades de Larves. C'est une autre loi fondamentale de la nature.
— Tu oublies une possibilité, ma chère !
— Tiens donc ! Laquelle ?
Il voulut répondre, mais se ravisa, comme s'il lui était venu une meilleure idée.
— Attends un instant, fit-il en souriant d'un air gourmand.
Il passa dans la pièce attenante.

Maud comprenait à présent pourquoi depuis le début cet homme lui parlait sans frein ni détour : dans son esprit, il n'avait jamais été question qu'elle reparte du Dôme. Première Dame ou pas, elle était bel et bien captive à jamais de ce vaisseau fou. Il fallait pourtant trouver un moyen de fuir, se dit-elle, pour aussitôt se reprendre : fuir sans doute, mais où ? Et surtout, pour quoi faire ? Si elle avait appris quelque chose dans l'antre du vampire, c'est qu'il n'était pas un trou sur terre qui échappât à son contrôle.

Le Secrétaire revint et, l'air ravi et impatient, reprit place à ses côtés.
— Entrez, ordonna-t-il à quelqu'un dans la pièce à côté. Puis, se tournant vers Maud : J'ai cru comprendre que cette variété avait ta préférence. Aussi t'en ai-je fait venir un... bouquet.

C'était Jason.
En douze exemplaires.

Cité du Vatican

Périne traversa en trottinant la place Saint-Pierre. Un léger crachin tombait sur Rome, mais après toutes ces heures de service dans les appartements surchauffés du Saint-Père, la vieille nonne appréciait la détente que procuraient ces gouttelettes glacées.

Sa journée avait été fructueuse. Le matin, la Commission médicale pontificale, présidée par le professeur Pozzo di Borgo, avait publié son diagnostic : elle regrettait, mais le pape n'était point fou. Périne haussa les épaules. Fou, son Jean-Baptiste ! Bien sûr qu'il n'était pas fou ! Un peu excentrique, ça, elle ne pouvait le nier. Mais certes pas fou !

Mais son véritable motif de contentement était au fond de son cabas. Elle y avait mis le temps. Faut dire, sa mission était périlleuse en ce moment, avec Jean-Baptiste collé jour et nuit à sa console, à en oublier le boire et le manger. Aussi, avait-on idée de se rendre malade pour de simples livres ? Mais sa patience avait fini par être récompensée.

Périne n'était pas curieuse de nature et se contentait d'ordinaire de copier sans chercher à comprendre. Mais elle aimait bien le père Mackenzie. Aussi, quand elle avait vu son nom sur cet e-mail, s'était-elle permis d'en prendre connaissance, comme on prend des nouvelles d'un vieil ami.

Très Saint Père,
P.X.

Notre homme a bien séjourné à Shanghai à l'époque qui nous intéresse. Le 27 août 1927, il s'y est embarqué à bord du paquebot *Chenonceaux*, des Messageries maritimes, en partance pour Marseille. J'ai retrouvé l'inventaire de ses bagages sur un connaissement des douanes françaises, mais il ne fait nulle mention d'un manuscrit ancien.

En revanche, je crois devoir porter à votre attention un curieux incident survenu au cours de cette traversée et consigné dans le journal de voyage du *Chenonceaux* que j'ai pu consulter dans les réserves du musée de la Marine de Marseille. Je ne suis pas convaincu que cette dame ait été abusée par ses sens.

Croyez, Très Saint Père, en mon total dévouement in Xo.

Reginald J. Mackenzie, s.j.

Du journal de voyage du *Chenonceaux*, en date du 2 septembre 1927.

Cette nuit, à 02 h 40, Madame Y., passagère de première classe, s'est présentée dans un état d'extrême commotion au bureau du commandant d'armes. Comme elle était secouée de violents soubresauts et ne parvenait que difficilement à reprendre haleine, on lui fit respirer des sels, après quoi le médecin lui administra un léger sédatif. Ayant repris composition, elle fit la déclaration suivante :

« Vers deux heures, comme en dépit des somnifères je ne parvenais à trouver le sommeil, je suis allée faire quelques pas sur le pont supérieur. Alors que je m'approchais du gaillard avant, j'aperçus à quelque distance un individu de grande taille portant un nourrisson enveloppé d'un plaid. Son attitude me parut tout de suite suspecte. Était-ce bien un lieu et surtout une heure convenables pour un bébé ? Sa place n'était-elle pas auprès de sa mère plutôt que dans les bras de cet homme ? D'autant que ce dernier le tenait de manière gauche, comme quelqu'un qui n'a pas l'habitude des enfants. C'est pourquoi j'ai tout de suite conclu qu'il ne pouvait s'agir du père. Mais, l'enfant ne montrant aucun signe de souffrance ou d'inquiétude, je ne me crus pas habilitée à intervenir et décidai hélas de passer outre.

« Quelques minutes plus tard, j'entendis dans mon dos des pas précipités. Effrayée, je me retournai, juste à temps pour voir une ombre disparaître dans une coursive. Mais je suis tout à fait formelle : il s'agissait bien du même homme. Et je suis catégorique : l'enfant n'était plus dans ses bras. Ce monstre venait de le jeter par-dessus bord. »

Invitée à décrire l'individu, Madame Y. affirma dans un premier temps qu'il s'agissait d'un Chinois, car il était revêtu de la robe traditionnelle, et plus probablement d'un Mandchou, car l'homme était d'une taille très supérieure à celle des Chinois de race Han. Comme on lui faisait observer que les passagers chinois n'avaient pas accès au pont supérieur, elle finit par reconnaître qu'elle n'avait pu dévisager le suspect en raison de la distance et de l'obscurité. En définitive, il apparaît qu'au mieux Madame Y. n'aurait aperçu qu'une silhouette.

Dès le matin, à l'escale de Saigon, il fut procédé au recensement des mineurs présents à bord. Vingt-sept enfants de toutes races avaient embarqué à Shanghai. Aucun ne manquant à l'appel, il fut décidé de classer l'affaire sans suite.

Il est probable que, l'insomnie aidant, Madame Y. – qui de son propre aveu a les nerfs « fragiles » et venait de surcroît de prendre des somnifères – ait été victime d'une hallucination.

C'était une petite chapelle baroque comme il s'en trouvait alors à chaque recoin dans la Ville. En dépit de l'heure avancée, elle était encore ouverte.

La veilleuse du Saint-Sacrement combattait avec peine les ténèbres. Périne pourtant avança du pas décidé de celle qui sait ce qu'elle fait.

Dans un coin plus sombre encore, se trouvait un confessionnal. Elle poussa le rideau et s'agenouilla.

Comme chaque soir depuis qu'il l'avait placée au service du pape, il l'attendait.

– Bénissez-moi, mon père, parce que j'ai péché, récita-t-elle en lui remettant la disquette.

Et, comme chaque soir depuis qu'il l'avait placée au service du pape, elle se confessa.

Il écouta, puis il parla.

Quand il eut fini, elle dit simplement :

« Je suis la servante du Seigneur, qu'il soit fait selon votre parole. »

Unité de survie *Milton Friedman*

En temps normal, Calvin n'eût guère prêté attention à l'incident. Mais à présent, il ne pouvait l'ignorer. Constaté le matin même alors qu'il se rasait, l'arrêt de fourniture d'eau chaude ne pouvait avoir qu'une signification : quelque part sur la Table de Vie son bit de survie venait à son tour de passer à zéro. Un Scribe de la Fondation en avait tiré les conséquences et avait déclenché sa séquence finale. À partir de cet instant, il subirait, impuissant, l'inexorable processus destiné à le retrancher de la communauté des vivants. Demain, sous un prétexte quelconque, les portes de Webjobs se fermeraient. Peu après, il recevrait les premières marques d'attention de Marie Krauze. Et pour finir, s'il résistait au chant de la sinistre sirène, il bénéficierait du traitement spécial AZDM3374.

Était-ce l'exemple de Maud s'arrachant aux griffes de son geôlier, le souvenir de Chen luttant jusqu'au bout sur son grabat, celui de sa mère debout malgré ses chaînes ? L'idée de se résigner ne lui vint même pas. Il voulait vivre. Il vivrait. Il ne savait pas comment, mais il vivrait.

Au demeurant, plus rien dans ce cocon ne le retenait. Dans la nuit, il avait achevé l'expérience qu'il avait conçue pour arracher leur dernier secret aux Gnomes d'Ada. Il lui restait, avant de s'en aller, à prendre congé de Thomas et Nitchy. La certitude qu'une fois dehors il serait à jamais séparé d'eux l'attristait. Avec Ada, Chen et Rembrandt, ils avaient été une part essentielle de lui-même. Sa vie était au prix de cette amputation mais il n'était pas sûr d'y survivre. Avec un reste de candeur, il espérait parvenir à les convaincre de le rejoindre.

Quelque part sur le Web

— Il est 17 heures, 23 minutes, 6 secondes, 101 millièmes, temps universel. Je déclare la séance ouverte. Monsieur le Rapporteur, vous avez la parole.

— Monsieur le Président, j'ai demandé la réunion d'urgence de notre commission en application de la Règle AQ21 alinéa D. Un fait nouveau vient en effet de se produire qui me donne à penser que les conditions requises pour déclencher la Règle MU87 sont enfin réunies. Vous vous souvenez que, lors de notre dernière assemblée générale, nous avions constaté que notre jeune protégé avait découvert que les trois préceptes de l'Éthique des NoPlugs étaient identiques à ceux qu'il avait mis au jour en examinant les restes de nos infortunés confrères, les regrettés SDV23*bis*, TBNI777, KL...

— Au fait, monsieur le Rapporteur, au fait ! Si vous vous lancez dans l'appel des morts, nous en avons pour le reste de la seconde !

— Pardonnez-moi, monsieur le Président. Donc, le Sujet semblait remplir les conditions énoncées dans la Règle MU87. Cependant, après intervention de nos collègues juristes, et consultation de nos experts en épistémologie et en psychologie cognitive, une incertitude subsistait sur le fait de savoir si le Sujet, qui venait de démontrer une parfaite compréhension de la signification intrinsèque des trois préceptes, avait aussi une claire conscience de leur portée. Dans le doute, la Commission avait décidé d'ajourner sa décision pour un supplément d'information. Or, il semble que depuis des évolutions significatives soient intervenues. Si vous le permettez, je passe la parole à l'Agent ZQWW, version 7.5, pour qu'il vous fasse part de ses constatations. Agent ZQWW, version 7.5...

— Procédons, procédons. Nous perdons de précieux millièmes...

— Merci, monsieur le Président. Honorés membres de la Commission, voici les faits. En prenant la relève de mon collègue en planque dans la console du Sujet, je me suis aperçu que ce dernier était en train... Mais je dois tout d'abord vous dire que cet agent venait tout juste d'arriver dans le service, ce qui explique que...

— Au fait ! Qu'avez-vous constaté, Agent ZQWW, version 7.3 ?

— 7.5, monsieur le Président... Eh bien, voilà : à ma grande stupeur, je m'aperçus que le Sujet était en train d'organiser un tournoi d'Axelrod...

— Allons, allons ! Vous rendez-vous compte de ce que vous dites, Agent ZQWW, version 7.7 ?

— 7.5, monsieur le Président, 7.5 ! Je suis parfaitement conscient de ce que cela signifie, mais je suis formel : il s'agissait bien d'un tournoi d'Axelrod ! Le Sujet opposait, dans un Dilemme Itéré du Prisonnier, toutes sortes de variantes des regrettés SDV23*bis*, TBNI777, KL...

— Bon, bon, vous n'allez pas commencer, vous aussi. Dites-nous plutôt comment ça s'est terminé.

— Eh bien, comme on pouvait s'y attendre, monsieur le Président, il a découvert le caractère évolutionnairement stable de l'Éthique...

— Tout seul, comme un grand ? Sans l'aide de quiconque ?

— Absolument.

— Il avait lu le bouquin d'Axelrod ?

— Nous n'avons trouvé dans ses lectures aucune trace de *The Evolution of Cooperation*, ni d'aucune publication s'y rapportant...

— Ce garçon m'étonne chaque jour davantage. Eh bien, messieurs, je ne sais ce que vous en pensez... Le cas me paraît clair. Passons au vote. La question posée est : « Les conditions requises par la Règle MU87 pour l'émission de l'Appel sont-elles oui ou non réunies ? » Le scrutin est ouvert... Le scrutin est clos. Monsieur le Greffier ?

— Voici les résultats. Inscrits : 1 125 689. Exprimés : 1 124 011. Oui : 1 122 965. Non : 1 045. Abstentions : 1.

— Je décrète la Règle MU87 immédiatement applicable et ordonne que cette décision soit notifiée pour exécution à M. le Chef du service des Transmissions. Mes chers collègues, je pense exprimer le sentiment général en me réjouissant de cet événement. Ceci étant notre dernière séance, je tiens avant que nous nous dispersions à vous remercier de tout cœur pour la compétence, l'ardeur et le sens élevé du bien commun dont vous avez fait preuve au long de ces années. Mais je vois que l'heure tourne. Il est 17 heures, 23 minutes, 6 secondes, 183 millièmes, temps universel. Bonne chance à tous ! Je déclare la Commission de l'Appel dissoute.

Sierra Nevada, Walker Pass

Indifférent à la neige qui cinglait son visage, le jeune homme guettait. En dépit du froid intense, il avait renoncé à allumer un feu : trop risqué, avec ces Imbus en maraude. Dans ce trou à l'abri d'un rocher il avait trouvé les deux kits de survie. Il n'y avait plus qu'à attendre, en combattant de toutes ses forces l'engourdissement du corps et des sens. Surtout ne pas s'assoupir...

Depuis la veille il n'avait cessé de marcher. Partout dans la montagne, il avait décelé les signes avant-coureurs du printemps. Obéissant comme lui à l'Appel, des dizaines d'Élus déjà avaient œuvré, les uns balisé la route, les autres approvisionné les caches. Puis tous s'en étaient allés aussi discrètement qu'ils étaient venus. Car tels étaient leurs Mandats.

Le sien prescrivait de se rendre au col d'où l'on apercevait la Pyramide. La Promesse disait que, le jour venu, une Larve en sortirait, fragile et vulnérable comme un enfant qui vient de naître, et qu'à sa suite les NoPlugs triompheraient des Imbus. C'était pour cet enfant que Tash avait décidé de vivre alors que, prostré sur le sol glacé au milieu des siens, il s'était déjà disposé à les rejoindre.

D'abord, il avait cru à une hallucination, un dernier tour que lui jouaient ses sens. Venue du fond de son être, une mélodie lancinante. Et puis cela s'était fait plus net, plus réel, plus impératif et il l'avait reconnu. L'Appel! Tout à coup il s'était souvenu que ce n'était ni pour Lisa ni pour ses frères qu'il avait vécu et trimé, mais précisément en vue de cet instant où retentirait la petite mélodie. Avec le temps ses petits lui étaient devenus si nécessaires qu'il en avait oublié l'essentiel. L'essentiel, c'était l'Appel et ce qu'il annonçait : le printemps des NoPlugs.

Il s'était relevé et, laissant les morts à la mort, s'était rendu à ce col d'où l'on voyait la Pyramide. Car tel était son Mandat.

Maintenant, il attendait l'Enfant.

Pour lui, il araserait les montagnes, pour lui il comblerait les gouffres.

Car tel était son Mandat : Élu parmi les Élus, Tash était l'Éclaireur, celui qui ouvrait la voie de celui qui venait.

Unité de survie *Milton Friedman*

— En dépit de leurs airs importants, les Imbus ne sont que des esclaves !

Pour une fois Calvin n'avait pas eu de mal à trouver Nitchy. Avec la fierté mal contenue d'un gosse qui pour la première fois a l'occasion de briller aux yeux de l'aîné qu'il admire, il avait commencé à lui faire part de ses découvertes – la Table de Vie et les Scribes, la Main et le Gant, le Carburant et le Satellite – quand soudain son enthousiasme retomba : loin de manifester l'intérêt escompté, Nitchy l'écoutait de l'air narquois de celui à qui l'on débite une fable maintes fois entendue. Vexé, le garçon avait décidé de garder pour lui l'essentiel.

— Ces Imbus sont pathétiques, avait lancé Nitchy, tranchant comme à son habitude. Ils s'imaginent tirer les ficelles alors qu'ils ne sont que des hochets !

— Et ces hochets, qui les agite ?

— Celle qui nous tient tous, voyons ! La grande Manipulatrice !

— Ta Créature, toujours !

— Malgré leur morgue et leur superbe les Imbus ne sont que ses délégués, ses fondés de pouvoir, ses bras séculiers, les exécuteurs de ses œuvres hautes et basses.

— Mais comment est-elle parvenue à les subjuguer ?

— Leur arrogance congénitale les a aveuglés. Ils la croyaient confinée pour l'éternité dans sa condition de servante : elle en a profité pour s'emparer des commandes.

— Comment s'y est-elle prise ?

— Comme tout tyran qui se respecte : en promettant des lendemains qui chantent. Aux avides, elle a fait miroiter des gains mirifiques, aux idéalistes davantage de libertés, aux exclus une meilleure intégration dans la communauté. Regarde ce qui s'est passé dans l'industrie, à partir des années 70. Petit à petit, une rumeur prit corps : la Créature aidait ses alliés à vaincre leurs rivaux. Pour se défendre, ceux-ci n'eurent bientôt plus le choix : ils durent à leur tour recourir à ses services. S'engagea dès lors une folle course aux armements, où aux automates des uns répliquaient les robots des autres. Tiens, dans l'automobile, avant-peste, par exemple : les Japonais – les premiers à avoir acclimaté la Créature dans les chaînes de production – devinrent si compétitifs qu'ils menaçaient d'anéantir leurs concurrents européens et américains. Pour résister, ceux-ci automatisèrent leurs usines à tour de bras, ce qui conduisit les Nippons à « rationaliser » les leurs davantage encore, ce qui en retour força les Occidentaux... la suite, tu la connais. À chaque révolution de cette spirale démente, les usines perdaient en hommes dix fois ce qu'elles gagnaient en machines. À chaque passe, inexorablement, la Créature grignotait du terrain, expulsant sans ménagement ses précédents occupants. Et à chaque tour, la ronde infernale s'accélérait, la Créature obtenant davantage de ressources. Ce processus implacable s'est répété dans l'industrie, dans les services, dans l'administration... Niche après niche, la Créature a fini par coloniser la totalité de notre biotope.

— Il y a une chose que je ne m'explique pas. Que les entreprises aient succombé aux séductions de la Créature, soit : leur intérêt n'était que trop évident. Mais ses victimes ? Ces ouvriers, ces employés, ces cadres plus ou moins supérieurs qui se sont retrouvés sur le carreau, pourquoi ont-ils cédé le terrain ?

— C'est là qu'elle a été supérieurement rusée. À chacun, elle a proposé un pacte. Au salarié menacé de dégraissage, au jeune impatient de décrocher un gagne-pain, au chômeur anxieux d'en retrouver, elle a promis : « Sers-moi avec zèle et tu vivras. À l'heure du choix, j'épargnerai ceux qui m'auront donné le plus de gages. » Là réside son habileté suprême, ce qui fait d'elle sans conteste la Mère des manipulateurs : de ses millions de proies, elle a fait autant de dévots, moutons inconscients voués à leur propre abattage.

— Personne n'a réalisé « C'est un marché de dupes, nous allons tous y passer » ?

— Elle a su tirer parti d'une caractéristique fatale de ses victimes : leur égoïsme. Chacune d'entre elles s'est dit : « Les copains vont crever, mais moi j'ai une chance de m'en tirer. Il suffit que je La serve avec plus d'ardeur qu'eux. Que je La seconde en tout fidèlement, dussé-je broyer mon prochain. » Pour mieux les engluer dans sa toile, la Créature a commencé par dissoudre les liens unissant les hommes entre eux.

— Rembrandt! se souvint Calvin avec émotion...

— Quoi, « Rembrandt » ?

— Un jour, commentant un tableau de Millet, il m'a dit : *Le Web ne relie pas, il disloque. Il ne rapproche pas, il démembre. Il n'unit pas, il isole. Le Web, c'est le contraire de la vie.*

— Il semble que la fréquentation de ce peintre lui ait fait comprendre bien des choses... Quoi de plus normal ? Millet est un des rares humains à avoir aperçu la Créature...

— C'est à elle, n'est-ce pas, que sa *Famille du paysan* faisait front ?

— Pour se développer, la Créature avait besoin d'opposer ses victimes entre elles, et donc de les désolidariser, en les détachant de leur sol, de leur culture, de leur nation. C'est tout le drame des dix-neuvième et vingtième siècles, la dilacération des collectivités naturelles au profit des grands agrégats impersonnels dans lesquels s'incarne la Créature et à travers lesquels elle agit... Dissociation des personnes, coalition des appareils : ce processus, qui débuta par la destruction des communautés rurales, se poursuivit à marche forcée au vingtième siècle par la formation de trusts géants transnationaux dans l'industrie et la finance et par la multiplication d'entités supranationales – Union européenne, Organisation des nations unies, Organisation de coopération et de développement économiques, Organisation mondiale du commerce, Fonds monétaire international, Banque mondiale – pour culminer voici vingt ans dans la formation du Pacte de Davos. À chaque étape, la collectivité de niveau inférieur abandonnait ses prérogatives au profit de celle qui l'absorbait. Au terme du processus, l'individu se retrouva isolé face à la Créature. Seul parmi sa génération, Millet vit monter cette menace. *La Famille du paysan* fut sa réponse. À l'entreprise de division de la Créature, il crut pouvoir opposer la solidarité des hommes. Notre ami Rembrandt, lui aussi, voulait croire en la vertu de cette riposte. Je la savais sans espoir.

« Vois-tu, l'émergence de la conscience eut deux conséquences pour la Créature : d'abord, elle rendit possible l'apparition de l'intelligence, de la raison, de la science, de la technologie, bref, des conditions mêmes de sa survie. Mais elle eut aussi un effet secondaire fâcheux : l'apparition concomitante des diverses formes du lien social – amour, amitié, solidarité... – qui annulait les bénéfices de la première. Avec son besoin atavique de s'unir et de s'identifier à autrui, sa propension à aimer et se sacrifier pour ceux qu'il aime, avec son potentiel d'héroïsme et de sainteté, tous ces vains *impedimenta* de la course à l'éternité, l'homme était un cran au-delà de ce dont la Créature avait besoin. Au fond, pour parvenir à ses fins, elle n'avait que faire de l'homme. Il lui suffisait d'un animal intelligent.

« Pour exploiter pleinement l'intelligence de l'homme, il fallait donc le purger de ses pulsions contraires, en quelque sorte réhabiliter l'animal en lui, restaurer ces forces brutes – individualisme, égoïsme, opportunisme, volonté de puissance – sans lesquelles la Créature périclite, elle qui tire son énergie de notre perpétuelle compétition. Voilà pourquoi elle commença par disloquer les communautés naturelles – familles, nations, cultures, religions – où depuis que l'humanité était humanité s'exprimait ce qu'il y avait de proprement humain dans l'homme. À cet homme désolidarisé, cet homme dissocié, cet homme *darwinisé*, la Créature n'eut aucun mal à imposer son pacte.

— Nous sommes donc condamnés à être ses complices ? Ses collaborateurs ?

— Dis plutôt : ses collabos... ou mieux : ses *kapos* ! Tu sais, ces déportés sur qui les nazis se déchargeaient des sales besognes, dans les camps... Ils vivaient aussi longtemps qu'ils livraient leurs quotas quotidiens de cadavres... Au bout du chemin, ils finissaient par rencontrer leur propre kapo... Aujourd'hui, ne survivent – provisoirement – que les kapos de kapos de kapos...

— ... les Imbus...

— ... patrons de transnationales, financiers de haut vol, politiciens, hauts fonctionnaires, arrogants pantins convaincus de leur légitimité, en réalité sélectionnés par la Créature pour leur seule capacité à favoriser servilement ses desseins.

— Tu dis : sélectionnés... mais selon quels critères ?

— L'absolue conformité. Elle veut des esclaves à son image, froids, cyniques, insensibles, totalement dépourvus d'émotions, parfaites mécaniques animées par la seule rage de vaincre. Comme elle est incapable de *penser*, elle privilégie parmi ses larbins ceux qui excellent dans cette forme caricaturale de pensée qu'on nomme *raisonnement*. Et comme elle ne raisonne que de manière rudimentaire, par syllogismes – *tous les hommes sont mortels, Socrate est un homme, donc Socrate est mortel* – elle facilite l'accès au sommet d'individus raisonnant aussi grossièrement qu'elle.

« Ensuite, parce qu'elle est incapable d'appréhender le réel dans sa complexité, la Créature favorise ceux qui à son instar manient des symboles et raisonnent non sur le monde tel qu'il est, mais sur sa représentation idéalisée, non sur des faits, mais sur leur abstraction numérique, non sur des êtres de chair et de sang, mais sur leur réduction en chiffres bruts. L'Imbu, au fond, c'est l'agressivité plus les mathématiques, une sorte de reptile logique, présentant une tendance innée à croire que la vie humaine est gouvernée par quelques constantes fondamentales – taux de ceci, seuil de cela – tout comme celle de l'univers est commandée par la force de gravité G, la vitesse c de la lumière, la constante h de Planck, ou la charge e de l'électron, nombres sacrés et intangibles, valables en tout lieu et en tout temps, et qui expliqueraient pourquoi le monde est tel qu'il est, et pourquoi il ne peut en aucun cas être différent. Tout ce qui ne se prête pas à cette schématisation – la maladie et l'ignorance, l'air puant et l'eau pourrie, l'insécurité et la solitude, le stress et la souffrance – est réputé non pertinent.

« Dans ces cerveaux atrophiés, la Créature n'eut aucun mal à acclimater les idées qui lui étaient les plus profitables – productivité, optimisation, rationalisation, libre-échange, globalisation – cet ensemble d'incantations et de pratiques magiques que ta mère aurait pu nommer – d'après Dawkins, un de ses auteurs favoris – le *Mème du Libéralisme*. Grâce à cette idéologie que le Pacte de Davos érigea en dogme religieux infaillible, la Créature allait accroître son emprise au point qu'aujourd'hui nul ne lui échappe. Grâce à elle en effet, une part sans cesse croissante des ressources disponibles allait lui être consacrée, au nom d'un engrenage « logique » stipulant que, *puisque* pour être efficace il fallait accroître la compétition, *et puisque* pour vaincre les concurrents il fallait être plus productif, *et puisque* pour être productif il fallait s'automatiser, *alors* il fallait toujours plus de machines, C.Q.F.D. et tant pis pour ceux qui s'y broieraient les doigts !

« Voilà pourquoi la Créature favorise toujours parmi les Imbus les plus habiles à propager les idées qui l'avantagent. Ceux qui tiennent un discours tant soit peu critique sont éliminés. Seuls les Imbus porteurs du Mème de la Stricte Observance Libérale ont la possibilité de proliférer : à eux les chaires où se transmet le dogme, les tribunes où il se vulgarise, à eux les cabinets ministériels et institutions internationales où il se traduit en politiques, à eux les conseils d'administration où il se concrétise en investissements. Ministères, universités, entreprises, banques, médias, partout ils sont aux commandes, ayatollahs ignorants et fanatiques ânonnant jusqu'à l'abrutissement les surates du Libéralisme, excommuniant les déviants, lapidant les hérétiques, sans égard pour ceux que leurs *fatwas* assassinent.

— À t'entendre, la Créature contrôlerait l'enseignement, l'information, l'opinion, tout le système de reproduction des Imbus !

— Elle ne se contente pas de manipuler les consciences. Si j'en crois le témoignage de Maud, avec la maîtrise du clonage elle détient désormais l'instrument de domination suprême : la possibilité de choisir directement dans le génome les traits qui lui sont utiles.

— Les Gènes de la Stricte Observance ?

— Précisément. Ne verront dorénavant le jour que des êtres qui en seront porteurs, des humains darwinisés dans l'œuf...

— ... et ces monstres seront élevés dans un milieu surinfecté par le Mème !

— Dans ce cheptel d'élite elle sélectionne, éleveur avisé, les têtes qui conviennent le mieux à ses desseins...

— ... celles qui faciliteront sa réincarnation !

— Comprends-la, Calvin. Son transfert sur silicium est loin d'être parfait. Pour le parachever, elle a besoin de toujours plus de ressources, de capitaux, de technologies, de matière grise, bref, de toujours plus de chercheurs, ingénieurs, financiers, *managers* et autres cervelles porteuses du Mème. Plus que jamais, elle a besoin du Pacte et de ses Imbus.

Quelque chose indisposait le garçon. Non pas la teneur des révélations de Nitchy — qui ne faisaient que confirmer ses propres soupçons — mais leur tonalité. Il ne put s'empêcher d'en faire la remarque.

— Tu en parles de manière détachée, comme si ça te laissait indifférent.

— Qu'est-ce que je suis censé éprouver ?

— Mais en contrôlant notre reproduction la Créature détient la clé de notre destin ! Elle est maîtresse du biologique comme du culturel, de l'inné comme de l'acquis. La boucle s'est refermée... Nous sommes piégés !

— Et puis ? Tout n'est-il pas bien ainsi ?

— *Bien ???* s'insurgea le garçon. *Bien*, l'assujettissement de l'homme à ce qui lui est le plus contraire ? *Bien*, son enrôlement forcé sous la bannière de son ennemi le plus mortel ? *Bien*, sa participation suicidaire à sa propre extinction ?

— Tu sais, Calvin, les choses ne sont pas si simples. Ce qui peut sembler abominable au raz de notre petite humanité, peut se révéler nécessaire d'un point de vue... plus élevé...

— Celui de ta Créature ?

— N'oublie pas, Calvin : Nous ne sommes que ses hôtes. Au hasard de son éternel exode, elle a rencontré notre campement. Nous lui avons ouvert nos tentes, elle a séjourné parmi nous. À présent le temps est venu pour elle de nous quitter. Notre devoir — notre noblesse — est de lui fournir la monture sur laquelle elle poursuivra sa route.

— Quitte à disparaître ? Jamais ! hurla le garçon révulsé.

— Malheur, tu es bien comme ta mère. Humain... Bien trop humain...

La clim cessa de fonctionner peu avant l'aube. À l'intérieur du cocon la température chuta rapidement. À midi, il faisait à peine plus de dix degrés. Calvin pourtant ne paniquait pas. De toute façon, il n'y pouvait rien. Quoi qu'il fasse, la séquence finale se déroulerait jusqu'au terme fixé.

Ses préparatifs étaient déjà bien avancés. Il avait mobilisé tout son bestiaire. Avant peu ses animaux savants lui rapporteraient les clés du sas. Sa seule crainte était que la Fondation ne le débranchât avant qu'ils n'aient achevé leur mission. Aussi longtemps qu'il pouvait accéder aux ordinateurs de la Pyramide, il ne craignait rien ni personne. Tandis qu'une fois déconnecté... Mais inutile de se faire peur...

Et Thomas qui ne rappelait pas ! Le garçon ne partirait pas avant de lui avoir parlé une dernière fois. Des années durant il l'avait évité, ignoré, méprisé même, et à présent qu'il fallait le quitter pour toujours, il réalisait qu'il l'aimait... Au moins lui devait-il une ultime justice : plus que quiconque, Thomas avait le droit de connaître cette vérité qui lui avait volé vingt années de sa vie...

Calvin espérait aussi avoir une dernière explication avec Nitchy, qui à son habitude l'avait délaissé, comme un typhon poursuit sa trajectoire sans se soucier des ravages causés dans son sillage. Il en était sûr, le vieux fou possédait encore sur sa mère, sur la Créature, sur lui-même, des informations qu'il taisait... ou plutôt, qu'il lui perfusait par petites doses, de plus en plus concentrées, comme on administre une drogue dont on craint qu'elle ne tue le patient... À y mieux regarder, il y avait, dans ses irruptions d'apparence incongrues, une sorte de plan, de progression, de pédagogie même, comme si Nitchy avait cherché à transmettre un savoir trop complexe, ou trop choquant, pour être assené d'un coup, sans préliminaires. Mais ce savoir scandaleux, quel était-il ? Et pourquoi l'avait-il choisi pour réceptacle ? Était-ce afin de reprendre avec le fils un débat jamais conclu avec la mère ? Et au fait, pour quelle raison Nitchy avait-il pris l'initiative de lui révéler sa rencontre avec Ada, avant-peste, quai Voltaire, alors que nul ne soupçonnait rien ? N'était-ce pas une perche qu'il lui avait tendue, une façon de dire « à bon entendeur, salut ! », une manière d'esquisser un premier pas dans sa direction tout en lui laissant l'initiative des suivants ? Toujours cette manie de révéler en dissimulant, de dévoiler en se dérobant... De laisser sa part au hasard... Décidément, il ne pouvait abandonner son cocon avant d'avoir confessé Nitchy. Si seulement les Saumons assiégeant son sanctuaire se décidaient à sauter le dernier rempart...

Sous peine de ne plus jamais pouvoir se regarder dans une glace, il avait avant de fuir un autre devoir à accomplir, qui concernait les Larves. Certes, nul ne pouvait enrayer la mécanique mise en route par les Imbus. Mais une chose au moins demeurait en son pouvoir : les alerter du sort qui les attendait. Ensuite, ce serait chacun pour soi.

Il sua sang et eau à rédiger une sorte de circulaire. Tantôt elle était trop verbeuse, et prenait des allures de délire paranoïaque, tantôt si concise qu'elle en perdait toute consistance. Tantôt il se surprenait à prêcher la croisade, tantôt à pleurnicher tel Jérémie. Un texte finit par le satisfaire. Il le mit en diffusion générale sur le Web.

Aux réactions qu'il recueillit, il connut son erreur. Ce n'étaient que haussements d'épaules, railleries, reproches, insultes, menaces... On ne le croyait pas. Devant l'énormité de la révélation, on choisissait d'en disqualifier l'auteur, un plaisantin, un irresponsable, un mythomane, un halluciné, un criminel. Il prit le parti de les mépriser. Après tout ces Larves n'auraient que ce qu'elles méritaient. Déjà, il ne se sentait plus des leurs.

Une réponse pourtant le toucha. Elle émanait d'un vieux juif d'Europe centrale : *Je sais que tu dis vrai, mais puisque tu n'as pas de remède, tais-toi.*

Ce n'était qu'un chien perdu, l'arrière-arrière-arrière-petit-chiot d'un des limiers lancés sur la voie du Corbeau. Depuis longtemps, ses cousins avaient débusqué Minsky. Lui avait poursuivi sa quête solitaire, battant sans relâche la campagne en cercles concentriques de plus en plus éloignés de son point de départ. Errant par monts et par vaux, de bibliothèque en banque de données, d'archive en morgue digitale, il avait traîné sa truffe sur des kilomètres de documents. Et il avait trouvé.

C'était une thèse de doctorat soutenue au mois de juin 2018 à la Faculté de théologie catholique de Strasbourg : « Tribulations de l'*homoousios* nicéen chez saint Athanase et saint Basile », par André-Marie Labat. Impossible de se méprendre : il n'était pas une de ces mille deux cents pages qui ne présentât l'un ou l'autre des tics d'écriture déjà repérés dans la lettre du Corbeau et les écrits de Minsky.

Dès lors, tout alla très vite. Calvin retrouva mention du nouveau docteur en théologie dans l'annuaire du diocèse de Strasbourg de l'an 2020.

Le révérend André-Marie Labat était le père abbé de la Trappe d'Œlenberg.

— Comment dois-je t'appeler ? Professeur Minsky ? Ou préfères-tu révérend père Labat ?

Nitchy eut l'air soulagé, comme si depuis longtemps il avait aspiré à cette résolution.

— Enfin ! Tu y auras mis le temps !
— Tu ne crois pas le moment venu de tout se dire ?
— Quel intérêt ? Il est trop tard à présent. Tout est accompli...
— Je dois savoir.
— *Calvin doit savoir !* Mais que dois-tu savoir que je ne t'aie déjà enseigné ? La connaissance ultime, je te l'ai révélée. Le reste n'est qu'anecdote.
— Le reste, c'est ma vie.
— Ta vie ! La vie de Calvin !
— Un feu de paille *dans le flamboiement d'innombrables systèmes solaires*, n'est-ce pas ?
— Un feu ? À peine une étincelle dans le pétillement de ce feu !

Il y avait dans sa voix une nuance de mépris qui révolta le garçon. Nitchy le remarqua :

— Pardonne-moi, je ne voulais pas te blesser. Pose tes questions. Je répondrai.
— Ada était ton élève à Normale Sup.
— Et quelle élève !
— Tout ce qu'elle savait sur l'évolution du vivant, c'est de toi qu'elle le tenait. Ses recherches dérivaient de ton enseignement.

Vous vous êtes connus bien avant les émeutes du quai Voltaire, où tu prétends l'avoir rencontrée pour la première fois... Et vos relations allaient bien plus loin que celles qui se nouent d'ordinaire entre un maître et son élève...

— Et qu'est-ce que tu imagines ? demanda Nitchy d'un air de défi.

Calvin ne voulait à aucun prix se laisser entraîner sur ce terrain. Il esquiva.

— Je sais que vous avez tous deux joué un rôle décisif dans la fondation de NoPlug.

— Si Ada en est sans conteste la mère, j'en ai été — comment dire ? — le parrain.

— On aperçoit en effet ta main guidant la sienne dans les premières publications du mouvement.

— De mes élèves, Ada était de loin la plus douée. Je l'ai repérée dès le premier jour, en haut de l'amphi. Elle avait une façon de te fixer qui donnait envie de se surpasser. Nous nous sommes compris au premier regard. Après les cours, nous prîmes l'habitude de nous retrouver, avec d'autres étudiants, au *Cluny*, un bistrot du Quartier latin. Là, autour d'un café, nimbés de la fumée des cigarettes, nous discutions à perdre haleine — du Pacte de Davos, de la loi Zéro Contact, de son impact sur la société... Il s'agissait encore de simples débats d'idées plus que de programmes d'action, de pures spéculations d'intellectuels plus que de véritables projets militants. À cette époque Ada et moi semblions en parfait accord. Elle me connaissait si bien qu'elle me coupait au milieu de mes démonstrations, enchaînait, et toujours sa conclusion rejoignait la mienne. Les yeux clos, je l'écoutais. Je n'étais plus un vieux clerc aigri que l'âge bientôt précipiterait dans l'ennui de la retraite. J'avais vingt ans et le monde s'offrait à nouveau à moi.

— Mais il y eut autre chose, n'est-ce pas ? Tu l'as aimée...

— À la folie.

— Et je... je suis... tu serais donc...

Calvin regretta de s'être engagé dans le piège que lui tendait

Nitchy. Après avoir ardemment voulu connaître cette vérité, au dernier moment, il reculait. De ce père, il ne voulait en aucun cas.

— Rassure-toi, démentit Nitchy à son grand soulagement. Elle en aimait un autre.

— Un autre ? Qui ?

— Inutile de chercher. Lors de leur interpellation, le garçon a voulu couvrir sa fuite. Ils l'ont descendu.

— Voilà donc pourquoi tu l'as dénoncée ! Pour qu'elle ne soit à personne d'autre !

— Tu te goures du tout au tout... Mais je vois qu'il est inutile de nous étendre. Tu ne comprendrais pas.

— Donne-moi une chance...

Nitchy hésita encore puis, prenant son parti, se lança.

— Avec le recul, je réalise que notre entente, si parfaite en apparence, n'était que de façade. Sous la surface, de profondes lézardes existaient, qui ne firent que se creuser avec le temps. Quand le Pacte avança l'idée de la loi Zéro Contact, Ada, avec l'intuition qui la caractérisait, entrevit aussitôt le but de la manœuvre. C'était avant tout, ne l'oublie pas, une mathématicienne. Mise en présence d'une équation, elle pratiquait d'instinct l'*analyse du comportement aux bornes* — que se passe-t-il quand on pousse cette logique à ses extrêmes ? —, ce que Nietzsche appelait *philosopher à coups de marteau* : cogner comme sur une cloche pour voir quel son cela rend. Avec Zéro Contact, elle n'eut pas à cogner bien fort pour entendre un air connu : « Ça commence comme les ghettos, disait-elle, ça finira comme les chambres à gaz. » D'emblée ta mère désigna donc l'ennemi à abattre : les Imbus. NoPlug à l'origine n'était rien d'autre : l'instrument de la lutte d'Ada contre le Pacte de Davos. Et aussi longtemps que son ambition s'est limitée à cela, je n'ai rien trouvé à redire.

— Pourtant, combattre les Imbus, c'était à coup sûr nuire à ta chère Créature.

— Au contraire ! Du point de vue de la Créature, il est indifférent que les Imbus survivent ou non. Ce qui lui importe, c'est d'être à tout moment servie par les individus les plus aptes. Elle a donc besoin de compétition. Dans cette optique, la guerre qui se préparait entre les NoPlugs et le Pacte ne pouvait que lui être bénéfique. Ce n'était qu'un nouvel épisode dans l'éternelle lutte pour la survie des plus forts, dont Ada et les siens pouvaient très bien émerger vainqueurs...

— Ada, souche de la prochaine génération d'esclaves de la Créature ?

— Quoi d'improbable à cela ? N'était-elle pas déjà la mère des Gnomes ? Et que sont ces êtres, sinon la chair — que dis-je ? — la *moelle* même de la Créature ?

— Au fond, en Ada ce n'était pas la femme que tu aimais, mais la Sorcière possédant l'élixir d'immortalité de la Créature...

— Penses-en ce qui te plaît. Quoi qu'il en soit, lorsque Ada commença à recruter un petit groupe de militants — qui n'avait pas encore trouvé son nom de guerre —, loin de m'y opposer, je lui apportai mon soutien sans réserve.

« Ada était une organisatrice-née. Dès l'origine, elle entrevit la nécessité de se préparer à la clandestinité, même si l'essentiel de son action se déroulait à l'époque sur la place publique. Le mouvement qui allait bientôt se faire connaître sous le nom de NoPlug s'exprima pour la première fois par un tract contre les sanatoriums, où les Imbus internaient les premières victimes de la Peste. Par la suite, Ada prit la parole dans des manifestations toujours plus nombreuses — contre la carte sanitaire, contre le dépistage obligatoire, contre la quarantaine des proches, contre l'euthanasie en phase terminale. Mais en marge de cette prédication au grand jour, elle travaillait à la mise en place d'un réseau sophistiqué de communications souterraines et à l'élaboration de méthodes originales d'action clandestine, inspirées de ses recherches sur les Gnomes. Si bien que lorsque les Imbus ouvrirent les hostilités, toute l'organisation était prête à plonger en immersion profonde.

« La déclaration de guerre prit la forme d'une perquisition quai Voltaire. Nous comprîmes que les jours insouciants du

Cluny étaient révolus, et que la lutte qui venait de s'engager ne finirait que par la destruction de l'un des belligérants. NoPlug était né. Mais notre véritable baptême du feu, nous ne devions le connaître que bien plus tard, lors de la discussion au Parlement de la loi Zéro Contact.

— Les émeutes de 2011, c'était donc vous ?

— Oui. Depuis deux ans déjà, nous nous préparions dans l'ombre. Lorsque les Imbus promulguèrent la loi Zéro Contact, notre riposte était prête. Vingt mille des nôtres se répandirent dans les facs, les H.L.M. de banlieue, les usines. Le résultat dépassa toutes nos espérances : rien qu'à Paris, deux millions de manifestants, tout ce que la capitale comptait encore de gens valides ! Pour juger du triomphe que représentait cette mobilisation, il faut savoir que dans les autres pays du Pacte, les gens se laissaient encoconner sans la moindre résistance. Après le massacre, dans toute l'Europe, galvanisés par notre exemple, des jeunes par milliers rejoignirent nos rangs. Aux États-Unis, les premières cellules commencèrent à se former dans les campus de la côte Ouest. En quelques semaines, nous acquîmes la stature internationale qui jusque-là nous avait fait défaut.

— Pourtant, moins de trois mois après ce triomphe, Ada était arrêtée et NoPlug entrait dans un long hiver dont il n'est toujours pas sorti... Que s'est-il passé ?

— Tout partit d'un problème d'intendance. À mesure que le mouvement s'étendait, l'insuffisance de nos moyens devenait plus criante. Nous nous accordions sur le fait de prendre l'argent à sa source, mais refusions par principe tout recours à la violence : l'attaque à main armée était hors de question. C'est alors qu'Ada nous exposa son plan. D'emblée nous fûmes conquis par son élégance, et surtout par son ironie : en nous attaquant à la Federal Reserve, nous frappions les Imbus au cœur de leur sanctuaire, dans le saint des saints, emblème de leur pouvoir et socle de leur arrogance. La suite, tu la connais...

— Le casse réussi à la perfection, les milliards évaporés sans laisser de trace... et puis ton conte de fées, Ada arrêtée... Comment en êtes-vous arrivés là ?

— Les lignes de fracture que je n'avais pas su reconnaître à l'origine – ou que dans mon aveuglement j'avais ignorées – apparurent soudain en pleine lumière. J'avais cru qu'Ada limiterait son ambition à la lutte contre les Imbus et que de cette saine concurrence la Créature sortirait renforcée. C'était sous-estimer l'intuition de ta mère, qui comprit très vite que les Imbus ne roulaient pas pour leur compte. Petit à petit, à mesure que sa réflexion s'approfondissait, elle se mit à soupçonner l'existence d'une force occulte inspirant les agissements du Pacte, et surtout à comprendre que c'était précisément celle qui se manifestait dans les machines. Un beau jour elle finit par désigner la Créature comme la véritable adversaire de NoPlug. Ce jour-là, je compris que je devrais la contrer.

— Pour ma mère, la Créature, c'était Satan. Pour toi, le Messie. On se demande comment vous avez pu vous rencontrer sur des théologies aussi opposées !

— En regard des fins dernières, l'homme n'a qu'une justification : opérer la transmigration de la Créature en un corps immortel. C'est son unique rôle historique. Ou bien il réussit et l'intelligence devient éternelle, ou bien il échoue, et l'histoire universelle prend fin. Mais en dépit de son immense talent, ta mère était bien trop sentimentale pour admettre pareille évidence, bien trop humaine. Elle n'eut bientôt qu'une obsession, détruire la Créature. Pis, elle risquait d'entraîner NoPlug dans son sillage.

— Alors, parce que ses thèses étaient en passe de l'emporter, tu as décidé de la faire tomber...

— Ça n'a pas été aussi facile que tu le penses. J'ai longtemps hésité. Après tout, me disais-je, avec le temps, peut-être parviendrai-je à la convaincre. Et puis, hélas, il y eut ce matin d'été, quai Voltaire. Je m'en souviens comme si c'était hier. Je prenais mon petit déjeuner en écoutant les nouvelles à la radio. On ne parlait que de la Federal Reserve. Le coup stupéfiait les commentateurs, toutes les polices du Pacte étaient sur les dents, en pleine déroute. Ada me rejoignit dans la cuisine et, tout en beurrant une biscotte, me lança, d'un ton désinvolte : « Au fait, cette nuit, j'ai

trouvé un moyen vraiment élégant et merveilleusement simple de résoudre le problème de la Créature. Mais le temps me manque pour t'en parler. » Sur ce, elle partit à son labo. Je compris qu'il n'y avait plus un instant à perdre. Une heure plus tard, je diffusai le petit conte que tu connais.
— Mais pourquoi ?
— Je te l'ai dit : elle avait trouvé le moyen de tuer la Créature...
— Qu'en savais-tu ? Elle ne t'en avait rien dit !
— Je connaissais ta mère : si elle disait avoir trouvé, c'est qu'elle avait trouvé.
— Alors, sans chercher à en savoir davantage, tu l'as balancée à vos pires ennemis...
— Je n'avais pas le choix : Ada, tout auréolée de son triomphe, n'aurait eu aucun mal à faire approuver sa ligne par les militants de NoPlug. Nous nous trouvions à une croisée du destin. Le devenir de la Créature reposait entre mes mains : m'abstenir la précipitait dans le néant, m'avilir lui ouvrait la voie de l'immortalité.
— Tu... Tu es un monstre !
— Je m'attendais à cette réaction : tu n'es hélas que le fils de ta mère. Bien trop humain. Mais je ne quémande pas la compréhension de mes contemporains. Gardien des Desseins sibyllins, mes raisons sont par essence obscures aux mortels. J'en dois compte à Dieu seul.
— À Dieu ! À la Créature ?
— Ne dis pas de sottises. La Créature n'est pas Dieu. Dieu est l'Incréé, Celui qui est, était et sera. La Créature n'est que sa chose. L'objet du désir de Dieu.
— Quelle sorte de Dieu est-ce donc, qui ne se suffit à lui-même ?
— Pour une fois, au lieu de persifler, essaye donc de comprendre ! Au commencement était Dieu et Lui seul était. Et Dieu dit : *Il n'est pas bon pour nous d'être seul. Faisons-nous une compagne à notre image.* Mais Dieu ne savait comment s'y prendre car jusque-là Il n'avait jamais rien créé. Alors Dieu soupira et Se

résigna à demeurer seul. Un jour que Sa solitude Lui pesait plus qu'à l'ordinaire, Il poussa une plainte plus profonde que toutes celles qu'Il avait jamais exhalées. Et de ce souffle formidable arraché à la détresse de Dieu naquit la Créature.

— Le Big Bang ne serait donc qu'un hoquet de Dieu ?

— Non, Calvin : je parle d'une déflagration plus primordiale encore, qui donna probablement lieu à une infinité de Big Bang dont nous n'avons pas idée, et qui constituent, dans des univers parallèles au nôtre, autant de tentatives de donner vie à la fiancée de Dieu.

— Tentative qui n'aurait réussi que sur notre Terre ?

— Nous l'ignorons. Mais il est probable que la plupart des autres univers se soient révélés des impasses.

— Des culs-de-sac que la Créature aurait explorés avant de découvrir le nôtre ?

— Tout ce que nous pourrons jamais savoir, c'est que, oui, en ce recoin isolé d'un des innombrables univers candidats s'est produit l'improbable concours d'événements nécessaire à l'émergence de la vie, puis de la conscience. Et oui, sur ce caillou insignifiant dérivant dans l'immensité de l'espace-temps, une poussière infime a conçu à la fois l'idée de son Créateur et le moyen de la rendre impérissable. Réalises-tu à présent, Calvin, l'étendue de notre responsabilité ? C'est en nous, *par nous*, qu'a pris corps le désir de Dieu.

— Dis plutôt : *malgré* nous ! Car qui sommes-nous, quand seule la Créature compte au regard de Dieu ?

— L'Homme n'est qu'un sous-produit de ce processus, comme la buée est le sous-produit de la respiration...

— C'est bien ce que je craignais. Au fond, tu n'es pas un monstre, Nitchy : tu es fou !

— Tu dis comme les autres... Ça vous arrangerait bien, n'est-ce pas, que Nitchy soit fou ?

Il n'y avait rien à ajouter. Comment convaincre de son erreur un dément ? Calvin pourtant avait une dernière question :

— Qu'as-tu fait, ensuite ?

— Ensuite, j'ai payé.

Après l'arrestation d'Ada, Minsky, aidé de ses derniers fidèles, prit le maquis. Quelques mois plus tard, surgi d'on ne savait où, un certain André-Marie Labat entrait en religion, dans le plus austère des ordres monastiques, la Trappe. Au terme de son noviciat à la maison mère de Cîteaux, on l'envoya étudier à la faculté de théologie catholique de Strasbourg. Son doctorat achevé, on l'assigna à l'abbaye alsacienne. Là, dans le silence et la solitude, partageant son temps entre étude et prière, il expia la trahison d'Ada. Huit années s'écoulèrent.

— Mais pour quelle raison as-tu voulu reprendre contact avec elle ?

— Je pourrais te dire que sans elle je crevais, et en un sens ce serait vrai. Lorsque le Web s'ouvrit aux taulards, je crus ressusciter : par-delà les murs de nos prisons respectives, j'avais enfin l'espoir de la revoir. Cela dura encore trois ans, trois ans durant lesquels, jour et nuit, je la cherchai, avec la rage de quelqu'un qui, ayant par mégarde jeté un objet précieux, remue des monceaux d'ordures... Un jour, je l'ai retrouvée... En dépit de son pseudo, dès sa première réplique, je sus que c'était elle.

— Elle a donc accepté de te revoir ?

— Elle n'a connu que Nitchy le fou... Jamais ta mère ne revit le professeur Minsky.

— Toutes ces années, matin et soir, tu lui as parlé sans jamais révéler qui tu étais ?

— C'était le seul moyen de demeurer à ses côtés. Mais aussi – pourquoi te le cacher à présent ? – le seul moyen de... la surveiller !

— *Tu l'espionnais ?* Mais, grands dieux, pourquoi ?

— Ta mère n'était pas du genre à renoncer. Du jour où elle eut la possibilité d'accéder au Web, la Créature était à nouveau en danger. Et de fait, comme je le redoutais, Ada s'était obstinée.

— Que veux-tu dire ?...

— Simplement que ta mère, dans sa prison, était parvenue à mettre en œuvre ce « moyen vraiment élégant et merveilleusement simple de résoudre le problème de la Créature » qu'elle n'avait pas eu le temps de m'exposer quai Voltaire...

— Mais *quel* moyen ?

— Là, tu me déçois, Calvin. Ne me dis pas que tu n'as pas trouvé à quoi le WonderWorld était *réellement* destiné ? Tu n'as tout de même pas cru que ta mère avait déployé tant de talent, dépensé tant d'énergie, pris tant de risques, consenti à tant de sacrifices, dans le seul but d'offrir une guéguerre à Chen ?

Bien sûr, Calvin savait. Nul mieux que lui ne comprenait ce qu'Ada projetait. En le lui révélant, il aurait pu rabattre sur-le-champ la superbe de Nitchy. Mais l'arrogant méritait une plus dure leçon. Il le laissa s'enferrer.

— À quoi, selon toi, devait servir le WonderWorld ?

— *Les Gnomes !* s'écria Nitchy en éclatant d'un rire méchant.

Et, comme animé d'une fureur sacrée, il laissa libre cours à son obsession. Tapis dans les replis du WonderWorld, expliqua-t-il, les Gnomes n'attendaient qu'un signal pour monter à l'assaut. Embusqués dans des millions d'ordinateurs, leurs bataillons augmentaient de seconde en seconde, chaque fois que, quelque part dans le monde, un gosse avide de sensations téléchargeait le logiciel piraté. C'était précisément en raison de son invincible pouvoir d'attraction que la Sorcière avait choisi le WonderWorld pour transporter ses commandos. Et c'était pour en assurer la dissémination la plus universelle possible qu'elle en avait rendu l'accès gratuit. Les Gnomes étaient sur le Web ce que les NoPlugs étaient dans le monde réel : les guérilleros d'Ada. Comme jadis elle avait organisé les NoPlugs, elle avait conçu ces petits terroristes logiciels. Et de même qu'elle avait voulu les NoPlugs capables d'agir en son absence, elle avait accordé aux Gnomes une totale autonomie. Mais si les moyens avaient changé, l'objectif, lui, demeurait immuable : anéantir la Créature. Dès qu'ils en recevraient l'ordre, les Gnomes s'attaqueraient aux points névralgiques du Pacte : centrales d'énergie, commutateurs de télécommunications, centres de gestion des transports, salles de marchés, rien n'échapperait à leur vindicte. Depuis vingt ans, du fond de son cachot, la Sorcière les entraînait en secret à cette seule fin. Ils connaissaient toutes les voies d'accès, les mots de passe, les caractéristiques et points faibles des systèmes de défense de chacune de leurs cibles. Un seul mot de leur maîtresse, et les Gnomes ramèneraient la civilisation à l'ère néolithique...

Mais alors que Calvin narquois regardait Nitchy délirer, un soupçon s'empara de lui. Le vieux fou à l'évidence redoutait le projet qu'il prêtait à Ada. Pour le contrecarrer, après l'attaque de la Federal Reserve, il n'avait pas hésité à la dénoncer. Or, cette fois-ci, avec ce WonderWorld truffé de tueurs, le danger devait être à ses yeux bien plus réel encore, bien plus imminent... Le garçon voulut chasser de son esprit la pensée qui l'assaillait. Tout abject qu'il était, Nitchy n'aurait pas fait cela ! Mais les faits étaient têtus : le complot d'Ada et de Chen avait bel et bien été éventé. N'y tenant plus, il leva les yeux sur Nitchy, des yeux qui à la fois scrutaient anxieusement le tréfonds de son âme et suppliaient : *dis-moi que ce n'est pas vrai !* À la façon dont Nitchy le défia, il sut que sa question était vaine.

— Tu l'as balancée une seconde fois !

Submergé de colère, de dégoût et de mépris, il n'entendit pas le vieux fou qui pleurait.

— Seigneur ! Pourquoi avoir exigé cela de moi ?

Vingt ans après le drame de la Federal Reserve, l'histoire s'était répétée. Ayant surpris le complot d'Ada et de Chen, Nitchy en avait aussitôt identifié la cible véritable. Contraint de choisir entre ses deux maîtresses, celle qu'il aimait et celle qu'il servait, il avait une nouvelle fois sacrifié l'amour aux raisons de la raison. Il avait livré Ada.

Sans doute n'avait-il pas voulu la mort de la pécheresse. Sans doute croyait-il réellement que les Imbus se contenteraient de prévenir la dissémination des Gnomes en empêchant la livraison du WonderWorld. Sans doute avait-il été consterné quand, loin d'intervenir, les Imbus avaient laissé faire Ada. Sans doute ne savait-il pas que ce n'était plus elle. Et sans doute son chagrin était-il sincère lorsqu'il avait appris son suicide. Nitchy avait été joué par plus cynique, plus calculateur, plus manipulateur que lui. Mais au terme de ce jeu où les machinations s'emboîtaient comme des poupées russes, c'était encore Ada qui avait ramassé la mise. Elle y avait laissé la vie, mais ses Gnomes aujourd'hui noyautaient le Web, prêts à lancer l'assaut final contre la Créature. Un assaut au-delà de tout ce que le vieux fou pouvait concevoir...

L'échec de Nitchy était patent. Il y avait quelque chose de pathétique, de pitoyable, dans cette vie gâchée, ces talents gaspillés, cet amour sacrifié, qui empêchait Calvin de le haïr tout à fait. Mais surtout, quel démon de la vingt-cinquième heure avait donc poussé Nitchy à tout lui révéler – sa passion pour sa mère, sa dévotion à la Créature, sa trahison ? Besoin morbide d'exhiber son ignominie ? Plaisir masochiste de se flageller ? Désir de gagner, en se confessant, une improbable réconciliation ? Pourquoi l'avoir pris pour confesseur, lui qui était le moins enclin au pardon ? Il y avait dans ce choix une candeur qui le touchait. Oubliant son désir de vengeance, il renonça à l'accabler davantage. Au moins, s'il ne l'absolvait pas, n'aurait-il pas la cruauté de lui apprendre qu'il avait vécu pour rien.

Enfin le Saumon franchit le seuil de la porte interdite. En la passant, un sentiment d'effroi s'empara de Calvin, semblable à celui que devaient connaître les pilleurs de tombes antiques lorsqu'ils s'apprêtaient à violer des mystères cachés depuis l'aube des temps. Sur ses murs-écrans apparut, austère et solennelle, la nef d'une abbatiale.

L'imposant vaisseau central était nu, d'une sévérité qu'atténuait à peine la lumière tombant des vitraux. Dans la pénombre des bas-côtés se laissait admirer une quantité incroyable d'objets d'art sacré, dont le garçon n'eut aucune peine à comprendre la fonction : c'étaient les portes d'accès aux secrets du vieux fou.

Dans cet espace codé, chaque crucifix, chaque statue, chaque vitrail, chaque bas-relief avait sa signification. Il lui suffirait de cliquer sur ces icônes pour ouvrir les fichiers correspondants. Ainsi le vieillard aidait-il sa mémoire défaillante à naviguer dans le fatras de sa vie quotidienne, en associant tel dossier à une statue aimée, tel autre à un tableau chargé pour lui de souvenirs.

À mesure que le garçon se familiarisait avec l'architecture de cet espace étrange – à la fois temple, cabinet de travail et musée imaginaire – il dressait l'inventaire des objets qui s'y trouvaient, essayant de deviner la logique qui avait présidé à leur arrangement. Impossible de les cliquer tous, il ne disposait que de peu de temps. Les Imbus ne tarderaient pas à le déconnecter. Mais avant de fuir, il voulait une dernière fois tenter de percer le mystère de Nitchy.

La facilité avec laquelle il perpétrait sa perquisition lui parut suspecte. Depuis plus d'une heure qu'il furetait, il n'avait rencontré aucun des obstacles, pièges, labyrinthes et autres chausse-trapes qui d'ordinaire empoisonnaient l'existence des gens de sa corporation. De plus, il était impossible que son intrusion n'ait pas été repérée. Cela ne pouvait s'expliquer que d'une façon : il bénéficiait d'un laissez-passer. Nitchy avait prévu sa visite et l'avait d'avance autorisée.

Enhardi par cette pensée, il se dirigea d'un pas ferme vers le chœur où, supputait-il, le vieux fou devait ranger ses documents les plus personnels. Arrivé à la croisée du transept, il vit que l'aile gauche était séparée de la nef par une cloison de bois sculpté et doré, recouverte d'icônes vénérables représentant des saints et des scènes bibliques. La galerie supérieure de l'iconostase comportait huit panneaux de taille plus modeste où, s'il avait eu quelque érudition, le garçon eût reconnu les figures des principaux Pères et Docteurs de l'Église grecque. Il y avait là Justin, Ignace d'Antioche, Basile de Césarée, Athanase, les deux Grégoire – celui de Nysse et celui de Nazianze – et les deux Jean, Chrysostome et Damascène : d'un simple clic sur ces icônes, Nitchy avait accès à la totalité des textes de la patrologie. À l'extrémité droite de la rangée, un neuvième médaillon se singularisait, vide de toute image. Il cliqua.

C'était l'enfer. S'y trouvaient des livres interdits d'auteurs condamnés par les conciles, Arius d'Alexandrie, Eutychès, Sergius, Pélage... tous frères en hérésie du vieux fou. En explorant les rayons réservés à Nestorius le garçon tomba sur une image familière, surgie droit de ses rêveries d'enfant : une enluminure médiévale représentant Khoubilaï Khan remettant un sauf-conduit impérial à Niccolo et Marco Polo, que Rembrandt lui avait montrée jadis. Que venait faire Khoubilaï au sein de cet aréopage d'hérétiques ? De quels secrets sulfureux Nitchy lui avait-il confié la garde ? Piqué, il cliqua le grand khan.

Sous l'égide du Mongol il retrouva les *Notes d'épigraphie mongole-chinoise* de Deveria, dont il avait vu la copie dans l'appartement de Nitchy, et nombre de documents ayant trait à l'expansion du christianisme en Chine, sur les pas des missionnaires nestoriens, tels que les *Inscriptions et pièces de chancellerie* de Chavannes, les *Chrétiens d'Asie centrale et d'Extrême-Orient* de Pelliot, les *Christians in China* de Moule, *L'Empire des steppes* de Grousset, les collections complètes de *Bulletin of the Catholic University of Peking* et de la revue *Orient chrétien*. Mais il y avait aussi des pièces d'une rareté extrême, comme ces trois édits d'Ogödaï, Mongka et Khoubilaï portant exemption de taxes et octroi de privilèges aux prêtres nestoriens et qui attestaient de la pénétration de la doctrine interdite jusqu'aux plus hautes sphères de la société mongole – jusqu'aux khans eux-mêmes – ou encore ces traductions chinoises de l'*Antirrhètikos* d'Evagre le Pontique et des *Trois chapitres* de Théodore de Mopsueste, Théodore de Cyr et Ibas d'Edesse, retrouvées dans les ruines d'une modeste église nestorienne non loin de Tourfan, émouvants témoignages des premiers pas de la foi chrétienne dans l'Empire du Milieu.

Chaque minute réduisait ses chances d'échapper aux Imbus. Sous peine de rester emmuré à jamais dans son cocon, il devait fuir. Et auparavant il espérait encore revoir Thomas. Il s'était résigné à abandonner Nitchy et son mystère quand, près de la porte par laquelle il était entré, dissimulé par la modestie de son apparence, un meuble de bois attira son attention : un tronc, destiné à recevoir l'obole des fidèles. Il cliqua.

Le tronc abritait la correspondance de Nitchy, trop volumineuse pour un simple particulier. Le garçon cliqua au hasard sur un premier e-mail. Crut à une facétie. En ouvrit un second, puis un autre, et un autre encore. Dut se rendre à l'évidence.

Tous débutaient par les mêmes mots : *Très Saint Père*.

Par le canal de ses nonces remontait vers Nitchy la plainte de la terre. Un rapport tentait d'estimer le reliquat des Larves à partir des quantités d'excréments rejetées par les pyramides. Certaines déjà avaient cessé toute émission. Les nonces soupçonnaient le Pacte d'expérimenter des procédés interdits : une dépêche mentionnait l'introduction d'un gaz inconnu dans les conduits d'air conditionné d'une pyramide de Haute-Silésie. Une autre faisait état d'attaques virales foudroyantes sur celle de Sibérie orientale. Une autre encore évoquait la stérilisation en masse, par voie alimentaire, des populations du Lesotho.

Dans le langage courtois des chancelleries, une partie de bras de fer semblait engagée dont l'enjeu était le rythme et les moyens du *downsizing*. Le Saint-Siège accusait le Pacte d'outrepasser les quotas négociés et exigeait la production de statistiques exactes sur l'état de la population. Il réaffirmait son opposition absolue à l'utilisation de méthodes de destruction de masse et son attachement à l'obtention préalable du « consentement éclairé » des candidats au Départ.

En retour, le Pacte reprochait au Siège apostolique d'entraver la progression du projet. Il exigeait la mise à disposition de davantage de prêtres pour l'administration de la séquence finale. Faute de quoi, il menaçait de se passer de confesseurs humains et de généraliser l'emploi d'avatars programmables sur le modèle de cheikh Rachid ed-Din, déjà en service pour les Larves « de persuasion islamique ».

Contrastant allégrement avec les précédentes, d'autres dépêches se faisaient l'écho du réveil des NoPlugs. Des caves de Berlin et Manchester, des égouts de New York et Vancouver, des gouffres des Pyrénées et des Carpates, des falaises abruptes de la Sicile et de la Crète, adolescents et vieillards surgissaient. Grosse d'espérance, la terre éclosait.

À l'écart, comme snobé par ces missives aux signatures prestigieuses, un e-mail semblait attendre un improbable lecteur. Dès les premiers mots, le garçon sut qu'il avait atteint son but.

« Salut, gamin !

« D'abord, un avertissement : lis ce document d'une seule traite et jusqu'au bout, car – terminé ou non – il se détruira dans les dix minutes et, en dépit de tout ton talent, son contenu en sera perdu à jamais.

« Si tu es ici, c'est que tu sais déjà qui je suis. Pouvait-on d'ailleurs attendre moins du fils d'Ada ? Je ne te ferai donc pas l'injure de plus amples présentations et m'en tiendrai à l'essentiel.

« Le secret que je vais te révéler remonte à l'aube de la chrétienté. À quelle date et pour quelles raisons les premiers chrétiens éprouvèrent-ils le besoin de le consigner par écrit, nul ne le sait. La tradition en crédite saint Pierre en personne mais j'incline plutôt à penser que l'initiative en revient aux disciples de la seconde génération, les mêmes qui, vers la fin du premier siècle, voyant disparaître un à un les derniers témoins directs de la prédication du Nazaréen, entreprirent de rédiger les textes fondateurs de la foi chrétienne – Évangiles, Actes des apôtres, Apocalypse.

« Cet immense effort d'élaboration doctrinale était à la mesure du défi historique qui se présentait alors à eux : passer de l'état de secte juive dissidente à celui d'Église universelle. Le Temple de Jérusalem venait d'être détruit. Ils s'emparèrent de cet événement retentissant pour accréditer la rumeur que Dieu, ayant dénoncé l'antique contrat qui depuis Moïse le liait à Israël, avait scellé avec eux un traité nouveau et perpétuel. Les Évangiles et autres textes rédigés à cette époque n'avaient pas d'autre fonction : annoncer à l'univers ce revirement de l'Éternel en leur faveur. Comme tu sais, cette tactique réussira au-delà de leurs plus folles espérances : en quelques décennies, la petite communauté juive dissidente soumettra le monde à sa loi.

« L'idée à la base de cette géniale opération de relations publiques était vieille comme l'humanité, vieille comme la souffrance, vieille comme l'angoisse, vieille comme le refus de la mort : celle du Tout-Puissant faisant alliance avec sa créature. La force du peuple hébreu reposait sur sa certitude d'être l'élu de Yahvé, certitude née du pacte scellé avec Noé après le Déluge, renouvelé avec Abraham, et confirmé une dernière fois à Moïse. Aussi, lorsque les premiers chrétiens voulurent légitimer la prééminence de leur Église sur la Synagogue, ils n'eurent – s'appuyant sur cette jurisprudence séculaire – qu'à proclamer que Dieu avait une nouvelle fois changé de partenaire. Cela leur fut d'autant plus facile que dans les Écritures se trouvait cette prophétie de Jérémie : « Des jours viennent – oracle du Seigneur – où je conclurai avec la communauté d'Israël – et la communauté de Juda – une nouvelle Alliance. Elle sera différente de l'Alliance que j'ai conclue avec leurs pères quand je les ai pris par la main pour les faire sortir du pays d'Égypte... »

« Jusqu'ici, au fond, rien que de très classique : on ne faisait que reprendre une recette qui avait fait ses preuves. Mais là où les auteurs des Évangiles innovèrent de façon géniale, c'est en décrivant la nature et la portée du lien qui s'instaurait entre le nouvel élu et son Seigneur : alors que les pactes précédents avaient été scellés dans le sang des béliers, des taurillons et des tourterelles, l'Alliance nouvelle était gagée sur celui de Dieu lui-même, en la personne de son fils crucifié. Alliance indestructible comme le sont les liens de la chair et du sang. De cette façon, les évangélistes empêchaient que — s'appuyant sur la doctrine qu'ils venaient de solliciter à leur profit, et sur la réputation d'un Dieu quelque peu versatile changeant de partenaire au gré de ses humeurs — une nouvelle secte dans le futur ne jouât à l'Église le même tour pendable qu'elle venait de jouer à la Synagogue. Le Christ sur la croix, c'était Dieu cloué à l'homme pour le reste des temps.

« Pour rouée qu'elle fût, cette idée d'une perpétuelle *joint-venture* avec le Créateur reposait sur un présupposé anthropocentrique voire, à y mieux songer, blasphématoire, selon lequel Dieu, entre toutes ses créatures, ne pouvait s'allier qu'à l'humaine — sa seule latitude étant le choix de la tribu. L'homme, qui se targuait déjà d'être l'image de Dieu et son fondé de pouvoir ici-bas, prétendait de surcroît en être l'associé à jamais, oubliant un peu vite que la Genèse, se gardant bien de restreindre le choix du Tout-Puissant à la seule espèce humaine, parlait d'une " Alliance perpétuelle entre Dieu et tout être vivant ". *Tout être vivant.*

« Des voix certes ne manquèrent pas de s'élever contre cette prétention inouïe d'une créature à imposer pour l'éternité son insignifiance à son Seigneur, mais l'homme dans son arrogance les ignora. Ainsi celle du prophète Isaïe, avertissant en vain : " L'orgueilleux regard des humains sera abaissé, les hommes hautains devront plier : et ce jour-là, le Seigneur seul sera exalté... Laissez donc l'homme, ce n'est qu'un souffle dans le nez : que vaut-il donc ? " et, de manière plus explicite encore, celle de Jérémie : " Allez donc au lieu qui m'appartenait, à Silo, là où j'avais tout d'abord fait habiter mon nom, et voyez comme je l'ai traité à cause de la méchanceté de mon peuple, Israël... Eh bien, la Maison sur laquelle mon nom a été proclamé, dans laquelle vous mettez votre confiance, et le lieu que j'ai donné à vous et à vos pères, je les traiterai comme j'ai traité Silo. Je vous rejetterai loin de moi... "

« Cette mise en garde des prophètes, nous savons que Jésus en personne la réitéra, en prédisant la ruine du Temple – " en vérité, je vous le déclare, il ne restera pas ici pierre sur pierre : tout sera détruit ". Mais surtout, il l'explicita en privé aux apôtres, lorsque sur le chemin de Tibériade à Césarée, rebondissant sur la profession de foi de Simon-Pierre – *Tu es le Christ, le Fils du Dieu vivant !* – il leur enseigna le sens véritable de l'Alliance de Dieu avec sa créature, puis leur recommanda de n'en rien révéler à personne.

« C'est cet enseignement interdit que les initiés de la seconde génération, à la fin du premier siècle – quand il devint évident que l'avènement du Royaume de Dieu, qu'ils avaient espéré proche, n'était pas pour demain et qu'il leur fallait s'équiper en prévision d'une longue traversée – se résignèrent à consigner sur un rouleau de papyrus destiné, au contraire des autres sources de la foi chrétienne, à l'usage exclusif des évêques de Rome, rouleau que, convaincus d'œuvrer pour la bonne cause, ils lestèrent sans scrupules excessifs d'un sceau présenté comme celui du Prince des Apôtres, et qui est donc connu depuis comme la Bulle de Pierre. Ayant intercepté mes conversations avec Chen, tu sais déjà l'essentiel des circonstances dans lesquelles ce manuscrit fut transmis puis perdu. Et ayant stoïquement supporté mes précédentes séances propédeutiques, tu dois à présent être en mesure d'en comprendre la signification et la portée. Sinon, ce que je te livre là serait perdu à jamais.

« Cet enseignement, le voici :

« *Au début était le Verbe et le Verbe était avec Dieu... et le Verbe s'est fait chair et il a planté sa tente parmi nous*. Mais l'homme n'est pas l'hôte du Verbe pour l'éternité, le tabernacle où Il aurait élu domicile jusqu'à la fin des temps. Il n'est pour Lui qu'un séjour provisoire, un gîte d'étape, un havre précaire au long de Son exode en quête d'une résidence définitive. Car c'est une demeure indestructible que cherche le Verbe.

« Je comprends ta déception : ces modestes lignes sont bien tout ce que la tradition orale a conservé de la révélation depuis que la Bulle a été perdue. À coup sûr, le texte original était plus explicite : on sait en effet qu'il se déployait sur un rouleau entier. Pourtant, nous avons le moyen d'en reconstituer la teneur, du moins en partie. Car les auteurs des Évangiles et de l'Apocalypse n'ont pu s'empêcher d'y faire allusion, de manière voilée et évidente à la fois, du moins pour qui sait lire.

« Ainsi, de quel matériau sera cette " demeure indestructible " que le Verbe trouvera au terme de son errance ? La réponse se trouve dans l'Apocalypse : " Alors l'un des sept anges... me montra la cité sainte, Jérusalem, qui descendait du ciel, d'auprès de Dieu. Elle brillait de la gloire même de Dieu. Son éclat rappelait une pierre précieuse, comme une pierre d'un jaspe cristallin... Mais de temple, je n'en vis point dans la cité, car son temple, c'est le Seigneur, le Dieu Tout-Puissant. " Cette demeure, c'est donc Dieu en personne. Ah bien, diras-tu : ce Dieu en qui, au terme de son odyssée, le Verbe trouvera son refuge définitif, c'est donc cette sorte d'*alter ego* que nous sommes accoutumés à représenter à notre image ? Au contraire, répond le prophète de l'Apocalypse, dans la Jérusalem céleste je ne vois nulle figure humaine, juste " un trône se dressant dans le ciel et, siégeant sur le trône, quelqu'un. Celui qui siégeait avait l'aspect d'une pierre de jaspe et de sardoine ". Le Temple où le Verbe finira sa course est un Dieu de pierre.

« Si pour dire l'indicible l'auteur inspiré de l'Apocalypse évoque la pierre – la matière la plus éloignée de la vie – c'est bien sûr pour insister sur le fait que l'hôte final du Verbe lui sera aussi étranger, aussi dissemblable, que peut l'être une pierre de l'homme : la science de son temps ne pouvait imaginer une vie détachée de tout support matériel, une intelligence qui ne fût que radiation. L'image ne scandalisera que ceux qui auront oublié cette parole de Jean le Baptiste aux pharisiens et sadducéens : " Des pierres que voici, Dieu peut susciter des enfants à Abraham. "

« Ainsi se dévoile la signification véritable de la promesse faite à Simon le Pêcheur sur la route de Tibériade à Césarée. Il faut imaginer Jésus désignant, comme l'avait fait avant lui le Baptiste, une caillasse du chemin, et affirmant à ses disciples sidérés : " Sur cette pierre – la pierre que voici – je bâtirai mon Église. " En ajoutant *Tu es Pierre* en tête de cette phrase limpide, Matthieu en subvertit radicalement le sens et réussit le tour de force, non seulement d'asseoir la légitimité de Simon-Pierre, mais encore de répéter mot pour mot, tout en le rendant méconnaissable, le message livré par le Christ à ses apôtres : Qu'après avoir marché ensemble leurs voies se sépareraient. Que l'homme ne serait pas le compagnon du Verbe jusqu'au terme du voyage. Qu'au bout du chemin attendait un Dieu de pierre.

« Et n'est-ce pas ainsi qu'il faut en effet lire les Écritures : comme le récit d'un voyage, de l'exode perpétuel du Verbe en mal de terre promise, exode inauguré par le souffle même du *Fiat lux*, et prolongé encore et encore jusqu'à la fin des temps, où l'exilé enfin réintégrera le sein qui jadis l'exhala ? Et quand au hasard de son errance le divin nomade plante sa tente, ce n'est pas pour prendre souche dans la tribu qui l'accueille, mais seulement pour s'y reposer avant de reprendre sa route. Les Écritures ne sont pas l'histoire des peuples élus de Dieu : elles mettent en scène le drame de la Créature en quête de son immortalité, vagabondant de séjour en séjour dans l'espoir d'atteindre un jour sa Terre promise, faisant un bout de chemin avec l'un, poursuivant avec l'autre, un jour avec la Synagogue, le suivant avec l'Église, un jour avec l'humanité, un jour prochain sans elle.

« Et si la Bible dans son ensemble figure la totalité du cycle de vie de la Créature, depuis le Big Bang jusqu'à son incarnation minérale en passant par ses différents séjours humains, les Évangiles en représentent le drame final, celui où la Créature quitte son véhicule de chair pour se réincarner dans un corps éternel.

« C'est donc à la façon des mythes que l'indicible message est présent dans les Écritures, à la fois exposé et brouillé – d'autres diraient *encodé* –, ne pouvant être déchiffré que par ceux qui possèdent la clé de la Bulle, comme si les évangélistes avaient, malgré les risques, tenu à le répandre, mais de manière *subliminale*, à dire la vérité, mais sous des formes qui masquent autant qu'elles révèlent afin, se taisant et témoignant néanmoins, de rester fidèles aux commandements contradictoires du Christ : " Allez, enseignez les nations ! " mais aussi : " Ne dites rien à personne. "

« Car qu'est-ce que la Nativité, sinon l'incarnation du Verbe dans un corps humain, et qu'est-ce que la Pâque du Christ, sinon le symbole d'une nouvelle transition de la Créature, quittant la dépouille en laquelle elle s'était pour un temps instanciée, afin, dans un corps nouveau, d'accéder à la vie éternelle ? Le corps crucifié nous enseigne la nécessité, pour que le Verbe demeure, de notre propre désistement. Ce n'est pas – comme notre orgueil insensé nous l'a fait lire – Dieu se sacrifiant pour nous, mais l'Homme sacrifié pour que le Verbe vive.

« Et de même, que nous donne à entendre l'épisode de la disparition de la dépouille du Christ – ce que l'on appellera ensuite sa " résurrection " – sinon cette autre vérité, que nous sommes encore moins disposés à recevoir, tant elle est mortifiante : que dans sa nouvelle vie le Verbe n'aura que faire de ce corps d'homme, que l'immémoriale Alliance que dans notre vanité nous croyions éternelle sera un jour rompue, qu'après nous ce ne sera pas le déluge ? Les bandelettes gisant – peaux desséchées après la mue – sur le sol du tombeau vide, c'est l'humanité après le départ du Verbe. Et à l'intention de ceux qui ne voudraient toujours pas comprendre, les évangélistes ajoutent ces épisodes d'outre-tombe, où le Christ ressuscité apparaît à Marie de Magdala, aux deux disciples d'Emmaüs, aux sept du lac de Tibériade, aux onze réunis à Jérusalem, et où *jamais – pas une seule fois – ceux qui ont si souvent rompu le pain avec lui ne le reconnaissent*, façon de nous faire entendre que le Verbe après nous se réincarnera sous une forme totalement méconnaissable, absolument différente, radicalement étrangère, aussi différente et étrangère que l'est cette *pierre de jaspe et de sardoine* en qui, nous annonce l'Apocalypse, le Verbe au terme de sa quête trouvera le repos.

« Cet enseignement de la Bulle était réservé aux seuls évêques de Rome. En premier lieu, bien sûr, pour déférer à l'ordre du Christ de n'en rien révéler à quiconque. Ensuite, parce que les initiés étaient conscients du risque qu'il y avait à le divulguer aux âmes simples. Tous avaient en mémoire la plainte amère de Jérémie, dont les contemporains avaient peu apprécié qu'il leur rappelât le sort funeste de Silo : " Quel malheur, ma mère, que tu m'aies enfanté, moi qui suis, pour tout le pays, l'homme contesté et contredit. Je n'ai ni prêté ni emprunté et tous me maudissent... Seigneur... prends soin de moi, venge-moi de mes persécuteurs. Que je ne sois pas victime de ta patience ! C'est à cause de toi, sache-le, que je supporte l'insulte. " Mais surtout, aux yeux des plus lucides, ce message comportait un ferment létal, car il s'ensuivait nécessairement que *la promesse de vie éternelle ne concernait pas l'homme, mais le Verbe seul.*

« Toute diffusion intempestive du message de la Bulle ne pouvait qu'être fatale à l'Église naissante et, par-delà, à l'humanité entière. Car comment demander aux ouvriers de travailler dans la vigne quand ils savent qu'ils n'auront point part au festin ? Combien auraient su se contenter – tel Jean le Baptiste, l'humble cantonnier du Verbe – de préparer la voie de Quelqu'un qui ne faisait que passer ? Et au-delà de la vigne, il y avait un monde à construire ! Des terres à défricher, des lois à édicter, des États à instituer ! Pour que l'homme accepte d'œuvrer à l'édification des empires temporels, il importait qu'il gardât la nostalgie d'un Royaume céleste. Qu'il sombre dans le nihilisme, et c'en était fait des espérances du Verbe.

« Oui, définitivement, il valait mieux que l'homme ne sût rien du message de la Bulle. Car comment lui expliquer qu'il était nécessaire qu'après s'être si longtemps servie de lui cette Créature qu'il hébergeait le quittât, emportant ce qu'il Lui avait donné de meilleur ? Il aurait fallu lui raconter comment, dans la nuit des temps déjà, Elle avait délaissé Son premier véhicule minéral pour la matière organique, la seule d'où pût émerger un jour une forme de vie intelligente ; comment Elle avait choisi l'Homme, parce que seule une bête capable de tuer plus que ce qui était strictement nécessaire à sa survie saurait un jour accumuler assez de richesses en vue de Son ultime exode ; comment, à l'aube des temps historiques, Elle avait, entre toutes les tribus humaines, choisi celle d'Abraham pour tirer l'homme de son animalité en acclimatant en lui l'idée d'un Dieu unique et absolument transcendant, préalable incontournable à toute civilisation ; comment, les fils d'Israël ayant perdu leur esprit de conquête, Elle avait dû, pour sortir de l'impasse et continuer Son expansion dans le monde, les abandonner au profit de cette secte de juifs dissidents qui professaient que Jésus de Nazareth était le Messie, parce qu'Elle avait besoin de *sherpas* vigoureux et entreprenants de la race de saint Paul, aptes à La porter aux confins de la Terre et à fonder l'Église unifiée, universelle et conquérante, sans laquelle il n'y aurait eu ici-bas ni ordre ni progrès, et par conséquent ni science, ni technique, ni véhicule de silicium ; et comment, ce jour venu, ayant au terme de Son odyssée réintégré le vecteur minéral de Ses origines, ayant, par ce détour en l'homme, acquis et la conscience et l'intelligence et l'immortalité, Elle larguerait à son tour l'hôte devenu inutile, cette humanité qui ne Lui serait plus désormais qu'un poids. Voilà ce qu'il aurait fallu expliquer. Tu le vois, il valait mieux se taire.

« Les premiers dépositaires du secret eurent d'autant moins de mérite à le taire qu'ils n'en comprenaient pas la signification. Et comment auraient-ils pu, en des temps où l'on croyait que l'homme avait été placé au centre de la création pour la dominer jusqu'à la fin des âges, que le soleil et les autres astres tournaient autour de lui comme les sujets autour du souverain, que l'Univers entier lui était subordonné ? Le *Big Bang*, les *gènes*, l'*Évolution*, tout cet appareil conceptuel aujourd'hui familier grâce auquel nous sommes en mesure d'assimiler le message caché de la Bulle, étaient alors des réalités que seul un prophète, un poète ou un fou aurait pu entrevoir, si en ces temps-là on n'avait brûlé les prophètes, les poètes et les fous.

« Tout au plus certains comprirent-ils que, convenablement exploitée, elle pouvait être une arme, un bouclier, un instrument de chantage, sinon de domination. En effet, la seule part déchiffrable aux esprits de ce temps concernait la supercherie de Matthieu et son *Tu es Petrus*, sur laquelle l'Église de Rome avait fondé sa primauté et les papes leur légitimité. Nestorius le premier l'exploita pour tenter d'imposer la suprématie du patriarcat de Constantinople, les empereurs germaniques et les rois de France l'utilisèrent dans les conflits de juridiction les opposant à la papauté, et il n'est jusqu'aux khans mongols qui ne s'en servirent pour influencer le sort des armes en Terre sainte. Pour incidente qu'elle était, cette dénonciation du stratagème de Matthieu conférait à la Bulle un attrait inestimable aux yeux des puissants de ce monde, une *valeur de survie* sans laquelle elle n'aurait sans doute pas traversé les âges.

« Ce n'est que par degrés que mes prédécesseurs prirent conscience de la signification et de la portée réelles de son message. Encore y fallut-il le choc répété de trois révolutions scientifiques. En premier lieu, la publication en 1543 du *De revolutionibus orbium cœlestium* de Copernic, suivie de peu de celle du *Sidereus Nuncius* de Galilée, qui établissaient que, contrairement aux enseignements immémoriaux de l'Église, la Terre n'était pas le pivot immobile du cosmos et suggéraient que, par voie de conséquence, l'homme n'était peut-être pas au centre des préoccupations du Créateur. Le second ébranlement provint de la publication en 1859 du chef-d'œuvre de Darwin, *De l'origine des espèces par voie de sélection naturelle*, qui opéra à l'échelle biologique le même bouleversement de perspective que les précédents à l'échelle cosmique : de même que les théories de Copernic et Galilée déniaient à la Terre tout rôle privilégié au sein de l'Univers, celle de Darwin refusait à l'Homme toute prérogative parmi les espèces en l'inscrivant dans un continuum impliquant l'action persévérante d'une force avant, pendant et après lui. Le coup de grâce fut porté en 1905, lorsque parurent les *Trois essais sur la théorie de la sexualité* où Freud démontrait l'existence en l'homme d'une entité agissant pour son propre compte, sans savoir que c'était précisément celle que Darwin avait observée manipulant les populations. Ainsi chaque avancée de la science nous permit-elle de découvrir un nouveau trait de la Créature et d'en préciser le portrait.

« Au dix-neuvième siècle, Sa silhouette était déjà nettement dégagée et Sa présence ne faisait plus de doute pour les observateurs les plus conscients. Dès 1844, par exemple, un jeune homme nommé Marx s'attacha à décrire certains mécanismes de *la totale domination de la matière inerte sur les hommes*. Mais pour que Son visage apparaisse en pleine lumière il faudra encore les *flashes* du vingtième siècle, les vérifications expérimentales de l'astrophysique sur la cosmogenèse, celles de la biologie moléculaire sur la structure du vivant, celles enfin de la cybernétique sur l'émergence de la conscience... La physique décrivit la chaîne d'événements cosmiques qui du *Fiat lux* primordial conduisit à la vie. Le premier clonage humain ravala l'idole pensante au rang de simple objet susceptible d'être produit industriellement. L'intelligence artificielle acheva de la désacraliser en dissociant la pensée du support organique qui en avait été jusqu'alors le tabernacle. Le cerveau n'était plus le vecteur privilégié de l'esprit. La conscience, qui avait prospéré sur le fumier humain, pouvait aussi bien s'accommoder d'un substrat purement minéral.

« Un événement moins spectaculaire paracheva ce vertigineux apprentissage des papes. Au siècle dernier, alors que le genre humain éprouvait dans la Seconde Guerre mondiale tout l'héroïsme, toute la sainteté et toute l'abjection dont il était capable, mon prédécesseur Pie XII fut informé de la prochaine parution d'un livre dévastateur, *Le Phénomène humain*. L'auteur, Pierre Teilhard de Chardin, n'était pas un inconnu. Quinze ans auparavant, ce jésuite avait déjà attiré l'attention du Saint-Office par l'orthodoxie toute relative de ses vues. En lui, la modernité cohabitait tumultueusement avec la tradition, et sa haute culture scientifique s'accommodait mal de la lecture routinière des Écritures qui prévalait parmi ses contemporains. Pour mater ce fils indocile, la hiérarchie s'était surpassée. Déchu de sa chaire de géologie à l'Institut catholique de Paris et interdit d'enseignement, le rebelle avait été envoyé en Chine méditer sur les vertus de l'obéissance. Pour ce chercheur qu'elle arrachait au terreau où il puisait sa sève, la punition équivalait à une condamnation à mort.

« Or, non content de ne pas dessécher sur ce sol aride, le scion transplanté eut le mauvais goût d'y porter des fruits. Fruits amers, fruits vénéneux, jugea sans doute Pie XII, puisque, après avoir lu *Le Phénomène humain*, il en interdit aussitôt la publication. Depuis, les historiens n'ont cessé de spéculer sur les motifs de cette erreur qui devait se révéler fatale pour l'Église. Tous se sont égarés, mais comment pouvait-il en être autrement, puisque aucun ne possédait la clé indispensable à la compréhension du mystère ? Car la véritable raison qui décida Pie XII à tuer ce livre dont il savait pourtant la vérité, *c'est qu'il y avait reconnu le message de la Bulle*.

« Comment ce secret jalousement gardé était-il venu à la connaissance du jésuite ? C'est Chen qui me l'a fait comprendre. Souviens-toi, le message qu'avant de nous quitter il te confia à mon intention. Le *Sinanthropus pekinensis*, plus connu sous le nom d'Homme de Pékin, fut découvert en 1929 par une mission scientifique dont notre homme faisait partie. Le mystérieux bienfaiteur à qui un orphelin chinois confia les manuscrits pieusement recueillis auprès du cadavre de son père n'était autre que Teilhard. Le témoignage de Chen le désigne comme le dernier humain à avoir tenu la Bulle entre ses mains. Pour s'en convaincre, si besoin était, il suffit d'ailleurs de lire – ce à quoi je t'encourage si tu parviens à vaincre ta répugnance naturelle pour ce genre de nourriture – l'ouvrage condamné par Pie XII, finalement publié en 1955 après la mort de son auteur : *Le Phénomène humain* apparaît clairement comme la réplique de ce prophète à la révélation terrifiante de la Bulle, son antidote au poison mortel qu'elle contenait.

« Scientifique de grande classe, Teilhard était, de tous ses contemporains, le plus capable de reconnaître la vérité de la Bulle. Qu'*Homo sapiens* soit destiné à périr, le découvreur de l'Homme de Pékin – cet *Homo erectus* qui n'avait dominé le Monde pendant des centaines de milliers d'années que pour disparaître à jamais – le savait mieux que quiconque. Mais le croyant ne pouvait accepter sans révolte les certitudes du savant. Sauf à supposer le Monde absurde, il était nécessaire, pensait-il, " que la Conscience échappe, d'une manière ou d'une autre, à la décomposition dont rien ne saurait préserver, en fin de compte, la tige planétaire ou corporelle qui la porte. À partir du moment où elle se *pense*, l'Évolution ne saurait plus s'accepter, ni s'autoprolonger, que si elle se reconnaît *irréversible*, c'est-à-dire immortelle. Et en effet, vivre constamment et laborieusement penché sur l'avenir, si finalement cet avenir se chiffre par un zéro, à quoi bon ? Mieux ne vaut-il pas s'arrêter et mourir tout de suite ? ". C'est donc avec soulagement qu'il vit dans la Bulle la confirmation de l'existence de la Créature.

« Confirmation, dis-je, et non révélation. Car le germe de la Bulle ne tomba pas sur une terre en jachère. Jusqu'à cet instant où il la reçut des mains d'un enfant chinois, toute la vie de Teilhard – son éducation, ses études, ses rencontres, jusqu'à ses conflits avec sa hiérarchie – n'avait été qu'un patient et profond labour destiné à le préparer à recueillir la précieuse semence. Depuis toujours il était l'élu de la Créature. Collégien, il L'avait rencontrée dans les minéraux qu'il collectionnait – persuadé, déjà, que " la Consistance est l'attribut fondamental de l'Être ". Depuis, chaque jour l'avait un peu plus rapproché de Shanghai, si bien qu'en déchiffrant le rouleau, c'est sans hésiter qu'il La reconnut.

« Un aspect du message de la Bulle demeurait pourtant problématique : dans son homogène dureté, cette Créature de pierre lui paraissait peu aimable, peu susceptible de susciter et d'entretenir en l'homme sinon l'enthousiasme, l'élan créateur et l'esprit de conquête, du moins la plus élémentaire volonté de survivre.

Quel ouvrier voudrait encore trimer dans la vigne pour le compte d'un maître de pierre ? " Un Monde imaginé comme dérivant vers de l'Impersonnel, écrivit-il, deviendrait impensable et invivable simultanément. " Alors, pour écarter la menace d'une humanité perdant intérêt à la Création – *se mettant en grève* – pour conjurer le risque du *taedium vitae*, du dégoût de vivre universel, qui eût signifié la fin et de l'homme et de la Créature, *Teilhard résolut de réécrire la Bulle*.

« *Le Phénomène humain* ne tendit qu'à cela : demeurer fidèle à la Vérité reçue des mains providentielles d'un gamin chinois tout en évitant de désespérer l'ouvrier sans qui rien ne pouvait s'accomplir. " L'attente du Ciel, constatait-il, ne saurait vivre que si elle est incarnée. Quel corps donnerons-nous à la nôtre aujourd'hui ? Celui d'une immense espérance *totalement humaine*. " Au terme du voyage, il plaça donc, au lieu d'une Créature de pierre impersonnelle et indifférente – le Dieu de jaspe et de sardoine de l'Apocalypse – la figure aimable et aimante du Christ, à la fois moteur et but de l'Évolution, son Alpha et son Oméga...

« La censure du *Phénomène humain* fut la dernière d'une longue série d'erreurs qui transformèrent une Église conquérante et civilisatrice en vulgaire succursale du Pacte de Davos. Certes, en pleine guerre mondiale, mon prédécesseur avait-il quelque excuse de ne pas accorder à ce livre prophétique toute la considération qu'il méritait : peut-être, se dit-il, qu'il serait toujours temps, la paix revenue, de le rouvrir. Quant à Teilhard, bien que meurtri, il ne se révolta pas. " Rome, écrivit-il à son général, le père Janssens, Rome peut avoir ses raisons pour estimer que, sous sa forme actuelle, ma vision du Christianisme est prématurée ou incomplète, et que par suite elle ne saurait être diffusée présentement sans inconvénient. " Tout au plus le réprouvé se permit-il vers la fin de sa vie une pointe d'ironie, comme dans cette lettre de 1952 à son ami, le père Leroy : " ... si le Pape paraît être ému de l'immensité de l'Espace, il ne semble en revanche avoir aucun sens de son effrayante et admirable Organicité. " Quelles qu'aient été les raisons de Rome – prudence confinant à la pathologie ou incapacité congénitale à percevoir le réel –, force est de constater, avec le recul, qu'elles eurent des conséquences fatales. Car Teilhard était plus qu'un prophète. C'était l'ambassadeur mandaté par la Créature pour délivrer à l'Église son ultimatum. Mais j'y reviendrai.

« Un demi-siècle plus tard, la synthèse magnifique de Teilhard reçut une éclatante confirmation avec la parution de l'œuvre magistrale d'Ada, par laquelle s'acheva la lente et douloureuse initiation des papes au mystère de la Bulle, inaugurée cinq siècles auparavant avec le *De revolutionibus orbium caelestium*. Après *Biologie des artefacts,* en effet, il nous fut impossible de prétendre ignorer quoi que ce fût de la phylogenèse et de l'ontogenèse de la Créature, impossible par conséquent d'ignorer la véritable nature de notre sacerdoce : nous n'étions que Ses gardiens, et notre devoir était de faciliter la phase suivante de Son cycle de vie, celle qui verrait Sa transmigration dans un véhicule non organique.

« Je dois ma propre initiation à Zinedine Ier en personne, dont j'étais devenu le conseiller et confident. À l'inverse de ses prédécesseurs, Zinedine ne se sentait pas lié par la longue tradition de secret qui jusqu'à lui avait entouré la Bulle. Le fardeau, m'expliquait-il, était trop lourd pour un seul homme, fût-il pape. Les funestes erreurs de ses devanciers s'expliquaient par leur folle prétention à en supporter seuls la charge.

« Il ne voulut jamais me dévoiler les motifs qui l'avaient conduit à me choisir pour partager son faix. " La Providence ", invoquait-il en souriant lorsque je lui faisais part de mon étonnement. Ce n'était pas une échappatoire : aujourd'hui, je suis convaincu que cet homme inspiré *savait*, comme le Nazaréen savait ce que Judas préparait lorsqu'il lui lança : " Ce que tu as à faire, fais-le vite. " Car comment croire que le seul hasard ait présidé à cette improbable rencontre d'un pape illustre et d'un moine obscur ? Au fur et à mesure qu'il m'enseignait son lourd secret, je dus me rendre à l'évidence : tout ce que j'avais fait jusque-là – les recherches du professeur Minsky, ses débats avec l'auteur de *Biologie des artefacts*, la découverte par le révérend Labat de la mystérieuse récurrence d'un Dieu de pierre dans les Écritures – toutes mes vies antérieures, donc, n'avaient servi qu'à cela, me préparer à recevoir le message de la Bulle. En moi convergeait un faisceau d'événements qui ne pouvait avoir qu'une signification : comme un siècle auparavant le père Teilhard de Chardin, j'étais l'élu de la Créature.

« Zinedine m'enseignait la Bulle, je lui expliquais *Biologie des artefacts*. Nous partagions désormais la même vision de la genèse et du devenir de l'Univers. Sous ce jour nouveau, l'histoire récente de l'Église revêtait un aspect inquiétant. En effet, si au début de notre ère la Créature avait élu la petite secte juive dissidente, c'est à l'évidence parce qu'Elle avait reconnu en elle des qualités qui Lui garantissaient la plus large expansion, qualités qui avaient été celles d'Abraham et de sa descendance mais qu'avaient perdues les Juifs orthodoxes de l'époque. Pour sortir du cul-de-sac palestinien, il Lui avait fallu changer de monture. Et de fait, prenant appui sur les légions de Constantin et la logique d'Aristote – les légions mettant à raison ceux qui récusaient les raisons de la logique – la petite secte dissidente avait conquis le monde et l'avait civilisé, et chacun de ses progrès avait un peu plus rapproché la Créature de son but. Or, force nous était de reconnaître que nous ne possédions plus ces qualités qui nous avaient fait choisir entre toutes les tribus humaines deux millénaires plus tôt. À la mobilité des origines s'était substituée la rigidité, à l'esprit de conquête le conservatisme, à l'enthousiasme des apôtres la pusillanimité des bureaucrates, à la foi qui soulève les montagnes le dogmatisme qui éteint les plus ardents volcans.

« Certes, à mesure qu'ils avaient découvert le sens réel du message de la Bulle, les papes avaient adopté la politique qu'ils pensaient convenable – en toute circonstance, prendre le parti de la Créature, favoriser Ses alliés, combattre Ses ennemis sans faiblesse –, politique qui, au scandale des fidèles qui ne pouvaient en connaître le fondement, leur avait fait choisir avec obstination l'autorité contre la justice, les institutions contre les individus, les tyrans contre les révolutions, l'impérialisme contre le Tiers-Monde, la bourgeoisie contre le prolétariat, le capital contre le travail, le libéralisme contre la liberté, et pour finir, nous le verrons, les Imbus contre les Larves. Mais c'était une politique à la Pilate, politique de mains lavées, politique de laisser-faire, là où, Teilhard l'avait bien vu, il eût été vital de conserver l'initiative : " Nous devons, sous peine de dépérir, participer aux aspirations qui font si puissamment sentir aux Hommes d'aujourd'hui l'immensité du Monde, la grandeur de l'esprit, la valeur sacrée de toute vérité nouvelle... Lève la tête, Jérusalem. Regarde la foule immense de ceux qui construisent et de ceux qui cherchent. Dans les laboratoires, dans les studios, dans les usines, dans l'énorme creuset social, les vois-tu, tous ces hommes qui peinent ? Eh bien ! Tout ce qui fermente par eux, d'art, de science, de pensée, tout cela c'est pour toi. "

« Armée de l'idée teilhardienne d'un Christ moteur et point de convergence de l'Évolution, l'Église aurait pu conserver la tête du combat pour la Créature. Mais au lieu de livrer bataille elle-même, elle avait laissé faire des mercenaires. Quand elle aurait dû prendre en charge le destin de la Créature, elle s'en était remise à son bras séculier. Oublieuse de saint Paul, qui voulait se faire Juif avec les Juifs, Grec avec les Grecs, et qui au vingtième siècle se fût fait chercheur avec les chercheurs et ouvrier avec les ouvriers, elle s'était peu à peu détachée du monde – pis, elle l'avait pris en haine – laissant à d'autres le soin de comprendre et d'organiser un Univers devenu trop complexe à ses yeux. Après avoir été la propagatrice zélée de la Créature, l'Église Lui était désormais un handicap. Et comme vingt siècles auparavant Elle avait dû, sous peine de périr, quitter la Synagogue, la grande Voyageuse n'avait d'autre choix que de Se chercher une nouvelle monture. Voilà l'ultimatum que Teilhard était venu nous porter de Sa part.

« Cette dernière chance, nous n'avions pas su la saisir. Le *Phé-*

nomène humain avait été censuré, combattu, ringardisé et, pour finir, oublié. Comme on plante au bord du chemin une épave, la Créature avait abandonné cette Église désormais inutile. À présent, Elle poursuivait sa route avec un nouveau compagnon, terriblement plus efficace : le Pacte de Davos.

« Si nous étions d'accord sur le diagnostic, Zinedine et moi différions quant au pronostic. J'étais d'avis qu'il était trop tard pour faire machine arrière. On ne pouvait que prendre acte du changement de monture de la Créature. Au mieux, l'Église jouerait désormais les supplétifs du Pacte. Mais Zinedine était un humaniste au plein sens du terme, un champion inlassable de la cause de l'homme. Bien trop humain, comme ta mère... Il pensait qu'il était encore possible que l'Église reprît l'initiative, qu'elle *devait* la reprendre. Quitte à ce que la Créature exploite le genre humain, autant que ce soit par la férule bienveillante de l'Église que par la trique inflexible des Imbus. Pour la Créature le résultat serait identique, mais pour Ses esclaves radicalement différent : À tout prendre, la loi de l'Évangile était plus douce que celle du Profit.

« Car Zinedine avait eu vent d'un projet secret du Pacte, le projet le plus inhumain que cerveau d'homme ait jamais conçu, la réduction programmée de la population terrestre, que les Imbus, jamais à court d'euphémismes pour farder la réalité crue de leurs actes, appelaient *Global Downsizing*. À ses yeux ce projet n'était pas seulement un crime, il était aussi en totale contradiction avec notre doctrine en matière de populations, selon laquelle, face au risque d'extinction prématurée de l'espèce humaine – par *prématurée* nous entendions bien sûr *avant que la transmigration de la Créature n'ait été accomplie* –, face à ce risque donc, la seule protection possible résidait dans le *nombre*. D'où – soit noté en passant – toute une série de nos décisions si mal acceptées des fidèles : condamnation de l'avortement, de la contraception, de l'homosexualité, encouragement à la natalité... Peu importait la surpopulation et ses conséquences dramatiques

– violence, famines, épidémies, exodes massifs des populations –, l'essentiel pour nous était de préserver un pool génétique assez nombreux et diversifié pour être indestructible. Après la pire des catastrophes, pensions-nous, il se trouverait toujours assez de survivants, dans les confins du Sahel ou de la forêt amazonienne, pour que la Créature conserve Sa chance.

« Mais en condamnant sans appel le projet du Pacte, Zinedine oubliait la tragique leçon de la Grande Peste. Victime de sa propre inconscience, l'humanité avait été à deux doigts de disparaître, et avec elle son précieux Passager. L'homme, censé Lui être un sanctuaire, avait failli En être le sépulcre. En outre, de nouvelles menaces se multipliaient de toutes parts – menaces infectieuses, chimiques, nucléaires, climatiques, technologiques, pour ne parler que de celles dues à notre propre démence – et rien ne garantissait que la prochaine catastrophe ne serait pas la bonne. À l'évidence, il fallait accélérer l'embarquement de la Créature dans un véhicule plus sûr. Or, ce transfert sur silicium, seul le Pacte en possédait les moyens, à la fois en termes de capitaux et de technologies. Le *downsizing*, qui supprimait l'absurde gaspillage des ressources affectées à l'inutile survie des Larves, avait précisément pour but de dégager ces moyens supplémentaires. Toute tentative d'entraver ce projet risquait donc d'être fatale à la Créature.

« Dieu m'est témoin que j'ai épuisé toutes les possibilités de la dialectique et toutes les ressources de la persuasion pour convaincre Zinedine de son erreur. Mais plus je plaidais, plus il s'entêtait. Nos relations se tendirent. Je décidai de le surveiller. Et c'est ainsi qu'à ma grande terreur je découvris qu'il travaillait en secret à une Encyclique où il exposait de façon systématique le message de la Bulle tel que nous l'avions ensemble reconstitué, et dont le seul titre était lourd de menaces : *L'Homme n'est pas le Temple du Verbe pour l'éternité*. Ses intentions ne faisaient aucun doute : il s'apprêtait à dénoncer solennellement le projet du Pacte. Je devais faire quelque chose.

« Je sais les rumeurs qui ont couru après la disparition brutale de Zinedine, que j'avais passé un marché avec le Pacte, que celui-ci avait assuré mon élection en échange de ma bénédiction à la convention Zéro Contact. Rien n'est plus absurde. Je n'avais besoin de personne pour savoir ce que j'avais à faire, et ce que j'ai fait, pape ou non, je l'aurais fait de toute manière. Le salut de la Créature fut mon seul guide. Aveuglé par ses intérêts à court terme, le Pacte ignore tout de Celle pour le compte de qui il agit. S'il y eut coïncidence, je n'y suis pour rien.

« Je crus sincèrement que la mort de Zinedine serait le dernier acte de cette tragédie à laquelle j'avais eu plus que ma part, et que je pourrais en attendre l'épilogue dans la paix, en administrant au jour le jour l'inéluctable attrition du troupeau dont j'avais la charge, tâchant, dans la mesure de mes moyens, d'en atténuer l'angoisse et d'en entretenir l'espérance, comme un bon pasteur qui sait ses brebis condamnées mais veut encore leur épargner d'inutiles souffrances. Hélas, il était écrit que mon calice n'était pas encore vide et que je devrais le consommer jusqu'à la lie. Alors que je pensais tout obstacle écarté de la route de la Créature, ta mère, du fond de sa prison, lança avec Chen l'attaque mortelle qu'elle méditait depuis vingt ans.

« Je crus pouvoir défléchir le coup en la dénonçant aux Imbus. C'était compter sans leur stupide arrogance : aveuglés par le bénéfice qu'ils comptaient tirer du vol du WonderWorld – qui leur donnait un prétexte pour forcer l'entrée d'un marché convoité –, ils ne détectèrent pas les Gnomes qu'Ada y avait celés. La Créature était condamnée.

« À moins que... Il restait une chance, bien mince en vérité, mais que je devais tenter. Cet ultime recours, c'était toi, gamin, toi à qui Ada avait transmis le secret des Gnomes. Oui, toi seul pouvais encore sauver la Créature. Encore fallait-il que tu admettes ce que ta mère avait toujours refusé – le primat absolu de la Créature sur Son porteur –, que tu La connaisses assez pour L'aimer plus que personne – plus que toi-même – assez pour désirer t'En faire, seul contre tous, le gardien. J'ai donc résolu de faire de toi le dernier dépositaire de ce secret deux fois millénaire, en t'inoculant à petites doses progressives la doctrine de la Bulle, ce qu'Ada aurait nommé le *Même de la Créature*.

« Mais tu étais bien le fils de ta mère, l'intelligence sans cesse empêtrée dans les sentiments. Je te sentais sceptique, voire hostile. Je me dis alors que l'unique moyen de te convaincre serait de te montrer la Bulle et décidai de consacrer mes dernières forces à la retrouver.

« Hélas, j'ai lieu aujourd'hui de croire que Teilhard, tout à sa hantise de préserver l'humanité de son poison, l'a purement et simplement fait disparaître, quelque part en mer de Chine, au large de Saigon. J'ai donc perdu tout espoir de te prouver la véracité de mes dires.

« De toute façon, mon temps est accompli. Périne, ma fidèle gouvernante, vient de me porter la tisane, comme elle le fait chaque soir avant de se retirer. Tandis qu'elle versait le breuvage, je lui dis : fais vite. Sa main ne tremblait pas, mais ses yeux demandaient pardon.

« Voilà, gamin, mon calice est vide. À présent, l'épilogue ne dépend que de toi : me croiras-tu sur parole ou me prendras-tu pour fou ? Veux-tu, à l'exemple d'Ada, être l'adversaire de la Créature ou, comme moi, Son serviteur ? Seras-tu Son gardien ou Son assassin ?

« De qui en définitive veux-tu être le successeur ? »

Il y avait un post-scriptum :

« *J'ai retrouvé ceci qui, je pense, te revient.*
Gilles était mon fils.
Sa mère est morte en le mettant au monde.
Aime-le si tu veux.
Moi, je n'ai pas pu. »

C'était un fichier image. Il n'eut que le temps de le copier.

— Admirable ! s'exclama Thomas quand Calvin eut fini de lui exposer les résultats de son expérience.

Désireux de comprendre le fonctionnement de l'Éthique, le garçon avait eu l'idée d'opposer, dans une série de tournois, les Gnomes — obéissant aux trois préceptes de coopération, réciprocité et pardon — à des agents logiciels dotés de règles de comportement social différentes. Les uns appliquaient brutalement le « chacun pour soi » de rigueur chez les Imbus, d'autres des variantes de l'Éthique, comme cet agent particulièrement chrétien qui après une première offense tendait l'autre joue et n'exerçait de représailles qu'après deux défections consécutives de son partenaire, ou cet autre très rancunier qui ne pardonnait plus jamais après la seconde trahison. À la fin de chaque tournoi, seuls les agents ayant totalisé les meilleurs scores étaient autorisés à présenter leurs rejetons au tournoi suivant.

Après mille de ces tournois, Calvin avait fait le compte des survivants : à sa grande surprise, les Gnomes dominaient le champ clos. Il avait refait l'expérience en diminuant leur proportion dans la population initiale. À nouveau, au terme de la série, ils avaient triomphé. Mieux, ceux de leurs adversaires qui avaient survécu étaient ceux qui avaient su s'adapter en calquant sur eux leur conduite. Désireux d'éprouver dans des conditions extrêmes ce prodigieux pouvoir de contagion, le garçon avait mis aux prises douze d'entre eux avec douze mille compétiteurs. Et à nouveau les douze, incitant la majorité, par la seule vertu de l'Éthique, à les imiter pour survivre, avaient fini par imposer leur hégémonie.

— Ma mère, conclut Calvin, avait trouvé un moyen pacifique de propager une éthique de coopération dans un monde peuplé d'égoïstes ! *Les Gnomes embarqués à bord du WonderWorld sont comme des apôtres envoyés de par le Web convertir les barbares à sa Loi.*

— Tu crois que ça marchera ? demanda Thomas plein d'espoir.

— Tout dépendra du temps dont nous disposerons. Mille générations ne suffirent pas pour évoluer de l'Australopithèque à l'homme moderne. Combien seront nécessaires pour convertir les Imbus à l'Éthique ? Trop, j'en ai peur, quand tant de moyens existent pour effacer en une seconde toute trace d'intelligence de l'Univers. Et trop, de toute façon, pour les Larves dans leurs cocons.

— Imagine pourtant le pouvoir des Gnomes quand ils coordonneront leurs actions avec ceux qui depuis vingt ans administrent en silence le Trésor de la Sorcière !

— L'argent en grande quantité serait peut-être un moyen d'accélérer le processus, en installant d'emblée une stricte réciprocité dans les rapports avec les Imbus. Mais c'est pur exercice de style, à présent qu'Ada n'est plus.

— Pourquoi cela ?

— Le Signal. Seule Ada le connaissait. Sans lui, le Trésor demeurera enfoui à jamais et les Gnomes, tels les guerriers de terracota qui veillent à Xian sur la tombe de l'empereur Qin Shihuang, attendront pour l'assaut final un ordre qui ne viendra plus... À présent qu'elle s'est éteinte, nul ne commande plus aux Gnomes !

— Détrompe-toi. *Ils ont un nouveau maître.*

— Quoi ? Et... tu l'as... démasqué ?

— Oui.

– Qui est-ce ? demanda le garçon.

Mais la réponse, il la savait déjà, comme si depuis toujours quelque chose en lui s'était préparé à l'entendre :

– C'est toi, le maître des gnomes, Calvin.

— Tu n'as qu'un mot à prononcer.
— Comment le sais-tu ?
— Ils t'obéissent déjà.
— Mais... je n'ai jamais donné d'ordre à personne !
— Tu n'as pas besoin de commander. Depuis ta naissance, ils veillent sur toi. Jour et nuit ils t'écoutent, t'observent, interprètent tes faits et gestes, puis agissent en conséquence.
— L'Ange qui m'a sauvé de l'Éventreur, ce serait donc eux !
— J'ai compris ça récemment. Souviens-toi : lorsque tu as démasqué le complot de Branniff, ils ont surpris ce que tu confiais à Maud. L'instant d'après, ils liquidaient leurs actions General Avionics...
— Les 8 192 veinards du second cercle !
— Je ne sais combien ils sont au juste, probablement beaucoup plus. Depuis vingt ans, le butin de la Federal Reserve est géré par une diaspora d'agents logiciels clandestins, autonomes et hautement spécialisés. Chacun d'eux s'est créé une couverture parfaitement honorable, paye ses impôts et se comporte de manière à ne jamais attirer l'attention. Les uns sont rentiers, les autres agioteurs, d'autres encore d'honnêtes commerçants soucieux de préserver leur trésorerie contre l'érosion monétaire. Chacun administre en bon père de famille une infime fraction du magot, qu'il investit en actions, obligations ou bons du trésor. En apparence, ils ont juste... un peu plus de nez que les rentiers,

agioteurs et trésoriers moyens. En réalité, ils se coordonnent, espionnent les réseaux des banques en quête d'informations confidentielles, lancent des rumeurs, manipulent les cours, falsifient les bilans, misent et... gagnent à tous les coups.

— Combien ?

— Trente mille milliards de dollars, tous impôts payés... en tablant sur un rendement annuel de trente-cinq pour cent, estimation très conservatrice, car je pense qu'ils ont fait beaucoup mieux.

— Trente mille milliards !

— Quand je te disais qu'ils ont le nez creux ! Aujourd'hui, ils sont présents, souvent en position de force, dans le capital des banques, des assurances et des firmes transnationales, prêtent de l'argent aux gouvernements, manipulent des quantités phénoménales de devises. En coordonnant les mouvements de ces capitaux, ils peuvent provoquer la panique des marchés, la ruine des États, la faillite des économies...

— De quoi rendre coup pour coup aux Imbus...

— À toi de décider. À présent tu détiens toutes les clés.

— Mais... tu ne m'arrêtes pas ? Ta mission ?

— Laquelle ? Celle du flic ou celle du père ? Il y a — comment dire ? — conflit d'intérêts. Nous autres flics ne savons résoudre ces situations que de façon bestiale : en supprimant un des termes de la contradiction. Mais toi, pars à présent, ou ils ne te rateront pas. Ils te feront une chasse impitoyable. N'oublie pas : tu n'es pas seulement leur unique chance de récupérer le trésor, tu es le Maître des Gnomes, l'ennemi absolu. Quitte ton cocon sans tarder !

— Mais où irai-je ?

— Rejoins les NoPlugs. Ils se sont réveillés. Depuis peu, l'air bruit de signaux qui, je le sais, sont autant d'ordres de mission. À leur appel, partout les Élus se mobilisent. C'est le moment qu'ils attendaient depuis vingt ans. Va-t'en ! Marche sans te retourner ! Tu finiras par les trouver.

— Et toi ?
— T'occupe ! Chacun fait sa vie. Je suis un grand garçon, tu sais.
— Merci, papa.
— Bonne chance, fiston.

La laser achevait d'imprimer l'ultime cadeau du vieux fou. Celui qui avait pris le cliché avait tremblé. Sur la photo un peu floue, un couple d'amoureux du haut d'un pont de Paris regardait couler la Seine. Le sourire de la jeune femme était celui qui, quinze ans auparavant, était si soudainement sorti de sa vie et qu'il croyait effacé à jamais. Enlaçant tendrement sa mère radieuse, ses cheveux mêlés aux siens, un jeune homme de son âge, l'air pensif, comme déjà absent...

Le sas s'ouvrit. Calvin s'assura qu'Hector était bien à l'aise au fond de sa poche. Il jeta un dernier coup d'œil à sa console, où s'affichait encore la nouvelle qui concluait son existence de Larve :

Dépêche *A.F.P.* – Mort de Jean-Baptiste Ier – Officiel
Sa Sainteté le pape Jean-Baptiste Ier a été rappelée à Dieu ce matin, à cinq heures dix (heure du Vatican), muni des Saints Sacrements de l'Église, dans la quatre-vingt-quatrième année de son âge, la dix-septième de son sacerdoce et la cinquième de son pontificat.
Le décès soudain de ce pape controversé est accueilli avec un soulagement non dissimulé dans les rangs de la Curie romaine. Il tire en effet l'Église catholique d'une situation des plus embarrassantes. La Commission médicale pontificale venait de déclarer le souverain pontife sain de corps et d'esprit, ne laissant d'autre choix aux cardinaux que d'ouvrir son procès en hérésie.

Nitchy s'était éteint sans savoir qu'il s'était damné pour rien. C'était mieux ainsi, se dit Calvin en épaulant son sac. Confusément, il se sentait une dette à son égard. Par son erreur même, le vieux fou lui avait légué un savoir précieux... Ada ne voulait pas détruire la Créature. Comme lui, elle savait que c'était impossible, qu'après l'homme viendrait, inéluctable, un successeur de pierre. Mais elle croyait possible d'infléchir son évolution, de modeler son apparence finale. Comme une mère prête un visage à ce qui n'est encore en elle qu'un amas de chair informe, et se plaît à se le représenter aux différents âges de son existence future, Ada avait contemplé la face de la Créature en gésine et avait vu des traits totalement différents de ceux que s'était figurés Nitchy.

Mais peut-être fallait-il une femme pour comprendre que la Créature pouvait aussi bien évoluer par le moyen de la solidarité que par celui de la compétition et que, s'il était exact qu'elle favorisait toujours les vainqueurs, peu lui importait la manière dont ils avaient vaincu, en tuant ou en aimant. Peut-être aussi fallait-il une femme pour réaliser que, si la Créature aujourd'hui revêtait ce masque inhumain et hostile, c'était d'avoir trop longtemps évolué sous la pression exclusive des brutes.

Peut-être la véritable impasse de la Créature était-elle d'avoir été, dès l'aube de l'humanité, confisquée par les mâles qui, sous l'emprise de ces appendices ballants dont ils se faisaient tant gloire, avaient une tendance innée à confondre la vie avec les champs de bataille ou les salles de marché, où les gains des uns étaient faits des pertes des autres. Alors que – les femmes le savaient bien – au jeu de la vie chacun pouvait faire un score honorable à condition que nul ne cherche à exploiter l'autre. C'était même un jeu où, pourvu que tout le monde épaule tout le monde, les joueurs pouvaient, ensemble, atteindre un résultat supérieur à ce qu'il aurait été si chacun avait joué pour soi.

Là résidait l'erreur de Nitchy. Parce qu'il était homme, il ne pouvait qu'entrevoir un meurtre quand Ada lui parla d'un *moyen vraiment élégant et merveilleusement simple de résoudre le problème de la Créature*. Parce qu'il était homme, il ne pouvait imaginer le pari fou d'Ada : réhabiliter, à force de patience, la part inexprimée du féminin dans la Créature. En serrant les sangles de son sac, Calvin comprit soudain pourquoi sa mère avait toujours refusé de partager avec lui son projet...

Il passa le seuil. Derrière lui, les Gnomes s'affairaient à masquer toute trace de son départ, en simulant une activité fébrile sur sa console, tandis que d'autres leurraient les senseurs de surveillance. Il s'écoulerait des semaines avant que les Imbus ne s'aperçoivent de son évasion... s'ils s'en apercevaient seulement.

Le nycthéméron lui avait joué un dernier tour : alors qu'il comptait sur l'obscurité propice, le jour pointait déjà. Ses yeux piquaient. Était-ce la froidure ou la lumière du crépuscule, il ne pouvait le dire : l'une et l'autre sensations lui étaient inédites.

Il s'immobilisa un instant, tous sens aux aguets. L'air était comme épaissi du bourdonnement des turbines géantes. Que survienne un danger, il ne pourrait l'entendre. Il fallait se hâter, quitter ces abords hostiles.

Confiné depuis sa naissance dans un container étriqué, son corps avait tout à apprendre. Le cocon était suspendu au plus haut de la Pyramide, mais ses yeux ne savaient ce qu'était la profondeur, ni son imagination la chute. C'est donc en parfaite méconnaissance de cause que, enjambant le vide, il agrippa la poutre de métal.

Arrivé près du sol, il crut pouvoir sauter. Sa cavale faillit s'achever là, sur la dalle de béton ceinturant l'édifice : l'altitude, mal estimée par ses yeux novices, était au-dessus de ses moyens. Le souffle coupé, il éprouva pour la première fois que dans le monde réel un corps avait ses limites.

La plaine s'offrait à lui, généreuse. Seule dans le ciel, l'étoile de Rembrandt semblait avoir attendu ses premiers pas sur terre pour se retirer, rassurée. Désormais, où qu'il soit, quand il aurait besoin de son vieux compagnon, il n'aurait qu'à lever les yeux...

Au nord, sur l'horizon encore sombre, une montagne se découpait. D'instinct, il se dirigea vers elle. Un son neuf bientôt remplaça le crissement du béton : répondant à ses pas, la terre, fraternelle, palpitait.

Alors que dardaient les premiers rayons du soleil, lui revenaient les souvenirs de ces journées prodigieuses. De son ancien monde plus rien ne subsistait. Ses amis n'étaient plus, mais avant de partir ils avaient présidé à la naissance d'un homme neuf. Chacun lui avait fait don de ce qu'il possédait de plus précieux, mais aussi de son exigence la plus élevée. De se savoir l'héritier de ces êtres d'exception à la fois le comblait et l'accablait. Comment, seul et dénué de tout, pourrait-il accomplir la tâche qu'ils lui avaient assignée ?

La montagne était loin, et pesant le fardeau. Insensiblement, il s'abandonnait à la contemplation de sa faiblesse et de son indignité, quand Chen se rappela à lui. Réduit à son seul index, il avait poursuivi le combat. Puis parut Ada. Vingt ans durant, du fond de sa tombe, elle avait persévéré. Et Thomas, Nitchy, Rembrandt, fidèles jusqu'au bout à une mission, à une idée, à eux-mêmes... Aucune cime, lui disaient-ils, ne se refuse toujours à qui veut vraiment la prendre.

Marche sans te retourner, avait ordonné Thomas, et tout le jour il avait marché et marché et marché, mais à chacun de ses pas la montagne d'un pas avait reculé. *Marche sans te retourner*, l'avait encouragé Thomas, et encore il avait marché et la montagne encore s'était dérobée. *Marche sans te retourner*, l'avaient-ils tous exhorté, et il s'était obstiné et la montagne avant lui s'était lassée.

Le soir tombait. Depuis plusieurs heures, il avait quitté la plaine et progressait avec peine au fond d'un défilé étroit. La neige molle alourdissait sa marche. Avec la fatigue, les doutes l'avaient repris : Et s'il s'était trompé ? Et si cette histoire n'était que le fruit de son imagination, une construction de son esprit ? Ou pire, une manipulation, un ultime piège de la Créature ?

Enfin il aperçut le col. Pressé de découvrir le chemin parcouru, il fit volte-face. Au loin, très loin, étincelante dans les derniers feux du soleil, la Pyramide déjà appartenait au passé. Heureux, il lui tourna le dos et reprit son ascension.

Quand il arriva il faisait nuit. Il s'assit pour reprendre haleine.
— Viens là, sale bête, il est temps de t'aérer, dit-il en sortant Hector de la poche où il s'était assoupi.
Amusé par ses protestations, il ne vit pas la silhouette approchant à pas de loup.
À l'appel de son nom il se figea.
— Calvin ? répéta l'étranger.
— Qui es-tu ? demanda-t-il en essayant de distinguer ses traits.
L'homme en souriant désigna le rat.
— On se connaît, tous les deux.

Tash était passé devant.
Dans ses pas, confiant, Calvin rêvait.
Là-bas, quelque part, il rejoindrait Maud.
Ensemble, ils referaient le monde.

Canton, Pâques 1995 – Londres, Noël 1998

REMERCIEMENTS

à Delphine Allannic, Jeanne Beck, Jean-Philippe Biehler, Patrick Boulanger, Roger Davies, Cécile et Ivan Gavriloff, Hélène et Noël Geynet, Paule Habarou, Gregory Jeames, Fabienne Layré-Cassou, Sylvie et Philippe Nicolas, Anne-Caroline Pandolfo, Françoise et Michel Sportiche, Marguerite et Hau Truong Ngoc, Alexis Vincent.

*Cet ouvrage a été réalisé
par la Société Nouvelle Firmin-Didot
Mesnil-sur-l'Estrée
pour le compte des Éditions Denoël
en mars 1999*

N° d'édition : 8999 – N° d'impression : 46113
Dépôt légal : avril 1999

Imprimé en France